Knaur.

Knaur.

Im Knaur Taschenbuch Verlag sind bereits folgende Bücher der Autorin erschienen:
Kiss and Kill
Killing Beauties
Killing for Love

Über die Autorin:
Beverly Barton hat mehr als 50 Bestsellerromane veröffentlicht, viele davon preisgekrönt. Unter anderem wurde sie mit dem Romantic Times Award für ihr Gesamtwerk ausgezeichnet. Sie ist Mutter zweier erwachsener Kinder und lebt mit ihrem Mann in Alabama. Mehr über Beverly Barton erfahren Sie auf ihrer Homepage: www.beverlybarton.com

Beverly Barton

Killing time

Thriller

Aus dem Amerikanischen
von Sabine Schilasky

Knaur Taschenbuch Verlag

Die amerikanische Originalausgabe erschien 2006
unter dem Titel *Close enough to kill*
bei Kensington Publishing Corp., New York.

Besuchen Sie uns im Internet:
www.knaur.de
www.beverlybarton.com

FSC
www.fsc.org
MIX
Papier aus verantwortungsvollen Quellen
FSC® C083411

Dieser Titel erschien bereits 2008
unter der Bandnummer 63722

Vollständige Taschenbuch-Neuausgabe April 2012

Ein Unternehmen der Droemerschen Verlagsanstalt
Th. Knaur Nachf. GmbH & Co. KG, München.

Umschlaggestaltung: ZERO Werbeagentur, München
Umschlagabbildung: © getty images/Elena Kulikova;
© Finepic®; München
Druck und Bindung: CPI – Clausen & Bosse, Leck
Printed in Germany
ISBN 978-3-426-51098-8

2 4 5 3 1

Er ist näher, als sie glaubt …

Meinem Ehemann Billy
Für die Liebe, Geduld und Fürsorge,
auf die ich mich in unseren vielen gemeinsamen Jahren
stets verlassen konnte.

Danksagung

Von Herzen danke ich zahlreichen wundervollen Mitarbeitern der Polizei von Alabama, deren Hilfe bei den Recherchen zu diesem Buch von unschätzbarem Wert war. Ohne ihr Wissen wäre ich kaum in der Lage gewesen, meine Fakten zu überprüfen und das fiktive Sheriff-Büro in Alabama – hoffentlich – möglichst realistisch darzustellen. Deshalb geht mein Dank an:

Philip M. Davis, Pelham Police Department, Pelham, Alabama

Lt. Shane Fulmer, Chilton County Sheriff's Department, Clanton, Alabama

Tom Wright, pensionierter Captain des Anniston Police Departments, Anniston, Alabama

Lt. Frank DeButy, Decatur Police Department, Decatur, Alabama

George W. Leak (pensionierter Staatspolizist in Alabama)

Kapitel 1

Lieber Gott, bitte, lass ihn mich umbringen, betete Stephanie Preston.

Sie lag auf der schmalen Pritsche und lauschte ihrem schnellen Herzschlag. Während sie an die Decke des kleinen, dunklen Raums starrte, versuchte sie sich vorzustellen, sie wäre an einem anderen Ort. Zu Hause bei Kyle. Oder bei der Arbeit, umgeben von Menschen, die sie kannte und denen sie vertraute. Oder vielleicht in der Kirche, wo sie im Chor sang. Überall, nur nicht hier. Bei jedem, nur nicht bei ihm.

Sosehr sie sich auch bemühte, sich in Gedanken aus der Wirklichkeit des Augenblicks herauszumanövrieren, weit weg von ihrer Umgebung und dem, was ihr geschah, sie schaffte es nicht, gänzlich in ihre Phantasie zu fliehen.

Streng dich an. Denk an letzte Weihnachten. Daran, wie überrascht du warst, als Kyle dir einen Antrag machte, auf den Knien, vor deinen Eltern und deinen Schwestern.

Als gerade das Bild ihrer lächelnden Eltern vor ihrem inneren Auge erschien, rammte der Mann auf ihr wieder in sie hinein, diesmal stärker und wütender. Seine Finger bohrten sich in ihre Hüften, während er sie nach oben zog, um seine wilden Stoßbewegungen zu vertiefen. Er steigerte die Härte und Tiefe seiner Stöße und forderte von ihr, was er jedes Mal verlangte, wenn er sie vergewaltigte.

»Sag es.« Er knurrte die Worte beinahe. »Sag es. Du weißt, was ich hören will.«

Nein, ich werde es nicht sagen. Diesmal nicht. Ich kann es nicht. Ich kann es nicht.

Sie lag stumm und regungslos unter ihm, sehnte sich nach dem Tod und wusste zugleich genau, was als Nächstes kam.

Er wurde langsamer, dann hielt er inne und stützte sich weit genug auf, um ihr ins Gesicht zu sehen. Sie schloss die Augen, weil sie ihn nicht ansehen wollte. Sie verschloss sie vor der Fratze des Schreckens.

Er packte sie, klemmte ihr Kinn zwischen Daumen und Zeigefinger ein, so dass die Spitzen seiner Finger schmerzhaft in ihre Wangen stachen. »Mach die Augen auf, Schlampe. Mach die Augen auf und sieh mich an.«

Ihre Lider flatterten. Hör nicht auf ihn. Diesmal nicht. Sei stark.

»Warum bist du so ungezogen?«, fragte er mit einem Unterton echter Verwunderung in der Stimme. »Du weißt, dass ich dich zwingen kann, alles zu tun, was ich will. Warum machst du es dir so schwer? Dir ist doch klar, dass du mir am Ende sowieso gehorchst.«

»Bitte …« Sie öffnete die Augen und sah ihn durch einen Tränenschleier hindurch an.

»Bitte was?«

Obwohl sie sich fest vornahm, nicht zu weinen, stiegen ihr die Tränen in die Augen. Es gefiel ihm, wenn sie weinte. »Beende es einfach.«

»Wenn du willst, dass es ein Ende hat, dann sag mir, was ich hören will. Sonst muss ich dich bestrafen. Und ich werde es sehr lange dauern lassen.« Er neigte den Kopf über ihre Brust, öffnete den Mund und bleckte seine Zähne. Bevor sie reagieren konnte, senkte er seinen Mund über ihre Brustwarze und biss zu.

Sie schrie auf vor Schmerz, während er mehrmals in sie hineinstieß und jedes Mal etwas härter.

Als er sich mit dem Mund ihrer anderen Brust näherte, stöhnte sie und rief hastig: »Ich liebe dich. Ich will dich mehr, als ich jemals einen Mann gewollt habe. Bitte, Darling, liebe mich.«

Er lächelte. Gott, wie sie dieses Lächeln hasste.

»Du bist ein braves Mädchen. Und weil du mich so nett bittest, gebe ich dir, was du willst.«

Sie lag unter ihm und ließ die Vergewaltigung über sich ergehen. Jede Sekunde davon war ihr zuwider. Sie verachtete ihn und sich selbst dafür, dass sie ihm schon wieder nachgegeben hatte.

Das kann nicht ewig so weitergehen. Früher oder später wird er mich töten.

Ich hoffe, er tut es bald. Ich hoffe, er tut es sehr bald.

Er stand auf der anderen Straßenseite an der Ecke und beobachtete, wie sie aus dem Wagen stieg und den Gehweg zu ihrer Vorderveranda entlangging. Wie reizend sie war. Es würde ihm Freude machen, sie zu zeichnen, doch ehe er damit beginnen konnte, musste er sie aus der Nähe sehen. Wenn er ein Bild von ihr schuf, wollte er jedes Detail richtig hinbekommen. Die Schrägstellung ihrer Augen. Die Wölbung ihrer Nase. Den vollen Schwung ihrer Lippen. Ihr Hals war lang und schmal, ihr Körper war genau richtig.

Als Erstes würde er sie anrufen. Einfach mal hallo sagen, um Kontakt herzustellen. Der Klang ihrer Stimme konnte ihm verraten, ob sie für seine Schmeicheleien empfänglich war. Auf das, was sie sagte, würde er gar nicht hören. Frauen logen so oft – es sei denn, man zwang sie, die Wahrheit zu sagen. Aber er konnte allein an der Art, wie eine Frau sprach, genau erkennen, ob sie interessiert war oder nicht.

»Thomasina, Thomasina. Was für ein bezaubernder Name für eine bezaubernde Dame.«

Der Gedanke an das gegenseitige Umwerben erregte ihn. Er genoss diese Tage, die dem Moment vorausgingen, in dem eine Frau vollkommen sein Eigen wurde. Sie waren die Ouvertüre zum Paarungstanz, die das Vergnügen noch intensivierte, jene unglaublich köstlichen Ereignisse, die sie auf das Unausweichliche vorbereiteten.

Allerdings konnte er nicht anfangen, Thomasina ernsthaft zu umwerben, bevor er nicht seine gegenwärtige Beziehung beendet hatte. Zwar beobachtete er sie und brachte alles über sie in Erfahrung, was er konnte, aber aus der Entfernung. Er war nicht die Sorte Mann, die eine Frau mit einer anderen betrog. Das war nicht sein Stil. Dennoch würde es nicht leicht, mit seiner derzeitigen Liebe Schluss zu machen. Sie war so verliebt in ihn. Anfangs war er ganz wild nach ihr gewesen, als sie noch eine Herausforderung für ihn darstellte und ihn auf eine vergnügliche Jagd geführt hatte. Und das erste Mal, als sie sich liebten, war es gut gewesen, wenn auch nicht ganz so gut, wie er es sich erhofft hatte. Sicher wusste sie schon, dass ihre Beziehung dem Ende zuging und sie beide frei sein wollten. Bald.

Vielleicht sagte er es ihr heute Abend.

Natürlich würde sie weinen. Sie weinte überhaupt sehr viel. Und sie würde ihn bitten, ihn anflehen und ihm versprechen, alles zu tun, was er wollte.

Armer Liebling. Es würde sie schier umbringen, wenn er ihr sagte, dass ihre Affäre vorbei war.

Sheriff Bernie Granger zog sich die Jacke aus, hängte sie auf den Garderobenständer im Windfang, nahm sich dann das

Waffenhalfter ab und hängte es über ihre Jacke. Jeder einzelne Muskel tat ihr weh. Sie hatte seit beinahe sechsunddreißig Stunden nicht mehr geschlafen, seit zwölf Stunden nichts mehr gegessen und brauchte dringend mehr als die Katzenwäsche am Waschbecken, auf die sie sich gestern und heute beschränkt hatte. Es war die dritte Suche, die sie innerhalb der letzten zwei Wochen geleitet hatte. Und alle drei Male war sie einer Spur gefolgt, die sich im Nichts verlor. Derweil versuchte sie angestrengt, optimistisch zu bleiben und einer Familie Hoffnung zu spenden, die kurz davor war, jedwede Zuversicht zu verlieren. Das war alles andere als leicht, aber Bernie weigerte sich, das Handtuch zu werfen und sich geschlagen zu geben. In den zweieinhalb Jahren, die sie Sheriff von Adams County in Alabama war, hatte sie stets Glück gehabt. Einen einzigen Mord hatte es seit ihrer Amtseinführung gegeben, und der Täter saß inzwischen lebenslang im Gefängnis von Donaldson. Vier Fälle von vermissten Personen hatte sie bisher bearbeitet. Der erste Fall war innerhalb von vierundzwanzig Stunden gelöst worden. Dabei handelte es sich um einen älteren Alzheimerpatienten, der von zu Hause weggelaufen war und sich im Wald verirrt hatte. Der zweite war für alle Beteiligten ziemlich hart gewesen, weil es um einen vermissten Dreijährigen ging. Nachdem sie den Jungen zwei Tage später blutig und zerkratzt in einer tiefen Schlucht fanden, hatte Bernie sich in einen stillen Winkel zurückgezogen und geweint – heimlich, ohne dass ihre Hilfssheriffs sie sehen konnten. Sie war einer von nur fünf weiblichen Sheriffs in der Region und musste sich nach außen unverwundbar geben, wenn sie überleben wollte. Zum Glück erwies sich der dritte Vermisstenfall als falscher Alarm, da die angeblich verschwundene Frau ihren

Mann schlicht verlassen hatte und mit einem anderen durchgebrannt war.
Und jetzt arbeitete Bernie am vierten Vermisstenfall. Stephanie Preston, eine junge Frau, die erst vor fünf Monaten geheiratet hatte, wurde seit zwei Wochen vermisst. Zuletzt war sie gesehen worden, als sie das Adams County Junior College verließ, wo sie zweimal wöchentlich Abendkurse besuchte. Rein technisch gesehen war das ein Adams-County-Fall, da sich die Frau zuletzt in diesem Bezirk aufgehalten hatte und der College-Campus außerhalb der Stadtgrenzen von Adams Landing lag. Trotzdem war auch das Jackson County Sheriff Department an dem Fall dran, da Stephanie in Scottsboro wohnte und der dort zuständige Sheriff Mays ihr Onkel war.
»Du siehst schrecklich aus«, sagte Robyn, als Bernie in die Küche kam.
Sie sah ihre jüngere Schwester an und grinste. »Ich fühle mich auch schrecklich.«
Bernie und Robyn waren so verschieden wie Tag und Nacht. Robyn war groß, hatte eine Modelfigur und eine schwarze Lockenmähne. Obwohl schon achtundzwanzig, war sie immer noch Single und wollte es auch so. Seit sie das College vor acht Jahren ohne Abschluss verließ, hatte sie ihre Jobs ebenso häufig gewechselt wie ihre Beziehungen. Vor einem Jahr dann war sie schließlich nach Adams Landing zurückgekehrt und hatte mit finanzieller Unterstützung ihrer Eltern ein kleines Fitnessstudio aufgemacht, das überraschend gut lief.
Bernie war auch groß, aber sehr viel üppiger als Robyn. Sie trug ihr glattes braunes Haar meist zu einem Pferdeschwanz gebunden und gelegentlich zu einem sauberen Knoten aufgesteckt. Gleich nach der Highschool hatte sie ihre Sand-

kastenliebe geheiratet und war mit ihm zusammen zum College gegangen. Nach vier Jahren Ehe, zwei Fehlgeburten und mindestens drei Affären Ryans hatten sie getrennte Wege eingeschlagen. Bernie war wieder nach Adams Landing gezogen, hatte als Hilfssheriff angefangen und war vor knapp drei Jahren zum Sheriff gewählt worden, als ihr Vater nach beinahe dreißig Jahren im Amt in den Ruhestand ging.

Robyn wohnte bei ihren Eltern, verbrachte jedoch hin und wieder einige Tage bei Bernie. Diesmal war sie mit einem Koffer in der Hand vor Bernies Tür aufgetaucht und hatte verkündet, dass sie dringend eine eigene Wohnung bräuchte. Brenda Granger, ihre Mutter, war eine altmodische, fromme Südstaatenlady, die wenig von Robyns wechselnden Liebschaften hielt. Und als sie Robyns aktuellen Liebhaber dabei ertappte, wie er sich um fünf Uhr morgens aus dem Haus schlich, war ihr endgültig der Kragen geplatzt.

»Mom hat alle paar Stunden angerufen und nach dir gefragt«, erzählte Robyn. »Sie macht sich Sorgen um dich.«

»Klar macht sie sich Sorgen um mich. Um dich übrigens auch, denn schließlich sind wir beide Singles und kinderlos.«

Robyn grinste. »Ja, man sollte fast meinen, sie hat uns nur gekriegt, damit wir ihr Enkelkinder schenken.«

Bernie ging durch die Küche, öffnete einen Schrank und holte eine Tüte gemahlenen Kaffee heraus. »Hast du mit Mom geredet und dich wieder mit ihr versöhnt?« Sie nahm die Glaskanne aus der Kaffeemaschine, trug sie zur Spüle und füllte sie mit kaltem Wasser.

»Du weißt doch, wie Mom ist. Sie redet nicht mit einem, sondern hält Predigten. Nein, wir haben uns nicht wieder vertragen und werden es wohl auch nicht tun. Mein Gott, sie ist in den Fünfzigern aufgewachsen und noch gar nicht im einundzwanzigsten Jahrhundert angekommen. Weißt du, was sie mir über außerehelichen Geschlechtsverkehr gesagt hat?«

Bernie schnalzte kurz mit der Zunge. »Hmm … lass mich raten. Erwähnte sie zufällig den alten Spruch von dem Mann, der keine Kuh kauft, wenn er die Milch umsonst haben kann?«

Robyn kicherte. »Sie könnte sich wenigstens mal was Neues ausdenken, findest du nicht?«

Bernie schüttete das Wasser in die Kaffeemaschine und schaltete sie ein. Dann nahm sie sich eine Tasse aus dem Schrank. »Möchtest du auch?«

»Was?«

»Kaffee. Es ist koffeinfreier. Willst du?«

»Nein danke. Ich muss gleich weg. Paul Landon führt mich nach Huntsville zum Essen aus.«

Paul Landon? Gott stehe uns bei! Robyn konnte es allemal besser treffen als mit Paul. Außer dass der Kerl gut aussah, hatte er nichts zu bieten. Na ja, sein Aussehen und einen reichen Daddy. Er hatte zwei Scheidungen hinter sich, angeblich ein Alkoholproblem, und die ganze Stadt war sich einig, dass er keinen Pfifferling wert war.

Andererseits war nichts dabei, wenn Robyn mit ihm ausging, solange es ihr nicht ernst mit ihm wurde. Und das war eher unwahrscheinlich. Da Adams County nicht direkt überquoll vor begehrenswerten Junggesellen, war es nur verständlich, wenn Robyn sich vorübergehend mit einem der wenigen verfügbaren vergnügte. Bernie selbst hatte das letzte Mal vor vier Monaten ein Date gehabt, mit Steve Banyan. Steve war Witwer, hatte drei Kinder, eine beginnende Halbglatze und den Ansatz eines Bierbauchs. Innerhalb eines Monats waren sie viermal zusammen ausgegangen. Bernie hatte ihn ganz nett gefunden, allerdings auch festgestellt, dass sie nur wenig gemein hatten. Steve war Apotheker, fünfzehn Jahre älter als Bernie und so, wie er über seine verstorbene Frau sprach, offensichtlich immer noch sehr verliebt in sie.

»Hör mal, falls ihr zwei beschließt, die Nacht gemeinsam zu verbringen, dann seid ihr entweder sehr, sehr leise oder ihr nehmt euch gleich ein Motelzimmer«, sagte Bernie. »Ich bin todmüde und brauche dringend Schlaf.«

»Das ist unser erstes Date«, erwiderte Robyn. »Da ist es höchst unwahrscheinlich, dass ich mich gleich von ihm ins Bett zerren lasse. Auch wenn Mom mich gern für hoffnungslos verkommen hält, habe ich doch meine Prinzipien.«

Bernie rang sich ein mattes Lächeln ab. Gott, sie war entsetzlich müde und wollte nur noch eine Tasse Kaffee und ein Sandwich, gefolgt von einem langen, heißen Bad. Und anschließend wünschte sie sich zehn Stunden Tiefschlaf. Na ja, wenn sie Glück hatte, blieben ihr sechs. Morgen musste sie zeitig ins Büro, denn der neue Mitarbeiter kam. Seit Bill Palmer nach seinem Herzinfarkt vor mehreren Monaten in den Ruhestand gegangen war, hatte sie keinen Chief Deputy mehr. Erst hatte sie überlegt, jemanden aus ihrem Büro zum Leiter der Ermittlungen zu machen, aber das wäre schwierig geworden, weil sie zwei gleich qualifizierte Mitarbeiter in dieser Abteilung hatte, die auch noch ungefähr gleich viele Dienstjahre vorwiesen. Als sie, wie so oft, ihren Dad um Rat bat, empfahl er ihr, sich jemanden von außerhalb zu holen.

»Man kann nie wissen, ob nicht irgendwo gerade ein hochqualifizierter Polizist sitzt, der einen Tapetenwechsel braucht«, hatte R.B. Granger gesagt. In Bernies Augen war

Robert Bernard Granger der beste Polizist, den es je gegeben hatte. »Ich habe noch Kontakte in Alabama, Tennessee und Georgia. Soll ich ein bisschen herumtelefonieren? Vielleicht finde ich jemanden für dich. Du wirst dich natürlich auch umhören. Möglicherweise hast du in Huntsville oder Chattanooga Glück. In den Großstädten gibt es immer mal wieder Männer, die gerne irgendwohin wechseln, wo es etwas ruhiger zugeht.«

»Oder Frauen.«

»Wie?«

»Männer oder Frauen, Dad. Hast du vergessen, dass der Sheriff von Adams County eine Frau ist?«, fragte sie halb im Scherz. Seit ihr kleiner Bruder Bobby mit zwölf Jahren bei einem Pfadfinderpicknick im Fluss ertrank, war die etwas burschikosere Bernie für ihren Vater eine Art Ersatzsohn. Sie hatte an der Highschool Basketball, Fußball und Softball gespielt, wenn auch mehr ihrem Vater zuliebe als wegen der eigenen Freude am Sport. Und sie war diejenige, die mit ihm Fußballspiele im Fernsehen ansah, mit ihm zum Angeln ging und sogar einmal im Jahr auf dic Jagd.

R. B. Granger hatte den Arm um Bernie gelegt und gesagt: »Du weißt doch, wie stolz ich auf dich bin. Du setzt die Familientradition fort. Mit dir stellt die Grangerfamilie in der dritten Generation den Sheriff von Adams County.«

Draußen hupte ein Auto und riss Bernie jäh aus ihren Gedanken in die Gegenwart zurück – und in ihre Küche.

»Das wird Paul sein«, sagte Robyn.

»Na, da haben wir ja einen wahren Gentleman! Statt zur Tür zu kommen, hupt er nach dir.«

Robyn stöhnte. »Du hörst dich schon an wie Mom.« Sie sprang auf, hauchte Bernie einen flüchtigen Kuss auf die

Wange und lief aus der Küche, wobei sie laut rief: »Hab dich lieb, Schwesterherz! Warte nicht auf mich.«

Bernie hörte ihre Schwester noch kichern, ehe die Haustür ins Schloss fiel. In dem Moment, da Bernie allein war, drehte sie seufzend den Kopf und dehnte die schmerzenden Nackenmuskeln. Als sie auf die Kanne in der Kaffeemaschine blickte und sich gerade eine Tasse einschenken wollte, bevor sie sich ein Sandwich machte, schrillte das Telefon. Sogleich beschleunigte sich ihr Herzschlag. Mehrere ihrer Hilfssheriffs durchkämmten noch mit der Polizei von Adams Landing und einigen Freiwilligen aus Jackson County das Gebiet um Craggy Point. Ein Augenzeuge schwor, er hätte dort gesehen, wie eine Frau, auf die Stephanies Beschreibung passte, mit einem stämmigen Schwarzen stritt – an einer Raststätte.

»Sheriff Granger.« Sie umklammerte den Hörer krampfhaft, bis ihr Blick auf die Rufnummernanzeige fiel und sie stöhnte.

»Bin ich beruhigt, dass du zu Hause bist«, sagte Brenda Granger. »Hast du was gegessen und ein Bad genommen? Soll ich kommen und dir schnell was kochen? Ich könnte dir auch Reste von unserem Abendessen bringen. Dad und ich hatten Schmorfleisch und …«

»Nicht nötig, Mom. Ich wollte mir gerade ein Sandwich machen.«

»Ein Sandwich? Was für eins?«

»Erdnussbutter und Marmelade«, antwortete Bernie, weil es das Erste war, was ihr einfiel.

»Du ernährst dich viel zu ungesund«, sagte Brenda. »Deshalb wirst du auch diese zehn Pfund nicht los, die du um die Hüften zugelegt hast.«

»Mom, ich bin hundemüde. Können wir nicht ein andermal über meine Essgewohnheiten und mein Gewichtsproblem reden?«
»Natürlich.« Brenda machte eine kurze Pause. »Ich möchte, dass Robyn und du am Sonntag zum Essen kommt.«
»Okay, ich werde kommen, wenn ich kann. Und ich sage Robyn Bescheid, sobald sie …«
»Ist sie nicht da?«
Bernie dachte sich blitzschnell eine Notlüge aus, damit ihr eine längere Diskussion erspart blieb: »Sie ist unter der Dusche. Ich sage es ihr, wenn sie wieder rauskommt, und ich glaube schon, dass sie am Sonntag mitkommt.«
»Schön. Ich habe den neuen Pfarrer eingeladen. Er ist unverheiratet. Außerdem kommen Helen und ihr Sohn Raymond. Raymonds Scheidung ist jetzt übrigens rechtskräftig, deshalb haben Helen und ich beschlossen, dass er sich dringend mal wieder verabreden sollte.«
»Gute Nacht, Mom. Wir sehen uns Sonntag.«
»Ja, Kleines. Gute Nacht.«
Bernie hängte auf. Wenn sie Robyn erzählte, dass ihre Mutter sie am Sonntag zum Essen erwartete und auch noch zwei potenzielle Ehemänner für sie eingeladen hatte, würde ihre Schwester gewiss ausflippen. Aber letztlich würden sie selbstverständlich beide hingehen und die hartnäckigen Kuppelversuche der verzweifelten *Möchtegern*-Großmutter über sich ergehen lassen.

Jim Norton schloss die Tür seiner gemieteten Doppelhaushälfte in der Washington Street auf. Während der Fahrt durch die Stadt war ihm aufgefallen, dass viele der Straßen in Adams Landing nach Präsidenten benannt waren – Washington, Jefferson, Madison, Monroe. Bevor er hineinging, tastete er nach einem Lichtschalter, den er auch prompt fand. Er hatte das Haus angemietet, ohne es vorher gesehen zu haben, weil es komplett möbliert und einzugsfertig angeboten worden war. Nachdem er ins Haus gegangen und seinen Koffer auf dem Dielenfußboden abgestellt hatte, schloss er die Tür hinter sich und verriegelte sie.

Das Wohnzimmer sah so aus wie die in den meisten möblierten Häusern. Alles war sauber und ordentlich, wenngleich die Möbel, die Vorhänge und die Teppiche leichte Abnutzungserscheinungen zeigten. Diese Häuser waren eben nicht als Heime gedacht, sondern eher als Schlafplätze für Männer wie ihn. Und er hatte schon seit langem kein Heim mehr, genauer gesagt, seit er von Mary Lee geschieden war. Natürlich hätte er sich auch ein Haus kaufen oder ein hübscheres mieten und selbst möblieren können, doch wozu? Als er für die Polizei in Memphis arbeitete, hatte er kaum Zeit zu Hause verbracht. Eigentlich hatte er in seiner Wohnung dort nur geschlafen, geduscht und gelegentlich gegessen. Es wäre etwas anderes gewesen, wenn Mary Lee und er sich das Sorgerecht für Kevin geteilt hätten. Dann hätte Jim wahrscheinlich ein Haus für sich gekauft. Aber Mary Lee hatte das alleinige Sorgerecht und Jim ein mickriges Besuchsrecht zugesprochen bekommen, wobei Mary Lee auch noch über die Häufigkeit der Besuche entschied.

Heute Abend war er von Memphis aus hierher durchgefahren, auf dem Highway 72 quer durch das nördliche Mississippi und Alabama. Adams County war ein kleiner Bezirk in der nordöstlichen Ecke von Alabama. Die Staatsgrenzen von Tennessee und Georgia waren nur einen Katzensprung entfernt. Der Tennessee River trennte die Bezirkshaupt-

stadt Adams Landing von der nächstgelegenen Stadt Pine Bluff.
Nach der langen Fahrt war Jims Nacken furchtbar verspannt, und sein schlimmes Knie schmerzte höllisch. Eine einzige Unterbrechung zum Tanken hatte er sich auf der Fahrt aus seiner Vergangenheit in seine Zukunft gegönnt. In seine trübe Zukunft. Nicht dass seine Zukunft bei der Polizei von Memphis besonders rosig ausgesehen hätte. Nein, seine Aussichten dort waren überaus trüb gewesen, seit er in Ungnade fiel und zu Unrecht einem Verdacht ausgesetzt worden war, der seine Karriere seither wie eine dunkle Wolke überschattete.
Er ließ seinen Koffer an der Tür stehen und ging durchs Haus. Vom Wohnzimmer kam er in eine kleine, zweckmäßige Küche. Nachdem er dort das Licht ein- und wieder ausgeschaltet hatte, sah er sich erst das eine, dann das andere Schlafzimmer an. Dann kam das Bad. Wanne und Dusche waren kombiniert, der Raum klein, aber sauber. Jim hatte extra ein Haus mit zwei Schlafzimmern genommen, weil er wollte, dass Kevin sein eigenes Zimmer hatte, wenn er ihn hier besuchen kam.
Er ließ das Licht im Bad an und ging hinüber zum Bett, auf dessen Kante er sich setzte. Bevor er sich hinlegte, sollte er wenigstens seine Zähne putzen, dachte er, obwohl ihm der Gedanke kam, dieses eine Mal gegen die übliche Routine zu verstoßen. Also streifte er Schuhe und Socken ab, zog sich bis auf die Boxershorts aus und stieg ins Bett.
Mehrere Minuten lag er da und rechnete damit, sofort einzuschlafen. Erst nachdem er eine ganze Weile gewartet hatte, wurde ihm klar, dass er erst etwas gegen die Schmerzen im Knie nehmen musste, bevor ihm Schlaf beschieden wäre. Er

hatte zwei Möglichkeiten, die sich beide in seinem Koffer befanden: entweder Whiskey oder das Schmerzmittel, das ihm der Arzt verschrieben hatte. Widerwillig stand er auf, holte seinen Koffer ins Schlafzimmer und wühlte in seinem Kulturbeutel nach dem Plastikfläschchen. Dann nahm er eine Tablette und legte sich wieder ins Bett. Er starrte hinauf an die Decke und beobachtete das Schattenspiel auf den weißen Dämmplatten. Das Licht im Bad hatte er angelassen und die Tür nur leicht angelehnt, weil er Dunkelheit hasste, vor allem wenn er in einem fremden Zimmer schlief.

Wenn die Tablette nur schnell wirkte. Jim wünschte, sie wäre zugleich Schmerz- und Schlafmittel, denn wenn sie ihn nicht schläfrig machte, würde er mal wieder ins Grübeln verfallen. Dann lag er Stunden wach und dachte an Mary Lee und Kevin und daran, wieso er in dieser verschlafenen Kleinstadt war. Und solche Gedanken waren nichts als eine sinnlose Übung in Selbsterniedrigung.

Er hatte Mary Lee an der Universität von Tennessee kennengelernt und sich unsterblich in sie verliebt. Gleich nach seinem Examen hatten sie geheiratet. Die ersten paar Jahre waren gute Jahre gewesen. Eine Zeitlang waren sie glücklich. Und Kevins Geburt war der beste Tag in Jimmys Leben gewesen. Er hatte nie gewusst, dass man jemanden so sehr lieben konnte, wie er seinen Sohn liebte. Damals glaubte Jimmy noch, die Welt stünde ihm offen. Zwar war der Traum von einer Profikarriere im Football mit der Knieverletzung begraben, aber dafür hatte er eine neue und vielversprechende Laufbahn bei der Polizei von Memphis eingeschlagen. Schnell hatte er es zu einem der jüngsten Detectives gebracht, und das Leben war auf einmal schön. Bis sein Übermut und seine dämliche Arroganz seinen Partner das Leben kosteten.

Danach war alles in die Brüche gegangen, einschließlich seiner Ehe. Als er Mary Lee mit einem anderen Mann im Bett ertappte, wollte er beide auf der Stelle umbringen. Und das hätte er auch beinahe getan. Beinahe.

An jenem Tag war er aus seinem Haus marschiert, und zwei Wochen später reichte er die Scheidung ein. Das Wort »verzeihen« kam in Jims Wortschatz nicht vor, denn seiner Meinung nach gab es einige Sünden, die unverzeihlich waren.

Während der letzten sieben Jahre hatte Mary Lee ihm das Leben so schwergemacht, wie sie irgend konnte. Erst versuchte sie, Kevin gegen ihn aufzubringen, dann machte sie dauernd Zicken wegen des Besuchsrechts. Folglich war er nicht einmal überrascht gewesen, als sie vor sechs Monaten wieder heiratete und ihm daraufhin verkündete, sie würde mit ihrem neuen Mann nach Huntsville ziehen. Kevins Stiefvater war kürzlich in die »Raketenstadt« versetzt worden.

»Du kannst ja alle paar Monate nach Huntsville kommen und Kevin besuchen«, hatte Mary Lee gesagt. »Und er kann jeden Sommer für eine Woche zu dir kommen.«

»Auf keinen Fall!«

Ihm war klar gewesen, dass es keinen Sinn hatte, erneut vor Gericht zu ziehen. Mary Lee mochte eine Schlampe sein, aber sie war keine schlechte Mutter. Und Jim hatte durch sein Verhalten bereits vor Jahren bewiesen, dass er kein besonders guter Vater war. Damit blieb ihm nur eine Möglichkeit, wenn er seinen Sohn regelmäßig sehen wollte: Er musste näher nach Huntsville ziehen. Sechs Monate hatte es gedauert, bis er einen Job – den richtigen Job – in der Nähe von Huntsville gefunden hatte. Schließlich musste er genug verdienen, um seinen Unterhaltspflichten nachzukommen und auch noch selbst zu leben. Die Position des Chief Deputy in einer Kleinstadt war

eine Degradierung gegenüber der eines Lieutenants bei der Polizei von Memphis und bedeutete eine Gehaltsminderung von über zwanzigtausend Dollar im Jahr. Aber nach seinen Berechnungen reichte es, da die Lebenshaltungskosten hier geringer waren als in der Großstadt.
Und für Jim zählte vor allem, dass er nun nicht einmal eine Stunde von seinem Sohn entfernt wohnte.

Stephanie fragte sich, wann er zurückkäme. Ohne Kalender oder Uhr wusste sie weder welcher Tag noch wie spät es war. Es könnte zwölf Uhr mittags oder Mitternacht sein. In dem Raum waren keine Fenster, und das einzige Licht kam von der nackten Glühbirne an der Decke, die zu hoch hing, um ohne Leiter heranzukommen. In den ersten Tagen hatte sie, wann immer er sie allein ließ, alles versucht, um zu entkommen. Aber sie erkannte bald, dass sie nur auf demselben Weg hier rausgelangen könnte, auf dem sie hereingekommen war: durch die Tür oben an der Treppe, durch die er sie in den Keller hinuntergezerrt hatte. Vor einer Woche? Vor zwei Wochen? Ihr kam es vor, als wäre sie seit einer Ewigkeit hier unten eingesperrt.
Er fesselte sie nicht mehr, wenn er ging. Sie konnte sich in dem dreieinhalb mal dreieinhalb Meter großen Raum frei bewegen. Wahrscheinlich handelte es sich um den einzigen Kellerraum eines teilunterkellerten alleinstehenden Hauses oder sonstigen Gebäudes. In der Ecke befanden sich eine Dusche, ein Waschbecken und eine Toilette in einer Art Holzkabine, als wäre dieser Bereich einmal als Ersatzschlafzimmer mit Bad geplant gewesen. Die Holzwände mussten ursprünglich gelb gestrichen gewesen sein, waren allerdings zu einem schmutzigen Cremeton verblasst.

Der ganze Raum war feucht und schimmelig. Der Gestank haftete allen Gegenständen darin an, was jedoch nicht viele waren – ein Bett mit Stahlrohrgestell, ein Stuhl und ein Schreibtisch. Sie musste sich an den Schreibtisch setzen, wenn er ihr Essen brachte, was er fast täglich tat. Zuerst hatte sie sich geweigert zu essen, aber dann bestrafte er sie und sagte, er würde ihr nicht erlauben, sich zu Tode zu hungern.
Als er sie das erste Mal vergewaltigte, hatte sie sich gewehrt. Doch sie begriff schnell, dass die Strafe umso härter ausfiel, je mehr sie sich widersetzte. Dabei folterte er sie nie so sehr, dass sie ohnmächtig wurde. Noch nicht. Er quälte sie gerade genug, damit sie schrie, denn das gefiel ihm. Manchmal vergewaltigte er sie mit einer Flasche oder einem Phallus aus Holz, bevor er sie bestieg. Und er liebte es, sie zu beißen. Überall auf ihrem Körper fanden sich Abdrücke seiner Zähne, nebst Dutzenden von kleinen Brandnarben, wo er ihr brennende Zigaretten in die Haut gedrückt hatte. Die meisten Verbrennungen waren auf ihrem Po und ihren Brüsten.
Er hatte sie so viele Male vergewaltigt und sie so oft gefoltert, dass sie an gar nichts anderes mehr denken konnte. In ihrem Kopf war einfach kein Platz mehr für das Leben, das sie hatte, bevor der Irre sie entführte. Dabei hatte sie keineswegs schnell aufgegeben oder etwa aufgehört zu hoffen und zu beten, sie möge entkommen. Wieder und wieder war sie die Treppe hinaufgestiegen, die in die Welt draußen führte, hatte gegen die Tür gehämmert und um Hilfe geschrien. Aber es gab keine Hilfe für sie, keine Hilfe auf Rettung. Vor ihr lag nichts als noch mehr Verzweiflung und Misshandlung.
Sie wollte sterben. Sie sehnte sich nach dem Tod. Nur wenn sie starb, wäre sie endlich frei von ihm. Aber in diesem Raum war nichts, was sie benutzen konnte, um sich das Leben zu

nehmen. Also konnte sie nur darauf hoffen, dass er ihrer bald überdrüssig würde und sie umbrachte.
Das Schloss in der Tür klickte. Stephanies Körper verkrampfte sich, und sie wollte schreien. Stattdessen stand sie wie versteinert da. Sie wusste, dass das Monster die Tür öffnen und die Treppe herunterkommen würde.
Sie horchte, die Augen auf die Holztreppe gerichtet, und hörte seine Schritte. Langsam und gleichmäßig, ohne jede Eile. Er ließ sich Zeit.
»Guten Abend, Stephanie«, sagte er mit einem selbstzufriedenen Lächeln.
»Ist es Abend?«
»Ja, es ist fast elf Uhr.«
Er sah sie an. Seine Augen wanderten von ihrem zerzausten Haar bis zu ihren nackten Zehen. Er brauchte nichts zu sagen, denn sie wusste auch so, was er von ihr erwartete. Ihr war gestattet, einen schwarzen Morgenmantel zu tragen, sonst nichts, und auch das nur, wenn er nicht da war. Mit tauben, zitternden Fingern löste sie den Gürtel und schob sich den Mantel von den Schultern. Er fiel hinunter und landete als weiche, schwarze Wolke zu ihren Füßen.
»Meine bezaubernde Stephanie.«
Er kam zu ihr, nahm ihre Hand und führte sie zum Bett. Auch hier brauchte er nichts mehr zu sagen. Sie legte sich hin, spreizte die Beine und breitete die Arme aus.
»Du gibst dir solche Mühe, mir zu gefallen«, sagte er. »Das liebe ich an dir.«
»Ich liebe dich«, sagte sie, weil sie wusste, dass er es hören wollte. »Ich will dich mehr, als ich jemals einen Mann gewollt habe. Bitte, Liebling, schlaf mit mir.«
Schnell und ungeduldig wie immer zog er sich aus. Was

würde er ihr heute antun? Er musste ihr zuerst irgendwelche Schmerzen zufügen, bis er erregt genug war, um sie zu vergewaltigen.

Aber nein, diesmal anscheinend nicht. Als er über ihr stand, heftig atmend und mit einem irren Funkeln in den Augen, sah sie, dass sein Penis schon vollständig erigiert war.

»Dreh dich um«, befahl er ihr.

Da sie wusste, was er vorhatte und dass es zwecklos war, sich zu widersetzen, rollte sie sich auf den Bauch. Sie wartete auf den ersten Schlag, doch er kam nicht. Stattdessen streichelte er ihren Po und das beinahe zärtlich. Dann fühlte sie, wie er auf sie stieg. Sie hielt den Atem an und im nächsten Moment rammte er in sie hinein. Während sie vor Schmerz wimmerte, stieß er immer kräftiger zu und kam binnen Minuten. Er war noch in ihr, als er ihre Schulter küsste. Im nächsten Augenblick griff er in ihr Haar und riss ihren Kopf hoch.

Das hatte er noch nie zuvor getan, und so wusste sie nicht, was sie als Nächstes erwartete. Plötzlich fühlte sie etwas, das unter ihrem Kinn gegen ihren Hals drückte.

»Möchtest du, dass ich dich freilasse, mein Liebling?«, fragte er.

Und da war ihr klar, dass er ihr ein Messer an die Kehle hielt.

Nein, bitte bring mich nicht um, flehte etwas in ihr. Es war jener winzige Teil ihres Bewusstseins, der leben und daran glauben wollte, dass immer noch Hoffnung bestand. Und der verängstigte, gequälte Teil in ihr, der es nicht länger ertragen konnte zu leiden, sagte laut: »Ja, bitte. Bitte lass mich frei.«

Und mit einem kurzen, tiefen Schnitt der scharfen Klinge beendete er ihre Beziehung.

Kapitel 2

Trotz des fremden Hauses und des fremden Bettes hatte Jim gut geschlafen. Das verdankte er dem verschriebenen Schmerzmittel. Es wäre ein Leichtes gewesen, schon seit Jahren abhängig von dem Zeug zu sein, und Jim war dem weiß Gott einige Male auch gefährlich nahe gekommen. Aber hätte er sich der Tablettenabhängigkeit ergeben, wäre sein Leben endgültig vorbei gewesen. Er war vierzig Jahre alt, unverheiratet und ungebunden, hatte zwei mehr oder weniger kaputte Knie, kam gerade eben über die Runden und musste all seine Energie aufwenden, um eine halbwegs normale Vater-Sohn-Beziehung zu seinem einzigen Kind aufrechtzuerhalten. Und hier stand er nun an diesem sonnigen, strahlenden Donnerstagmorgen und fürchtete sich davor, seinen neuen Job anzutreten, der in aller anderer Augen als ein echter Abstieg gegenüber dem Posten des Detectives bei der Polizei von Memphis galt.

Er parkte seinen ziemlich heruntergekommenen Chevy-Pick-up in dem Bereich des Gerichtsparkplatzes, der für die Mitarbeiter des County-Sheriff-Büros reserviert war. Nachdem er ausgestiegen war und die Türen verriegelt hatte, fiel sein Blick auf die anderen geparkten Wagen, und er lachte leise vor sich hin. War ja klar, dachte er. Keines der anderen Autos war so alt und verbeult wie seines. Neben einem Geländewagen fiel ihm vor allem ein anderes auf. Es handelte sich um ein neueres weißes Cabriomodell von Mustang, dessen Verdeck offen war. Wer immer der Besitzer dieses kleinen Sportwagens sein mochte, er war offensichtlich überzeugt, dass es heute keinen Regen geben und niemand es wagen würde, irgendwelchen Unfug mit dem offenen Wagen anzustellen. Jim vermutete, dass der Besitzer jung war – vielleicht dreißig oder noch jünger – und natürlich Single. Ja, es musste dieser Typ Mann sein, der es genoss, hinter dem Steuer eines Autos zu sitzen, um das ihn andere Männer beneideten. Solche Männer traten gewöhnlich gern in Begleitung vollbusiger Mädchen auf, mit denen sie ebenso prahlen konnten wie mit ihrem Wagen.

Der Geländewagen, an dem Jim vorbeiging, fiel ihm vor allem deshalb auf, weil er blitzsauber war, als käme er direkt aus der Waschanlage. Auf der Fahrt hierher gestern hatte er an den Schlammpfützen gesehen, dass es in Adams Landing kürzlich geregnet haben musste. Er blieb einige Sekunden stehen und blickte in den unglaublich sauberen schwarzen Jeep Cherokee. Der Boden war makellos, und auf den Sitzen und Ablagen lag außer einem zusammengeklappten schwarzen Regenschirm überhaupt nichts herum. Der Jeep-Halter musste wohl ein Ordnungsfanatiker sein, jemand mit einem ausgeprägten Bedürfnis, alles in seinem Leben zu kontrollieren. Solche Menschen dachten nur in geraden Linien und duldeten es nicht, wenn irgendwas oder irgendwer aus der Reihe tanzte.

Jim wurde klar, dass es keinen guten Eindruck machte, wenn er hier stand und in ein fremdes Auto starrte, also beendete er seine Inspektion und ging auf den Seiteneingang zu, der in den Nordflügel des zweigeschossigen Gebäudes führte. Wie in so vielen amerikanischen Städten, insbesondere im Süden, stand das Gerichtsgebäude von Adams County mitten in der Stadt. Die Gesetzeshüter bildeten den Stadtkern, von dem alle Straßen in einem Gittermuster abgingen. Der Haupteingang mit den weißen Säulen zu beiden Seiten führte zur

Main Street. Zwei große, wettergegerbte Statuen von Bürgerkriegsgenerälen ragten rechts und links vom gepflasterten Weg empor, der den Gehweg an der Straße mit der vorderen Veranda des Gerichtsgebäudes verband. Die Rückseite des Baus zeigte zur Adams Street. Gleich gegenüber war die Post, flankiert von Long's Hardware und Adams Landing Dry Cleaners. Der seitliche Eingang zum Sheriff-Büro lag an der Washington Street, einer Allee, in der sich die örtliche Bücherei auf der Ecke Main und Washington Street befand und das Bezirksgefängnis auf der Ecke Washington und Adams Street. Zwischen der Bücherei und dem Gefängnis fanden sich zwei alte viktorianische Bauten, in denen ein Antiquitätenladen und ein Radiosender waren.

Jim atmete die frische Morgenluft tief ein, streckte die Schultern durch, öffnete die Tür und schritt den langen Holzdielenflur hinunter. In dem Moment, da er das Gebäude betrat, sah er ein Schild über der ersten Tür, das nach rechts wies und auf dem »SHERIFF« stand. Als er auf das Büro zuging, bemerkte er, dass die Tür offen stand, als wäre jedermann eingeladen, hineinzugehen und es sich bequem zu machen. Er war kaum über die Schwelle, als eine attraktive junge Frau in der typischen braun-beigefarbenen Uniform eines Alabama-Deputys lächelnd auf ihn zukam. Sie hatte einen Kaffeebecher in der Hand. Schlank und blond, stellte Jim fest. Nicht hübsch, aber niedlich. Ihre Fingernägel waren kurz und in leuchtendem Pink lackiert.

»Hi, ich bin Deputy Holly Burcham.« Sie nahm ihren Kaffeebecher von der rechten in die linke Hand und streckte Jim ihre Rechte hin.

Er schüttelte ihr die Hand und stellte sich vor. »Ich bin Jim Norton.«

Sie lächelte freundlich. »Dachte ich mir.« Dann blickte sie auf die Wanduhr, die sieben Uhr zweiundvierzig zeigte. »Sie sind früh dran.«

»Ich wollte einen guten Eindruck machen«, sagte er, nur halb im Scherz. »Ist ja mein erster Tag.« Er erwiderte ihr Lächeln mit deutlicher Zurückhaltung.

»Tja, dann kommen Sie nur herein. Nehmen Sie sich erst mal einen Kaffee, dann stelle ich Sie ein paar Leuten hier vor.«

Holly beließ es nicht bei der verbalen Einladung, sondern ergänzte sie auch noch um eine physische. Sie nahm seinen Arm, warf ihm ein sehr einladendes Lächeln zu und zog ihn mit sich zu einer Kaffeemaschine in der Ecke, gegenüber von einem großen Schreibtisch. Jim vermutete, dass dort normalerweise die Sekretärin des Sheriffs saß.

Nachdem er sich von Holly befreit hatte, nahm er sich einen Styroporbecher von einem Stapel auf dem Tisch und füllte ihn beinahe randvoll mit Kaffee. Er nippte daran und stellte überrascht fest, dass er erstaunlich gut schmeckte.

»Lisa macht tollen Kaffee«, sagte Holly.

Jim folgte Hollys Blick, der auf eine kleine, attraktive Farbige gerichtet war, die sich in diesem Moment hinter den Schreibtisch setzte und lächelnd zu Jim aufsah.

»Lisa, das ist Jim Norton, unser neuer Chief Deputy«, erklärte Holly. »Jim, das ist Lisa Wiley, Bernies Verwaltungs assistentin.«

Als Lisa lächelte, bemerkte Jim erst richtig, wie hübsch sie war. Sie musste ungefähr Ende dreißig sein, hatte sehr kurzes, bronzefarbenes Haar, war schlank und feingliedrig mit großen schwarzen Augen und einer makellosen braunen Haut.

»Willkommen in Adams County«, sagte Lisa. »Ich hoffe,

es wird Ihnen bei uns gefallen. Die Zusammenarbeit mit Bernie werden Sie sicher genießen, denn sie ist einfach die Beste.«

»Danke.« Jim trank noch einen Schluck Kaffee. »Ist Sheriff Granger schon da?« Er sah sich zu dem Bereich um, in dem die »Straßen-Deputys« ihre Papierarbeit der letzten Schicht erledigten. Vier Hilfssheriffs saßen da, und sie alle musterten Jim interessiert. Dabei konnte Jim nichts Wertendes an der Art ausmachen, wie sie ihn betrachteten. Er schätzte, die meisten von ihnen würden abwarten, ob sich der Starbulle aus Memphis als ein ganz normaler oder eher ein arroganter Kollege entpuppte.

»Na klar ist sie da«, antwortete Lisa. »Bernie ist eigentlich immer die Erste morgens und die Letzte abends. Ich sage ihr, dass Sie hier sind.«

Lisa stand von ihrem Schreibtisch auf, ging zu einer Milchglastür und klopfte. Dann öffnete sie die Tür und sagte: »Sheriff Granger, Captain Norton ist hier.«

Jim wartete darauf, dass er hereingebeten wurde. Er wollte unbedingt den richtigen Einstieg finden, war es für ihn doch ein absolutes Novum, unter der Leitung einer Frau zu arbeiten. Und da er nicht unbedingt der Gewandteste war, wenn es um politisch korrektes Verhalten ging, hatte er keine Ahnung, was bei einem weiblichen Sheriff ankam und was nicht.

»Er möchte bitte hereinkommen«, erwiderte eine weibliche Stimme. Der Klang gefiel ihm. Er hatte nichts Mädchenhaftes, enthielt kein nasales Jammern und auch kein tiefes, kehliges Trällern. Stattdessen war es eine feste und sichere Stimme, die zugleich die typische Weichheit des Südstaatenakzents besaß.

»Gehen Sie nur hinein, Captain Norton.« Lisa trat beiseite, damit er durch die Tür gehen konnte.
Der Rang eines Captains war eher ungewöhnlich für die Position, die er hier in Adams County innehaben würde, aber für jemanden, der fünfzehn Jahre Berufserfahrung mitbrachte, war er durchaus beachtlich. Rang und entsprechendes Gehalt waren der Hauptgrund, weshalb Jim sich auf diesen Posten beworben hatte. Was allerdings niemand wusste, war, dass er den Job auch angenommen hätte, wären die Bedingungen ungünstiger gewesen.
»Nennen Sie mich ruhig Jim«, sagte er zu Lisa, als er auf die offene Tür zum Sheriff-Büro zuging.
»Dann nennen Sie mich auch Lisa«, entgegnete sie leise, als er sich ihr näherte.
Bei seinem Eintreten stand die Frau hinter dem großen alten Holzschreibtisch auf. Sie war groß und sah ihn direkt an.
»Kommen Sie herein und schließen Sie bitte die Tür«, sagte sie.
Er tat, was sie gesagt hatte, und stand dann ungefähr zwei Meter von ihr entfernt schräg vor dem Schreibtisch, wo er wartete, dass sie etwas sagte oder tat. Sie starrten sich mindestens eine Minute lang gegenseitig an.
Das war also Sheriff Bernadette Granger. Jim wusste nicht genau, was er erwartet hatte. Vielleicht eine ältere oder härter aussehende Frau. Natürlich hatte er nicht mit einem hübschen Püppchen gerechnet, was Sheriff Granger eindeutig nicht war. Sie war groß – er schätzte sie um die Einsachtzig – kräftig und sportlich. Seine Mama hätte sie »grobschlächtig« genannt. Sie trug flache braune Lederschnürschuhe, eine braune Uniformhose und eine weiße Bluse mit geknöpftem Kragen. An der Brusttasche der Bluse klemmte ein Acrylna-

mensschild. Ihr mittelbraunes Haar war zu einem strengen Pferdeschwanz gebunden, der ihr genau bis zu den Schultern reichte, was bedeutete, dass es ziemlich sein musste. Kleine goldene Ohrringe baumelten an ihren Ohren, und ihr Make-up beschränkte sich auf pfirsichfarbenen Lippenstift und einen Hauch Rouge. Nein, Sheriff Granger war nicht hübsch, aber sie hatte ein ansprechendes Gesicht. Und vor allem wirkte sie auffallend ordentlich.

Der schwarze Jeep Cherokee gehörte bestimmt ihr.

»Setzen Sie sich.« Sie zeigte auf einen der beiden Stühle vor ihrem Schreibtisch.

Jim wählte den rechten Stuhl, und nachdem er sich hingesetzt hatte, nahm sie wieder hinter dem Schreibtisch Platz.

»Lassen Sie mich Ihnen zuerst sagen, dass ich mich freue, Sie in unserem Team zu haben. Sie sind mir wärmstens empfohlen worden, und wir schätzen uns glücklich, dass Sie sich für einen Posten beim Adams County Sheriff-Büro entschieden haben.« Sie verstummte, als erwartete sie eine Antwort. Da Jim schwieg, fuhr sie fort: »Unsere Ermittlungsabteilung besteht aus fünf Leuten. Zwei von ihnen hatten sich für die Position des Chief Deputys beworben, aber ich kann Ihnen versichern, dass keiner der beiden irgendwelche Schwierigkeiten machen wird. Ron Hensley und John Downs sind sehr engagierte und qualifizierte Mitarbeiter.«

Wie Jim wusste, waren die meisten Sheriffs sowohl Politiker als auch Polizisten, wobei einige eher Ersteres waren. Sheriff Granger jedenfalls beherrschte das diplomatische Auftreten, wie es zum Grundstock eines jeden Politikers zählte, aufs Beste. Allerdings würde Jim sich mit einem endgültigen Urteil Zeit lassen, bis er die Frau besser kannte. Und was die Hilfssheriffs Hensley und Downs anging, war Jim ziemlich überzeugt, dass einer oder beide ihn auf Anhieb hassen würden. Niemand ließ sich gern bei einer Beförderung übergehen.

»Ich bin sicher, dass ich keine Probleme mit den Hilfssheriffs haben werde«, sagte er. Es war eine glatte Lüge, und das wussten sie beide.

Sheriff Granger lächelte. Ihr Lächeln gefiel ihm, weil es so natürlich wirkte. Und sein Instinkt sagte ihm, dass die Frau insgesamt sehr echt war – eine bodenständige, schnörkellose und direkte Frau, die niemandem etwas vormachte. »Sobald Sie den nötigen Papierkram erledigt und alles Übliche geregelt haben, gehe ich mit Ihnen rüber zum Gefängnis, zeige Ihnen Ihr Büro und stelle Sie den anderen in der Abteilung vor.«

»Klingt vernünftig.«

»Anschließend fahre ich Sie ein bisschen in Adams Landing herum und lade Sie zum Mittagessen ein. Unser Staatsanwalt, Jerry Dale Simms, wird mit uns essen. Er freut sich schon darauf, Sie kennenzulernen. Sie werden Jerry Dale mögen. Jeder mag ihn.«

»Es ist sehr nett von Ihnen, dass Sie sich die Zeit nehmen, mich persönlich einzuführen, Sheriff Granger. Ich weiß Ihre Mühe zu schätzen.« Okay, warum führten ihn der Sheriff und der Staatsanwalt zum Mittagessen aus? Zwar hatte er nichts dagegen, aber er wunderte sich.

Als hätte sie seine Gedanken gelesen, sagte sie: »Sie fragen sich, warum der Sheriff und der Staatsanwalt einen neuen Chief Deputy zum Lunch einladen, nicht wahr?« Sie lachte. »Um ehrlich zu sein, Jerry Dale ist ganz versessen darauf, den früheren Running-Back Jimmy Norton zu treffen.«

Jim stutzte kurz, dann lachte er. »Hmm …«

Sie stand auf und streckte ihm die Hand entgegen. »Willkommen in Adams Landing.«
Er schüttelte ihre Hand. Sie packte fest und selbstsicher zu, und für eine ganze Weile sah sie ihm direkt in die Augen. Von Mann zu Mann sozusagen. Und dennoch war an Bernadette Granger nichts Maskulines.
»Holly wird Ihnen draußen alles zeigen und Sie mit den anderen bekanntmachen. Und wenn Sie alle Formalitäten hinter sich haben, bringe ich Sie zu Ihrem Büro.«
Jim nickte, da ihm klar war, dass er damit entlassen war, stand auf und ging zur Tür. Dort blieb er mit der Hand auf dem Knauf stehen und drehte sich noch einmal um. »Folgendes sollten Sie noch wissen: Ich bin ein ziemlich direkter Mensch, der nichts von Spielchen hält. Und ich habe schon einige Fehler gemacht, da ich mich nicht immer besonders diplomatisch verhalte oder politisch korrekt. Sollte ich also jemals irgendetwas sagen oder tun, was Sie für unangebracht halten, lassen Sie es mich wissen.«
Ihr Gesichtsausdruck veränderte sich, und das Lächeln verschwand. »Keine Sorge, das werde ich. Normalerweise nehme ich kein Blatt vor den Mund und bin sehr direkt. Folglich werden Sie stets genau wissen, woran Sie bei mir sind.«
Er nickte nochmals, öffnete die Tür und ging hinaus. Kaum hatte er die Tür hinter sich geschlossen, kam auch schon Deputy Holly Burcham lächelnd und mit klimpernden Wimpern auf ihn zu.
»Folgen Sie mir. Ich wurde als Ihre Fremdenführerin auserkoren.«
Jeder Mann würde Holly attraktiv finden. Und er war schließlich auch ein Mann. Aber das Letzte, was er vorhatte, war, etwas mit einer Kollegin anzufangen, vor allem nicht

gleich am ersten Tag. Er brauchte eine Weile, um sich zu orientieren und ein Gefühl für die neue Situation zu bekommen, bevor er auch nur daran dachte, irgendeine persönliche Beziehung einzugehen. Vorerst wollte er nichts weiter als einen erfolgreichen Einstieg in den neuen Job und einen besseren Draht zu seinem Sohn aufbauen. Nur diese beiden Ziele hatte er. Und er vermutete, dass keines von beiden leicht zu erreichen wäre.

Bernie saß still an ihrem Schreibtisch und dachte über ihre kurze Unterredung mit dem neuen Chief Deputy nach. Vor zwanzig Jahren, als Jimmy Norton und Griff Powell die großen Football-Hoffnungen an der Universität von Texas waren, war sie noch ein Kind gewesen. Doch als Wildfang, der alles tat, um die Aufmerksamkeit des Vaters zu gewinnen, hatte sie natürlich alle College- und Profispiele mit ihm zusammen angesehen. Sie erinnerte sich besser an Jimmy Norton als an den anderen Spieler, ja, sie hatte sogar ein bisschen für ihn geschwärmt. Sie und wie viel hundert andere pubertierende Mädchen in den Südstaaten? Damals hing sein Bild gleich neben dem von Tom Selleck als *Magnum* an ihrer Pinnwand. Die Fernsehserie *Magnum* hatten ihr Vater und sie ebenso selten verpasst wie irgendein Spiel. Offen gesagt war sie also kaum weniger aufgeregt als Jerry Dale, endlich Jimmy Norton kennenzulernen.

Aber sie sollte sich daran erinnern, dass sie kein schwärmendes Schulmädchen mehr war, das sich in einen Mann verknallte, dem es nie von Angesicht zu Angesicht begegnet war, und Jim Norton war seit fast zwanzig Jahren kein Supersportler mehr. Na gut, er war immer noch ein ausgesprochen gut aussehender Mann. Genaugenommen hatte er seit damals sogar gewonnen. Er war immer noch groß, schlank und breitschultrig, und sie wollte wetten, dass sich unter seiner Kleidung ein durchtrainierter und muskulöser Körper befand. Bernie musste sogar offen gestehen, dass sie ihn sich für einen kurzen Moment, als sie ihn ansah, nackt vorgestellt hatte.

Nach allem, was sie von ihm gehört hatte, überraschte sie der ziemlich abgekämpfte Eindruck, den er machte, nicht sonderlich. Aber irgendwie machte ihn dieses leicht Verhärmte noch umso anziehender.

Meine Güte, nun hör schon auf damit. Du bist zweiunddreißig und nicht zwölf. Du warst verheiratet, bist geschieden, hast dir das Herz brechen lassen und auf die harte Tour gelernt, dass die wenigsten Männer sind, was sie scheinen. Ganz abgesehen davon bist du Jimmy Nortons Vorgesetzte.

Und falls diese Fakten noch nicht ausreichten, um ihren heißen Phantasien eine kalte Dusche zu verpassen, dann sollte sie wenigstens die Tatsache, dass sie keinerlei *Ich-finde-dich-auch-anziehend*-Schwingungen von ihm empfangen hatte, wieder auf den Boden der Tatsachen bringen. Dennoch war es seltsam, dass sie sich problemlos eingestehen konnte, Jim Norton attraktiv zu finden – sehr attraktiv sogar –, wo sie sich nicht einmal mehr erinnerte, wann sie das letzte Mal ein Mann in Erregung versetzt hatte. Es war so lange her, dass sie Sex gehabt hatte, dass sie praktisch als wiedergeborene Jungfrau durchgehen könnte.

Sie war tief in Gedanken versunken und schrak entsprechend auf, als Lisa sie anpiepste. »Sheriff Mays ist auf Leitung eins.«

Bernie zwang sich, ihre Teenager-Erinnerungen zu verdrängen, und drückte auf den Knopf mit der Eins auf ihrem Telefon. »Hallo, Ed.«

»Hallo, Bernie. Hast du schon was Neues über Stephanie?«
»Nein, tut mir leid, noch nichts.«
»Gott, bei mir zu Hause ist es furchtbar. Meine Frau tut alles, was in ihrer Macht steht, um ihre Schwester zu beruhigen. Judy sagt Emmy wieder und wieder, dass sie die Hoffnung nicht aufgeben darf, aber wir sind alle ganz krank vor Sorge um Stephanie. Seit zwei Wochen wird sie jetzt vermisst, und deine und meine Leute haben die Bezirke Jackson und Adams fast vollständig abgesucht.«
»Ed, bist du sicher, dass ihr Ehemann sie nicht umgebracht haben kann?« Normalerweise war Bernie nicht so plump, wenn sie mit Angehörigen sprach, aber Ed war nicht nur Stephanie Prestons angeheirateter Onkel, sondern auch der Sheriff von Jackson County. Er wusste, dass nicht selten ein Mord am Ehepartner hinter einem angeblichen Vermisstenfall steckte.
»Mein Gott, nein! Kyle ist völlig am Boden. Der Arzt hat ihn auf Beruhigungsmittel gesetzt, und wir sorgen dafür, dass rund um die Uhr jemand bei ihm ist. Sollte Stephanie tot sein, besteht die Gefahr, dass der Junge sich was antut.« Ed verstummte kurz. Seine Gefühle setzen ihm zu, dachte Bernie. »Die beiden sind erst seit fünf Monaten verheiratet. Er hat ihr letzte Weihnachten den Antrag gemacht, und am Valentinstag war die Hochzeit.«
»Ich wünschte, ich könnte mehr tun. Sag mir, wenn es irgendetwas gibt, was es auch sei, das ich für dich tun kann.«
»Ich begreife nicht, wie sie so verschwinden konnte, ohne den Hauch einer Spur. Als sie zuletzt gesehen wurde, kam sie aus dem Abendkurs und ging zu ihrem Wagen. Aber ihr habt ihren Wagen ja gefunden. Er stand verschlossen vor dem Junior College von Adams County.«

»Wir haben den Wagen ganz und gar auseinandergenommen«, sagte Bernie. »Da waren keine Anzeichen für ein Gewaltverbrechen – kein Blut, kein Samen und nichts, was auf einen Kampf hindeutet. Es scheint, dass sie nie bei ihrem Auto angekommen ist. Entweder wollte sie noch einmal zurück ins College oder jemand kam und entführte sie. Oder sie war schon im Wagen und stieg aus irgendeinem Grund wieder aus.«
»Wenn sie zu jemand anderem ins Auto gestiegen ist, warum hat dann niemand etwas gesehen? Da waren doch andere Studenten, die auch zu ihren Wagen gingen. Warum hat keiner von denen was bemerkt?«
»Stephanies Wagen stand weiter weg von der Sicherheitsbeleuchtung, und es war fast zehn Uhr abends, als sie zuletzt gesehen wurde. Im Dunkeln …«
»Ist der neue Starpolizist aus Memphis schon aufgekreuzt?«, fragte Ed abrupt.
»Ja, er ist da.«
»Übergibst du ihm Stephanies Fall?«
»Er ist mein neuer Chefermittler, also rein technisch ist er zuständig, aber ich habe vor, mit an dem Fall dranzubleiben.«
»Wir werden sie nicht lebend finden«, sagte Ed. »Und du und ich, wir wissen das.«
»Ich fürchte, da hast du recht«, stimmte Bernie ihm zu. Aber was war, wenn sie Stephanie nie fanden, weder tot noch lebendig? Ihre Familie würde weiter leiden, Wochen, Monate, Jahre, und das in der verzweifelten Hoffnung, dass sie irgendwo da draußen noch am Leben wäre. Dabei gingen die Chancen, dass sie noch lebte, gegen null.
»Eine weitere Suche hat wohl wenig Zweck, oder?«

»Ich denke nicht. Wenn ich auch nur einen vagen Ansatz hätte, würde ich die Suche sofort in die Wege leiten, aber …«

»Wenn du irgendwas Neues hast, sag mir bitte sofort Bescheid, ja?«

»Ja, natürlich. Du bist der Erste, der es erfährt, falls sich was Neues ergibt.«

»Danke, Bernie. Und grüß deinen Dad von mir.«

»Ja, mache ich.«

Der Wählton summte ihr ins Ohr. Bernie legte den Hörer auf und starrte eine Weile lang blind vor sich hin. Das Schwierigste an ihrem Job war, mit ihren sehr weiblichen Gefühlen umzugehen. Nur weil sie zum Sheriff gewählt worden war, hatte sie ja nicht einfach ihre fürsorglichen, mütterlichen *Ich-kümmere-mich-um-die-Welt*-Züge abgelegt. Ja, sie war genauso klug wie jeder Mann, stand ihren männlichen Kollegen als Schützin in nichts nach, kannte das Gesetz besser als die meisten und arbeitete hart, um wenigstens halb so gut zu sein, wie ihr Vater es gewesen war. Und obwohl sie von Anfang an von ihren männlichen Untergebenen akzeptiert und respektiert worden war, wusste sie, dass jeder ihrer Schritte mit Argusaugen überwacht wurde, weil sie nun einmal eine Frau war.

Ein Klopfen an der Tür riss sie aus ihren Gedanken. »Ja?«

Die Tür ging einen Spaltbreit auf, und Jim Norton lugte herein.

Sie bedeutete ihm hereinzukommen, doch er stieß die Tür nur etwas weiter auf, um ihr zu zeigen, dass er mit lauter Sachen bepackt war, die er eben bekommen hatte: Uniformen, Hut, eine Glock 22, einen Sam-Browne-Gürtel, Halfter und Pistolentasche, ASP-Handschellen, Funkgerät, Pfefferspray, Polizeimarke und Kennkarte.

»Ich bringe die Sachen hier raus zu meinem Truck«, sagte er. »Danach wäre ich so weit, wenn Sie es auch sind.«
Als er dastand, musterte sie ihn kurz von oben bis unten. Er war einsfünfundneunzig groß, zweihundertzwanzig Pfund schwer und vierzig Jahre alt. Diese Informationen hatte sie aus seiner Akte. Aber darin war nicht erwähnt worden, dass er auf eine herbe Art unglaublich gut aussah. Sein dunkelbraunes Haar war kurz geschnitten und ordentlich gekämmt. Er kleidete sich lässig – alte Jeans, Karohemd und Stiefel. Aber am auffälligsten und interessantesten fand Bernie seine Augen. Sie waren sehr blau. Himmelblau. Und sie bildeten einen reizvollen Kontrast zu seinem dunklen Haar und seiner sonnengebräunten Haut. »Wo parken Sie?«
»Mein Truck steht hinten auf den ausgewiesenen Plätzen fürs Sheriff-Büro.«
»Okay, dann gehen Sie schon vor. Ich komme gleich nach. Das Gefängnis ist gleich über die Straße an der nächsten Ecke. Wir gehen zu Fuß.«

Bei ihrer Ankunft im Adams County Jail, einem modernisierten Gebäude, das seit fünfzig Jahren als Gefängnis diente, stellte sie Jim als Erstes Lieutenant Hoyt Moses vor. Moses war ein bulliger großer Rothaariger in den Vierzigern, der ein dröhnendes Lachen besaß und insgesamt recht freundlich wirkte.
»Hoyt hat hier das Sagen«, erklärte Bernie. »Er hat drei Sergeants und achtzehn Hilfssheriffs, die unter ihm arbeiten.«
Als sie in dem Bereich ankamen, in dem sowohl die Verbrechens- als auch die Drogenermittlung untergebracht war, blieb sie auf dem Flur stehen. »Hören Sie, die Leute da drinnen arbeiten seit Jahren zusammen. Einige von ihnen

sind schon zusammen zur Schule gegangen. Sie sind alle sehr gute Männer, aber sie könnten einige Vorbehalte gegen Sie haben, weil Sie von außerhalb kommen und einen bekannten Namen haben. Sie sind eben *der* Jimmy Norton und haben noch dazu als Detective in Memphis gearbeitet. Nichtsdestotrotz werden sie Ihnen keine Probleme machen. Wenn Sie sie fair behandeln, werden sie sich auch Ihnen gegenüber fair verhalten.«

»Welcher von denen ärgert sich am meisten, dass er bei der Beförderung übergangen wurde?« Jim hielt nichts davon, um den heißen Brei herumzureden und sich diplomatisch zu geben. Diplomatie war Sache des Sheriffs, nicht seine.

Sie runzelte die Stirn. »Brutale Offenheit ist nicht immer der beste Weg.«

»Mag sein«, erwiderte er achselzuckend. »Aber so arbeite ich nun einmal. Wird das ein Problem?«

Sie seufzte leise. »Ich weiß nicht. Das werden wir sehen.«

»Also, wer ist es? Welcher von den Leuten kann mich nicht ausstehen, weil ich den Job habe, den er wollte?«

»Niemand hier hat etwas gegen Sie«, antwortete sie. »Ganz oben auf der Liste für den Posten stand Ron Hensley, und ja, er war enttäuscht, als ich mich außerhalb der Abteilung nach einem neuen Chief Deputy umsah. Aber Ron ist ein Profi und versteht, warum ich Sie eingestellt habe. Er wird Ihnen keine Schwierigkeiten machen.«

Nein, natürlich nicht. »Gut zu wissen.«

Jim wusste, dass er sich den anderen Hilfssheriffs gegenüber beweisen musste, vor allem was Lieutenant Hensley betraf. Er war bereit, seinen Beitrag zu einer harmonischen Zusammenarbeit mit ihm zu leisten, solange Hensley ihm nicht mit irgendwelchem Bockmist kam. Vor allem aber musste er von

Anfang an klarstellen, dass er der Chief Deputy war und damit der Vorgesetzte. Und er sollte das auf eine Weise tun, die ihn nicht seinen Mitarbeitern entfremdete.

»Ron und John sind heute Morgen beide hier, weil ich sie darum gebeten habe. Ich wollte, dass Sie beide Lieutenants gleich zu Beginn kennenlernen.«

Sheriff Granger öffnete die Tür und ging in die Zentrale. Zwei uniformierte Hilfssheriffs standen da und unterhielten sich, Kaffeebecher in den Händen. Jim sah sie an und vermutete, dass es sich bei dem kleinen, stämmigen und leicht glatzköpfigen Mann um John Downs handeln musste. Er strahlte eine routinierte Gelassenheit aus. Jim schätzte, dass er verheiratet war, ein paar Kinder hatte, jeden Sonntag in die Kirche ging und sein Leben mochte, wie es war. Insgesamt wirkte er ruhig und unaufgeregt. Der zweite Uniformierte war ein ganz anderer Typ. Er war etwas unter eins achtzig groß, schlank und fit mit militärisch kurzgeschnittenem schwarzem Haar und nachdenklichen braunen Augen. Von seinem hübschen, glattrasierten Gesicht bis zu seinen auf Hochglanz polierten Schuhen signalisierte alles an ihm Perfektion. Das war zweifellos Ron Hensley.

»Guten Morgen«, sagte Sheriff Granger. »Ron. John.«

Beide Männer drehten sich um und begrüßten sie.

»Jim, ich möchte Ihnen die Lieutenants Ron Hensley und John Downs vorstellen.« Beide sahen Jim an und nickten. Downs lächelte, Hensley nicht. »Meine Herren, das ist Captain James Norton.«

Downs trat vor, schüttelte Jim die Hand und begrüßte ihn herzlich. Erst dann trat Hensley widerwillig vor, wobei er seiner Vorgesetzten noch einen Seitenblick zuwarf, der ihr wohl sagen sollte, dass er es nur um ihretwillen tat.

Hensley hatte einen festen Händedruck, aber er benutzte ihn wenigstens nicht als albernen Beweis dafür, dass er genauso stark oder stärker als Jim war. Und Jim achtete diese Art von Respekt und Selbstbeherrschung bei jedem Menschen. Damit hatte Hensley seinen ersten Eindruck stark verbessert.

»Sie werden später noch Gelegenheit haben, sich besser kennenzulernen«, erklärte Sheriff Granger. »Ich zeige Jim heute Morgen, wo welche Abteilungen sind, und werde ihm hinterher eine kurze Stadtführung geben. Danach treffen wir Jerry Dale zum Mittagessen. Falls einer von euch beiden dabei sein will …«

»Wäre ich gern«, sagte John Downs, »aber heute ist Freitag, und meine Frau Cathy und ich sind jeden Freitag zum Mittagessen verabredet.«

»Ja, stimmt. Das hatte ich ganz vergessen.« Sie sah Hensley an. »Was ist mit dir, Ron?«

»Klar, ich bin dabei. Geht ihr ins Methel's?«

»Wohin sonst?« Sie wandte sich an Jim. »Das Methel's ist quasi eine Institution in Adams Landing. Die gegenwärtige Besitzerin ist eine Urenkelin jener Methel, die das Restaurant in den Dreißigern eröffnete. Dort gibt es das beste Essen in der Stadt. Sie bieten eine ländliche Küche, wie sie unsere Großeltern kannten.«

»Da wünsche ich mir doch gleich, es wäre schon Mittag«, sagte Jim grinsend.

»Falls Ihnen mal nach einem richtig guten Barbecue ist, dann gibt's nur The Pig Pen drüben in der Second Street«, erklärte ihm Downs.

»Und sollten Sie je einen anständigen Drink und ein bisschen laute Musik wollen, schauen Sie sich mal das Firecracker in der Carney Road an«, ergänzte Hensley.

Jim und Hensley tauschten einen strengen Blick. Darin war keine Spur von Feindseligkeit. Sie verständigten sich lediglich darauf, mit dem endgültigen Urteil über den anderen zu warten, bis sie sich besser kannten. Das ist nur fair. Jims Instinkt sagte ihm, dass Hensley und er einiges gemein haben könnten.

»Dann treffen wir uns gegen halb eins im Methel's.« Sheriff Granger ging zur Tür, blieb jedoch auf halbem Wege stehen und sagte: »Ed Mays hat mich vorhin angerufen.«

Downs schüttelte betrübt den Kopf.

Hensley sah Jim an. »Wir arbeiten seit zwei Wochen an einem Vermisstenfall. Die vermisste Frau ist die Nichte von Ed Mays, dem Sheriff von Jackson County.«

»Und Sie gehen von einem Gewaltverbrechen aus?«, fragte Jim.

»Möglich«, antwortete Hensley. »Das Problem ist, dass wir keinerlei Hinweise haben, was mit ihr passiert ist. Es scheint, als wäre sie einfach vom Erdboden verschluckt worden.«

»Was ist mit dem Ehemann?« Jim sah Hensley an.

Der zuckte mit den Schultern. »Es sieht nicht so aus, als hätte er was damit zu tun.«

»Keine Hinweise also? Ich würde mir heute Nachmittag gern die Akte zu dem Fall ansehen.«

Hensleys Mundwinkel zuckten, und der Anflug eines Lächelns erschien auf seinem Gesicht. »Die zeige ich Ihnen gern. Vielleicht sehen Sie ja etwas, das uns entgangen ist.«

»Vielleicht.«

Sheriff Granger räusperte sich. »Captain Norton, können wir dann weiter?«

»Ich bin so weit, wenn Sie so weit sind, Sheriff.«

Kapitel 3

Ron schloss sich im Büro des Chief Deputys ein, von dem er geglaubt hatte, es wäre schon so gut wie seines. Das hatte er nun davon. Er hätte wissen müssen, dass Bernie ihn nie John Downs vorziehen würde, obwohl er sich besser für den Job eignete. John hatte nur vier Dienstjahre mehr vorzuweisen als er, aber jeder mochte John. Und Ron wurde nicht von jedem gemocht, was ihn bisher auch nicht im Geringsten gestört hatte. Lieber wurde er respektiert und vielleicht sogar ein bisschen gefürchtet, als dass er an jedem verdammten Tag der Woche von jedem Menschen gemocht wurde. Aber natürlich wollte Bernie keine Unruhe stiften. Nein, Unfrieden jedweder Art mied sie wie die Pest. Sie hatte ja schließlich auch ihre eigenen Probleme und musste selbst etwas beweisen. Teufel noch mal, er beneidete sie wahrlich nicht um ihren Posten, wenngleich er liebend gern Sheriff wäre. Doch in Adams County galt eben, dass jeder, der sich gegen jemanden mit dem Namen Granger für den Job bewarb, von vornherein verloren hatte. Bernies alter Herr, R.B., war fast dreißig Jahre im Amt gewesen und hörte erst auf, als er vor ein paar Jahren an Krebs erkrankte. Vor ihm, von den frühen Vierzigern bis zu seinem Tod in den Siebzigern, war Bernard Granger Sr., Bernies Großvater, der Sheriff gewesen.

Fürs Erste blieb Ron nichts anderes übrig, als gute Miene zum bösen Spiel zu machen und den Detective aus Memphis hinzunehmen, der den Job bekommen hatte, der eigentlich Rons sein sollte. Falls Norton sich allerdings nur einen einzigen Patzer erlaubte, dann würde Ron keine Sekunde zögern, es in die Welt hinauszuposaunen. Persönlich hatte er gar nichts gegen Norton. Er könnte ein richtig guter Mann sein. Und sollte sich herausstellen, dass er ein hervorragender Chief Deputy war, könnte Ron sich ja immer noch woanders umsehen, wenn er mehr als nur Deputy sein wollte.

Ron nahm sein Handy vom Gürtelclip, lehnte sich in dem großen, bequemen Drehsessel zurück und legte die Füße auf Captain Nortons Schreibtisch. Dann blätterte er sein Telefonbuch im Display durch und drückte die Nummer seiner derzeitigen Freundin. Zwar war er in letzter Zeit mit mehreren Frauen ausgegangen, aber er schlief gegenwärtig nur mit einer. Abby Miller. Da Abby jedoch verheiratet war, mussten sie ihre Beziehung geheim halten.

Für gewöhnlich fing er nichts mit verheirateten Frauen an, aber mit Abby war es etwas anderes. Sie hatte ihn aufgerissen, und nicht umgekehrt. Normalerweise suchte er sich die Frauen aus und umwarb sie, weil es ihm so herum besser gefiel. Bei ihr hatte er aus mehreren Gründen eine Ausnahme gemacht. Erstens war die Frau ein echter Hingucker. Ihre Figur haute einen glatt um, und sie sprühte vor Leben. Und zweitens war sie höllisch geil, seit ihr Mann mit seiner Truppe in den Nahen Osten geschickt worden war. Drittens und letztens bewies sie ein außergewöhnliches Talent im Bett und wusste sehr gut, wie man einen Mann dazu brachte, dass er wiederkam und mehr wollte.

»Kut and Kurl«, meldete Abby sich in ihrem Schönheitssalon an der West Jackson, zwei Blocks vom Gerichtsgebäude entfernt.

»Hallo, mein Schatz.«

»Hallo, du.«

»Ich muss unsere Verabredung heute Mittag absagen«, sagte er.
Sie stöhnte enttäuscht.
»Der neue Chief Deputy ist gekommen, und Bernie will, dass ich mit ihr, ihm und Jerry Dale zu Mittag esse. Ich konnte ihr schlecht sagen, dass ich nicht dabei sein kann, weil ich mich mit Abby Miller auf einen Quickie im Hinterzimmer ihres Schönheitssalons treffe.«
Abby kicherte. »Nein, das wäre ungefähr so gut angekommen wie ein Furz im Sonntagsgottesdienst. Bernie ist okay, aber ein bisschen verstockt, wenn es um die Moral ihrer Hilfssheriffs geht. Finde ich jedenfalls.«
»Was Bernie über mein Privatleben nicht weiß, tut ihr nicht weh und mir auch nicht – ganz zu schweigen von dir. Du willst doch wohl auch nicht, dass deine Schwiegermutter von uns beiden erfährt. Die alte Gewitterhexe würde sofort an Ricky Wayne schreiben und ihm sagen, dass du ihn betrügst.«
»Nein, das will ich natürlich nicht«, sagte Abby mit einem lauten Seufzer, bevor sie leise weitersprach: »Wenn Ricky Wayne was rausbekommt, bringt er uns womöglich beide um, sobald er zurück ist. Du weißt ja, wie schnell bei ihm die Sicherungen durchbrennen.«
»Eben. Deshalb sollten wir unser bisschen Spaß unbedingt für uns behalten. Das geht ja auch wirklich keinen was an. Wir lieben uns nicht, und du machst keine Pläne, dich von Ricky Wayne scheiden zu lassen.«
»Stimmt genau. Ich bin verrückt nach meinem Mann und liebe ihn abgöttisch.«
»Na klar! Aber du musst ja nicht gleich ein Keuschheitsgelübde ablegen, um das zu beweisen, oder?«
Abby lachte.

»Wie wär's, wenn wir über das Wochenende nach Huntsville fahren?«

»Klingt wundervoll, aber ich kann nicht vor morgen Mittag hier weg. Bis halb zwölf bin ich total ausgebucht.«

»Okay, dann buch ich uns nachher was und sag dir hinterher Bescheid, wo wir uns in Huntsville treffen. Ich versuch's im Marriott am Raumfahrtszentrum. Das Hotel gefiel dir doch letztes Mal gut, wenn ich mich richtig erinnere.«

»Ja, es gefiel mir sogar sehr gut. Ich muss jetzt Schluss machen.«

»Zu viele neugierige Kunden, die sich fragen, mit wem du telefonierst?«

»Genau, Martha Dean. Ruf mich später an. Bis dann.«

Ron lauschte noch einen kurzen Moment dem Dröhnen des Freizeichens. Martha Dean war Abbys Cousine, die nicht in Adams Landing lebte, also konnte sie diesen Namen bedenkenlos benutzen, um Rons wahre Identität zu verheimlichen, falls jemand zuhörte. Da er vor Abby noch nie etwas mit einer verheirateten Frau gehabt hatte, war diese Heimlichtuerei Neuland für ihn. Aber wenn er ehrlich war, fand er gerade das Verbotene daran besonders reizvoll. Außerdem war Abby es allemal wert, ein bisschen Versteck zu spielen. Der Sex mit ihr war einfach umwerfend.

Es klopfte. Ron blickte sich um, weil er nicht gleich wusste, woher das Geräusch kam. Dann begriff er, dass jemand an die Tür klopfte. »Ja?«

John öffnete die Tür ein Stück weit und steckte den Kopf hinein. »Ich habe frischen Kaffee gekocht und eine Packung Bärentatzen aufgemacht. Willst du?«

»Kaffee ist gut.« Ron nahm die Füße vom Schreibtisch, schob den Drehsessel zurück und stand auf. »Von den Bärentatzen halte ich mich aber lieber fern«, sagte er und klopfte sich dabei auf den flachen Bauch. »Ein alleinstehender Mann wie ich muss aufpassen, dass er in Form bleibt.«

John lachte. »Da habe ich ja richtig Glück, dass ich mit einer pummeligen, verständnisvollen Frau verheiratet bin, die mich so liebt, wie ich bin. Sonst könnte ich meine Lieblingskekse nur noch alle Jubeljahre essen.«

Als Ron zu John ins äußere Büro kam, goss John gerade einen Kaffee für ihn ein und reichte ihm den Becher, ehe er sich selbst etwas von dem Schokoladen-Mandelgebäck nahm.

»Was hältst du von Captain Norton?«, fragte John.

Ron zuckte nur mit den Schultern.

»Ich weiß, dass du erwartet hast, Bernie würde …«

»Ich habe gar nichts erwartet«, fiel Ron ihm ins Wort. »Ich hatte nur gehofft, dass sie denkt, ich verdiene den Job. Und wenn nicht ich, dann du.«

»Nee, ich doch nicht. Damit hatte ich auch nie gerechnet.«

»Aber du hättest auch nicht abgelehnt.«

»Nein, bestimmt nicht, aber … na ja, ich glaube, in gewisser Weise bin ich schuld, dass du nicht befördert worden bist.«

»Wie kommst du denn darauf?«

»Ach, komm schon, Ron. Das weißt du genauso gut wie ich. Verdammt, jeder weiß, dass Bernie sich nicht zwischen uns beiden entscheiden wollte, und deshalb hat sie einen *Killerprofi* aus Memphis angeheuert. Norton hat sich einen Namen gemacht mit diesen Mordfällen im letzten Jahr, als irgend so ein Irrer diese Vanderley umbrachte und der berühmte Anwalt Quinn Cortez auf der Verdächtigenliste landete.«

»Ja, klar. Ich glaube, Bernie wollte es sich einfach leichter machen, indem sie sich jemanden von außerhalb holt, und

ich verstehe, warum sie einen wie Norton ausgesucht hat. Aber ich kann beim besten Willen nicht begreifen, wieso er diesen Job angenommen hat. Wer tauscht denn einen Posten als Detective in Memphis gegen den eines Chief Deputys in Adams County?«
»Das werden wir ihn wohl selbst fragen müssen.«
Ron lachte. »Ja, und ob. Du kannst ihn ja fragen.«
»Nee, ich nicht. Ich dachte, du machst das.« John grinste Ron an, bevor er herzhaft in seine Bärentatze biss.

Er parkte am Rand der geteerten Landstraße. Diese Strecke kannte er gut und wusste, dass zu dieser Tageszeit kaum jemand hier langfuhr, der ihn stören konnte. Sicherheitshalber packte er trotzdem seinen Wagenheber und den Schraubenschlüssel aus und legte beides neben den einen Hinterreifen. Dann blickte er sich nach rechts und links um. Wo früher Baumwolle wuchs, erstreckten sich heute Sojabohnenfelder, so weit das Auge reichte.
Er zog die zusammengerollte Plastikplane hinten aus dem Wagen, hob sie vorsichtig hoch und ging damit den Sandweg hinunter, der hinaus in die Felder führte. Als er die halbe Wegstrecke hinter sich gebracht hatte, konnte man ihn von der Straße aus nicht mehr sehen, und zugleich war es noch nahe genug, dass man seine Ladung morgen, übermorgen oder spätestens nächste Woche entdecken würde. Er zurrte an der Plastikplane, so dass der Inhalt auf die Mitte des Schotterweges rollte. Sie lag in einer überhaupt nicht damenhaften Pose auf dem Weg, der leblose Körper bleich und die schwarzen Augen weit aufgerissen und leeren Blickes zu ihm aufschauend. Nachdem er die Plane beiseitegeworfen hatte, kniete er sich neben sie

und richtete Stephanie so her, dass ihre eine Hand die Scham bedeckte und der andere Arm über ihren Brüsten lag.
So, nun war sie anständig bedeckt, und doch war die Schönheit ihres phantastischen Körpers nicht verborgen. Er hob ihr langes dunkles Haar und breitete es über ihre Schultern. Es fühlte sich an wie Seide.
»Du wolltest doch frei sein, nicht wahr, meine Schöne? Du hast es mir selbst gesagt.«
Er stand auf und warf noch einen letzten Blick auf seine letzte Liebe. Das Einzige, was ihre heißblütige, dunkle Schönheit trübte, war der Schnitt quer über ihrem Hals, der durch das getrocknete Blut noch betont wurde.
Jetzt bist du frei. Und ich bin es auch. Frei, neu zu lieben.
Er wünschte, seine Beziehung mit Stephanie wäre glücklicher verlaufen, um ihret- und um seinetwillen. Er hatte wirklich geglaubt, dass sie die Frau seines Lebens war und er sie so sehr lieben könnte, wie sie ihn liebte. Aber am Ende war ihm klargeworden, dass er keine andere Wahl hatte, als Schluss zu machen und weiterzusuchen. Da draußen war die eine Frau, die ihm allein bestimmt war, die Frau, die all die schmerzlichen Erinnerungen vertreiben und ihn nie mehr enttäuschen würde. Nur sie war es wert, von ihm geliebt zu werden.
Er hob die Plane auf, faltete sie ordentlich zu einem Quadrat zusammen und ging damit zurück zu seinem geparkten Wagen. Weit in der Ferne hörte er ein Donnergrummeln. Als er nach Westen blickte, fiel ihm auf, dass der Himmel dort ganz dunkel war. In Scottsboro musste es regnen. Zurück auf der Landstraße sah er sich rasch in alle Richtungen um. Niemand war zu hören oder zu sehen, also öffnete er die Wagentür und warf die Plane hinein, ehe er Wagenheber und Schraubenschlüssel wieder einsammelte. Nachdem er alles

wieder ordentlich verstaut hatte, machte er die Fahrertür auf, setzte sich hinters Lenkrad und startete den Motor.

Auf dem Beifahrersitz lag ein kleiner Umschlag. Es war ein Liebesbrief an seine neue Liebe. Er nahm ihn in die Hand und schloss seufzend die Augen, während er sie sich vorstellte. Jung und wunderschön. Dunkles Haar. Dunkle Augen. Vielleicht war sie die Eine. Vielleicht würde er diesmal nicht enttäuscht. Vielleicht würde sie ihm diesmal nicht wehtun.

»Ach, meine schöne, süße Thomasina.«

Er liebte das Werben, diese aufregenden Tage, in denen man sich gegenseitig kennenlernte, und die romantischen Momente, in denen einfach alles möglich war. Heute würde er ihr die Nachricht zukommen lassen. Und dann würde er warten, allerdings nicht lange. Er konnte es nicht erwarten, seine Romanze zu beginnen.

Sheriff Granger hielt mit Jim Schritt, als sie die Main Street hinunter vom Gerichtsgebäude zum Restaurant im Stadtzentrum von Adams Landing gingen. Mit ihren langen Beinen gelang es ihr mühelos, Jims Tempo zu halten. Es hatte eben auch seine Vorteile, eine große Frau zu sein.

»Ich hatte Sie ja schon gewarnt, dass Jerry Dale ein großer Jimmy-Norton-Fan ist«, sagte sie. »Also bereiten Sie sich gleich darauf vor, dass er Sie regelrecht belagern wird.«

Jim stöhnte innerlich, auch wenn er sich nach außen nichts anmerken ließ. Nicht, dass er seine ruhmreiche Vergangenheit als Running-Back für das Uni-Footballteam bereute, aber, bei aller Liebe, die lag fast zwanzig Jahre zurück.

»Ich vermute, Sie treffen dauernd Fans, stimmt's?«, fragte sie.

»Ab und zu«, antwortete er. »Aber was die Menschen angeht, mit denen ich arbeiten muss, habe ich es nicht besonders gern, wenn sie in mir Jimmy Norton sehen. Ich will offen zu Ihnen sein, Sheriff Granger, ich ziehe es vor, wenn die Leute den Mann kennenlernen, der ich heute bin, den normalen Durchschnittsmenschen Jim Norton.«

Sie sah ihn an und hatte auf einmal einen seltsamen Ausdruck in den Augen. »Ich war auch ein Fan von Ihnen, sollten Sie wissen. Mein Dad und ich. Natürlich ist mein Dad vor allem ein großer Alabama-Fan, und er hält in Wahrheit gar nichts vom Team der Uni Texas, aber er hat damals, als Sie und Griffin Powell noch dabei waren, jedes Spiel gesehen. Wahrscheinlich hat das praktisch jeder Footballbegeisterte in den Südstaaten.«

»Sie haben College-Football mit Ihrem Dad gesehen? Wie alt waren Sie da? Zehn?«

»Nein, ich war zwölf, als Sie in Ihrem ersten Jahr waren, und fünfzehn in Ihrem letzten.« Und mit vierzehn habe ich mich unsterblich in dich verliebt und den Rest meiner Teenagerjahre damit verbracht, jeden Jungen, den ich traf, mit Jimmy Norton zu vergleichen – mit einem Mann, den ich nur aus dem Fernsehen, den Zeitungen und den Zeitschriften kannte. Im Nachhinein hegte sie sogar den Verdacht, dass sie in der Highschool nur deshalb mit Ryan Fowler ausgegangen war, weil er der erste Running-Back des Teams gewesen war, und in ihrer Phantasie hatte Bernie ihn auf eine Stufe mit ihrem Idol gestellt. Aber mit Ryan Fowler auszugehen, war nicht ihr größter Fehler gewesen. Der war vielmehr, dass sie sich in ihn verliebte und ihn heiratete.

»Dann sind Sie jetzt … wie alt?« Er rechnete im Kopf nach. »Zweiunddreißig?«

Sie nickte.

»War es unverschämt von mir, nach Ihrem Alter zu fragen?«, erkundigte er sich.
»Nein, überhaupt nicht.«
Ihm gefiel ihr selbstbewusstes Auftreten. »Sie sind ziemlich jung für einen Sheriff.«
»Der jüngste Sheriff, den Adams County je hatte«, sagte sie. »Und der erste weibliche. Natürlich hat es mir nicht geschadet, dass mein Vater und mein Großvater vor mir diesen Posten hatten.«
»Eine Familientradition, was?«
»Ja, in gewisser Weise schon.«
»Sagen Sie, Sheriff Granger …«
»Bernie.«
»Bitte?«
»Nennen Sie mich Bernie«, sagte sie. »Das tun alle hier.«
»Na gut, Bernie.« Der Name passte zu ihr. Sie sah nicht aus wie Bernadette. Darunter stellte er sich eher ein zartes, kleines Wesen vor, keine gestandene Frau, die aussah, als könnte sie in jeder Situation sehr gut auf sich selbst aufpassen. Sie war kein hilfloser, klammernder Typ, keine von diesen *Ich-brauche-einen-großen-starken-Beschützer*-Frauen. Er wollte wetten, dass sie als Kind jeden kleinen Jungen in der Stadt verprügelt und wahrscheinlich mehr als einen von ihnen in Todesangst versetzt hatte. Und er würde auch annehmen, dass sie in einem fairen Kampf auch heute noch ziemlich gut abschneiden würde.
»Ich ziehe es vor, Jim genannt zu werden«, sagte er. »Nicht Jimmy. Und James war mein Vater.«
»Also dann, Jim.« Sie blieb stehen. »Wir sind da. Das ist Methel's.«
Er stand neben ihr und sah sich das Gebäude an. Es war zwei-

geschossig, und wenn er sich nicht täuschte, musste es aus dem späten neunzehnten Jahrhundert stammen. Die Außenfassade war anscheinend vor knapp vierzig Jahren restauriert worden.

»Die hiesigen Anwälte, die Mitarbeiter des Gerichts, der Polizei und des Sheriff-Büros sorgen im Methel's für verlässlichen Umsatz«, erzählte Bernie. »Unter der Woche ist hier mittags immer richtig viel los. Falls Sie Hausmannskost mögen, werden Sie das Essen lieben.«

Jim griff an ihr vorbei und hielt ihr die Tür auf. Bernie zuckte kurz zusammen, sah dann aber über ihre Schulter zu ihm und lächelte, bevor sie ins Restaurant ging. Offensichtlich war sie es nicht gewöhnt, dass Männer ihr Türen aufhielten, und entsprechend reagierte sie etwas verunsichert auf seine höfliche Geste.

»Wir setzen uns einfach an einen freien Tisch«, sagte sie. »Hier gibt es niemanden, der uns einen Platz zuweist.« Dann blickte sie sich im Restaurant um, das ein bisschen wie ein alter Imbiss wirkte. Links an der Wand entlang waren Sitznischen, rechts ein langer Tresen mit sechs Barhockern und dazwischen ein Dutzend freistehende kleine Tische. Die Kellnerinnen trugen Jeans, weiße Blusen, Tennisschuhe und rekrutierten sich aus allen Altersgruppen zwischen achtzehn und sechzig, wie Jim feststellte.

Um Konversation zu machen, sagte er: »Irgendwas duftet hier ganz köstlich.«

»Das ist das Tagesgericht, Rinderbraten.« Bernie hob die Hand und winkte jemandem zu. »Die anderen sind schon da, hinten in der letzten Nische. Kommen Sie. Wenn wir nicht vor eins bestellen, kriegen wir keine Pfirsichpastete mehr ab. Die ist immer ganz schnell weg.«

Jim folgte ihr. Alle anderen Gäste im Restaurant beäugten ihn neugierig. Er vermutete, dass jeder wusste, wer er war, und sie sich alle fragten, wie er sich wohl in der Stadt machen würde. Als sie an die hinterste Sitznische kamen, rutschten zwei Männer aus den roten Kunstlederbänken heraus und standen auf. Ron Hensley kannte Jim ja bereits, also musste der andere Mann mit den roten Haaren und den Sommersprossen der Staatsanwalt sein, Jerry Dale Simms. Simms reichte ihm strahlend die Hand. Er war größer als Hensley, ungefähr einsfünfundachtzig, breitschultrig und hatte die kräftige Figur eines Ringers.

Nachdem Bernie sie bekanntgemacht hatte, schüttelte Jerry Dale heftig Jims Hand, grinste und klopfte Jim auf den Rücken, während er in einem fort redete. Normalerweise konnte Jim es nicht leiden, wenn die Leute so über ihn herfielen – über den Jimmy Norton vielmehr, der er einmal war –, aber von Jerry Dale gingen nichts als freundliche Schwingungen aus. Und so beschloss Jim gleich hier und jetzt, diesen sympathischen Mann zu mögen.

»Setzen Sie sich, setzen Sie sich«, sagte Jerry Dale und rutschte wieder auf die Bank. »Wir haben schon vier Portionen Pfirsichpastete bestellt, weil wir nicht riskieren wollten, keine mehr abzubekommen.«

Ron setzte sich neben Jerry Dale, und Bernie nahm auf der Bank gegenüber Platz. Bis Jim sich neben sie gesetzt hatte, war die blonde Kellnerin auch schon da. Sie musste etwa Mitte zwanzig sein, lächelte fröhlich und reichte jedem von ihnen eine plastiküberzogene Speisekarte. Jim hatte noch kaum auf die Karte gesehen, als die Kellnerin fragte: »Was kann ich euch bringen?«

»Ich nehme das Tagesgericht«, antwortete Jerry Dale.

»Für mich dasselbe«, sagte Ron.

»Für mich auch, also dreimal«, fügte Bernie hinzu.

Jim sah die Kellnerin an, wobei sein Blick auf ihr Namensschild fiel, auf dem »Renee« stand, und sagte: »Dann schließe ich mich an.«

»Viermal Tagesgericht also und vier Pfirsichpasteten. Nehmt ihr alle gesüßten Eistee dazu?« Renee sah nur Jim an, der nickte. »Sind Sie der neue Chief Deputy?«

»Ja«, antwortete Jim. »Ich bin Jim Norton.«

»Freut mich, Sie kennenzulernen. Ich bin Renee Michaels.« Sie blickte zu Ron und grinste, bevor sie sich mit einem kecken Hüftschwung umdrehte und in Richtung Küche eilte.

Jim fragte sich, was dieser kurze Blicktausch zwischen Renee und Ron zu bedeuten hatte, tat allerdings so, als hätte er nichts bemerkt. Der Gesichtsausdruck des Lieutenants verriet ihm, dass die Kellnerin einen empfindlichen Nerv getroffen haben musste. Wenn Jim raten sollte, würde er sagen, dass die beiden vor nicht allzu langer Zeit ein Paar waren.

»Haben Sie es sich in der Stadt denn schon ein bisschen heimisch gemacht?«, fragte Jerry Dale.

»Geht so«, antwortete Jim. »Ich habe ein möbliertes Haus gemietet. Da gab's nicht viel zu tun.«

»Wohl nicht. Vielleicht wollen Sie sich später lieber ein eigenes Haus kaufen. Wenn ja, sagen Sie mir Bescheid. Meine Amy ist Maklerin und weiß immer, welche Angebote die besten sind.«

»Danke, aber ich denke, ich werde vorerst beim Mieten bleiben. Ich brauche nicht viel mehr als ein Dach überm Kopf.«

»Keine Frau? Keine Kinder?«, fragte Ron Hensley, was Jim

verwunderte. Konnte es sein, dass er wirklich nichts über Jims persönliche Umstände wusste?
»Ich habe eine Exfrau, die mit meinem Sohn in Huntsville lebt. Kevin ist zwölf, und um ehrlich zu sein, ist er der Grund, weshalb ich hier in Adams Landing bin. Seinetwegen habe ich den Job angenommen.«
»Das ist ja auch ein triftiger Grund«, sagte Jerry Dale. »Ich würde auf den Mond ziehen, wenn Amy mich verlässt und mit den Kindern dahin geht. Wie lange sind Sie geschieden? Hat sie Sie wegen eines anderen sitzenlassen und ist dann mit dem Kind zu ihm gezogen?«
Jim rutschte unbehaglich auf seinem Platz hin und her. Er wollte nicht unhöflich sein, aber er sprach ungern über sehr persönliche Dinge mit Leuten, die er gerade erst kennengelernt hatte.
»Wie geht es eigentlich J.D. und Anna Leigh?«, fragte Bernie Granger den Staatsanwalt. »Ich habe gehört, dass Anna Leigh bei den Cheerleadern der Junior High aufgenommen wurde. Da ist sie doch sicher überglücklich.«
»Und ob.« Ganz der stolze Vater, kam Jerry Dale nun ins Schwärmen und berichtete in allen Einzelheiten, wie seine dreizehnjährige Tochter sechs Mitbewerberinnen ausstach und einen Platz bei den Cheerleadern ergatterte.
Jim vermutete, dass Bernie gespürt haben musste, wie ungern er über seine Exfrau und seinen Sohn redete. Deshalb hatte sie das Gespräch geschickt auf ein anderes Thema gelenkt. Nicht einmal vierundzwanzig Stunden war er in der Stadt, und schon war er seiner neuen Chefin etwas schuldig. Sein Gefühl sagte ihm, dass er sehr gut mit Sheriff Granger auskommen würde. Mit der Zeit konnten sie vielleicht sogar Freunde werden. Und das wäre ein Novum für ihn, denn er

war noch nie mit einer Frau befreundet gewesen, es sei denn er schlief mit ihr. Andererseits gab es ja für alles ein erstes Mal.

Nach dem Mittagessen mit ihrer Lehrerkollegin und Freundin Shannon Tolliver kehrte Thomasina Hardy in ihren Klassenraum im Adams County Junior College zurück. Hier unterrichtete sie, seit sie vor fünf Jahren ihr Examen an der Auburn-Universität gemacht hatte. Sie hatte sich für diesen Job entschieden, damit sie zurück nach Verona konnte, einer kleinen ländlichen Gemeinde, die mit dem Auto nur fünfundzwanzig Minuten von Adams Landing entfernt war. Von einem Leben in der Großstadt, weit weg von ihrer Familie und ihren Freunden, hatte Thomasina nie geträumt. Manche Leute verstanden nicht, warum sie es mit siebenundzwanzig noch genoss, mit ihrer verwitweten Mutter und ihrem jüngeren Bruder zusammen und in unmittelbarer Nachbarschaft zu ihren beiden älteren Geschwistern zu wohnen. Aber der Hardy-Clan war eben eine sehr eingeschworene Gemeinschaft, bestehend aus der Mutter, vier Kindern, zwei Schwiegerkindern und drei Enkeln. Thomasina hoffte, sie würde eines Tages einen netten Mann heiraten und den Clan um ein paar eigene Kinder erweitern. Bis dahin war sie mit dem Leben zufrieden, das sie hatte.

Allerdings würde sie nicht behaupten, dass sie ihr Leben liebte. Das tat sie nicht mehr, seit ihre Beziehung mit Ron Hensley vor ungefähr sechs Monaten in die Brüche gegangen war. Ihr hatte diese Beziehung weit mehr bedeutet als Ron, und als sie den Fehler machte, Besitzansprüche zu erheben, war er so schnell weg gewesen, dass ihr schwindlig wurde. Die Trennung brach ihr das Herz, und sie verfiel für etwa zwei Monate in eine leichte Depression. Doch sobald sie sich wieder erholt hatte, schaute sie sich um und stellte fest, dass es da draußen eine Menge anderer Männer gab – und bessere als Ron. Ein Mann hatte es ihr besonders angetan: Brandon Kelley, der Fachleiter für Kunst hier am Junior College. Er stammte nicht aus Adams County, sondern war erst im letzten Jahr hergezogen. Eigentlich wusste Thomasina kaum etwas über ihn, nur dass er achtunddreißig war, geschieden, kinderlos und aus North Carolina kam.

Seit er am College unterrichtete, hatte sich die Zahl der Kunststudenten verdoppelt – und fünfundsiebzig Prozent davon waren weiblich. Niemand konnte es den Studentinnen verdenken, dass sie dem Mann in Scharen nachliefen. Mit seinen schokoladenbraunen Augen und dem lockigen braunen Haar, das an den Schläfen einen leichten Grauschimmer aufwies und einen Tick zu lang war, sah er einfach zum Dahinschmelzen aus. Er hatte etwas von einem griechischen Gott. Und Thomasina musste zugeben, dass sie von Dr. Kelley ebenso fasziniert war wie dessen junge Studentinnen.

Nachdem sie sich an ihr Pult gesetzt hatte, zog sie eine Schublade zu ihrer Rechten auf und legte ihre Handtasche hinein. Dann lehnte sie sich in ihrem Stuhl zurück und schloss die Augen. Sie hatte nicht einmal mehr fünfzehn Minuten, um vor ihrem ersten Nachmittagskurs noch ein wenig zu entspannen, und normalerweise fand sie ein kurzes Zehnminutennickerchen sehr erholsam. Hinterher hatte sie genug Energie getankt, um bis zum Ende des Arbeitstages durchzuhalten. Heute jedoch konnte sie aus irgendeinem Grund nicht abschalten. Ihr ging alles Mögliche durch den Kopf, vor allem Dr. Brandon Kelley. Ihre ältere Schwester Amanda hatte ihr geraten, sich mit ihm zu verabreden, und

Thomasina bemühte sich, den Mut dafür aufzubringen. Was war denn das Schlimmste, das ihr passieren konnte? Dass er ablehnte. Und wenn? Davon würde die Welt nicht untergehen, und sie wüsste wenigstens, woran sie bei ihm war und konnte sich jemandem zuwenden, der sich wirklich für sie interessierte.
Thomasina öffnete die Augen, murmelte frustriert vor sich hin und gab es auf, ihr tägliches Auftankschläfchen zu halten. Als ihr Blick über das Pult wanderte, fiel ihr ein quadratischer weißer Umschlag auf, der auf dem Lehrbuch lag, das sie dorthin gelegt hatte, bevor sie zum Mittagessen ging. Eine halbe Minute lang starrte sie den Umschlag an, ehe sie ihn aufnahm und umdrehte. Auf der Vorderseite stand ihr Vorname in Großbuchstaben, geschrieben mit schwarzer Tinte. Ihr Herz klopfte aufgeregt.
Der Umschlag war nicht versiegelt, sondern nur die Lasche eingesteckt. Sie klappte ihn auf und holte mit Zeigefinger und Daumen ein einzelnes Blatt heraus.
Thomasina holte tief Luft, faltete das Blatt auseinander, das in der Mitte geknickt war, und las die kurze Botschaft.

Ich verehre dich aus der Ferne, meine wunderschöne Thomasina.

Ihr blieb der Mund offen stehen, und ihr Herz raste. Es war ein Liebesbrief, zumindest eine Art Liebesbrief, eine heimliche Botschaft von einem Verehrer. Aber wer war er? Einer ihrer Studenten? Möglicherweise. Immerhin war sie ziemlich attraktiv und hatte schon häufiger Bewunderer unter ihren Studenten gehabt.
Sie las den Satz noch einmal. Er war ebenfalls mit schwar-

zer Tinte und in Großbuchstaben geschrieben. Aber welcher Student könnte etwas so Romantisches geschrieben haben? Ihr fiel keiner ein. Sätze wie diesen schrieben erwachsene Männer, keine jungen Studenten. Nein, diese Nachricht stammte von einem gestandenen Mann, der eine poetische Ader besaß. Oder von einem Künstler?

Was, wenn Brandon Kelley das geschrieben hatte? Was, wenn das seine Art war, ihr seine Liebe zu gestehen?

Thomasina drückte das Blatt an ihre Brust und lächelte.

Nach dem ersten Bissen Pfirsichpastete verstand Jim, warum Bernie und die anderen so sehr davon schwärmten. Es war zweifellos das beste Dessert, das er je gegessen hatte – sogar noch besser als die Pfirsichpastete seiner Mutter, und die war eine phantastische Köchin gewesen. Wenn er häufiger so zu Mittag aß wie heute, dann musste er dringend mehr Sport treiben, sonst legte er gleich im ersten Monat in Adams County zehn Pfund zu.

»Amy möchte Sie gern mal abends zum Essen zu uns einladen«, sagte Jerry Dale. »Sie ruft Sie noch an. Amy ist eine wunderbare Köchin.«

Wie konnte er sich vor dieser freundlichen Einladung drücken? »Das ist schrecklich nett von …«

Jerry Dale lachte. »Daran ist nichts nett. Meine Frau ist eine berüchtigte Kupplerin. Sie wird wahrscheinlich eine ihrer unverheirateten Freundinnen miteinladen, also seien Sie gewarnt. Und sie akzeptiert kein Nein als Antwort.«

Jim schluckte. »Dann gibt es wohl keine höfliche Art, dankend abzulehnen?«

»Nicht bei Amy. Sie ist süß, aber gnadenlos.«

»Sie könnten ihr doch vorschlagen, dass Sie gern mal mit

Kevin zum Essen kommen würden, wenn er da ist«, sagte Bernie. »Erzählen Sie ihr, Sie möchten, dass er hier in Adams Landing ein paar Kinder kennenlernt und vielleicht versteht er sich gut mit Anna Leigh und J. D.K«

Jim stieß einen stummen Seufzer aus. Wieder einmal hatte seine Vorgesetzte ihn gerettet. Er fragte sich, ob sie solche Sachen dauernd tat. War sie der fürsorgliche Typ Frau, der sich ständig um andere kümmerte?

Plötzlich läutete Ron Hensleys Handy – ein klares, lautes Klingeln, keine eingängige Melodie. Er nahm das Mobiltelefon vom Gürtelclip, drückte den Empfangsknopf und sagte: »Lieutenant Hensley.«

Jim beobachtete den Deputy und schloss aus dessen Gesichtsausdruck, dass etwas passiert sein musste, etwas Schreckliches. Schließlich sagte Hensley: »Verdammt. Wer hat sie gefunden? Verstehe. Ja, wir kommen hin, so schnell wir können. Pass auf, dass niemand etwas anfasst, und halte die Leute so weit fern vom Fundort, wie es irgend geht.«

In dem Moment, als Hensley das Gespräch beendete, fragte Bernie: »Worum ging es da?«

»Earl Wheeler hat auf dem Feldweg zu einem seiner Sojafelder eine Frauenleiche gefunden«, antwortete Hensley. »Das war John. Er ist unterwegs dahin.«

»Weiß man schon, wer ...« Bernie beendete den Satz nicht.

»Earl sagte zu John, er ist ziemlich sicher, dass es Stephanie Preston ist. Er meinte, sie sieht aus wie die Frau, deren Bild in der Zeitung und im Fernsehen war und die seit zwei Wochen vermisst wird.«

Kapitel 4

Als sie am Fundort der Leiche eintrafen, hatte sich bereits eine kleine Menschenmenge versammelt, die am Straßenrand und an der Einfahrt des Feldweges stand, der zu Earl Wheelers Sojabohnenfeldern führte. Jim hatte das schon viel zu oft erlebt und ärgerte sich jedes Mal wieder darüber, dass Privatpersonen einfach den Polizeifunk abhörten. Obwohl mehrere Hilfssheriffs damit beschäftigt waren, die Schaulustigen zurückzuhalten, kam Lieutenant Downs gewaltig ins Schwitzen bei dem Versuch, den Fundort weiträumig abzusperren.

»Seht sie euch an«, sagte Hensley. »Schwärmen aus wie die Schmeißfliegen. Was fasziniert die Leute bloß so an Mord und Totschlag?«

Weder Jim noch Bernie antworteten auf diese offensichtlich rhetorische Frage.

Bernie parkte ihren Jeep kurz vor dem gelben Absperrband, öffnete die Fahrertür und sprang heraus, dicht gefolgt von Hensley. Sie funkelte die Umstehenden wütend an und befahl ihnen, auf Abstand zu bleiben, ehe sie zu Downs ging, der ihr auf halbem Weg entgegenkam. Jim, der auf der Rückbank saß, ließ sich Zeit, damit Sheriff Granger die Leitung übernehmen konnte. Schließlich war sie auch diejenige, deren Job es war, später mit der Presse zu sprechen. Und wenn der Fall gelöst war, kam es ihr zu, den meisten, wenn nicht allen Ruhm dafür einzuheimsen. Als neuer Chefermittler sollte das sein Fall sein, aber auf diese Tatsache wollte er weder Sheriff Granger noch Hensley von sich aus hinweisen.

Er stieg aus dem Jeep und betrachtete die Szenerie aus einigem Abstand. Bernie unterbrach ihr Gespräch mit Downs und sah Jim an. Mit einem Winken bedeutete sie ihm, näher zu kommen. Er nickte und ging zu den anderen, die gleich hinter der Absperrung standen.

»Es ist Stephanie Preston«, sagte Bernie. »John hat Morris Claunch, unseren Leichenbeschauer, angerufen. Er müsste jeden Moment kommen. Von ihm werden wir einige erste Informationen bekommen, aber wie es aussieht, wurde Stephanie die Kehle durchgeschnitten.«

Jim trat über das Band und bis auf anderthalb Meter an die Leiche heran. Stephanie war jung, hübsch, dunkelhaarig, vollbusig und schlank. Da es keinerlei Anzeichen für einen Kampf gab und auch kein Blut irgendwo auf dem Boden zu entdecken war, folgerte Jim, dass sie woanders getötet und anschließend hier abgelegt worden war. Und selbst einem ungeübten Auge fiel auf, dass ihr Körper in eine aufreizende Pose gebracht worden war. Ihr einer Arm lag über ihren Brüsten und eine Hand auf ihrem Venushügel, als wollte der Mörder ihren Körper ausstellen und die Leiche zugleich schamhaft bedecken. Die Art, wie er sie arrangiert und ihr Haar über den Schultern drapiert hatte, verriet, dass der Täter sein Opfer auf seine eigene, perverse Art gemocht hatte. Jim hatte so etwas schon vorher gesehen. In den bisherigen Fällen hatte sich zumeist eines der Familienmitglieder als der Mörder herausgestellt. Nur einmal war es am Ende ein Serientäter gewesen, bei dem das Posieren der Leichen zum Tatmuster gehörte.

Als Jim gerade mehrere Wundmale auf Stephanies ansonsten makelloser Haut auffielen, trat Bernie zu ihm.

»Ich habe Sheriff Mays drüben in Jackson County angerufen«, sagte sie. Auf Jims fragenden Blick hin erklärte sie: »Ed Mays ist Stephanies Onkel.«

Jim nickte. »Schauen Sie sich all die Wundmale an.« Er zeigte auf die Stellen. »Wonach sehen die für Sie aus?«

»Ich weiß nicht genau. Ein paar sehen wie kleine Brandverletzungen aus, als wenn …« Bernie schluckte. »Sie sehen aus wie Verbrennungen von Zigaretten. Und die anderen scheinen Bisswunden zu sein.«

»Ich würde sagen, dass die Leiche erst vor kurzem hier abgelegt wurde, in den letzten paar Stunden, also ist es eher unwahrscheinlich, dass die Bisse von Wildtieren stammen. Dann wären sie auch tiefer, mit Rissen und fehlenden Fleischteilen.«

»Es sind also menschliche Bisse?«

»Das würde ich schätzen, ja«, antwortete Jim.

»Jemand hat Stephanie gefoltert.« Bernie schloss für zwei Sekunden die Augen, öffnete sie wieder und räusperte sich.

»Es ist vollkommen in Ordnung, wenn Sie das mitnimmt«, sagte Jim. »Sie müssen nicht so tun, als würde es Ihnen nichts ausmachen, dass diese junge Frau nicht nur umgebracht wurde, sondern der Täter sie vermutlich auch wochenlang gefoltert hat, bevor er ihr die Kehle durchschnitt.« Er sah Bernie an und bemerkte, dass sie sehr blass war. »Mich nehmen solche Fälle auch verdammt mit. Ich bin bloß besser darin, meine Gefühle zu verbergen.«

»Ich kann es mir nicht leisten, zu weinen oder zu schreien. Ich bin der Sheriff. Welchen Eindruck würde es auf meine Mitarbeiter – und auf alle anderen – machen, wenn ich bei allem Schrecklichen, dem ich ausgesetzt werde, sofort zusammenbreche und losheule wie … wie …«

»Wie eine Frau?«

Bernie stieß einen verärgerten Seufzer aus. »Glauben Sie, dass sie nackt ist, ist ein Hinweis auf Vergewaltigung?«

»Wahrscheinlich, aber es muss nicht sein. Nach der Autopsie werden wir genauer wissen, was sie in den … zwei Wochen durchgemacht hat, die sie als vermisst galt.«

»Unser Leichenbeschauer, Morris Claunch, ist der örtliche Bestattungsunternehmer«, sagte Bernie. »Er ist nicht für die Art Autopsie ausgebildet, die wir brauchen.«

»Dachte ich mir schon. Werden Sie ihm raten, sich mit der Gerichtsmedizin in Verbindung zu setzen? Oder gehe ich falsch in der Annahme, dass das Sheriff-Büro bei Mordfällen die Staatspolizei einschaltet?«

»Sie sind mein Chief Deputy, der Chefermittler meines Büros«, erklärte Bernie. »Würden Sie empfehlen, bei diesem Fall die Gerichtsmedizin *und* die Staatspolizei hinzuzuziehen?«

Er sah ihr in die Augen. Wollte sie ihn testen, indem sie ihn fragte, was er für ratsam hielt? »Ja, das würde ich empfehlen. Aber Sie sind der Sheriff, also entscheiden Sie.«

»Hören Sie, im Gegensatz zu vielen anderen bin ich mir durchaus darüber im Klaren, dass das Rechtssystem in den meisten Bezirken von Alabama bis heute unter einer vorherrschenden *Reviermentalität* leidet und viele Sheriffs und Polizeichefs es grundsätzlich ablehnen, die Staatspolizei einzuschalten. Aber ich gehöre nicht dazu.«

»Ja, den Eindruck hatte ich auch schon.« Seine Mundwinkel hoben sich leicht und deuteten ein anerkennendes Lächeln an.

»In Adams County fehlen uns schlicht die Mittel für die umfangreichen Tatermittlungen, wie sie in solchen Fällen erforderlich sind«, sagte Bernie. »Mein einziger Mordfall bisher war einfach und schnell gelöst, weil der Täter ein Geständnis ablegte. Daher habe ich noch nie mit dem hiesigen FBI zusammengearbeitet. Aber mein Dad kennt den Bezirksleiter in Huntsville und sagte mal, er hätte noch nie Probleme bei der Zusammenarbeit mit deren Büro gehabt.«

Jim sah auf das Handy, das an Bernies Gürtel klemmte, und sagte: »Je eher desto besser.«

»Stimmt.« Sie nahm ihr Handy und sah die Liste der gespeicherten Nummern durch. Dann ging sie ein Stück auf Abstand zu Jim und weit genug weg von den Schaulustigen, um ungestört zu telefonieren.

Hensley kam zu Jim und nickte Richtung Bernie. »Ruft sie das FBI an?«

»Ja.«

»Morris Claunch ist gerade angekommen«, sagte Hensley. »Was soll ich ihm sagen?«

Jim sah es als gutes Zeichen, dass Hensley gleich am ersten Tag unter dem neuen Vorgesetzten die Spielregeln beachtete.

»Sagen Sie ihm, dass Sheriff Granger das FBI hinzuzieht und die Leiche in die nächste Gerichtsmedizin geht«, antwortete Jim, der Hensley direkt ansah. »Wie lange wird es dauern, bis wir einen Autopsiebericht bekommen?«

»Der Durchschnitt? Eine Woche bis einen Monat. Und eine DNS-Analyse kann bis zu einem halben Jahr und länger dauern, im schlimmsten Fall bis zu einem Jahr.«

»Das hatte ich befürchtet.«

»Die Gerichtsmedizin ist überlastet, unterbezahlt und hoffnungslos unterbesetzt«, sagte Hensley. »Wir haben früher teilweise bis zum Prozess nur mit vorläufigen Berichten gearbeitet.«

»Sofern der Leichenbeschauer uns nichts anderes sagt, gehe

ich davon aus, dass Stephanie Preston wiederholt vergewaltigt und gefoltert wurde, bevor man sie umbrachte.«

Ein großer schlaksiger Mann mit schütterem braunem Haar und hängenden Schultern kam lässig zu ihnen herübergetrottet. Er sprach erst Hensley an und wandte sich dann an Jim. »Sind Sie der neue Chief Deputy?«

»Ja, ich bin Jim Norton.«

Der Mann reichte ihm die Hand. »Ich bin Morris Claunch, der Leichenbeschauer.«

Bernie steckte ihr Handy wieder an den Gürtelclip und kam zu ihnen. »Huntsville schickt uns ein Team von der Spurensicherung und einen Agenten namens Charlie Patterson.« Sie sah Claunch an. »Ich habe Dad angerufen und er meinte, du hättest vor ein paar Jahren schon mal mit ihm zusammengearbeitet.«

»Hmm … ja, stimmt. Patterson ist okay. Soweit ich mich erinnere, ist Patterson ein echter Teamspieler. Mit dem werdet ihr, ich meine: wirst du«, Claunch sah Jim an, »dein Chefermittler und sein Team, keine Probleme haben.«

»Ich würde gern Ihre Meinung hören, nachdem Sie sich die Leiche angesehen haben«, sagte Jim.

Claunch zog eine Augenbraue hoch, nickte und ging zu der schönen jungen Frau, die nackt auf dem Schotterweg inmitten des Sojabohnenfeldes lag.

Thomasina Hardy belud den Geschirrspüler und räumte die Küche ihrer Mutter auf. Dann wusch sie sich die Hände und cremte sie anschließend mit parfümierter Lotion ein. Ihr Bruder hatte an diesem Freitagabend eine Verabredung und ihre Mutter war gerade zu Thomasinas älterer Schwester Amanda gegangen, wo sie die Kinder hütete, damit Amanda und ihr Mann zum Bowling nach Adams Landing fahren konnten. Also war Thomasina ganz allein zu Hause. Ron und sie waren seit sechs Monaten getrennt, da sollte sie doch eigentlich mehr allein unternehmen, oder etwa nicht? In den letzten paar Monaten hatte sie bloß fünf Dates gehabt, und mit keinem der Männer hatte sie sich ein zweites Mal verabredet. Ja, sie war wählerisch. Zwar gab sie praktisch jedem Mann die Chance auf ein Date, aber wenn er ihren Ansprüchen nicht genügte, verschwendete sie weder seine noch ihre Zeit an ein zweites.

Paul Landon, der reichste Junggeselle in Adams County, hatte gedacht, er bräuchte ihr nur ein Essen zu spendieren, und schon dürfte er mit ihr ins Bett steigen. Der Typ war ein Idiot. Weder sein gutes Aussehen noch sein gewaltiges Bankkonto beeindruckten Thomasina genug, um ihm eine zweite Chance zu geben.

Ihre Mutter hatte versucht, sie mit dem Witwer Steve Banyan zu verkuppeln, dem Apotheker von Adams Landing, doch bei der ersten Verabredung war Thomasina bereits nach einer Stunde so gelangweilt gewesen, dass sie hätte schreien können. Der Mann redete ausschließlich über seine Kinder und seine verstorbene Frau.

Ihre Schwester hatte sogar mit zwei Kandidaten aufgewartet. Der eine arbeitete mit Amandas Mann zusammen bei der Telefongesellschaft und der andere war aus ihrem Bowlingteam.

Der einzig akzeptable Mann war Raymond Long gewesen, ein sehr netter Kerl, der vor kurzem geschieden wurde. Aber ausgerechnet der hatte nicht wieder angerufen, um sich ein zweites Mal mit ihr zu treffen. Vielleicht war sie nicht sein Typ.

Thomasina nahm sich das Fernsehprogramm und die Fernbedienung und setzte sich auf das Sofa im Wohnzimmer. Ihr stand ein weiterer Freitagabend allein bevor. Während sie es sich auf dem Sofa gemütlich machte, schaltete sie den Fernseher ein und legte die Fernbedienung neben sich. Dann blätterte sie das Programm durch. Es standen mehrere Kriminalserien, Reality Shows und Comedy-Serien zur Auswahl, aber sie entschied sich für einen Kabelkanal, wo über eine junge Frau berichtet wurde, die sich die Brüste vergrößern ließ. Thomasina selbst trug Körbchengröße C, hatte sich jedoch schon oft gefragt, wie sie wohl mit Größe D oder Doppel-D aussehen würde.

Zehn Minuten später läutete das Telefon. Thomasina stöhnte. Wahrscheinlich war es einer dieser enervierenden Telefonwerber. Sie drückte den Stummknopf auf der Fernbedienung, stand auf und ging quer durchs Zimmer zur Anrichte, auf der ihre Mutter vorhin das schnurlose Telefon ablegte, nachdem sie mit Amanda telefoniert hatte. Thomasina sah auf die Rufnummernanzeige. MÜNZTELEFON. Ein Münztelefon? Wie seltsam. Sie wusste, dass es in Adams County noch einige dieser alten Münztelefonzellen gab, aber sie kannte niemanden, der die Dinger benutzte. Während sie überlegte, ob sie rangehen oder den Anrufer lieber aufs Band sprechen lassen sollte, klingelte es noch viermal. Dann drückte sie hastig den Annahmeknopf und meldete sich. »Hallo.«

»Thomasina?«, sagte eine fremde Stimme.

»Ja.«

»Hast du meine Nachricht bekommen?«

Erst jetzt fiel Thomasina auf, dass die Stimme irgendwie merkwürdig klang. Ein tiefer, kehliger Bariton.

»Wer ist da?«, fragte sie.

»Ich bin dein heimlicher Bewunderer.«

Ein eisiger Schauer lief Thomasina über den Rücken. Nicht überreagieren. Geh nicht gleich davon aus, dass es ein Irrer ist. Er könnte ja auch Brandon Kelley sein, der romantisch sein will und dich erst als heimlicher Bewunderer umwirbt, ehe er seine wahre Identität lüftet.

»Warum verheimlichst du mir, wer du bist?«

»Ich werde dir sagen, wer ich bin, wenn die Zeit dafür gekommen ist«, antwortete er ihr. »Aber fürs Erste ... schlaf schön heute Nacht, meine wunderschöne Thomasina, und träum von deinem heimlichen Bewunderer, der sich danach sehnt, dich zu berühren, dir Liebessonette ins Ohr zu flüstern und dir jede deiner Phantasien zu erfüllen.«

Thomasina stöhnte leise. Sie konnte nicht leugnen, dass die Worte des Mannes sie erregten, weil sie bestimmte Bilder in ihr hervorriefen. Bilder von Brandon und ihr zusammen.

»Bitte, erzähl mir ...«

Der Wählton verriet ihr, dass er das Gespräch beendet hatte. Thomasina schloss die Augen und seufzte. Ihr Freitagabend war am Ende also doch nicht so langweilig und ereignislos, wie sie gedacht hätte. Ob er heute Abend noch einmal anrief? Nein, voraussichtlich nicht. Aber vielleicht morgen Abend. Eigentlich wünschte sie sich, Brandon würde einfach offen sein und sie um eine Verabredung bitten. Andererseits fand sie es romantisch und ziemlich süß von ihm, dass er sich einen so ausgefallenen Weg gesucht hatte, um sie auf altmodische Weise zu umwerben.

Aber wenn es nicht Brandon ist? Nein, natürlich war er es. Wer sollte es sonst sein?

Sie nahm das Telefon mit zurück zum Sofa und legte es neben die Fernbedienung, bevor sie sich wieder hinsetzte.

Einige Minuten lang starrte sie auf den stummen Fernseher und dachte nach. Falls ihr heimlicher Bewunderer nicht Brandon Kelley war, wer könnte er sonst sein? Ihr fiel kein anderer Mann ein, der etwas so Unkonventionelles und Romantisches tun würde.

Es muss Brandon sein.

Sie drückte auf die Stummschalttaste der Fernbedienung, um den Ton wieder einzustellen, und versuchte, sich wieder auf die Sendung zu konzentrieren, die sie vorhin eingeschaltet hatte. Aber ihre Gedanken schweiften immer wieder ab. Dabei waren sie recht wirr und unentschieden. Mal träumte sie von Brandon, mal fragte sie sich, ob sie angesichts des Spiels, das er mit ihr veranstaltete, geschmeichelt oder irritiert sein sollte.

Jim schlang ein Wurst-Käse-Sandwich herunter und trank eine Dr. Pepper, während er überlegte, ob er sich lieber noch einmal rasieren sollte, bevor er zum Adams Landing Hotel fuhr und Agent Patterson zu einem späten Treffen mit Sheriff Granger abholte. Der FBI-Agent war innerhalb nicht einmal einer Stunde nach Bernies Anruf hier gewesen. Er kam mit den Tatortermittlern zusammen, obwohl er in seinem eigenen Wagen nach Adams Landing gefahren war, da er mehrere Tage in der Stadt bleiben sollte. Und wenn sie den Fall in einigen Tagen gelöst hätten, würde Patterson wahrscheinlich bis zum Prozess immer mal wieder hin- und herfahren, da Huntsville nur fünfundvierzig Minuten entfernt war. Jim vermutete allerdings, dass dieser Fall nicht so leicht zu lösen war und sie vielleicht sogar Wochen, wenn nicht gar Monate brauchen würden. Bisher hatte er ein paar Theorien, doch bevor er die laut aussprach, wollte er erst mal hören, was Patterson und Bernie heute Abend zu sagen hatten. Bernie wollte vor dem Treffen noch mit ihrem Vater sprechen. Wie viele Dienstjahre würde sie wohl brauchen, bis sie genug Selbstvertrauen entwickelt hätte, dass sie nicht alles mit ihrem Dad besprechen musste, fragte Jim sich. Es war gewiss nicht einfach für sie, ständig im Schatten ihres alten Herrn zu arbeiten und zu leben.

Stephanie Prestons Leiche war auf dem Weg nach Huntsville. Ihre Familie war benachrichtigt. Jim konnte sich gut vorstellen, dass der Anruf bei Sheriff Ed Mays das schwierigste Telefonat gewesen war, das Bernie je geführt hatte. Und nun waren sowohl das FBI als auch die Gerichtsmedizin mit an dem Fall, der zu der Art von Verbrechen zählte, bei der gewöhnlich die Staatspolizei hinzugezogen wurde. Beide Behörden arbeiteten direkt mit dem Sheriff-Büro zusammen, und die erste Pressekonferenz hatte es auch schon gegeben. Bei der hatte Bernie nicht nur der Lokalpresse Rede und Antwort stehen müssen, sondern auch Zeitungsreportern aus Huntsville und mehreren Fernsehteams. Sie hatte ihre Kommentare bewusst sehr knapp gehalten und sich geweigert, Fragen zu beantworten, was in diesem frühen Stadium der Ermittlungen das übliche Prozedere war. Aber so kurz der Bericht an die Presse auch ausgefallen war – Stephanie Prestons Leiche war gefunden worden, die Todesursache würde durch eine Autopsie ermittelt werden und, ja, man ginge von einem Mord aus –, dürften inzwischen trotzdem schon reichlich Gerüchte im Umlauf sein. Jeder der Schaulustigen, die am Fundort gewesen waren, könnte herumerzählen, dass Stephanies Kehle durchgeschnitten und sie nackt gefunden worden war.

Nachdem er seine Dr. Pepper ausgetrunken hatte, wischte Jim sich den Mund ab, ging zum Mülleimer in der Küche und warf die leere Colaflasche sowie das Küchentuch hinein, das er als Serviette benutzt hatte. Dann sah er auf seine Uhr. Wenn er sich beeilte, schaffte er es gerade noch, sich zu rasieren. Er sollte Patterson um halb sieben abholen und mit ihm gemeinsam zu seinem Büro im Bezirksgefängnis fahren, wo sie sich mit Bernie, Ron Hensley und John Downs trafen.

Jim war schon auf halbem Weg ins Bad, als sein Handy klingelte. Mit einer Hand öffnete er die Badezimmertür, mit der anderen nahm er das Gespräch an. »Ja?«

»Jim Norton?« Er erkannte die Männerstimme nicht.

»Ja, hier ist Norton.«

»Mr. Norton … Jim … hier ist Allen Clark.« Er machte eine Pause, weil er anscheinend auf eine Reaktion von Jim wartete. »Sie wissen schon, Mary Lees Mann.«

»Ja, ich weiß, wer Sie sind. Was ist los? Geht es um Kevin? Er soll nächstes Wochenende zu mir kommen. Mary Lee hat es sich doch hoffentlich nicht anders überlegt.«

»Nein, nein, nichts dergleichen.«

»Was ist dann?« Jim schaltete das Licht an und betrachtete sich im Spiegelschrank.

»Ich habe mich gefragt … das heißt, *wir* haben uns gefragt, ob Sie Kevin eventuell schon früher als geplant nehmen können, sagen wir ab nächsten Donnerstag?«

»Ja, klar, aber ich verstehe nicht, was los ist. Wieso gönnt Mary Lee mir zusätzliche Tage mit Kevin?« Seit ihrer Scheidung vor fast sieben Jahren hatte seine Exfrau sich jede Mühe gegeben, seine Beziehung zu seinem Sohn zu torpedieren und ihm nie, niemals zusätzliche Zeit mit ihm gegönnt.

»Genaugenommen müssten wir Sie bitten, Kevin für einige Wochen zu sich zu nehmen, wenn es geht, bis zum Schulanfang im August.«

»Und wo ist der Haken?«

»Hören Sie zu, Mr. Norton ... Jim, ich weiß nicht, wie ich es Ihnen erklären soll, also sage ich einfach, wie es ist. Bei Mary Lee wurde Brustkrebs diagnostiziert. Am nächsten Freitag wird man ihr eine Brust abnehmen, hier in Huntsville. Anschließend muss sie noch Bestrahlungen bekommen und eine Chemo machen. Und während dieser Zeit braucht sie absolute Ruhe.«

Mary Lee hatte Brustkrebs? Die Nachricht traf ihn wie ein Keulenschlag – nicht weil er noch tiefe Gefühle für seine Ex hatte. Nein, das war es nicht. Aber sosehr er Mary Lee manchmal auch hasste und sooft er sie in der Vergangenheit auch schon verflucht hatte, sie war die Mutter seines Sohnes. Kevin liebte sie, und er brauchte sie.

»Wie ist die Prognose?«, fragte Jim, der einen Kloß im Hals hatte. Okay, vielleicht lag ihm doch noch etwas an Mary Lee. Vielleicht würde sich daran nie etwas ändern. Aber er liebte sie nicht. Seine Liebe zu ihr hatte sie vor Jahren getötet.

»Der Arzt ist optimistisch. Natürlich wissen wir es erst nach der Operation genauer, wenn der Zellbefund aus den Lymphknoten vorliegt. Aber wir beten und hoffen auf das Beste.«

»Ja, selbstverständlich tut ihr das. Wie verkraftet Mary Lee es?« Seine Exfrau hatte sich stets als eine verführerische Frau gesehen und ihren Körper sowohl als Waffe gegen als auch als Belohnung für die Männer in ihrem Leben benutzt.

»Geht so. Sie hat Angst und ist traurig. Vor allem macht sie sich Sorgen um Kevin.«

»War es ihre Idee oder Ihre, dass ich Kevin die nächsten Wochen zu mir nehme?«, fragte Jim.

Allen Clark räusperte sich. »Eigentlich meine. Sie hatte

Angst, dass Kevin zu viel allein ist, weil Sie doch gerade einen neuen Job angefangen haben.«

»Ich werde darauf achten, dass er so wenig wie möglich allein sein muss.«

»Dann ist es Ihnen recht, wenn ich ihn nächsten Donnerstag nach Adams Landing bringe?«

»Ja, klar. Was ist mit Kevin? Habt ihr es ihm gesagt?«

»Noch nicht, aber das werden wir noch, dieses Wochenende. Und ... äh ... ich ruf Sie Montag an und mache eine Zeit mit Ihnen ab ... Danke, Mr. ...«

»Jim.«

»Danke, Jim.«

Nach dem Gespräch stand Jim einige Sekunden lang wie erstarrt in dem kleinen Badezimmer und blickte in den Spiegel vor sich. Doch er sah sein Spiegelbild nicht mehr und dachte auch nicht mehr daran, sich zu rasieren. Er war innerlich hin- und hergerissen zwischen der Sorge um die Gesundheit seiner Exfrau einerseits und großer Freude darüber, dass er so viel Zeit mit seinem Sohn verbringen konnte, andererseits.

Jim schnaubte spöttisch. War das Leben nicht immer so? Da hatte er die Chance, mehrere Wochen, vielleicht über einen Monat mit seinem Sohn zusammenzuleben, und diese Chance ergab sich zum denkbar schlechtesten Zeitpunkt. Er fing gerade einen neuen Job an, der bereits am allerersten Tag außergewöhnlich kompliziert wurde. Wie wollte er es hinbekommen, Kevin die Zeit zu widmen, die er brauchte und verdiente, und gleichzeitig sein Bestes bei den Ermittlungen im brutalen Mordfall Stephanie Preston zu geben?

Kapitel 5

Jim hatte zugehört, etwas gesagt, wenn er direkt gefragt wurde, und das Gespräch ansonsten den anderen überlassen. Er war der Neue, und obwohl er für das Sheriff-Büro in diesem Fall zuständig war, handelte es sich jetzt doch offiziell um einen FBI-Fall. Über Agent Patterson hatte er sich binnen zwanzig Minuten ein Bild gemacht – zurückhaltend und kooperativ, intelligent und kein bisschen überheblich. Bernie hatte Jim erzählt, dass Patterson einen Abschluss in Strafrecht hatte, genau wie sie, was ihn nicht weiter überraschte. Er ging davon aus, dass Bernie wahrscheinlich auch das Zehn-Wochen-Programm an der FBI National Academy in Quantico absolviert hatte – wie er. Neben den Kursen in Forensik hatte er dort auch einiges über Führungstechniken gelernt.

Sie saßen alle vier – Patterson, Hensley, Bernie und Jim – in Jims Büro, waren bei ihrem dritten Kaffee angekommen und gingen noch einmal durch, was sie bisher hatten.

»Ich glaube, wir können Kyle Preston als Täter ausschließen«, sagte Patterson. »Der ist vollkommen am Ende. Er ist seit über einer Woche in ärztlicher Behandlung und stand die meiste Zeit unter starken Beruhigungsmitteln. Außerdem ist er ein trauernder Witwer, wie ich ihn überzeugender noch nie gesehen habe.«

»Ganz meiner Meinung«, pflichtete Ron Hensley ihm bei. »Aber wenn der Ehemann als Verdächtiger ausfällt, wen haben wir dann?«

»Wir haben niemanden«, antwortete Patterson. »Zumindest heute noch nicht. Trotzdem weiß irgendwer etwas, auch wenn es dem- oder derjenigen nicht bewusst ist. Unser Job ist der, tiefer und tiefer zu graben, bis wir etwas finden, das uns weiterhilft. Irgendein Irrer hat Stephanie Preston entführt, zwei Wochen lang vergewaltigt und gefoltert und sie dann umgebracht. Ist der Kerl nur auf der Durchreise durch Adams County oder lebt er schon sein ganzes Leben lang hier? Hatte er persönlich etwas gegen Stephanie? Oder vielleicht gegen ihren Mann oder ein anderes Familienmitglied? Oder war sie nur zufällig zur falschen Zeit am falschen Ort?«

»Und wie konnte er sie vom College-Campus entführen, ohne dass jemand etwas mitbekam?« Bernie zog eine Grimasse. »Wo hatte er sie die letzten dreizehn Tage eingesperrt? Und wenn er das einmal gemacht hat, wird er es wieder tun?«

»Ja«, sagte Jim.

Alle Augen richteten sich auf ihn.

»Meinen Sie mit ›Ja‹, er wird es wieder tun?«, fragte Bernie.

Jim nickte. »Ist das der erste Fall dieser Art in der Gegend, von dem Sie wissen?«

»Worauf wollen Sie hinaus?«, fragte Hensley.

»Glauben Sie etwa, wir haben es hier mit einem neuen Serientäter zu tun, Captain?«, hakte Patterson nach.

»O Gott«, stöhnte Bernie. »Dass mir keiner von euch allen außerhalb dieser vier Wände etwas davon erwähnt. Das Wort Serientäter allein genügt, um eine Massenpanik auszulösen, und die können wir wahrlich nicht gebrauchen.«

Wenngleich Jims Instinkt ihm sagte, dass Stephanies Mörder durchaus noch einmal morden könnte und sie möglicherweise nicht sein erstes Opfer war, wollte er sich an seinem ersten Tag im Job auf keinen Fall zu weit vorwagen. Zudem hatte er sich in der Vergangenheit schon einmal geirrt und dafür teuer bezahlen müssen. Und es war alles andere als klug, einem erfahrenen FBI-Agenten zu widersprechen. Er konnte ja immer noch ein paar Erkundigungen einholen, wenn er sich sicherer war und sie mehr Fakten hatten.

»Ziehen Sie da nicht etwas voreilige Schlüsse?« Hensley war sichtlich verärgert. »Sollten wir nicht abwarten, was die Autopsie und die Forensik ergeben, bevor wir Mutmaßungen in diesem Fall anstellen?«

»Niemand zieht hier voreilige Schlüsse«, sagte Patterson. »Und wir stellen auch keine Mutmaßungen an. Aber jede Meinung zählt. Wir können zu diesem Zeitpunkt gar nichts ausschließen.« Er wandte sich an Jim. »Es schadet ja nicht, in den benachbarten Bezirken nachzufragen, ob es dort ähnliche Morde gab. Aber wenn unser Mörder ein Nomade ist, wird es noch schwieriger werden, den Fall zu lösen.«

Jim nickte. »Ich möchte ungern ihren Ehemann und die Eltern belästigen, aber ich finde, wir sollten noch einmal mit ihnen reden und uns auch bei ihr zu Hause umsehen.« Jim sah Bernie an. »Vielleicht kann Sheriff Mays uns dabei helfen.«

»Denken Sie immer noch, dass es der Ehemann gewesen sein könnte?«, fragte Hensley.

»Nein, eigentlich nicht«, antwortete Jim. »Aber es ist durchaus möglich, dass er oder ihre Eltern uns mehr sagen können, als sie bisher gesagt haben.«

»Warum hätten sie uns irgendwas verheimlichen sollen?« Hensley kniff die Augen zusammen, bis sie nur noch zwei schmale Schlitze waren. »Sie haben sich verzweifelt gewünscht, dass wir Stephanie finden. Und sie hätten alles getan, um …«

»Ich habe nicht behauptet, dass sie uns absichtlich etwas verheimlichen«, erklärte Jim. »Aber der Ehemann und die Eltern standen unter einem unerträglichen emotionalen Druck und können deshalb Dinge vergessen oder als unwichtig angesehen haben. Sagten Sie nicht alle, dass der Ehemann während der letzten sieben oder acht Tage meistens unter starken Beruhigungsmitteln stand?«

»Ich verstehe, worauf Sie hinauswollen«, sagte Bernie. »Und Sie haben recht. Ich werde Ed gleich morgen früh anrufen und einen neuen Gesprächstermin mit Stephanies Mann und ihren Eltern vereinbaren lassen. Außerdem kann er uns Kyle Prestons Erlaubnis besorgen, das Haus zu durchsuchen.«

»Er wird glauben, dass wir ihn verdächtigen«, wandte Hensley ein. »Und selbst wenn er unschuldig ist, kann ihn das dazu bringen, dass er dichtmacht und sich einen Anwalt nimmt.«

»Nicht, solange wir uns richtig verhalten.« Agent Patterson sah Jim an. »Wir haben keinen Grund, den Ehemann zu verdächtigen, und das sollten wir ihm von vornherein klarmachen. Aber wenn er uns eine Hausdurchsuchung verweigert, nun …«

Bernie blickte auf ihre Uhr. Zwanzig vor elf. »Es ist schon spät, Leute. Warum machen wir nicht Schluss für heute, schlafen alle ein bisschen und starten morgen früh frisch durch?«

»Eine gute Idee.« Patterson stand auf.

Hensley erhob sich ebenfalls und streckte sich. »Agent Patterson, soll ich Sie zum Hotel fahren, oder sind Sie mit Ihrem Wagen hier?«

»Danke, ich gehe zu Fuß zurück. Es ist nicht weit, und das Wetter ist gut. Außerdem kann ich beim Gehen am besten nachdenken.«

Hensley nickte, schüttelte Patterson die Hand und sagte Bernie und Jim gute Nacht, bevor er zur Tür ging.
Patterson verabschiedete sich noch von Jim und Bernie. »Ist sieben Uhr morgen früh okay für Sie beide?«
»Ja, sieben ist gut«, antworteten Jim und Bernie im Chor, sahen einander an und schmunzelten.
Jim fiel ein alberner Spruch dazu ein: Wir leben noch ein Jahr zusammen. Wie oft hatte sein Vater das gesagt, wenn zwei Leute exakt zur selben Zeit dasselbe sagten.
Sobald Patterson gegangen war, sammelte Bernie die leeren Styroporkaffeebecher ein und warf sie in den Müll. Jim nahm die Glaskanne von der Kaffeemaschine und ging damit ins Bad nebenan. Dort schüttete er den restlichen Kaffee in den Ausguss, spülte die Kanne aus und brachte sie zurück in sein Büro.
»Sie haben sich kaum zu dem Fall geäußert«, sagte Bernie.
»Im Moment ist ja auch noch nicht viel zu sagen. Wir haben noch keinen Autopsiebericht und keine …«
»Was soll uns ein Autopsiebericht sagen, das wir nicht schon wüssten? Morris hat die Leiche am Fundort angesehen und uns erzählt, dass sie offensichtlich vergewaltigt und gefoltert wurde. Und die Todesursache ist klar. Jemand hat ihr die Kehle aufgeschlitzt.«
»Es geht nicht nur um die Autopsie. Patterson hat auch noch nichts von seinen Tatortermittlern gehört.«
»Bis morgen müsste er einen vorläufigen Bericht haben. Aber Sie sind doch ein erfahrener Ermittler. Sie haben sich am Fundort umgesehen, bevor Pattersons Team da war. Ich bin sicher, dass Sie bereits die eine oder andere Theorie haben.«

»Meine Theorien sind nicht verlässlich. Sie waren auch manchmal falsch.«

»Haben wir uns nicht alle schon mal geirrt?«

Sie standen da und sahen sich mindestens eine Minute lang schweigend an. Jim fragte sich, wo diese allzeit beherrschte und stets alles bedenkende Frau sich je geirrt haben mochte?

»Hören Sie, es gibt etwas, das Sie wissen sollten«, sagte er, ohne darüber nachgedacht zu haben. Ganz im Gegenteil. Er hatte wahrlich nicht geplant, sich ausgerechnet seiner neuen Vorgesetzten anzuvertrauen, zumindest noch nicht. Doch ehe Kevin am Donnerstag kam, musste er ihr von den Veränderungen in seinem Privatleben erzählen, da sie durchaus mit seiner Arbeit als Chief Deputy kollidieren könnten.

»Geht es um den Fall?«

Er schüttelte den Kopf. »Nein, um mich. Es geht darum, was bei mir derzeit privat passiert. Ich wollte eigentlich nicht heute Abend davon anfangen, aber Sie sollten es auf jeden Fall wissen.«

»Wird es Ihre Arbeit beeinträchtigen?«

»Davon gehe ich nicht aus.« Er atmete tief durch und räusperte sich. »Nein, das sollte es nicht. Vorausgesetzt ich schaffe es, ein Vollzeitvater zu sein und gleichzeitig meiner Arbeit gerecht zu werden.«

Bernie zog fragend eine Braue hoch. »Ihr Sohn wird zu Ihnen ziehen?«

»Vorübergehend. Bei meiner Exfrau … bei Kevins Mutter wurde Brustkrebs diagnostiziert. Nächste Woche soll sie operiert werden. Ich weiß, dass das Timing lausig ist, wo ich gerade erst hier anfange und wir diesen großen Mordfall haben, aber …«

»Wie alt ist Kevin?«

»Zwölf.«

»Dann brauchen Sie keinen Babysitter, sondern nur jemanden, der ein Auge auf ihn hat, solange Sie nicht da sind.«

»Ja, und so wie sich der Fall anlässt, ist nicht abzusehen, wie meine Arbeitszeiten während des nächsten Monats, wenn Kevin bei mir lebt, aussehen werden.«

»Ich verstehe Ihre Sorge, aber ich glaube, ich weiß eine Lösung.«

»Sie wissen eine Lösung? Was für eine Lösung?«

»Meine Eltern sind im Ruhestand. Sie beide wünschen sich händeringend Enkel, und leider haben weder ich noch meine Schwester Robyn ihnen diesen Wunsch erfüllt … bisher. Kevin kann doch bei ihnen sein, während Sie arbeiten. Was halten Sie davon? Okay, meine Mutter wird ihn hoffnungslos verwöhnen und Dad wird mit ihm zum Angeln gehen, Ball spielen und …«.

»Hoppla, Scha… schön langsam.« Um ein Haar hätte er seine Chefin Schatz genannt. »Sollten Sie Ihre Eltern nicht erst mal fragen? Sie können mir doch nicht so ein Angebot machen, ohne vorher mit ihnen zu reden. Ich kann mir nämlich nicht vorstellen, dass sie sich darum reißen, die Verantwortung für mein Kind zu übernehmen. Sie kennen mich ja gar nicht.«

»Wissen Sie was? Kommen Sie am Sonntag zum Mittagessen. Dann können Sie meine Familie kennenlernen. Ich werde Mom vorher von Ihrem Problem erzählen, und ich wette zwanzig Mäuse, dass sie sich sehr gern bereit erklärt, Kevins Ersatzgroßmutter zu spielen.«

Jim war von diesem großzügigen Angebot überwältigt. Nun, *sprachlos* traf es wohl eher. Er war es nicht gewohnt,

dass Leute sich für einen ins Zeug legten, der ihnen praktisch fremd war. »Ich weiß nicht, was ich sagen soll.«
»Sagen Sie, dass Sie am Sonntag zum Essen kommen. Mein Dad ist sowieso schon ganz wild darauf, Sie kennenzulernen.«
»Er ist wahrscheinlich wild darauf, Jimmy Norton kennenzulernen, und der bin ich schon lange nicht mehr.«
Bernie sah ihn nachdenklich und prüfend an, als versuchte sie, in ihn hineinzuschauen und herauszufinden, wie er tickte. »Ich glaube, was wir früher waren, das Kind, der Teenager und der junge Erwachsene, bleiben immer ein Teil von uns. Etwas von Jimmy Norton ist auch noch Teil von Ihnen, ob es Ihnen gefällt oder nicht.«
»Sie werden aber ziemlich philosophisch zu dieser späten Stunde. Oder spielen Sie gern Amateurpsychologin?«
»Schuldig«, antwortete sie. »Ich habe ein Grundstudium in Psychologie an der Uni gemacht.«
»Falls ich mich bereit erkläre, am Sonntag zum Essen zu kommen und mit Ihrem Dad über meine ruhmreiche Vergangenheit zu schwadronieren, versprechen Sie mir dann, dass Sie nicht versuchen herauszubekommen, wie ich ticke?« Jim schaltete das Licht im Büro aus und hielt ihr die Tür auf.
Sie verstand den Wink und trat hinaus auf den Flur. »Warum stört es Sie, dass ich Sie besser kennenlernen möchte? Die meisten meiner Hilfssheriffs kenne ich seit Jahren. Mit einigen von ihnen bin ich schon zur Schule gegangen, und einige haben Freundinnen von mir geheiratet. Sie hingegen sind ein Unbekannter, Jim Norton, ein bisschen wie ein Rätsel. Und mich reizen Rätsel. Außerdem habe ich es gern, dass meine Freunde mir nicht fremd sind.«
»Werden wir denn Freunde?« Er ging neben ihr her den Flur hinunter.

»Das hoffe ich doch.«
Gemeinsam verließen sie das Gebäude und blieben draußen auf dem Gehweg stehen.
»Wollen Sie sich nicht mit mir anfreunden?«, fragte sie. »Oder haben Sie grundsätzlich ein Problem damit, *nur* befreundet mit einer Frau zu sein?«
Jim lachte leise. »Ehrlich gesagt war ich noch nie mit einer Frau befreundet.«
»Es gibt für alles ein erstes Mal.«
»Das stimmt.«
Sie ging zu ihrem Jeep und ließ Jim mitten auf dem Gehweg stehen. Nachdem sie die Fahrertür aufgeschlossen hatte, drehte sie sich noch einmal zu ihm um und lächelte. »Wir sehen uns morgen früh um sieben. Sie machen Kaffee und ich bringe belegte Brötchen mit.«
»Ich hätte gerne Schinken und Käse.«
»Wie viele, eins oder zwei?«
»Zwei.«
Dann setzte sie sich hinters Steuer, schloss die Autotür und startete den Motor. Jim stand da und blickte ihr nach, bis er nur noch die roten Rücklichter des Jeeps in der Ferne sah. In diesem Augenblick stellte er fest, dass er ausgesprochen gern mit Bernie Granger befreundet wäre.

Er strich über die Perlen, deren kühle, glatte Oberfläche sich gut anfühlte. Es waren natürlich keine echten Perlen. Er konnte sich keine echten wie die leisten, die sie als Kette getragen hatte. Aber seinen Auserwählten schien es nichts auszumachen, dass er ihnen unechte Perlenketten schickte. Schließlich war es der Gedanke, der zählte, nicht wahr? Lächelnd schloss er die Augen und gab sich den Gedanken an sie hin. Nach und nach wurden die Bilder schärfer und leuchtender. Er konnte sie genau erkennen, beinahe so klar wie in der Nacht, als er sie erstmals geliebt hatte. Wie überrascht sie gewesen war, ihn zu sehen.

Dummerweise hatte er gedacht, sie würde ihn mit offenen Armen empfangen, was sie nicht tat. Aber letztlich machte das nichts. Er hatte bekommen, was er wollte, genaugenommen sogar noch viel mehr, als er sich erträumt hatte – Befriedigung, Rache und ein wunderbares Gefühl von Macht.

Allerdings hatte er damit gerechnet, dass ihr Tod eine Art Abschluss bilden und den rasenden Zorn in ihm beruhigen würde. Aber das war ein Irrtum gewesen. Der Mord hatte seinen Wunsch nach Rache nur noch stärker werden lassen. Deshalb musste er die anderen drei aufsuchen und sie so leiden lassen, wie er selbst gelitten hatte. Und nachdem alle vier bestraft worden waren, dachte er, damit wäre es vorbei. Aber wieder einmal hatte er sich geirrt.

Nur weil jemand einen verletzt, enttäuscht und einem das Herz gebrochen hat, hört man doch nicht auf, nach Liebe zu suchen und die eine Frau herbeizusehnen, die einem alle Träume erfüllte.

Er summte leise vor sich hin und öffnete die Augen wieder. Dann legte er die Perlen in die weiße Geschenkschachtel und schloss den Deckel. Er würde sie ihr morgen mit einer kurzen Nachricht zukommen lassen.

Nachdem er den Schreibtischstuhl hervorgezogen hatte, setzte er sich hin, nahm den schwarzen Füllfederhalter und blickte auf das weiße Briefpapier. Hmm … was sollte er schreiben … welche Worte könnten Thomasina verführen? Sie hatte eine romantische Ader, also würde sie alles Direkte oder Grobe nicht gut aufnehmen. Noch nicht.

Nimm bitte dieses kleine Geschenk als Zeichen meiner Zuneigung. Perlen für eine liebreizende Dame.

Ja, das müsste genügen. Er wollte ja nur ihren Appetit auf mehr anregen.
Er steckte die Nachricht in den Briefumschlag und schrieb ihren Namen auf die Vorderseite. Dann legte er den Brief beiseite. Die Nachricht und die Perlen waren immer sein nächster Schritt in der Brautwerbung. Danach folgte die Zeichnung. Doch er würde die Dinge gern schneller vorantreiben und nicht Wochen brauchen, um sie zu gewinnen. Also beschloss er, zügiger vorzugehen und ihr die Zeichnung zusammen mit der Nachricht und den Perlen zu schicken.
Er öffnete die mittlere Schreibtischschublade und holte Skizzenblock und Stift hervor, ehe er kurz die Augen schloss – lange genug, um sich ihr Bild vorzustellen. Seine Ungeduld übertrug sich auf die Zeichnung, die er mit schnellen, kurzen Strichen fertigte, bis er sowohl Thomasinas Gesicht als auch ihr fließendes dunkles Haar, ihr süßes Lächeln, ihren langen, schmalen Hals und die Rundung ihrer nackten Schulter eingefangen hatte.
So, das reichte. Stopp.
Er legte den Kohlestift zur Seite und atmete tief durch. Sie sich nackt vorzustellen, ihre üppigen Brüste, deren Spitzen aufgerichtet waren, ihren flachen Bauch und ihre hübsch gerundeten Hüften sowie das dunkle Haar zwischen ihren Schenkeln, erregte ihn derartig, dass es beinahe unerträglich war. Aber so konnte er sie nicht zeichnen. Noch nicht. Es war noch nicht so weit.
Nimm den Schmerz an. Mach ihn dir zum Freund. Denk

daran, dass das Warten auf sie den Moment umso süßer macht, wenn ihr das erste Mal zusammenkommt.
Morgen musste er einen Weg finden, ihr die Nachricht und die Geschenke heimlich zukommen zu lassen. Das dürfte nicht schwierig werden. Sie fuhr jeden Samstagmorgen nach Adams Landing und ging dort in das Fitnesscenter von Robyn Granger.

Ron ging zur Hintertür des Hauses und klopfte an die Glasscheibe. Als er Abby angerufen und das gemeinsame Wochenende abgesagt hatte, war sie enttäuscht gewesen, aber sie hatte es verstanden. Schließlich war er Hilfssheriff und der Mordfall Stephanie Preston war das größte Verbrechen, das sie in Adams County seit mindestens zehn Jahren gehabt hatten.
Er wartete, dass Abby zur Tür kam, und als sie nicht erschien, klopfte er noch einmal und rief leise ihren Namen. Sein Wagen parkte ein Stück die Straße hinunter, und Ron war hintenherum gegangen, damit er nicht gesehen wurde. Dabei war es halb zwölf nachts. Wer war denn um diese Zeit noch auf und sah aus dem Fenster?
»Abby, Süße …«
Jetzt hörte er Schritte in der dunklen Küche und als Nächstes das Klicken des Türriegels. In dem Augenblick, als sie die Tür öffnete, stürzte er hinein, kickte die Tür mit einem Fuß hinter sich zu und packte sie.
»Nicht so hastig«, sagte sie kichernd, als er mit beiden Händen ihren Po packte und sie gegen seinen vollständig erigierten Penis drückte.
»Ich kann nicht langsamer, Baby. Ich will dich viel zu sehr.«

Er küsste ihren Hals, während er sich heftig an ihr rieb.
»Du kannst wenigstens warten, bis wir im Schlafzimmer sind«, sagte sie. »Ich habe einen harten Tag hinter mir, und ich will nicht mit dem bloßen Hintern auf dem Fußboden landen oder gegen die Wand gedrückt werden.«
»Ach, Baby, dir gefällt es doch in jeder Stellung.«
Als er sie hochhob, wickelte sie die Beine um seine Hüften und warf den Kopf in den Nacken, sobald er den Mund öffnete und damit eine ihrer Brüste unter dem dünnen Nachthemd bedeckte.
Abby klammerte sich an ihn, wimmerte und flüsterte obszöne Worte, um ihn zur Eile anzutreiben, als er sie durch die Küche und den Flur ins Schlafzimmer trug. Nachdem er sie aufs Bett geworfen hatte, riss er sich die Kleider herunter, und bis er sich auf sie legte, war Abby ebenfalls nackt und bereit. Ohne ein Wort zu sagen, nahm sie seinen Schwanz in die Hand und streifte ihm ein Kondom über. Denn ganz gleich wie erregt Abby war, sie vergaß nie, sich zu schützen. Es gefiel ihm an ihr, dass sie auf sich selbst aufpasste, statt es von ihm zu erwarten.
Mit einem einzigen Stoß drang er tief in sie ein und war drauf und dran, auf der Stelle zu kommen. Sie war heiß, feucht und stramm. Als sie sich ihm entgegenbog, fasste er ihren Po und hielt sie für einen kurzen Moment fest, ehe er ein Stück aus ihr herausglitt und erneut tief in sie eindrang.
»Ich kann nicht mehr lange durchhalten, Baby«, sagte er.
Sie glitt mit einer Hand zwischen ihre Schenkel und streichelte sich selbst. »Dann helfe ich mal ein bisschen nach.«
Er hielt kurz inne, um ihr Zeit zu geben, wobei er ihr ins Ohr flüsterte, um sie in Fahrt zu bringen. Wenige Minuten später kam sie mit einem Aufschrei und erbebte unter der

Wucht ihres Orgasmus. Nun hämmerte er in sie hinein, bis er Sekunden später selbst kam. Sein Schädel schien regelrecht abzuheben, als er ins Kondom spritzte.

Nachdem es vorbei war, rollte er sich von ihr weg auf die andere Betthälfte. Abby schmiegte sich an ihn und sagte: »Ruh dich ein bisschen aus. Das nächste Mal lasse ich dich nicht so leicht davonkommen.«

Ron streckte einen Arm aus und streichelte ihren Bauch, bevor er mit der Hand zwischen ihre Schenkel fasste. Sie war feucht und klebrig. Als er ihre Klitoris berührte, stöhnte sie auf.

»Stell den Wecker, Babe. Ich muss vor Sonnenaufgang wieder weg. Wir wollen ja nicht riskieren, dass jemand sieht, wie ich mich aus der Hintertür rausschleiche.«

»Ich stelle ihn auf vier«, erwiderte sie. »Dann haben wir noch genug Zeit für einen netten Morgenfick.«

Lachend schloss Ron die Augen und schmiegte sich von hinten an Abby. In der Löffelstellung schliefen sie ein.

Kapitel 6

Seit ihre jüngere Tochter nach Adams Landing zurückgekehrt war und ihr eigenes Geschäft eröffnet hatte – Robyn's Fitness Center –, ließ Brenda Granger es sich nicht nehmen, gleich an mehreren der dort angebotenen Kurse teilzunehmen. Ihr absoluter Lieblingskurs war der am Samstagmorgen, wo eine ganze Gruppe von Frauen gemeinsam Stretchingübungen machte und an allen möglichen Geräten, vom

Laufband bis zum Fahrrad, trainierte. Nach der ersten Stunde wurde eine Pause eingelegt, in der alle etwas trinken konnten, und nach der zweiten Stunde blieben viele der Frauen noch und aßen zusammen Mittag. Robyn bot frische Salate mit kalorienarmem Dressing und hinterher Joghurt an.

Da Brenda ihr Leben lang in Form geblieben und mit einem hervorragenden Stoffwechsel gesegnet war, brauchte sie sich um ihr Gewicht bis zu den Wechseljahren nie Sorgen zu machen. Dann allerdings hatten sich die zusätzlichen zehn Pfund schneller auf ihren Hüften und ihrem Bauch festgesetzt, als sie es mitbekam. Zwei Monate Diät und Sport hatte es sie gekostet, wieder bei dem Gewicht zu landen, das ihr Mann im Scherz gern als ihr Kampfgewicht bezeichnete.

Nun stand sie da, betrachtete Robyn in ihrem viel zu knappen Sportdress und seufzte, bevor sie einen kräftigen Schluck aus der Wasserflasche nahm. Ihre jüngere Tochter war ihr sehr ähnlich. Auch Robyn war schlank, hatte einen eher großen Busen und lockiges, pechschwarzes Haar. Zum Glück hatte Robyn auch den Stoffwechsel ihrer Mutter geerbt sowie deren Liebe zum Sport, so dass sie ihren beachtlichen Körper ebenfalls bestens in Form hielt. Die Größe hatte sie von ihrem Vater, genau wie ihre Schwester Bernie. Robyn war einsfünfundsiebzig und Bernie etwas über eins achtundsiebzig.

Die arme Bernie jedoch hatte weder den schmalen Körperbau noch den hervorragenden Stoffwechsel ihrer Mutter geerbt. Seit der Kindheit war Brendas ältere Tochter eher kräftig gebaut und neigte wie R.B. dazu, schnell zuzunehmen. Ja, Bernie kam ganz nach dem Vater, Robyn ganz nach der Mutter, was ihr Aussehen und ihr Wesen anging.

Aber beiden Töchtern gemein war, dass sie ihre Mutter auf

ganzer Linie enttäuschten. Brenda sehnte sich danach, ihre Mädchen glücklich verheiratet zu sehen und endlich Enkel zu haben. Schließlich wurden R. B. und sie ja nicht jünger. Und mit achtundfünfzig sollte eine Frau bereits mehrere Enkel haben.

Wenigstens verabredete Robyn sich regelmäßig, auch wenn Brenda nicht immer glücklich mit den Männern war, die sie sich aussuchte. Bernie hingegen ging selten aus und schien sich jede gute Partie durch die Lappen gehen zu lassen.

Brenda sah es daher als ihre mütterliche Pflicht, alles in ihrer Macht Stehende zu tun, um ihren Töchtern zu einem passenden Ehemann zu verhelfen. Und aus diesem Grunde hatte sie für den morgigen Sonntag zwei sehr geeignete junge Männer zum Mittagessen eingeladen. Raymond Long war ein netter Mann und sah nicht schlecht aus, auch wenn er nicht gerade der hellste Kopf weit und breit war. Ihm gehörte der örtliche Eisen- und Haushaltswarenladen, von dessen Erträgen er problemlos eine Familie ernähren konnte. Zum Glück hatte er sich von dieser entsetzlichen Frau scheiden lassen, bevor die beiden Kinder bekamen. Und es schadete auch nicht, dass Raymonds Mutter Helen seit Jahren eine der besten Freundinnen von Brenda war. Unter den weiteren Gästen für Sonntag war der neue Pfarrer, Matthew Donaldson. Matthew war jung, gutaussehend, charismatisch und vor allem ledig.

»Bleibst du zum Essen, Brenda?«, fragte Abby Miller.

»Das lasse ich mir nicht entgehen.« Brenda lächelte Abby freundlich an, obwohl sie die Frau nicht besonders mochte. Abby legte zu viel Make-up auf, färbte sich das Haar blauschwarz und kleidete sich entschieden zu nuttig. Noch dazu ging das Gerücht um, dass Abby heimlich etwas mit einem anderen Mann hatte, während ihr armer Ehemann im Nahen Osten war und seinem Land diente.

Die anderen Frauen, die zum Mittagessen blieben, bildeten einen Kreis in der Mitte des Übungsraums. Brenda blickte durch die Runde, wer noch da war, um zu entscheiden, neben wem sie sitzen wollte. Sie schloss jene Frauen aus, mit denen sie sich nicht eine halbe Stunde lang unterhalten wollte. Abby Miller auf keinen Fall, und auch Renee Michaels wurde sofort von der Liste gestrichen. Die Frau hatte überhaupt kein Hirn in ihrem hübschen Köpfchen, und es war stadtbekannt, dass Renee eine Schlampe war. Hilfssheriff Holly Burcham fiel ebenfalls aus, aber nur weil sie neben Renee saß. Das tat leider auch Amber Claunch, die Brenda eigentlich mochte.

»Hmm …« Brenda entdeckte Lisa Wiley, Bernies Sekretärin, und steuerte schon in ihre Richtung, als sie abrupt stehen blieb, weil sich in diesem Moment Cathy Downs neben Lisa setzte. Cathy war eine ganz liebe, aber sie konnte einen mit ihrem dauernden Geplapper zu Tode langweilen. Die Frau redete unentwegt – über ihre Kinder, ihren Mann, Lieutenant John Downs, und über ihre neueste Diät. Die plumpe Plaudertasche probierte jede neue Diät aus, die auf den Markt kam, und wollte jeden davon überzeugen, dass eben diese eine Hungerkur das Wundermittel für übergewichtige Frauen war.

Als Brendas Blick wieder durch die Runde wanderte, sah sie plötzlich den idealen Platz für sich, genau zwischen Amy Simms und Thomasina Hardy. Sie eilte quer durch den Raum, blieb vor ihnen stehen und sah erst Amy, dann Thomasina an.

»Habt ihr noch einen Platz für mich?« Ehe die beiden etwas

antworten konnten, hatte Brenda sich schon zwischen sie gedrängelt.

Amy lächelte Brenda freundlich an. »Ja, natürlich, setz dich nur zu uns.«

»Wir sprachen gerade darüber, was mit diesem armen Mädchen aus Scottsboro, Stephanie Preston, passiert ist«, sagte Thomasina.

»In was für einer Welt leben wir nur.« Brenda schüttelte traurig den Kopf. »Als ich ein junges Mädchen war, gab es so etwas in dieser Gegend nicht. Nordost-Alabama war damals einer der sichersten Flecken auf der Erde. Bei uns schloss man nicht einmal die Türen ab und schlief bei offenem Fenster. Wir mussten nie Angst haben, dass jemand bei uns einbrechen könnte.«

»Im *Daily Reporter* von heute Morgen schrieben sie, dass sie ermordet wurde.« Amy sah Brenda an. »Weißt du etwas Näheres, das du uns verraten darfst?«

Brenda lächelte und hoffte, ihr Gesichtsausdruck signalisierte den beiden anderen, dass sie sehr wohl etwas Näheres von dem Mord wusste. Zwar war dem nicht so, aber als Mutter des gegenwärtigen Sheriffs und Frau des vorigen genoss sie das Privileg, stets so tun zu dürfen, als wäre sie im Besitz höchst vertraulicher Informationen.

»Leider darf ich euch nichts erzählen«, antwortete Brenda. »Ihr wisst ja, wie das ist. Manche Sachen dürfen nicht an die Öffentlichkeit gelangen, weil das die Ermittlungen gefährdet. Und als Frau von R.B. habe ich schon vor Jahren gelernt, besser meinen Mund zu halten.«

»Ach, komm schon, Brenda«, flehte Amy. »Kannst du uns nicht irgendetwas sagen? Du weißt doch, dass wir es keiner Menschenseele weitererzählen würden.«

Brenda schüttelte den Kopf, lehnte sich vor und flüsterte Amy zu: »Also … nein, nein ich kann nicht. Tut mir leid.«
»Wir verstehen das«, sagte Thomasina. »Außerdem weiß ich gar nicht, ob ich die Einzelheiten wirklich wissen möchte. Es geht das Gerücht, dass sie nackt war, als man sie fand, und ihr wisst ja, was das normalerweise heißt – es bedeutet, dass sie wahrscheinlich vergewaltigt wurde. Armes Mädchen.«
»Ob sie wohl ihren Ehemann unter Verdacht haben?«, überlegte Amy laut. »Ich habe gestern Abend versucht, etwas aus Jerry Dale rauszuquetschen, aber er hat sich ausgeschwiegen. Da habe ich ihm gesagt, dass ich überhaupt nichts davon habe, mit dem Staatsanwalt verheiratet zu sein, wenn er mir nie was erzählt.«
Alle drei Frauen lachten.
»Hat hier jemand einen guten Witz erzählt?«, fragte Robyn, die mit einem beladenen Teewagen zu ihnen kam.
»Nein, eigentlich nicht«, antwortete Brenda. »Es war eher ein nervöses Lachen.«
»Wir sprachen über die arme Stephanie Preston«, erklärte Thomasina.
Robyn nahm zwei Plastikschalen mit Salat vom Teewagen und reichte eine Thomasina und die andere ihrer Mutter. »Als es hieß, sie würde vermisst, und all die Suchaktionen nichts ergaben, hatte ich schon so ein Gefühl, dass sie tot sein muss. Mir läuft es eiskalt den Rücken runter, wenn ich daran denke, was mit ihr passiert ist.« Robyn gab Amy einen Salat.
»Wir wollten ein paar Informationen aus deiner Mutter herauskitzeln, aber sie will uns nichts verraten«, sagte Amy.
Robyn sah ihre Mutter an, wobei sie ihre Mundwinkel kaum merklich nach oben zog. Brenda kannte diesen Ausdruck bei

ihrer Tochter nur allzu gut. Das war Robyns *Schäm-dich-Mama*-Blick.

»Dass wir Familienmitglieder des Sheriffs sind, heißt nicht automatisch, dass wir mehr wissen als der Durchschnittsbürger«, sagte Robyn und zwinkerte ihrer Mutter zu.

Brenda stieß innerlich einen Seufzer der Erleichterung aus, weil ihre Tochter sie nicht bloßgestellt hatte. Andererseits war Robyn schon immer Brendas Verschworene gewesen, hatte ihr stets Rückendeckung gegeben, ihre Geheimnisse bewahrt und Brendas Vorliebe für Klatsch und Tratsch geteilt. Bernie indes war die Petze gewesen, die alles sofort zu R.B. trug. Nein, Brendas ältere Tochter hatte nie gelernt, wie man sozialverträgliche Notlügen erzählte, und wie R.B. konnte sie bisweilen unangenehm direkt und brutal ehrlich sein. Dieser Zug kam bei den meisten Männern natürlich nicht besonders gut an und dürfte wohl ein Grund dafür sein, weshalb Bernie keinen Ehemann fand. Das und die Tatsache, dass sie dringend zwanzig Pfund abnehmen sollte.

Da die Prestons im Bezirk Jackson County lebten, begleitete Sheriff Mays Bernie, Jim und Charlie Patterson, als sie sich mit Kyle Preston und Stephanies Eltern in dem weißen Einfamilienhaus nahe Hollywood trafen, welches das junge Paar gemietet hatte. Bernie bat die Eltern und den Ehemann, mit Ed und ihr auf die Veranda zu kommen, wo sie sich unterhalten würden, während Charlie Patterson und Jim Norton das Haus durchsuchten.

Die Eltern saßen nebeneinander auf der Hollywoodschaukel, der Ehemann auf einem der weißen Schaukelstühle. Ed setzte sich auf den anderen Schaukelstuhl, und Bernie blieb stehen.

»Ich mag mir kaum ausmalen, wie schwierig das für Sie alle ist.« Bernie sah jeden der drei einzeln an. »Und es tut mir ehrlich leid, dass ich Sie schon wieder befragen muss.«

»Ed hat es uns erklärt«, sagte Jay Floyd, Stephanies Vater. »Wir möchten alles tun, was wir können, damit Sie den Kerl fangen, der unser kleines Mädchen umgebracht hat.« Tränen stiegen ihm in seine blassbraunen Augen.

»Wir wissen es zu schätzen, dass Sie so kooperativ sind.« Bernie blickte zu Emmy Floyd, Stephanies Mutter, die still dasaß, vor sich hin weinte und wie betäubt wirkte. Sie hatte ihre Hände in den Schoß gelegt und fingerte an ihrem goldenen Ehering. Bei Gott, für sie musste es entsetzlich sein. Ein Kind zu verlieren, war schlimm genug, aber auch noch zu wissen, dass dieses Kind fast zwei Wochen lang brutal misshandelt worden war, damit wurde wohl keine Mutter jemals fertig.

Bernie wandte sich an Kyle Preston und sah ihm auf den ersten Blick an, dass er immer noch unter Medikamenten stand. »Mr. Preston … Kyle … vielen Dank, dass Sie uns erlauben, Ihr Haus zu durchsuchen. Ich verspreche Ihnen, dass Agent Patterson und Captain Norton alles wieder so herrichten, wie es vorher war.«

»Ich weiß nicht, was Sie hier zu finden hoffen«, sagte Kyle. »Wenn ich nicht verdächtigt werde …« Seine Stimme versagte und er schluckte.

»Sie werden nicht verdächtigt, Kyle. Ihre Schwiegereltern haben uns bestätigt, dass Sie an dem Abend bei ihnen waren, als Stephanie verschwand. Sie beide hatten dort zu Abend gegessen, und Sie blieben noch, um Mr. Floyd mit seinem Traktor zu helfen, während Stephanie zu ihrem Abendkurs fuhr.«

»Das stimmt«, sagte Jay Floyd. »Stephie sollte nach dem Kurs zu uns kommen und Kyle abholen. Und als sie um elf immer noch nicht da war, riefen wir Ed an.«
Bernie nickte. »Mir ist klar, dass Sie seit dem Abend eine Menge Fragen beantworten mussten und alles getan haben, um uns bei den Ermittlungen zu helfen, genauso wie Sie uns auch gestern unsere Fragen beantwortet haben, nachdem wir Stephanie tot auffanden.«
Emmy Floyd wimmerte leise. Ihre Lippen zuckten und ihr Kinn bebte. Jay rückte näher an seine Frau heran und legte einen Arm um ihre Schultern.
»Ich bedaure, dass wir alles noch einmal durchgehen müssen, aber es kann sein, dass es etwas gibt, was Sie für unwichtig hielten, das uns aber bei unseren Ermittlungen von Nutzen sein kann.« Bernie lehnte sich an das Verandageländer. »Kennen Sie irgendjemanden, der Stephanie hätte wehtun wollen? Gibt es jemanden, der wütend auf sie war oder etwas gegen einen von Ihnen hatte?«
»Unser Mädchen hatte keinen einzigen Feind auf dieser Welt«, antwortete Jay. »Sie war ein durch und durch guter Mensch.«
»Jay und Emmy haben keine Feinde«, erklärte Ed. »Ich kenne keine Menschenseele, die nicht sehr viel von ihnen und ihren drei Kindern hält.«
Bernie nickte wieder. »Was ist mit Ihnen, Kyle?«
»Ich wüsste niemanden, außer vielleicht Stephies frühere Freunde«, antwortete er. »Sie könnten eifersüchtig sein, weil ich Stephie bekommen habe.«
»Sie war ein echter Hauptgewinn«, sagte Jay. »Hübsch, blitzgescheit und dazu noch herzensgut.«
Frühere Freunde. Hmm … Könnte ein früherer Freund Stephanie dafür hassen, dass sie ihn sitzenließ und Kyle hei-

ratete? Könnte er sie genug hassen, um sie zu entführen, zu vergewaltigen, zu foltern und anschließend zu töten?

»War Stephanie damals mit einem anderen Mann zusammen, als sie sich Ihretwegen trennte?«, fragte Bernie.

»Ich ... ich hatte das mit den früheren Freunden nicht ernst gemeint«, sagte Kyle nervös. »Der einzige Freund, den sie vor mir hatte, war Richie Lowery.«

»Richie war ein guter Junge«, ergänzte Jay. »Außerdem hat *er* mit Stephie Schluss gemacht.«

»Er hat vielleicht Schluss gemacht, aber ich glaube, das hat er hinterher bereut«, sagte Kyle.

»Wie kommen Sie darauf?«, fragte Bernie.

Kyle sah erst seine Schwiegereltern, dann Ed Mays an. »Stephie bekam letzten Monat Liebesbriefe und kleine Geschenke von ihm. Sie zeigte sie mir und ich habe gesagt, falls er sie anruft oder ihr nachstellt, würde ich ihn mir vornehmen. Sie wissen schon, ich wäre hingefahren und hätte ihn windelweich geprügelt.«

»Sie meinen, Richie hat Stephanie belästigt?«

»Nein, sicher nicht. Nach ein paar kurzen Briefen und Geschenken passierte nichts mehr. Als Stephanie nicht reagierte, kapierte er wohl, dass sie glücklich verheiratet war.«

»Warum hast du uns das nicht früher erzählt?«, fragte Ed.

»Weil ich nicht daran gedacht habe«, gestand Kyle. »Es war nicht wichtig. Wie gesagt, es hörte von allein auf.«

»Wo wohnt Richie Lowery?«, fragte Bernie die Eltern von Stephanie.

»Soweit ich weiß, wohnt er immer noch in Hollywood«, sagte Jay. »Sie glauben doch nicht, dass Richie ...« Er räusperte sich. »Der Junge war immer anständig. Er würde Stephie niemals wehtun. Dazu ist er gar nicht der Typ.«

»Schon klar«, sagte Bernie. »Aber es schadet nicht, ihm ein paar Fragen zu stellen.«

Während sie weiter mit der Familie sprach, sah Bernie hin und wieder auf die Uhr und fragte sich, wie lange Jim und Charlie für eine gründliche Hausdurchsuchung brauchen würden. Stephanies Eltern und der Ehemann hatten jedenfalls nichts zu sagen, was ein neues Licht auf den Fall warf. Das heißt, außer der Information über Richie Lowery, und Bernies Gefühl sagte ihr, dass diese Sache ihnen auch nicht weiterhelfen würde. Es sei denn, Kyle hatte ihr nicht alles gesagt, was unwahrscheinlich war, denn der Mann schien ein offenes Buch zu sein.

Als Bernie keine Fragen mehr einfielen, übernahm Ed, so dass sie sich zurücklehnen und zuhören konnte. Er redete mit der Familie und erzählte ein paar alte Geschichten über Stephanie, um ihre Gedanken auf glücklichere Tage zu lenken.

Die Vordertür ging auf und Jim blickte auf die Veranda hinaus und zu Bernie. Er bedeutete ihr mit einem Kopfnicken, dass sie zu ihm kommen möge. Sie sprang von dem Verandageländer, auf dem sie gesessen hatte, und ging zur Tür.

»Ich glaube, Captain Norton und Agent Patterson sind gleich fertig«, sagte sie. »Wenn Sie mich bitte entschuldigen wollen, ich spreche nur kurz mit ihnen und bin gleich wieder da.«

Als sie ins Wohnzimmer kam, schloss Jim die Tür hinter ihr und sagte: »Wir haben etwas Interessantes gefunden.«

Bernie wurde beinahe schlecht. Sie betete zu Gott, dass es sich nicht um Beweise gegen Kyle Preston handelte. Er schien ein so netter Kerl zu sein, der seine Frau wirklich liebte.

»Charlie hat im Gästezimmer in einer Kommode eine Schachtel mit ein paar Sachen drin gefunden«, erzählte Jim.

»Die Schachtel war mit einem Band verschnürt und unter mehreren Wolldecken versteckt.«
»Und was war drin?«
»Sehen Sie es sich selbst an. Charlie hat den Inhalt so gelassen, wie wir ihn gefunden haben.« Jim hielt ihr ein Paar Einweghandschuhe hin, die Bernie sich überzog, bevor sie Jim durch den Flur zum Gästezimmer folgte.
»Haben Sie's ihr gesagt?«, fragte Charlie.
Jim schüttelte den Kopf. »Ich dachte, sie will es sich lieber selbst ansehen.«

Thomasina zog sich noch eine Flasche Wasser aus dem Automaten in Robyn's Fitness Center, bevor sie ging. Sie war heiß, verschwitzt und durstig und wollte etwas Kaltes trinken, ehe sie hinüber zum Pig ging – wie alle hier im Ort den Piggly-Wiggly-Supermarkt nannten. Dort wollte sie alles einkaufen, was ihre Mutter ihr aufgeschrieben hatte, ehe sie heute Morgen nach Verona gefahren war. Für den unwahrscheinlichen Fall, dass Brandon Kelley heute Nachmittag zufällig auch einkaufte, hatte Thomasina ihr Make-up nach dem Sport noch einmal aufgefrischt. Sie wusste, dass sie sich wie ein verknallter Teenager benahm, aber sie konnte einfach nicht anders. Letzte Nacht hatte sie sogar von Brandon geträumt.
Während sie auf ihren Wagen zuging, der auf dem Parkplatz hinter dem Fitnesscenter stand, drückte sie auf den Knopf der Funkfernbedienung. Beim Näherkommen fiel ihr auf, dass etwas am Griff der Fahrertür hing. War es eine Werbung? Nein, für ein Faltblatt war es zu groß.
Sobald sie bei ihrem Wagen war, blieb sie stehen und starrte auf den Griff. Jemand hatte eine weiße Plastiktüte daran gebunden. Ihr Herzschlag beschleunigte sich. Thomasina

stellte ihre ungeöffnete Wasserflasche auf die Kühlerhaube und streckte zögernd und zugleich erwartungsvoll die Hand nach der Tüte aus. Sie band die Tüte los und lugte hinein. Es befanden sich eine weiße Schachtel, ein brauner großer Umschlag und ein Brief darin. Da sie nicht gewillt war, an einem Samstagmittag im Juli auf einem öffentlichen Parkplatz ein geheimnisvolles Geschenk auszupacken, stieg sie in ihren Wagen.

Erst nachdem sie die Fahrertür geschlossen, den Motor angestellt und die Klimaanlage eingeschaltet hatte, griff sie in die Tüte und holte den Umschlag heraus. Mit zitternden Fingern zog sie das einzelne Blatt aus dem Umschlag und faltete es auseinander.

Nimm bitte dieses kleine Geschenk als Zeichen meiner Zuneigung. Perlen für eine liebreizende Dame.

Thomasina hielt den Atem an. Perlen?

Sie griff wieder in die Tüte und holte die kleine, rechteckige Schachtel hervor. Sie fühlte sich wie ein Kind am Weihnachtsmorgen. Nachdem sie den Deckel abgenommen hatte, starrte sie zunächst sprachlos auf eine Perlenkette, die auf einem Bett von weißer Watte lag. Die kleinen, cremeweißen Perlen hatten einen leichten Goldschimmer, waren aber sicher nicht echt. Sie konnten nicht echt sein. Aber schön waren sie trotzdem. Und was für ein hübsches Geschenk. Es musste von einem sehr romantisch veranlagten Mann kommen.

Ein Geschenk von Brandon?

Sie legte die Schachtel und den Brief auf den Beifahrersitz und nahm den braunen großen Umschlag aus der Tüte. *Was mochte das sein?*

Sie riss den Umschlag auf. Darin fand sie eine herausgerissene Seite aus einem Skizzenblock. Ihr Herz pochte wie verrückt.

Brandon war der Kunstlehrer am Junior College. Als sie auf das Blatt sah, stockte ihr der Atem. Es war eine Kohlezeichnung von ihrem Gesicht und das Werk eines wahren Künstlers.

Brandon Kelley war ein wahrer Künstler. Er war ihr heimlicher Verehrer. Aber warum umwarb er sie auf so eine altmodische, versteckte Art? Wieso sprach er sie nicht einfach an und bat sie um ein Date?

Weil Brandon nicht wie andere Männer ist, sagte sie sich. Er ist älter, erfahrener, weltgewandter und zweifellos einer der letzten Exemplare einer aussterbenden Art – der romantische Gentleman.

Sie nahm die Perlen aus der Schachtel und betastete sie verträumt. Am Montag würde sie sie tragen und ihm zeigen, dass ihr sein Geschenk gefiel.

Mit einem wohligen Kribbeln im Bauch und beinahe schwindlig vor Freude, schnallte Thomasina ihren Sicherheitsgurt fest, schaltete in den Rückwärtsgang und begann, vor sich hin zu summen, während sie aus der Parklücke und hinaus auf die Straße fuhr.

Bernie berührte die einzelnen Gegenstände nur vorsichtig und nahm sich die Zeit, auf jede Einzelheit zu achten, während Charlie Patterson ihr ein Stück nach dem anderen gab. Da waren als Erstes kurze Mitteilungen auf weißem Briefpapier, wie man es in so gut wie jedem Papierwarenladen bekam. Sie waren in schwarzer Tinte geschrieben, knapp gehalten und schmeichelten der Empfängerin auf sehr romantische Art.

»Kyle Preston erzählte, dass ein früherer Freund von Stephanie Briefe und Geschenke schickte. Das hier müssen die Briefe sein.« Aber irgendetwas stimmte an diesen Botschaften nicht. Sie waren nicht unterzeichnet und passten im Stil auch nicht zu dem, was ein Verflossener schreiben würde. Nein, sie würde sie eher einem Mann zuordnen, der auf eine Liebesbeziehung mit der Adressatin hoffte, nicht schon eine mit ihr hinter sich hatte.

»Warum hat er vorher nichts von den Briefen gesagt?«, fragte Jim.

»Er hatte sie vergessen, weil er sie nicht für wichtig hielt.«

»Ich kann mir nicht vorstellen, dass ein Ehemann so etwas vergisst«, sagte Charlie. »Vor allem nicht die Zeichnungen.«

»Welche Zeichnungen?«, fragte Bernie. »Kyle hat nichts von Zeichnungen gesagt.«

»Dann lügt er, oder Stephanie hat ihrem Mann nicht alle Geschenke gezeigt.« Jim zeigte auf den dünnen Stapel Blätter, die Charlie in der Hand hielt. Er trug ebenfalls Einweghandschuhe.

»Lassen Sie mich mal sehen.« Bernie streckte die Hand aus, und Charlie gab ihr die Blätter.

Auf dem ersten war eine Skizze von Stephanie, die mit Kohlestift gezeichnet war. Nur ihr Gesicht und die Andeutung einer nackten Schulter. Die Skizze war erstaunlich genau, folglich musste der Zeichner talentiert sein. Unter der Zeichnung fanden sich mehrere Fotos von Stephanie, die offensichtlich aus größerer Entfernung aufgenommen worden waren, und ihrem Gesichtsausdruck nach zu urteilen, war ihr nicht bewusst gewesen, dass sie fotografiert wurde. Ein Foto zeigte sie auf ihrer Vorderveranda, ein anderes als sie gerade mit einem vollen Einkaufswagen aus dem Supermarkt kam.

Insgesamt waren es sechs Aufnahmen, die an unterschiedlichen Orten und augenscheinlich auch an unterschiedlichen Tagen gemacht worden waren.

»Er hat sie beobachtet«, sagte Bernie.

»Ja«, bestätigte Jim. »Sehen Sie weiter. Es kommt noch schlimmer.«

Sie gab Charlie die erste Zeichnung und die Fotos zurück und sah sich die übrigen etwa ein Dutzend Skizzen an. Bernie schrak zurück, als ihr Blick auf die erste fiel. Es war eine Tintenzeichnung von Stephanie, auf der sie halb entkleidet war. Ihre eine Brust war entblößt und die Spitze aufgerichtet. Sie hielt eine Hand verführerisch zwischen den Schenkeln und den rechten Zeigefinger zwischen ihre Lippen, die leicht geöffnet waren.

Gütiger Gott, hatte Stephanie für dieses Bild Modell gestanden beziehungsweise gelegen, oder war es aus der Erinnerung gezeichnet? »Wir müssen auf jeden Fall den früheren Freund befragen.«

Bernie sah sich die nächste Zeichnung an. Auf dieser war Stephanie vollkommen nackt bis auf eine Perlenkette, die sie um den Hals trug. Und der Ausdruck auf ihrem Gesicht war regelrecht beängstigend. Sie sah aus wie eine Frau, die gerade einen Orgasmus hatte.

»Mein Gott.«

»Amen«, sagte Charlie.

Erst als Charlie sprach, wurde Bernie klar, dass sie die zwei Worte nicht nur gedacht hatte.

Die Zeichnungen wurden immer drastischer, und die letzten vier schließlich zeigten Stephanie in Sadomasoposen – gefesselt, geknebelt, in Ketten und ihr Körper übersät von runden Wundmalen und Bissabdrücken.

Bernie spürte, wie ihr eine brennende Magensäure die Speiseröhre hinaufstieg. Sie unterdrückte ein Würgen und schluckte energisch. Wag es ja nicht, dich zu übergeben. Keinem der beiden Männer ist schlecht geworden.

»Ziemlich heftiger Stoff«, sagte Jim.

»Widerlich.« Bernie brachte nur mit Mühe dieses eine Wort heraus und musste sich mehrmals räuspern.

»Die Frage ist, hat der Künstler für diese Bilder auf seine Phantasie zurückgegriffen, oder stand Stephanie ihm kürzlich oder vor längerer Zeit dafür Modell?« Charlie blickte von Bernie zu Jim.

»Falls Sie meine Meinung hören wollen, würde ich sagen, dass er seine kranke Phantasie benutzte«, sagte Jim.

Bernie nickte. »Sofern Stephanie nicht ein Doppelleben führte, von dem niemand etwas wusste, würde ich Jim zustimmen.«

»Da sind noch ein paar andere Dinge.« Charlie zeigte auf die offene Schachtel auf der Zedernkommode. »Kleine Geschenke: eine Perlenkette, eine Flasche Parfum, ein goldenes Armband, ein rosa Lippenstift und passender Nagellack.«

»Geschenke, die ein Mann seiner Freundin macht?«, überlegte Bernie laut. Es waren zwei Schmuckstücke und drei Kosmetikartikel. »Warum solche Sachen?«

»Gute Frage.« Jim sah sie an. »Waren es Dinge, von denen er wusste, dass sie ihr gefielen? Oder wollte er sehen, wie sie sie benutzt?«

»Ich bringe gleich alles in unser Labor«, sagte Charlie. »Und während ich damit beschäftigt bin, könnten Sie beide ja schon mal den Exfreund befragen. Außerdem sollten Sie sich von der Familie eine Liste über jeden Mann in Stephanies Leben außer dem Vater und dem Ehemann geben lassen.«

»Das kann eine lange Liste werden«, erwiderte Bernie. »Sie arbeitete tagsüber bei McDonald's und ging abends aufs College. Außerdem war sie regelmäßig in der Kirche. Die Liste der Männer in ihrem Leben könnte also ohne weiteres an die hundert Namen oder mehr enthalten.«

»Wir fangen mit ihrem früheren Freund an und machen dann mit jedem Mann weiter, der sich in letzter Zeit besonders für Stephanie interessiert hat«, sagte Jim.

Charlie nickte. »Ich werde versuchen, einen vorläufigen Bericht zu bekommen, den wir heute Abend gemeinsam durchgehen können. Vorausgesetzt natürlich, es passt Ihnen beiden heute Abend.«

»Ja, kein Problem«, sagte Jim.

Bernie nickte. »Wie gut, dass ich kein Privatleben habe.«

»Na, hören Sie mal, Sie verbringen den Abend mit zwei gutaussehenden Männern«, protestierte Charlie lachend.

»Was kann sich eine Frau am Samstagabend mehr wünschen als die Gesellschaft zweier gutaussehender Gesetzesvertreter, Eiscreme und einen Stapel Leichenfotos?« Bernie verdrehte die Augen gen Himmel und seufzte theatralisch.

Kapitel 7

Thomasina schwänzte an diesem Morgen die Sonntagsschule und kam mit ihrem eigenen Wagen zum Elf-Uhr-Gottesdienst. Als sie fünf Minuten zu spät in die Kirche kam, warf ihre Mutter ihr einen dieser tadelnden Blicke zu, wie nur Eltern sie beherrschten. Sie saß da und mühte sich redlich, etwas von dem mitzubekommen, was Reverend Donaldson in seiner Predigt zu sagen hatte, aber in Wahrheit verbrachte sie die vierzig Minuten damit, den neuen Pfarrer anzustarren, ja, regelrecht verzückt von ihm zu sein. Allerdings galt das für jede Frau in der Gemeinde. Der Mann war umwerfend. Er hatte schwarzes Haar und blaugraue Augen, die einen faszinierenden Kontrast zu seiner sonnengebräunten Haut bildeten, sowie einen Körper, bei dem jedes weibliche Wesen auf sündige Gedanken kam.

Thomasinas Schwester Amanda, die rechts von ihr saß, knuffte sie in die Rippen und flüsterte: »Weißt du, dass er ledig ist?«

Thomasina lächelte nur. Matthew Donaldson sah zum Dahinschmelzen aus und war ledig, und unter anderen Umständen wären diese Tatsachen brennend interessant für sie gewesen. Aber zurzeit interessierte es sie nicht, weil Brandon Kelley gerade dabei war, sie auf eine sehr altmodische und wunderbar romantische Art zu umwerben. Im Stillen hatte sie gehofft, heute Morgen einen Blick auf ihren heimlichen Verehrer erhaschen zu können, aber Brandon war nicht besonders religiös und kam höchstens einmal im Monat in die Kirche. Natürlich war sie enttäuscht, ihn nicht zu sehen, aber sie tröstete sich mit dem Gedanken, dass sie ihn morgen »zufällig« am College treffen könnte. Dann würde sie freundlich sein, vielleicht sogar ein bisschen mit ihm flirten, sich aber sehr, sehr damenhaft verhalten. Sollte sie zu selbstbewusst auftreten, könnte ihn das abschrecken und ihre Romanze beenden, bevor sie überhaupt angefangen hatte. Das Klügste war wohl, ihm die nächsten Schritte zu überlassen. Und er wollte anscheinend, dass ihre Beziehung romantisch und mit einem Hauch von Geheimnis begann.

Thomasina nahm sich vor, Reverend Donaldson anzusprechen und ihn in Adams Landing willkommen zu heißen. Wenn Amanda den Mann schon als potenziellen Schwager ins Auge gefasst hatte, konnte sie davon ausgehen, dass ihre Mutter ihn bereits als möglichen Schwiegersohn in Betracht zog. Und jede Tochter wusste um die Notwendigkeit, die Mutter glücklich zu machen. Natürlich schmiedete jede Mutter in der Stadt mit einer Tochter in den Zwanzigern in diesem Moment Heiratspläne, in denen das eigene Kind und der Reverend vorkamen. Junge, gutaussehende, erfolgreiche und ledige Männer gab es schließlich nur wenige in Adams County.

Amanda hakte sich bei Thomasina unter, als die gerade zum Parkplatz gehen wollte. »Warte mal.«

Thomasina blieb stehen. »Ich habe mit ihm geredet, ihn angelächelt und war freundlich zu ihm. Das sollte Mama zufriedenstellen.«

»Hmm ... was verheimlichst du mir?«

»Nichts.«

»Komm schon, ich kenne dich. Du hast einen neuen Freund, stimmt's? Und das wurde auch Zeit. Zwei Sekunden nachdem dich Ron Hensley fallenließ wie eine heiße Kartoffel, hättest du aufhören sollen, um den Blödmann zu trauern.«

»Er hat mich nicht fallenlassen wie eine heiße Kartoffel. Wir hatten bloß unterschiedliche Vorstellungen von einer Beziehung.«

Amanda senkte die Stimme. »Ja, er hatte nichts außer Sex im Kopf.« Sie sah Thomasina in die Augen, als wollte sie ihre Schwester warnen, sie ja nicht anzulügen. »Raus damit. Wer ist der Neue?«

»Schwörst du, es keiner Menschenseele weiterzuerzählen?«

Amanda kicherte. »Großes Ehrenwort.«
»Es ist Brandon Kelley, der Kunstlehrer am College.«
»Und seit wann läuft das? Wann hattet ihr euer erstes Date? Einzelheiten, Kindchen, ich will sämtliche Einzelheiten.«
»Pass auf, ich erzähle dir alles nach dem Mittagessen, wenn Mama ihr Nickerchen macht und die Männer mit den Kindern draußen sind. Fürs Erste werde ich dir nur so viel sagen: Er ist sehr romantisch.«
Amanda ließ Thomasina gehen, ohne weitere Fragen zu stellen, da hier auf dem Kirchengelände zu viele Leute mithören könnten. Drei Viertel der Gemeinde waren noch vor der Kirche versammelt, um zu plaudern und den neuesten Klatsch auszutauschen, ehe sie nach Hause gingen.
Trotz der wolkenverhangenen Sonne herrschte eine unbarmherzige Julihitze, die durch die hohe Luftfeuchtigkeit umso drückender wurde. Auf dem Weg zu ihrem Wagen sprach Thomasina mit einem halben Dutzend Leuten und winkte Robyn und Bernie Granger zu, die mit ihren Eltern da waren. Sie würde wetten, dass Brenda Granger den Reverend schon als Ehemann für eine ihrer Töchter auserkoren hatte.
Als Thomasina bei ihrem Wagen ankam, stellte sie fest, dass sie in ihrer Eile vergessen hatte, die Türen zu verriegeln, bevor sie in die Kirche ging. Das war nicht weiter schlimm. In ihrem Auto gab es nichts, was einen Diebstahl lohnte, und wer wollte schon ihren alten Grand Am stehlen? Sie öffnete die Fahrertür, um rasch einzusteigen und die Klimaanlage schnellstmöglich anzustellen, erstarrte jedoch, als sie einen großen braunen Umschlag auf dem Fahrersitz entdeckte. Ihr Herz machte einen Hüpfer. War es ein weiteres Geschenk von Brandon? Sie nahm den Umschlag auf und stieg ein. Dann schloss sie die Tür, startete den Motor und schaltete die Kli-

maanlage an. Nachdem sie sich vergewissert hatte, dass niemand sie beobachtete, überlegte sie, ob sie den Umschlag jetzt öffnen sollte oder lieber warten, bis sie zu Hause war.
Warum warten, wenn sie unbeobachtet war? Gespannt und mit Schmetterlingen im Bauch öffnete sie den Umschlag. Als sie hineinblickte, sah sie einen Brief und einige Fotos. Schnappschüsse? Sie nahm den Brief heraus und machte ihn auf.
Ich liebe es, dich anzusehen. Du bist so wunderschön.
Thomasina seufzte, und ihr ganzer Körper bebte vor Freude. Mit zitternden Fingern angelte sie die Fotos aus dem Umschlag. Es waren drei Bilder von ihr. Eines zeigte sie vorm College, das zweite vor Robyns Fitnesscenter und das dritte gestern beim Betreten des Piggly-Wiggly-Supermarkts.
Ihr lief ein unangenehmer Schauer über den Rücken, als sie erkannte, dass er ihr gestern gefolgt sein musste. Er war ihr ganz nahe gewesen und hatte doch darauf geachtet, nicht von ihr bemerkt zu werden. Stellte er ihr nach? Auf einmal wurde ihre romantische Phantasie von Brandon Kelley, der sie mit Briefen und Geschenken umwarb, durch ein deutliches Unbehagen getrübt.
Du bist ja albern, sagte sie zu sich selbst. Immerhin bestand doch ein gewaltiger Unterschied zwischen dem geheimnisvollen Werben eines Mannes wie Brandon und irgendeinem Kerl, der ihr auf beängstigende Weise nachstellte. Und außerdem *wollte* sie doch, dass Brandon sie bemerkte. Sie wollte, dass er sich für sie interessierte und ihr vielleicht sogar folgte, wenn er sie zufällig irgendwo entdeckte.
Thomasina atmete tief durch und vertrieb alle negativen Gedanken aus ihrem Kopf. Möglicherweise unternahm Brandon morgen am College den nächsten Schritt und bat sie

um eine Verabredung. Denn wie lange konnte er noch damit weitermachen, sie aus der Ferne zu bewundern, wo doch offensichtlich war, dass er sie gern aus der Nähe und sehr persönlich kennenlernenwollte?

Jim fühlte sich sehr merkwürdig, als er am Sonntag bei den Grangers eintraf, zumal offensichtlich alle außer ihm direkt aus dem Gottesdienst kamen. Alle waren noch in ihrer besten Sonntagsgarderobe. Reverend Matthew Donaldson trug Anzug und Krawatte. Raymond Long hatte sein Jackett abgelegt und trug darunter ein weißes Hemd und einen blaugrauen Schlips. Nur R. B. Granger sah halbwegs lässig aus, da er sich seines Jacketts und seiner Krawatte entledigt und die Hemdsärmel aufgekrempelt hatte. Ein Mann nach meinem Geschmack, dachte Jim. Verglichen mit den anderen, war er selbst in seiner khakifarbenen Leinenhose und einem hellblauen Poloshirt eindeutig zu lässig gekleidet. Allerdings trug er eigentlich niemals Anzüge, geschweige denn Krawatten, außer wenn er zu einer Beerdigung ging.
»Kommen Sie herein, Captain Norton«, winkte R.B. Jim hinein. »Bernie hat Sie ja schon allen vorgestellt außer ihrer Mutter und ihrer Schwester. Die beiden sind in der Küche und machen das Essen fertig.«
Jim betrat das geräumige Familienzimmer, in dem sich die anderen versammelt hatten. Wie das Wohn- und das Esszimmer, in die er von der Diele aus einen ersten Blick werfen konnte, strahlte auch dieser Raum Wärme und Geborgenheit aus. Das Mobiliar war ein Stilmix aus Antiquitäten und rustikalen moderneren Stücken, meist aus dunklem Holz und in erdigen Farben. Vieles hier erinnerte Jim an das Zuhause, in dem er aufgewachsen und glücklich gewesen war. Damals nahm er

sein Glück für selbstverständlich. Er hatte alles gehabt, was er sich heute für Kevin wünschte: glücklich verheiratete Eltern, eine kleine Schwester und ein Zuhause voller Liebe.

»Lächeln Sie, Jim«, flüsterte Bernie ihm zu. »Das ist ein Mittagessen und kein Gang zum elektrischen Stuhl.«

Er rang sich ein verhaltenes Lächeln ab und betrat das Familienzimmer. Bernie hatte ihn schon mit allen anderen bekanntgemacht, einschließlich Raymond Longs Mutter Helen, die ihn in diesem Moment mit Adleraugen beobachtete. Er hatte keine Ahnung, weshalb sie so interessiert an ihm war, doch es schien ihm, als hätte sie ihn auf Anhieb unsympathisch gefunden und suchte nun nach einem Grund, um ihre Abneigung zu rechtfertigen.

»Dad, halte du die Unterhaltung in Gang«, sagte Bernie zu ihrem Vater. »Ich muss Mama und Robyn helfen. Das Essen wird in ein paar Minuten auf dem Tisch stehen.«

Jim sah Bernie nach, als sie in die Küche eilte. Sie trug ein mittelbraunes Kostüm, bei dem der Rock bis zur Mitte der Wade reichte, sah aber eigentlich nicht anders aus als die letzten zwei Tage. Alles an ihr – von ihrer unauffälligen Kleidung über ihr Minimum an Make-up bis hin zu dem strengen Pferdeschwanz – war sauber, ordentlich und … nun, um ehrlich zu sein, schlicht. Nicht dass Bernie nicht hübsch wäre. Das war sie durchaus, wenn auch auf eine zurückhaltende Art. Braunes Haar, braune Augen, mittelbrauner Teint, schlichte Kleidung, einfache Frisur. Das einzig Auffällige an Bernie war ihre Körpergröße. Sie war ebenso groß wie der durchschnittliche amerikanische Mann.

R. B. nahm Jim beiseite und sagte: »Bernie hat erzählt, dass Sie Ihren Sohn für einige Wochen zu sich nehmen, solange Ihre Exfrau operiert wird und eine Chemo bekommt.«

»Ja, das stimmt.«
»Ich kann mir ungefähr vorstellen, was Ihrer Exfrau bevorsteht. Bei mir hat man vor ein paar Jahren Prostatakrebs festgestellt.« R. B. grummelte vor sich hin. »Krebs. Das ist ein Wort, das niemand gern im Zusammenhang mit dem eigenen Körper hört.«
»Nein, gewiss nicht.«
»Folgendes, mein Junge«, fuhr R. B. fort und legte Jim seine riesige Hand auf die Schulter. Sie standen sich gegenüber, wobei R. B. Jim um wenige Zentimeter überragte. »Brenda und ich haben uns unterhalten, nachdem Bernie Ihre Lage geschildert hatte, und wir sind beide gerne bereit, die Ersatzgroßeltern für Ihren Sohn zu spielen.«
Jim hatte gar nicht bemerkt, dass er die Luft anhielt, atmete jetzt jedoch langsam aus. »Das ist sehr freundlich von Ihnen und Ihrer Frau, aber …«
R. B. drückte Jims Schulter und sagte so leise, dass nur Jim ihn hören konnte: »Ich sage immer, eine Hand wäscht die andere.« Er sah sich so rasch im Zimmer um, dass Jim sicher war, nur er hätte es bemerkt. »Sie passen auf mein Kind auf und ich auf Ihres.«
»Sprechen Sie von Bernie?«
R. B. nickte. »Nicht dass ich glaube, sie wäre ihrem Job als Sheriff nicht gewachsen. Sie ist mindestens so klug und fähig wie irgendein Mann. Aber sie ist jung und, nun ja, eben eine Frau. Und wir beide wissen, dass eine Frau mit ihrem Herzen und nicht mit ihrem Kopf denkt. Natürlich hat mein Mädchen auch eine Menge gesunden Menschenverstand und sieht viele Dinge genauso wie es ein Mann täte.«
»Macht Ihnen etwas Bestimmtes Sorge?«, fragte Jim.
»Ja, ich bin wegen dieses Mordfalls besorgt«, antwortete

R. B. »Das ist eine üble Geschichte, und das wissen wir beide. Und ihr braucht schon großes Glück, wenn daraus kein ungelöster Mordfall wird. Bernie allerdings neigt dazu, sich zu sehr in etwas zu verbeißen, und muss erst noch lernen, wann es Zeit ist aufzugeben. Genau da kommen Sie ins Spiel. Sie bringen die Erfahrung mit, die ihr fehlt. Ich möchte, dass Sie ihr helfen … ihr bei diesem Fall mit Rat und Tat zur Seite stehen.«

Jim holte tief Luft. R. B. Granger war auf jeden Fall ein Mann, der kein Blatt vor den Mund nahm. Er sagte, was er dachte. Das einzige Problem bestand darin, dass Jim nicht sicher war, ob er auf sein Angebot eingehen konnte. »Bernie ist meine Vorgesetzte. Sie ist der Sheriff, ich bin bloß der Chief …«

»Das Essen ist fertig«, rief eine Frauenstimme von der Tür her.

Jim nutzte die Gelegenheit, das Gespräch mit R. B. nicht zu beenden, und richtete seine Aufmerksamkeit auf die Frau, zu der diese zuckersüße Stimme gehörte. Sie stand lächelnd in der offenen Tür, das wunderschöne Gesicht von schwarzen Locken umrahmt. Jim verschlug es beinahe den Atem. Sie war groß und schmal, mit hübschen Kurven an den richtigen Stellen, kurz: absolut hinreißend.

»Ihr habt meine Jüngste gehört«, verkündete R. B. »Wie ich Brenda kenne, wartet im Esszimmer ein Festmahl auf uns.«

Jim ließ die anderen vorgehen und verließ als Letzter das Familienzimmer. Entsprechend war er überrascht, R. B.s *Jüngste* immer noch an der Tür anzutreffen. Als er an ihr vorbeiging, sah er sie an. Sie lächelte, streckte einen Arm aus und hakte sich bei ihm ein.

»Ich bin Robyn«, sagte sie, »Bernies Schwester.«
»Ich bin …«
»Jimmy Norton, ich weiß. Daddy und Bernie haben mir schon alles über Sie erzählt. Ich konnte es gar nicht erwarten, Sie kennenzulernen.«
»Tatsächlich?«
Als sie ihm ihr Tausend-Watt-Lächeln zuwarf, spannten sich seine Bauchmuskeln an. »Wie ich höre, werden Mom und Dad auf Ihren Sohn aufpassen. Ich liebe Kinder und bin ein großartiger Babysitter. Ich kann also gern aushelfen mit – wie heißt Ihr Sohn?«
»Kevin.«
»Und wie alt ist Kevin?«
»Zwölf.«
Als sie ins Esszimmer kamen, flüsterte Robyn: »Ich soll neben Raymond und gegenüber vom neuen Pfarrer sitzen, aber das ist Mamas Idee, nicht meine. Sie will mich dauernd verkuppeln.«
Jim sah, dass für acht Personen gedeckt war, wobei R. B. und seine Frau – die eine ältere, kleinere Version ihrer hübschen jüngeren Tochter war – an den Tischenden saßen, Raymond und Helen auf der linken und Matthew auf der rechten Seite.
Bernie stellte einen Brotkorb an das Tischende neben ihre Mutter, bevor sie mit einem zweiten zum anderen Tischende ging. Als sie sich gerade neben den gutaussehenden jungen Pfarrer setzen wollte, preschte Robyn vor und zog Jim dabei buchstäblich mit sich.
»Kommen Sie, Jimmy, Sie sitzen zwischen mir und Reverend Donaldson.« Sie sah ihre Schwester an und sagte: »Du sitzt da drüben neben Raymond.«

Jim blickte Bernie an, die keine Miene verzog, und doch bemerkte er, dass sich der Ausdruck ihrer Augen minimal veränderte. Da war ein Anflug von Missfallen, ein kurzes Aufblitzen gleichsam, das wohl niemand der anderen gesehen hatte. Für den Bruchteil einer Sekunde sah sie ihn an, bevor sie rasch wieder den Blick abwandte und sich neben Raymond Long setzte. Jim nahm auf dem Stuhl Platz, den Robyn ihm zugewiesen hatte, zwischen ihr und Matthew Donaldson.

Während des Essens schenkte Robyn weder dem Pfarrer noch sonst jemandem große Beachtung. Stattdessen konzentrierte sie sich gänzlich auf Jim. Und je mehr sie redete, umso mehr wurde ihm klar, dass sie eigentlich nichts zu sagen hatte. Ihr Hauptgesprächsthema war sie selbst. Jim warf ihr dann und wann ein höfliches Lächeln zu, antwortete, wenn sie ihm eine Frage stellte, nickte ziemlich viel und sagte ab und zu ja oder nein. Bis Mrs. Granger das Dessert servierte, hatte Jim erkannt, dass Robyn ihn an eine andere Frau erinnerte. Ja, sie erinnerte ihn an Mary Lee. Nicht dass die beiden sich äußerlich ähnelten, außer dass sie beide phantastisch aussahen und eine Superfigur hatten. Nein, vielmehr glichen sie sich in ihrer Persönlichkeit. Robyn schien ebenso egozentrisch und selbstverliebt wie Jims Exfrau zu sein. Sie wollte, musste womöglich sogar, ständig im Mittelpunkt stehen. Sie wusste, wie schön sie war und wie anziehend sie auf Männer wirkte, und entsprechend aufgeblasen war ihr Ego.

Es war keineswegs so, dass Jim Robyn nicht mochte. Aber er hatte sich die Finger schon einmal an einer extrem anspruchsvollen Frau verbrannt und machte seither lieber einen großen Bogen um diesen Typ Frau.

Vielleicht könnte er in Robyn Grangers Fall ja mal eine Ausnahme machen.

Als Jim gerade den zweiten Happen seiner köstlichen Pie zum Mund führte, läutete Bernies Handy.

»Ach Gott, ich wünschte, du würdest dieses Ding wenigstens bei Tisch ausstellen«, seufzte Brenda. »Aber ich weiß ja, dass das in deiner Position als Sheriff nicht geht. Und eigentlich sollte man ja meinen, ich wäre mittlerweile daran gewöhnt, beim Essen von Anrufen gestört zu werden.«

Bernie schob ihren Stuhl zurück, stand auf und ging hinaus in die Diele. Jim beobachtete über die Schulter, wie sie auf und ab ging und vor allem dem Anrufer zuhörte, statt selbst zu sprechen.

Robyn sagte etwas, was er jedoch nicht verstand, weil er zu sehr damit beschäftigt war, Bernie im Auge zu behalten.

»Bitte?«

»Ich sagte, wir könnten doch …«

»Jim, wir müssen weg«, rief Bernie ihm von der Tür aus zu.

Als er sich wieder zu Robyn drehte, schmollte sie ausgesprochen anziehend. »Die Arbeit ruft«, sagte er, legte seine Serviette auf den Tisch, rückte seinen Stuhl zurück und stand auf. »Mrs. Granger, ich danke Ihnen für das wundervolle Essen und Ihnen allen für Ihre Gastfreundschaft.«

»Kommen Sie gern mal wieder«, sagte Brenda. »Sie sind jederzeit willkommen.«

R. B. stand ebenfalls auf. »Ich begleite Bernie und Sie nach draußen.«

Er holte Jim in der Diele ein. »Also, was gibt's?«, fragte er.

Bernie sah von Jim zu ihrem Vater, ehe sie R. B.s Frage beantwortete: »Das war Charlie Patterson. Sie haben Richie Lowery gefunden.«

»Das ist der Exfreund des Preston-Mädchens, stimmt's?«, fragte R. B.

Bernie nickte.

»Wo war er?«

»Weiß ich nicht. Wie es scheint, hat er gehört, dass wir nach ihm suchen, und kam vor ungefähr zehn Minuten in mein Büro.«

»Dann versteckt er sich nicht vor uns, wie wir gestern noch dachten, als wir bei ihm waren und niemand wusste, wo er ist«, folgerte Jim.

»Nein, wie es aussieht nicht«, erwiderte Bernie und wandte sich an ihren Vater. »Dad, wir müssen los. Ich melde mich später bei dir.«

»Klar, klar. Geht nur.«

Kaum waren sie draußen, da beschleunigte Bernie ihre Schritte, als könnte sie es gar nicht erwarten, von hier wegzukommen.

»He, nicht so schnell«, rief Jim ihr nach.

Sie verlangsamte ihr Tempo und wartete auf ihn.

»Nehmen wir Ihren Wagen oder meinen?«, fragte er.

»Ihren. Meiner ist zugeparkt.« Sie sah zu den Wagen, die sich in der Einfahrt und an der Straße reihten. Dann fiel ihr Blick auf den alten Truck, der an der Straße stand. »Ist das Ihrer?«

»Ja.«

»Hat man Sie in Memphis so schlecht bezahlt?«, fragte sie schmunzelnd.

»Besser als Sie mich hier bezahlen«, konterte er. »Aber bevor meine Frau wieder heiratete, musste ich neben dem Unterhalt fürs Kind noch Alimente für sie zahlen. Hinzu kommt, dass ich so viel wie möglich für Kevins Studium spare und … na ja, rechnen Sie's selber nach.«

Sie ging auf seinen Truck zu. Als sie an der Beifahrertür ankam, griff Jim um sie herum und öffnete sie ihr. Wieder zuckte Bernie zusammen.

»Entschuldigung. Ich wollte Sie nicht erschrecken«, sagte er.

Sie stieg ein und antwortete: »Entschuldigen Sie sich nicht dafür, dass Sie ein Gentleman sind. Es ist nur so, dass sich die meisten meiner Deputys sonst wie verrenken, um mich wie einen Mann zu behandeln.«

»Hmm …«

Nachdem er ihre Tür geschlossen hatte, ging er um die Kühlerhaube herum und stieg auf den Fahrersitz. Während er den Motor anließ, warf er Bernie einen Seitenblick zu. Sie saß angeschnallt neben ihm, den Rücken auffallend gerade und den Blick fest nach vorn gerichtet, als befände sich etwas hochgradig Interessantes auf der anderen Seite der Windschutzscheibe.

»Ist Ihre Schwester mit jemandem zusammen?«, fragte Jim.

Bernie antwortete nicht gleich. Warum musste sie so lange nachdenken? Weshalb konnte sie nicht einfach ja oder nein sagen? Schließlich atmete sie tief durch und sagte: »Robyn hat im Moment nichts Festes.«

»Hmm …«

»Ich glaube, sie will noch keine feste Beziehung, aber davon will unsere Mutter nichts hören. Ist Ihnen nicht aufgefallen, dass außer Ihnen noch zwei ledige Männer beim Essen waren? Mama würde mich gern mit Raymond verkuppeln und sie hatte sehr gehofft, Robyn mit dem neuen Pfarrer zusammenzubringen, doch wie es scheint, interessiert sich meine kleine Schwester mehr für Sie.« Bernie drehte den Kopf und sah Jim an. »Und offensichtlich beruht das Interesse auf Gegenseitigkeit.«

»Dann hätten Sie kein Problem damit, wenn ich Ihre Schwester um ein Date bitte?«

»Nein, warum sollte ich?«

»Interessenskonflikte. Ich bin Ihr Chief Deputy, und sie ist Ihre Schwester.«

»Captain Norton, Sie dürfen von mir aus mit jeder Frau ausgehen, mit der Sie möchten, und das schließt meine Schwester mit ein.«

Richie Lowery war klein und leicht untersetzt mit krausem braunem Haar. Seine Stimme klang ein wenig zu hoch, und im Moment war er auch noch ziemlich nervös. Er rang die Hände, als er auf die Zeichnungen starrte, die man vor ihm auf dem Tisch ausgelegt hatte, und Schweißperlen standen ihm auf der Oberlippe. Andererseits war es Juli in Alabama, und bei dieser drückenden Hitze schwitzte jeder.

»Sie glauben, *ich* hätte die gezeichnet?« Er lachte nervös. »Ich kann noch nicht mal ein Strichmännchen malen, das kann Ihnen jeder bestätigen. Ich habe kein bisschen künstlerisches Talent.«

»Wenn das so ist, warum dachte Stephanie Preston dann, Sie hätten ihr die Bilder geschickt?«, fragte Jim, der auf der anderen Seite des Tisches stand. Charlie Patterson saß am Ende des Tisches, und Bernie stand beobachtend in der Ecke.

»Woher soll ich das wissen? Und außerdem behauptet doch nur ihr Mann, dass Stephie dachte, ich hätte ihr den ganzen Kram geschickt.«

»Wollen Sie damit sagen, dass Kyle Preston lügt?«, hakte Jim nach.

»Weiß ich doch nicht, Mann. Ich weiß nur, dass ich weder diese verflucht perversen Bilder gemacht habe noch die Fotos von Stephie. Und ich habe ihr auch keine Briefe oder Geschenke geschickt.« Richie sah Jim direkt an. »Ich trauere ihr nicht nach oder so was. Ich habe längst eine neue Freundin, die wohnt in South Pittsburgh. Da war ich gestern und letzte Nacht. Und wenn Sie mir nicht glauben, fragen Sie sie.«

»Wenn Sie dort waren, warum wussten dann weder Ihre Eltern noch irgendeiner Ihrer Freunde davon?«, fragte Charlie.

Richie sah den FBI-Agenten an. »Hören Sie, meine Familie würde meine Freundin nicht gut finden. Sie ist … also … sie ist nicht weiß. Und mein alter Herr prügelt mich grün und blau, wenn er erfährt, dass ich mit einer Schwarzen zusammen bin.«

Jim räusperte sich. »Wo waren Sie an dem Abend, an dem Stephanie entführt wurde? Und wo waren Sie an dem Tag, als sie getötet wurde?«

»Wann genau ist sie denn verschwunden?«

Jim nannte ihm die Daten.

»An dem Abend habe ich gearbeitet, das schwöre ich. Ich arbeite Schicht auf der Geflügelfarm, und an dem Tag hatte ich die Spätschicht. Da komme ich erst gegen Mitternacht aus dem Laden. Und von der Farm zum College fährt man mindestens eine Dreiviertelstunde.«

»Und was ist mit dem Tag, an dem sie ermordet wurde?«, fragte Charlie.

»Genau dasselbe. Ich war bei der Arbeit. Frühschicht. Sie können meinen Boss fragen und die Leute, mit denen ich zusammenarbeite. Sie alle werden Ihnen bestätigen, dass ich da war. Ganz ehrlich.«

Bernie bemerkte, wie Jim und Charlie wissende Blicke tauschten. Sie mussten sich also einig sein – wahrscheinlich darin, dass Richie Lowery kaum als ihr Mörder in Frage kam.
»Mr. Lowery, wir danken Ihnen, dass Sie hergekommen sind und unsere Fragen beantwortet haben«, sagte Jim. »Wir werden Ihre Angaben überprüfen, und sollten wir feststellen, dass Sie uns die Wahrheit gesagt haben, dann war es das. Falls Sie allerdings gelogen haben …«
»Ich lüge nicht! Alles, was ich Ihnen gesagt habe, ist die reine Wahrheit.«
Jim nickte.
»Kann ich jetzt gehen?«, fragte Richie beinahe flehend.
»Ja, Sie können gehen«, antwortete Jim. Richie rutschte schon mit seinem Stuhl zurück. »Aber zuerst habe ich noch eine letzte Frage: Kennen Sie irgendjemanden, der einen Grund hat, Stephanie etwas anzutun? Jemanden, der es auf sie, ihren Mann oder ihren Vater abgesehen hat?«
Richie dachte eine ganze Weile nach, ehe er sagte: »Nee, da fällt mir keiner ein, außer … was ist mit den Jungs, die hinter ihr her waren? Sie wissen schon, Typen, mit denen sie mal was hatte.«
»Denken Sie an einen speziellen?«, fragte Jim.
»Also, da war dieser eine Kerl, der ziemlich hinter ihr her war. Nachdem wir Schluss gemacht hatten, war sie, glaube ich, ein paarmal mit ihm aus, bevor sie mit Kyle zusammenkam.«
»Hat der Mann auch einen Namen?«
»Ja, ja. Kelley. Brandon Kelley. Er ist Professor oder so was drüben im Junior College, wo sie ihre Abendkurse machte.«
»Vielen Dank, Mr. Lowery.«
»Darf ich jetzt gehen?«

»Ja, Sie dürfen gehen.«
Sobald Richie die Tür hinter sich geschlossen hatte, stand Charlie auf und streckte sich. »Glauben Sie, dass er die Wahrheit sagt?«
»Ja, glaube ich schon«, antwortete Jim.
»Ich kenne Dr. Brandon Kelley«, sagte Bernie. »Er steht in dem Ruf, ein ziemlicher Weiberheld zu sein. Angeblich hatte er Affären mit mehreren seiner Studentinnen.«
»Interessant.«
»Wissen Sie, was noch interessanter ist? Brandon Kelley leitet den Fachbereich Kunst am Adams County Junior College.« Sie blickte auf die Kohle- und Federzeichnungen auf dem Tisch. »Der Mann ist ein Künstler und, soweit ich gehört habe, sogar ein verdammt talentierter.«

Kapitel 8

Das Fläschchen mit dem rosa Nagellack und der passende Lippenstift leuchteten ihm durch die schlichte Plastikgeschenktüte entgegen, die er bei Wal-Markt gekauft hatte.
Er stellte die Tüte auf den Schreibtisch, direkt vor seinen Skizzenblock. Sein erstes Geschenk an eine neue Liebe waren immer Perlen, vielleicht weil er sie mehr als alles andere in Verbindung brachte mit …
Seine Hand mit dem Füllfederhalter zitterte ganz leicht.
Er verfluchte sich selbst dafür, dass die Erinnerung an sie immer noch solche Macht über ihn hatte, legte den Federhalter

hin und packte seine Hand, um das Zittern zu stoppen. Sie war Vergangenheit. Sie war unbedeutend. Unwichtig. Nie wieder könnte sie ihm wehtun, ihn nie wieder auslachen und ihn nie wieder vor ihren Freundinnen lächerlich machen.
Unerwünschte Erinnerungen durchfluteten seine Gedanken. Er presste die Hände an seine Schläfen und schloss die Augen. Denk nicht an diesen Nachmittag. Denk nicht mehr daran. Tu's nicht, verdammt, tu's nicht.
Doch die Bilder in seinem Kopf wurden wieder lebendig. Da waren ihr langes dunkles Haar, ihre großen, ausdrucksstarken braunen Augen, ihr wunderschönes Gesicht und ihr unglaublicher Körper. Er hatte von ihr geträumt, sie aus der Ferne angebetet und sie so sehr begehrt, wie er nie zuvor und nie mehr hinterher irgendjemanden oder irgendetwas begehrte.
Mit flachen Händen schlug er sich seitlich an den Kopf. »Verschwinde aus meinem Kopf, du verdammte, bösartige kleine Schlampe!«
Hinter seinen geschlossenen Lidern wurde es dunkel. Dann tauchten tiefrote und weiße Wirbel auf.
Gut, so ist es besser. Sie ist weg. Du musst nicht mehr an sie denken. Konzentriere dich auf deine neue Liebe. Denk an Thomasina. Du musst den nächsten Schritt vorbereiten. Zeichne das Bild fertig, damit es in die Tüte mit dem Lippenstift und dem Nagellack kann. Das wird ihr nächstes Geschenk.
Bevor er den Füllfederhalter wieder aufnahm, blickte er auf die unfertige Zeichnung und lächelte. Bisher war es ihm nicht vergönnt gewesen, Thomasina nackt zu sehen. Noch nicht. Aber er kannte ihren Körper und jede einzelne ihrer üppigen Kurven. Er kannte ihren schmalen Hals, ihre langen, wohlgeformten Beine und ihre vollen, straffen Brüste.

Sein halberigierter Penis zuckte vor Erregung.
Er wünschte, sie wären schon ein Paar, sie würde unter ihm liegen, ihm sagen, dass sie ihn liebte und ihn anflehen, mit ihr zu schlafen.
Bald, meine wunderschöne Thomasina. Bald.
Er hob den Stift und ergänzte die Zeichnung um einige dezente Nuancen, die ihr Leben einhauchten. Dazu brauchte er nur noch den richtigen Schatten, damit ihre Brustspitzen aufgerichtet schienen. Und als Nächstes zeichnete er die Finger ihrer rechten Hand, mit der sie keusch ihr Schamhaar bedeckte.

Brandon Kelley wohnte außerhalb von Adams Landing in einem Haus aus Stein und Zedernholz, das in den Fünfzigern direkt ans Ufer des Tennessee River gebaut worden war. Brandon hatte fünfhunderttausend Dollar für das Haus bezahlt, was Bernie wusste, weil ihre Schwester Robyn mit dem Mann ausgegangen war und er dabei mit seinem teuren Haus ebenso geprahlt hatte wie mit seinem antiken Aston Martin.
Genaugenommen wusste Bernie mehr über den Mann, als ihr lieb war, denn ihre Schwester konnte nichts für sich behalten. Robyn hatte nachgerade ein Faible dafür, Bernie in allen Einzelheiten an ihrem aufregenden Liebesleben teilhaben zu lassen. Entsprechend wusste sie, dass Brandon Kelley eine Vorliebe für Oralsex hatte, wobei er sowohl gern die Partnerin oral befriedigte als auch selbst gern auf diese Weise befriedigt wurde. Außerdem war Bernie bekannt, dass er beim Sex redete und dass die alles andere als unerfahrene Robyn von der Größe seines Schwanzes beeindruckt gewesen war.

»Sie sind ja beängstigend still«, sagte Jim, als sie den holprigen Feldweg zu Brandons Haus entlangfuhren.
»Ich denke nur nach.«
»Über den Fall? Darüber, ob Kelley unser Mann ist oder nicht?«
»Mmm …«
»Was sagt Ihnen denn Ihr Gefühl?«
»Eigentlich nichts«, antwortete sie. »Ich hätte Brandon niemals verdächtigt, wäre da nicht die Tatsache, dass er ein talentierter Künstler ist und unser Täter offensichtlich auch.«
»Brandon sagen Sie? Wie gut kennen Sie ihn?«
»Nicht gut. Robyn ist diejenige, die ihn besser kennt.«
»Aha.« Jim umklammerte das Lenkrad etwas fester, was Bernie bemerkte und als Zeichen für Verärgerung deutete.
»Sie waren einige Male zusammen aus. Nichts Ernstes.«
»Wer von beiden machte Schluss, er oder sie?«
»Ist das wichtig? Es hat nichts mit unserem Fall zu tun.« Bernie zählte im Geiste bis zehn, ehe sie fortfuhr: »Es sei denn, Sie fragen aus persönlichen Gründen, weil Sie sich vergewissern wollen, dass Robyn nicht noch in einen anderen verliebt ist, bevor Sie mit ihr ausgehen.«
»Vergessen Sie, dass ich gefragt habe.«
»Biegen Sie da vorne links ab. Brandons Haus können Sie übrigens schon von hier sehen.«
Jim nickte, folgte ihrer Wegbeschreibung und parkte seinen alten Chevy-Truck zwei Minuten später in der Einfahrt des Hauses.
»Robyn hat Schluss gemacht«, sagte Bernie. »Meine Schwester ist in ihrem ganzen Leben noch nie von einem Mann sitzengelassen worden.«
Jim grummelte vor sich hin.

»Okay, bringen wir es hinter uns.« Bernie öffnete ihre Tür und stieg aus, ohne abzuwarten, bis Jim um den Wagen herumkam. Er konnte sich seine guten Manieren für ihre Schwester aufsparen. Sie wollte von ihm nichts weiter als Respekt.

Ja, klar, sonst willst du nichts. Du kannst die ganze verrückte Welt belügen, Bernadette Granger, aber sei wenigstens ehrlich zu dir selbst.

Jim hatte sie schnell eingeholt, als sie auf die breite, ausladende Veranda zuging, die sich auf drei Seiten des Hauses entlangzog und einen direkten Blick auf den Fluss bot. Bevor sie bei der Eingangstür waren, gingen die Verandalichter an und Brandon öffnete ihnen die Tür. Bernie hatte vor einer halben Stunde bei ihm angerufen und ihm erklärt, dass sie einige Fragen zu seiner Beziehung mit Stephanie Preston hatten. Daraufhin lud er sie ein, heute Abend noch zu ihm zu kommen. Er hatte sich charmant und kooperativ gegeben, als hätte er nichts zu verbergen.

Hatte er ja vielleicht auch nicht. Das würde sie nach dem Gespräch wissen. Ihr sechster Sinn enttäuschte sie gewöhnlich nicht, und normalerweise war sie gut darin zu beurteilen, ob jemand sie belog oder nicht. Dieser sechste Sinn hatte ihr damals auch verraten, dass ihr Ehemann sie betrog. Das einzige Problem war nur gewesen, dass sie ihre innere Stimme über Jahre ignoriert hatte. Und das hatte sie, bei Gott, bitter bereut. Seitdem war ihr dieser Fehler nie wieder unterlaufen.

»Kommen Sie herein«, sagte Brandon. »Oder möchten Sie lieber hier draußen auf der Veranda sitzen? Es scheint ein schöner Abend zu werden, auch wenn wir heute Nacht wohl noch Regen kriegen.«

»Hier draußen wäre schön«, erwiderte Bernie.

»Kann ich Ihnen etwas zu trinken anbieten? Ich habe gerade Eistee gemacht.«
»Nein, danke«, sagte Jim.
»Für mich auch nichts, danke«, ergänzte Bernie.
»Nun denn, dann kommen Sie hier rüber und nehmen Sie Platz.« Er zeigte auf das Rattansofa mit den passenden Sesseln zu seiner Rechten. »Ich weiß nicht, was ich Ihnen zu Stephanie sagen könnte, armes kleines Ding, aber wenn ich Ihnen irgendwie helfen kann, ihren Mörder zu finden, dann will ich das natürlich gern tun.«
»Wir wissen Ihre Kooperationsbereitschaft zu schätzen«, sagte Bernie und setzte sich auf einen der Sessel. Jim nahm auf dem anderen Platz.
»Wir haben gehört, dass Sie früher eine Affäre mit Stephanie hatten«, begann Jim. »Stimmt das?«
Brandon lächelte, und Bernie stellte fest, dass er ausgesprochen gut aussah. Er strahlte eine Eleganz und Lässigkeit aus, die nicht recht in eine ländliche Gegend wie Adams County in Alabama passten.
»Wir hatten eine kurze, eine sehr kurze Affäre.« Brandon veranschaulichte seine Worte mit entsprechenden Handbewegungen. »Sie war ein hübsches kleines Mädchen und herrlich unkompliziert. Aber sobald mir klar wurde, dass es ihr ernster war als mir, habe ich die Sache schnell beendet.«
»Finden Sie es normal, mit Ihren Studentinnen auszugehen?« Jim kniff die Augen zusammen und betrachtete Brandon auf eine Art, die Bernie sofort an den *bösen Blick* denken ließ.
Brandon lachte. »Ich finde es normal, mit schönen jungen Frauen auszugehen. Einige von ihnen sind Studentinnen, einige Kolleginnen«, er sah Bernie an, »und einige umwer-

fende Fitnesstrainerinnen mit fabelhaft durchtrainierten Körpern.«

Der Mann war Abschaum. Er mochte sehr gut aussehen, kultiviert sein, gebildet und talentiert, aber dennoch war er Abschaum. Wenn es etwas gab, was Bernie hasste, dann waren es Männer, die mit ihren Eroberungen prahlten.

»Haben Sie Stephanie jemals gezeichnet?«, fragte Bernie.

»Wie bitte?«

»Haben Sie Stephanie …«

»Nein, ich habe sie nie gezeichnet. Warum fragen Sie?«

»Pure Neugier«, antwortete Bernie. »Sie sind Künstler. Sie war, wie Sie sagten, eine schöne junge Frau. Ich dachte nur, Sie würden Ihre Freundinnen eventuell ganz gern zeichnen oder malen.«

»Haben Sie je eine Ihrer Freundinnen skizziert oder gemalt?«, fragte Jim.

»Ja«, antwortete Brandon. »Aber nicht Stephanie. Wie gesagt, wir hatten nur eine kurze Affäre.«

»Hatten Sie an dem Abend einen Kurs, als Stephanie verschwand?« Jim beobachtete Brandon. Bernie vermutete, dass er auch ein Gespür dafür hatte, wenn jemand log.

»Ich gebe keine Abendkurse«, erwiderte Brandon mit einem Hauch von Arroganz.

»Wo waren Sie dann, als Stephanie verschwand?«, fragte Jim. »Und wo waren Sie an dem Tag, als sie ermordet wurde?« Bernie suchte in Brandons Gesicht nach Anzeichen dafür, ob er die Unwahrheit sagte.

»Sie können doch nicht ernsthaft annehmen, dass ich etwas mit Stephanies Verschwinden und ihrer Ermordung zu tun habe!« Ein Ausdruck von Wut und Entsetzen legte sich auf Brandons klassisch hübsche Züge.

Bernie nannte ihm die genauen Daten und ungefähren Zeiten des Verschwindens und der Ermordung und beobachtete ihn, während er überlegte. Er wirkte kein bisschen nervös. Entweder war er vollkommen unschuldig, oder er hatte die Kunst der Coolness perfektioniert.

»Ich war hier, zu Hause, an dem Abend, als Stephanie verschwand.« Er hob eine Hand. »Und bevor Sie fragen – ja, ich war mit einer Frau zusammen, die Ihnen das bestätigen kann. Ihr Name ist Holly Burcham. Deputy Holly Burcham.«

Bernie biss die Zähne zusammen und schluckte. Warum überraschte es sie nicht, dass einer ihrer weiblichen Hilfssheriffs mit Brandon Kelley schlief? Vielleicht lag es daran, dass Holly ihre Schwester schon seit ihren gemeinsamen Cheerleadertagen als ihre Rivalin betrachtete. Was immer Robyn hatte, wollte Holly auch.

»Wann kam Holly hierher und wann fuhr sie wieder weg?« Bernie sah Brandon streng an, tat allerdings ihr Bestes, ihm nicht zu zeigen, wie angewidert sie von ihm war. Keine Frage, sein offener Mangel an Moral erinnerte sie an ihren Ex und beeinflusste mithin ihre Meinung zu dem Mann.

»Sie kam gegen sieben und blieb die ganze Nacht. Wir sind früh ins Bett gegangen, haben aber erst ab Mitternacht geschlafen.« Brandon schnalzte leicht mit der Zunge und zwinkerte Bernie zu.

Ekelpaket. Widerliches, arrogantes Ekelpaket. Bernie stöhnte innerlich und hätte ihm zu gern dieses lächerliche *Ich-bin-so-toll-im-Bett*-Lächeln aus dem Gesicht geschlagen.

»Was ist mit dem Tag, an dem Stephanie ermordet wurde?«, fragte Jim sachlich. Weder sein Gesicht noch seine Stimme verrieten, was in ihm vorging.

»Da war ich den ganzen Tag im College. Mein erster Kurs

begann um acht und mein letzter endete um fünf. Und nein, ich habe den Campus die ganze Zeit nicht verlassen, wofür es Dutzende Zeugen geben müsste.« Brandon verschränkte die Finger und lehnte sich behaglich auf dem Sofa zurück, einen Ellbogen auf der Armlehne.

»Falls sich Ihre Angaben bestätigen lassen, sind Sie raus dem Fall«, sagte Jim.

»Wäre das alles?«, fragte Brandon.

Jim stand auf und sah Bernie an. »Nur noch eine Frage: Kennen Sie irgendjemanden, der Stephanie etwas antun wollte? Jemanden, der etwas gegen sie, ihren Mann oder ihre Familie hatte?«

Brandon zuckte mit den Schultern. »Nein, tut mir leid. Ich fürchte, dafür wusste ich zu wenig über Stephanies Privatleben. Wir waren ja nicht befreundet, sondern hatten lediglich eine Affäre, die ein paar Wochen dauerte, und mein Interesse an ihr beschränkte sich auf den gemeinsamen Sex.«

Bernie stand auf, zwang sich, Brandon die Hand zu schütteln, und sagte: »Danke für Ihre Kooperationsbereitschaft.«

Er hielt ihre Hand einen Moment zu lange fest. »Grüßen Sie Robyn von mir.«

Es kostete Bernie einiges, sich ein mattes Lächeln abzuringen, bevor sie sich umdrehte und von der Veranda hinunterging. Sie wollte so schnell wie möglich von diesem Kerl weg, sonst lief sie noch Gefahr, sich unprofessionell zu verhalten.

Bis Jim beim Wagen war, saß sie bereits auf dem Beifahrersitz und hatte ihren Sitzgurt angelegt. Jim stieg ein, steckte den Schlüssel in die Zündung und ließ den Motor an. Dann legte er den Arm auf die Lehne des Beifahrersitzes, so dass seine Hand hinter ihrem Kopf war.

»Netter Bursche«, sagte Jim.

»Ja, nicht wahr?«, erwiderte Bernie sarkastisch.
»Das ist also der Typ Mann, den Ihre Schwester mag?«
Da war er, der Tropfen, der das Fass zum Überlaufen brachte. Die Anspannung, die sich in ihr aufgestaut hatte, als sie mit diesem Widerling Brandon Kelley sprach, war schon beinahe zu viel gewesen, aber sie hatte es geschafft, die Beherrschung zu wahren. Und jetzt das! Sie dachte, sie könnte damit umgehen, dass Jim sich für Robyn interessierte, dass die beiden womöglich sogar zusammen ausgehen würden, ohne gleich zusammenzubrechen. Schließlich war Jim Norton nichts weiter als einer ihrer Untergebenen.
Sicher doch. Er war nur der Mann, in den sie als Teenager unsterblich verliebt gewesen war, den sie aus der Ferne zum Idol erhoben hatte, wie so viele andere Mädchen es damals getan hatten. Und er war ja nur der erste Mann, der seit weiß Gott wie langer Zeit erstmals wieder ihre weibliche und sinnliche Seite zum Klingen brachte. Mehr war Jim Norton schließlich nicht für sie.
»Robyn hat keinen speziellen Typ«, sagte Bernie und gab sich größte Mühe, ruhig zu sprechen. »Falls Sie also glauben, Robyn würde eventuell nicht mit Ihnen ausgehen, weil Sie nicht wie Brandon sind, ist Ihre Sorge unbegründet. Meine Schwester mag Abwechslung in ihren Männerbeziehungen. Und sie ist sehr beliebig in der Wahl ihrer Bettgefährten. Obwohl ich zugeben muss, dass sie dazu neigt, wenn sie vor die Wahl zwischen einem netten Kerl und einem echten Ekelpaket gestellt ist, dem Ekelpaket den Vorzug zu geben.«
Jim sog die Wangen ein und stieß einen *Wenn-das-kein-Fettnäpfchen-war*-Seufzer aus, bevor er sagte: »Okay. Danke, dass Sie mich aufgeklärt haben.«
»Gern geschehen«, sagte Bernie entschieden zu laut.

Aber Jim schien sie gar nicht zu hören. Er lenkte den Truck rückwärts aus der Einfahrt auf den Feldweg zurück, ohne ein einziges Wort zu sagen oder sie auch nur anzusehen. Schweigend fuhren sie in die Stadt zurück, wobei Bernie sich minütlich blöder vorkam. Sie fragte sich, ob Jim eine Ahnung hatte, weshalb sie auf seine vollkommen normale Frage nach den Vorlieben ihrer Schwester so überzogen reagiert hatte. Begriff er, dass sie eifersüchtig war, weil er sich für ihre Schwester und nicht für sie interessierte? Gott, sie hoffte, dass die Antwort *nein* war.

Jim verstand nicht, was mit Bernie los war. Wieso schien es, als wäre sie wütend auf ihn? Oder war sie aus einem anderen Grund aufgebracht, der gar nichts mit ihm zu tun hatte? Vielleicht nahm sie es ihrer Schwester übel, dass sie oft wechselnde Affären hatte und sich häufig die falschen Männer aussuchte.

Wie Mary Lee. Noch etwas, das Robyn Granger mit seiner Exfrau gemein hatte. Und wenn ihn diese Gemeinsamkeit nicht abschreckte, war alles zu spät. Hatte er nicht geschworen, er würde auf seinen Verstand hören und nicht auf seinen Schwanz, bevor er sich je wieder ernsthaft auf eine Frau einließ? Schon, aber wer behauptete denn, dass es zwischen ihm und Robyn, falls sich da je etwas ergeben sollte, ernster werden würde? Soweit er bisher wusste, wollte sie gar keine feste Beziehung. Also wäre doch nichts dabei, wenn er die Lady ein wenig besser kennenlernte und ein bisschen Sex mit ihr hatte.

»Sie müssen mir den Weg zu Ihnen nach Hause beschreiben«, sagte Jim. »Ich weiß nicht, wo Sie wohnen.«

»Was?«

»Ich soll Sie doch nach Hause fahren, nehme ich an. Oder soll ich Sie bei Ihrem Wagen absetzen? Ich vermute mal, Sie wohnen nicht mehr bei Ihren Eltern.«

»Nein, ich habe ein eigenes Haus, und meine Leute haben mir den Jeep sicher schon dahin gebracht. Ich wohne in der East Jefferson Street. Das ist zwei Blocks von der Washington Street entfernt. Nummer hundertvier, das dritte Haus auf der rechten Seite. Ein alter Bungalow aus den Zwanzigern, blassgelb gestrichen und mit dunkelgrünen Läden.«

Jim nickte und fuhr weiter. Er blieb still, weil Bernie es so lieber schien. Außerdem fiel ihm außer dem Fall, an dem sie arbeiteten, nichts ein, worüber sie reden könnten. Die Spannung zwischen ihnen war ihm sofort aufgefallen, und er wollte zu gern wissen, ob er etwas getan hatte, das die Stimmung so gründlich verdarb. Wie ärgerlich, dass Charlie Patterson einen Anruf aus dem Büro in Huntsville bekommen hatte und über Nacht dorthin zurückgefahren war. Sonst wäre er mit ihnen zusammen zur Befragung von Brandon Kelley gefahren, und vielleicht wäre in seiner Anwesenheit gar nicht erst eingetreten, was immer Bernie in Rage versetzt hatte. Sie hatte ihn zwar nicht gerade angeschrien, ihn zusammengestaucht oder ihm freiheraus gesagt, dass sie total genervt war, aber man musste kein Genie sein, um zu erkennen, dass sie reichlich aufgebracht war.

»Hier ist es, oder?«, fragte er, sobald er das Haus entdeckt hatte. Er wusste, dass es das richtige Haus sein musste, denn die Nummer war in einer Farbe auf den Bordstein gemalt, die im Dunkeln leuchtete. Und da das Verandalicht brannte, war auch die Hausnummer neben der Eingangstür deutlich zu erkennen.

»Ja, das ist es.«

Er fuhr in die Einfahrt und hielt an dem gepflasterten Weg, der von der Auffahrt zur Veranda führte. Sobald er den Motor ausgestellt hatte, öffnete er seine Tür, doch ehe er ausgestiegen war, sagte sie: »Sie müssen mich nicht zur Tür bringen.«

Er zögerte eine halbe Sekunde, bevor er trotzdem aus dem Wagen stieg und erwiderte: »Das macht mir nichts.« Bis er auf der Beifahrerseite war, hatte sie die Tür bereits selbst geöffnet und war ausgestiegen. Eine Minute lang standen sie da und starrten einander an. Dann ging Bernie los. Jim holte sie ein, so dass sie Seite an Seite die Kühlerhaube umrundeten, den Gehweg entlang, und dann die Verandastufen hinaufgingen.

Als sie an ihrer Tür waren, blieb Bernie stehen, wandte sich zu Jim um und sagte: »Danke.«

»Gern geschehen.«

»Gute Nacht.«

»Gute Nacht.« Er war schon auf halbem Weg wieder zu seinem Wagen zurück, als er anhielt, sich umdrehte und rief: »Haben Sie vielleicht Lust, irgendwo noch etwas essen zu gehen? Wir hatten kein Abendessen, und ich weiß ja nicht, wie es Ihnen geht, aber mir knurrt der Magen.«

Sie stand vor ihrer Tür, die Schultern durchgestreckt, und sah ihn an. »Um diese Zeit an einem Sonntagabend hat in Adams Landing nichts mehr auf.«

»Machen Sie Witze? Einer von den Fast-Food-Läden muss doch länger als bis neun geöffnet sein.«

»Nicht am Sonntag.«

»Na großartig. Dann werde ich mich wohl mit Crackern und Erdnussbutter begnügen müssen, wenn ich nach Hause komme.«

Als er weiterging, rief sie ihm nach. »Jim?«
Er blieb stehen. »Ja?«
»Möchten Sie hereinkommen und mit mir zu Abend essen? Ich bin sicher, dass meine Mutter mir die Reste vom Mittagessen vorbeigebracht und in den Kühlschrank gestellt hat. Sie überhäuft mich immer mit Essensresten, weil sie weiß, dass ich selten selbst etwas koche.«
»Falls Sie glauben, ich würde ein solches Angebot abschlagen, dann kennen Sie mich aber schlecht.« Er eilte den Weg zurück und war bei ihr, noch bevor sie ihre Tür aufgeschlossen hatte.
Als sie ins Haus traten, schaltete Bernie die Deckenbeleuchtung ein, und Jim blickte in ein großes, quadratisch geschnittenes Wohnzimmer. Er wusste nicht genau, was er erwartet hatte – vielleicht eine schlichte, farblose und rein funktionale Einrichtung –, aber auf jeden Fall war er überrascht, wie gemütlich der Raum wirkte. Die Sitzgruppe bestand aus sehr bequem aussehenden Sesseln und einem Sofa. Außerdem gab es mehrere antike Stücke. Die Wände waren in einem blassen Gelb gestrichen, mit einer Stuckkante oben und altmodischen Fußleisten unten. Seidenvorhänge mit Blumenmuster hingen vor den Holzjalousien an den Fenstern. Jim hatte plötzlich ein ganz seltsames Gefühl, als er hier in der Mitte des Zimmers stand. Er fühlte sich zu Hause, und das war ihm weiß Gott seit Jahren nicht mehr passiert. Was an Bernies Haus rief diese Reaktion in ihm hervor?
Es liegt daran, dass dich dieses Haus, dieses Zimmer an das Haus deiner Großmutter Norton in Mississippi erinnert.
»Setzen Sie sich, und machen Sie es sich bequem«, sagte Bernie. »Sie können den Fernseher, das Radio oder eine CD anstellen, während ich uns das Essen aufwärme. Mögen Sie

lieber Schinken oder gebratenes Huhn? Mama hat heute beides serviert, und entsprechend tippe ich, dass ich auch beides anbieten kann.«

»Ich bin nicht wählerisch. Mir wäre sowohl als auch recht.« Aber er setzte sich nicht. Stattdessen folgte er ihr durch das Haus in die Küche.

Sie blickte sich um und sah ihn an. »Was ist?«

»Ich komme mit in die Küche und helfe Ihnen«, sagte er.

»Oh.«

Ihre Küche war klein, nicht größer als neun Quadratmeter, und bodenlange Fenster nahmen beinahe eine ganze Wand ein. Sie war blaugemustert tapeziert, und weiße Vorhänge hingen vor den Fenstern wie vor der halbverglasten Hintertür. Alle Schränke und Geräte waren ebenfalls in Weiß, wie auch der kleine Tisch und die beiden Stühle, die vor den Fenstern standen.

»Also, was kann ich machen?«, fragte er.

»Sie könnten zwei Teller und zwei Gläser für uns hinstellen.« Sie zeigte auf den Hängeschrank oben in der Mitte. »Und Besteck finden Sie in der Schublade direkt darunter.« Wieder zeigte sie hin. »Stellen Sie alles auf den Tisch, und ich sehe nach, was ich im Kühlschrank finde.«

»Okay.«

Zwanzig Minuten später saßen sie sich am Küchentisch gegenüber, zwei leergegessene Teller, zwei ausgetrunkene Eisteegläser und zwei Dessertteller mit letzten Krümeln darauf vor sich.

Jim lehnte sich zurück, rieb sich den Bauch und seufzte. »Ihre Mutter ist eine hervorragende Köchin. Beim zweiten Mal schmeckte mir das Essen noch besser, sofern das überhaupt möglich ist.«

Bernie stöhnte. »Ich habe zu viel gegessen. Ich hätte das Dessert auslassen sollen, aber ich kann der Mississippi-Pie meiner Mutter einfach nicht widerstehen.«

Jim lachte.

»Was ist so komisch?«

»Sie sind es«, antwortete er und fügte hinzu: »Auf eine nette Art.«

Als sie ihn fragend ansah, erklärte er: »Die meisten Frauen würden in Gegenwart eines Mannes nie so essen wie Sie. Sie geben vor, nur sehr wenig Hunger zu haben und nippen höchstens an ihrem Essen.«

»Sie werden bald feststellen, dass ich nicht wie die meisten Frauen bin.«

»Ich meinte das als Kompliment, nicht als Beleidigung.«

»Ich habe es auch nicht als Beleidigung aufgefasst.«

»Schön.«

»Ich kann einen koffeinfreien Kaffee aufsetzen, wenn Sie möchten.«

Jim schüttelte den Kopf. »So verlockend es auch klingt, ich verzichte.« Er schob seinen Stuhl zurück, stand auf und streckte sich. »Nachdem ich Ihnen beim Wegräumen geholfen habe, sollte ich wohl lieber nach Hause fahren. Bis der Wecker um sechs klingelt, ist es nicht mehr lange.«

Beim Aufstehen nahm sie seinen Teller und stellte ihn auf ihren. »Sie müssen nicht bleiben und mir beim Wegräumen helfen. Es dauert keine Minute, die paar Sachen in den Geschirrspüler zu stellen. Fahren Sie ruhig schon. Sie brauchen Ihren Schlaf, denn wir haben immer noch einen Mordfall zu klären.«

»Na gut, wenn Sie ganz bestimmt keine Hilfe mehr brauchen.«

»Ganz bestimmt nicht.«

Sie brachte ihn zur Vorderveranda und blieb dort stehen, während er zu seinem Truck ging. An der Wagentür drehte er sich noch einmal um und winkte ihr zu, bevor er einstieg und den Motor startete. Sie hob die Hand und winkte lächelnd zurück. Auf einmal wollte Jim gar nicht mehr wegfahren. Er wollte in diesem warmen, einladenden Haus bleiben … bei Bernie.

Verdammt, was war nur mit ihm los? Er fühlte sich doch gar nicht zu Bernie hingezogen, empfand nicht *das* für sie, also warum wollte er dann nicht von ihr weg?

Weil du dich mit ihr wohl gefühlt hast, als kenntest du sie schon dein ganzes Leben lang.

Er kurbelte das Fenster runter und rief ihr zu: »Wir sehen uns morgen, Boss.«

Lachend schüttelte sie den Kopf und rief zurück: »Für Sie Sheriff Granger, Deputy.«

»Danke für das Abendessen.«

»Gern geschehen.«

»Und danke für die nette Gesellschaft.«

»Gleichfalls.«

»Schlafen Sie gut.«

»Sie auch.«

Verflucht, Norton, jetzt fahr schon! Wenn du noch länger wartest, wird sie denken, dass du nicht wegwillst.

Will ich ja auch nicht.

Fahr nach Hause. Du kannst nicht hierbleiben und auf Bernies Couch schlafen, selbst wenn du es willst und sie dich vielleicht sogar lässt. Was würden die Nachbarn denken? Jim lachte leise vor sich hin, als er in den Rückwärtsgang schaltete und die Einfahrt hinunter auf die Jefferson Street fuhr. Auf halbem Weg zu seinem Haus kam ihm ein überraschender Gedanke: Während der ganzen Zeit mit Bernie hatte er kein einziges Mal an ihre hübsche Schwester gedacht.

Kapitel 9

Thomasina hatte sich heute ein Kleid anstelle ihrer üblichen Leinenhose mit Bluse angezogen. Es passte besser zu der romantischen Stimmung, die Brandon für ihre Beziehung schuf. Außerdem hatte sie sehr schöne Beine, die sie durchaus in dem knapp knielangen Kleid herzeigen konnte. Sie sah nicht zu sexy aus, sondern nur ein ganz klein wenig verführerisch. Natürlich hatte sie schon einige vielsagende Blicke bei ihren Studenten geerntet, doch die ignorierte sie einfach.

Während sie mit den Perlen an ihrem Hals spielte, überlegte sie, was Brandon wohl sagen oder tun würde, wenn er sah, dass sie sein Geschenk trug. Würde er sie bloß anlächeln oder ihr sagen, wie sehr es ihn freute, dass sie seine Perlen umgelegt hatte? Sicher erkannte er, was sie ihm mit der Kette zu verstehen geben wollte, nämlich dass sie gern bereit war, eine Beziehung mit ihm einzugehen.

Sie war heute Morgen extra früh gekommen, weil sie hoffte, Brandon noch im Aufenthaltsraum der Lehrkräfte zu treffen, bevor er ebenfalls in seinen Acht-Uhr-Kurs ging. Doch er war nicht da gewesen. Ihre Enttäuschung musste ihr anzusehen gewesen sein, denn Marianne Clark hatte sie gefragt, ob etwas nicht in Ordnung war. Thomasina hatte der wichtigtuerischen Kollegin, die in diesem Sommersemester einen Grundkurs in Biologie unterrichtete, eiskalt ins Gesicht gelogen.

»Nein, alles bestens. Ich denke nur gerade darüber nach, wie ich meine Studenten motivieren will. Leider interessieren sich die wenigsten von ihnen für Geschichte.«

Und in den heutigen Vormittagskursen konnte Thomasina sich ebenso wenig für den Aufstieg und Fall des Römischen Reiches begeistern wie ihre Studenten. Immer wieder hatte sie sich dabei erwischt, wie sie vor sich hin träumte, und in den letzten dreißig Minuten hatte sie praktisch die Sekunden bis zur Mittagspause gezählt. Als der Kurs endete, griff sie nach ihrem mitgebrachten Mittagessen, lief aus dem Gebäude und eilte direkt zum Kunsttrakt. Sollte sie Brandon nicht zufällig begegnen, würde sie einfach an seinem Büro vorbeigehen, das gleich neben den Kunsträumen lag. Und falls sie jemand fragte, was sie dort tat, konnte sie eine überzeugende Ausrede vorbringen. Den ganzen Juli über wurden dort die Werke der Studenten ausgestellt – Zeichnungen, Gemälde und Skulpturen.

Nervös wie eine Dreizehnjährige bei ihrem ersten Date, ging Thomasina den Korridor hinunter auf den Kunstraum zu. Da die Tür weit offen stand, blieb sie einfach stehen und sah hinein, wobei sie sich bemühte, möglichst gleichgültig zu wirken.

Der Kunstraum war leer. Ein paar Studenten kamen an ihr vorbei und grüßten sie. Thomasina lächelte ihnen zu, nickte und schlenderte an Brandons Büro vorbei, dessen Tür verschlossen war. Sie näherte sich ihr vorsichtig, weil niemand bemerken sollte, dass sie nach Dr. Kelley sah, beugte sich zur Tür und lauschte. Nichts. Kein Geräusch. Aber er könnte trotzdem da sein. Vielleicht aß er gerade, las oder ruhte sich aus.

Klopf doch an und begrüße ihn. Sag ihm, du bist rübergekommen, um dir die Arbeiten der Studenten anzusehen. Aber wenn sie das täte, wirkte es dann vielleicht so, als wäre sie allzu leicht zu gewinnen? Durfte sie den nächsten Schritt tun, oder war es ihm lieber, wenn sie wartete, bis er die Sache vorantrieb?

Nein, sie wollte nicht warten. Sie war es leid, länger abzuwarten. Sie würde die Dinge ja nur ein wenig beschleunigen, damit sie sich zumindest darin einig wären, dass sie eine Beziehung miteinander haben wollten.

Nachdem sie all ihren Mut gesammelt hatte, ballte Thomasina die Hand zur Faust, hob sie und klopfte an die Tür. Dabei vernahm sie ihren Herzschlag als wildes Donnern in ihren Ohren.

Keine Antwort.

Sie klopfte noch einmal, diesmal fester und doppelt so lange.

»Er ist nicht da«, sagte eine vertraute Stimme.

Thomasina hielt den Atem an, als sie sich umdrehte und Scotty Joe Walters zulächelte. Scotty war ein netter und gutaussehender junger Hilfssheriff, der für die Programme zur Gewalt- und Drogenprävention an den Schulen und Colleges in Adams County zuständig war und Nachbarschaftswachen organisierte. Da das Junior College dem hiesigen Sheriff-Büro Platz in der Bibliothek zur Verfügung stellte, wo sie ihre Bücher und Broschüren lagern konnten, kam es Thomasina manchmal so vor, als wäre Scotty Joe ein Kollege. Jeder hier mochte den Hilfssheriff. Er war stets freundlich, entgegenkommend und verhielt sich wie ein wahrer

Gentleman. Jede Mutter wünschte sich einen solchen Sohn oder wenigstens Schwiegersohn. Wie alt er war, wusste Thomasina nicht genau. Sie schätzte ihn auf Mitte bis Ende zwanzig.

»Wie bitte?«, sie gab sich betont ahnungslos, als verstünde sie überhaupt nicht, was er meinte.

»Dr. Kelley. Er ist nicht in seinem Büro«, sagte Scotty Joe. »Sie wollten doch zu ihm, oder nicht?«

»Na ja, eigentlich bin ich hier, um mir die Studentenarbeiten anzusehen, die diesen Monat ausgestellt werden. Da dachte ich mir, ich sage hallo zu Brandon, wenn ich schon mal in seinem Gebäude bin.«

»Sie haben ihn gerade verpasst. Robyn Granger hat ihn in ihrem kleinen gelben Sportflitzer abgeholt. Ich vermute, die beiden wollen irgendwo zusammen zu Mittag essen.«

»Aha.« Lieber Gott, hoffentlich sieht er mir nichts an. Scotty Joe darf auf keinen Fall merken, dass ich verletzt, enttäuscht und den Tränen nahe bin.

»Geht es Ihnen gut, Thomasina? Sie sind ja ganz grün im Gesicht.«

»Ja, ja, mir fehlt nichts. Ich habe nur nicht gefrühstückt, und jetzt ist mir beinahe schlecht vor Hunger«, log sie und kämpfte damit, ihre Tränen zurückzuhalten.

»Ist das Ihr Mittagessen in der Tüte?« Er sah auf die kleine braune Papiertüte, die sie so fest umklammerte, dass sich ihre Fingernägel in ihre Handfläche bohrten.

Sie lockerte den Griff um die Tüte und nickte, da es ihr unmöglich war, etwas zu sagen. Ihr Hals brannte vor Schmerz, und sie schluckte gegen ihren unmittelbar bevorstehenden Heulkrampf an.

»Ich habe mein Mittagessen auch dabei«, sagte er. »Käse-

Schinken-Sandwich, Dillpickles, eine Tüte Chips und zwei Brownies aus Cummings Bäckerei.« Er hielt seine braune Papiertüte in die Höhe, die doppelt so groß war wie ihre, in der sich lediglich eine Banane und eine Tüte mit Möhren, rohem Brokkoli und rohem Blumenkohl befand. »Möchten Sie mir vielleicht Gesellschaft leisten? Wir könnten uns jeder eine Cola aus dem Automaten in der Halle holen und uns unten an den Springbrunnen setzen.«

Die Tränen, die Thomasina so angestrengt zurückgehalten hatte, brachen sich nun Bahn und kullerten ihr die Wangen hinunter.

»Aber, aber, nicht doch.« Er streckte die Hand aus, als wollte er sie berühren, stoppte sie jedoch kurz vor ihrem Gesicht. »Verschwenden Sie Ihre Tränen nicht an ihn. Das ist er nicht wert.«

Als ihr die Tränen schon in die Mundwinkel liefen, holte sie tief Luft und biss sich auf die Unterlippe, um nicht laut aufzuschreien.

Scotty Joe öffnete seine Essenstüte und holte eine Serviette daraus hervor, die er ihr reichte. »Hier, damit können Sie sich die Tränen abtrocknen. Sie wollen doch nicht, dass jemand Sie so sieht. Bis heute Nachmittag wäre es am ganzen College herum.«

Sie nahm die Serviette und wischte sich die Augen. »Was … was wäre am ganzen College herum?«, stammelte sie und sah ihn an. In seinen großen blauen Augen lag eine Mischung aus Mitleid und Sorge.

Er schüttelte den Kopf. »Nichts. Hören Sie gar nicht auf mich.«

»Es ist nicht so, wie Sie denken.« Sie tupfte sich das Gesicht ab, knüllte die Serviette in ihrer Faust zusammen und blickte

wieder zu Scotty Joe. »Ich bin keine von Brandons Affären, falls Sie das dachten.«
Scotty Joe grinste von einem Ohr zum anderen. »Schön. Ich bin froh, das zu hören. Sie sind viel zu gut für ihn, wenn ich mir erlauben darf, das zu sagen.«
»Mögen Sie Brandon nicht?«
»Nein, es ist nicht so, dass ich etwas gegen ihn habe.« Scotty Joes gebräunte Wangen bekamen einen Rotschimmer. »Ich halte es nur für falsch, dass er seine Studentinnen und Frauen überhaupt ausnutzt.« Scotty Joe senkte schüchtern den Blick.
»Wenn das Angebot vom gemeinsamen Mittagessen noch steht, möchte ich es gern annehmen.« Thomasina schaffte es sogar, ein wenig zu lächeln.
»Und ob es noch steht«, sagte Scotty Joe. »Und die Cola geht auf mich.«

Charlie Patterson legte den vorläufigen Bericht auf Jims Schreibtisch und setzte sich auf einen der alten Metall-Kunstleder-Stühle vor dem Tisch. Er sah aus, als hätte er in der letzten Nacht nicht viel Schlaf bekommen. Erst vor fünfzehn Minuten war er aus Huntsville zurückgekommen, während Jim noch beim Mittagessen gewesen war. Er hatte mit Ron Hensley und John Downs bei Methel's gegessen, wo das Tagesgericht von Montag in einem Hackbraten mit Kartoffelbrei, grünen Erbsen und frisch gebackenen Brötchen bestanden hatte – abgerundet durch einen Bananenpudding, der beinahe so beliebt war wie die Pfirsichpastete. Als sie wieder ins Büro kamen, hatten sie Charlie dort angetroffen, der mit Lieutenant Hoyt Moses bei einem Kaffee und Schokomuffins aus der Cummings Bäckerei saß.

»Ich habe in Bernies Büro angerufen und ihr ausrichten lassen, dass sie herkommen möchte«, erklärte Charlie. »Also warten wir, bis sie da ist, sonst müssen wir alles zweimal durchgehen.«

»Ich würde ja gern bleiben«, sagte Downs, »aber ich muss um halb zwei bei Gericht sein. Ich sage als Zeuge in dem Marihuanafall aus dem letzten Herbst aus.«

Jim nickte und sah zu Hensley. »Bringen Sie doch bitte noch einen Stuhl herein, sonst haben wir nicht genug, wenn Bernie kommt.«

»Sie ist schon da«, verkündete Bernie, die in diesem Moment in der Tür erschien.

Jim blickte von seinem Platz hinterm Schreibtisch auf und bedeutete ihr, sie solle hereinkommen. Downs begrüßte Bernie noch auf seinem Weg nach draußen, und Hensley sagte kurz etwas zu ihr, bevor er hinausging, um noch einen Stuhl zu holen.

»Was habe ich verpasst?«, fragte sie.

»Nichts«, antwortete Jim. »Wir fangen gerade erst an.«

Sie sah Charlie an. »Haben Sie eine harte Nacht gehabt?«

»Sieht man das?«, antwortete er.

Sie grinste ihn an. »Nur ein bisschen.«

Er grummelte. »Unsere Zehnjährige hat uns die ganze Nacht mit einer Magen-Darm-Grippe auf Trab gehalten. Als ich heute Morgen wegfuhr, schlief sie endlich und konnte wenigstens etwas Limonade und Cracker drinbehalten.«

»Wie viele Kinder haben Sie?«, fragte Bernie.

»Drei Mädchen. Acht, zehn und dreizehn.« Charlie lachte, als er aufstand und Bernie mit einer Handbewegung seinen Stuhl anbot. »Zum Glück für sie sehen sie alle ihrer Mutter ähnlicher als mir.«

»Ihre Frau ist gewiss froh, wenn Sie diesen Fall hier hinter sich haben und wieder ganz zu Hause wohnen.« Bernie nahm den angebotenen Stuhl.
»Na, ich glaube, ich vermisse sie und die Mädchen mehr als sie mich.«
»Das bezweifle ich.« Bernie lächelte. »Glauben Sie mir, einem vaterfixierten Mädchen, in dem Alter, in dem Ihre Töchter sind, gibt es in ihrem Leben keinen Mann, der wichtiger ist als der Vater.«
Hensley brachte einen Klappstuhl herein, stellte ihn auf und setzte sich darauf. Dann lehnte er sich zurück und stemmte die Hände auf die Oberschenkel. Der Kerl stolzierte beim Gehen herum wie ein Gockel, drückte mit jeder Geste aus, wie überzeugt er von sich war, und hockte nun da, als gehörte ihm die Welt. Jim beobachtete seinen Hilfssheriff, wandte den Blick jedoch Bernie zu, als Ron ihn ansah. Sie sah heute aus wie immer. Sauber und ordentlich. Sie trug eine braune Hose, eine weiße Bluse, minimales Make-up und schlichten Goldschmuck. Ihr Haar war zu einem losen Pferdeschwanz gebunden.
Als hätte sie gespürt, dass er sie ansah, drehte sie sich um und begegnete seinem Blick. So verharrten sie einen kurzen Moment, bis Jim lächelte und Bernie sein Lächeln erwiderte. Mittlerweile war Jim sicher, dass sie beide sehr gute Freunde werden könnten, denn je besser er Bernie kennenlernte, umso mehr mochte er sie.
Charlie tippte mit dem Finger auf die Akte, die auf Jims Schreibtisch lag. »Ich habe den vorläufigen Autopsiebericht über Stephanie Preston mitgebracht. Wie wir alle wissen, war die Todesursache eine durchtrennte Arteria carotis. Ihr Mörder hat ihr den Hals beinahe von einem Ohr zum anderen aufgeschlitzt, und zwar von links nach rechts. Das legt den

Schluss nahe, dass er hinter ihr war, wahrscheinlich auf ihr drauf, und ihren Hals nach hinten bog, um den Schnitt auszuführen. Es gab keine Anzeichen von Kampfverletzungen, das heißt, dass sie sich wohl nicht gewehrt hat. Das Messer hatte eine glatte Klinge, so dass die Wunde keine Hinweise auf ein bestimmtes Fabrikat gibt. Auf jeden Fall aber war das Messer sehr scharf. Es ist anzunehmen, dass der Mörder es vorher extra geschärft hat, weil er ihr Leben schnell und relativ schmerzlos beenden wollte.«

»Ich dachte, wir wüssten schon, dass er sie gefoltert hat. Warum lag ihm dann daran, dass sie schnell und schmerzlos starb?«, fragte Hensley.

»Er hatte schon bekommen, was er von ihr wollte, indem er sie vergewaltigte und folterte«, sagte Jim. »Als die Zeit kam, die Sache zu beenden, war er mit ihr fertig. Er wollte sie nur noch zügig loswerden. Ich würde sagen, dass die Art, wie er sie umbrachte, in seinen Augen eine Art Belohnung dafür war, dass sie ihm gegeben hatte, was er von ihr brauchte.«

»Was für ein kranker Geist muss das sein, der glaubt, dass sie ihm irgendetwas gegeben hat?« Bernie runzelte die Stirn.

»Sie gab nichts, sondern er nahm ihr einfach alles, sogar ihr Leben.«

»Unser Bursche ist nicht bloß ein kranker Perverser. Er ist darüber hinaus auch noch schlau«, sagte Charlie. »Er hat ihr die Finger- und Fußnägel geschnitten, um alle Spuren zu beseitigen. Und er wusch ihren Körper und ihr Haar, bevor er sie mitten in der Pampa ablegte.«

»Dann ist er kein Durchschnittsirrer.« Bernie verschränkte die Arme vor der Brust und winkelte den linken Ellbogen an, um das Kinn in die linke Hand zu stützen.

»Das stimmt. Er ist irre und eindeutig kein Durchschnitt«, pflichtete Charlie ihr bei. »Wer immer er sein mag, er hat eine Vorliebe für brutalen Sex, lässt sein Opfer gern leiden und ist klug genug, um alle Indizien an der Leiche zu beseitigen.«

»Was ist mit Spuren vom Fundort der Leiche?«, fragte Hensley.

Charlie schüttelte den Kopf. »Nichts, zumindest bis jetzt.«

»Und ungefähr so viel haben wir«, sagte Jim. »Nichts. Die drei naheliegendsten Verdächtigen konnten wir ausschließen – den Ehemann und zwei frühere Liebhaber.«

»Ja, ihre Alibis sind alle überprüft«, ergänzte Hensley. »Damit wären wir also wieder bei null.«

»Wenn doch nur an dem Abend, als Stephanie verschwand, jemand etwas gesehen hätte.« Bernie strich sich mit dem Daumen über die Lippen. »Zuletzt wurde sie gesehen, wie sie aus dem Gebäude ging und zu ihrem Auto wollte. Was ist zwischen dem College und ihrem Wagen passiert? Es gibt keine Hinweise darauf, dass sie bis zu ihrem Wagen kam, aber auch keine, dass sie es nicht so weit schaffte.«

»Sie haben aber nichts von ihr auf dem Parkplatz gefunden, oder? Da lagen kein Notebook, verstreutes Papier, ihre Handtasche oder Ähnliches?«

»Nein, nichts«, sagte Bernie. »Und ihre Handtasche und die Bücher waren auch nicht in ihrem Wagen, was wohl heißt, dass sie alle ihre Sachen bei sich hatte, als sie entführt wurde.«

»Es sei denn, ihr Entführer hat alles eingesammelt, nachdem er sie verschleppt hatte.« Jim trommelte mit den Fingern auf dem Schreibtisch, während er überlegte. »Wenn sie die Sachen bei sich hatte, stellt sich mir eine Frage. Warum hält sie ihre Handtasche und ihre Bücher fest, statt alles fallen zu lassen und den Kerl abzuwehren, der sie angreift?«

»Sie meinen also, sie hat sich gar nicht gegen ihn gewehrt?« Bernie ballte die linke Hand zur Faust und atmete langsam aus, während sie Jims Theorie nachvollzog. »Verdammt, sie kannte ihn. Und aus irgendeinem Grund ging sie bereitwillig mit ihm mit.« Bernie sah Jim an. »Das ist es doch, was Sie vermuten, stimmt's?«

Jim nickte. »Wo ist ihr Wagen?«

»Wir haben ihn hierherschleppen lassen«, antwortete Hensley. »Und nachdem wir ihn vollständig durchkämmt und nichts Ungewöhnliches gefunden haben, schickten wir ihn zu Taylor's Wrecker Service. Das Letzte, was ich hörte, war, dass niemand aus der Familie ihn bisher abgeholt hat.«

»Hat ein Mechaniker den Wagen überprüft?«, fragte Jim.

Hensley warf ihm einen fragenden Blick zu. »Warum sollte ein Mechaniker ihn sich ansehen? Das Auto hatte nichts mit Stephanies Verschwinden zu tun.«

»Rufen Sie bei Taylor's Wrecker Service an«, sagte Jim. »Sie sollen nachsehen, ob der Wagen anspringt, und wenn nicht, warum nicht.«

»O verflixt«, fluchte Bernie leise vor sich hin.

»Was ist los, Sheriff?«, fragte Charlie, dessen Mundwinkel sich zu einem angedeuteten Lächeln krümmten.

»Sie wissen ganz genau, was los ist.« Sie blickte wütend von Charlie zu Jim. »Warum fährt die Frau nicht ihren eigenen Wagen? Warum lässt sie sich von jemand anderem mitnehmen? Weil ihr Wagen nicht anspringt.«

»Richtig.« Charlie grinste nun breit.

»Unser Täter hat Stephanies Wagen absichtlich lahmgelegt und dann gewartet, bis er den guten Samariter spielen durfte, als ihr Auto nicht ansprang.« Bernie biss die Zähne zusammen und stöhnte. »Oh, verflucht, sie kannte ihn! Wer immer es ist, Stephanie kannte ihn und vertraute ihm genug, um sich von ihm mitnehmen zu lassen.«

»Damit reduziert sich die Zahl der Verdächtigen auf ungefähr ein Viertel aller Männer in Adams und Jackson County«, sagte Hensley.

»Mag sein, aber es bedeutet auch, dass unser Täter wahrscheinlich noch in der Gegend ist. Er muss in Adams County oder in einem der benachbarten Bezirke wohnen. Und es ist gut möglich, dass er schon immer hier gelebt hat.« Jim trommelte wieder mit den Fingern auf der Schreibtischplatte herum. »Und falls ihm das Spaß machte, was er Stephanie angetan hat, dann ist es nur eine Frage der Zeit, bis er sich sein zweites Opfer sucht.«

»Das sehe ich genauso«, sagte Charlie. »Aber ich würde nicht vorschnell davon ausgehen, dass Stephanie Preston sein erstes Opfer war.«

»Sind wir jetzt wieder bei der Serientätertheorie?«, fragte Hensley.

»Ja«, antwortete Jim. »Also, Lieutenant, ich möchte, dass Sie bei allen benachbarten Sheriff-Büros in einem Umkreis von hundert Meilen nachfragen, ob sie dort in den letzten sechs Monaten einen ähnlichen Mordfall hatten. Nein, sagen wir lieber innerhalb des letzten Jahres.«

Als Thomasina nach Hause kam, rief sie ihrer Mutter, die in der Küche war, zu: »Mom, ich habe Kopfschmerzen. Ich gehe in mein Zimmer und lege mich ein bisschen hin. Ich werde also nicht mit Abendbrot essen.«

Auf dem Weg in ihr Zimmer hörte sie, wie die Küchentür aufging. Bitte, lass sie nicht hinter mir herkommen. Ich möchte jetzt nicht mit ihr reden.

»Es ist ein Päckchen für dich gekommen«, sagte ihre Mutter. »Ich fand es mit der Post von heute im Briefkasten, aber es war kein Porto drauf. Seltsam, findest du nicht?«

Ein Päckchen? Noch ein Geschenk von Brandon? »Wo hast du es hingetan?«

»Ich hab's auf deine Kommode gestellt.«

»Danke, Mom.«

»Soll ich dir ein Aspirin bringen?«

»Nein, ich hole mir eine Tablette, wenn es nicht besser wird. Aber erst mal möchte ich mich nur hinlegen.«

Thomasina eilte in ihr Zimmer, schloss rasch die Tür hinter sich und ging direkt zu ihrer Kommode. Das Päckchen, das in der Breite und Länge ungefähr vierzig Zentimeter und in der Tiefe etwa fünfzehn Zentimeter maß, war in schlichtes braunes Packpapier gewickelt und mit breitem, durchsichtigem Klebeband zugeklebt. Sie erkannte ihren Namen, der in großen schwarzen Druckbuchstaben oben auf dem Päckchen stand. Sonst nichts, kein Absender und kein Poststempel. Hatte er das Geschenk irgendwann heute vorbeigebracht und in den Briefkasten gelegt? Aber wann? Könnte Scotty Joe sich geirrt haben, als er sagte, dass Brandon mittags mit Robyn Granger weggefahren war?

Nein, das ist ausgeschlossen. Scotty Joe würde mich nicht belügen.

Sie wusste, dass Brandon und Robyn eine halbherzige Affäre hatten, doch sie hatte angenommen, dass sie vorbei war und Brandon nun bereit wäre für die wahre Liebe. Irrte sie sich? Hatten er und Robyn sich heute Nachmittag geliebt?

Hielt er sie nur zum Narren, indem er ihr Nachrichten und Geschenke schickte? Trieb er den ganzen Aufwand, obwohl sie für ihn nichts weiter war als eine weitere Eroberung?

Und wann hatte er die Zeit gefunden, um den ganzen Weg hierher nach Verona zu fahren? Oder war jemand anders in seinem Auftrag hergekommen, um das neue Geschenk abzugeben? Sie strich nervös über das Päckchen. Was schickte er ihr diesmal?

Mach es auf, dann weißt du es.

Dazu brauchte sie eine Schere.

Sie nahm das Päckchen so vorsichtig auf, als wäre der Inhalt zerbrechlich oder gar explosiv, und trug es zu ihrem Bett. Dort setzte sie sich auf die Bettkante, das Päckchen im Schoß, und suchte in ihrer Nachttischschublade nach einer Schere. Nachdem sie eine gefunden hatte, saß sie mehrere Minuten lang da, das ungeöffnete Päckchen vor sich und die Schere in der Hand. Sie dachte über den schrecklichen Nachmittag nach, der hinter ihr lag. Nur mit knapper Not hatte sie es geschafft, ihre beiden Nachmittagskurse abzuhalten, ohne in Tränen auszubrechen. Wäre Scotty Joe mittags nicht so nett zu ihr gewesen, hätte sie den Rest des Tages wohl niemals durchgestanden. Er hatte Brandon mit keinem Wort mehr erwähnt. Stattdessen hatte er sie mit Witzen und lustigen Anekdoten von den Kindern unterhalten, mit denen er im Gewaltpräventionsprogramm arbeitete. Und er hatte darauf bestanden, dass sie einen der köstlichen, kalorienreichen Brownies aus Cummings Bäckerei aß.

»Sie brauchen sich doch nicht um Kalorien zu kümmern«, hatte er ihr gesagt. »Sie haben eine tadellose Figur.«

Tatsächlich hatte sie den Brownie bis auf den letzten Krümel vertilgt und ihn sehr genossen. Und nachdem sie ihn mit ihrer Cola heruntergespült hatte, konnte sie sogar wieder lächeln. Natürlich waren sie und Scotty Joe nach dem Essen wieder jeder ihrer Wege gegangen, woraufhin die Gedanken an Brandon und Robyn zurückkehrten. In ihrer Eifersucht hatte Thomasina sich lebhaft ausgemalt, wie die beiden gerade im Bett lagen.

Du darfst Brandon nicht einfach unterstellen, dass er etwas mit einer anderen hat. Nicht ohne Beweise. Jeder ist unschuldig, solange ihm nicht das Gegenteil bewiesen wurde.

Sie nahm die Schere in die rechte Hand und schnitt das Klebeband auf. Dann entfernte sie das Packpapier, unter dem eine weiße Schachtel zum Vorschein kam. Thomasina warf das Papier beiseite und öffnete den Deckel der Schachtel. Der Inhalt der Schachtel war unter weißem Seidenpapier verborgen. Als sie den oberen Bogen abhob, fand sie darunter die ersten beiden Gegenstände: eine Flasche rosa Nagellack und den dazu passenden Lippenstift. Sie hielt beide Geschenke in ihren Händen und betrachtete sie. Nagellack und Lippenstift waren von Revlon und konnten aus jedem Wal-Markt, Kmart oder vom örtlichen Drugstore sein.

Thomasina legte beides auf ihr Kissen und schaute wieder in die Schachtel. Darin fand sie zwei Umschläge. In dem kleineren vermutete sie eine Nachricht und in dem größeren war gewiss noch eine Zeichnung.

Sie öffnete den kleineren Umschlag und las die Nachricht. Zweimal.

In Pink bist du schöner als in jeder anderen Farbe. Wirst du für mich Pink tragen, meine liebste Thomasina?

Ihr kamen die Tränen, und ein Kloß bildete sich in ihrem Hals. Dann legte sie die Nachricht zu dem Nagellack und dem Lippenstift auf ihr Kissen, bevor sie den großen weißen Umschlag aufriss und eine Zeichnung daraus hervorholte.

»O, mein Gott!«

Das bin ich und doch bin ich es nicht. Das ist mein Gesicht und der Körper ist meinem ähnlich, aber …

Sie starrte auf die Federzeichnung, die sie in einer sehr sinnlichen Pose darstellte. Ihr Haar fiel ihr über die eine Schulter und berührte beinahe die Spitze ihrer nackten Brust. Ihre Brustspitzen waren aufgerichtet. Thomasinas Blick wanderte von den offensichtlich erregten Brüsten über ihren Nabel bis zu der Hand, die ihre Scham bedeckte.

Er hat mich nackt und erregt gezeichnet.

O, Brandon, was für ein Spiel spielst du mit mir? Wenn ich die Frau bin, die du willst, warum bist du dann heute mit Robyn weggefahren? Warum kamst du nicht zu mir, um zu sehen, ob ich deine Perlen trage?

Tränen strömten ihr übers Gesicht, als sie sich auf ihrem Bett in der Embryohaltung krümmte, die zerknüllte Federzeichnung in ihrer geballten Faust.

Bernie rieb sich den Nacken und streckte den anderen Arm in die Höhe. Ron war schon gegangen, und Charlie hatte gerade gesagt, dass er sich auf den Weg zum Adams Landing Hotel machen würde, das in derselben Straße lag.

»Ich muss Jen anrufen und hören, wie es den Mädchen geht. Nicht dass jetzt die Nächste von ihnen mit dem Magen-Darm-Virus kämpft«, erklärte Charlie. »Falls es Jen erwischt hat, werde ich heute Abend nach Hause fahren. Wenn nicht, bleibe ich in der Stadt und versuche, etwas Schlaf nachzuholen.«

»Bis morgen früh dann«, sagte Jim.

»Ja, sagen wir acht Uhr, in Ordnung?«

»Klar.«

Charlie klopfte Bernie auf den Rücken, als er an ihr vorbei zur Tür ging. Sie lächelte ihn an und wandte sich dann zu Jim um. »Es war ein langer Tag.«
»Ja, das kann man wohl sagen.«
Sie wollte ihn fragen, ob er heute Abend schon eine Verabredung zum Essen hatte, fürchtete sich jedoch davor, sich lächerlich zu machen. Jim Norton machte auf sie eher den Eindruck, als zöge er es vor, von sich aus zu fragen – wenn er seine Zeit mit einer Frau verbringen wollte.
»Ich denke, ich mache mich dann auch auf den Nachhauseweg«, sagte sie.
»Hätten Sie Lust, noch kurz etwas bei Methel's zu essen?«, fragte er.
Mit einer Einladung hatte sie nicht gerechnet. Sei nicht zu erfreut, ermahnte sie sich. »Äh, ja, klar. Das wäre schön.«
»Ich vermute, wir würden sonst beide allein essen … oder irre ich mich? Falls Sie andere Pläne haben …«
»Mein einziger Plan war eine heiße Dusche und ein gutes Buch«, antwortete sie.
»Dann lade ich Sie ein«, sagte er. »Ich habe nämlich nicht mal ein gutes Buch, das ich lesen könnte.«
Sie würde mit Jim zu Abend essen, und er war derjenige, der gefragt hatte, nicht sie.
Aber das ist kein Date, Bernie, gab ihre ernüchternde innere Stimme zu bedenken. Ihr seid bloß zwei Kollegen, die gemeinsam einen Happen essen gehen. Ebenso gut hätte er Charlie oder Ron fragen können. Also bilde dir nicht gleich sonst was ein.
»Das Essen bei Methel's ist ausgezeichnet«, sagte sie, als sie zusammen aus dem Büro gingen. »Abends ist die Speisekarte ziemlich dieselbe wie mittags. Aber falls Ihnen eher nach

etwas anderem ist, zum Beispiel nach saftigen Hamburgern mit Pommes und Eis zum Nachtisch, sollten wir lieber zum King Kone in der North Adams gehen.«

»Hamburger mit Pommes hört sich gut an.« Jim schloss die Tür hinter sich und legte seine Hand auf Bernies Rücken. »Und was halten Sie von einem Bananensplit zum Dessert?«

In dem Augenblick, in dem er sie berührte, verspürte sie ein kindisches Kribbeln im Bauch. »Captain Norton, Sie sind ein Mann nach meinem Geschmack. Ich liebe Bananensplit.«

»Irgendwie dachte ich mir das schon.« Er zwinkerte ihr zu.

Und das Kribbeln in ihrem Bauch wurde stärker.

Als sie gerade bei dem Ausgang waren, der auf die Washington Street führte, flog die Tür auf und Robyn stürmte herein – in einem heißen rosa Baumwollrock, der so kurz war, dass er kaum ihren Po verhüllte. Ihre weiße Bluse war vollkommen durchsichtig, so dass ihre rosa Seidenunterwäsche für jedermann zu sehen war.

»Ach, bin ich froh, dass ich dich noch erwische«, sagte Robyn und sah Jim an.

»Mit wem redest du?«, fragte Bernie. »Meinst du Jim oder mich?«

Robyn kicherte. »Na, Jim natürlich, du Dummchen. Warum sollte ich meine Schwester zum Abendessen ausführen, wenn ich ihren attraktiven neuen Deputy kriegen kann?«

»Sie wollen mich ausführen?« Jim grinste.

Bernie hätte ihm zu gern dieses dümmliche Grinsen aus dem Gesicht geprügelt.

»Tut mir leid, dass ich nicht vorher angerufen habe, aber drüben im Fitnesscenter war heute der Teufel los.« Robyn

drängelte sich zwischen Bernie und Jim und hakte sich bei ihm unter. »Ich biete diese Woche alles zum halben Preis an und …«
»Bernie und ich wollten gerade rüber zum King Kone und Hamburger essen«, sagte Jim. »Sie können ja mitkommen.«
»Iiih, das King Kone. Da haben sie nur Junk-Food.« Robyn blickte an sich hinab und seufzte theatralisch. »Würde ich Hamburger und Pommes essen, könnte ich wohl kaum diese Figur halten.«
Jim sah zu Bernie und zuckte mit den Schultern. »Was ist mit Methel's?«
»Ausgeschlossen«, sagte Robyn. »Ich schlage das River's End vor, phantastische Fischgerichte und wunderbare Salate.«
»Und alles zu schwindelerregenden Preisen«, ergänzte Bernie.
»Na ja, wenn der Preis ein Problem ist«, Robyn sah mit klimpernden Wimpern zu Jim, »dann zahlt eben jeder selbst.«
»Ist das ein elegantes Restaurant?«, fragte Jim. »Ich bin nicht dafür angezogen und Bernie auch nicht.«
»Nein, so besonders elegant ist es nicht«, antwortete Robyn.
»Hört mal, warum geht ihr beiden nicht ohne mich ins River's End und leistet euch ein fürstliches Essen? Ich fahre nach Hause und mach mir ein Rührei.«
»Eier sind schlecht für dich«, sagte Robyn.
Bernie rang sich ein Lächeln ab, ehe sie zu Jim blickte. »Wir sehen uns morgen früh, Jim.«
Bevor er die Gelegenheit hatte, etwas zu sagen, war Bernie schon aus der Tür und eilte die Straße hinunter. Ihr Jeep parkte beim Gerichtsgebäude, also blieb ihr nichts anderes übrig, als die Straße entlangzugehen, wo sie diverse Leute

traf und begrüßen musste, die gerade aus dem Antiquitätengeschäft oder der Bücherei kamen.

Lächle einfach weiter, wies sie sich im Stillen an, und bleib nicht stehen. Du wirst nicht weinen, weil du keinen Grund dazu hast. Okay, deine Gefühle sind ein kleines bisschen verletzt, weil du erkennen musst, dass Jim viel lieber mit Robyn zum Abendessen geht als mit dir. Und du bist ein winziges bisschen sauer auf deine Schwester, weil es ihr überhaupt nicht in den hübschen kleinen Kopf kam, dass Jim dich zum Essen eingeladen haben könnte und dass diese Einladung dich über die Maßen verzückt hat.

Bernie schaffte es bis zu dem Parkplatz hinterm Gericht, der für sie und ihre Hilfssheriffs reserviert war. Zu ihrem Leidwesen standen diverse ihrer Mitarbeiter hier herum, die gerade im Begriff waren, nach Hause zu fahren, und sich nun natürlich noch kurz mit ihr unterhalten wollten. Bis sie in ihrem Jeep saß, den Motor gestartet hatte und auf die Washington Street einbog, sah sie alles durch einen Tränenschleier. Sie wischte sich mit einer Hand die Augen und beschimpfte sich selbst in den wüstesten Tönen.

Hör auf, dich wie ein Teenager zu benehmen. Jetzt sei keine Heulsuse. Nun reiß dich zusammen!

Kapitel 10

Thomasina hatte den großen braunen Umschlag endlose Minuten lang angestarrt. Einerseits wollte sie ihn öffnen und andererseits fürchtete sie sich vor dem »Überraschungsgeschenk«, das sie darin finden würde. Einer ihrer Studenten aus dem letzten Nachmittagskurs hatte den Umschlag gefunden, auf dem ihr Name in großen schwarzen Lettern stand. Er lag hinten im Klassenraum auf dem Fußboden, als hätte ihn jemand versehentlich dort fallen gelassen. Thomasina hatte sich bei dem Studenten bedankt, den Umschlag auf ihren Schreibtisch gelegt und gewartet, bis alle Studenten draußen waren, bevor sie in Tränen ausbrach. Was vor nicht einmal einer Woche wie ein aufregendes romantisches Abenteuer begonnen hatte, war inzwischen zu einem beängstigenden Alptraum geworden. Nachdem Thomasina ausgiebig geheult hatte, packte sie ihre Sachen zusammen, einschließlich des Umschlags, und fuhr nach Hause. Wenn sie noch Abendkurse hatte, fuhr sie meist nicht zwischendurch nach Hause, sondern blieb entweder in der Schule, um Arbeit nachzuholen, oder sie kaufte in Adams Landing ein, wo sie dann gewöhnlich auch eine Kleinigkeit aß. Aber heute wollte sie nach Hause. Sie musste an einem Ort sein, an dem sie sich sicher fühlte.

Am Kühlschrank fand sie eine Nachricht von ihrer Mutter, dass sie mit ihrer besten Freundin Rose Johnson nach Huntsville gefahren war, um in der Parkway City Mall einen Einkaufsbummel zu machen, und erst spät nach Hause käme. In gewisser Weise erleichterte es Thomasina, dass ihre Mutter nicht da war und sie nicht, wie die ganze Woche schon, fragen konnte, weshalb sie so bedrückt war. Aber ein Teil von ihr wünschte sich, dass ihre Mutter hier wäre, damit sie ihr erzählen könnte, was seit einer Woche vor sich ging, und sie um ihren Rat bitten.

Thomasina hatte den Umschlag mitten auf den Küchentisch gelegt. Jetzt schenkte sie sich ein Glas Eistee ein, setzte sich und starrte das verdammte Ding an, als müsste sie nur beharrlich genug hinsehen, um den Inhalt zu erkennen.

Das Geschenk vom Montag wäre hübsch gewesen, reizend sogar, hätte sie nicht den Verdacht gehabt, dass Brandon sie zum Narren hielt, indem er sie ganz verrückt machte, während er sich weiterhin mit anderen Frauen traf. Aber das nächste Geschenk, das vom Mittwoch, ein Umschlag mit Zeichnungen und eine kleine Schachtel, war in ihrem Fach am College gewesen. Sie hatte die Sekretärin gefragt, ob sie wüsste, wer ihr einen Umschlag ins Fach gelegt hatte.

»Nein, tut mir leid«, hatte Kerrianne Gipson gesagt. »Heute war schon wieder einer dieser Tage. Ich war den ganzen Tag mal im Büro und mal unterwegs. Jeder hätte es da hineinlegen können. Warum? Gibt es ein Problem?«

»Nein, nein, es interessiert mich nur. Ich bin sicher, dass ich in dem Umschlag eine Nachricht finde, die mir verrät, von wem er ist.«

Aber der Brief war nicht unterzeichnet gewesen.

Sie hatte gewartet, bis sie bei ihrem Wagen war, ehe sie den Umschlag aufriss und die kleine Schachtel in ihre Hand schüttelte. In der Schachtel befand sich eine kleine Parfumflasche. White Shoulders. Sie wusste gar nicht, dass der Duft noch hergestellt wurde, denn er war sehr altmodisch. Ihre Mutter hatte dieses Parfum vor über zwanzig Jahren benutzt.

Sie las die Nachricht, bevor sie sich die Zeichnungen ansah.

So träume ich von dir. Ich träume davon, wie wir zusammen sind, und davon, wie sehr dir alles gefällt, was ich mit dir mache.

Drei Zeichnungen waren es gewesen, von denen eine drastischer und widerlicher war als die andere. Sie alle zeigten sie nackt und erregt in unterschiedlichen Sadomasoszenen. Auf der einen wurde sie ausgepeitscht und die Hand mit der Peitsche am Bildrand wirkte groß und bedrohlich. Auf der anderen war sie auf allen vieren und hatte ein Hundehalsband um mit einer Leine daran. Und auf der dritten lag sie angekettet auf einem Stahlrohrbett, einen großen Dildo im Mund und einen anderen zwischen ihren Schenkeln, von dem nur noch das Ende herausragte.

Sie hatte die Zeichnungen und die Nachricht zerrissen, sie mit der Parfumflasche zurück in den Umschlag gestopft und war aus dem Wagen gesprungen. Ohne darüber nachzudenken, was sie tat, war sie quer über den Parkplatz zu dem großen grünen Müllcontainer marschiert, hatte den schweren Deckel zurückgeschoben und den Umschlag hineingeworfen.

Als sie gestern Abend nach Hause kam, war sie gleich auf ihr Zimmer gegangen. Dort hatte sie die Perlenkette, den Lippenstift, den Nagellack, alle Fotos, Zeichnungen und Nachrichten aus dem obersten Schrankfach genommen, wo sie sie aufbewahrte, hatte sich alles bis auf die Zeichnungen, die sie unter ihren Arm klemmte, in die Hosentaschen gesteckt und war damit in die Küche geeilt. Nachdem sie sich Streichhölzer aus der Schublade neben der Spüle genommen hatte, war sie hinaus in den Garten gerannt. Draußen legte sie die Zeichnungen und Nachrichten auf den großen gemauerten Grill und zündete ein Streichholz nach dem anderen an, um die Blätter an allen vier Ecken gleichzeitig in Brand zu

setzen. Danach hatte sie die nicht brennbaren Geschenke in die Mülltonne neben dem Haus geworfen.
Brandon Kelley war kein Traumliebhaber. Er war kein altmodischer Gentleman. Nein, er war ein Geisteskranker und Perverser, mit dem sie nichts zu tun haben wollte. Robyn Granger konnte ihn haben, wenn sie ihn wollte. Vielleicht stand Robyn ja auf Brandons Art von Sex.
Heute Morgen hatte Thomasina Brandon einen Brief geschrieben, in dem sie ihn in unmissverständlichen Worten wissen ließ, dass sie die Polizei einschalten würde, sollte er ihr weiterhin Päckchen oder Umschläge schicken. Und sie hatte geglaubt, dass die Sache damit beendet wäre. Aber da irrte sie sich – gewaltig sogar.
Immer noch starrte sie auf den braunen Umschlag auf dem Küchentisch. Sie wünschte, er würde einfach verschwinden. Oder sie hätte den Mut, ihn zu öffnen. Denn sie wusste, wenn in dem Umschlag war, was sie vermutete, blieb ihr keine andere Wahl, als diese ganze Sache bei den örtlichen Behörden zu melden.
Es reichte.

Allen Clarke fuhr einen neuen Mercedes und trug gewöhnlich Anzug und Krawatte. Als er mit Mary Lee und Kevin nach Huntsville übersiedelte, hatte er mit ihnen ein dreihundertfünfzigtausend Dollar teures Haus im südöstlichen Teil der Stadt bezogen. Er war Ende vierzig und seit acht Jahren geschieden, als er Mary Lee kennenlernte. Eigene Kinder hatte er keine. Und so gern Jim den Mann auch hassen würde, er konnte es nicht. Soweit er es beurteilen konnte, liebte Allen Mary Lee wirklich und schien auch Kevin sehr zu mögen. Außerdem verhielt Mary Lee sich zum ersten Mal seit langem so, als wäre sie richtig glücklich. Natürlich hatte sie Jim das Leben ruiniert, als sie mit Kevin aus Memphis fortzog, und er nahm ihr sehr übel, dass sie ihm wieder und wieder zu verstehen gab, Allen könnte Kevin ein besserer Vater sein als er. Okay, dann hatte Allen eben mehr Geld. Na und? Er war verdammt noch mal nicht Kevins Vater. Das war Jim. Und er liebte seinen Sohn und würde alles für ihn tun – alles außer ihn aufzugeben und ihn von einem anderen Mann großziehen zu lassen.

Jim hatte Kevin beinahe zwei Monate nicht gesehen, auch wenn er mehrmals die Woche mit ihm telefonierte. Bei ihren Telefonaten hatte Kevin von seinem neuen Zimmer, seinem neuen Computer, seinem phantastischen Crossbike und seinem tollen neuen Stiefvater geschwärmt. Wer so etwas noch nicht am eigenen Leib erlebt hatte, konnte schwerlich verstehen, wie wertlos und unbedeutend Jim sich dabei fühlte. Wenn das einzig Gute im Leben das eigene Kind war und man plötzlich nicht mehr als der vorrangige Mann in dessen Leben galt, dann war es, als würde einem bei vollem Bewusstsein das Herz aus der Brust gerissen.

Trotz der vielen Arbeit im Büro hatte Jim früher Schluss gemacht, um Allen bei seiner Terminplanung entgegenzukommen. Der hatte gesagt, er würde Kevin gern um vier zu Jim bringen, damit er um halb sechs bei Mary Lee zu Hause war und mit ihr zu Abend essen konnte.

»Sie braucht mich«, hatte Allen erklärt. »Sie ist halb verrückt vor Angst, und wenn ich nicht bei ihr bin, wird sie panisch.«

Ja, das klang ganz nach Mary Lee. Solange Jim sie kannte, war sie egozentrisch und stellte ihre Bedürfnisse über die aller anderen. In Mary Lees Welt drehte sich alles nur um sie selbst.

Warum sollte sich daran ausgerechnet dann etwas ändern, wenn ihr eine große Krebsoperation bevorstand? Er beneidete Allen wahrlich nicht darum, dass er das Kindermädchen für eine Frau spielen durfte, die zufriedenzustellen ein Ding der Unmöglichkeit schien. Nicht dass Jim seiner Ex-Frau nicht das Beste wünschte, denn das tat er durchaus. Er betete, dass sie ihre Operation gut überstehen möge, den Krebs glorreich besiegte und mindestens neunzig Jahre alt würde.

Dabei hatte er lange Zeit gebraucht, bis er aufhören konnte, Mary Lee zu hassen. Und noch länger hatte es gedauert, bis er sie nicht mehr liebte.

Jim stand auf der kleinen Vorderveranda seiner Doppelhaushälfte, als Allen mit seinem Mercedes in die Einfahrt bog. Bis Allen die Fahrertür öffnete, war Jim schon neben dem Wagen. Sie schüttelten sich freundlich die Hände, bevor Jim über die Motorhaube in den Wagen spähte und Kevins dunklen Schopf erkannte. Sein Zwölfjähriger maß bereits einen Meter sechzig. Jim vermutete, dass Kevin mit sechzehn ebenso groß sein würde wie er, also eins neunzig.

Allen klappte den Kofferraumdeckel auf, und Kevin half ihm, die Koffer und einen Laptop auszuladen. Für einen kurzen Moment erwartete Jim beinahe, Kevin würde als Nächstes sein Crossbike aus dem Kofferraum ziehen.

»Ist das alles?«, fragte Jim. »Braucht ihr Hilfe?«

Allen gab Jim einen der Koffer. »Er sollte genug für ein paar Wochen dabeihaben«, sagte Allen. »Falls nicht, kaufen Sie ihm bitte, was er braucht, und schicken Sie mir die Rechnung.«

Jim knurrte etwas, ehe er leise sagte: »Ich kann es mir leisten, meinem Sohn zu kaufen, was er braucht.«

Allen wurde tiefrot. »Entschuldigung. Das hatte ich nicht

gemeint. Es ist nur … na ja, nichts für ungut.« Er wandte sich zu Kevin um, der zu ihnen kam und zwischen seinem Vater und seinem Stiefvater stehen blieb. Allen lächelte Kevin zu. »Ich rufe dich morgen an, sobald deine Mom aus dem OP ist. Und sie meldet sich bei dir, sowie sie kann.«

Kevin nickte.

»Sie wird ganz bestimmt wieder gesund.« Allens Lächeln erstarb. »Und du bist wieder bei uns, bevor die Schule anfängt.«

»Ja, klar.« Kevin zuckte mit den Schultern.

»Falls du irgendetwas brauchst …« Allen beendete den Satz nicht.

»Ich komme zurecht«, erwiderte Kevin. »Kümmere du dich um Mom, und mach dir keine Sorgen um mich.«

Jim und Kevin standen auf der Veranda, jeder einen Koffer in der Hand, und sahen Allen Clark nach, als er aus der Einfahrt und die Straße hinunterfuhr.

»Komm rein, dann zeig ich dir erst mal dein Zimmer.« Jim öffnete die Tür und wartete, dass Kevin zuerst hineinging. Er wollte seinen Sohn am liebsten in die Arme nehmen und ihm sagen, wie sehr er sich freute, dass sie zusammenleben würden, zumindest für einige Zeit – und das zum ersten Mal, seit Kevin sechs Jahre alt war. Aber ein Junge von zwölf Jahren wollte wahrscheinlich nicht von seinem Vater in den Arm genommen werden.

Kevin hievte seinen Koffer und seinen Laptop aufs Bett und blickte sich in seinem Zimmer um. Jim stellte den anderen Koffer neben den Schrank und versuchte, das Zimmer mit den Augen seines Sohnes zu sehen.

»Es ist sicher nicht halb so toll wie dein Zimmer in Huntsville«, sagte Jim.

»Es ist okay, Dad, ehrlich.«

»Na, wenigstens hast du ein eigenes Zimmer. In meiner winzigen Wohnung in Memphis musstest du mit mir in einem Raum schlafen.«

»Ja, so ist es besser.«

»Hör mal, Kevin, ich weiß, dass das nicht leicht für dich wird. Du wirst mehrere Wochen mit mir zusammenleben müssen, dabei haben wir nie mehr als ein paar Tage miteinander verbracht, seit du klein warst. Und ich weiß auch, dass du Angst um deine Mom hast. Ich mache mir auch Sorgen um sie. Aber wenn es einen Menschen gibt, der den Krebs erfolgreich in die Flucht schlagen kann, dann ist es Mary Lee. Sie ist eine echte Kämpferin, das war sie immer. Diesen Zug habe ich an ihr immer … gemocht.«

»Es ist nicht fair.«

Kevin sah aus, als trüge er das Gewicht der Welt auf seinen schmalen Schultern, und Jim gäbe alles, wenn er ihm diese Last nur abnehmen und sie für ihn schultern könnte.

»Ich weiß«, sagte er.

»Sie ist wirklich glücklich mit Allen. Und sie hat sich verändert, weißt du? Sie bleibt öfter zu Hause und lacht mehr und …« Kevin schluchzte.

»Deine Mutter wird die Operation überstehen und wieder gesund.«

»Aber es ist Krebs. Krebs! Sie kann die Operation überstehen und trotzdem sterben.«

»Das wird nicht passieren.«

»Wie kannst du so sicher sein? Außerdem weiß ich doch, dass du Mom hasst. Wieso interessiert es dich, ob sie lebt oder stirbt?«

Jim streckte die Arme aus, fasste Kevins Schultern und sah

ihm ins Gesicht. »Ich hasse deine Mutter nicht.« Er sah keinen Sinn darin, seinem Sohn zu gestehen, dass er Mary Lee jahrelang gehasst hatte. »Und ich sorge mich um sie, weil sie deine Mutter ist und einmal meine Frau war …«

Tränen glänzten in Kevins blauen Augen. Er hatte Norton-Augen, dieselbe Farbe wie die von Jim und Jims Vater.

Jim drückte ihm liebevoll die Schultern und tat sein Bestes, um seinen Sohn zu trösten. »Du kannst sie jeden Tag anrufen und mit ihr reden. Sie wird von dir hören wollen und wissen wollen, ob es dir gutgeht.«

Kevin schluckte heftig. »Ich kann selbst auspacken und alles wegräumen.«

»Na klar.« Jim verstand, dass sein Sohn eine Weile allein sein und weinen wollte, ohne dass sein Vater ihm dabei zusah. »Pack du aus und richte dich ein, während ich ein paar Anrufe erledige. Anschließend gehen wir zusammen essen. Wie klingt das für dich?«

»Gut.«

Jim nickte, warf Kevin einen *Kopf-hoch*-Blick zu und ging aus dem Zimmer. Nachdem er die Tür hinter sich geschlossen hatte, blieb er in dem kleinen Flur zwischen den beiden Schlafzimmern stehen und betete stumm. Das hatte er schon sehr lange nicht mehr getan. Er betete für Mary Lee. Und er betete darum, dass er diese eine Chance, Kevin ein richtiger Vater zu sein, nicht vermasseln würde.

Da sie ihr schreckliches Geheimnis nicht länger für sich behalten konnte, hatte Thomasina ihre Schwester angerufen und sie gebeten, so schnell wie möglich zu ihr zu kommen. Und als Amanda da war, hatte sie ihr alles erzählt, angefangen mit den »Liebesbotschaften« bis hin zu dem ungeöffneten Briefumschlag, der nach wie vor auf dem Küchentisch lag.

»Du hättest die anderen Sachen nicht wegwerfen sollen«, sagte Amanda. »Die Polizei müsste sie sehen. Sie werden jeden Beweis brauchen, den sie kriegen können, falls sie Brandon Kelley verhaften.«

»Ich ... ich hatte nicht nachgedacht«, gestand Thomasina. »Ich wollte nur, dass das alles verschwindet. Ich konnte es nicht im Haus behalten und wollte die Sachen nie wieder sehen müssen.«

»Soll ich ihn öffnen?« Amanda zeigte auf den braunen Umschlag.

»Nein, das mache ich. Ich wollte nur abwarten, bis du da bist, ehe ich hineinsehe.«

»Dann mal los.« Amanda stand hinter Thomasinas Stuhl und legte ihr beschützend die Hände auf die Schultern. »Ich bin bei dir.«

Thomasinas Hände zitterten so sehr, dass sie erst einmal innehielt, nachdem sie den Umschlag hochgehoben hatte. »Ich bin ein nervliches Wrack. Das hat er aus mir gemacht, und ich habe es zugelassen. Ich war so unendlich dumm.« Angespornt von ihrer Wut und ihrer Empörung riss sie den Umschlag auf, drehte ihn kopfüber und sah zu, wie zwei kleine Briefe und drei Skizzenblätter hinausrutschten und auf den Tisch segelten. Ihr fiel auf, dass einer der kleinen Umschläge flach und der andere gewölbt war, als wäre er mit Luftpolsterfolie ausgekleidet.

»Er schickt immer eine Nachricht.« Thomasina griff zuerst nach dem flachen Umschlag.

»Vielleicht solltest du erst den anderen öffnen und die Zeichnungen ansehen, bevor du die Nachricht liest.«

Thomasina schüttelte nur den Kopf, riss den flachen Umschlag auf und holte den Briefbogen hervor.
Zunächst las sie selbst die Nachricht.

Ich weiß, dass du mich liebst und mir gefallen willst. Bald, sehr bald schon werden wir zusammen sein, und dann kannst du mir zeigen, wie sehr du mich magst.

Sie reichte ihrer Schwester den Briefbogen. »Sollen wir vielleicht Handschuhe tragen oder so was? Falls Fingerabdrücke drauf sind …«
»Lies diesen verdammten Brief einfach, ja?« Tränen schwammen in Thomasinas Augen.
Amanda achtete sorgsam darauf, das Blatt nur ganz am Rand zu berühren, als sie es nahm, und las. »Mach den anderen Umschlag auf.«
Thomasina öffnete den gewölbten Umschlag und zog ein rechteckiges Täschchen aus Luftpolsterfolie heraus. Als sie die Folie aufriss, kam ein goldenes Fußkettchen zum Vorschein. Sie ließ es auf den Tisch fallen, als hätte sie sich die Finger daran verbrannt.
»Jetzt die Zeichnungen«, wies Amanda sie an.
Thomasina drehte sie um und sah sich eine nach der anderen an, bevor sie sie an ihre Schwester weiterreichte. Allein vom Ansehen wurde ihr speiübel.
»Oh, Thomasina, die sind furchtbar«, sagte Amanda. »Wenn Brandon Kelley die gemacht hat, dann muss er wahnsinnig sein. Und sollte er dir so etwas antun wollen, ist er gefährlich.« Sie schwenkte das dritte Bild durch die Luft. »Dieses Bild zeigt dich mit durchschnittener Kehle und blutenden Brüsten.« Amanda warf die Zeichnung beiseite, lief aus der

Küche zum Telefon und sagte: »Ich rufe jetzt Chief Nichols an. Auch wenn er nichts gegen Brandon Kelley in der Hand hat, kann er ihn auf jeden Fall dafür verhaften, dass er dich belästigt.«

»Warte«, rief Thomasina ihrer Schwester nach.

»Nein, ich warte nicht. Ich rufe die Polizei an. Das hättest du übrigens schon längst tun sollen.«

»Wir werden die Polizei auch anrufen und ihnen alles erzählen«, sagte Thomasina. »Aber … aber ich kann nicht beweisen, dass Brandon derjenige ist, der mir die Briefe, Geschenke und Zeichnungen geschickt hat.«

»Wer kann es sonst sein? Er ist Künstler, und nur ein sehr talentierter Künstler kann diese gemeinen, kranken Bilder malen. Außerdem flirtet er seit Monaten mit dir, oder nicht? Und als er heute deine Nachricht bekam, ist er nicht zu dir gegangen und hat geleugnet, dir die Sachen geschickt zu haben.«

»Nein, stimmt, aber …«

»Wir rufen Chief Nichols an, erzählen ihm alles und lassen ihn den Rest übernehmen. Sag ihm einfach, dass du glaubst, die Sachen wären von Brandon Kelley, dir aber nicht sicher bist.«

»Das ist es ja gerade, Amanda. Ich bin mir tatsächlich nicht sicher. Noch nicht. Was ist, wenn es die ganze Zeit jemand anders war?«

»Das findet die Polizei dann schon heraus.«

»Meinst du? Wie denn? Wie wollen sie herausfinden, wer es ist? Was ist, wenn er weiter solche Sachen schickt? Was ist …«

»Eines nach dem anderen. Lass uns die Polizei einschalten. Dann sehen wir weiter.«

Thomasina nickte. »Um sieben muss ich wieder im College sein.« Sie sah auf ihre Uhr. »Es ist schon nach sechs. Vielleicht sollte ich bis morgen damit warten, die Polizei zu rufen.«

»Nein, du wartest nicht bis morgen. Ruf in der Schule an, und sag den Kurs heute Abend ab.«

»Das geht nicht. Ich lasse heute einen wichtigen Test schreiben. Da *muss* ich dabei sein.«

»Na gut. Vorher fahren wir aber noch zur Polizei. Du nimmst deinen Wagen und ich fahre dir in meinem hinterher. Wir reden mit der Polizei, sagen denen, was passiert ist, geben ihnen diese Sachen«, sie blickte angewidert auf den Tisch, »und dann fährst du ins College. Was an Papierkram zu erledigen ist, kannst du morgen früh nachholen. Aber je früher die Polizei informiert ist, umso besser für dich.«

Thomasina sammelte alles zusammen, schob die Sachen in den aufgerissenen Umschlag zurück und sagte: »Fahren wir.«

Bernie fuhr vor Robyns neuem Apartment vor. Es war in der Main Street im Stadtzentrum von Adams Landing und direkt über dem einzigen Buchladen der Stadt. In den letzten zehn Jahren waren viele Obergeschosse der Häuser im Zentrum zu Wohnungen ausgebaut worden. Und da es für Robyn ideal war, so nahe an ihrem Fitnesscenter zu wohnen, hatte sie die erstbeste freie Wohnung hier angemietet. Bernie stieg aus ihrem Jeep, überquerte den Gehweg und ging durch die Haustür und die Treppe hinauf in den ersten Stock. Im Treppenhaus hörte sie zwei Stimmen, die sie beide kannte – die ihrer Schwester und die ihrer Mutter. Beide Frauen riefen gleichzeitig irgendwelche Kommandos. Dann hörte Bernie das Schaben von Füßen, von mehreren Füßen, und das Geräusch von Möbeln, die verrückt wurden. Sie hatte keine Ahnung, wer alles oben in der Wohnung sein mochte, aber sie vermutete, dass ihre Mutter und ihre Schwester die Hälfte aller ihrer Freunde und Bekannten angerufen und gebeten hatten, vorbeizukommen, um ihnen zu helfen.

Müsste sie nicht befürchten, monatelang Vorwürfe zu hören zu bekommen, wenn sie heute Abend nicht zu ihrer Schwester, sondern direkt nach Hause gefahren wäre. Nach ihrem Zehn-Stunden-Tag war sie vollkommen erschöpft, zumal sie trotz der Beweise, die das FBI gesammelt hatte, noch keinen Schritt weiter war. Beinahe eine Woche war es jetzt her, seit Stephanie Prestons Leiche gefunden wurde, und nach wie vor hatten sie keinerlei Anhaltspunkte dafür, wer als Täter in Frage kam. Jeder, der an dem Fall arbeitet, war inzwischen frustriert, und die Frustration führte zu Streitereien zwischen ihren Mitarbeitern – vor allem zwischen Ron und Jim. Während der letzten Tage hatte Charlie mehrmals den Ringrichter für die beiden spielen müssen. Aber morgen Abend würde Charlie wieder nach Huntsville ins FBI-Büro zurückkehren. Hier in Adams County hatte er alles getan, was er konnte, und wenngleich er weiter für den Fall zuständig blieb, konnte er von nun an einfach hin- und herfahren, wenn es nötig war, und brauchte nicht mehr in der Stadt zu bleiben. Schließlich konnte es noch Monate dauern, bis alle DNA-Proben überprüft waren, und sollten vorher keine neuen Beweismittel auftauchen, saßen sie mit ihren Ermittlungen in der Sackgasse.

Als Bernie oben an der Treppe war und den Flur entlang zur ersten Wohnung ging, stellte sie fest, dass die Tür weit offen stand. Das Anklopfen konnte sie sich also sparen. Sie sah hinein und entdeckte neben ihrer Familie noch jede Menge anderer Leute. Paul Landon fläzte sich auf einem leuchtend gelben Sofa. Gelb war Robyns Lieblingsfarbe. Die übrigen Anwesenden rackerten wie fleißige Ameisen und befolgten brav die Anweisungen der Königin und der Prinzessin. Brandon Kelley war auch dabei und half in diesem Moment Bernies Mutter, ein Gemälde über dem Kamin aufzuhängen. Raymond Long und seine Mutter Helen waren gleichfalls da, zusammen mit Reverend Donaldson, Ron Hensley und Scotty Joe Walters.

Bernie stieß einen tiefen Seufzer aus und schüttelte den Kopf. Sie war überrascht, dass Jim nicht mit seinem Sohn rübergekommen war, denn wie es aussah, trafen sich heute die meisten gutaussehenden, ledigen Männer von Adams Landing in Robyns Wohnung.

Ihr Vater kam auf sie zu, trat mit ihr auf den Flur hinaus und schloss die Wohnungstür hinter sich. »Wenn ich nicht mal ein paar Minuten da rauskomme, werde ich noch jemanden erschießen, und ich möchte nicht, dass es deine Mutter oder deine Schwester trifft.«

Bernie lachte leise, stellte sich auf Zehenspitzen und gab ihrem Vater einen Kuss auf die Wange. »Harter Tag, Dad?«

»Sollte deine Schwester je wieder umziehen wollen, werde ich ein Unternehmen engagieren.« Er zeigte auf die Wohnungstür. »Da drinnen sind ein halbes Dutzend Kerle, und jeder von ihnen verrenkt sich bis zur Unkenntlichkeit, um Robyn zu beeindrucken. Teufel noch mal, die benehmen sich wie kleine Jungs, die unbedingt in die Mannschaft gewählt werden wollen. Sie könnten auch gleich ›Nimm mich! Nimm mich!‹ schreien.«

»Tja, Robyn hat diese Wirkung auf Männer«, sagte Bernie achselzuckend. »Sie kann nichts dagegen tun, weil sie

schön ist wie Mama und die Männer sie unwiderstehlich finden.«
»Ja, aber sie könnte diesen Wahnsinn stoppen, indem sie sich wenigstens eine Zeitlang auf einen Mann beschränkt. Deine Mutter ist nie mit einem halben Dutzend Kerlen gleichzeitig ausgegangen, so viel steht schon mal fest.«
»Zu Mamas Zeiten war auch alles anders.«
»Falls du im Begriff bist, mich über das Liebesleben deiner Schwester aufzuklären, lass es.«
Bernie legte einen Arm um ihren Vater. »Sie wird schon irgendwann zur Ruhe kommen, sich einen Ehemann suchen und dir und Mama ein paar Enkel schenken.«
Ihr Dad drückte sie. »Und was ist mit dir, Kleines?«
»Was soll mit mir sein?«
»Wann wirst du dir einen netten Mann suchen, heiraten und Kinder kriegen? Du wirst schließlich auch nicht jünger.«
Bernie seufzte. »Ich bin zweiunddreißig, Dad, nicht zweiundfünfzig.«
»Was hältst du von Jim Norton?«, fragte R.B.
Bernie sah ihren Vater misstrauisch an. »Was hat Jim Norton mit …«
»Ich mag ihn, Bernie. Du nicht?«
»Na ja, ja, ich mag ihn. Aber ich kenne ihn auch erst seit einer Woche.«
»Dann lern ihn besser kennen. Geh mit ihm aus. Frauen dürfen doch heute die Männer um ein Date bitten, oder nicht?«
»Er interessiert sich nicht für mich. Außerdem ist Robyn schon mit ihm ausgegangen. Sie waren letzten Montag abends zusammen im River's End.«
Brenda Granger öffnete die Tür von innen, steckte den Kopf

hinaus und rief die beiden. »Da bist du ja, R.B. Und Bernie … wann bist du gekommen? Rein mit euch, ihr beiden. Wir sind so gut wie fertig, und ich habe alle drei Picknickkörbe ausgepackt und Papierteller hingestellt. Wir können also essen.«

»Wir kommen gleich«, sagte R.B. »Ich bin sicher, dass dir das Essen nicht ausgeht. Du hast schließlich genug mitgebracht, um eine kleine Armee satt zu bekommen.«

»Nun, wir haben hier ein paar kräftige junge Männer, die bestimmt alle einen gesunden Appetit haben.« Brenda kam hinaus auf den Flur und lehnte die Tür hinter sich an. »Bernie, Raymond ist hier, und er hat nach dir gefragt. Du solltest reingehen und dich ein bisschen mit ihm unterhalten.«

Bernie stöhnte. »Mama, Raymond Long ist heute Abend nicht hergekommen, um mich zu sehen oder mit mir zu reden. Er ist aus demselben Grund hier wie all die anderen Männer – wegen Robyn.«

»Unsinn. Ich habe Robyn klipp und klar gesagt, dass Raymond dir gehört und sie gefälligst die Finger von ihm lassen soll.«

»Mutter, das kann nicht wahr sein!« Bernie wünschte, die Erde würde sich unter ihr auftun und sie verschlucken.

»Ich habe zwei unverheiratete Töchter und keine Enkel«, erklärte Brenda. »In Robyns Leben gibt es zu viele Männer und in deinem gar keine. Da muss ich doch etwas tun!«

»Du könntest aufhören mit deinen Kuppelversuchen«, erwiderte Bernie. »Hör auf, dich in unser Leben einzumischen. Robyn ist gern ledig und mag die Abwechslung. Sie liebt es, die Ballkönigin zu sein und ein halbes Dutzend Männer nach ihrer Pfeife tanzen zu lassen. Und mir gefällt mein Leben so, wie es ist, also halte dich raus!«

Bernie machte auf dem Absatz kehrt und eilte den Flur hinunter zur Treppe.

»Bernadette Granger, du kommst sofort zurück!«, rief ihre Mutter ihr nach.

An der Treppe blieb Bernie kurz stehen, wandte sich um und sagte: »Sag Robyn, ich komme am Wochenende vorbei und sehe mir ihre neue Wohnung an.«

Als sie die Stufen hinunterstieg, hörte sie ihre Mutter. »R. B., geh ihr nach. Rede mit ihr!«

Sie war schon unten angekommen, da vernahm sie die Schritte ihres Vaters hinter sich. Bernie ging nach draußen und wartete vor dem Haus auf ihn. Als er sie eingeholt hatte, grinste er sie unsicher an.

»Ich schätze, ich bin genauso schuldig wie deine Mutter. Immerhin wollte ich dich mit Jim Norton verkuppeln.«

»Ist schon okay, Dad. Und richte Mama bitte aus, es tut mir leid, dass ich meine schlechte Laune an ihr ausgelassen habe.«

»Ist es wegen des Mordfalls Stephanie Preston? Der nimmt dich ziemlich mit, was?«

»Ja, es sieht schlecht aus«, antwortete Bernie. »Und mir macht nicht nur Sorge, dass wir keine brauchbaren Spuren in dem Fall haben, sondern ich habe auch schreckliche Angst, dass der Mörder wieder töten könnte.«

R. B. sah sich auf dem Gehweg um, ehe er sagte: »Lass uns in das Café im Buchladen gehen. Da können wir in Ruhe reden und einen Kaffee trinken.«

Bernie blickte an dem Gebäude hinauf. »Man wird dich vermissen.«

»Deine Mutter hat gesagt, ich soll dir nachgehen und mit dir reden, und genau das tue ich doch auch, oder?«

»Sie meinte wohl eher, dass du mich beschwatzen sollst, mich an Raymond Long ranzumachen, nicht mit mir über die Arbeit sprechen.«

»Ich werde ihr nichts verraten, solange du dichthältst.« R.B. legte den Arm um Bernie und ging mit ihr zum Eingang des Buchladens.

Nachdem sie sich an einen der Tische hinten im Laden gesetzt hatten, bestellten sie sich zwei koffeinfreie Kaffees und zwei Kopenhagener. Außer ihnen waren keine anderen Gäste da, nur die Kassiererin, die gleichzeitig auch die Bedienung war. Also waren sie ungestört.

»Möchtest du mir erzählen, was los ist?«, fragte R.B. »Warum hast du Angst, dass es einen weiteren Mord geben könnte?«

»Weil Jim glaubt, dass wir es vielleicht mit einem Serientäter zu tun haben.«

»Und das denkt er, weil ...?«

»Weil wir herausgefunden haben, dass eine andere Frau, Jacque Reeves, drüben in DeKalb County vor ungefähr drei Monaten entführt, vergewaltigt und ermordet wurde.«

»Und?«

»Und der Beschreibung nach sah sie Stephanie Preston sehr ähnlich. Beide hatten langes, dunkles Haar, waren schlank, jung und hübsch. Auch Jacque Reeves wurde vermisst gemeldet und sechzehn Tage später ermordet auf einem einsamen Feldweg gefunden. Auch ihre Kehle war durchgeschnitten und die Leiche in derselben Pose drapiert – eine Hand bedeckte ... da unten ... und der Arm lag über ihren Brüsten.«

»Was ist mit Zeichnungen, Fotos, Geschenken und Briefen?«

Bernie schüttelte den Kopf. »Wenn es welche gab, hat man sie nicht gefunden.«
»Dann kann es also auch Zufall sein, dass es einige Übereinstimmungen gibt. Vielleicht sind Stephanie und die Reeves von zwei verschiedenen Männern umgebracht worden.«
»Und was ist, wenn es doch ein und derselbe Täter war? Er könnte wieder morden, und das schon bald. Wie soll ich ihn aufhalten, wenn ich keine Ahnung habe, wer er ist?«
»Was sagt Jim denn? Und was meint Charlie Patterson?«
»Charlie wird sich den Fall drüben in DeKalb noch einmal genauer ansehen und mit Jacque Reeves Familie und dem Exmann reden«, antwortete Bernie. »Und Jim meint, wir sollten bei den Ermittlungen von einem potenziellen Serientäter ausgehen.«
»Aber du bist anderer Meinung.«
»Ich will nicht die Pferde scheu machen und eine Panik auslösen. Und du weißt, wie schnell sich solche Sachen hier herumsprechen, ganz egal wie vorsichtig wir sind. Die Leute sind jetzt schon verängstigt genug. Aber was ist, wenn Jim recht hat? Mein Gott, Dad …«
R.B. griff über den Tisch nach Bernies Händen und hielt sie fest. »Hör mir zu, Bernie Granger. Du bist der Sheriff, und du bringst alles mit, was man für diesen Job braucht. Folge deinem Granger-Instinkt. Der wird dich nicht im Stich lassen.«
»Dad, ich …« Ihr Handy klingelte. Ihr Vater ließ ihre Hände los, und sie nahm das Telefon von ihrem Gürtelclip. »Sheriff Granger.«
»Sheriff, hier ist Roy Lee Nichols. Erinnern Sie sich an mich?«
»Sie sind der Polizeichef von Verona.«

»Ja, stimmt. Und ich habe Informationen, die Sie vielleicht interessieren.«
»Wirklich? Und welche wären das?«
»Na ja, ich weiß ja nicht allzu viel über den Stephanie-Preston-Fall, da das meiste vertraulich behandelt wird, aber in unseren Kreisen hört man doch das eine oder andere.«
»Chief, ich möchte nicht unhöflich sein, aber würden Sie bitte zur Sache kommen?«
Er lachte leise. »Entschuldigung, ich neige dazu, weit auszuholen. Meine Frau schimpft deshalb schon dauernd mit mir.« Er räusperte sich. »Wir haben hier einen Stalker-Fall in Verona. Jemand scheint einer von unseren netten jungen Frauen Briefe, Geschenke und ziemlich abstoßende Zeichnungen zu schicken.«
»Geschenke, Briefe und … was für Zeichnungen?«
»Sexbilder«, sagte der Chief. »Und reichlich hartes Zeug.«
Bernie lief es eiskalt über den Rücken. »Die Geschenke, was sind das für Geschenke?«
»Sie hat mir ein Fußkettchen gebracht und gesagt, dass sie die andern Sachen weggeworfen hat.«
»Erzählte sie Ihnen, was das für Sachen waren?«
»Ja, Moment mal. Ich hab mir alles aufgeschrieben.«
R.B. sah Bernie fragend an. »Ich glaube, wir haben gerade unseren ersten Durchbruch im Preston-Mordfall«, sagte sie ihrem Vater.
»Sheriff?«, meldete Roy Lee Nichols sich wieder. »Die anderen Geschenke waren eine Perlenkette, eine Flasche Parfum, ein Lippenstift und ein Nagellack.«
»Ist die junge Frau jetzt noch bei Ihnen?«, fragte Bernie.
»Nein, Ma'am. Sie und ihre Schwester kamen her und er-

zählten uns, was los ist. Sie kommt morgen früh wieder, um Anzeige gegen einen Mann zu erstatten, mit dem sie drüben am College arbeitet.«

»Wie ist der Name der Frau, und wer ist der Mann, mit dem sie zusammenarbeitet und den sie hinter den Geschenken vermutet?«

»Sie heißt Thomasina Hardy. Sie ist Lehrerin drüben am College. Und der Name des Mannes ist Dr. Brandon Kelley. Er ist kein richtiger Doktor, sondern nur einer mit so 'nem Uni-Titel.«

Kapitel 11

Gott war ihr Zeuge, sie hatte alles getan, was in ihrer Macht stand, um Brandon Kelley, die Briefe, die Geschenke und die Zeichnungen zu vergessen. Aber auf dem Weg zu ihrem Donnerstagabendkurs konnte Thomasina an nichts anderes denken. Da half es auch nicht, dass es heute Abend früh dunkel wurde, weil dunkelgraue Regenwolken aufzogen, und erst recht nicht, dass die Hälfte der Strecke von Verona zum College über einsame Landstraßen führte. Die Musik im Radio war eine wohltuende Ablenkung, schützte sie Thomasina doch davor, sich gänzlich allein und verlassen zu fühlen. Und dennoch vermochte nichts die Bilder aus ihrem Kopf zu löschen, die er ihr heute geschickt hatte, vor allem das von ihr mit der aufgeschlitzten Kehle und dem Blut, das aus den Wunden an ihren Brüsten tropfte. Was für ein krankes Hirn brachte solche Werke hervor?

Falls Brandon Kelley ihr sogenannter heimlicher Bewunderer war, dann sollte der Mann lieber in einer geschlossenen Anstalt sitzen, statt Kunstunterricht am örtlichen College zu geben.

Aber was ist, wenn es gar nicht Brandon ist? Was ist, wenn ich eine Woche lang einer Vorstellung nachhing, die nicht einmal entfernt realistisch war? Was ist, wenn die Polizei den Kerl nicht findet? Was ist, wenn er mir weiter nachstellt?

Während im Radio ein Country-Rock-Song dudelte, auf den sie gar nicht weiter achtete, erschrak Thomasina, denn vor ihr zuckte ein Blitz über den dunkelgrauen Abendhimmel. Sie erschauderte und wurde entsetzlich nervös. Zum Glück hatte sie auf Amanda gehört und war zur Polizei gegangen. Und hätte sie ihrer idiotischen, romantischen Ader nicht erlaubt, ein Luftschloss zu bauen, als sie die erste Nachricht bekam, wäre sie heute nicht in dieser Situation. Aber es war sinnlos, sich über begangene Fehler zu ärgern und zu bereuen, was sie getan und was sie nicht getan hatte. Ihren ersten Kurs morgen früh hatte sie schon abgesagt, damit sie gleich morgens zur Polizei in Verona gehen und offiziell Anzeige erstatten konnte. Chief Nichols hatte ihr geraten, möglichst immer jemanden bei sich zu haben, solange man nicht wusste, wer ihr Stalker war. Sollte es Brandon sein, dann genügte womöglich schon ein Besuch von einem Polizisten, damit er aufhörte.

Und wenn es nicht Brandon ist?

Ein lauter Rums erschütterte ihren Wagen. Thomasina schrie auf und umklammerte panisch das Lenkrad. Ihre Nerven lagen so blank, dass sie schon die geringste Kleinigkeit aus der Fassung brachte.

Wovor hatte sie überhaupt Angst? Sie saß in ihrem Wagen, die Türen waren verriegelt, und sie fuhr eine bekannte

Strecke auf einer sicheren Straße. Außerdem hatte sie sowohl ihr Handy als auch ihr Pfefferspray in der Tasche.
Sie blickte auf die beleuchtete Digitaluhr am Armaturenbrett. Zwölf Minuten vor sieben. Sie war zu spät, aber da es nur noch eine Viertelstunde bis zum College war, sollte sie genug Zeit haben, den Test mit ihren Studenten zu schreiben.
Plötzlich, ohne jede Vorwarnung, zog ihr Wagen nach rechts. Gleichzeitig hörte sie ein Rumpeln und fühlte ein Holpern. Sie hatte einen Platten. Nein! Das konnte doch nicht wahr sein. Warum ausgerechnet heute Abend?
O Gott, hilf mir!, flehte sie inbrünstig.
Da sie wusste, dass ihr nichts anderes übrigblieb als anzuhalten, drosselte sie den Motor und suchte nach einer Stelle, an der sie sicher am Straßenrand stehen bleiben konnte. Natürlich musste sie mitten in der Einöde einen Platten haben, wo weit und breit kein Haus stand. Hier draußen auf dem Land lagen die Häuser sehr weit auseinander, und dazwischen waren oft über Hunderte von Metern nichts als Felder. Die neue Wohnsiedlung, die man vor ein paar Jahren gebaut hatte, lag ebenfalls ein ganzes Stück von der Hauptstraße entfernt. Wohin sie auch schaute, waren nur weite Felder und kleinere Baumgruppen.
Da vorn ist eine günstige Stelle, sagte sie sich, als sie eine Einfahrt entdeckte, die früher auf einen Feldweg geführt haben musste, nun aber von Unkraut und Gras überwuchert war. Hastig bog sie nach rechts von der Straße ab und hielt an. Sie ließ den Motor und die Lichter an und brachte den Schalthebel in die Parkposition. Als sie die Hände vom Lenkrad nahm, atmete sie tief durch. Bleib ganz ruhig. Du bist nicht in Gefahr. Du kannst Hilfe rufen.
Sie griff nach ihrer Handtasche auf dem Beifahrersitz und

holte ihr Handy heraus. Dann tippte sie die Kurzwahl für zu Hause ein. Als ihre Mutter nach dem dritten Klingeln abnahm, seufzte Thomasina erleichtert und drehte das Radio leiser. Erst jetzt fiel ihr wieder ein, dass ihre Mutter heute nach Huntsville gefahren war und eigentlich noch nicht zurück sein sollte.

»Mom? Gott sei Dank. Warum bist du schon zurück?«

»Rose fühlte sich gar nicht gut, deshalb sind wir früher nach Hause gefahren. Sie glaubt, dass sie diese Sommergrippe bekommt, die gerade umgeht.«

»Das tut mir leid für Rose, aber ich bin heilfroh, dass du zu Hause bist.«

»Ist alles in Ordnung, Thomasina? Du klingst so seltsam.«

»Mir geht es gut, aber ich habe einen Platten. Schickst du mir Tommy, damit er meinen Reifen wechselt.«

»Ach, wie dumm. Dein Bruder ist nicht zu Hause. Ich glaube, er ist nach der Arbeit noch mit ein paar Kollegen unterwegs. Und du weißt ja, wie das ist. Er wird frühestens in ein oder zwei Stunden wieder hier sein. Aber ich rufe bei Amanda an und schicke dir Mike. Wo bist du genau?«

»Ich bin ungefähr eine Viertelstunde vom College entfernt«, sagte Thomasina. »Etwa eine Meile hinter Sunflower Creek.«

»Ich schicke dir Mike so schnell wie möglich, Kleines. Du lässt deine Türen verriegelt, hast du gehört?«

»Ja, Ma'am, ganz bestimmt.«

»Hast du dein Pfefferspray dabei?«

»Ja, habe ich.«

»Wag es ja nicht, aus dem Wagen zu steigen, egal was passiert. Du bleibst im Auto, bis Mike da ist.«

»Ja, mach ich.« Wie gut, dass ihre Mutter nichts von den

Briefen, Geschenken und Zeichnungen ihres heimlichen Verehrers wusste, sonst wäre sie außer sich vor Sorge.

»Wenn du willst, rufe ich dich an, wenn Mike losfährt.«

»Nicht nötig. Ruf mich nur an, wenn er aus irgendwelchen Gründen nicht kommen kann.«

»Okay. Möchtest du, dass wir uns noch ein bisschen unterhalten?«, fragte ihre Mutter. »Du bist bestimmt nervös, ganz allein da draußen. Aber denk nicht daran, dass etwas passieren könnte. Schließlich ist Adams County einer der sichersten Flecken auf der Erde, abgesehen von dem armen Preston-Mädchen, das ermordet wurde.«

Na, prima. Wie überaus feinfühlig von ihrer Mutter, sie daran zu erinnern, dass gerade eine junge Frau umgebracht worden war, die ungefähr in ihrem Alter war und ihr auch noch entfernt ähnlich sah. Andererseits wusste ihre Mutter ja nichts von dem, was sie in letzter Zeit erlebt hatte, nichts von der idiotischen Phantasie, um einen Mann herum gesponnen, der nicht einmal mit dem identisch sein musste, der sie mit Briefen und Geschenken zu verführen versuchte …

»Thomasina, bist du noch da?«

»Ja, Mom. Ich muss jetzt Schluss machen, damit ich im College Bescheid sagen kann, dass sie jemand anderen in meinen Kurs schicken. Ruf mich nur an, wenn Mike nicht kommen kann.«

Ohne die Antwort ihrer Mutter abzuwarten, klappte Thomasina ihr Handy zu und beendete so das Gespräch. Anschließend rief sie gleich das College an und erklärte ihnen ihre Situation. Danach steckte sie ihr Handy wieder in ihre Handtasche. Da saß sie nun, allein auf einer dunklen Landstraße, während in der Ferne Donner grollte und Blitze über den Himmel zuckten. Sie hoffte nur, dass Mike bald käme. Natürlich wusste sie selbst, wie man einen Reifen wechselt, aber Tatsache war, dass ihr, wie vielen anderen Frauen auch, schlicht die Kraft fehlte, um die Reifenmuttern zu lösen und wieder richtig festzuziehen. Und wer außerstande war, diese Aufgabe zu bewältigen, konnte nun einmal keinen Reifen wechseln.

Sie blickte auf ihre Tankanzeige und lächelte zufrieden, als sie sah, dass ihr Tank noch halb voll war. Also konnte sie beruhigt den Motor laufen und die Lichter wie das Radio an lassen. Sie drehte die Lautstärke auf und trommelte mit den Fingern auf dem Lenkrad zum Rhythmus eines rockigen Countrysongs. Sie kannte das Lied und sang mit, wodurch sich ihre Anspannung etwas löste. Schließlich lehnte sie sich zurück, schloss die Augen und konzentrierte sich ganz auf die Musik.

Mehrere Minuten später sang sie eine klassische Schnulze mit, als sie Autoscheinwerfer sah, die sich aus der entgegengesetzten Richtung näherten. Nun, Mike konnte es nicht sein – aus zweierlei Gründen. Erstens kam der Wagen aus der falschen Richtung, und zweitens war das Telefonat mit ihrer Mutter nicht einmal fünf Minuten her.

Krieg keine Panik. Bleib ruhig.

Der andere Wagen kam näher, wurde langsamer und hielt neben ihr. Thomasinas Herz pochte wie wild. Doch als der Fahrer sie ansah, freundlich lächelte und winkte, atmete sie erleichtert auf. Sie kannte ihn.

Der Wagen fuhr direkt vor ihr von der Straße. Dort parkte der Fahrer, öffnete die Tür und stieg aus. Als er zu ihrem Fenster kam und anklopfte, sah sie ihn lächelnd an und kurbelte die Scheibe herunter.

»Hallo«, sagte sie. »Sie glauben gar nicht, wie froh ich bin, dass Sie es sind.«

»Wie ich sehe, haben Sie einen Platten.« Er blickte sich um. »Eine ziemlich ungünstige Stelle für eine Panne.«

»Mein Schwager ist unterwegs hierher«, sagte Thomasina. »Macht es Ihnen etwas aus, mit mir auf ihn zu warten?«

»Wenn Sie wollen, kann ich Ihnen den Reifen wechseln.«

»Ach, das wäre großartig. Wie kann ich Ihnen jemals danken? Ich war sowieso schon spät dran für meinen Abendkurs, und dann ging auch noch der Reifen kaputt.«

»Wissen Sie was? Ich habe eine bessere Idee. Sie lassen Ihren Wagen hier stehen, und ich fahre Sie rüber zum College«, schlug er vor. »Ich bin sicher, dass Mike und mir eine Lösung einfällt, wie wir Ihren Wagen von hier zum College bekommen.«

»Das ist eine Superidee. Sie retten mir das Leben.« Thomasina stellte ihre Lichter, das Radio und den Motor ab, bevor sie ihre Handtasche nahm, die Fahrertür öffnete und ausstieg. Nachdem sie den Wagen verriegelt hatte, reichte sie ihrem Retter die Schlüssel. »Die werden Mike und Sie brauchen.«

Er legte ihr eine Hand auf den Rücken und führte sie zu seinem Wagen. Ehe sie einstieg, nahm er einen Minikühlschrank und eine kleine Einkaufstüte aus dem Fußraum vor dem Beifahrersitz und trug sie hinüber auf die andere Seite. Sobald Thomasina saß, warf er die Einkaufstüte auf die Rückbank und öffnete den Minikühlschrank.

»Cola oder Dr. Pepper?«, fragte er. »Ich habe beides da.«

»Oh, danke. Eine Cola wäre toll.«

»Hier drinnen ist es ziemlich warm«, sagte er. »Es wird ein paar Minuten dauern, bis die Klimaanlage es runtergekühlt hat.« Er steckte den Zündschlüssel ins Schloss und ließ den Motor an.

»Bin ich froh, dass Sie ausgerechnet jetzt hier langkamen. Ich war schon richtig nervös, und als ich meine Mutter anrief, erinnerte sie mich auch noch an diese Preston, die vor kurzem ermordet wurde. Da malte ich mir natürlich die gruseligsten Sachen aus.«

Er nahm eine Coladose aus der Kühlbox, öffnete sie und reichte sie ihr. »Ich hoffe, Sie wissen, dass Sie bei mir in Sicherheit sind.«

»Selbstverständlich weiß ich das.« Thomasina, die sich vollkommen sicher fühlte, nahm die Coladose, hob sie an die Lippen und trank einen Schluck.

»Lehnen Sie sich einfach zurück und entspannen Sie sich. Ich werde Sie in null Komma nichts beim College haben.« Er zwinkerte ihr zu.

Sie lächelte ihn an, dankbar dafür, dass es doch noch ein paar wahrhaft nette Männer auf dieser Welt gab.

Er stellte den Minikühlschrank zwischen sie auf die Mittelkonsole, legte den Gang ein und bog auf die Straße.

Bernie hatte Jim und Kevin zu Hause abgeholt und war mit ihnen zu ihren Eltern gefahren, die Kevin bereits erwarteten. Sie wusste nicht, wie ihr Vater es geschafft hatte, ihre Mutter aus Robyns Apartment und nach Hause zu locken, aber wahrscheinlich war die Aussicht, Großmutter spielen zu dürfen, zu verlockend gewesen.

Bernie und Jim waren zusammen in Verona gewesen, um mit Roy Lee Nichols zu sprechen. Und je mehr ihnen der örtliche Polizeichef über seine Unterhaltung mit Thomasina Hardy und ihrer Schwester erzählte, umso mulmiger war Bernie geworden. Mehrmals hatten Jim und sie *O-Gott!*-Blicke getauscht, und beide befürchteten dasselbe: Dass der

Mann, der Stephanie Preston und Jacque Reeves getötet hatte, derselbe war, der nun einem neuen Opfer nachstellte. Wenn dem so war, konnten sie ihn vielleicht fangen und aufhalten, bevor er wieder mordete.

»Sind Miss Hardy und ihre Schwester von hier aus nach Hause gefahren?«, hatte Jim gefragt.

»Das glaube ich nicht. Soweit ich es verstand, wollte Miss Hardy von hier direkt zur Arbeit fahren. Sie lehrt drüben am Junior College und meinte, sie könnte den Abendkurs nicht absagen. Deshalb kommt sie ja morgen früh noch mal wieder«, sagte Chief Nichols. »Ich habe ihr allerdings geraten, dass sie ständig jemanden bei sich haben sollte, solange wir noch nicht mit diesem Dr. Kelley gesprochen haben und nicht wissen, ob er der Mann ist, der ihr die Sachen geschickt hat, oder nicht.«

»Hat Miss Hardy eine Nummer angegeben, unter der sie zu erreichen ist?«, fragte Bernie.

»Ja, eine Nummer zu Hause, eine bei der Arbeit und eine Handynummer. Ich habe sie alle hier notiert.« Er tippte auf den Notizblock, der auf seinem Schreibtisch lag. »Soll ich sie Ihnen aufschreiben?«

Bernie nickte und wartete, bis er alle Telefonnummern auf ein Blatt abgeschrieben hatte und es ihr gab. »Ich muss noch heute mit Miss Hardy sprechen. Vielleicht nehmen wir uns jeder eine der Nummern und versuchen herauszufinden, wo sie sich gerade aufhält.«

»Ich rufe bei ihr zu Hause an.« Chief Nichols nahm den Hörer seines Telefons auf.

Bernie merkte sich die Handynummer, bevor sie Jim den Zettel reichte. »Ich rufe ihr Handy an. Versuchen Sie's im College.«

Jim nahm das Blatt, nickte und ging auf die andere Seite des Büros. Bernie verließ das Büro und telefonierte von der Zentrale aus. Nachdem sie die Handynummer gewählt hatte, läutete es am anderen Ende mehrfach, ehe die Mailbox anging.

»Thomasina, hier spricht Sheriff Bernie Granger. Rufen Sie mich bitte so bald wie möglich zurück.« Bernie gab ihre Handynummer an und wiederholte sie sicherheitshalber.

Als sie ins Büro von Chief Nichols zurückkam, blickte der sie fragend an. »Haben Sie sie erreicht?«

Sie schüttelte den Kopf. »Nein, ich hatte nur die Mailbox.«

»Ich bin auf einem Anrufbeantworter gelandet«, sagte der Chief. »Ich habe eine Nachricht hinterlassen.«

Beide sahen Jim an, der leise in sein Handy sprach, aber Bernie verstand nicht genau, was er sagte. Während er das Telefon wieder in seinen Gürtelclip steckte, blickte er Bernie an. Ihr gefiel sein besorgter Gesichtsausdruck gar nicht.

»Ich habe mit Miss Everett vom College gesprochen. Sie sagte, Miss Hardy hätte vor ungefähr einer halben Stunde angerufen und gesagt, dass sie einen Platten hat und sich zu ihrem Donnerstagabendkurs verspätet. Sie rechnen jede Minute mit ihr.«

»War sie allein?«, fragte Chief Nichols.

»Das weiß ich nicht«, antwortete Jim. »Miss Everett konnte mir nichts Näheres sagen.«

»Fahren wir.« Bernie ging zur Tür, blieb aber noch einmal stehen und sprach den Chief an. »Von hier zum College wird sie wahrscheinlich die Landstraße genommen haben, oder was meinen Sie?«

»Ja, die würde ich jedenfalls nehmen. Sie führt über Sunflower Creek und danach links über die Vierundvierzig. Auf diesem Weg kommen Sie in weniger als dreißig Minuten von hier zum College.«

Jim folgte Bernie nach draußen und direkt zu ihrem Jeep. Nachdem sie eingestiegen waren und sich angeschnallt hatten, sahen sie sich an. Beide schienen sich ohne Worte einig zu sein. Dann ließ Bernie den Motor an.

»Rufen Sie Ron an. Er soll Brandon Kelley suchen«, sagte Bernie.

Jim nickte und rief im Sheriff-Büro an, während Bernie durch das Zentrum von Verona fuhr, das aus zwei Straßenzügen bestand, die einander kreuzten. Da sie erst gegen sieben in Verona waren, herrschte kaum noch Verkehr. An der Eisenbahnstrecke, die über die Hauptstraßen führte, stoppte Bernie kurz und blickte nach rechts und links, bevor sie weiterfuhr. Im Augenwinkel sah sie, wie Jim eine Nummer in sein Handy tippte, und hörte ihn Rons Namen sagen, bevor er den Hilfssheriff über den neuesten Stand in Kenntnis setzte.

»Wir sind jetzt auf dem Weg zum College. Rufen Sie uns an, sobald Sie wissen, wo Dr. Kelley steckt. Falls Sie ihn finden.« Jim steckte das Handy wieder an seinen Gürtel.

»Mir gefällt das nicht.« Hinter den Gleisen bog Bernie nach rechts auf die Landstraße 157. »Wir sind ziemlich sicher, dass Stephanie Preston in der Nacht, als sie entführt wurde, Probleme mit ihrem Wagen hatte, und nun hat Thomasina Hardy einen Platten. Wenn sie allein ist …«

Jim stieß einen unverständlichen Laut aus.

»Falls wir es mit einem Serienkiller zu tun haben …«

»Falls?« Jim knurrte das Wort förmlich. »Wieso sagen Sie immer noch *falls?*«

»Ich sage *falls,* weil wir noch nichts Genaues wissen. Ja, die

Ähnlichkeit der Geschenke, die Stephanie erhielt, mit denen, die Thomasina beschrieb, lässt sich nicht leugnen, aber vielleicht handelt es sich auch um einen grausamen Zufall.«

»Das glauben Sie genauso wenig wie ich.«

Bernie musste an die furchtbaren Dinge denken, die der Psychopath Stephanie Preston angetan hatte. Was, wenn er Thomasina Hardy schon hatte? Was, wenn sie zu spät kamen, um sie zu retten? Bernie wurde übel bei der Vorstellung, und sie fürchtete, sich jeden Moment übergeben zu müssen. Sie schluckte angestrengt gegen die Übelkeit an.

»Geht es Ihnen gut?«, fragte Jim.

»Ja, ich bin okay. Warum fragen Sie?«

»Weil Sie irgendwie merkwürdig aussehen. Als müssten Sie sich gleich übergeben.«

»Ich sagte, ich bin okay«, erwiderte sie viel zu schroff. »Entschuldigung. Ich lasse meinen Frust an Ihnen aus, und das ist unfair. Es ist nur so, dass mich der Gedanke, wir könnten es mit einem Serientäter zu tun haben, regelrecht verrückt macht vor Sorge. Und unter uns, ich bin nicht sicher, ob ich mit einer Situation wie dieser umgehen kann.«

»Atmen Sie ein paarmal tief durch«, sagte er. »Und hören Sie gut zu, was ich Ihnen jetzt erzähle.«

Während sie über die Landstraße 157 rasten, wagte Bernie es, ganz kurz zu Jim zu sehen. Er blickte sie streng an, und sie konnte nicht anders, als seine Anweisung zu befolgen und tief durchzuatmen.

»Kein Polizist und kein Sheriff ist einer solchen Situation je gewachsen«, sagte Jim ruhig. »Selbst wenn er – oder sie – schon Erfahrungen mit dieser Art Täter hat. Es ist nichts dabei, zuzugeben, dass Sie besorgt sind und dass Sie Angst haben.«

Jims Stimme hatte tatsächlich eine beruhigende Wirkung auf sie. Komisch, dachte sie. Vor einer Minute noch hatte sie das Gefühl gehabt, jeden Moment aus der Haut zu fahren. Und nun verlangsamte sich ihr Herzschlag wieder auf beinahe normal, und ihre Übelkeit schwand. All das nur dank Jims ruhiger Stimme und seiner sachlichen Art.

»Sie ahnen ja nicht, wie schwierig das für mich ist. Ich bin nicht nur der erste weibliche Sheriff in Adams County, sondern auch noch der jüngste. Und – jetzt bitte einen Tusch – ich bin R.B. Grangers Tochter. Ich habe nicht den Hauch einer Chance, dem Ruf meines Vaters jemals gerecht zu werden.«

Gut gemacht, Bernie, sagte sie zu sich selbst. Gib nur gegenüber deinem Chief Deputy zu, wie unsicher und verängstigt du bist. So gewinnst du garantiert seinen Respekt.

»Als Sie sich zur Wahl des Sheriffs aufstellen ließen, wie sehr war Ihre Entscheidung da von Ihrem eigenen Wunsch bestimmt und wie sehr von dem Wunsch Ihres Vaters?«

Jim hatte den Nagel auf den Kopf getroffen. Er sprach die Frage aus, die sie sich selbst nie zu stellen wagte. Durchschaute sie jeder so leicht, oder dachten die meisten Menschen gar nicht erst darüber nach?

»Wollen Sie eine ehrliche Antwort? Ich weiß es nicht.«

»Und wie ist es heute? Sie sind schon einige Jahre Sheriff. Mögen Sie Ihren Job? Sind Sie froh, dass Sie Sheriff sind?«

»Ja, ich mag meinen Job, meistens jedenfalls. Und ja, ich bin froh, Sheriff zu sein, nur eben heute Abend nicht. Im Moment eigentlich gar nicht.« Sie fuhr konstant zweiundfünfzig Meilen die Stunde, obwohl die Höchstgeschwindigkeit bei fünfundvierzig lag, als sie durch Sunflower Creek kamen. »Ich befürchte, dass man mir meine Unsicherheit anmerkt.

Schließlich hatte ich noch nie mit einem Serientäter zu tun. Nicht hier in Adams County.«

Als Jim nicht antwortete, blickte sie kurz zu ihm. Er starrte geradeaus und sah sie nicht an. Auf einmal fühlte sie sich schrecklich verletzlich und dumm. Sie hatte sich ihrem Chief Deputy gegenüber so offen geäußert, dass es sie selbst erschreckte. Warum musste sie ausgerechnet heute Abend unter verbaler Inkontinenz leiden – und warum ausgerechnet bei Jim Norton?

Über mehrere Minuten schwiegen sie beide, und es kam Bernie wie Stunden vor.

»Zu heftig?«, fragte sie schließlich.

»Wie bitte?«

»Habe ich Ihnen mehr gesagt, als Sie hören wollten?«

»Nein, das ist es nicht. Ich dachte nur gerade, dass ich möglicherweise zu weit gegangen bin. Ihre Beziehung zu Ihrem Vater geht mich ja eigentlich nichts an.«

»Oh.«

Natürlich. Wenn sie über persönliche Dinge sprachen, wäre ihre Beziehung keine rein berufliche mehr, sondern eine intime. Bernie fuhr zusammen. Falsches Wort. Intimität bedeutete immerhin auch eine starke Gefühlsbindung, Romantik, sogar Sex. Und sie konnte von Jim bestenfalls Freundschaft erwarten.

»He, sehen Sie da vorn.« Jim zeigte nach rechts. »Da steht ein Wagen. Vielleicht ist es Thomasina Hardys Auto.«

Bernie fuhr von der Straße herunter und hielt direkt hinter dem Grand Am. Vorsichtig stiegen Jim und sie aus dem Jeep und sahen sich den verlassenen Wagen an.

»Ein Platten.« Jim zeigte auf einen der Reifen.

»Sehen Sie sich alles an. Ich gehe inzwischen zum Wagen zurück und erkundige mich, ob das wirklich Thomasinas Auto ist.«

Jim nickte zustimmend.

Bis sie über Funk nachgefragt und das Nummernschild hatte überprüfen lassen, war Jim mit der Inspektion des Wagens durch und kam ihr entgegen, als sie wieder aus ihrem Jeep stieg.

»Es ist Thomasina Hardys Wagen«, sagte Bernie.

»Kein Anzeichen für gewaltsames Einbrechen. Der Wagen ist verriegelt.«

»Das gefällt mir überhaupt nicht.«

»Wir sollten keine voreiligen Schlüsse ziehen.«

»Ich habe zwei Hilfssheriffs herbeordert, damit sie den Fundort sichern«, sagte Bernie. »In der Zwischenzeit rufen wir beim College an und fragen nach, ob Thomasina dort angekommen ist.«

Als sie wieder im Jeep saßen und auf die Hilfssheriffs warteten, rief Bernie noch einmal das College an.

»Nein, Sheriff Granger, Miss Hardy ist nicht hier, aber ihre Mutter und ihr Schwager sind da. Sie machen sich schreckliche Sorgen«, sagte Miss Everett. »Sie haben ihren Wagen an der Landstraße 157 gefunden, aber von Thomasina gibt es keine Spur.«

»Kann ich bitte mit dem Schwager sprechen?«

»Sicher, er steht direkt vor mir.«

»Hallo, hier ist Mike Anderson. Haben Sie Thomasina gefunden?«

»Nein, leider nicht«, antwortete Bernie. »Wir sind hier bei ihrem Wagen an der 157. Ich habe meine Hilfssheriffs hergerufen, um den Standort zu sichern.«

»Sie glauben auch, dass ihr etwas zugestoßen ist, oder?«

»Ich weiß es nicht.« Nur keine Gefühle zeigen. Verhalte

dich professionell, ermahnte sie sich. »Sobald hier alles gesichert ist, würden mein Chief Deputy und ich uns gern mit Thomasinas Familie unterhalten, vor allem mit ihrer Schwester.«

»Welche Schwester? Sie hat zwei.«

»Die, mit der sie heute Abend bei Chief Nichols war.«

»Das ist meine Frau«, sagte Mike. »Amanda.« Er senkte die Stimme, bis er nur noch flüsterte. »Hören Sie, Inez, also Thomasinas Mutter, weiß nichts von dem Stalker. Thomasina hat erst heute Nachmittag Amanda von ihm erzählt, und Amanda erzählte es mir heute Abend. Können wir das noch irgendwie vor Inez geheim halten? Sie hat schon so genug Angst um ihre Tochter.«

»Mr. Anderson, ich möchte, dass Sie und Mrs. Hardy zu sich nach Hause zurückfahren. Sagen Sie Ihrer Frau, was passiert ist, und warten Sie auf uns. Ich fürchte, wir können Ihrer Schwiegermutter die Fakten nicht ersparen. Thomasina wurde von einem Stalker verfolgt, und jetzt wird sie vermisst. Eins und eins ergibt gewöhnlich zwei.«

»Ich verstehe. Wir ...« Er schluckte hörbar. »Wir fahren nach Hause und warten auf Sie. Und Sheriff, bitte, finden Sie Thomasina.«

»Wir tun unser Bestes.«

Nachdem sie das Gespräch beendet hatte, wandte sie sich zu Jim. »Wir könnten einen Suchtrupp bilden, aber wir wüssten nicht, wo wir suchen sollen. Es scheint offensichtlich, dass jemand vorbeikam und Thomasina anbot, sie zu fahren. Jetzt kann sie entweder in Tennessee sein oder direkt vor unserer Nase.«

»Professor Kelley sollte lieber ein wasserdichtes Alibi haben«, sagte Jim.

»Sie mögen Dr. Kelley ebenso wenig wie ich, stimmt's?«

»Ich würde sogar sagen, er widert mich an. Aber nur weil er ein arroganter Weiberheld ist, muss er ja nicht automatisch auch ein Kidnapper, Vergewaltiger und Mörder sein.«

Bernie lief es eiskalt den Rücken herunter, und sie erschauderte. »Mein Gott, ich hoffe, Thomasina taucht wohlbehalten wieder auf und kann uns eine logische Erklärung dafür bieten, was mit ihr passiert ist.«

»Ja, das wäre schön, aber wir beide wissen, dass die Anzeichen eher gegen ein Happy End sprechen.«

»Sie meinen, der Mörder von Stephanie und Jacque hat Thomasina entführt, oder?«

Er nickte. »Gleich morgen früh fülle ich das Formular für das Steckbrief-Programm des FBI aus und gebe ihnen alle Informationen über die Morde an Stephanie und Jacque. Wir müssen wissen, ob es noch mehr Fälle gibt, die den beiden anderen ähneln. Falls ja, finden wir vielleicht einen Anhaltspunkt.«

Bernies Büro verfügte über ein spezielles Computerprogramm, über das sie Angaben direkt ans Steckbrief-Programm beim FBI leiten konnten. Ihr Vater hatte es damals gegen Ende seiner Dienstzeit eingeführt, weil er wild entschlossen war, das Sheriff-Büro von Adams County ins einundzwanzigste Jahrhundert zu führen.

»Aber ich dachte, wir wären uns einig, dass der Täter aus dieser Gegend sein muss, weil Stephanie ihn kannte und ihm vertraute. Und genauso wird es auch heute bei Thomasina gewesen sein. Sie ist zu einem Mann ins Auto gestiegen, den sie kannte und dem sie vertraute. Und wenn dem so ist, wie kann uns dann das Steckbrief-Programm helfen, irgendetwas über unseren Täter herauszufinden?«

»Stimmt, wir gehen davon aus, dass Stephanie und Thomasina den Mann kannten, der sie entführt hat, aber das Steckbrief-Programm kann uns vielleicht helfen herauszufinden, ob der Täter immer schon hier lebte und Jacque sein erstes Opfer war. Er könnte allerdings auch vorher getötet haben, anderswo, und erst vor einem Jahr oder so hierhergezogen sein.«

»Der ganze Bezirk wird in Aufruhr sein«, sagte Bernie. »Sollte Thomasina nicht wie durch ein Wunder wieder auftauchen, habe ich keine andere Wahl, als morgen eine Pressekonferenz zu geben. Und ich weiß nicht, was ich da sagen soll. Einerseits möchte ich alle Frauen aufrufen, uns sofort zu informieren, wenn sie Briefe, Geschenke und Zeichnungen von einem heimlichen Verehrer bekommen, und andererseits kann ich keine näheren Informationen preisgeben, ohne die Ermittlungen zu gefährden.«

Jim streckte den Arm aus, legte eine Hand auf Bernies Schulter und sah sie an. »Sollte dieser Kerl bei seinem Tatmuster bleiben und wie bei Stephanie und Jacque vorgehen, bleiben uns zwei Wochen, um Thomasina zu finden, bevor er sie umbringt.«

Bernie schloss die Augen und schickte ein stummes Gebet gen Himmel, in dem sie den Allmächtigen anflehte, ihnen zu helfen – und Thomasina Hardy zu helfen, wo immer sie heute Abend sein mochte.

In einem halbdunklen Raum kam Thomasina zu sich. In ihrem Kopf hämmerte es, und ihr war schwindlig.

Was war mit ihr passiert? Warum war sie hier?

Wo war »hier«?

In dem Moment, als sie den Kopf vom Kissen hob, wurde

ihr klar, dass sie auf einer Art Bett lag. Sie versuchte, sich aufzusetzen, konnte es aber nicht.

Warum konnte sie nicht?

Sie wollte die Arme heben, stellte jedoch fest, dass ihre Handgelenke über ihrem Kopf zusammengebunden waren. Als sie den Mund öffnete, um zu schreien, ging auch das nicht. Und nun erkannte sie, dass jemand sie gefesselt und geknebelt hatte. Sie war vollkommen hilflos und … sie wandte den Kopf und blickte sich in dem kleinen, schattigen Raum um, der nur durch ein schwaches Licht beleuchtet wurde, bei dem es sich vermutlich um eine Nachtlampe handeln musste.

Sie war allein. Ganz allein.

Denk nach, Thomasina, denk nach, beschwor sie sich selbst.

Sie war auf dem Weg zu ihrem Donnerstagabendkurs am College gewesen, als sie einen Platten hatte. Dann hatte sie ihre Mutter angerufen, die sagte, sie würde ihr Mike schicken, damit er ihren Reifen wechselte. Aber bevor Mike eintraf …

O Gott! Nein!

Er war vorbeigekommen und hatte ihr angeboten, sie zum College zu fahren und anschließend zurück zu ihrem Wagen, um Mike beim Reifenwechsel zu helfen. Sie hatte keinen Grund gehabt, ihm zu misstrauen, sondern vielmehr allen Grund, sich bei ihm sicher zu fühlen.

Er hatte ihr eine Cola gegeben, die sie während der Fahrt auf der Landstraße 157 fast austrank. Die ganze Zeit hatte sie geglaubt, er würde sie zum Adams County Junior College fahren. Sie hatten sich unterhalten und gelacht, und sie hatte sich vollkommen sicher und entspannt bei ihm gefühlt.

Aber was war dann geschehen?

Sie erinnerte sich vage, dass sie schläfrig wurde.
Hatte er etwas in die Cola getan? Aber wie konnte er das gemacht haben? Sie hatte doch selbst gesehen, wie er die Dose öffnete, oder?
Eigentlich war sie nicht besonders aufmerksam gewesen. Er hätte ohne weiteres etwas in die Cola mischen können. Wahrscheinlich hatte er sie unter Drogen gesetzt. Aber warum?
War er der Mann, der ihr die Briefe, die Geschenke und die Zeichnungen geschickt hatte? War er ihr heimlicher Bewunderer?
Eine Welle maßloser Furcht erfasste Thomasina, als sie da auf dem Bett im Halbdunkel eines feuchten, stillen Raums lag. Allein.
Wo war er? Wann würde er wiederkommen? Was würde er ihr antun?

Kapitel 12

Bernie war todmüde, frustriert und krank vor Sorge, als sie um halb vier am Freitagmorgen in die Einfahrt zu ihrem Haus einbog. Jim saß schweigend neben ihr, so still, dass sie sich fragte, ob er auf der Rückfahrt von Verona eingeschlafen war. Jim und sie hatten sich gestern Abend darauf geeinigt, dass es das Beste war, wenn Kevin bei Bernies Eltern übernachtete, wo er ihn heute Abend wieder abholen würde. Und Jim hatte Bernies Angebot, ein Frühstück bei sich zu Hause zu machen, dankend angenommen. Charlie Patterson wollte von Huntsville herkommen und um sieben in Jims

Büro sein, was bedeutete, dass Jim und ihr noch etwa drei Stunden zum Ausruhen blieben, ehe sie sich frischmachen und etwas essen mussten.

Bernie streckte die Hand aus, um Jim vorsichtig wachzurütteln, doch noch bevor sie seine Schulter berührte, stieß er einen leisen Laut aus und drehte sich zu ihr um.

Bernie erstarrte mit halberhobener Hand. »Ich dachte, Sie schlafen.«

»Nein, ich hatte nur kurz die Augen geschlossen.«

»Es war eine lange Nacht.«

Er nickte.

Bernie öffnete die Fahrertür und stieg aus ihrem Jeep. Dann wartete sie auf dem Weg zum Haus, bis Jim ausgestiegen war. Trotz des frühen Morgens war nicht der Hauch einer kühlenden Brise zu spüren, und die Temperatur musste immer noch bei dreißig Grad liegen. Durch die hohe Luftfeuchtigkeit, die ganz Alabama im Juli niederdrückte, schien es aber noch heißer zu sein. Meteorologen sprachen in diesem Zusammenhang gern von »gefühlter Temperatur«, um zu erklären, warum die Leute bei dreißig Grad das Gefühl hatten, es herrschten fünfunddreißig.

Entsprechend seufzte Bernie dankbar, als sie das Haus betraten und von kühler Luft empfangen wurden. Sie nahm ihren Gürtel ab und hängte ihn an den Garderobenständer neben dem Eingang. Jim hängte seinen daneben und folgte ihr ins Wohnzimmer.

»Sofa oder Liegesessel?«, fragte sie.

»Mir egal.«

»Dann nehmen Sie den Liegesessel«, sagte sie. »Meine Füße stoßen gegen die Armlehnen, wenn ich mich aufs Sofa lege, also werden Sie es darauf erst recht unbequem finden.«

Er setzte sich auf den Liegesessel, klappte mit dem seitlichen Hebel das Fußteil heraus und streckte sich aus. »Verdammt, fühlt sich das gut an.«
Bernie streifte ihre braunen Halbschuhe ab, stapelte die Kissen an einem Sofaende übereinander und legte sich hin.
»Ich mag mir gar nicht ausmalen, was Thomasina Hardys Familie in diesem Moment durchmacht.« Bernie sah hinüber zu Jim, dessen Augen geschlossen waren. Er hatte die Hände hinterm Kopf verschränkt.
»Mmm … Sie fragen sich, ob sie sie jemals lebend wiedersehen.«
»Was glauben Sie?«
»Ich glaube, es ist zu früh, um irgendwelche Vorhersagen zu wagen«, antwortete er und gähnte herzhaft.
»Soll ich still sein, damit Sie schlafen können?«
Er öffnete die Augen, hob den Kopf und sah sie an. »Ich bezweifle, dass einer von uns schlafen kann. Wir sind zu müde, und wir wissen, dass wir in gut drei Stunden wieder im Büro sein müssen.«
»Ich wünschte, ich hätte wenigstens eine Ahnung, wo Thomasina sein könnte, wohin er sie gebracht hat. Hätten wir doch nur irgendeinen Anhaltspunkt, irgendetwas, egal was, das uns weiterhilft.«
»Falls Ron es nicht schafft, Professor Kelley zu finden, könnten wir einen echten Verdächtigen haben.« Wieder gähnte Jim. »Der Kerl könnte in diesem Augenblick in dem Versteck sein, in das er Thomasina Hardy verschleppt hat.«
»Wenn es doch nur so einfach wäre, dass wir ihn bloß finden und zum Reden bringen müssen. Aber uns ist wohl beiden klar, dass Brandon Kelley nicht automatisch der Entführer

oder der Stalker von Thomasina sein muss, nur weil Ron ihn nicht zu Hause antraf und er bis jetzt nicht aufgekreuzt ist.«

»Stimmt. Doch nach dem, was ihre Familie erzählt, hatte sie keinen festen Freund mehr, seit die Beziehung mit Ron in die Brüche ging. Und sie haben keine Ahnung, wer der *heimliche Bewunderer* sein könnte, wenn nicht Kelley.«

»Ich mache mir Sorgen um Ron«, sagte Bernie. »Ihre Schwester sagte zwar, dass er mit Thomasina Schluss gemacht hat, aber er hat sicher noch Gefühle für sie. Ich meine, glauben Sie nicht auch, selbst wenn er sie nicht mehr liebt …«

»Bestimmt macht die Tatsache, dass eine frühere Freundin in Lebensgefahr sein könnte, diesen Fall für ihn sehr persönlich. Aber nur weil sie zusammen ausgingen und, wie die Schwester andeutete, miteinander schliefen, müssen sie sich nicht unbedingt geliebt haben.«

»Nein, natürlich nicht.«

»Schade ist, dass Thomasina alle anderen Sachen bis auf die letzten Zeichnungen und das Fußkettchen weggeworfen hat.« Jim lehnte sich auf dem weichen Liegesessel zurück und stöhnte zufrieden. »Aber wahrscheinlich war der Kerl sowieso nicht so dumm, irgendwelche Fingerabdrücke zu hinterlassen. Und wie die Sachen, die wir bei Stephanie fanden, werden auch Fußkettchen, Zeichenpapier und Umschläge Dinge sein, die jeder überall kaufen kann.«

»Warum ist sie nur nicht gleich zur Polizei gegangen, als sie die ersten Briefe und Geschenke bekam?« Bernie drehte sich auf die Seite und zog die Knie an. »Wie kam sie darauf, dass irgendwas davon romantisch war und die Sachen von einem Mann sind, der wirklich nur ein heimlicher Verehrer war?«

»Das müssen Sie sie fragen«, sagte Jim. »Ich bin der letzte

Mann auf der Welt, der Ihnen erklären kann, warum Frauen so denken, wie sie denken. Ich konnte ja schon nicht begreifen, was im Kopf meiner Exfrau vor sich ging.«

»Sie sollten nicht davon ausgehen, dass alle Frauen gleich denken.« Bernie hatte plötzlich ein ganz seltsames Gefühl. Eifersucht? Krieg dich mal wieder ein! Sie hatte überhaupt kein Recht, in Bezug auf Jim Norton etwas zu empfinden, das Eifersucht auch nur entfernt ähnelte, vor allem nicht, wenn er über seine Exfrau sprach.

»Ja, Sie haben recht. Mary Lee war – nun ja, ziemlich einzigartig.«

Sie wollte ihn fragen, ob er das im positiven oder im negativen Sinne meinte, aber es ging sie eigentlich nichts an. Wenn er es näher ausführen wollte, würde er es von sich aus tun. Und wenn nicht …

»Sie waren noch nie verheiratet, nicht wahr, Bernie?«, fragte Jim.

»Wie kommen Sie darauf?«

»Weil Ihr Nachname immer noch Granger ist und …«

»Ich habe meine Highschool-Liebe geheiratet, bevor wir aufs College gingen, und mich sieben Jahre später von ihm scheiden lassen.« Sie war verrückt nach Ryan gewesen, hatte sich sonstwie verrenkt, um ihm zu gefallen. Und am Ende dankte er ihr dafür, dass sie ihm eine gute Frau gewesen war, indem er die Scheidung nicht anfocht. »Ich habe Ryan seit Jahren nicht mehr gesehen. Von einer seiner Cousinen drüben in Pine Bluff hörte ich, dass er vor ungefähr fünf Jahren wieder heiratete, ein paar Kinder hat und in Nashville lebt.« Die Erinnerung an ihre zwei Fehlgeburten tat bis heute weh und gab ihr immer noch das Gefühl, versagt zu haben. »Nach der Scheidung nahm ich meinen Mädchennamen wieder an.«

»Mary Lee und ich heirateten, nachdem ich gerade meinen Uni-Abschluss gemacht hatte. Es scheint mir eine Ewigkeit her zu sein. O Mann, sogar die Scheidung scheint eine Ewigkeit zurückzuliegen. Kevin war erst sechs, als seine Mutter und ich uns trennten, und jetzt wird er bald dreizehn.«

»Wenigstens haben Sie ein Kind.« Bernie hatte nicht beabsichtigt, es laut auszusprechen. Es war ihr einfach herausgerutscht – aus den Gedanken direkt auf die Lippen.

»Wollten Sie Kinder?«

Sie wusste, dass er sie ansah, aber sie konnte nicht zu ihm sehen, weil sie Tränen in den Augen hatte. Wollte sie Kinder? Und wie sie sich Kinder gewünscht hatte! Mindestens drei, vielleicht vier. Aber offensichtlich war es ihr nicht bestimmt, Mutter zu sein.

Auf den Boden blickend, schluckte sie und sagte: »Ja, ich wollte Kinder. Es kam nur nicht dazu.«

»Wir sollten lieber ein bisschen ausruhen«, sagte Jim, als hätte er gespürt, wie unangenehm ihr die Frage war. »Ich helfe Ihnen morgen früh beim Frühstückmachen, bevor wir ins Büro fahren. Es wird schneller sieben Uhr sein, als wir denken.«

Wahrscheinlich wollte er ihr damit höflich andeuten, dass er nun seine Ruhe wünschte. Sie konnten beide eine kurze Auszeit gebrauchen, um sich auszuruhen und neue Kräfte zu sammeln, ehe sie wieder an die Arbeit gingen und sich der entsetzlichen Tatsache stellten, dass noch eine Frau in Adams County entführt worden war.

Bernie schloss die Augen, atmete tief durch und versuchte, sich zu entspannen. Aber ihr Verstand wollte partout nicht abschalten und gönnte ihr keine Ruhe. Alle möglichen Dinge gingen ihr durch den Kopf, angefangen von Gedanken darüber, wer Thomasina Hardy entführt haben könnte, bis hin zu solchen daran, wie ihr Leben wohl verlaufen wäre, hätte Ryan sie nie betrogen und sie eines ihrer Babys austragen können.

Hör auf zu denken, verdammt, befahl sie sich selbst.

Sie summte im Geist eine sich ständig wiederholende Melodie vor sich hin, die schon bald von ihren Gedanken übertönt wurde. Dann versuchte sie es mit Zählen. Auch das funktionierte nicht. Zählen half nie, und trotzdem probierte sie es immer wieder. Schließlich gab sie es auf, ihre Grübelei abstellen zu wollen, und ließ ihren Gedanken freien Lauf, da sie sie ja ohnehin nicht aufhalten konnte.

Sie fragte sich, wie Jims Ehe wohl gewesen war und ob er noch etwas für seine Exfrau empfand. Mary Lee war sicher eine umwerfend gutaussehende Frau, vermutlich derselbe Typ wie Robyn. Männer wie Jim flogen gewöhnlich auf Frauen, die sich besonders verführerisch gaben. Quatsch, wem machte sie hier etwas vor? Alle Männer flogen auf sexy Frauen. Warum hatte dann ein Typ wie Ryan eine Frau wie sie geheiratet, die auf der Highschool eine Spitzenathletin gewesen war?

Er hat dich geheiratet, weil du den Boden unter seinen Füßen angebetet hast. Ihm gefiel es, seine eigene kleine Sklavin zu haben. Und Bernie hatte Ryans Wünschen nachgegeben, wie sie es sonst bei keinem je getan hatte, nicht einmal bei ihrem Dad. Als Teenager und noch bis in die frühen Zwanziger war Bernie reichlich unsicher gewesen, und erst nach der Scheidung hatte sie gelernt, sich selbst anzunehmen. Na ja, jedenfalls soweit es jemandem, der allen gefallen will, überhaupt möglich ist, einen eigenen Weg zu wählen.

Hatte Jims Exfrau ihn angebetet, versucht, ihm zu gefallen,

und ihn über alles geliebt? Hatte er Mary Lee das Herz gebrochen? Oder war es andersherum gewesen? Bernies Gefühl sagte ihr, dass Jim derjenige gewesen war, dem das Herz gebrochen wurde, und dass er vielleicht immer noch Gefühle für seine Exfrau hatte. Für Mary Lee, die wieder geheiratet hatte und die nun den Kampf gegen den Brustkrebs durchstehen musste.

Hör auf, an Jim Norton zu denken. Er interessiert sich nicht für dich.

Sie sollte sich auf etwas anderes konzentrieren. Was könnte sie tun, um Thomasina Hardy zu finden, bevor sie zu einem weiteren Mordopfer wurde? Sie tat doch schon alles, was getan werden konnte, oder nicht? Ihr Chief Deputy war ein Detective der Spitzenklasse, wie er bereits bei der Polizei in Memphis bewiesen hatte. Und Charlie Patterson war ein erfahrener FBI-Agent. Es war ja nicht so, dass sie ganz allein dastand, also warum verspürte sie das überwältigende Verlangen, ihren Vater anzurufen und ihn um Hilfe zu bitten?

Dein mangelndes Selbstvertrauen kommt durch, Bernadette, schimpfte sie sich aus.

Ein Gedanke jagte den anderen, und sie alle konfrontierten sie mit Fragen, die sie nicht beantworten konnte, und stellten sie vor Probleme, die sie nicht lösen konnte. Allen gemein war, dass sie sie zwangen, ihnen nachzugehen statt zu schlafen – bis ihre Erschöpfung schließlich groß genug war, und sie für ein paar Minuten einschlief.

Als sie eine Viertelstunde später wieder aufwachte, war alles still im Haus. Außer dem Ticken der Uhr auf dem Kaminsims und dem ruhigen, regelmäßigen Atem Jims war nichts zu hören. Bernie setzte sich auf, schwang die Beine von der Couch und streckte sich. Plötzlich war ihr kalt, und sie fragte sich, ob es Jim vielleicht auch zu kühl war, da er ja nur ein kurzärmliges Hemd trug. Sie nahm die cremefarbene Wolldecke von der Sofalehne, stand auf und ging zu Jim. Ein paar Sekunden stand sie neben dem Liegesessel und beobachtete Jim im Schlaf. Sie mochte sein Aussehen, die Art, wie er sprach und wie er sich bewegte. Er gefiel ihr überhaupt in vielerlei Hinsicht, nicht zuletzt in körperlicher. Er war ein großer, kräftiger Mann mit dem Körper eines Athleten. Und er sah auf eine markante, vom Leben gezeichnete Weise sehr gut aus.

Bernie breitete die Wolldecke aus und legte sie über Jim, so dass er von der Brust bis zu den Knöcheln bedeckt war. Er murmelte etwas und drehte sich auf die Seite.

Und in diesem Moment überkamen Bernie gleich mehrere Verlangen auf einmal. Sie wollte ihn berühren, sein Gesicht streicheln, sich zu ihm beugen und seine kaum merklich geöffneten Lippen küssen. Stattdessen ging sie zum Sofa zurück, um Abstand zu ihm zu gewinnen.

Verdammt! Warum weckst du sämtliche weiblichen Instinkte in mir, Jimmy Norton? Wieso kitzelst du alles Fürsorgliche, Liebevolle und Sexuelle in mir wach, das ich so angestrengt zu verdrängen versuche?

Charlie Patterson erwartete sie bereits, als sie um Punkt sieben Uhr am Gefängnis eintrafen. Und er war nicht allein. Ron Hensley war ebenfalls früh gekommen, und so wie er aussah, hatte er nicht mehr Schlaf bekommen als sie. Seine blutunterlaufenen Augen, der dunkle Bartschatten und das zerknautschte Hemd verrieten, dass er die meiste Zeit der Nacht, wenn nicht gar die ganze, wach gewesen war.

R. B. Granger saß hinter Jims Schreibtisch, trank Kaffee und unterhielt sich mit Ron und Charlie. Jim sah Bernie an, als sie nebeneinander ins Büro traten. Als sie ihren Vater entdeckte, erstarrte sie. Jim bemerkte, wie sich ihr Ausdruck binnen Sekundenbruchteilen veränderte. War er zunächst erfreut gewesen, weil ihr Dad hergekommen war, um ihr zu helfen, wechselte er gleich darauf in enttäuscht darüber, dass ihr Vater ihr nicht zutraute, den Fall ohne ihn zu bewältigen.

»Guten Morgen.« Charlie prostete ihnen mit seiner Kaffeetasse zu.

»Sind wir zu spät?«, fragte Bernie, die angespannt klang.

»Wir sind eben erst angekommen«, sagte R.B. »Ich traf Charlie vor ein paar Minuten draußen. Ron war schon hier und hat frischen Kaffee gemacht.«

Jim ging zu R.B. und fragte: »Wie geht es Kevin?«

»Er hat noch geschlafen, als ich wegging«, antwortete R.B. »Brenda hat vor, ihm Blaubeerpfannkuchen zum Frühstück zu machen.«

»Ich bin Ihnen und Ihrer Frau wirklich sehr dankbar, dass Sie sich um ihn kümmern.«

»Ist uns ein Vergnügen. Er ist ein toller Junge. Klug und freundlich, und er hat richtig gute Manieren.«

Stolzer Papa, der er war, grinste Jim, auch wenn sein Stolz eher bittersüßer Natur war. Kevin war sein Sohn, sein Fleisch und Blut, aber Mary Lee war es gewesen, die ihn aufgezogen hatte.

»Seit wann bist du schon hier?«, fragte Bernie Ron.

»Etwa eine Viertelstunde«, antwortete er. »Ich kam gleich hierher, nachdem ich« – er sah R.B. an und verzog das Gesicht – »nachdem ich Brandon Kelley gefunden hatte.«

»Du hast ihn gefunden?« Bernie sah ausschließlich ihren Hilfssheriff an.

Ron nickte.

»Wo? War Thomasina …«
Ron schüttelte den Kopf. »Der Kerl hat ein Alibi. Er war mit einer jungen Frau zusammen, von gestern Abend bis heute Morgen um halb fünf, als ich ihn fand.«
»Und diese junge Frau schwört, dass er den ganzen Abend und die ganze Nacht bei ihr war?«, fragte Jim.
»Ja.« Ron blickte auf seine Füße, als wollte er absichtlich vermeiden, einen der Anwesenden anzusehen.
Jim fiel auf, dass Bernie und R. B. seltsame Blicke austauschten.
»War er bei Robyn?«, fragte R. B.
»Ja.« Ron ging zur Kaffeemaschine und füllte seine noch halbvolle Tasse auf.
»Dieses unmögliche Mädchen«, knurrte R. B. »Ihretwegen habe ich graue Haare. Und was sie dem Nervenkostüm ihrer Mutter antut …«
»Okay, damit fällt Brandon als Täter aus.« Bernie warf ihrem Vater einen strengen Blick zu, bevor sie Ron zur Kaffeemaschine folgte, sich eine frische Tasse nahm und Kaffee einschenkte.
Jim fragte sich, warum es ihm nicht das Geringste ausmachte, dass Robyn Granger die Nacht mit Brandon Kelley verbracht hatte. Das sollte es doch, wenn er sich tatsächlich für sie interessierte. Er hatte bisher genau ein Date mit Robyn gehabt – zum Abendessen im River's End –, und hätte sie ihm bei dieser ersten Verabredung Sex angeboten, wäre er gewiss nicht abgeneigt gewesen. Aber sie hatte nichts dergleichen getan, obwohl er das Gefühl gehabt hatte, dass sie es bei der zweiten Verabredung tun würde, so wie sie sich an ihn heranschmiss. Und bis zu diesem Moment hatte er geglaubt, es könnte ein zweites Date geben.

Jetzt aber wusste er, dass er nicht beabsichtigte, Robyn zum Essen einzuladen, und sollte sie ihn fragen, würde er freundlich ablehnen. Dieser Entschluss hatte nichts mit der Tatsache zu tun, dass sie die letzte Nacht mit Dr. Kelley verbracht hatte. Dafür hatte es sehr viel damit zu tun, dass ihn Robyn immer stärker an Mary Lee erinnerte, je mehr er über sie erfuhr. Die Wahrheit traf ihn in diesem Augenblick fast wie ein Vorschlaghammer. Wenn er sich mit Robyn einließ, wäre sie bloß ein Ersatz für seine Exfrau. Und das war weder Robyn noch ihm selbst gegenüber fair.

Bernie drehte sich mit ihrer Kaffeetasse in der Hand um und sah die anderen an. »Wir wussten, wie weit hergeholt unsere Theorie war, Dr. Kelley wäre unser Täter. Also sind wir jetzt wieder auf dem Stand, dass wir keine Verdächtigen und keine Anhaltspunkte haben.« Sie sah Charlie an. »Jim will heute Morgen eine Anfrage übers Steckbrief-Programm starten. Das ist zumindest ein Anfang. Ich vermute, Sie haben noch nichts Neues von Ihren Leuten, oder gab es irgendwelche Beweise in oder außerhalb von Thomasinas Wagen?«

»Nein, dafür ist es noch zu früh«, antwortete Charlie. »Aber wenn der Kerl nie in ihrem Wagen war …«

»Ich weiß, ich weiß«, sagte Bernie.

»Und diese Stelle an der 157 ist ziemlich einsam. Da ist kaum Verkehr, deshalb bezweifle ich, dass jemand etwas gesehen hat«, fügte Ron hinzu. »Wir fragen trotzdem noch mal rum, sicherheitshalber. Vielleicht haben wir ja Glück und finden jemanden, der was gesehen hat.«

»Sind wir überzeugt, dass das Muster dasselbe ist wie bei Stephanie Prestons Entführung?«, fragte R.B. und sah Jim an. »Haben wir einen Serienmörder da draußen rumlaufen?«

»Möglicherweise«, sagte Jim. »Wahrscheinlich.«

R. B. fluchte leise vor sich hin. »Wie lange wird er sie festhalten, bevor er sie umbringt?«

»Stephanie Preston wurde vierzehn Tage nach ihrem Verschwinden ermordet«, antwortete Jim. »Und Jacque Reeves drüben in Fort Payne galt sechzehn Tage als vermisst, bevor sie getötet wurde.«

»Ungefähr zwei Wochen«, raunte R. B. »Er vergewaltigt und foltert sie zwei Wochen lang, dann bringt er sie um.« Er blickte zu Bernie. »Wir haben zwei Wochen, um diesen Kerl zu finden und zu stoppen, ehe er wieder tötet, Mädchen.«

»Ja, Sir, ich weiß.« Bernie errötete.

Jim verspürte das abwegige Bedürfnis, sich zwischen Bernie und ihren Dad zu stellen und R. B. zu erklären, dass Bernie der Sheriff war, ein sehr fähiger noch dazu, und dass sie auf seine unangebrachten Erniedrigungen verzichten könnte. Aber er blieb still, wusste er doch sehr wohl, dass weder Bernie noch R. B. seine Einmischung in ihre Vater-Tochter-Beziehung begrüßen würden.

R. B. wandte sich wieder an Charlie. »Also, was tun wir als Nächstes?«

Charlie sah zu Bernie. »Nun, da es noch kein offizieller FBI-Fall ist, entscheidet der Sheriff über den nächsten Schritt.«

Jim wollte Charlie auf die Schulter klopfen, ihm die Hand schütteln und ihm dafür danken, dass er Bernie so eindeutig in der Position bestärkte, in die sie die Leute von Adams County gewählt hatten. Und ganz nebenbei hatte er R. B. sehr taktvoll auf seinen Platz verwiesen.

R. B. grummelte. »Der Ball liegt in deinem Feld, Mädchen.«

Bernie umfasste ihre Kaffeetasse mit beiden Händen. »Falls sich niemand meldet, der etwas weiß oder etwas gesehen hat, ist es zwecklos, nach Thomasina zu suchen. Wir wissen ja gar nicht, wo wir suchen sollten.« Bernie nippte an ihrem Kaffee und stellte die Tasse dann auf Jims Schreibtisch ab. »Hätten wir ein Täterprofil von dem Kerl, irgendwas, das uns Aufschluss darüber gibt, nach was für einem Mann wir suchen, wer ein Verdächtiger sein könnte …«

»Ich glaube, ich weiß jemanden, der uns dabei helfen kann«, sagte Jim, der an den früheren FBI-Profiler dachte, den Griffin Powell im Quinn-Cortez-Fall engagiert hatte. Er sah zu Charlie. »Es sei denn, Sie können …«

»Ich könnte einen Profiler anfordern, aber so überlastet, wie wir zurzeit sind, lässt sich nicht sagen, wie lange es dauert, bis wir einen bekommen.« Charlie verzog das Gesicht. »Falls Sie einen unabhängigen Profiler haben, den Sie hinzuziehen können, dann würde ich sagen, nur zu.«

Jim wandte sich an Bernie. »Sheriff, habe ich Ihre Erlaubnis, ein paar Anrufe zu machen und diesen Profiler um Hilfe zu bitten?«

Bernie zögerte nur eine halbe Sekunde, dann sprachen ihr Vater und sie gleichzeitig, und beide sagten ja. Jim blickte verärgert zu R. B.

»Entschuldige, Kleines«, sagte R. B. zu seiner Tochter. »Ich vergesse manchmal, dass ich nicht mehr der Sheriff bin.«

Bernie rang sich ein Lächeln ab und sagte: »Okay, Jim, rufen Sie Ihre Kontaktleute an.« Ihr Blick wanderte durch den Raum. »Wir sollten lieber rausgehen, damit Jim in Ruhe telefonieren kann.«

Die anderen drei Männer nickten, murmelten zustimmend und verließen Jims Büro. Bevor sie ebenfalls hinausging, blieb Bernie kurz in der Tür stehen. »Ich nehme Dad mit rüber zu mir. Ich muss die Pressekonferenz vorbereiten, und er liebt es, mir Tipps zum Umgang mit der Presse zu geben.«

»Sobald ich den Profiler erreicht habe, rufe ich Sie an. Nein, streichen Sie das. Ich komme rüber zu Ihnen. Als Ihr Chief Deputy und der leitende Detective in diesem Fall, sollte ich dabei sein, wenn Sie die Pressekonferenz geben.«

»Ja, natürlich.«

Nachdem Bernie die Tür hinter sich geschlossen hatte, stand Jim eine Weile da und sah ihr durch die Glasscheibe nach, als sie zu ihrem Vater ging, sich bei ihm unterhakte und ihn mit einem Ausdruck von Liebe und Bewunderung anlächelte.

Jim ignorierte das seltsame Gefühl, das sich in seinem Innern regte, setzte sich hinter seinen Schreibtisch und holte einen kleinen schwarzen Notizblock aus seiner Hemdtasche, um Griffin Powells Nummer nachzuschlagen. Er prägte sich die Nummer in Knoxville ein und blickte in das äußere Büro. Die anderen waren alle fort. Ron Hensley musste mit ihnen hinausgegangen sein.

Jim konnte nicht umhin, sich über Bernie und ihren Vater zu wundern. War R.B. denn nicht klar, dass er das Selbstvertrauen seiner Tochter untergrub, indem er ihr dauernd »half«? Wahrscheinlich nicht. Obwohl sie eine erwachsene Frau war und rechtmäßig zum Sheriff von Adams County gewählt, sah R.B. sie offenbar immer noch als sein kleines Mädchen. Und welcher Mann würde sein Kind nicht beschützen und ihm helfen wollen?

Jim beneidete R.B. Er wünschte, sein Sohn würde ihn nur halb so sehr lieben und bewundern wie Bernie ihren Vater.

Kopfschüttelnd vertrieb er die Gedanken aus seinem Kopf, nahm den Telefonhörer und wählte Griffins Nummer. Sein alter College-Freund war inzwischen ein sehr wohlhabender

Mann, der eine angesehene Sicherheitsfirma und Detektei in Knoxville, Tennessee, besaß. Vor kurzem erst hatte Jim mit Griffin zusammen an einem großen Fall in Memphis gearbeitet, bei dem es ebenfalls um einen Serienmörder ging.

Sanders, Griffins persönlicher Assistent, meldete sich beim vierten Klingeln. »Powell-Residenz.«

»Sanders, hier ist Jim Norton. Ist Griffin da?«

»Ja, Sir.«

»Ich muss mit ihm reden. Es ist wichtig.«

»Wenn Sie bitte warten wollen. Ich werde ihm sagen, dass Sie am Telefon sind, Lieutenant Norton.«

»Captain Norton«, korrigierte Jim ziemlich schroff, ohne darüber nachzudenken, was er sagte.

»Gratuliere zur Beförderung, Sir.«

Jim lachte. »Danke.« Er hielt es für überflüssig, Sanders zu erklären, dass es sich bei der vermeintlichen Beförderung um einen Wechsel von einem Bundesstaat zum anderen und in eine andere Behörde handelte, der auch noch Gehaltseinbußen mit sich brachte.

»Ich sehe nach, ob Mr. Powell ans Telefon kommen kann«, sagte Sanders.

Während Jim wartete, blickte er zur Kaffeemaschine. Er wollte gerade aufstehen und sich eine Tasse Kaffee holen, als Griffin sich meldete.

»Jim?«

»Ja, Griff, ich … ähm … ich muss dich um einen Gefallen bitten.«

»Nur zu.«

»Ich habe kürzlich die Polizei von Memphis verlassen.« Er erzählte Griffin in knappen Sätzen von Mary Lees Heirat, seinem Umzug nach Adams Landing und seinem neuen

Job als Chief Deputy. »Wir haben es hier in Adams County möglicherweise mit einem Serienmörder zu tun. Zwei Frauen wurden entführt und ermordet, und seit gestern Abend wird eine dritte Frau vermisst. Wir haben nur wenige Anhaltspunkte, und unser einziger Verdächtiger hat ein wasserdichtes Alibi.«

»Wie kann ich dir helfen?«

»Du könntest mir diesen Profiler vermitteln, den du in dem Cortez-Fall verpflichtet hattest.«

»Derek Lawrence ist aber nicht billig«, sagte Griffin.

»Ja, das dachte ich mir. Ich weiß auch nicht, ob sich das Sheriff-Büro von Adams County seine Dienste leisten kann, aber wir brauchen ihn. Vielleicht kannst du ihn fragen, ob er uns nicht einen Rabatt geben kann.«

Griffin lachte. »Ist das eine versteckte Bitte an mich, ich möge die Rechnung übernehmen?«

»Nicht im Traum würde mir einfallen, dich um so etwas zu bitten.«

»Derek schuldet mir noch einen Gefallen. Ich rufe ihn an. Allerdings heißt das für dich, dass du mir dann einen Gefallen schuldig bist.«

»Abgemacht«, sagte Jim.

»Derek meldet sich bis heute Mittag bei dir.«

»Danke, Griffin.«

Eine Sekunde später hörte Jim den Freiton.

Es hatte einmal eine Zeit gegeben, in der Griffin Powell und er die besten Freunde und Teamkollegen gewesen waren. Sie beide hatten davon geträumt, nach dem Studium eine Profikarriere einzuschlagen. Für Jim endete der Traum mit einem kaputten Knie. Was jedoch geschehen war, das Griffins Pläne zerstörte, wusste niemand. Kurz nach dem Uni-Abschluss war er auf einmal verschwunden und tauchte zehn Jahre später als schwerreicher Mann wieder auf. Als mysteriöser Reicher. Griffin allein wusste, wo er die Jahre über gewesen und was ihm widerfahren war. Griffin und vielleicht auch Sanders, der Mann, der mit ihm von Gott-weiß-woher zurückkehrte.

Kapitel 13

Um halb zwölf, genau fünf Minuten, nachdem Allen Clark angerufen und berichtet hatte, dass Mary Lee ihre Operation gut überstanden hätte, nahm Jim seine Mittagspause. Er fuhr zum Haus der Grangers, vor dem er mehrere Minuten in seinem alten Pick-up saß, um seine Gedanken zu ordnen und zu überlegen, was er seinem Sohn sagen wollte.

Sei ehrlich, aber optimistisch, beschloss er dann.

Während er aus seinem Truck stieg und zur Vordertür ging, wanderten seine Gedanken zwölf Jahre zurück zu der Zeit, als Kevin noch ein Baby war – und Mary Lee noch seine Frau. Waren sie damals nicht glücklich gewesen? Er und Mary Lee liebten sich und waren stolze Eltern, die eine Zukunft für ihren Sohn planten. Eine Zukunft, von der sie dachten, dass sie beide darin vorkämen, gemeinsam ihr Kind großziehen würden und dieses Kind irgendwann einen Bruder oder eine Schwester haben würde.

Dann war alles schiefgegangen. Erst waren es Kleinigkeiten gewesen: Jims Besessenheit von der Arbeit, Mary Lees Langeweile und Rastlosigkeit.

Dann folgten Auseinandersetzungen und gegenseitige Vorwürfe. Und schließlich wurde Jims Partner ermordet, und eine Weile sah es so aus, als würde Jim den Verstand verlieren. Danach war nichts mehr wie vorher gewesen, weder seine Ehe noch sein Leben.

Als Jim gerade den Klingelknopf drücken wollte, hörte er lautes Lachen und spritzendes Wasser von hinter dem Haus. Er erinnerte sich vage, dass R.B. ihm gesagt hatte, Kevin solle eine Badehose mitbringen, weil sie einen Pool im Garten hätten.

Jim ging durch die schmiedeeiserne Pforte neben der Veranda hinters Haus. An der hinteren Ecke blieb er stehen und beobachtete Kevin und R.B. im Swimmingpool. Sie spielten mit einem großen Wasserball, und beide lachten. Brenda Granger stand in einer gelben Caprihose und weißer Bluse auf der hinteren Veranda und sah ihnen zu. Ein strahlendes Lächeln lag auf ihrem Gesicht. Als hätte sie Jims Anwesenheit gespürt, drehte sie sich zu ihm um und winkte.

»Hallo, Jim«, rief sie. »Sie kommen gerade rechtzeitig zum Mittagessen. Es gibt Hotdogs, Pommes frites und Schokoladenkuchen zum Nachtisch.«

Kevin warf den Ball auf die Terrasse, schwamm quer durch den Pool und stieg aus dem Wasser. »Hi, Dad. Hast du was von Mom gehört?«

Jim nickte. »Allen rief gerade an.«

»Wie geht es Ihrer Exfrau?«, fragte Brenda leise, als sie auf Jim zukam. »Wir haben versucht, Kevin abzulenken, damit er sich nicht zu viel Sorgen macht.«

»Dafür bin ich Ihnen sehr dankbar, Mrs. Granger. Ich kann Ihnen gar nicht genug für alles danken, was Sie für Kevin und mich tun.«

»Das machen wir doch gern. Und nennen Sie mich bitte Brenda.«

Kevin kam zu Jim gerannt und sah ihn an. »Wie geht es ihr? Es geht ihr doch gut, oder?«

»Allen sagte, sie hat die Operation gut überstanden. Sie schläft jetzt. Er ruft uns heute Abend noch mal an, und morgen wird sie dich selbst anrufen, sobald sie wieder ganz zu sich gekommen ist.« Jim blickte zu Brenda. »Ich habe Ihre Nummer angegeben. Das macht Ihnen hoffentlich nichts aus.«

»Nein, selbstverständlich nicht.« Brenda bückte sich und hob ein großes Badelaken vom Liegestuhl auf, das sie Kevin reichte. Dann drehte sie sich zu R.B. um, der gerade aus dem Pool stieg. »Komm rein und hilf mir, das Essen aufzutragen.«

»Darf ich mich erst abtrocknen?«

»Ja, aber beeil dich. Jim möchte gewiss einen Moment mit Kevin allein sein«, sagte Brenda.

Nachdem die Grangers ins Haus gegangen waren, legte Jim seinem Sohn die Hand auf die Schulter. »Setzen wir uns einen Moment, dann erzähle ich dir, was Allen gesagt hat.«

Sie gingen zur breiten Holzterrasse, welche die Veranda vom Poolbereich trennte, und setzten sich auf zwei der gepolsterten Holzgartenstühle.

»Sie haben deiner Mutter die linke Brust entfernt«, begann Jim. »Jetzt untersuchen sie den Lymphknoten, den sie mit herausoperiert haben, und in ein paar Tagen wissen sie, ob der Krebs sich ausgebreitet hat. Auf jeden Fall wird deine Mom eine Chemotherapie machen müssen, was bedeutet, dass ihr die Haare ausfallen und die Behandlung sie sehr müde und schwach macht. Außerdem wird ihr häufig schlecht sein.«

»Mom findet es bestimmt schrecklich, wenn ihr die Haare ausfallen.« Tränen glänzten in Kevins Augen.
Jim wollte seinen Sohn am liebsten in den Arm nehmen und an sich drücken. Er wünschte, er könnte ihm versprechen, dass alles wieder gut und seine Mutter ganz gewiss nicht sterben würde. Sei optimistisch, ermahnte er sich, aber auch ehrlich.
»Deine Mom ist eine starke Frau, eine Kämpfernatur. Sie wird sich ganz sicher nicht unterkriegen lassen.«
Kevin sah auf den Boden. »Sie wird nicht wollen, dass ich sie sehe, wenn ihr schlecht ist.«
»Wahrscheinlich nicht.«
»Dann dauert es noch lange, bis ich wieder zu ihr kann, stimmt's?«
»Ich weiß, dass es hart für dich ist, sie nicht zu sehen, aber wir müssen jetzt vor allem an sie denken und daran, was sie will und braucht.«
Kevin blickte wieder auf und blinzelte mit den Augen. Tränen hingen ihm in den Wimpern. »Allen kümmert sich gut um sie. Er liebt sie.«
Jim schluckte. Er hörte, was sein Sohn nicht aussprach. Du hast dich nicht um sie gekümmert. Du liebst sie nicht. Die alten Schuldgefühle kamen wieder hoch. Er hätte bei Mary Lee bleiben können. Er hätte ihr vergeben können, dass sie mit anderen Männern schlief. Doch dafür hätte er seinen Stolz überwinden müssen. Und welcher Mann konnte schon das Bild von seiner Frau auslöschen, die mit einem anderen im gemeinsamen Ehebett vögelte? Jim hatte sie in flagranti ertappt und war kurz davor gewesen, beide zu töten. Selbst jetzt noch, nach all den Jahren, konnte er die Wut fühlen, die ihn damals gepackt hatte.

Aber Kevin wusste nicht, was seine Mutter getan hatte, und würde es, wenn es nach Jim ging, auch niemals erfahren. Außerdem war er noch viel zu jung, um es zu verstehen. Kevin wusste nur, dass sein Dad sich von seiner Mom hatte scheiden lassen. Und für ihn fühlte es sich an, als hätte Jim sich auch von ihm scheiden lassen.

»Sie stirbt nicht, oder?«, fragte Kevin mit tränenerstickter Stimme.

Jim biss die Zähne zusammen und betete, dass er das Richtige sagte und tat, als er die Hand ausstreckte und auf Kevins Knie legte.

»Das glaube ich nicht«, sagte er.

Brenda Granger öffnete die Terrassentür und rief den beiden zu: »Das Essen ist fertig, ihr zwei!«

»Komm«, sagte Jim, »gehen wir rein.«

Als Kevin aufstand, legte Jim einen Arm um seine Schultern. Kevin wich ein Stück zur Seite, ging jedoch neben Jim her ins Haus.

Jim saß an seinem Schreibtisch und studierte die Informationen, die er auf seine Suchanfrage beim Steckbrief-Programm des FBI hin bekommen hatte.

Es gab zahlreiche Frauen, die vergewaltigt, gefoltert und ermordet worden waren, und vielen von ihnen war die Kehle durchgeschnitten worden. Aber nur vier der Mordfälle waren identisch mit dem, was sie bisher über Stephanie Prestons und Jacque Reeves' Entführung und Ermordung wussten. Und ein fünfter Mordfall wies einige Ähnlichkeiten zu ihren auf. Alle fünf Frauen waren im Südwesten der Vereinigten Staaten getötet worden und alle innerhalb der letzten fünf Jahre. Zwei in Georgia – Julie Patton und

Michelle McMahon; eine in Tennessee – Courtney Pettus; eine in North Carolina – Sara Hayes, und eine in South Carolina – Shannon Elmore. Jim hatte keine Ahnung, ob diesen Frauen etwas anderes gemein war, außer dass sie alle Opfer brutaler Vergewaltigungen waren und ermordet wurden und die Vorgehensweise des Täters dieselbe war wie bei dem, der jetzt Frauen im Nordosten Alabamas nachstellte. Aber hieß das auch, dass alle Frauen von demselben Mann umgebracht wurden?

Dank des FBI-Programms hatte Jim Zugang zu den Namen der ermittelnden Detectives in allen Mordfällen. Er wollte jeden von ihnen anrufen, um so viele Informationen wie möglich zu bekommen. Je mehr er über ähnliche Fälle erfuhr, umso eher könnte er sagen, ob ihr Killer in Alabama auch die anderen Frauen auf dem Gewissen hatte oder nicht.

Zwar hatte Bernie ihm als leitendem Ermittler in dem Preston-Mordfall und im Vermisstenfall Hardy freie Hand gegeben, aber sie hatte ihn auch gebeten, sie stets auf dem Laufenden zu halten.

»Ich glaube, ich kann eine Menge von Ihnen lernen, Jim«, hatte sie gesagt. »Und dass ich das zugeben muss, erfüllt mich nicht gerade mit Stolz. Wahrscheinlich sind Sie für den Posten des Sheriffs weit besser qualifiziert als ich, aber wir sind hier in Adams County und *mein* Nachname ist Granger.«

Er bewunderte ihre Ehrlichkeit und den Mut, so offen zu sprechen. Dennoch fand er, dass sie sich zu Unrecht selbst kleinmachte und sich zu sehr mit ihrem Vater verglich.

Als hätte er sie mit seinen Gedanken herbeigerufen, hörte Jim in diesem Moment Bernies Stimme aus dem zentralen Büro. Sie sprach mit John Downs und fragte ihn nach dem neuesten Stand im Fall Thomasina Hardy.

»Habt ihr, Ron und du, jeden befragt, der gestern Abend zwischen sechs und halb acht über die 157 fuhr?«

»Ja. Wir konnten nur sechs Leute auftreiben«, antwortete John. »Und keiner erinnerte sich, Thomasina gesehen zu haben. Der alte Hammonds erzählte allerdings, dass er ein Auto sah, auf das die Beschreibung passte, als er gegen Viertel vor sieben kurz vor der Brücke von Sunflower Creek war. Und soweit er es erkennen konnte, saß nur eine Frau drin.«

»Wo ist Ron jetzt?«, fragte Bernie.

»Er ist drüben bei Taylor's Wrecker Service und wartet auf die Spurensicherer, die Charlie Patterson von Huntsville rüberschicken wollte, um sich noch mal Thomasinas Wagen anzusehen.«

Jim schob seinen Stuhl zurück, stand auf und ging zur Tür. Als er sie öffnete, drehten Bernie und John sich zu ihm um.

»Hallo«, sagte Bernie.

Jim sah auf die Uhr über der Tür zum Flur. Es war kurz nach halb sechs. »Es ist schon fast wieder Abend.«

»Tut mir leid, dass ich nicht eher kommen konnte, aber ich habe es einfach nicht geschafft. Nach der Pressekonferenz heute Morgen musste ich zu Jerry Dale, dann brauchte Lisa Unterstützung, weil den ganzen Tag Anrufe von Bürgern eingingen, die sich wegen der zwei Entführungen innerhalb so kurzer Zeit Sorgen machten. Und als ich gerade dachte, ich könnte fliehen, kam Robyn mit den Einladungen zum vierzigsten Hochzeitstag unserer Eltern hereingeschneit, die sie schon vor einer Woche wegschicken sollte.«

»Ihre Eltern sind seit vierzig Jahren verheiratet?« Jims eigene Eltern hatten ihren vierzigsten Hochzeitstag nicht mehr erlebt. Sein Dad starb einen Monat vor dem vierunddreißigsten.

»Wird es eine Überraschungsparty?«, fragte John.

»Ja, sie sind seit vierzig Jahren verheiratet«, beantwortete Bernie Jims Frage. »Und sie sind immer noch sehr verliebt. Das muss man sich mal vorstellen.« Sie sah zu John. »Nein, die Party ist nicht wirklich eine Überraschung. Glaubst du allen Ernstes, wir könnten so etwas vor Brenda Granger geheim halten? Außerdem erwartet meine Mutter etwas ganz Besonderes, und wenn sie nicht wüsste, dass Robyn und ich eine Riesenparty für sie und Dad planen, würde sie Verdacht schöpfen und anfangen, sich überall umzuhorchen.«

John lachte, doch ehe er Bernie in eine Plauderei verwickeln konnte, was er, wie Jim festgestellt hatte, sehr gut beherrschte, nickte er Bernie zu und bedeutete ihr, in sein Büro zu kommen. Sicherheitshalber fügte er seiner nonverbalen Einladung noch hinzu: »Wenn wir vor Mitternacht hier rauswollen, sollten wir baldmöglichst anfangen, unser Täterprofil zu erstellen. Je eher wir es wegschicken, umso eher sehen wir erste Resultate.«

»Ja, klar.« Bernie klopfte John auf den Arm, als sie an ihm vorbeiging. »Sag Cathy, sie darf sich für Samstag in zwei Wochen nichts vornehmen. Die offizielle Einladung zur großen Sause habt ihr morgen in der Post.«

»Wir kommen ganz bestimmt.« John grinste. »So ein Fest verpassen Cathy und ich auf keinen Fall.«

Sobald Bernie in seinem Büro war, schloss Jim die Tür hinter ihr. »Ich habe hier den Bericht aus dem Steckbrief-Programm, und wie es aussieht, gab es vier fast identische Entführungen und Morde sowie einen fünften Fall, der sehr ähnlich ist.«

»In Alabama?«

Jim schüttelte den Kopf. »Zwei in Georgia, einer in Tennessee, einer in North Carolina und einer in South Carolina. Alle innerhalb der letzten fünf Jahre.«

»Ich habe noch nie ein Profilraster erstellt«, sagte Bernie. »Abgesehen von den Übungsrastern in meinem Kurs in Quantico.«

Jim zog einen der Besucherstühle neben seinen, damit Bernie sich zu ihm setzen konnte. »Nehmen Sie meinen Stuhl.«

Nachdem sie sich auf seinen breiten Drehsessel gesetzt hatte, nahm Jim auf dem Besucherstuhl Platz und rückte damit näher an sie heran. Dann nahm er den Notizblock, der auf seinem Schreibtisch lag. »Wie Sie wissen, geht es darum, ein Bild von dem Verbrecher und seinem Verbrechen zu erstellen, indem man die Punkte verbindet und sieht, was zusammenpasst.«

»Okay.«

»Wir fangen damit an, dass wir die sechs wichtigsten Fragen stellen und beantworten.«

Bernie riss die Augen auf. »Wer, was, wann, wo, wie und warum?«

Er schnalzte mit der Zunge und grinste sie an. »Ich wusste doch, dass Sie ein kluges Mädchen sind.«

Sie lachte und schüttelte den Kopf.

»Was?«, fragte er verwundert. »Ach ja … es war bestimmt nicht korrekt, Sie ein Mädchen zu nennen, stimmt's?«

»Mir macht das nichts aus, aber einigen meiner Mitarbeiterinnen schon.«

»Das merk ich mir. Aber ich bin froh, dass Sie nicht so empfindlich sind.«

Bernie räusperte sich. »Also fangen wir mit der Wer-Frage an.«

»Ja, wer sind die Opfer?«, fragte Jim.

»Unsere drei sind alles junge, attraktive Frauen im Alter von Mitte bis Ende zwanzig.«

»Hmm … und was haben sie sonst noch gemeinsam?«

»Thomasina Hardy unterrichtet am Adams County Junior College, Stephanie Preston hat dort studiert, und Jacque Reeves war vor ein paar Jahren Studentin am College.«

»Es könnte Zufall sein, dass das College alle drei verbindet, aber wir werden diese Gemeinsamkeit trotzdem mit aufnehmen.« Jim sah auf seinen Notizblock. »Ist Ihnen aufgefallen, dass alle drei Frauen dunkle Haare und braune Augen hatten?«

»Nein. Also waren sie alle junge, attraktive Brünette.«

»Jung, attraktiv, beliebt, brünett.«

Bernie sah Jim an. »Beliebt?«

»Im Klartext heißt das, dass die Frauen schon mehrere Beziehungen hatten.«

»Okay. Die Antwort auf unsere Wer-Frage ist also junge, attraktive, beliebte Brünette.« Bernie zählte die Eigenschaften an den Fingern ab. »Wir müssen herausfinden, ob diese Beschreibung auch auf diese vier oder fünf Frauen aus dem Steckbrief-Programm passt.«

»Zwei der leitenden Detectives habe ich schon angerufen. Angefangen habe ich mit denen in Georgia, weil diese Fälle die neuesten sind. Ich gehe davon aus, dass sie sich spätestens morgen bei mir melden. Morgen früh rufe ich die Ermittler in den übrigen Bundesstaaten an.«

Bernie nickte.

»Die Wer-Frage ist zweiteilig«, sagte Jim. »Wer die Opfer sind, ist nur der erste Teil.«

»Und der zweite ist, wer der Täter ist.«

»Was für ein Tätertyp ist er?« Jim blickte in Bernies braune Augen. Aus der Nähe erkannte man, dass das Braun von goldenen Punkten durchwirkt war. Seltsam, ihm war nie zuvor aufgefallen, dass ihre Augen anders als Robyns waren. Aber er war Bernie ja auch noch nie so nahe gewesen.

»Unser Täter plant alle Details«, sagte sie. »Er stellt den Frauen nach, was für ihn bedeutet, dass er ihnen den Hof macht. Dann entführt er sie, vergewaltigt sie und bringt sie um. Da Vergewaltigung nichts mit Leidenschaft zu tun hat, sondern mit Macht und Kontrolle, würde ich tippen, dass es ihm vor allem darum geht.«

»Ja, das sehe ich auch so.«

»Demnach ist er ein gut organisierter, machtorientierter Täter.«

»Womit wir zur Was-Frage kommen«, sagte Jim. »Was war in unseren beiden Morden die Todesursache? Gab es abweichendes Sexualverhalten? Ist irgendwas an den Morden ungewöhnlich?«

»Er schlitzte beiden Frauen die Kehle auf. Er folterte und vergewaltigte sie mehrfach. Und was das Ungewöhnliche betrifft – ich würde sagen, das Umwerben ist ungewöhnlich, ebenso wie die Geschenke und die Briefe. Aber was die Fälle Stephanie und Thomasina vor allem von der Norm abweichen lässt, sind die beängstigenden Sadomasozeichnungen.«

Jim schrieb hastig alles mit, während er und Bernie den Fall weiter besprachen. Wann trugen sich die Verbrechen zu? War das jeweilige Datum von Bedeutung? Und wo wurden die Taten begangen?

»Alle drei Opfer wurden entführt, aber wie es scheint, wehrte sich keine der Frauen. Also müssen sie ihren Entführer gekannt und ihm vertraut haben«, sagte Jim.

»Tja, das Wie der Morde ist einfach. Er durchschnitt ihnen mit einem scharfen Messer die Kehle. Und sollten wir Thomasina nicht bald finden, wird ihr dasselbe Schicksal drohen.« Bernie seufzte tief. »Und was das Warum angeht – das weiß nur Gott allein.«

»Die Informationen, die wir haben, sollten Derek Lawrence fürs Erste genügen«, sagte Jim. »Ich faxe ihm noch heute Abend alles.«

»Wie haben Sie es geschafft, dass ein Ex-FBI-Profiler, der inzwischen selbständig arbeitet, uns umsonst ein Täterprofil erstellt?« Bernie lehnte sich in dem Drehsessel zurück und verschränkte die Arme unter der Brust – unter ihren vollen, hübsch gerundeten Brüsten, wie Jim feststellte – und sah ihn fragend an.

»Ich habe einen einflussreichen, wohlhabenden Freund, der schon bei anderen Fällen mit Derek Lawrence zusammengearbeitet hat, und er hat ihn angerufen und gebeten, mir einen Gefallen zu tun.«

»Hmm … muss schön sein, solche Freunde zu haben. Verraten Sie mir, wer es ist?«

Jim zuckte mit den Schultern. »Griffin Powell.«

»Ihr früherer Teamkollege, *der* Griffin Powell?«

Jim stöhnte. »Nein, erzählen Sie mir jetzt bitte nicht, Sie gehörten damals zu den neunzig Prozent aller Mädchen und Frauen im Süden, die mächtig in ihn verliebt waren, als wir für die Uni spielten.«

Bernie schmunzelte. »Ehrlich gesagt …« Sie lachte. »Ich war nicht in Griffin Powell verliebt, aber wie alle anderen interessiert auch mich brennend, wo er während der zehn Jahre war, die ihn niemand zu Gesicht bekam. Sämtliche Zeitungen und Zeitschriften, die Radio- und die Fernsehsender im Süden haben die wildesten Spekulationen angestellt, warum er verschwand und wie er zu seinem Vermögen kam.« Bernie beugte sich zu Jim vor. »Wissen Sie es?«

Jim nahm ihren süßlichblumigen Duft wahr und stellte erstmals fest, dass Bernie Parfum trug. Auch das war ihm nie zuvor an ihr aufgefallen. Zudem schien sie eigentlich nicht der Typ Frau zu sein, der Parfum benutzte.

»Nein. Ich habe ihn nie gefragt, und er hat es mir nie erzählt«, antwortete Jim.

»Ah, verstehe.«

»Was für ein Parfum benutzen Sie?« Die Frage platzte unbeabsichtigt aus ihm heraus. Verdammt!

»Äh … ähm … Ich benutze kein Parfum.« Bernie schien erschrocken und verwirrt.

Jim rang sich ein Lachen ab, weil er hoffte, mit Humor aus der Situation herauszukommen, in die ihn seine Dummheit manövriert hatte. Was in aller Welt war in ihn gefahren, auf einmal goldene Flecken in Bernies Augen wahrzunehmen und sie nach ihrem süßen Duft zu fragen? »Also, irgendjemand hier im Zimmer riecht nach Blumen, und ich bin es nicht.«

»Blumen?« Bernie riss die Augen auf. Dann lächelte sie. »Ach, ich weiß, was es ist. Das ist die neue Handlotion, die meine Mutter mir geschenkt hat.« Sie hielt ihre rechte Hand unter Jims Nase. »Meinten Sie den Geruch? Er heißt Vanille-Jasmin.«

Er fasste ihr Handgelenk, schnupperte an ihrer Hand und grinste. »Ja, das ist es. Diese Handlotion ist ziemlich starker Stoff. Sie sollten lieber nicht zu viel davon benutzen, wenn Sie das nächste Mal in Raymonds Nähe sind, sonst fällt er direkt vor Ihnen auf die Knie.«

Bernies Lächeln erstarb. »Ich habe nicht das geringste Interesse an Raymond Long. Er ist ein sehr netter Mann, und ich kenne ihn schon mein ganzes Leben lang, aber zwischen uns ist nichts. Wir hatten weder in der Vergangenheit, bevor er heiratete und aus Adams Landing fortzog, etwas miteinander, noch werden wir jetzt etwas anfangen, wo er geschieden ist und den Eisenwarenladen seines Vaters übernommen hat. Da war nie und wird auch nie etwas sein. Außerdem ist er verrückt nach Robyn, wie ihr Männer alle.«

»Sie sortieren mich unter *alle Männer* ein?«

Sie kniff die Augen zusammen und sah Jim an. »Nur, wenn es darum geht, für welchen Frauentyp Sie sich interessieren.«

»Und Sie glauben zu wissen, welcher Frauentyp mich anspricht?«

»Sie können gar nichts dagegen machen. Robyn hat nun einmal diese Wirkung auf Männer, und Sie sind ein Mann.«

»Da bekenne ich mich schuldig. Ich bin ein Mann. Und wie jeder Mann, mag auch ich gutaussehende Frauen. Robyn ist zugegebenermaßen ein echter Hingucker. Aber ich halte nichts davon, meine Frau mit anderen zu teilen. Ich neige dazu, recht besitzergreifend zu sein. Und Ihre Schwester legt sich anscheinend ungern fest.«

»Irgendwann wird auch Robyn sich festlegen. Da muss nur der richtige Mann kommen.«

»Ja, kann sein.« Er dachte an Mary Lee, die jetzt mit dem Richtigen verheiratet war, mit Allen Clark. »Aber dieser Mann bin nicht ich. Nicht für Robyn.«

Bernie grinste. »Das dürfen Sie ihr aber nicht sagen. Sie liebt nichts mehr als die Herausforderung. Und sollte sie Sie noch nicht verführt haben, wird sie, wenn sie herausfindet, dass Sie nicht interessiert sind … So ein Schwachsinn. Ich fasse es nicht, dass ich hier sitze und Sie vor meiner eigenen Schwester warne. Was zwischen Ihnen und ihr ist, geht mich überhaupt nichts an.«

Bernie rollte den Stuhl zurück und stand auf. »Ich hole mir einen Kaffee. Möchten Sie auch einen?«

»Ich habe eine bessere Idee«, erwiderte Jim. »Was halten Sie davon, wenn wir hier Schluss machen, zu Ihren Eltern fahren und Kevin abholen. Anschließend gehen wir zu dritt essen. Ich lade Sie ein. Und Sie bestimmen, wohin wir gehen.«

Bernie lächelte. »Ich habe eine noch bessere Idee. Sie holen Kevin ab und kommen mit ihm zu mir zum Essen. Wie wäre das? Ich koche zwar nicht so gut wie meine Mutter, aber ich kann ein paar Steaks grillen und Kartoffeln in die Mikrowelle werfen.«

»Überredet. Also gut, faxen wir unser Profil an Derek Lawrence und machen den Laden hier dicht für heute.« In dem Moment, da er aufstand, wich Bernie zurück, als fürchtete sie, dass er sie berühren könnte. Er zog den Arm zurück, den er bereits ausgestreckt hatte, um die Hand auf ihren Rücken zu legen.

Okay, Sheriff Granger, ich habe verstanden. Und von mir haben Sie nichts zu befürchten. Ich werde nichts mit Ihnen anfangen, weil ich möchte, dass wir Freunde sind. Sonst nichts. Nur gute Freunde.

Er hatte sie ausgezogen und sie dann gebadet. Sie wehrte sich nicht, und nun fragte sie sich, ob sie sich vielleicht hätte wehren sollen. Aber sie war viel zu verängstigt gewesen, zu desorientiert und so verwirrt.

Sie hatte keine Ahnung, wo sie war, und sah keine Fluchtmöglichkeit. Er hatte ihr gesagt, dass er sie liebte, und er wüsste, dass sie ihm gefallen wolle. Da sie nicht wusste, was er hören wollte, hatte sie ihm weder zugestimmt noch widersprochen.

»Diesmal kümmere ich mich um deine persönliche Hygiene«, sagte er, während er ihr das Haar bürstete. »Aber von jetzt an erwarte ich, dass du es selbst machst. Hast du mich verstanden?«

Sie nickte schwach. Jeder Muskel in ihrem Körper war angespannt und sämtliche Sinne in Alarmstellung, während sie wortlos – ihm gehorchend – auf dem Holzstuhl saß.

Er packte grob ihr Kinn, dass sich seine Finger und sein Daumen in ihre Wangen bohrten, und sah ihr direkt in die Augen. »Wenn ich dir eine Frage stelle, erwarte ich eine richtige Antwort. Hast du mich verstanden?«

»Ja, ich … ich habe verstanden.« Ihre Stimme zitterte.

Er lächelte und bürstete ihr weiter das Haar. »Du hast wunderschönes Haar, Thomasina. Lang, seidig und so dunkel, dass es beinahe schwarz ist. Dein Haar war das Erste, was mir an dir auffiel. Und als ich dich eingehender beobachtete, wurde mir klar, wie wahrhaft liebreizend du bist.«

Ihre Angst zerfraß sie von innen wie ein heimtückisches Gift und wurde mit jedem Moment, den sie in Fesseln verbrachte, größer und größer. Obwohl er ihr die Fußfesseln abgenommen hatte, damit er sie ausziehen und unter die Dusche stellen konnte, war sie im doppelten Sinne des Wortes seine Gefangene – gefangen nicht nur in diesem gruftähnlichen Raum, sondern auch in ihrer unendlichen Furcht.

Als er sie badete, berührte er sie an ihren intimen Stellen. Er hatte sich viel Zeit genommen, um ihre Brüste zu waschen, und die Spitzen so lange geschrubbt, bis sie fast wund waren. Und als er sie zwischen den Beinen wusch, war er mit den Fingern in sie eingedrungen.

»Bitte«, hatte sie ihn angefleht, »nicht. Tu das nicht.«

»Ach, Thomasina, ich verspreche dir, dass ich dich nicht zu

lange necken werde, ehe ich dir gebe, was du wirklich willst.«
Dann hatte er sich auf ihre Klitoris konzentriert und diese empfindliche Stelle so hartnäckig mit dem Waschlappen bearbeitet, bis Thomasina schreien wollte.
»Nein … nein …«
»Was ist denn, Liebling? Kannst du nicht kommen, ohne dass ich in dir bin?«
Er hatte gelacht und sie weiter gewaschen.
Thomasina hatte keine Ahnung, wie spät es war. Sie vermutete, dass es Freitag sein musste, der Tag nach ihrer Entführung. Er hatte sie über Nacht hiergelassen – wo auch immer das *Hier* sein mochte. Er hatte sie allein in diesem halbdunklen Raum liegen gelassen, von dem sie annahm, dass er sich im Keller irgendeines Gebäudes befand.
Darin gab es einen Tisch, einen Stuhl und etwas, das ein nicht fertig eingebautes Bad zu sein schien – eine Dusche, ein Waschbecken und eine Toilette, umgeben von einer ungefähr ein Meter zwanzig hohen Wand. Die Wand trennte das Bad vom Rest des Raums, ohne eine wirkliche Privatsphäre zu bieten.
»So, alles fertig«, sagte er. »Jetzt bist du bereit.« Er hielt ihr seine Hand hin.
Sie starrte auf die Hand, die groß, kräftig und beängstigend schien.
Er runzelte die Stirn. »Du darfst niemals zögern, Thomasina. Wenn du zögerst, nehme ich das als Zurückweisung, und dann bin ich gezwungen, dich zu bestrafen.«
Wie von selbst schnellte ihre Hand hoch und legte sich in seine, angetrieben von ihrem Überlebenswillen. Sie musste alles tun, was nötig war, um zu überleben.
Er lächelte. »Komm mit.«

Sie stand auf und folgte ihm, als er sie zu dem kleinen Bett in der Ecke führte.
»Leg dich hin«, befahl er ihr.
Sie gehorchte seinem Befehl.
Du könntest dich wehren. Du könntest ihn schlagen, schreien und ihn kratzen. Du könntest ihm wehtun. Aber du kannst ihn nicht aufhalten. Er ist größer und stärker. Und du hast keine Waffe, dachte sie entmutigt.
Es gibt kein Entkommen. Hier kommst du nicht raus.
Tu, was er sagt. Gehorche ihm. Beschwichtige ihn. Und vielleicht …
»Was habe ich dir übers Zögern gesagt?« Er knurrte die Worte mit zusammengebissenen Zähnen.
Eilig legte sie sich aufs Bett.
»Du lernst dazu«, sagte er. »Aber du hast schon zweimal gezögert.«
Sie lag da. Ein stummer Schrei der Verzweiflung hallte durch ihren Kopf, und ihr Herz flehte um Gnade. Thomasina schloss die Augen und wartete auf ihre Bestrafung.
Sie hörte ihn vor sich hin murmeln und durchs Zimmer gehen und fragte sich, was er tat und warum er nicht sofort gehandelt hatte. Sie hatte mit einem Schlag oder sogar einem Fausthieb gerechnet.
Dann fühlte sie, wie sich das Bett an der Seite neigte, und spürte, dass er über sie gebeugt war. Er würde sie vergewaltigen, und sie konnte nichts tun, um ihn davon abzuhalten.
»Mach die Augen auf, Liebling.«
Sie öffnete sofort die Augen und starrte in das hübsche Gesicht eines Wahnsinnigen.
Mit einem schnellen, verhaltenen Blick wanderte sie seinen Körper ab. Er war nackt, aber noch nicht erregt. Sein Penis

hing schlaff herunter, und die Spitze strich über ihren linken Oberschenkel.

»Ich bin noch nicht ganz so weit«, sagte er. »Aber du brauchst dir keine Sorgen zu machen. Ich werde sehr bald einen steinharten Ständer haben.«

Sie schluckte gegen die Angst an, die ihr den Hals zuschnürte.

Seine großen Hände betatschten ihre Schultern, ihre Brüste und ihren Bauch. Dann neigte er den Kopf und glitt mit der Zunge von ihrem Nabel bis zu ihrem Hals. Ihr Herz pochte wie wild, und Schweißperlen traten ihr auf die Stirn.

Sein Mund spielte mit ihren Brüsten und quälte die empfindlichen Spitzen. Und plötzlich, ohne Vorwarnung, biss er ihr in die Brustseite. Sie schrie auf vor Schmerz. Wieder und wieder biss er sie, dann bedeckte er ihre rechte Brust mit dem Mund und verharrte direkt über der Spitze.

Weinend und schluchzend versuchte sie, seinen Kopf wegzudrücken, doch er drückte ihre Hände auf die Matratze und lag mit seinem kräftigen Körper auf ihr, so dass sie sich nicht rühren konnte und kaum noch Luft bekam. Sein erigierter Penis drang zwischen ihre Schenkel. Nun biss er in ihre Brustwarze und stieß gleichzeitig seinen Penis in sie hinein.

Thomasina schrie vor Schmerz, während er sie brutal vergewaltigte.

Kapitel 14

Hast du wirklich Basketball, Softball und Fußball gespielt?« Kevin stand in Bernies kleinem Zimmer und bestaunte die gerahmten Fotos an den Wänden und die vielen Trophäen in den Regalen. »Du musst ja richtig gut gewesen sein, dass du so viele Preise gewonnen hast.« Kevin drehte sich um und musterte Bernie von oben bis unten. »Du warst bestimmt gut, weil du so groß und kräftig bist. Andere Mädchen sind nicht so groß.«

»Kevin, ich finde nicht …«, setzte Jim an, um seinen Sohn zu korrigieren.

»Nein, nein, ist schon in Ordnung«, fiel Bernie ihm ins Wort. »Ich bin größer und kräftiger als die meisten Frauen.« Sie lächelte Kevin freundlich an. »Ja, meine Größe war beim Sport in der Schule eindeutig von Vorteil. Und als Sheriff kommt sie mir ebenfalls zugute. Ich bin genauso groß wie viele meiner Hilfssheriffs, und es ist nun einmal einfacher, jemandem Befehle zu erteilen, dem man dabei in die Augen sehen kann, ohne zu ihm aufzublicken.«

Kevin lachte. »Zu meinem Dad musst du aber trotzdem aufblicken. Der ist nämlich größer als du.«

»Ja, das stimmt.« Als sie zu Jim hinübersah, streckte der die Schultern durch und stellte sich kerzengerade hin. Sie musste unwillkürlich lachen.

»Meine Mom ist nicht besonders groß.« Kevins Lächeln schwand. »Ich bin jetzt schon größer als sie. Erst vor ein paar Wochen sagte sie, ich bin jetzt nicht mehr ihr kleiner Junge, sondern ihr …« Kevins Stimme versagte.

»Vielleicht solltet ihr beiden mal nach den Steaks sehen«, fing

Bernie die Situation auf. »Du willst deins halb durch, stimmt's? Genau wie dein Dad. Da müssen wir aufpassen, dass sie nicht zu lange auf dem Grill liegen.« Sie nickte in Richtung Tür. »Und während ihr nach den Steaks schaut, mache ich den Salat fertig und decke uns den Tisch in der Küche.«

Jim legte eine Hand auf Kevins Schulter. »Dann komm mit, mein Junge.«

»Wartet mal kurz«, rief Bernie ihnen nach, als sie schon aus dem Zimmer gegangen waren.

Vater und Sohn blieben im Flur stehen und blickten sich zu ihr um. Dabei nahmen sie beide exakt dieselbe Haltung ein. Jim stellte nicht zum ersten Mal fest, dass Kevin genauso war wie er in seinem Alter. Abzüglich des glücklichen Heims, der Eltern, die einander liebten, und der nervtötenden kleinen Schwester. All das hatte Jim sich für seinen Sohn gewünscht, jedoch versäumt, es ihm zu geben.

»Ich mache auch Eis«, sagte Bernie. »Was ist deine Lieblingssorte, Kevin?«

Kevin schluckte, und in seinen Augen glänzten Tränen. »Ich mag am liebsten einfaches Vanilleeis«, antwortete er.

»Du wirst staunen, ich auch. Ich habe das Rezept von meiner Mutter, da kommen sechs Eier rein. Also mach dich auf einiges gefasst.«

»Lecker.« Ein schwaches Lächeln huschte über Kevins Gesicht.

Jim ging mit seinem Sohn durch den Flur und die Küche zur hinteren Veranda. Dort hob er den Deckel des Grills hoch, nahm eine lange Fleischgabel aus dem Regal seitlich vom Grill und wendete die drei T-Bone-Steaks.

»Fünf Minuten noch, dann sind sie gut«, sagte Jim.

»Was darf ich machen?«

»Du gehst rein und lässt dir von Bernie eine Fleischplatte geben, auf die wir diese Prachtstücke legen können.«
»Okay.«
»Kevin?«
»Ja?«
»Es ist vollkommen in Ordnung, dass du dir Sorgen um deine Mutter machst. Und wenn du über ihre Operation oder etwas anderes reden willst …«
»Ich will nur, dass sie wieder gesund wird. Sie soll nicht sterben.«
»Das verstehe ich. Ich will es ja auch.«
»Warum musste sie Krebs kriegen? Warum jetzt, wo sie mit Allen so glücklich ist und …« Kevin biss die Zähne zusammen.
Jim schmerzte es ungemein, seinen Sohn so traurig zu sehen. Er konnte es kaum ertragen, wie sehr Kevin litt. Als Vater hatte er gelernt, dass nichts einem so wehtat, wie das eigene Kind so unglücklich zu sehen, vor allem wenn man wusste, dass man nichts, gar nichts dagegen tun konnte.
»Ich weiß nicht, warum sie Krebs bekommen hat oder warum es ausgerechnet jetzt passieren musste. Aber du musst daran glauben, dass sie wieder gesund wird. Sie schafft das.«
»Glaubst du daran?«
Jim zögerte einen Augenblick. »Ja, ich glaube fest daran, dass deine Mutter wieder gesund wird.«
Kevin seufzte tief. »Dad?«
»Hmm …?«
»Ich mag Sheriff Granger. Sie ist nett. Auch ihre Mom und ihr Dad sind richtig nett.«
»Ja, das stimmt, Bernie ist eine nette Frau, und ihre Familie ist auch sehr nett.«

»Magst du sie auch?«
Jim zögerte einen Moment, bevor er antwortete, weil er nicht sicher war, was Kevin mit der Frage bezweckte. »Ja, natürlich mag ich sie.«
»Wie doll magst du sie?«, fragte Kevin.
Jim kniff die Augen zusammen und sah seinen Sohn prüfend an. »Ich mag sie sehr, wie eine gute Freundin.«
»Ach so.« Kevin drehte sich um, öffnete die Tür und ging in Richtung Küche.
Jim stand da und starrte durch die Glasscheibe in der Tür. Kevin ging zu Bernie und begann, mit ihr zu reden. Jim konnte nicht hören, was sie sagten, aber innerhalb weniger Minuten lächelte Kevin wieder und lachte sogar.
Danke, Bernie. Danke dafür, dass du weißt, was du zu meinem Sohn sagen musst, um ihm wieder ein Lächeln ins Gesicht zu zaubern.
Bernie langte in den obersten Hängeschrank und holte eine Fleischplatte hervor. Dabei wanderte Jims Blick zu ihrem Po, über dem sich der Stoff ihrer braunen Hose spannte. Sie hatte einen tollen Po, perfekt gerundet und sehr stramm. Ein Anflug von Erregung machte Jim bewusst, dass er gerade seine Chefin begaffte.
Hastig wandte er den Blick von ihr ab und richtete ihn auf die brutzelnden Steaks. Jim atmete tief ein und sehr langsam wieder aus. Was war nur los mit ihm, dass er Bernies Hinterteil betrachtete und dabei tatsächlich erregt wurde? Sie war schließlich nicht nur seine Vorgesetzte, sondern darüber hinaus auch kein bisschen an ihm als Mann interessiert. Und du willst nichts von ihr. Sie ist nicht dein Typ. Ihre Schwester Robyn, die ist dein Typ.
Aber da lauerte schon das nächste Problem. Er war schon

einmal mit Robyn aus gewesen, und obwohl sie eine umwerfende Frau war, hatte er festgestellt, dass sie seiner Exfrau viel zu ähnlich war. Und eine Mary Lee im Leben war für jeden Mann mehr als genug.

»Hier ist die Fleischplatte.« Kevin streckte ihm eine große, ovale Platte entgegen, als er aus der Küche kam. »Bernie hat die Eismaschine schon angestellt und meint, das Eis ist fertig, bis wir die Steaks gegessen haben. Sind sie schon durch?«

»Ja.« Jim nahm die Platte und stellte sie auf die Ablage neben dem Grill. Dann nahm er mit der langen Fleischgabel die Steaks vom Rost und legte sie auf die Platte.

»Ich darf doch Bernie zu ihr sagen, oder?«, fragte Kevin. »Sie sagt, Freunde sollen sich duzen, und sie will, dass wir Freunde werden.«

»Klar ist es okay.«

Bernie öffnete die Hintertür und rief die beiden. »Hier ist alles bereit. Bringt die Steaks rein, dann können wir essen.«

Innerhalb von dreißig Minuten hatten sie alle drei ihren Salat, ihre Steaks und die gebackenen Kartoffeln aufgegessen. Anschließend aßen sie jeder noch eine große Schale Vanilleeis – das beste, das Jim seit seiner Kindheit bekommen hatte. Nach dem Abendessen ging Jim nach draußen und reinigte den Grill, während Kevin Bernie half, den Tisch abzuräumen und den Geschirrspüler zu füllen. Als Jim fertig war, wollte er wieder zu den anderen gehen, blieb aber für einen Moment vor der Tür stehen und beobachtete seinen Sohn mit Bernie. Die beiden unterhielten sich und arbeiteten lächelnd Seite an Seite. Jim bekam plötzlich ein merkwürdiges Gefühl. Es war ein warmes, vertrautes Gefühl, das ihn an seine eigene Kindheit erinnerte, als er seiner Mom in der Küche half.

Er öffnete die Tür. »Wenn ihr hier so weit seid, sollten Kevin und ich lieber nach Hause fahren.«
»Ach, Dad, können wir nicht noch ein bisschen bleiben?« Kevin sah seinen Vater flehend an. »Die Hündin nebenan hat gerade Junge gekriegt, und Bernie hat schon drüben angerufen und gefragt, ob wir sie uns angucken dürfen.«
»Es sind Boston-Terrier«, sagte Bernie. »Ich habe den Nolans einen abgekauft und dachte, dass Kevin vielleicht Lust hat, sich meinen Welpen anzusehen und mir zu helfen, einen Namen für ihn zu finden.«
»Bitte, Dad!«
»Na gut, warum nicht.« Jim zuckte mit den Schultern. Er würde alles tun, um Kevin glücklich zu machen und ihn für eine Weile vergessen zu lassen, was mit Mary Lee war.
»Bernie sagt, dass Brenda und R.B. auf den Hund aufpassen sollen, wenn sie nicht da ist. Dann sehe ich ihn richtig oft, und Bernie sagt, ich darf auch mithelfen, ihn zu erziehen.«
Jim sah Bernie an, und die beiden verstanden sich, ohne ein Wort zu sagen. Kevin brauchte dringend Ablenkung, damit er sich nicht unentwegt Sorgen um seine Mutter machte.
»Die Nolans wissen, dass wir kommen?«, fragte Jim.
»Ja, sie wissen Bescheid.« Bernie legte eine Hand auf Kevins Schulter und drückte sie sanft. »Bist du bereit?«
Kevin sah Jim an. »Kommst du mit?«
»Aber klar.«
»Chuck und Diane Nolan halten die Mutter mit den Welpen in der Waschküche.« Bernie führte sie nach hinten raus und durch den Garten zum Nachbarhaus. »Wir sollen einfach zur Hintertür kommen und anklopfen.«
Jim folgte Bernie und Kevin in den Nachbargarten. Die Sonne war schon vor fast einer Stunde untergegangen, und jetzt

herrschte ein schwaches Zwielicht, in dem alle Farben noch einmal aufleuchteten, bevor es endgültig dunkel wurde. Jim blickte auf seine Uhr. Es war kurz vor neun.
»Mein Welpe ist der Zwerg im Wurf. Sein Gesicht ist fast ganz weiß«, erzählte Bernie. »Du erkennst ihn gleich auf den ersten Blick.«
»Wie alt ist er?«, fragte Kevin.
»Sechs Wochen.«
»Dann kannst du ihn schon zu dir nehmen, oder?«
»Ja, sehr bald jedenfalls. Aber erst muss ich noch alles einkaufen, was ich für ihn brauche. Vielleicht erlaubt dein Dad dir, morgen mit mir zusammen einkaufen zu fahren. Im Landhandel hier haben sie auch alle Sachen für Hunde.«
Jim hörte zu, wie Kevin und Bernie über den Welpen sprachen, über die Grundausstattung, die sie brauchte, und darüber, dass Bernie sich auf Kevin und ihre Eltern verließ, ihr neues Haustier tagsüber zu betreuen. Zum zweiten Mal fühlte Jim sich auf seltsame Weise an Mutter und Sohn erinnert, als er Bernie und Kevin zusammen sah. Und in diesem Moment wurde Jim bewusst, dass Bernadette Granger ein Naturtalent war, was den Umgang mit Kindern betraf. Sie schien ganz einfach eine mütterliche Begabung zu besitzen.

Auf dem Heimweg sprach Kevin von nichts anderem als Boomer. So nämlich lautete der Name, den er für Bernies schwarz-weißen Welpen ausgesucht hatte. Jim wunderte sich, dass ihm nie zuvor aufgefallen war, wie sehr sein Sohn sich einen Hund wünschte. Na ja, wahrscheinlich war er zu sehr damit beschäftigt gewesen, mit Mary Lee zu streiten, um es zu bemerken. Und heute war er auch bereit zuzugeben, dass seine Exfrau nicht allein schuld an den vielen Auseinandersetzungen gewesen war. Wenngleich er ihr nie vergeben würde, dass sie ihn betrogen und versucht hatte, einen Keil zwischen ihn und Kevin zu treiben, so musste er doch eingestehen, dass er ein Gutteil Mitschuld an der Zerrüttung der Familie trug. Und noch Jahre nach der Scheidung hatte er von seiner Exfrau nur das Schlechteste erwartet und ihnen somit beiden stets die Chance verweigert, ein halbwegs normales Verhältnis zu entwickeln.

Sobald sie zu Hause waren, schickte Jim Kevin ins Bad. »Geh duschen, putz dir die Zähne und dann ab ins Bett. Morgen früh kannst du ausschlafen, da ich die meiste Zeit hier zu Hause arbeiten kann.« Er plante, die leitenden Ermittler in den anderen Südstaaten wegen der vier, möglicherweise fünf Mordfälle, die ihren beiden so unheimlich ähnlich schienen, anzurufen. Und die Telefonate konnte er ebenso gut von zu Hause wie vom Büro aus führen.

Kevin blieb auf dem Weg aus dem Wohnzimmer stehen. »Denk dran, dass Bernie mich morgen um zwei abholt, damit wir die Sachen für Boomer einkaufen können.«

»Ich werde es nicht vergessen«, sagte Jim grinsend. »Und falls doch, erinnerst du mich noch mal dran.«

»Glaubst du, ich kann morgen mit Mom reden?«

»Das weiß ich nicht. Vielleicht.«

»Ich habe ein eigenes Handy. Allen hat es mir geschenkt, damit sie mich jederzeit anrufen kann, auch wenn ich nicht hier oder bei den Grangers bin.«

In Jim regte sich eine unangenehme Eifersucht, und gleich kam er sich wie ein Idiot vor, weil er Allen übelnahm, dass er Kevin Dinge schenkte, die Jim sich nicht leisten konnte. Dabei war es in Wahrheit doch so, dass er gar nicht sicher war, ob er ein eigenes Handy für einen Zwölfjährigen angebracht fand. »Mag sein, dass Mary Lee morgen noch nicht anrufen kann, aber sie meldet sich ganz gewiss bald.«

»Ja, wenn nicht morgen, dann bestimmt am Sonntag.«

Egal wie oft seine Exfrau ihn vor seinem Sohn schlechtgemacht hatte, er würde niemals gegenüber Kevin etwas Negatives über sie äußern, vor allem jetzt nicht. Mary Lee war ihr Leben lang ein egoistisches Miststück gewesen, auch damals, zu Beginn ihrer Beziehung. Nur war Jim da viel zu verliebt und zu scharf auf sie gewesen, um zu erkennen, was für ein Mensch sie in Wirklichkeit war. Gott, er war unendlich blöd gewesen. Das Schlimmste aber war, dass Kevin für seinen Fehler bezahlte. Jim war klar, dass er nachsichtig mit Mary Lee sein sollte, machte sie doch gerade Entsetzliches durch. Aber falls diese Erfahrung sie nicht von Grund auf veränderte, dann würde sie einfach weiter eine Frau bleiben, die ihre eigenen Bedürfnisse über die aller anderen stellte, einschließlich Kevins.

»Mach dich jetzt erst mal bettfertig«, sagte Jim.

Kevin zögerte.

»Stimmt was nicht?«, fragte Jim.

»Darf ich Bernie morgen einladen, abends mit uns zu essen?«

Jim nickte. »Ja, klar, frag sie ruhig.«

»Können wir mit ihr zu King Kone gehen und Hamburger mit Pommes essen?«

»Wenn du das gern möchtest.«

»Danke, Dad.«

Jim stand in der Mitte seines Wohnzimmers und genoss diesen Moment. Danke, Dad. Zwei einfache, kurze Worte, die ihm die Welt bedeuteten. Ob viele geschiedene Väter dieselben Schuldgefühle und dieselbe Wut empfanden, die ihn

plagten? Genossen die anderen Wochenendväter jede Minute mit ihren Kindern ebenso wie er?
Genieß die Zeit mit Kevin, sagte er zu sich selbst. Sie wird früh genug enden, wenn Mary Lee sich wieder erholt und ihn abholen lässt. Jims selbstsüchtige Seite wünschte sich, dass Mary Lee beschloss, als Krebsüberlebende würde ihr die Fürsorge für einen Teenager zu viel. Wenn sie ihm nur erlaubte, Kevin bei sich zu behalten. Ja, und das würde an genau dem Tag geschehen, an dem er in der Hölle Schlittschuh lief!
Dieses *Wenn-doch-nur*-Spiel war reine Zeitverschwendung. *Was wäre, wenn* oder *wenn doch nur* waren alte Freunde von Jim. Im Laufe der Jahre hatte er viel zu viel Zeit mit ihnen verbracht. Was wäre, wenn er Profisportler geworden wäre? Wenn er doch nur Mary Lee nicht geheiratet hätte. Wenn doch nur sein Partner bei der Polizei von Memphis nicht erschossen worden wäre. Wenn ihn Mary Lee doch nur nicht betrogen hätte.
Jim ging in sein Schlafzimmer, stellte die Nachttischlampe an, öffnete seinen Gürtel und zerrte sein Hemd aus der Hose. Dann ging er zur Kommode, zog die oberste Schublade auf und holte eine Flasche Jack Daniels daraus hervor. Nachdem er den Verschluss abgedreht hatte, hob er die Flasche an die Lippen und trank einen Schluck. Dann stieß er den brennend heißen Atem aus und wischte sich den Mund. Seine Knie schmerzten, aber im Grunde taten sie immer weh. Der Schmerz war ein Teil von ihm geworden. Ohne Kevin im Haus wäre er heute Abend wahrscheinlich versucht, die ganze Flasche zu leeren. Sich zu betrinken, linderte nicht bloß den Dauerschmerz in seinen Knien, sondern löschte auch die Erinnerungen an sein Versagen aus – als Football-Held, als Partner, als Ehemann, als Vater und als Mensch.

Jim trank einen zweiten Schluck, schraubte die Flasche wieder zu und legte sie in die Schublade zurück. Anschließend setzte er sich auf die Bettkante und rieb sich den verspannten Nacken.

Häng der Vergangenheit nicht nach. Denk nicht daran, wo und wie du überall versagt hast. Denk an die Möglichkeiten, die sich dir jetzt und hier bieten, ein guter Vater und ein hervorragender Chief Deputy zu sein, ermahnte er sich.

Nachdem er seine Schuhe und Socken abgestreift hatte, legte er sich auf das ungemachte Bett und starrte an die Decke, bevor er die Augen schloss.

»Dad? Dad?«

Jim hörte Kevins Stimme, hatte jedoch Mühe, aus seinem Halbschlaf zu erwachen.

»Ja?« Er öffnete die Augen und blickte zur Tür.

Da stand Kevin. »Ist alles in Ordnung, Dad?«

»Ja, klar. Ich war nur kurz eingenickt.«

»Ich gehe jetzt ins Bett. Bis morgen dann.«

Jim setzte sich auf und winkte seinem Sohn zu. »Schlaf schön.«

»Ja, du auch.«

Als Kevin in seinem Zimmer war, drehte Jim sich um und blieb eine Weile auf der Bettkante hocken, bevor er aufstand und ins Bad ging. Rasieren und duschen würde er sich morgen früh, aber er musste noch seine Zähne putzen. Und er musste zum Klo.

Als er gerade fertig war und sich die Hände wusch, klingelte es an der Tür. Wer konnte das sein? Es musste schon nach elf sein, denn Kevin und er waren erst um zehn bei Bernie weggefahren.

Eilig spülte er sich die Seife von den Händen, schüttelte sie trocken und streifte sie sich im Handtuch ab, bevor er quer durchs Haus zur Tür lief. Als er durch den Spion sah, fuhr er vor Schreck zusammen. Was in aller Welt tat sie hier, um diese nachtschlafende Zeit?

Er schloss die Tür auf und öffnete sie nur halb.

Sie lächelte ihn an und präsentierte ihm dabei strahlend weiße Zähne. »Willst du mich nicht hereinbitten?«

»Ist ein bisschen spät für einen Besuch, findest du nicht?«

»Ich hatte gerade das langweiligste Date meines Lebens«, seufzte Robyn Granger, wobei sich ihre großen Brüste, die nur von einem sehr engen weißen T-Shirt verhüllt waren, hoben und wieder senkten. Ihre aufgerichteten Brustspitzen drückten sich deutlich durch den Baumwollstoff ab. »Aber wenn du mich hereinbittest, wird der Abend nicht restlos verschwendet sein.«

Jim zögerte. Robyn schob die Tür weit genug auf, um sich an ihm vorbei ins Haus zu drängen, bevor sie die Arme um Jim legte und ihren Körper an ihn presste.

Er fasste ihre Handgelenke und nahm ihre Arme wieder herunter, ehe er die Haustür schloss. »Wer war denn der Unglückliche?«, fragte er.

»Der Unglückliche?«

»Na, unglücklich, weil er dich gelangweilt hat.«

Robyn lachte. »Ich hätte es wissen sollen, dass man nicht mit einem Pfarrer ausgehen sollte.«

»Dann hattest du heute Abend ein Date mit Reverend Donaldson?«

Sie hakte sich bei ihm unter. »Verschwenden wir unsere Zeit nicht damit, über ihn zu reden.« Sie schmiegte sich an Jim und flüsterte ihm ins Ohr. »Ich bin tierisch scharf, und du bist genau der Richtige, um mir zu helfen.«

Unter anderen Umständen hätte Jim wohl kaum abgelehnt, was sie ihm anbot. Schließlich hatte er schon ziemlich lange keinen Sex mehr gehabt, und Robyn war zweifellos eine sehr verführerische Frau. Aber sein Sohn war hier und lag wahrscheinlich noch wach in seinem Zimmer. Jim würde auf keinen Fall Robyn oder irgendeine andere Frau vögeln, solange Kevin gleich nebenan war.

Als Robyn mit der Hand unter sein Hemd glitt und seine Brust streichelte, hielt er sie auf. »Hör zu, Süße, es ist die falsche Zeit und der falsche Ort. Hast du vergessen, dass mein Sohn bei mir wohnt?«

»Ah, stimmt ja. Der niedliche Kleine, auf den Mom und Dad aufpassen. Keith? Kirk?«

»Kevin.«

»Ja, wie gesagt, ein niedlicher Kleiner.« Robyn lehnte sich vor und küsste Jim auf den Mund.

Er packte ihre Schultern, worauf sie lächelnd stöhnte.

»Warum gehen wir nicht in dein Schlafzimmer? Wir können ja ganz leise sein, dann merkt Keith gar nicht, dass ich hier bin. Und ich verspreche auch, morgen früh zu verschwinden, bevor er aufwacht.«

Jim hielt sie noch fester. »Geh nach Hause, Robyn. Nimm eine kalte Dusche. Oder lass dir von deinem Vibrator helfen.«

Sie machte einen Schmollmund und runzelte die Stirn. »Schickst du mich allen Ernstes weg?«

Er nickte. »Ja, das siehst du ganz richtig.«

Sie trat einen Schritt zurück und hob die Arme in einer *Nimm-mich*-Geste. »Du weißt wohl nicht, was dir entgeht.« Robyn hob ihr T-Shirt, um ihm zu zeigen, dass sie keinen BH trug.

Jim schluckte, und sein Penis zuckte. Runter mit dir, Junge. Du kriegst nichts davon. Nicht heute Nacht. Und wenn ich halbwegs schlau bin, dann niemals.

»Mit dem Verlust muss ich leben«, sagte er.

Mit einem Seufzer zog sie ihr T-Shirt wieder herunter. »Tja, das passiert mir zum ersten Mal, dass ich an einem Abend gleich von zwei Männern abgewiesen werde.«

»Du wolltest mit dem Pfarrer ins Bett gehen?« Jim lachte leise.

Robyn grinste. »Na ja, nicht ganz. Aber nach den ersten zwei Stunden sagt er mir auf den Kopf zu, dass er grundsätzlich nicht beim ersten Date bumst. Verdammt, der Kerl küsst noch nicht mal beim ersten Date. Ich glaube, der tickt nicht richtig.«

Robyn ließ ihre Fingerspitzen über seine Brust wandern. »Bist du sicher, dass du heute Nacht nicht doch ein bisschen rummachen willst?«

»Nicht heute Nacht.« Jim drehte Robyn herum und schob sie sanft zur Haustür.

»Wollen wir's verschieben?« Robyn zwinkerte ihm zu.

Jim antwortete nicht gleich.

»Wer ist sie?«, fragte sie.

»Was?«

»Du würdest nicht zögern, wenn du nicht eine andere hättest oder zu haben planst. Wer ist sie?«

»Es gibt keine andere Frau«, sagte Jim. Und nur um ihr zu beweisen, dass es keine andere gab, fügte er hinzu: »Verschieben wir es.«

Sie gab ihm einen Zungenkuss, bevor sie hinausging. Auf dem Gehweg drehte sie sich noch einmal zu ihm um. »Ruf mich an. Okay?«

»Okay.«
Jim blieb stehen, bis sie wieder in ihren kleinen gelben Sportwagen gestiegen und weggefahren war. Er hatte einen schmerzhaften Ständer. Ja, sein Körper verlangte dringend nach einer Frau, und zwar nicht unbedingt nach Robyn Granger, sondern nach irgendeiner. Jede Frau wäre ihm recht.

Kapitel 15

Als er ging, hatte Thomasina geweint. Die dämliche Kuh. Sie dachte, sie könnte ihn zum Narren halten, indem sie sich unterwürfig und gehorsam gab. Aber er ließ sich nichts vormachen, von ihr schon gar nicht. Sie liebte ihn nicht so, wie er geliebt werden wollte. Sie war wie all die anderen, nichts als eine schöne Hure, die log, wenn sie nur den Mund aufmachte. Sie sagte ihm, dass sie ihn liebte, und bat ihn, mit ihr zu schlafen. Dabei enttäuschte sie ihn genauso wie Stephanie. Und Jacque. Und …
Warum war er zum Leiden verdammt? Warum musste er an die wahre Liebe glauben, wo seine Hoffnungen doch ein ums andere Mal zerstört wurden? Aber er gab nicht auf. Das konnte er nicht. Er war entschlossener denn je, die vollkommene Frau zu finden, die wahre Seelenverwandte.
Einmal hatte er sie gefunden gehabt, vor vielen Jahren. Sie war das perfekte Mädchen gewesen.
Bis heute war ihr Name Musik in seinen Ohren. Sanft, süß und wunderschön. Er hatte sie geliebt, war besessen von ihr

gewesen. Für sie wäre er gestorben. Und sie hatte ihm ihr Herz und ihren Körper versprochen.

Nein! Hör auf, an sie zu denken. Vergiss das, was damals geschehen ist. Die Erinnerung schmerzt zu sehr. Sie wird dich nur wieder zerreißen.

Er musste die Vergangenheit ruhen lassen und sich auf das Hier und Jetzt konzentrieren. Um ihret- und um seinetwillen musste er Thomasina freigeben. Und das bald. Am Anfang hatte er so große Hoffnungen gehegt und solch phantastische Träume gehabt, wie es für sie beide sein würde. Er hatte sich gewünscht, dass sie »die Eine« war. Alles an ihr schien ihm so richtig. Sie war jung und hübsch, mit dichtem, dunklem Haar und einem bezaubernden Lächeln. Und sie war sehr beliebt. Alle Männer mochten sie, begehrten sie, träumten davon, sie zu ficken. Aber sie wollte keinen von ihnen. Nicht so, wie sie ihn wollte. Sie hatte auf ihn gewartet, sich danach gesehnt, mit ihm zusammen zu sein. All seine kleinen Geschenke hatte sie angenommen, von denen jedes ein besonderes Zeichen für seine Zuneigung war.

Sie liebte ihn.

Aber sie liebte ihn nicht genug, um ihm alles zu geben, was er brauchte. Sie versuchte es, doch wieder und wieder versagte sie. Vielleicht war es nicht ihre Schuld, dass sie ihn nicht befriedigen konnte, obwohl er sie doch vollkommen befriedigte. Er wusste, dass er sie befriedigte, denn sie sagte es ihm. Sie mochte alles, was er mit ihr tat, und bettelte stets nach mehr.

Lügen. Nichts als Lügen!

Sie belogen ihn. Jede Einzelne von ihnen. Sie versprachen ihm alles, gaben ihm jedoch nie genug. Irgendetwas enthielten sie ihm vor.

Aber das nächste Mal würde es anders sein. Oder nicht?
Er parkte, stieg aus und verriegelte seinen Wagen. Sie wohnte nur wenige Blocks entfernt. Es war ein kurzer Weg, vor allem wenn er hinten herumging. Um diese Zeit am frühen Morgen, solange es noch dunkel war, konnte ihn niemand sehen. Sie hatte keine Alarmanlage, nicht einmal ein Sicherheitsschloss. Es würde also einfach, in ihr Haus zu gelangen. Sie schlief ja noch. Und wenn er sehr leise und sehr vorsichtig war, könnte er hineingehen, ihr Schlafzimmer suchen und sie beobachten, während sie schlief.
Vielleicht schläft sie nackt.
Sein Schwanz zuckte.
Während er die Gasse hinter den Häusern entlanghuschte, malte er sich aus, wie es mit ihr sein würde. Sie enttäuschte ihn gewiss nicht. Er war sich sicher, dass sie wissen würde, wie sie ihm besser als alle anderen zu Gefallen sein konnte. Sie hatte mit ihm geflirtet, ihn geneckt und ihm mit diesen besonderen Blicken stumme Versprechen gegeben.
Du darfst sie beobachten, aber du darfst sie nicht berühren. Noch nicht.
Nein, er würde sie nicht berühren und nicht anfangen, sie zu umwerben, bevor er nicht mit Thomasina Schluss gemacht hatte. Er war nicht die Sorte Mann, die eine Frau mit einer anderen betrog. Bei den anderen hatte er binnen zwei Wochen gewusst, dass ihre Beziehung nicht hergab, was er sich davon erhoffte. Er und Thomasina waren seit neun Tagen ein Paar, und jetzt schon war ihm klar, dass er sie nie so lieben könnte wie seine erste große Liebe. Aber genau das wollte er – lieben und geliebt werden mit gleich großer Leidenschaft und Hingabe. Er wollte noch einmal haben, was er damals mit *ihr* besessen hatte.

Aber sie hat dich nicht wirklich geliebt …, flüsterte eine innere Stimme ihm zu.

Er summte im Geiste vor sich hin, um die negativen Gedanken zu vertreiben und den Schmerz zu verdrängen.

Als er gerade an den Zaun gelangte, der ihr Grundstück auf der Rückseite von der Gasse trennte, hörte er Stimmen. Wer war um halb fünf Uhr morgens wach und draußen? Abrupt blieb er stehen, spähte in die Dunkelheit und lauschte.

Auf ihrer rückwärtigen Veranda machte er zwei Schatten aus, die teils vom Mond, teils von der Straßenlaterne vor dem Haus beleuchtet wurden. Es waren die Umrisse zweier Menschen, die sich umarmten.

Sie kicherte. Er erkannte ihr Lachen sofort. Aber wer war der Mann? Ihr Ehemann konnte es nicht sein, denn der war im Nahen Osten.

Bei dem Anblick von ihr, die einen Mann auf ihrer Veranda küsste, spannte sich jeder Muskel seines Körpers. Sie gehörte ihm. Wie konnte sie es wagen, sich einem anderen hinzugeben?

Sie ist doch einsam, jetzt wo ihr Mann weg ist. Und sie weiß ja nicht, dass du sie willst und ihr die wahre Liebe geben kannst. Eine Liebe, die auf ewig währt.

Er schlich sich in den benachbarten Garten, wobei er darauf achtete, hinter den Bäumen und Büschen zu bleiben.

»Wenn du doch bleiben könntest«, sagte sie und klammerte sich an den Mann.

»Du weißt, dass das nicht geht. Falls mich jemand sieht …«

»Ich weiß. Ich weiß. Aber verdammt, Ron, ich bin die Heimlichtuerei allmählich leid.«

Ron? Sie hatte den Mann Ron genannt.

Er schlich sich näher heran, so dicht er konnte, bis er direkt hinter dem Zaun zwischen den beiden Gärten war.

Ron Hensley? Deputy Ron Hensley.

Er hätte es wissen müssen. Der Kerl konnte einfach sein Ding nicht in der Hose lassen. Er bumste jede Frau in Adams County, die er kriegen konnte. Er war ja sogar einer von Thomasinas Liebhabern gewesen.

Sie küsste Ron noch einmal, bevor er sie auf der Veranda stehen ließ. Diese Mischung aus Landei und Schwerenöter schlich um das Haus herum und verschwand die Straße hinunter. Ron parkte wahrscheinlich mehrere Straßen entfernt.

Nachdem sie wieder ins Haus gegangen war, blieb er noch eine Weile in seinem Versteck hocken und blickte in die Dunkelheit. Er wollte zu gern zu ihr gehen, damit er ihr sagen könnte, dass sie ihre Zeit nicht an einen Kerl wie Ron Hensley verschwenden durfte. Sie war zu gut für diesen Weiberhelden, viel zu gut. Sie verdiente Besseres.

»Bald, Abby, mein Liebling. Bald werden wir zusammen sein, und du kannst mir zeigen, wie sehr du mich liebst.«

Bernie stand vor ihrem Spiegel – nackt. Sie war alles andere als schmal. Obwohl sie nicht dick war, besaß sie doch auch keinen mageren, durchtrainierten Körper. Ihre breiten Hüften und ihr großer Hintern weigerten sich hartnäckig, die zusätzlichen zehn Pfund wieder herzugeben, von denen Bernies Mutter dauernd sprach. Nun, genaugenommen müsste sie fünfundzwanzig Pfund abnehmen, um eine Modelfigur zu erreichen, ganz zu schweigen von einer Brustoperation, um aus ihren C-Körbchen-Brüsten ein Doppel-D-Dekolleté zu machen, und einer Fettabsaugung an den Oberschenkeln.

Ihr Haar dürfte eigentlich okay sein. Es war dick, glänzend und schulterlang. Aber die Farbe war natürlich nichts Besonderes, sondern schlichtes Mittelbraun. Und ihre Augen waren unscheinbar – abgesehen von den goldenen Flecken darin, die man sowieso nur aus der Nähe sah.

Sie betrachtete ihr Gesicht. Es war ein hübsches Gesicht, symmetrisch und wohlproportioniert. Von der strahlenden Schönheit ihrer Mutter war darin allerdings nur ein Anflug zu sehen, ähnelte sie doch weit mehr ihrem Vater.

Bernie stieß einen tiefen Seufzer aus, wandte sich vom Spiegel ab und ging zu ihrem Kleiderschrank. Es kam nicht oft vor, dass sie sich die Zeit nahm, ihre körperlichen Merkmale und Unzulänglichkeiten zu bewerten. Normalerweise hielt sie das für sinnlose Zeitverschwendung, hatte sie doch genug anderes zu tun. Aber seit einer Woche war es ihr plötzlich wichtig, wie sie aussah. Das war ihr seit Jahren nicht mehr passiert, und schuld daran war ganz allein Jim Norton. Zum Teufel mit dem Mann!

Obwohl sie sich größte Mühe gab, ihren gesunden Menschenverstand nicht von ihren Gefühlen sabotieren zu lassen, was ihren Chief Deputy anging, verliebte sie sich nun ausgerechnet in ihn. Ja, zugegeben, sie war als Teenager schon einmal in ihn verliebt gewesen – aber mehr auf diese Art, wie Teenager eben ihre Helden aus der Ferne anbeten. Jetzt allerdings waren es nicht die Erinnerungen an den Sportlerstar Jimmy Norton, die Schmetterlinge in ihrem Bauch flattern ließen und dafür sorgten, dass ihr bisweilen sehr, sehr heiß wurde. Nein, der Jim Norton, in den sie sich jetzt verliebt hatte, war der sichtlich verlebte, von allen Wettern gegerbte, hingebungsvolle Vater und engagierte Polizist, Captain Jim Norton.

Zum ersten Mal seit Jahren plante Bernie wieder ihre Garderobe im Voraus. Gestern Abend hatte sie schon überlegt, was sie am heutigen Samstag tragen würde: Jeans, die einen Tick zu eng waren, ein rotes Top mit Spaghettiträgern, um ihre Brüste zu betonen, und ein kurzärmliges rot-weiß gestreiftes Hemd, das ihr knapp bis über die Hüften ging. Bis über die breiten Hüften.

Sie holte die Sachen aus dem Kleiderschrank und legte sie auf ihrem Bett aus, bevor sie sich Unterwäsche aus der Kommode nahm. Leider besaß sie ausschließlich weiße Baumwollslips und weiße BHs. Wozu sollte sie auch Geld in hübsche Dessous investieren, wenn sie außer ihr niemand zu Gesicht bekam?

Als sie sich auf die Bettkante hockte, wühlte Boomer sich unter seiner kleinen Decke auf dem sehr großen Kissen hervor und kam schwanzwedelnd zu ihr hinübergetappst. Seine winzige, feuchte Nase stupste gegen ihre nackte Hüfte. Bernie beugte sich vor und hob ihn hoch. Während sie ihn an sich drückte, sprach sie in einem unzusammenhängenden Singsang auf ihn ein. Er leckte ihr das Gesicht ab, worauf sie lachen musste. Was für ein bezaubernder kleiner Welpe er doch war, mit seinem lustigen weißen Gesichtchen, den großen, schwarzen Knopfaugen und diesem liebenswerten Wesen. Sie war erstaunt, wie sehr sie bereits nach einer Woche an ihm hing. Und sie war nicht die Einzige. Kevin Norton und Boomer waren inzwischen die besten Freunde geworden. Tagsüber, bei Bernies Eltern, waren die beiden unzertrennlich.

»Willst du noch mal nach draußen?«, fragte Bernie. Sie hatte ihn heute Morgen gleich als Erstes rausgelassen, als sie, wie gewöhnlich, um halb sechs aufwachte. Da hatte er auch sein Geschäft gemacht. Doch weil er ein Welpe und noch nicht stubenrein war, konnte man gar nicht vorsichtig genug sein.

Er sah mit seinen treuen Augen zu ihr auf und wedelte mit dem Stummelschwanz. »Okay, okay. Gib mir ein paar Minuten, um mich anzuziehen, und dann gehen wir.«

Sie beeilte sich mit dem Anziehen und verschob das Schminken und Haarebürsten auf später.

Wenige Minuten später, als sie mit Boomer auf dem Arm durch die Küche zur Hintertür ging, fiel ihr Blick auf die Wanduhr. Zwanzig vor acht. Ihr blieben also zwanzig Minuten, um Boomer rauszulassen, ihr Haar zu bürsten, Make-up aufzulegen und Kaffee aufzusetzen, bevor Jim und Kevin kamen. Bernie öffnete die Hintertür und war schon auf der Veranda, als sie fühlte, wie sich etwas Warmes und Feuchtes auf ihrem Unterarm ausbreitete. Sie stöhnte.

»Boomer! Hättest du nicht eine Minute warten können?«

Und das bei ihrer sorgsam ausgewählten Garderobe! Auf der rot-weißen Bluse befand sich nun ein riesiger gelber Fleck. Bernie brachte Boomer in den Garten, setzte ihn ins Gras und zog ihre Bluse aus. Sie hoffte inständig, dass dieser Zwischenfall kein Omen für den weiteren Tagesverlauf war.

»Ja, das ist gut. Fick mich fester … schneller.« Oh, Jim … Jim. »So ist es gut, Babe. So gut. Mmm …«

Robyn erbebte und schrie auf, als sie zum Orgasmus gelangte. Während sie langsam wieder auf die Erde zurückkehrte, kam der Mann auf ihr. Er spritzte in sein Kondom und hielt stöhnend ihre Hüften.

Als er von ihr herunterrollte und seitlich neben ihr auf die Matratze fiel, schmiegte sie sich an seine Schulter und seufzte. Er lag einige Minuten da, atmete schwer und streichelte verträumt ihren Schenkel. Dann stand er auf, ohne ein Wort zu sagen, und ging ins Bad. Robyn öffnete die Augen und sah ihm nach. Schlank, muskulös und fest. Ein richtig hübscher Bursche. Und verdammt gut im Bett.

Nur dass er nicht Jim Norton war. Und sie wollte nun einmal Jim Norton. Aber der hatte sie nicht angerufen und war nicht auf ihr Angebot zurückgekommen – zum Teufel mit ihm. Robyn kannte sich selbst gut genug, um zu begreifen, dass sie vor allem von Jim fasziniert war, weil er es ihr so schwermachte, ihn zu verführen. Und sie war es nicht gewöhnt, von einem Mann abgewiesen zu werden, von keinem.

Vielleicht hält er mich gar nicht hin, sondern ist einfach überhaupt nicht an mir interessiert, kam ihr plötzlich in den Sinn.

Aber sie würde nicht aufgeben, ohne es noch einmal versucht zu haben. Heute Abend, auf der Hochzeitstagfeier ihrer Eltern, wollte sie Jim eine letzte Chance geben.

»He, Babe, wo hast du Shampoo?«, rief Paul Landon aus der offenen Badezimmertür.

Robyn sah ihn an und lächelte. »Es ist auf dem Hängeregal in der Dusche.«

Er grinste ihr zu. »Willst du vielleicht mitkommen? Wir könnten uns gegenseitig den Rücken schrubben.«

Robyn streckte sich genüsslich wie eine Katze, die sich sonnte. Dann stieg sie langsam aus dem Bett und stolzierte zum Bad. Paul – reich, gutaussehend, aufmerksam – hielt ihr seine Hand entgegen, und als sie ihre hineinlegte, zog er sie an sich und küsste sie.

Robyn klammerte sich an Paul und bildete sich ein, er wäre ein anderer Mann. Ein älterer, rauherer, stärkerer. Ein Mann, den sie unbedingt verführen wollte, egal wie. Vielleicht heute Abend.

»Darf ich mit Boomer in dein Zimmer gehen und fernsehen?«, fragte Kevin, als er die Reste seines Frühstücks in den Mülleimer unter der Spüle warf.
»Ja, klar«, antwortete Bernie. »Aber geh doch bitte vorher noch mal mit ihm in den Garten.«
»Mach ich. Was machst du eigentlich heute Abend mit Boomer, wenn wir alle auf der großen Party bei deinen Eltern sind?«
»Darum habe ich mich schon gekümmert«, sagte Bernie. »Ich habe einen Babysitter für ihn.«
Kevin grinste und hob den kleinen Welpen hoch, der zu Bernies Füßen unter dem Küchentisch lag. »Du hast echt Glück, Boomer, weißt du das? Freu dich, dass du Bernie als Mom hast.« Kevin ging mit Boomer auf dem Arm zur Hintertür.
Bernie spürte Jims Blicke, und sosehr sie sich auch bemühte, nicht in seine Richtung zu sehen, musste sie doch ganz kurz hinschauen. Ein Schauer lief ihr über den Rücken, als ihre Blicke sich begegneten. Bildete sie es sich ein, sah sie etwas, weil sie es sehen wollte, oder nahm Jim sie tatsächlich als Frau wahr? Bei der Art, wie er sie ansah, bekam sie weiche Knie.
»Kevin mag Sie wirklich sehr«, sagte Jim.
Bernie räusperte sich. »Und ich mag ihn sehr. Er ist ein sehr netter Junge, so klug, witzig und freundlich. Und …« Als Jim lachte, stutzte sie. »Was ist?«
»Sie sollten Kevin hören, wie er Sie in den höchsten Tönen preist. Er hält Sie für eine ganz besondere Frau. Sie und mein

Sohn scheinen eine eigene Gesellschaft gegenseitiger Bewunderung gegründet zu haben.«
»Tja, was soll ich sagen? Kevin und ich haben eben beide einen guten Geschmack und verfügen über ein sicheres Urteilsvermögen.«
»Dem stimme ich zu.« Jim sah sie immer noch prüfend an, als versuchte er zu ergründen, was sie hatte, das sie für seinen Sohn so besonders machte.
Bernie fühlte, wie sie rot wurde, deshalb wandte sie schnell den Blick ab und räumte das Papier von ihrem Wurstbrötchen weg. Jim hatte gestern Nachmittag, als sie planten, heute Vormittag hier zu arbeiten, gesagt, er würde auf dem Weg bei King Kone halten und Frühstück für sie alle einkaufen. In der letzten Woche hatte Bernie fünf von sieben Abenden mit Jim und seinem Sohn verbracht. Zweimal waren sie zum Essen bei ihren Eltern geblieben, zweimal waren sie gemeinsam essen gegangen und einmal hatten sie etwas bestellt und bei Jim gegessen.
Sie würde zu gern glauben, dass Jim ihre Gesellschaft genoss und sich ebenso für sie interessierte, wie sie sich für ihn. Aber wahrscheinlicher war wohl, dass er wegen Kevin so viel Zeit mit ihr verbrachte.
Sie und Jims Sohn hatten fast auf Anhieb Freundschaft geschlossen, was einerseits Boomer zu verdanken war, andererseits mochten sie einander einfach so. Bernie erkannte vieles von Jim in Kevin wieder, der seinem Vater nicht nur äußerlich sehr ähnlich war. Allerdings glaubte sie nicht, dass es Jim bewusst war, wie viel Kevin von ihm hatte.
»Fertig?«, fragte sie Jim.
»Ja, ich bin satt.«
Sie räumte den Tisch ab, warf den Müll weg und blickte sich

zu Jim um. »Wenn Kevin gleich mit Boomer ins Fernsehzimmer will, könnten wir hier arbeiten. Einverstanden?«

Jim schob seinen Stuhl zurück und stand auf. »Was halten Sie davon, wenn Sie sich setzen und ich uns noch einen Kaffee einschenke, bevor wir anfangen?«

»Nein, Sie setzen sich, und ich bringe den Kaffee«, erwiderte er.

Jim streckte die Arme über den Kopf und dehnte sich, bevor er seine Tasche holte, die er vor dem Frühstück auf dem Küchentresen abgelegt hatte. Dann setzte er sich wieder an den Tisch, zog den Reißverschluss seiner Tasche auf und holte einen Notizblock sowie mehrere Aktenordner hervor. Er legte alles auf dem Tisch aus.

Bernie kam mit zwei Kaffeebechern an den Tisch und setzte sich schräg gegenüber von Jim hin. »Haben Sie Derek Lawrence gestern Abend noch erreicht?«

Jim schüttelte den Kopf. »Nein, ich habe mit seiner Frau gesprochen. Lawrence wurde zu einem dringenden Fall nach Louisiana gerufen, aber er ließ ausrichten, dass er spätestens Montag unser Täterprofil hat. Wie es aussieht, will er auch die Informationen, die wir über die Opfer in den anderen Bundesstaaten haben, damit er sie mit unseren vergleichen und sehen kann, ob wir es mit demselben Typen zu tun haben.«

»Was glauben Sie?«

»Ich glaube, dass es durchaus möglich ist, vielleicht sogar wahrscheinlich, aber ein endgültiges Urteil möchte ich erst treffen, nachdem wir beide noch einmal alles durchgegangen sind. Ich will Ihre Meinung hören.«

Bernie nickte. »Haben Sie gestern mit dem leitenden Ermittler in dem Mordfall in South Carolina gesprochen?«

»Ja, ich habe endlich den früheren Captain Hal Shepard erreicht. Er ist seit ein paar Jahren im Ruhestand und nach Louisville umgezogen. Und um es mir noch schwerer zu machen, ihn aufzuspüren, ist er auch noch mit seinem Enkel auf Angeltour gegangen.«

»Und was konnte er Ihnen erzählen?«

»Ungefähr das, was ich mir schon gedacht hatte.« Jim verzog das Gesicht. »Das Opfer, Shannon Elmore, war den anderen Opfern sehr ähnlich – jung, hübsch, dunkelhaarig und beliebt. Als ich ihm von den anderen Morden erzählte und ihm die Vorgehensweise des Täters beschrieb, stimmte er mir zu, dass es Ähnlichkeiten gibt, aber auch einige Dinge, die nicht passen.«

»Zum Beispiel?«

»Shannon Elmore wurde entführt, vergewaltigt und misshandelt, bevor ihr Mörder ihr die Kehle durchschnitt«, sagte Jim. »Aber sie wurde erst seit drei Tagen vermisst, als man ihre Leiche fand, nackt und in dieser Pose. Außerdem weiß man nichts von Geschenken, die sie bekommen hat, abgesehen von einigen Sadomaso-Federzeichnungen.«

»Könnte sie das erste Opfer gewesen sein und deshalb keine Geschenke bekommen haben? Vielleicht hielt der Täter es nicht für nötig, sie zu umwerben, ehe er sie verschleppte.«

»Genau das dachte ich auch, bis Shepard einen anderen Fall erwähnte, an dem er ungefähr ein Jahr vor dem Elmore-Mord arbeitete.«

Bernie zog die Augenbrauen hoch. »Noch ein ähnlicher Fall?«

»Ein bisschen, aber nicht ganz.«

»Und das heißt?«

»Ein Jahr bevor Shannon Elmore in Greenville, South

Carolina, ermordet wurde, kam eine andere junge Frau in der Stadt auf dieselbe Weise ums Leben – man schnitt ihr die Kehle durch. Heather Stevens wurde vergewaltigt, gefoltert und ihre Leiche auf einer einsamen Straße abgelegt. Aber Heather wurde keine zwölf Stunden vermisst. Und sie war nicht vollständig nackt.« Jim machte eine kurze Pause. »Sie trug eine Perlenkette.«

Bernie stieß einen leisen Pfiff aus. »Wie viele Opfer bekamen Perlen geschenkt?«

»Von Stephanie und Thomasina wissen wir es mit Sicherheit, wie auch von den beiden Opfern in Georgia, aber keiner der anderen Ermittler sprach von Perlen.«

»Passt die Beschreibung der anderen Opfer auf Shannon Elmore und Heather Stevens?«

Jim nickte. »Jung, hübsch, brünett und beliebt. Das trifft auf alle acht Frauen zu. Acht, wenn wir Heather mit einrechnen, und neun, wenn wir davon ausgehen, dass Thomasina Hardy ein Opfer ist.«

»Sie glauben trotz der Abweichungen zu den anderen Fällen, dass Heather Stevens von demselben Mann getötet wurde, stimmt's?«

»Ja, das glaube ich. Und mein Gefühl sagt mir, dass Heather wahrscheinlich das erste Opfer war, nicht Shannon.«

»Dann gehen wir davon aus, dass unser Täter bewusst einen bestimmten Frauentyp wählt? Unsere drei Opfer in Alabama, Thomasina mitgezählt, wohnen ziemlich dicht beieinander, aber sie kannten sich nicht, und die einzige Verbindung zwischen ihnen ist die, dass zwei am Junior College waren und eine dort unterrichtet.« Bernie sah Jim an. »Was ist mit den anderen Opfern? Gibt es zwischen ihnen irgendeine Verbindung?«

»Näheres weiß ich bisher ja nur über Heather und Shannon. Hal Shepard erzählte mir, die beiden Frauen hätten gemeinsam dieselbe Privatschule besucht und wären eng befreundet gewesen.«

»Ist das wichtig für uns? Könnte es heißen, dass sie beide den Täter kannten und er sie aus einem bestimmten Grund als seine ersten beiden Opfer wählte – abgesehen von den äußeren Merkmalen?«

Die Hintertür flog auf. Kevin kam hereingerannt und jagte hinter Boomer her durch die Küche. Vor dem Kühlschrank bremste er abrupt und fragte: »Darf ich mir eine Cola nehmen?«

»Nur zu, bedien dich«, antwortete Bernie.

Kevin sah auf den Notizblock und die Papiere, die auf dem Tisch verteilt waren. »Habt ihr schon angefangen zu arbeiten?« Boomer sprang an Kevin hoch. »Dann gehen wir beide mal. Und ich verspreche, dass ihr keinen Pieps von uns hört.«

»Danke, dass du dich um Boomer kümmerst«, sagte Bernie.

»Mach ich gerne.« Kevin grinste strahlend, nahm sich eine Coladose aus dem Kühlschrank, hob Boomer hoch und lief mit ihm aus der Küche.

Jim wandte sich wieder der Arbeit zu. »Nehmen wir an, wir haben es mit einem Täter zu tun, der alle acht Frauen umgebracht hat. Dann fing es vor fast sieben Jahren mit Heather an.«

»Okay, gehen wir davon als Arbeitshypothese aus. Wir haben einen Mann, der es aus unbekannten Gründen auf junge, hübsche, beliebte, brünette Frauen abgesehen hat. Soweit wir wissen, gab es bisher acht Opfer, Thomasina nicht mitgezählt, denn ich weigere mich, die Hoffnung für sie aufzugeben. Aber er tötet offensichtlich nicht in einem festen Rhythmus. Er hat zwei Frauen in unserem Bezirk innerhalb von sechs Monaten umgebracht und Thomasina eine gute Woche nach dem Fund von Stephanies Leiche entführt.«

Jim ging die Papiere auf dem Schreibtisch durch, nahm einen Bogen auf, überflog ihn und legte ihn wieder weg, um das nächste Blatt anzusehen. »Dieser Schweinekerl.«

»Was haben Sie gefunden?«

»Wahrscheinlich nichts«, sagte Jim. »Heather Stevens wurde vor sieben Jahren ermordet, die nächsten drei Morde ereigneten sich im Jahr darauf, alle innerhalb von sechs Monaten.« Er hob ein paar Blätter hoch. »Die beiden Morde in Georgia wurden erst drei Jahre später begangen.« Er sah erst den einen, dann den anderen Bericht an. »Der erste im September in Gainsville, der zweite im Dezember in Rome. Das war vor zweieinhalb Jahren.«

»Nein, da gibt es kein Zeitmuster. Er tötet sporadisch. Ein Mord, dann drei, dann zwei, dann einer, und jetzt zwei, und wenn Sie Thomasina mitzählen, drei.«

»Wir übersehen etwas«, sagte Jim. »Wir gehen davon aus, dass Jacque Reeves und Stephanie Hardy ihren Mörder kannten und ihm genug vertrauten, um zu ihm ins Auto zu steigen. Aber wenn unser Mann auch die anderen Morde begangen hat, dann bedeutet das, dass er nicht aus Alabama ist oder wenn doch, dass er mehrmals umgezogen oder viel verreist ist. Entweder ist er kürzlich in diese Gegend gezogen oder hierher zurückgekommen.«

»Daraus lässt sich aber keine Verdächtigenliste ableiten, wie Ihnen wohl klar sein dürfte. Dieser Kerl könnte irgendwo im Nordosten von Alabama leben.«

»Könnte er, aber was ist, wenn er in Adams County lebt?«

»Und was, wenn nicht?«

»Kommen Sie, Bernie, wir konstruieren hier eine Hypothese. Wir spielen *Was wäre, wenn?* Was wäre, wenn der Mann in Adams County lebt? Was wäre, wenn er entweder neu hergezogen ist oder im letzten Jahr hierher zurückkam? Sie kennen doch praktisch jeden hier.«

»O Mist. Sie wollen, dass ich Ihnen Namen nenne?«

»Ja, darauf wollte ich hinaus.«

»Ich kann doch nicht einfach jemanden verdächtigen …«

»Sie verdächtigen niemanden«, erklärte er ihr. »Aber wir müssen irgendwie anfangen, eine Liste möglicher Verdächtiger zusammenzustellen, und ich würde sagen, das wäre ein guter Ansatz.«

Bernie nickte, wenngleich es ihr zutiefst widerstrebte, jemanden zu Unrecht zu verdächtigen. Nachdenklich trommelte sie mit den Fingern auf dem Tisch. »Nun, als Erstes fällt mir da Reverend Donaldson ein. Er ist unser neuester Zugang.«

»Ein Pfarrer, der in Wahrheit ein Serienmörder ist. Hmm … unwahrscheinlich, aber nicht unmöglich.«

Bernie lachte leise. »Matthew ist durch und durch harmlos.«

»Und woher wollen Sie das wissen?«, fragte Jim. »Aus persönlicher Erfahrung? Ich dachte, Ihre Mom hätte Matthew für Robyn vorgesehen. Sie haben doch hoffentlich nicht im Revier Ihrer Schwester gewildert, oder?«

Bernie lachte nervös, und selbst in ihren Ohren klang es unsicher. »Seien Sie nicht albern.« Wenn ich es auf einen von Robyns Männern abgesehen hätte, dann gewiss nicht auf

Matthew Donaldson. Ich würde Sie wählen, Jim Norton. Niemanden sonst als Sie. »Robyn ist nicht an Matthew interessiert. Sie hat mir erzählt, dass er sie bei ihrem ersten Date zu Tode gelangweilt hat. Und soweit ich weiß, ist Matthew wirklich ganz harmlos. Jedenfalls glauben Mom und Dad das, und die paar Male, die ich ihn gesehen habe, wirkte er auf mich wie ein freundlicher, sanfter Mann.«

»Serienmörder verstellen sich«, sagte Jim. »Sie treten oft als charmante, zurückhaltende Männer auf, sind in Wahrheit aber Monster.«

»Sie denken doch nicht allen Ernstes, Reverend Donaldson könnte …«

»Wo war seine letzte Gemeinde? Woher kommt er?«

»Weiß ich nicht. Ich könnte fragen … nein, warten Sie mal. Ich meine mich zu erinnern, dass Mom sagte, nach dem Seminar hätte er gleich eine Stelle in Carrollton in Georgia bekommen. Mom hat Cousins dort, und sie gehörten zu der Gemeinde, in der Matthew seine erste Stelle hatte.«

»Georgia. Aha.«

»Ach du meine Güte. Und er ist nicht der Einzige, der in Georgia gelebt hat. Raymond Long und seine Exfrau wohnten mehrere Jahre in Atlanta, Paul Landon eine Zeitlang in Savannah, Scotty Joe Walters kam von der Polizei in Canton zu uns. Und wenn ich mich nicht irre, dann sagte Robyn, dass Brandon Kelleys Eltern außerhalb von Chattanooga in Rossville in Georgia leben.«

»Okay, ich verstehe.« Jim hob seine Hände, als wollte er sich geschlagen geben. »Es gibt vermutlich ein paar Dutzend Männer in Adams County, die Verbindungen nach Georgia haben, aber das macht noch keinen von ihnen zu unserem Serienmörder.«

»Die Schwester von Staatsanwalt Jerry Dale wohnt in Georgia, und er besucht sie dort mehrmals im Jahr. Und Ron Hensley hat eine Beteiligung an einer Ferienwohnung in St. Simons von seinem Onkel geerbt. Das liegt an der Küste von Georgia …«

Jim streckte die Hand aus und legte sie über Bernies Mund. »Schon gut. Wissen Sie denn nicht, dass es unhöflich ist, wenn Sie sich über Ihren Chief Deputy lustig machen?«

In dem Augenblick, da Jims Hand ihre Lippen berührte, blieb Bernie die Luft weg. Sie biss die Zähne zusammen, um ihre Zunge davon abzuhalten, aus einer spontanen Laune heraus an seiner Hand zu lecken. Ihr Herz vollführte einen aufgeregten Trommelwirbel.

Für einen endlosen Moment starrten sie einander an.

Bernie murmelte etwas, um die Anspannung zu lockern, und wich zurück. Jim nahm seinen Arm herunter und wandte den Blick ab.

»Was sagten Sie?«

»Ich sagte etwas in der Richtung, dass Sie riskieren, in die Hand gebissen zu werden«, erwiderte Bernie im Scherz.

Jim grinste.

In diesem Moment bimmelte sein Handy.

Er nahm es vom Gürtelclip und klappte es auf. »Captain Norton hier.«

Bernie beobachtete Jim und hörte ihm zu, während er einige Male nickte und schließlich sagte: »Ja, okay, wir machen uns gleich auf den Weg.«

»Was gibt es?«

»Das war Sheriff Mays«, antwortete Jim. »Wanderer haben eine Frauenleiche in den Wäldern drüben in Jackson County gefunden, gleich hinter der Bezirksgrenze. Er ist unterwegs zum Fundort und dachte, wir würden ebenfalls kommen wollen.«

»Ist es Thomasina Hardy?«

»Das weiß er noch nicht sicher, hält es aber für sehr gut möglich.«

»Verdammt! Das waren nur neun Tage.«

»Es kann auch eine andere Frau sein.«

»Und wenn sie es ist?«

»Dann beschleunigt unser Täter den Ablauf, variiert seine Vorgehensweise leicht und hat wahrscheinlich schon sein nächstes Opfer ausgesucht.«

Kapitel 16

Der Country-Club von Adams Landing quoll fast über vor Gratulanten. Die Räume erstrahlten im Kerzenlicht, und der Champagner floss in Strömen. Das Klimpern der Gläser vermischte sich mit Unterhaltungen und Gelächter sowie leiser Jazzmusik, die alles mit einem sanften Rhythmus unterlegte. Die Männer waren in Anzügen, manche sogar wie R.B. im Smoking, und erschienen in Begleitung ihrer Frauen oder Freundinnen. Damen aller Altersgruppen waren in Seide, Satin und Pailletten gewandet. Und keine von ihnen war schöner als Brenda Granger in ihrem bodenlangen Kleid aus weißem Satin, das ihren schmalen Körper perfekt umspielte. Nicht einmal ihre jüngste Tochter, Robyn, die ein hautenges, pinkfarbenes, hochgeschlitztes Kleid trug, vermochte ihr die Schau zu stehlen. Sogar die Kinder

sahen aus, als wären sie geradewegs einem Modemagazin für Kids entstiegen.
Als Bernie und Jim sich mit einer halben Stunde Verspätung ins Getümmel stürzten, sah sie ihre Eltern am anderen Ende des großen Ballsaals, wo sie mit Robyn und ihrem Begleiter plauderten. Ihre Schwester hob eine Hand und winkte ihnen zu. Das Lächeln auf ihrem Gesicht war unverkennbar das der entschlossenen Jägerin. Bernie fragte sich, wie lange es dauern würde, bis Robyn ihr Jim entführte. Es war vollkommen egal, dass Paul Landon heute Abend ihr offizieller Begleiter war. Schließlich würde ihre Schwester nicht zum ersten Mal mit einem Mann zur Party erscheinen und mit einem anderen wieder gehen.
»Ich habe das Gefühl, dass ich hier nicht ganz hineinpasse.« Jim blickte sich unter den eleganten Gästen im Ballsaal um. »Diesen alten blauen Anzug habe ich schon seit Jahren.« Er zupfte an dem Knoten seiner blau-weiß gestreiften Krawatte. »Und das hier ist der einzige Schlips, den ich habe.«
»Sie sehen gut aus«, versicherte Bernie ihm. Sie sind der bestaussehendste Mann von allen, fügte sie im Stillen hinzu.
»Tut mir leid, dass wir zu spät zum Hochzeitstag Ihrer Eltern kommen. Glauben Sie, Ihre Mutter ist wütend auf mich?«
»Selbst wenn sie es ist, wird sie es mir nicht verraten. Sie war fast dreißig Jahre lang die Frau des Sheriffs. Da versteht sie, dass die Arbeit manchmal Vorrang hat und ab und zu auch mit Familienfesten kollidiert.«
Bernie blickte sich um und suchte erneut nach ihren Eltern, die verschwunden zu sein schienen. Aber sie vermutete, dass die beiden auf der Tanzfläche waren, die sich in dem kleineren der beiden Ballsäle befand. Sie erinnerte sich noch, wie sie als kleines Mädchen zusammen mit Robyn oben an

der Treppe hockten, von wo aus sie ihren Eltern zusahen, die unten im Wohnzimmer Arm in Arm nach alten Schlagern tanzten. Als sie älter wurde, erkannte sie, wie sehr ihre Eltern sich liebten. Und da fing sie an, sich eines Tages eine solche Liebe auch für sich zu wünschen. Sie wollte einen Mann, der sie genauso ansah wie ihr Dad ihre Mom.

»Mom und Dad müssen auf der Tanzfläche sein. Ich kann sie hier nämlich nirgends entdecken.«

»Sie haben eine Liveband für heute Abend engagiert?«

»Und ob sie das haben. Es ist eine Jazzband aus Huntsville.«

»Alle Achtung«, sagte Jim. »Mir ist es richtig unangenehm, dass Ihre Eltern an ihrem großen Tag noch auf Kevin aufpassen mussten.«

»Ach, der macht ihnen doch keine Arbeit. Immerhin ist Kevin fast dreizehn und nicht drei. Es ist ja nicht so, dass er jede Sekunde beaufsichtigt werden muss.«

»Hmm …« Jim nickte. »Ich frage mich, was er heute Abend angezogen hat. Soweit ich weiß, hatte Mary Lee ihm eine gute Hose und ein Sportjackett eingepackt.«

»Wie ich meine Mutter kenne, hat sie ihm einen Smoking ausgeliehen.«

»Was?«

Noch ehe sie dem hell entsetzten Jim antworten konnte, kamen die Hilfssheriffs Scotty Joe Walters und Holly Burcham, die mit ihren durchtrainierten, sonnengebräunten Körpern wie Models für Fitnesskataloge wirkten, auf sie zu.

»Guten Abend, Sheriff.« Scotty Joe lächelte und zeigte dabei zwei makellose, weiße Zahnreihen, die in seinem gebräunten Gesicht nachgerade glitzerten.

Nicht zum ersten Mal bemerkte Bernie, was für ein gutaussehender Bursche er war. Scotty Joe war groß, muskulös, hatte strahlend blaue Augen und goldblondes Haar. Und zu seinem hübschen Äußeren kam noch ein freundliches, offenes Wesen hinzu. Jeder, der ihn kannte, mochte ihn.

»Hallo, Captain Norton.« Holly flirtete unverhohlen mit Jim und lächelte ihn an, während sie ihm über den Arm strich.

Scotty Joe schien es nichts auszumachen, dass seine Begleitung sich an einen anderen Mann heranschmiss. Aber warum sollte es ihn auch stören? Schließlich waren Holly und er kein Paar. Beide liebten die Abwechslung und hatten kein Interesse an einer festen Beziehung – weder miteinander noch mit irgendjemand anderem.

»Wir haben gehört, dass Sie beide heute drüben in Jackson County waren«, sagte Scotty Joe. »Es war bestimmt eine Erleichterung, dass die gefundene Leiche in den Wäldern nicht Thomasina war. Sie ist so eine nette Person. Sympathisch und freundlich. Ich kann immer noch nicht glauben, dass irgendwer ihr etwas antun will. Nicht einmal Dr. Kelley, auch wenn er ihr das Herz gebrochen hat.«

»Sie wissen doch, dass Dr. Kelley ihr die Geschenke nicht geschickt hat«, sagte Jim. »Sie dachte bloß, dass er es war. Aber in Wahrheit kamen sie von dem Mann, der ihr nachstellte und sie später entführte.«

»Haben Sie rausgefunden, wer die Frau war, die die Wanderer gefunden haben?«, fragte Holly.

»Nein, wir haben keine Ahnung«, antwortete Bernie. »Sie haben ihre stark verweste Leiche nach Huntsville gebracht. Der Leichenbeschauer von Jackson County meint, sie ist wahrscheinlich schon seit einem Jahr tot.«

»Kann sie noch ein Opfer von unserem Serienmörder sein?«,

fragte Scotty Joe leise, da er wusste, dass die Behörden das Wort *Serienmörder* in der Öffentlichkeit nicht im Zusammenhang mit den jüngsten Mordfällen benutzen wollten.

Bernie schüttelte den Kopf. »Das glauben wir nicht. Diese Frau war nicht nackt und ihr Körper war in einer sehr flachen Grube im Wald verscharrt worden, nicht offen ausgelegt, so dass man sie leicht finden würde.«

Robyn tänzelte herbei und drängte sich zwischen Scotty Joe und Jim, denen sie jeweils eine Hand auf die Schulter legte. »Könnt ihr Gesetzeshüter niemals aufhören, über Mord und Totschlag zu reden? Nicht einmal bei einer Galaveranstaltung wie dieser?«

»Na, hallo, Schönheit«, sagte Scotty Joe. »Sie sehen heute Abend besonders sexy aus.«

Robyn kicherte leise. Sie liebte Komplimente, lebte davon, im Mittelpunkt zu stehen und umschmeichelt zu werden. Bernie vermutete, dass die meisten außergewöhnlich schönen Frauen so waren. Robyn jedenfalls war schon als kleines Mädchen so gewesen. Das Seltsame war, dass für Bernie der Narzissmus ihrer Schwester einen Teil ihres Charmes ausmachte. Ihre Selbstverliebtheit war ein fester Bestandteil von Robyns Wesen. Eine schöne Frau, die um ihre Schönheit wusste. Was war daran verkehrt? Nichts. Absolut gar nichts.

»Was sind Sie doch für ein Schatz.« Robyn beugte sich zu Scotty Joe vor und küsste ihn auf die Wange, bevor sie Jim von oben bis unten musterte. »Hallo, Captain Norton. Ich bin ein bisschen enttäuscht.« Sie zog ihren berühmten Schmollmund. »Ich hatte gehofft, dich im Smoking zu sehen.«

»Ich besitze keinen«, sagte Jim trocken.

Robyn schüttelte den Kopf und drohte mit ihrem Zeigefinger. »Du hättest dir einen leihen können.«
»Jim war beschäftigt«, verteidigte Bernie ihn. »Er hatte Wichtigeres im Kopf als Smokings.«
»Warum hast du nicht einfach Dad gebeten, dir einen mitzubringen, als er seinen holte?« Robyn nahm ihren Arm von Scotty Joes Schultern und umklammerte Jims Arm mit beiden Händen. »Er hat deinem Sohn heute auch einen geholt, und den solltest du mal sehen. Er sieht darin unbeschreiblich süß aus. Eines Tages, es dauert nicht mehr lange, wird Keith ein echter Herzensbrecher sein … genau wie sein Dad.«
Jim blickte auf seine Füße und runzelte die Stirn. Dann räusperte er sich. »Wo ist *Kevin?*«
»Ach ja, richtig, Kevin heißt er. Aber Kevin und Keith sind doch praktisch die gleichen Namen, oder? Er muss hier irgendwo stecken«, sagte Robyn. »Wahrscheinlich bei Dad. Die beiden sind schon richtig dicke Freunde geworden.«
»Wenn ihr mich bitte entschuldigt, ich gehe Kevin suchen.« Jim sah Bernie an, während er Robyns Hand von seinem Arm nahm und sich so von ihr befreite. »Vergessen Sie nicht, mir einen Tanz zu reservieren, Sheriff Granger.«
Bernies Herz verfiel in ein wildes Flattern. Blöde Kuh!, sagte sie zu sich selbst und schenkte ihm ein unsicheres, verhaltenes Lächeln, bevor er in der Menge verschwand, um seinen Sohn zu suchen.
»Und Sie reservieren *mir* einen Tanz, Miss Robyn.« Scotty Joe zwinkerte Robyn zu, bevor er Holly zum Büfett führte.
Robyn stieß einen Laut tiefsten Missfallens aus. »Ich werde diesen Mann kriegen, und wenn es das Letzte ist, was ich schaffe.«
»Ich schätze, du sprichst nicht von Scotty Joe«, sagte Bernie.

Robyn prustete. »Teufel nein. Nach dem müsste ich bloß mit dem Finger schnippen. Ich meine Jim Norton. Der Mann macht es mir aus irgendeinem Grund unnötig schwer. Ich habe ihn sogar gefragt, ob es eine andere Frau in seinem Leben gibt, aber er sagt, es gibt keine.«
Bernies Bauch verkrampfte sich schmerzhaft. »Warum lässt du ihn nicht in Ruhe? Wenn er nicht interessiert ist …«
»Ach was! Hör auf, die Glucke zu spielen. Nur weil er dein neuer Chief Deputy ist, musst du nicht auf ihn aufpassen und ihn vor deiner bösen kleinen Schwester beschützen. Jim ist ein *großer* Junge. Der kann auf sich selbst aufpassen.«
»Jeder ledige Mann in der Stadt liegt dir zu Füßen und ein paar verheiratete obendrein«, sagte Bernie. »Du willst Jim nur, weil er *nicht* hinter dir her ist, und das hast du noch nie erlebt. Hätte er beim ersten Mal gleich angebissen …«
»Wären wir jetzt schon ein Paar.«
Bernies Bauch verkrampfte sich immer schmerzlicher. »Hör mal, ich suche jetzt nach Mom und Dad und gratuliere ihnen zum Hochzeitstag.«
»Na gut, und ich suche nach Paul und bin ein bisschen lieb zu ihm«, sagte Robyn. »Nur für den Fall, dass.«
»Für welchen Fall?«
»Für den Fall, dass ich Jim nicht überreden kann, mich heute Abend nach Hause zu bringen.«
Zum ersten Mal in ihrem Leben hasste Bernie ihre Schwester aus tiefstem Herzen. Verdammt, ich bin eifersüchtig auf meine eigene Schwester. Und alles nur wegen Jim Norton. Ich bin so blöd. Jim und ich sind befreundet. Für mich als Frau interessiert er sich kein bisschen.
»Hmm …« Bernie brachte einfach kein Wort heraus. Im Moment brauchte sie ihre gesammelten Kräfte, um ihre Gefühle

in ihrem Hals festzuhalten, bevor sie sich in Form von Tränen Bahn brachen. Wie sie ihre Schwester kannte – und sie kannte sie gut –, würde Robyn bekommen, was sie wollte, und das war Jim Norton in ihrem Bett. Heute Nacht.

Als Bernie ihre Eltern fand, wünschte sie sich umgehend, sie hätte sie verpasst, denn ihre Mom riss Raymond Long buchstäblich von seiner Mutter Helen weg und schubste den Mann in Bernies Arme.

»Ihr jungen Leute habt jetzt mal ein bisschen Spaß und tanzt«, verkündete Brenda.

»Passen sie nicht wunderbar zusammen?« Helen Long lächelte verträumt vor sich hin, als sie stolz ihren Sohn ansah, der ziemlich verkrampft neben Bernie stand.

Bernie warf ihrem Vater einen flehenden Blick zu, doch der konterte mit einem *Tut-mir-leid-Kleines,-aber-was-soll-ich-tun?*-Blick.

»Möchtest du tanzen, Bernie?«, fragte Raymond in einem Ton, als würde er lieber eine Wurzelbehandlung über sich ergehen lassen.

»Ja, gern. Das wäre schön.«

Er nahm nicht ihre Hand, als sie Seite an Seite auf die Tanzfläche traten. Und als er schließlich seinen Arm um sie legen musste und sie ihre Hand auf seine linke Schulter, rang Bernie sich ein Lächeln ab.

»Tut mir leid, Bernie«, sagte er.

»Schon gut, Raymond. Unsere Mütter meinen es nur gut.«

Beim Tanz bewegte er sich sehr zaghaft, als hätte er Angst, ihr auf die Füße zu treten.

»Es ist ja nicht so, dass ich dich nicht mag«, sagte er. »Herrgott, wir zwei kennen uns schon unser ganzes Leben und waren immer Freunde, damals in der Highschool. Aber ich habe dich nie als … na ja, du weißt schon … nie als Mädchen gesehen.«

Bernie lachte. »Ja, ich weiß.« Sie sah Raymond nur kurz an, weil sie ihn nicht in Verlegenheit bringen wollte. Seit der Highschool hatte er sich nicht wirklich verändert, außer dass er vom schlaksigen großen Jungen zum breitschultrigen Mann herangewachsen war. Sein schwarzes Haar trug er bis heute sehr kurz geschnitten, und statt seine Weitsichtigkeit mit Kontaktlinsen zu korrigieren, hatte er immer noch eine Brille auf. »Du willst nichts von mir und ich nichts von dir. Aber wir können Freunde sein, oder?«

Er stieß einen erleichterten Seufzer aus, der von ganz tief unten kam, und Bernie hätte ihm um ein Haar ins Gesicht gelacht. Hatte Raymond ernsthaft geglaubt, sie wäre an ihm interessiert?

»He, ich weiß doch, dass du auf Robyn stehst«, sagte sie.

Raymond lief dunkelrot an.

»Entschuldige, ich wollte dir nicht zu nahe treten oder dich verärgern.«

»Ich bin nicht verärgert.« Er verkrampfte sich spürbar. »Mir wäre es nur lieber, wenn Robyn nicht weiß, wie ich für sie empfinde, dass ich verrückt nach ihr bin und es immer war.«

Ach, jetzt krieg dich wieder ein, dachte Bernie. Robyn weiß es längst. Jeder in Adams County weiß es.

»Meine Lippen sind versiegelt«, beruhigte Bernie ihn.

»Ist es ihr mit Paul Landon ernst?«

Als wäre es Robyn je mit einem Mann ernst! Das war ja wohl ein Witz, oder? »Nein, ich bin mir ziemlich sicher, dass es ihr mit ihm nicht ernst ist.«

»Lachst du mich aus, wenn ich dir verrate, dass ich schon so lange ich denken kann in deine Schwester verliebt bin?« Raymond blickte Bernie mit einem Ausdruck von Ernst und Hoffnungslosigkeit an.
»Nein, ich würde weder dich noch irgendjemand sonst auslachen, wenn es um so etwas Ernstes wie Liebe geht.«
Achselzuckend brachte Raymond ein ziemlich bemitleidenswertes Lächeln zustande und reduzierte seine Tanzbewegungen auf ein schwaches Schlurfen.
»Ich habe eine andere Frau geheiratet und bin aus Adams Landing weggezogen, weil ich wusste, dass ich bei Robyn keine Chance habe. Aber jetzt ist sie älter, und früher oder später wird sie etwas Festes wollen. Also warum nicht mit mir?«
Bernie riss die Augen auf. »Aha …«
»Hältst du mich für verrückt?«
»Nein, das ist es nicht.«
»Robyn braucht einen Mann, der sie auf ein Podest stellt und sie anbetet. Sie braucht einen Mann, der ihr vollkommen ergeben ist.« Raymond nahm seine linke Hand und legte sie sich aufs Herz. »Ich bin dieser Mann.«
»Ach, Raymond … ich … ich …«
Er ließ sie ganz los und trat einen Schritt zurück. Tränen glänzten in seinen traurigen braunen Augen. »Bei Gott, ich weiß nicht, warum ich dir all das erzähle. Ich komme mir so dumm vor. Aber du hast gesagt, wir können Freunde sein, und ich dachte … wenn du vielleicht ein gutes Wort für mich bei Robyn einlegst …«
Bernie streckte die Hand aus und griff nach Raymonds Arm. »Lass mich dir einen guten Rat geben, was meine Schwester angeht.«

Er sah sie an, und ein Hoffnungsschimmer funkelte in seinen Augen auf.

»Gib dich unnahbar.«

»Was?«

»Robyn liebt die Herausforderung. Tu so, als wärst du nicht an ihr interessiert.«

»Ich … ich weiß nicht, ob ich das kann.«

Bernie tätschelte ihm den Arm. »Ich sage Robyn, wie toll ich dich finde und dass du ein echter Glücksfang bist, aber nicht für mich.«

Raymond nickte. »Danke, Bernie. Tut mir leid, dass ich dich mit meinen Problemen vollgequatscht habe.«

»Wieso bittest du nicht Holly Burcham oder Renee Michaels um den nächsten Tanz? Zeig Robyn, dass du dich nicht nach ihr verzehrst. Betrachte es als einen ersten Schritt, mit dem du ihr beweist, dass du dich überhaupt nicht für sie interessierst.«

»Ja, ich glaube, das schaffe ich. Du bist ihre Schwester. Du wirst schon wissen, was bei ihr funktioniert.«

Mehrere Minuten lang stand Bernie allein auf der Tanzfläche und sah Raymond Long nach, der direkt auf Renee Michaels zusteuerte, die den ganzen Abend nur mit ihrem Begleiter getanzt hatte, mit Ron Hensley. Bernie hielt den Atem an und betete, dass Renee Raymond nicht abwies. Der arme Kerl brauchte dringend ein wenig Stärkung für sein Ego. Als Renee sich bei ihm einhakte und mit ihm auf die Tanzfläche ging, atmete Bernie erleichtert aus, drehte sich um und ging zum Büfett. Seit dem Frühstück hatte sie nichts mehr gegessen, und jetzt war sie hungrig.

Als sie sich umwandte, stieß sie beinahe mit Jim zusammen, der ihre Schulter packte, damit sie nicht kollidierten.

»Hatten Sie nicht gesagt, Sie wären nicht an Raymond Long interessiert?«, fragte Jim schmunzelnd.
»Haha! Sehr witzig.«
»Ich wollte Sie gerade retten kommen, aber Sie beide schienen mir auf einmal sehr vertraut.«
»Ich habe ihm Tipps gegeben, wie er meine Schwester rumkriegen kann. Der arme Kerl ist so verliebt in sie, dass es einem leidtun kann.«
»Und was haben Sie ihm geraten?«
Sie sah Jim an. »Ich sagte ihm, er soll dasselbe machen wie Sie – sich unnahbar geben.«
Jim runzelte die Stirn und nahm die Hand von Bernies Schulter. »Glauben Sie, dass ich Robyn etwas vorspiele?«
»Tun Sie es denn nicht? Sie sollten wissen, dass sie nur umso hartnäckiger hinter Ihnen her sein wird, je mehr Sie sich sträuben.«
»Hmm … Ich schätze, sie ist noch nicht besonders oft abgewiesen worden.«
»Sagen wir lieber, noch nie.«
»Tja, es gibt für alles ein erstes Mal.« Jim nahm Bernies Hand. »Tanzen wir.«
Sie sah ihn mit großen Augen an. Auf einmal drehte sich alles in ihrem Kopf, und Schmetterlinge flatterten in ihrem Bauch. »Was?«
»Sie haben mir einen Tanz versprochen«, sagte er. »Also wollen Sie jetzt mit mir tanzen oder nicht?«
Ja, ich will mit dir tanzen. Ich will, dass du mich in die Arme nimmst, mich festhältst und mir süße Worte ins Ohr flüsterst, jauchzte ihr Herz. Und wenn du heute Abend von hier weggehst, möchte ich, dass du mit mir gehst und nicht mit meiner kleinen Schwester.

»Nun, eigentlich wollte ich gerade ans Büfett. Mein Magen wird jeden Moment merkwürdige Geräusche von sich geben.«
Jim lachte. »Ein Tanz, dann stürmen wir gemeinsam das Büfett.«
Sie nickte und zögerte nicht, als Jim einen Arm um sie legte und sie in seine Arme zog. Eine geschlagene Minute lang bekam sie keine Luft mehr. Er war so nah, dass sie seinen Duft wahrnahm. Da war ein Hauch von zitronigem Aftershave, minzigem Mundwasser und jenem unterschwelligen, maskulinen Geruch, der Jim Norton so einzigartig auszeichnete wie seine Fingerabdrücke. Sie war sicher, dass sie ihn unter Dutzenden Männern allein an seinem Duft erkennen könnte.
»Wundern Sie sich nicht, wenn Kevin Sie später auch noch zum Tanzen auffordert«, sagte Jim.
»Wie bitte?«
»Mein Sohn ist unsterblich in Sie verliebt. Und er fragte mich, ob es wohl okay wäre, wenn er Sie heute Abend um einen Tanz bittet.«
»Ich fühle mich geschmeichelt.«
»Kevin ist ein kluges Kind. Er erkennt es, wenn jemand aufrichtige Zuneigung für ihn empfindet.«
Ist sein Dad wohl genauso klug wie er?, fragte sie sich.
»Weiß er, wie sehr *Sie* ihn lieben?« Bernie erschrak über sich selbst. »O Gott, Jim, tut mir leid. Das ist mir einfach so rausgerutscht. Ihre Beziehung zu Ihrem Sohn geht mich doch gar nichts an.«
»Ist schon okay. Wir beide sind doch Freunde, oder? Zumindest habe ich das Gefühl. Sie haben in der letzten Woche sehr viel Zeit mit Kevin und mir verbracht, und ich weiß, dass Sie diese Frage nicht aus purer Neugier stellen.«

»Mich würde es freuen, wenn Sie, Kevin und ich Freunde sein könnten. Aber auch Freundschaft gibt mir nicht das Recht ...«

Jim hielt Bernie noch fester und zog sie so nah zu sich, dass ihr Busen gegen seine Brust drückte. »Nichts ist mir wichtiger, als ein guter Vater zu sein, aber ich habe mein Leben ziemlich verkorkst. Jetzt habe ich die Chance, eine echte Beziehung zu Kevin aufzubauen, und die will ich mir auf keinen Fall verderben. Ich glaube, er weiß, wie viel er mir bedeutet, aber sicher bin ich mir nicht. Mein Verhältnis zu meiner Exfrau war eher unberechenbar, um es gelinde auszudrücken, und sie benutzte Kevin, um sich an mir zu rächen. Sechs Jahre lang hat sie alles daran gesetzt, meine Beziehung zu ihm zu untergraben.«

»Ich verstehe nicht, warum sie das getan hat. Ist ihr denn nicht klar gewesen, dass sie Kevin ebenso verletzt wie Sie, wenn sie einen Keil zwischen Sie und ihn treibt?«

»Nun, ich halte Mary Lee mal zugute, dass ihr das nicht klar war, aber Sie müssten sie schon kennen, um zu verstehen, was in ihr vorgeht. Sie liebt Kevin und ist ihm in vielerlei Hinsicht eine gute Mutter. Aber sie liebt ihn eben nicht so sehr wie sich selbst. Wenn sie vor die Wahl zwischen ihren eigenen und Kevins Bedürfnissen gestellt wäre ... Verdammt, was tue ich nur, dass ihr hier über eine Frau herziehe, die mit Brustkrebs kämpft und sterben könnte? Sie müssen mich ja für ein richtiges Schwein halten.«

Ohne nachzudenken, hob Bernie die Hand von Jims Schulter und strich ihm über die Wange. »Ich finde, das ist nur menschlich. Ihre Exfrau hat Sie verletzt und sich zwischen Sie und Ihren Sohn gestellt. Sie sind zu Recht wütend darauf, wie sie Sie behandelt hat.«

»Sie sollten wissen, dass ich Kevin gegenüber niemals etwas Negatives über Mary Lee sage. Das würde ich nie tun.«

»Nein, sicherlich nicht, weil Sie Ihren Sohn lieben.«

Jim räusperte sich. Bernie legte die Hand wieder auf seine Schulter.

»Wissen Sie was, Sheriff Granger? Ich fange an, dem zuzustimmen, was mein Sohn über Sie sagte.«

Ihr Herzschlag beschleunigte sich vor Freude. »Was hat er denn gesagt?«

»Er sagte, *Bernie ist wirklich eine klasse Frau*. Und er hat recht. Sie sind klasse.«

O Gott! Was sollte sie darauf erwidern? Jetzt nur nicht das Falsche sagen und wie ein alberner Teenager reagieren. »Nun, fürs Protokoll: Ich finde Sie und Kevin auch ziemlich klasse.«

Die Band beendete einen romantischen Jazzsong und stimmte den nächsten an. In der kurzen Pause ließ Jim Bernie los. »Sind Sie bereit, das Büfett mit mir zu stürmen?«

Sie legte beide Hände auf ihren Bauch. »Ich bin so was von bereit, dass ich eine ganze Schüssel gekochter Shrimps allein verdrücken könnte.«

Jim umfasste sie mit einem Arm und führte sie von der Tanzfläche. Bernie hatte das Gefühl zu schweben, und ihr ging der Text eines alten Schlagers durch den Kopf. Irgendwas darüber, dass dies *die* Nacht war und er *der Eine*.

Jim hasste große Partys wie diese. Er hasste es, eine Krawatte zu tragen und Konversation zu machen, denn er war eindeutig eher der Typ, der sich in Jeans und bei Bier und Chips mit ein paar guten Freunden entspannte. Und er würde weit lieber im King Kone sitzen und mit Kevin und Bernie

Hamburger und Pommes frites essen, als mit hundert, ihm zumeist fremden Leuten um ein Gourmet-Büfett herumzustehen und Champagner zu trinken. Aber heute Abend war ihm gar nichts anderes übriggeblieben, als herzukommen. Schließlich war Bernie nicht nur seine Freundin, sondern auch seine Vorgesetzte. Und Brenda und R. B. Granger gegenüber war er es bei Gott schuldig, hatten sie Kevin doch praktisch als ihren Enkel adoptiert.

Jim betätigte die Spülung, ging zu den Waschbecken und drehte den Wasserhahn auf, um sich die Hände zu waschen. Er war der Musik, dem Gelächter, dem lauten Geplapper und den unzähligen Aufforderungen zum Tanz entkommen, indem er die Herrentoilette im zweiten Stock aufsuchte, die man über die Hintertreppe erreichte. Der ganze zweite Stock war wie ausgestorben, und Jim hatte bei seiner Ankunft lediglich einen anderen Mann gesehen, der gerade aus dem Waschraum kam. Jetzt war er allein hier oben, und irgendwie wünschte er sich, er könnte sich hier verstecken, bis es Zeit zum Gehen war. Nachdem er sich die Hände abgetrocknet hatte, blickte er auf seine Uhr. Zehn vor zehn. Er hatte sich vorgenommen, bis elf zu bleiben und dann Kevin als Ausrede zu benutzen, um beizeiten nach Hause zu fahren.

Nach seinen Tänzen mit Amy Simms, der Frau des Staatsanwalts, und mit Holly Burcham war Bernie nicht mehr zu entdecken gewesen. Als er aus dem Ballsaal ging, um sie zu suchen, hatte er gesehen, wie sie sich mit Reverend Donaldson unterhielt, und sich unwillkürlich gefragt, ob sie den neuen Pfarrer vielleicht interessanter fand als ihre Schwester. Nein, gewiss nicht. Der gute Reverend war ebenso wenig der richtige Mann für Bernie wie Raymond Long.

Jim wollte gerade die Tür öffnen, als sie ihm buchstäblich entgegenflog und ihn beinahe am Kopf traf. Er war drauf und dran, sich über das unwirsche Verhalten desjenigen zu beschweren, der sich mit solcher Rücksichtslosigkeit gebärdete, als er den Eindringling sah und vor Schreck zurückwich.

»Dies ist die Herrentoilette«, sagte er zu Robyn Granger.

Sie grinste von einem Ohr zum anderen. »Das weiß ich, du Dummkopf.« Sie tippte ihm mit dem Zeigefinger auf die Brust, kam herein und schloss die Tür hinter sich. »Ich bin dir gefolgt. Den ganzen Abend schon versuche ich, dich mal allein zu erwischen.«

»Das hier dürfte wohl kaum der passende Ort für ein Gespräch unter vier Augen sein.«

»Warum nicht? Die Tür ist zu und wir sind allein.«

Er sah zur Tür. »Jeden Moment könnte jemand hereinkommen. Wie willst du erklären, dass du auf der Herrentoilette bist?«

Sie zuckte nur mit den Schultern. »Ich lasse es drauf ankommen und lebe gern ein bisschen gefährlich.«

»Ich nicht.«

Sie schlang die Arme um seinen Hals und presste sich an ihn.

»Lügner«, sagte sie und küsste ihn.

Er packte ihre Schultern und schob sie von sich, um Abstand zwischen ihnen zu schaffen. »Warum ich? Du kannst heute Abend doch frei unter allen Männern hier wählen.«

»Tja, da hast du aber verdammtes Glück, was?« Sie warf ihm einen verschleierten *Ich-will-dich*-Blick zu.

»Robyn …«

Brenda Granger fasste Bernies Arm und zog sie mit sich aus dem Ballsaal in eine ruhige Ecke des großen Foyers.

»Was ist los?«, fragte Bernie, die nicht verstand, warum ihre Mutter plötzlich meinte, »Wir müssen reden«, und sie aus dem Saal zerrte.

»Du beantwortest mir jetzt eine Frage«, sagte Brenda. »Und sei ja ehrlich.«

Bernie nickte.

»Hast du etwas mit Jim Norton?«

»Was?«

»Ich sagte, hast du …«

»Jim und ich sind befreundet.«

»Mehr nicht?«

Bernie schüttelte den Kopf.

»Ach, Kleines, du bist in ihn verliebt, stimmt's?« Brenda sah ihre Tochter mitfühlend an. »Das hättest du mir sagen müssen. Vor allem hättest du es Robyn sagen sollen.«

»Meine persönlichen Beziehungen gehen euch nichts an. Außerdem irrst du dich. Ich bin nicht …«

»Bernadette Granger, lüg mich nicht an! Ich habe dich und Jim den ganzen Abend beobachtet. Wie du ihn ansiehst … Ach, meine Kleine, es ist offensichtlich, dass du ihn anhimmelst.«

»Jim und ich sind Freunde, sonst nichts.«

»Aber du willst mehr.«

»Mom!«

»Wir müssen Robyn erzählen, wie du empfindest. Sie hat Jim ins Visier genommen und ist wild entschlossen … na ja, du weißt schon. Wenn sie wüsste, dass du in ihn verliebt bist, würde sie sich bestimmt sofort zurückziehen.«

»Wag es ja nicht, Robyn etwas davon zu sagen!«

»Aber wenn sie nicht weiß, wie du dich dabei fühlst, wird ihr auch nicht klar sein, dass dir das Herz bricht, wenn Jim

und sie«, Brenda suchte nach den richtigen Worten, »sich näherkommen.«
»Jetzt wirst du melodramatisch, Mutter.«
»Dein Vater und ich haben Kevin in unser Herz geschlossen, und wir beide haben auch Jim sehr gern. Wir würden uns freuen, ihn als Schwiegersohn zu bekommen.« Brenda tätschelte Bernies Wange. »Ihr zwei seid so ein hübsches Paar auf der Tanzfläche. Du hast ja richtig gestrahlt, und mir entging nicht, wie eng er mit dir getanzt hat.«
»Jim und ich sind nur befreundet.«
Brenda öffnete den Mund, um etwas zu erwidern, doch bevor sie etwas sagen konnte, wurden sie von einer anderen Stimme unterbrochen.
»Hallo, Bernie«, rief Kevin quer durchs Foyer. »Hast du meinen Dad gesehen?«
»Nein, in letzter Zeit nicht«, antwortete Bernie, als er auf sie und ihre Mutter zukam.
»Ich hörte, wie er R. B. fragte, ob es oben noch eine Herrentoilette gibt«, sagte Brenda.
»Ah, okay, danke, Miss Brenda. Können Sie mir sagen, wie ich dahin komme?«, fragte Kevin.
»Ich bin sicher, dass er jeden Moment zurück sein muss«, sagte Brenda. »Du musst ihn doch nicht jetzt gleich finden, oder?«
»Na ja, nein, nicht direkt. Es ist nur so, dass J. D. Simms mich gefragt hat, ob ich bei ihm übernachten will. Er ist jetzt nämlich mein Freund, weil er ja auch fast jeden Nachmittag bei Ihnen ist und wir zusammen im Pool spielen. Mr. und Mrs. Simms wollen nach Hause fahren, und da wollte ich Dad fragen, ob ich mit ihnen fahren darf.«
»Na, dann komm, Kevin. Ich zeige dir, wo die Herrentoilette ist«, sagte Bernie.

»Bernie?«, rief Brenda ihnen nach, als Bernie schon mit Kevin zur Treppe ging.

Bernie blickte sich um. »Ja, Mom?«

»Wir sprechen uns noch.«

Bernie nickte. Nein, das werden wir bestimmt nicht tun.

Sie stieg mit Kevin die Wendeltreppe hinauf und ging voraus den langen Flur hinunter.

»Das ist ein irres Haus hier«, sagte Kevin. »Es sieht aus wie diese Herrenhäuser, die man in Filmen und so sieht.«

»Vor hundert Jahren war es auch noch ein Herrenhaus. Aber ich selbst kenne es nur als den Country-Club von Adams Landing. Meine Eltern haben hier schon ihre Hochzeit und ihre Silberhochzeit gefeiert.«

»Wenn du mal heiratest, musst du auch hier feiern«, sagte Kevin. »Dann wird das auch eine Familientradition, so wie die Sheriffstelle, die ja auch dein Dad und dein Granddad vor dir hatten.«

»Ich werde es mir merken.« Bernie blieb vor der Tür der Herrentoilette stehen. »Da wären wir.«

»Kannst du hier warten, falls ich jemanden brauche, der mir hilft, Dad zu überreden, dass ich bei J.D. übernachten kann?«

»Klar warte ich.«

»Du bist die Beste, Bernie. Die Beste.«

Kevin öffnete die Tür zur Herrentoilette und erstarrte mit einem Ausdruck ungläubigen Entsetzens.

»Was ist?«, fragte Bernie und stellte sich hinter Kevin, der wie angewurzelt dastand.

Als er nicht antwortete, folgte sie seinem Blick und sah direkt in die Herrentoilette.

»O mein Gott«, stöhnte Bernie.

Jim hatte Robyn mit dem Rücken an die Wand gedrückt. Sie hatte die Arme um ihn gelegt und fasste mit beiden Händen seinen Po. Und sie küssten sich sehr leidenschaftlich.

»Dad, was machst du denn da!«

Jim und Robyn lösten sich sofort voneinander.

»Du darfst sie nicht küssen!«, rief Kevin empört. »Was soll Bernie denn denken, wenn sie dich erwischt, wie du eine andere Frau küsst?«

Jim sah erschrocken erst Kevin, dann Bernie an. »Kevin, ich kann …«

»Warum musstest du alles kaputtmachen?«, schrie Kevin seinen Vater an. »Du hast mit Mom alles kaputtgemacht, und jetzt machst du mit Bernie alles kaputt.«

Kevin drehte sich um und rannte den Flur hinunter.

Jim eilte aus der Toilette. »Kevin! Warte. Bitte, warte.«

Bernie fühlte sich wie betäubt, als hätte ein plötzlicher Wintereinbruch ihren Körper vereist. Sie sah wütend ihre Schwester an, die unsicher grinste.

»Verdammt.« Jim rieb sich die Stirn, bevor er sich wütend an Bernie wandte. »Warum zum Teufel mussten Sie ihn hier heraufbringen?«

Bernie, der eben noch eiskalt war, kochte auf einmal vor Wut. »Wagen Sie ja nicht, mir die Schuld zu geben, Jim Norton. Kevin wollte Sie suchen, um Sie zu fragen, ob er heute bei J. D. Simms übernachten darf. Meine Mutter sagte, Sie wären hier oben. Ich hatte ja keine Ahnung, dass Sie nicht allein sind.«

»Ich muss zu ihm und mit ihm reden, ihm alles erklären.« Jim fasste Bernies Schultern. »Tut mir leid. Das ist nicht Ihre Schuld, sondern ganz allein meine.«

»Ich glaube, ich sollte lieber mit Ihnen kommen«, sagte Bernie. »Er ist furchtbar wütend auf Sie.«

»Ja, danke. Wie es aussieht, redet er sich ein, dass Sie und ich mehr als Freunde sind.«

»Ich werde ihm erklären, dass er sich irrt.« Auf jeden Fall haben Sie mir unmissverständlich gezeigt, dass ich mich irrte, als ich hoffte, der heutige Abend könnte der Anfang von etwas ganz Besonderem zwischen uns beiden sein, fügte sie im Stillen hinzu.

»Soll ich auch mitkommen?«, fragte Robyn.

»Nein!«, antworteten Jim und Bernie im Chor.

Kapitel 17

Die letzten drei Tage waren für Jim eine fortwährende Übung in zermarternden Selbstvorwürfen gewesen. Wenn er doch nur die Zeit zurückdrehen könnte … Aber was geschehen war, war geschehen.

Er konnte nichts daran ändern, dass sein Sohn und seine Chefin ihn dabei ertappt hatten, wie er mit der Schwester seiner Vorgesetzten herummachte. Nun ja, *herummachen* war wohl etwas übertrieben. Er hatte schließlich versucht, Robyns Annäherungsversuche abzuwehren, aber sie akzeptierte eben kein Nein als Antwort. Als sie sich überall an ihm gerieben und ihm praktisch ihre Zunge in den Hals gesteckt hatte, reagierte er so, wie jeder normale Mann reagiert hätte. Er erwiderte ihren Kuss, obwohl ihm klar war, dass diese Frau ihm nichts als Schwierigkeiten einbringen würde und er eigentlich nichts mit ihr zu schaffen haben wollte. Aber wenn er vollkommen ehrlich war, wusste er nicht, was noch hätte passieren können, wären Robyn und er nicht unterbrochen worden.

Seit Samstag hatte Kevin keine zehn Worte mit ihm gewechselt, und jetzt war Dienstagnachmittag. Da half es nicht unbedingt, dass Mary Lee sich seit ihrer Operation noch nicht bei Kevin gemeldet hatte, und als er sie anrief, war Allen dran gewesen, der sagte, sie müsste sich ausruhen und dürfte nicht gestört werden. Ohne Bernie und ihre Eltern wüsste Jim nicht, was er tun sollte. Als Bernie und Jim Kevin am Samstagabend im Country-Club eingeholt hatten, waren sie mit ihm nach draußen gegangen und hatten versucht, ihm alles zu erklären.

»Dein Dad und ich sind nur Freunde«, hatte Bernie gesagt. »Er hat mit dem, was er tat, weder dich noch mich betrogen. Es gibt nämlich kein Gesetz, das einem Mann verbietet, eine schöne Frau zu küssen.«

Aber sosehr sich Bernie und er auch bemühten, die Situation zu erklären, Kevin sagte kein Wort und fragte am Ende nur, ob er bei J. D. schlafen könnte. Widerwillig hatte Jim es ihm erlaubt. Als er Kevin dann am Sonntagnachmittag bei den Simms abholte, hatte ihm sein Sohn deutlich zu verstehen gegeben, dass er immer noch stinksauer auf ihn war.

»Ich habe Miss Brenda gefragt, ob ich für ein paar Tage ganz bei ihnen bleiben kann, und sie sagt, es ist okay.« Kevin hatte sich geweigert, Jim anzusehen.

Jim hätte es ihm am liebsten verboten, weil er wollte, dass sie die Sache zu Hause klärten. Doch dann war er zu dem Schluss gekommen, dass Kevin seine Wut und Enttäuschung vielleicht besser verarbeiten könnte, wenn er etwas Abstand zu Jim bekam. Wieder einmal hatte er das Gefühl gehabt, als Vater auf ganzer Linie zu versagen.

Und als wären die Probleme mit seinem Sohn nicht schon schlimm genug, herrschte seitdem auch zwischen Bernie und ihm eine, gelinde gesagt, angespannte Atmosphäre. Sie verhielt sich ihm gegenüber außergewöhnlich kühl und schien ihn absichtlich zu meiden, wo sie nur konnte. Seit sie am Samstag auseinandergegangen waren, hatte er sie erst einmal wiedergesehen.

Er war nicht sicher, ob sie um Kevins willen wütend auf ihn war oder ihr einfach die Vorstellung widerstrebte, dass er etwas mit ihrer Schwester hatte. Wie dem auch sei, er hatte sich ausgerechnet bei den beiden Menschen unbeliebt gemacht, die er am allerwenigsten enttäuschen wollte – bei seinem Sohn, der ihm alles bedeutete, und bei seiner Vorgesetzten und neu gewonnenen Freundin, deren Meinung ihm wirklich wichtig war.

Robyn hatte ihn am Sonntag gleich zweimal angerufen und beide Male vorgegeben, sie würde sich Sorgen um ihn machen. Vielleicht stimmte das ja auch. Er wusste es nicht, und es interessierte ihn auch nicht. Robyn war für ihn ebenso reizvoll wie jede andere gutaussehende Frau, aber er hegte keinerlei Gefühle für sie und bezweifelte, dass sie irgendetwas für ihn empfand.

Jim war heute Morgen mit Kopfschmerzen aufgewacht. Gestern Abend hatte er ein bisschen zu viel Jack Daniel's getrunken, also waren die Kopfschmerzen ganz allein seine Schuld. Als er an seinem Schreibtisch saß, sich die Schläfen rieb und sich über sich selbst ärgerte, klingelte das Telefon.

Er nahm den Hörer auf. »Captain Norton hier.«

»Captain Norton, hier ist Derek Lawrence. Ich habe das Profil von Ihrem Mörder fertig. Wollen Sie es lieber per Fax oder per E-Mail?«

»Das überlasse ich Ihnen. Und vielen Dank. Ich weiß Ihre Unterstützung zu schätzen.«

»Danken Sie Ihrem Freund Griffin Powell.«

»Ja, das werde ich machen.«

»Captain Norton?«

»Ja.«

»Ich glaube, der Mann, der die zwei Frauen in Ihrem Bezirk ermordet und eine dritte entführt hat, ist aller Wahrscheinlichkeit nach auch der, der die ähnlichen Morde während der letzten sechs Jahre in den östlichen Südstaaten beging«, sagte Derek. »Es ist sehr gut möglich, dass Heather Stevens sein erstes Opfer war, und entweder haben ihn all die anderen Frauen an sie erinnert, oder sie und alle anderen erinnern ihn an eine Frau aus seiner früheren Vergangenheit.«

»Das habe ich mir auch schon gedacht.«

»Da ist noch etwas«, begann Derek und machte eine kurze Pause. »Es ist offensichtlich, dass er jetzt häufiger tötet, und das wird wohl so bleiben. Er wird weitermorden, bis er erwischt wird, und er wird voraussichtlich auch immer weniger, wenn nicht überhaupt keine Zeit mehr zwischen dem Mord an einer Frau und der Entführung einer anderen verstreichen lassen.«

»Ich freue mich zwar nicht, das zu hören, aber ich hatte damit gerechnet.«

»Ich faxe Ihnen meinen Bericht.« Er wiederholte die Faxnummer, die Jim ihm gegeben hatte, um sie sich bestätigen zu lassen, und verabschiedete sich.

Jim drückte eine Telefontaste und wählte dann die Nummer des Sheriff-Büros. Lisa Wiley meldete sich nach dem dritten Klingeln. »Hier ist Jim Norton. Ich muss Sheriff Granger sprechen, geschäftlich.«

Das *geschäftlich* hatte er angefügt, weil er nicht sicher war, ob Bernie sonst seinen Anruf annähme. Nicht dass er sie seit Samstag noch nicht angerufen hätte, aber er wusste trotzdem nicht, wie sie reagieren würde.

»Jim, was gibt es?«, fragte Bernie.

Na, zumindest nannte sie ihn noch Jim und nicht Captain Norton. »Derek Lawrence faxt mir das Täterprofil, und ich dachte, Sie wollen vielleicht rüberkommen und es sich mit mir zusammen ansehen.«

»Ich bin in fünf Minuten drüben. Setzen Sie schon mal frischen Kaffee auf.«

»Mach ich sofort. Bis gleich.« Als sie auflegte, lächelte er. Sie klang ganz wie die Alte, weder wütend noch verletzt. Aber bilde dir bloß nicht ein, zwischen euch zweien könnte es wieder so werden wie vor dem Robyn-Zwischenfall, warnte er sich selbst. Du musst ihr Vertrauen ebenso wieder neu gewinnen wie das von Kevin.

Ron und John arbeiteten heute beide an anderen Fällen und waren unterwegs, also ging Jim davon aus, niemanden anzutreffen, als er in die Zentrale ging. Stattdessen fand er dort Robyn vor, die in einer hautengen Jeans, einem engen Top und Sandalen dastand. Sie lächelte ihn an, als wollte sie ihn bitten, sich wieder mit ihr zu vertragen.

»Was machst du hier?«, fragte er sie auf dem Weg zur Kaffeemaschine.

»Ich bin gekommen, um mich zu entschuldigen. Noch mal.«

»Das ist nicht nötig.« Er nahm die fast leere Kanne und ging damit in das Bad nebenan.

»Ich habe heute Morgen bei meinen Eltern mit Kevin geredet«, sagte Robyn. »Und ich habe ihm gesagt, dass das, was am Samstag zwischen uns vorgefallen ist, ganz allein meine Schuld war.«

Jim schüttete die schwarze Brühe ins Waschbecken und spülte erst die Kanne, dann das Waschbecken aus. »Das brauchtest du nicht zu tun.«

»O doch, das *musste* ich tun. Ich hatte Weisung von Mom, alles zu tun, was ich kann, um das zwischen Kevin und dir zu bereinigen.«

»Und? Hat es was genützt?« Jim ließ frisches Wasser in die Kanne und trug sie zurück zur Kaffeemaschine.

»Ich glaube schon. Na ja, vielleicht. Ein bisschen.«

»Danke.« Jim steckte einen neuen Filter in die Maschine, füllte gemahlenen Kaffee hinein und schüttete dann das Wasser in den Behälter.

»Darf ich dich mal etwas fragen?«

»Kommt drauf an.« Jim drehte sich um und sah Robyn an.

»Hast du deine Exfrau verlassen oder sie dich?«

»Ich habe sie verlassen.«

»Und du hast die Scheidung eingereicht?«

»Ja, warum fragst du?«

»Weil ich wette, du hättest sie nicht verlassen und die Scheidung nicht eingereicht, ohne einen sehr guten Grund dafür zu haben. Stimmt's?«

Jim kniff die Augen zusammen. »Worauf willst du hinaus?«

»Ich will darauf hinaus, dass dein Sohn dir die Schuld für die Scheidung gibt. Er denkt, es war ganz allein dein Fehler. Und wenn das nicht stimmt, warum hast du es ihm dann nie gesagt?«

»Weil ich nicht schlecht über seine Mutter reden werde. Sie ist seine Mom, und er liebt sie.«

Robyn schüttelte lächelnd den Kopf. »Jim Norton, du bist wahrhaftig ein guter Mensch. Viel zu gut für Frauen wie mich.« Sie kam zu ihm und küsste ihn auf die Wange.

Natürlich wählte Bernie genau diesen Moment, um in die Zentrale zu kommen – früher als angekündigt. Als sie sah, wie Robyn Jim küsste, blieb sie abrupt in der Tür stehen.

»Entschuldigt. Ich wollte nicht …«

»Es ist nicht so, wie du denkst.« Robyn drehte sich zu ihrer Schwester um und lächelte Bernie an. »Diesmal nicht.« Dann sah sie zu Jim und seufzte. »Solltest du dich je zwischen uns beiden umentscheiden, ruf mich an.«

Jim antwortete nicht. Er war viel zu sehr damit beschäftigt, Bernie anzusehen, die sich alle Mühe gab, nichts von ihren Gedanken preiszugeben. Sie lächelte nicht, aber er konnte nicht sagen, ob sie wütend, enttäuscht, besorgt oder was auch immer war.

»Wir sehen uns nachher, Schwesterherz«, sagte Robyn, als sie zur Tür ging.

»Ja, nachher.« Bernie sprach mit ihrer Schwester, sah jedoch Jim an.

Sobald Robyn fort war, schloss Bernie die Tür zur Zentrale.

»Ist das Fax von Derek Lawrence schon da?«, fragte sie.

»Nein, noch nicht, aber es müsste jeden Moment kommen.« Jim nickte Richtung Kaffeemaschine. »Er läuft noch durch. Gehen Sie doch ruhig schon in mein Büro, und ich bringe uns jedem eine Tasse mit, wenn er fertig ist.«

Ein Telefon läutete zweimal, dann sprang das Faxgerät an und begann, eine Nachricht zu drucken.

»Sie bringen den Kaffee«, sagte Bernie, »und ich das Fax.«

Jim nickte. »Bernie?«

Sie war auf dem Weg zum Faxgerät, das zwischen Johns und Rons Schreibtisch stand, und blieb mit dem Rücken zu Jim stehen. »Hmm …?«

»Was Robyn und mich …«

Bernies Schultern spannten sich, während sie weiterging. »Was zwischen Ihnen und Robyn ist, geht mich nichts an.«

»Das ist es ja gerade. Zwischen mir und Robyn ist gar nichts. Und da war auch eigentlich nie etwas.«

Bernie stand vor dem Fax und betrachtete die Nachricht von Derek Lawrence, die stotternd aus dem Gerät glitt.

Als sie nichts erwiderte, fragte Jim sich, ob er ausführlicher werden oder es lieber ganz lassen sollte. Er beobachtete, wie die schwarze Flüssigkeit in der Kaffeemaschine aus dem Filter in die Glaskanne rann. Mach schon, bitte. Kannst du nicht etwas schneller fertig werden!

Das Faxgerät verstummte fast im selben Moment, als die Kaffeekanne bis zum Rand voll war. Jim sah hinüber zu Bernie, die gerade die einzelnen Faxseiten zusammensammelte. Er nahm zwei frische Tassen, zog die Kanne aus der Maschine und schenkte ihnen Kaffee ein.

Bernie und er trafen sich in der offenen Tür zu seinem Büro. Jim blieb stehen und ließ ihr den Vortritt.

»Nehmen Sie meinen Stuhl«, sagte er zu ihr.

Nachdem sie sich gesetzt und die Faxseiten auf den Schreibtisch gelegt hatte, stellte er die beiden Kaffeetassen nebeneinander hin und zog sich einen der Besucherstühle heran. Dann setzte er sich neben Bernie und nahm seine Tasse.

Sie nippte an dem Kaffee und stellte ihre Tasse wieder ab, bevor sie sich auf das gefaxte Täterprofil konzentrierte. Die erste Seite reichte sie Jim, sobald sie sie überflogen hatte.

»Mr. Lawrence sieht unseren Serienmörder als einen gutorganisierten, gewalttätigen Täter«, sagte Bernie. »Das überrascht uns nicht. Außerdem steht hier hochintelligent, sozial und sexuell kompetent.«
Jim las die erste Seite. »Hat seine Stimmungen unter Kontrolle. Gibt sich ein stereotypes, maskulines Image, ist charmant. Möglicherweise ein Einzelkind, das als Kind oder Teenager in irgendeiner Form missbraucht wurde.«
Bernie las laut: »Dieser Tätertyp legt sein Opfer gern abseits des Tatorts ab, um für sein Verbrechen zu werben.« Bernie las weiter und reichte Jim die zweite Seite. »Er hat unseren Täter genau getroffen. Das passt alles.« Sie gab Jim die dritte und letzte Seite des Faxberichts.
Jim las noch einmal die Liste der Merkmale. Plant den Angriff. Personalisiert das Opfer. Kontrolliert den Ort des Verbrechens. Verlangt Unterwerfung vom Opfer. Benutzt Fesseln. Handelt aggressiv. Verlegt den Leichnam. Entfernt die Mordwaffe. Hinterlässt kaum Spuren.
»Unser Bursche ist eindeutig kontrollorientiert«, sagte Jim. »Lawrence geht davon aus, dass er seinen Opfern genau vorgibt, was sie während der Übergriffe sagen sollen, weil er sich auf diese Weise ein Szenario mit idealisierten Partnerinnen schafft, das er zuvor in seiner Phantasie entworfen hat.«
»Lawrence hat außerdem die Theorie, dass unser Täter alles dokumentiert – schriftlich, mit Zeichnungen und Fotos.« Bernie schloss ihre Augen und erschauderte. »Thomasina Hardy wird seit dreizehn Tagen vermisst, und wir sind noch kein bisschen näher daran, sie zu finden, als an dem Abend, an dem sie verschwand.«
»Unser Täter ist schlau. Er ist irgendwo da draußen und lacht uns aus. Er hält sich für unbesiegbar.«

»Was nützt uns dieses Profil, wenn wir keinen einzigen Verdächtigen haben?« Bernie umfasste ihre Kaffeetasse mit beiden Händen.

»Es hilft uns, eine ganze Reihe von Männern auszuschließen«, sagte Jim. »Lawrence meint, dass unser Täter jung ist, unter dreißig, sehr intelligent, möglicherweise einen College- oder sogar einen Universitätsabschluss hat und mobil ist, also den Wohn- und Tatort wechselt.«

»Und was machen wir jetzt? Befragen wir jeden Mann unter fünfunddreißig in Adams County, der intelligent, gebildet und charmant ist?«

»Ich glaube, wir sollten mehr über die Opfer in den anderen Bundesstaaten in Erfahrung bringen, angefangen bei Heather Stevens und Shannon Elmore.«

»Sie haben doch schon mit dem leitenden Ermittler in diesen Fällen gesprochen, was können Sie denn sonst noch tun?«

»Ich kann noch mal mit ihm reden und ihm mehr Fragen stellen. Ich tippe darauf, dass er mehr weiß, als ihm selbst klar ist. Vielleicht stoße ich so auf etwas, das ein wenig Licht auf die Identität unseres Täters wirft.«

»Dann rufen Sie ihn an.«

»Das habe ich heute Morgen schon als Erstes getan. Ich warte darauf, dass er mich zurückruft.«

Bernie trank noch einen Schluck von ihrem Kaffee. »Sie können gut Kaffee kochen.«

Jim grinste. »Ich kann auch gut jemanden gebrauchen, mit dem ich ihn trinken kann. Ihre Freundschaft ist mir wichtig, Bernie, und ich möchte sie nicht verlieren.«

Als sie ihn weder ansah noch etwas antwortete, legte er ihr eine Hand auf die Schulter. Sie zuckte kaum merklich zusammen. »Bernie?«

Erst jetzt hob sie den Kopf und blickte ihn an. »Sie haben mich nicht verloren. Wir sind immer noch Freunde.«

»Gute Freunde?«, fragte er.

»Ich glaube, wir sind auf dem Weg, welche zu werden.«

»Ich werde nicht mit Ihrer Schwester ausgehen, also, falls Sie besorgt sind, ich könnte hinter Robyn her sein, dann ist Ihre Sorge unbegründet. Ich weiß, dass Sie Angst haben, ich könnte sie benutzen, und …«

Bernie lachte und schüttelte den Kopf.

»Was ist denn so witzig?«, fragte er und nahm die Hand von ihrer Schulter.

»Na, Sie sind witzig! Ich habe nie befürchtet, Sie könnten Robyn benutzen. Glauben Sie, ich weiß nicht, dass es meine Schwester ist, die die Männer benutzt? Ich hatte eher Angst davor, dass sie Ihnen das Herz bricht.«

»Ach ja?«

»Ja. Ich sorge mich um meine Freunde.«

»Gut zu wissen.«

»Dad erzählte mir, dass Kevin immer noch wütend auf Sie ist. Was wollen Sie unternehmen, um die Sache mit Ihrem Sohn wieder hinzubiegen?«

Jim fuhr sich mit der Hand durchs Haar und lehnte sich auf seinem Stuhl zurück. »Wenn ich das nur wüsste. Ich liebe den Jungen mehr als alles andere auf der Welt, und dennoch scheine ich ihm immer nur wehzutun oder ihn zu enttäuschen. Ich kann nicht fassen, dass er mich mit Robyn ertappt hat. Wie groß waren denn die Chancen, dass es zu so einer Szene kommt? Und ich weiß nicht, wie er darauf kommt, dass zwischen uns beiden irgendetwas lief.«

»Wir drei haben eine Menge Zeit zusammen verbracht und hatten viel Spaß. Kevin und ich verstehen uns bestens. Ich glaube, ihm gefiel die Vorstellung, dass sein Dad eine feste Freundin hat, die er mag und die seine Gefühle erwidert.«

»Ja, das macht Sinn. Sie sind der Typ Frau, den die meisten Kinder gern als Mutter hätten.«

»Danke für die Blumen, Captain Norton.«

Jim lachte. »Also, sollten wir alles wieder so sein lassen wie vorher – Sie, Kevin und ich? Oder würden wir, wenn wir drei mehr Zeit zusammen verbringen, nur seiner Phantasie Vorschub leisten, Sie und ich wären ein Paar?«

»Das ist eine heikle Frage. Ich weiß es nicht. Vielleicht sollten wir beide noch einmal mit ihm reden. Zusammen.«

»Heute Abend?«

»Ja, heute Abend passt mir. Was halten Sie davon, wenn ich Mom anrufe und ihr sage, dass wir beide zum Abendessen kommen und hinterher mit Kevin über unsere Beziehung sprechen wollen?«

»Das wäre nett. Danke.«

»Wofür?«, fragte sie.

»Dafür, dass Sie meine Freundin sind.«

Er konnte nicht vor heute Abend zu ihr gehen. Dann würden sie sich ein letztes Mal lieben, bevor er von ihr Abschied nahm. Sie würde gewiss am Boden zerstört sein, wenn er ihr eröffnete, dass er sie nicht mehr liebte, aber überrascht wohl nicht. Sie musste doch wissen, was für eine Enttäuschung sie für ihn gewesen war. Arme Thomasina. Sie hatte sich so bemüht, hatte alles getan, worum er sie bat, aber sie konnte seinen Ansprüchen einfach nicht gerecht werden. Keine von ihnen hatte seinem Ideal, seiner perfekten Frau entsprochen.

Vielleicht würde es bei Abby anders. Sie war nicht im klassischen Sinne schön wie die anderen, aber dafür auf eine verführerische, bodenständige Weise liebreizend. Und sie war älter, schon dreißig, aber immer noch jung genug. Außerdem besaß sie die Art Körper, von dem Männer in ihren feuchten Träumen phantasierten. Er träumte davon, an ihren riesigen Titten zu saugen. Lecken, saugen, reinbeißen. Allein die Vorstellung, wie sie vor Wonne und Schmerz wimmerte, erregte ihn. Sie war eine von den Frauen, die die Abwechslung genießen konnten – den Arschfick und die Blowjobs.

Aber er durfte seine Verführung von Abby Miller erst beginnen, wenn er die Beziehung zu Thomasina beendet hatte.

Er saß da und beobachtete die Studenten, die aus dem Gebäude kamen. Einige von ihnen gingen in ihren nächsten Kurs, andere zu ihren Autos. Was für ein wunderbarer Zufall es gewesen war, dass Jacque und Stephanie beide das College besucht hatten und Thomasina dort unterrichtete. Und nun auch noch Abby, eine weitere Abendschülerin, die sich für Kurse eingetragen hatte, die sie in erster Linie als Tarnung für ihre Affären benutzte.

Er lächelte, als er daran dachte, wie viel Zeit das Sheriff-Büro damit verschwendete herauszufinden, ob alle Opfer irgendwie über das College verbunden wären. Dabei hatte er gar nicht absichtlich Frauen ausgesucht, die hier studierten oder gar lehrten. Aber jetzt erwies es sich als Vorteil für ihn, da es die Ermittler auf eine falsche Spur lenkte.

Wenn Sheriff Granger und ihr berühmter Chief Deputy wüssten, dass es einen weit wichtigeren Grund als den offensichtlichen gab, weshalb sie sich am Adams County Junior College umsehen sollten …

Er würde die Gesetzeshüter hier genauso austricksen, wie er die anderen ausgetrickst hatte – in Georgia, in Tennessee, in North Carolina und in South Carolina. Er war ein kluger

Mann. Er war schon ein kluger Junge gewesen. Aber die Frauen wussten Männer mit Köpfchen nicht zu würdigen, ebenso wenig wie Mädchen Jungen mit Verstand würdigten.

Denk nicht an die Vergangenheit. Denk nicht daran, was damals passierte.

Sie war das hübscheste, beliebteste Mädchen in der Schule gewesen, und er hatte sie angebetet, als sie noch gar nicht wusste, dass er überhaupt existierte. Das erste Mal, als sie ihn anlächelte, wäre er beinahe auf der Stelle tot umgefallen. Und als sie ihn eines Tages ansprach, hatte es ihm zunächst die Sprache verschlagen, bevor er unbeholfen etwas stammelte. Sie war so süß, so freundlich, so nett.

Im Geiste sah er sie ganz deutlich vor sich – schmal und dunkelhaarig, mit großen braunen Augen und einem Lächeln, das die Polkappen zum Schmelzen bringen könnte. Sie trug immer rosa Lippenstift und Nagellack, kein schreiendes Pink, sondern einen blassen, damenhaften Rosa-Ton. Selbst jetzt noch konnte er ihr zartes Parfum riechen, einen blumigen Gardenienduft. Und er hatte nie das feine goldene Fußkettchen vergessen, das sie jeden Tag trug, ganz gleich ob sie lange Hosen, Shorts oder einen Rock anhatte. Ihre Eltern schenkten ihr zum sechzehnten Geburtstag eine Perlenkette, und bei jedem besonderen Anlass in der Schule, für den sich alle rausputzten, legte sie ihre Perlen an.

Er hatte sie mit all der Unschuld und Leidenschaft eines sechzehnjährigen Jungen geliebt. Eine Jungfrau. Ein Streber. Ein Bücherwurm.

Seine Gefühle schnürten ihm die Kehle zu. Die Erinnerungen waren schmerzlich und süß zugleich. Anfangs war alles Ekstase, und dann endete es in einer endlosen Qual. Tränen verschleierten ihm den Blick.

Ihr Lachen hallte bis heute durch seinen Kopf. Egal wie viele Jahre vergangen waren, wie sehr er sich bemüht hatte zu vergessen, er würde niemals diesem höhnischen Lachen entkommen.

Thomasina lag neben ihm, still und stumm wie der Tod. Nachdem er ihren Anus mit einem hölzernen Phallus malträtiert hatte, bis sie vor Schmerz schrie, hatte er sie umgedreht und sie mit brutaler Kraft vergewaltigt. Ganz gleich wie sehr sie sich bemühte, ihn zu befriedigen, er war niemals zufrieden.

Er bestrafte sie, wenn sie sich wehrte, und auch dann, wenn sie jedem seiner Befehle gehorchte. Er genoss es, sie zu quälen, und fand ein sadistisches Vergnügen daran, ihr Schmerzen zuzufügen.

In der Stille neben ihrem schlafenden Entführer liegend, hörte sie noch ihre eigene flehende Stimme in ihrem Kopf. Wieder und wieder hatte sie ihm gesagt, was er zu hören verlangte.

»Ich liebe dich. Ich liebe dich mehr als irgendetwas oder irgendjemand anderen. Bitte, schlaf mit mir.«

Vorsichtig blickte sie zur Seite und sah, dass seine Augen geschlossen waren und sein Mund offen. Zaghaft hob sie den Kopf ein wenig und riskierte einen genaueren Blick auf sein hübsches Gesicht.

Thomasinas Herzschlag beschleunigte sich. Er schlief. Sie war wach. Sie hob ihre Arme und betrachtete ihre ungefesselten Handgelenke. Dann streckte sie einen Fuß nach dem anderen ein wenig in die Höhe, um sich zu vergewissern, dass sie nicht ans Bett gekettet war.

Sie setzte sich behutsam auf, hielt inne und atmete ganz leise ein und aus, bevor sie seinen nackten Körper ansah. Ein makelloser Männerkörper.

Ganz langsam stellte sie ihre Füße auf den Boden und saß da, die Arme vor den von Wunden übersäten Brüsten verschränkt. Inzwischen hatte sie jede Zeitorientierung verloren und keine Ahnung mehr, wie lange er sie in diesem unterirdischen Höllenloch gefangen hielt. Hier gab es keinen Unterschied zwischen Tag und Nacht, und die Zeit verlor ihre Bedeutung. Thomasina teilte ihr Leben nicht mehr nach Minuten und Stunden ein, sondern nach der Anzahl seiner Heimsuchungen. Und mit jedem seiner Besuche verlor sie sich mehr und mehr an die Angst vor dem Warten und dem Nachdenken darüber, wann er wiederkäme. Wenn sie diesem Wahnsinnigen doch nur entfliehen könnte!

Sie stand auf und ging vorsichtig ein paar Schritte vom Bett weg.

Er gab einen merkwürdigen Schnarchlaut von sich.

Ihr Herz pochte wie wild, und Furcht erfüllte sie von oben bis unten. Sie blickte sich über die Schulter um. Er schnarchte. Erleichterung wallte durch ihren Körper und entspannte ihre zum Zerreißen angespannten Nerven.

Auf Zehenspitzen schlich sie zum Fußende des Betts, dann um das Bett herum, wobei ihr Blick auf die Treppe fixiert war, die zu der einzigen Tür, ihrer einzigen Fluchtmöglichkeit führte. Aber er verschloss die Tür stets, also was nützte es ihr, die Treppe hinaufzugehen?

Plötzlich trat sie auf etwas, das am Boden lag. Als sie im Halbdunkel auf den Fußboden blickte, sah sie sein Hemd und seine Hose, die in einem unordentlichen Haufen da lagen, wo er sie ausgezogen hatte.

Dann hob sie ihren Fuß hoch, beugte sich vor und starrte

auf das kleine Metallding, das auf dem kalten Zementboden glitzerte.

Es ist ein Schlüssel.

O mein Gott, der Türschlüssel muss ihm aus der Hosentasche gefallen sein, als er sich auszog.

Sie lauschte auf sein leises Schnarchen, um sicher zu sein, dass er immer noch schlief, bevor sie die Knie beugte, die Hand ausstreckte und den Schlüssel mit Daumen und Zeigefinger aufnahm. Ihr Pulsschlag dröhnte ihr in den Ohren, und Schweiß benetzte ihre Handflächen.

Ihr Kidnapper schlief tief und fest. Sie hatte den Schlüssel zur Tür. Wenn sie es schaffte, die Treppe hinaufzukommen und die Tür aufzuschließen, ohne ihn aufzuwecken, könnte sie entkommen.

Zum ersten Mal, seit sie in diesem dunklen feuchten Gefängnis zu sich gekommen war – vor Tagen? Wochen? –, hatte Thomasina das Gefühl, sie könnte eine Chance haben zu fliehen und möglicherweise überleben.

Mit dem Schlüssel in der Hand und voller verzweifelter Hoffnung schlich sie quer durch den Raum zur Treppe. Ehe sie die erste Stufe hinaufstieg, blieb sie stehen und sah sich zu dem schnarchenden Mann um. Sie hob einen Fuß und zögerte. Dann, als die Treppe nicht knarrte, ging sie vorsichtig eine Stufe nach der anderen hinauf, wobei sie ihr Tempo erhöhte, bis sie die letzten paar Stufen buchstäblich hinaufrannte. Zitternd und schweißnass konzentrierte sie sich mühsam auf das Türschloss, bevor sie den Schlüssel hineinsteckte. Ihre Finger zitterten so sehr, dass sie den Schlüssel beinahe fallen ließ. Sie umklammerte ihn mit aller Kraft und schob ihn ins Schloss. Ihre Brust schmerzte. Ihr Atem ging in rauhen Stößen. Sie roch ihren eigenen Schweiß und den schweren Geruch von Sex.

Außer ihrem eigenen Atem hörte sie nichts mehr. Und sie sah nichts mehr außer dem Schlüssel in ihrer Hand.

Dreh den Schlüssel, schließ die Tür auf und öffne sie. Und dann renn, so schnell du kannst, trieb sie sich an.

Sie drehte den Schlüssel und anschließend den Türknauf. Das Schloss bewegte sich nicht.

Sie drehte den Schlüssel in die andere Richtung.

Klick.

Erleichtert atmete sie aus, als sie nach dem Türknauf griff und ihn drehte.

Die Tür quietschte, als sie sie öffnete.

Verdammt!

Instinktiv wandte sie den Kopf, um sich zu vergewissern, dass das Geräusch ihn nicht geweckt hatte. Sie erstarrte vor Schreck, als sie feststellte, dass ihr Kidnapper direkt hinter ihr stand.

»Wo willst du hin, Liebling?«, fragte er.

Sie drehte sich blitzschnell um, zog die Tür auf und versuchte wegzukommen, bevor er sie packte. Thomasina schaffte es, die Tür zur Hälfte zu öffnen, ehe er einen Arm von hinten um ihre Taille schlang und sie mit dem Rücken an seine Brust drückte.

Schreiend und weinend, von einem verzweifelten Überlebenswillen erfüllt, wehrte sie sich mit aller Kraft gegen ihn, als er sie zurückriss und die Tür zuschlug. Er hielt sie so fest, dass sie kaum noch Luft bekam, während sie sich wand und nach ihm schlug und trat.

Sie war so nahe daran gewesen, ihm zu entkommen.

Tränen strömten ihr übers Gesicht.

Schließlich, als sie keine Kraft mehr hatte und keinen Sinn mehr darin sah, zu kämpfen, beugte er den Kopf vor und küsste sie auf die Schulter. Dann biss er ihr in den Hals, dass sie vor Schmerz aufschrie.

»Du bist durch den Test gefallen«, flüsterte er ihr ins Ohr.

»Was?«

»Du hast mir wieder und wieder gesagt, wie sehr du mich liebst, aber ich hatte von Anfang an meine Zweifel. Also dachte ich mir einen Plan aus, um dich auf die Probe zu stellen, damit du mir deine Liebe beweisen kannst.«

Schluchzend, zitternd und bewegungsunfähig vor Angst, wurde Thomasina klar, dass er überhaupt nicht geschlafen, sondern ihr etwas vorgemacht hatte. »Der Schlüssel?«, fragte sie.

»Als ich mich auszog, habe ich ihn so hingelegt, dass du ihn finden musstest«, sagte er. »Hättest du den Schlüssel auf dem Boden liegengelassen und nicht versucht zu fliehen, dann hätte ich gewusst, dass du mich wirklich liebst.«

Ein Test? Das Ganze war ein Test gewesen! Und sie war durchgefallen.

Es gab kein Entkommen mehr. Sie saß in der Falle.

»Nun kann es kein Happy End für uns geben«, sagte er. »Du hast alles Glück zerstört, das wir hätten finden können.«

Eisige Furcht ließ Thomasinas Innerstes gefrieren. Sie blickte dem sicheren Tod ins Auge.

»Bitte …«

»Bitte was?« Er tauchte die Finger in ihr Haar, riss ihren Kopf nach hinten und küsste sie auf die Wange. »Möchtest du, dass ich dich freilasse, Liebling?«

»Ja«, antwortete sie, wohl wissend, dass es nur einen einzigen Weg gab, wie sie diesem Wahnsinnigen jemals entkommen konnte.

Kapitel 18

Abby Miller bemerkte die Plastiktüte, die am Türknauf des Hintereingangs zu Kut and Kurl hing, gleich bei ihrer Ankunft an ihrem Schönheitssalon am Mittwochmorgen. Sie und die anderen Geschäftsleute parkten ihre Wagen auf dem Hinterhof, damit die Parkplätze vor der Ladenzeile für die Kunden frei blieben. Abby kam nur mittwochs vor ihren Mitarbeiterinnen ins Geschäft – eine der freiwilligen Sozialleistungen, die sie als Inhaberin zu erbringen hatte. Amy Simms hatte nämlich jeden Mittwoch um halb neun einen festen Termin für Maniküre und Pediküre. Die Frau des Staatsanwalts war sehr beschäftigt und konnte nicht nach Lust und Laune ihre Termine machen. Und da Amy Simms eine Stammkundin war und großzügige Trinkgelder zahlte, tat Abby ihr Bestes, sie sich zu erhalten.

Als sie an die Tür kam, beäugte sie die Tüte neugierig und fragte sich, ob einer ihrer Vertreter gestern Abend nach Ladenschluss hier war und ihr die Tüte dagelassen hatte. Es war eine schlichte weiße Plastiktüte, ohne Logo oder sonstigen Aufdruck. Komisch.

Sie wechselte ihr Schlüsselbund von der rechten in die linke Hand und nahm die Tüte vom Türknauf, bevor sie sie sich über das Handgelenk hängte. Dann nahm sie den Schlüsselbund wieder in ihre rechte Hand, steckte den Schlüssel ins Schloss und öffnete die Tür. Sobald sie drinnen war, verriegelte sie den Hintereingang wieder und eilte in die kleine Küche. Sie war einer von zwei Räumen im Salon, zu denen Kunden keinen Zutritt hatten. Der andere war das vollgestopfte Lager. Nachdem sie ihre Schlüssel in ihre Handtasche gesteckt und die Handtasche weggestellt hatte, legte sie die Plastiktüte auf den kleinen Esstisch. Zunächst erledigte sie alles, was sie mittwochmorgens zu tun hatte. Sie setzte Kaffee auf, sah nach der Einstellung der Klimaanlage, schaltete sie auf Tagesbetrieb und schloss die Vordertür auf, bevor sie das *GESCHLOSSEN*-Schild umdrehte. Während der Kaffee durchlief, nahm sie sich eine Cola-light aus dem kleinen Kühlschrank, zog den Verschluss auf und nahm einen großen Schluck. Im Winter trank sie gern Kaffee, aber nicht im Sommer. Wenn es draußen heiß war, zog sie es vor, sich ihr Koffein in Form von Cola zuzuführen. Aber sie wusste, dass Amy Simms einen frisch gebrühten Kaffee erwartete, wenn sie in den Salon kam.

Als Abby sich auf einen der Kunststoffstühle setzte und noch einen Schluck Cola trank, fiel ihr Blick wieder auf die Plastiktüte auf dem Tisch. Sie nahm sie, legte sie sich auf den Schoß und öffnete sie. Es waren zwei Sachen drin, ein großer brauner Umschlag und ein kleiner, quadratischer weißer. Sie nahm als Erstes den weißen Umschlag heraus. Auf der Vorderseite stand ihr Vorname in großen schwarzen Buchstaben – ABBY. Sie öffnete den Umschlag, entnahm ihm einen einzelnen Briefbogen und faltete ihn auseinander.

Ich bete dich aus der Ferne an, meine wunderschöne Abby.

Ein nervöses Kribbeln ging ihr durch den Bauch. Wie süß. Sie hatte einen heimlichen Bewunderer? Nun, unmöglich war das ja wohl kaum, oder? Ron Hensley war nicht der einzige Mann in der Stadt, der ein Auge auf sie geworfen hatte. Dauernd flirteten irgendwelche Burschen mit ihr. Und mehrere von ihnen hatten ihr schon eindeutige Angebote gemacht, seit Ricky Waynes Einheit in den Nahen Osten geschickt wurde. Aber da sie sich Mühe gab, eine treue Ehefrau zu sein, hatte sie alle abgewiesen – alle außer Ron.

Sie las die Nachricht noch einmal und überlegte, von wem sie wohl sein mochte. Auf jeden Fall stammte sie von einem Mann mit Sinn für Romantik. Nachdem sie die Nachricht und den Umschlag in die Tüte zurückgesteckt hatte, nahm sie den anderen Umschlag heraus und riss ihn auf. Als sie ihn auf den Kopf stellte und ihn mehrmals schüttelte, fiel nur ein einzelnes Blatt heraus. Sie fing es auf, bevor es zu Boden flatterte, und erschrak, als sie das Blatt umdrehte und sah, was darauf war. Es war eine Skizze. Eine Federzeichnung von ihr. Ein sehr begabter Künstler hatte sie genau eingefangen, von der leichten Krümmung ihrer Nase bis hin zu ihrem versonnenen, vielsagenden Lächeln. Wer immer das gezeichnet hatte, musste sie kennen, sie beobachtet, ja, regelrecht studiert haben.

Abby spürte einen Anflug von Erregung. Sie war neugierig, wer wohl der Verfasser der Nachricht und vor allem der Schöpfer dieser Zeichnung sein mochte. Ihr weiblicher Instinkt sagte ihr, dass der Mann kein herkömmlicher Bursche vom Land war, womit sich die Zahl der Kandidaten hier in Adams County drastisch reduzierte.

Abby faltete die Zeichnung zusammen, steckte sie in den Umschlag zurück und packte ihn wieder in die Plastiktüte. Dann machte sie ihre Handtasche auf und steckte die Tüte hinein. Zum Glück war ihre Tasche groß genug. Anschließend trank sie noch einen Schluck Cola, bevor sie auf die Wanduhr sah. Zwei Minuten vor halb neun. Amy musste jeden Moment kommen. Abby nahm eine lavendelfarbene Nylonjacke von dem Stapel frisch gewaschener Arbeitsjacken und -hemden, zog sie sich über und knöpfte sie unterhalb ihres Busens zu. Dann nahm sie ihre Cola und ging hinaus in den Salon zu ihrem Arbeitsplatz.

Das Telefon läutete, und Abby zuckte vor Schreck zusammen.

Flipp nicht gleich aus. Es ist nur das Telefon, beruhigte sie sich. Deine Phantasie geht mit dir durch. Nur weil du eine Nachricht und eine Zeichnung bekommen hast, die dir schmeicheln und gleichzeitig Angst machen, musst du nicht gleich nervös werden.

»Kut and Kurl, Abby am Apparat.«

»Hallo, Abby.«

Sie erkannte die Stimme nicht und fand, dass sie merkwürdig klang. »Hallo. Was kann ich für Sie tun?«

»Hast du meine Nachricht bekommen?«, fragte die tiefe, gedämpfte Männerstimme.

Abbys Herz fing an, wie verrückt zu klopfen. »Ja, … und auch die Zeichnung.«

»Gefiel dir die Zeichnung?«

»Ja, sie ist wunderschön. Du bist sehr talentiert.«

»Danke, aber ich hatte auch ein vollkommenes Modell.«

Ein Mann, der es verstand, zur richtigen Zeit das Richtige zu sagen.

»Wer bist du?«, fragte Abby.

»Ich bin dein heimlicher Bewunderer.«

Abby kicherte. »Das dachte ich mir. Aber wieso? Wenn du ein Auge auf mich geworfen hast, solltest du dich zu erkennen geben. Komm heute gegen sechs zum Salon und stell dich vor. Oder kenne ich dich schon?«

»Ich werde dir zur rechten Zeit verraten, wer ich bin. Fürs Erste aber … denk einfach an mich und daran, wonach ich mich sehne – dich zu berühren, dir Liebessonette ins Ohr zu flüstern und dir jeden deiner Träume zu erfüllen.«

Abby stand der Mund weit offen. Sie hatte noch nie erlebt, dass ein Mann so mit ihr sprach – so romantisch und verführerisch. Normalerweise sagten die Kerle irgendwelche schmutzigen Sachen zu ihr, erklärten ihr unmissverständlich, dass sie sie ficken wollten. Aber dieser hier – ihr heimlicher Bewunderer – war gut. Verdammt, er war großartig. Sie würde den ganzen Tag an ihn denken.

»Ich würde gern wissen, wer du bist«, sagte sie.

»Das wirst du, sehr bald, meine wunderschöne Abby.«

Dann hörte sie nur noch den Wählton. Seufzend legte sie den Hörer auf. Als sie träumend dastand und in Gedanken ihrem Phantasieliebhaber nachhing, hörte sie nicht, dass Amy Simms den Salon betrat. Erst als Amy sie rief, fuhr Abby zusammen, als wäre sie von einer Kugel getroffen worden.

»Was ist denn?«, fragte Amy. »Du bist so schreckhaft.«

»Entschuldige. Alles ist bestens. Ich dachte nur gerade an einen ganz besonderen Mann.«

»An Ricky Wayne bestimmt. Du musst ihn schrecklich vermissen. Ich weiß noch, als mein Jerry Dale fort war und in einem schrecklichen Krieg mitkämpfte. Ich war außer mir vor Angst.«

»Hmm … Ich vermisse Ricky Wayne.«

Aber kein Gesetz der Welt schreibt mir vor, mich elend zu fühlen, solange er weg ist. Und wenn ich es schaffe, meine Affäre mit Ron vor seiner Mutter zu verheimlichen, spricht nichts dagegen, dass ich auch zwei Liebhaber gleichzeitig vor ihr verheimlichen kann.

Bernie hockte am Rand des Swimmingpools im Garten ihrer Eltern neben Kevin. Beide tranken den köstlichen Himbeertee ihrer Mom und genossen die letzten Sonnenstrahlen. Hier im Nordosten Alabamas wurde es im Juli erst um halb neun abends dunkel, und jetzt war es erst halb sieben.
Sie erinnerte sich noch, wie ihre Eltern den Swimmingpool angelegt hatten. Es war in dem Sommer, als sie acht wurde und Robyn noch keine vier Jahre alt war. Dank des Pools hatte Bernie gelernt, wie ein Fisch zu schwimmen. Jeden Sommer war sie lebkuchenbraun geworden, und alle Kinder in der Nachbarschaft hatten Robyn und sie beneidet. Beinahe jedes Jahr hatte ihre Mutter anlässlich der Geburtstage von Robyn und Bernie eine große Schwimmparty veranstaltet, da Bernie am dreißigsten Mai und Robyn am fünften Juni Geburtstag hatten.
»Mein Dad hat heute Abend ein Date«, sagte Kevin, der auf seine Füße im Wasser sah. Sie saßen am flachen Ende des Pools. »Aber er geht nicht mit Robyn aus, mit deiner Schwester, sondern mit dem Deputy, Holly Burcham.«
»Ja, ich weiß. Holly ist eine ganz Lustige. Da wird Jim eine Menge Spaß haben.« Richtig viel Spaß gewiss. Holly mochte alle Männer, die ihr über den Weg liefen, und ihre Kollegen hatten es ihr besonders angetan. Sie hatte schon fast mit jedem ledigen Hilfssheriff und Polizisten etwas gehabt – und auch mit ein paar verheirateten. Zum Glück für Holly hatte sich keine der Ehefrauen beschwert. Entweder wussten sie es nicht, oder sie hatten es vorgezogen, nichts davon mitzubekommen.
Bernie hatte sich oft gefragt, ob sie vielleicht noch verheiratet wäre, hätte sie es geschafft, Ryans Affäre einfach zu ignorieren. Hätten sie dann heute vielleicht doch ein Kind? Nein, es

war Zeitverschwendung, darüber nachzugrübeln, was hätte sein können. Sie war keine Frau, die Untreue vergeben und vergessen konnte. Für sie hatten die Treueschwüre eine klare Bedeutung, und sie erwartete, dass ihr Ehemann sie ebenso ernst nahm wie sie. Und was Kinder betraf, so würde sie vielleicht nie welche haben, selbst wenn sie irgendwann in näherer Zukunft ein zweites Mal heiratete. Hinter ihr lagen zwei Fehlgeburten, und die Ärzte konnten nicht mit Sicherheit sagen, dass sie je ein Baby austragen könnte, wenn sie wieder schwanger würde.

»Bernie?«

»Ja?«

»Ich finde, Dad soll heute lieber mit dir ausgehen.«

Bernie zwang sich zu lächeln. »Kevin, wir haben es dir doch erklärt. Dein Dad und ich sind nur Freunde.«

»Freunde gehen doch auch zusammen aus, oder nicht?«

»Ja, manchmal.«

»Ich fand's klasse, als wir drei immer was zusammen gemacht haben. Du nicht auch?« Nur ganz kurz sah Kevin sie an, wandte dann aber rasch den Blick ab.

Bernie stellte ihr Eisteeglas auf die Fliesen hinter sich und legte ihren Arm um Kevins Schultern. »Wenn ich nicht gern mit dir zusammen wäre, würde ich jetzt wohl kaum hier sitzen. Und ich kann mir keinen Ort vorstellen, an dem ich in diesem Moment lieber wäre.«

»Ehrlich?« Kevin hob den Kopf und sah sie strahlend an, als hätte sie ihm soeben ein besonders schönes Geschenk gemacht.

Sie drückte ihn an sich. »Ehrlich.«

Kevin sprang auf und hüpfte vor Begeisterung. »Schwimmen wir um die Wette zum anderen Ende des Pools.«

Bernie stellte sich neben ihn an den Beckenrand. »Na gut. Was bekommt der Gewinner?«

»Hmm … Was willst du denn gewinnen?«

Sie wusste nicht genau, wie sie es formulieren sollte. »Ich möchte, dass du aufhörst, deinem Vater böse zu sein. Er liebt dich, und er würde alles für dich tun. Am liebsten verbringt er jede freie Minute mit dir, aber dazu müsstest du erst aufhören zu schmollen und nach Hause zurückkommen.«

»Dad kann ein solcher Hohlkopf sein«, sagte Kevin. »Wenn er lieber mit deiner Schwester oder dieser Holly zusammen ist als mit dir, dann ist er bekloppt. Aber eigentlich wundert mich das nicht, denn er hat ja auch Mom verlassen, und die ist ganz toll …« Kevin schluckte schwer und sah verlegen zur Seite.

Bernie wusste, dass er den Tränen nahe war und es ihm sehr peinlich wäre, wenn sie ihn weinen sähe. »Deine Mom ruft dich an, sowie es ihr wieder bessergeht. Sie will nur nicht, dass du hörst, wie schwach und krank sie klingt. So sind Moms eben.« Bernie log natürlich. Sie hatte keine Ahnung, warum Mary Lee seit ihrer Operation noch nicht mit Kevin telefoniert hatte. Schließlich hatte Jim erzählt, dass der Eingriff gut verlaufen war und die Ärzte meinten, der Krebs hätte noch nicht gestreut. Ganz gleich, wie schwach Mary Lee sich fühlen mochte oder wie schrecklich es für sie war, dass sie eine Brust verloren hatte und ihr eine monatelange Behandlung bevorstand, sie war immer noch eine Mutter, deren Sohn dringend von ihr hören musste, dass alles wieder gut würde. Bernies Ansicht nach konnte man von Kevins Mutter zu Recht erwarten, dass sie ihrem Sohn ein wenig Mut machte.

Kevin räusperte sich. »Ja, ich weiß, dass Mom noch anruft.

Aber sie muss sich jetzt erst mal um sich selbst kümmern und nicht um mich oder jemand anderen.«

»Du hast deinen Dad, an den du dich jederzeit wenden kannst, wenn du etwas brauchst. Weißt du, ich zum Beispiel, ich liebe meine Mutter sehr, und sie ist die tollste Mutter der Welt«, sagte Bernie. »Aber vor allem bin ich meines Dads kleines Mädchen. Mein Dad ist mein bester Freund. Und dein Dad könnte dein bester Freund sein, wenn du ihm die Chance dazu gibst.«

Kevin überlegte. »Ja, vielleicht.« Dann sah er Bernie grinsend an. »Wollen wir jetzt?«

»Klar, ich bin bereit. Und wenn ich gewinne, gehst du wieder nach Hause und gibst deinem Vater die Chance, dir zu beweisen, wie wichtig du ihm bist.«

»Ja, okay. Und wenn ich gewinne, möchte ich, dass du Dad und mich mal wieder zum Essen zu dir einlädst.«

Bernie atmete sehr übertrieben aus, als kostete es sie eine ungemeine Überwindung. »Na gut, ich bin einverstanden. Aber dir ist hoffentlich klar, dass du da eine Menge von mir verlangst. Für mich wird's das reinste Elend, einen ganzen Abend mit dir und Jim zu verbringen.«

Beide lachten, und Bernie sagte: »Bei Unentschieden sind wir beide Gewinner.« Sie zwinkerte ihm zu und tauchte in den Pool. Kevin sprang sofort hinterher.

Bernie schwamm absichtlich langsam, als sie sich dem anderen Ende des Pools näherten, und so kamen sie beide gleichzeitig ans Ziel. Bernie schwang sich auf den Beckenrand. Kevin stieg ebenfalls aus dem Wasser und strahlte, als hätte er das Wettschwimmen gewonnen.

»Das war unentschieden, oder?«, fragte er.

»Ich glaube ja.«

»Und das heißt, dass wir beide gewonnen haben. Also gehe ich morgen Abend wieder mit Dad nach Hause, und du lädst uns am Wochenende zu dir ein, okay?«

»Okay.«

Bernie wuschelte Kevin durch das nasse, dunkle Haar und musste sich zusammenreißen, ihn nicht auf der Stelle in die Arme zu schließen. Sie hatte nämlich festgestellt, dass Jim und Kevin noch eines gemein hatten: Beide Norton-Männer machten es einem leicht, sie zu lieben.

Zu seinem Date mit Holly Burcham hatte Jim sich Khaki-Shorts und ein blau-weiß gestreiftes Polohemd angezogen. Und nun stand er in genau diesem Aufzug auf der Veranda der Grangers und läutete. Als niemand öffnete, ging er durch die Seitenpforte um das Haus herum. Als Erstes entdeckte er Kevin, der in einem Korbstuhl am Glastisch unter dem großen Sonnenschirm saß. Noch ehe Kevin ihn bemerkte, rief Bernie ihn von der hinteren Verandatreppe. Jim sah zu ihr und hielt die Luft an. Sie kam aus der Hintertür, in den Händen ein mit Essen beladenes Tablett, und er konnte nicht anders, als sie anzustarren. Wie gebannt betrachtete er jeden unglaublichen Zentimeter, denn in ihrem roten Badeanzug kam ihre umwerfende Figur besonders gut zur Geltung. Sie war eine große, durchtrainierte Frau, die an den richtigen Stellen die richtigen Kurven aufwies. Sie hatte sagenhaft lange Beine, wohlproportionierte Hüften und Schenkel, eine schmale Taille und feste, runde Brüste.

»Jim!«, rief Bernie erschrocken. »Was tun Sie hier? Ich dachte, Sie hätten ein Date mit Holly.«

Jim schluckte angestrengt. »Ja, hatte ich auch. Aber ich musste sie anrufen und absagen. Es ist was dazwischengekommen.

Die Arbeit ruft.« Zum Teufel, ich muss aufhören, Bernie anzustarren, wies er sich selbst zurecht.

Sie ging zum Tisch, stellte das Tablett darauf ab und blickte von Jim zu Kevin. »Das muss ja etwas … O Gott, sagen Sie mir bitte nicht, es geht um Thomasina!«

Jim nickte. »Kevin, kannst du bitte kurz ins Haus gehen?«

Kevin runzelte die Stirn. »Muss ich?«

»Geh bitte rein und ruf meinen Vater auf seinem Handy an. Er soll sofort nach Hause kommen, weil Jim und ich wegmüssen.« Bernie sah wieder von Kevin zu Jim. »Stimmt's?«

Wieder nickte er. »Ja, leider.«

Kevin tat sofort, was sie ihm gesagt hatte, und sobald er im Haus war, wandte sie sich zu Jim. »Hat man Thomasina gefunden?«

»Ja, ein Autofahrer, der über den Sunflower Creek fuhr, bemerkte zufällig ihre Leiche am Ufer, ungefähr drei Meter vom Wasser entfernt. Der Deputy, der den Anruf entgegennahm, rief mich vom Fundort aus an. Er ist ziemlich sicher, dass es sich um Thomasina Hardy handelt, denn er kennt das Bild, das ihre Mutter uns gegeben hat. Sie ist nackt, liegt in der üblichen Pose da, und ihre Kehle wurde durchgeschnitten.«

Bernie biss die Zähne zusammen. »Geben Sie mir fünf Minuten, um mir etwas anzuziehen. Bis dahin sollte Dad auch hier sein. Er hat Mom zum Mittwochabendgottesdienst in die Kirche gefahren und ist von da zum Billard mit ein paar Freunden.«

Als sie gerade ins Haus gehen wollte, hielt Jim sie am Arm zurück. Sie drehte sich verwundert zu ihm um.

»Wenn der Kerl bei seinem Muster bleibt, dann wird er sehr

bald das nächste Opfer kontaktieren«, sagte Jim. »Vielleicht hat er es sich schon ausgesucht.«

»Ja, ich weiß. Mein Gott.« Bernie schloss die Augen und versuchte, die Tatsache zu verkraften, dass noch eine Frau umgebracht worden war und eine weitere sich in diesem Moment in tödlicher Gefahr befand. »Ich bin der Sheriff. Es ist meine Aufgabe, die Leute in Adams County zu beschützen. Und ich mache meinen Job verdammt schlecht.«

»Machen Sie sich keine Vorwürfe. Niemand könnte diesen Job besser machen.« Ohne darüber nachzudenken, was er tat, legte Jim einen Arm um sie und zog Bernie an sich. Sie wich nicht zurück, sondern ließ sich von ihm umarmen, bevor sie wieder auf Abstand ging.

»Kommen Sie rein, und sprechen Sie mit Kevin, während ich mir etwas Richtiges anziehe.«

»Ich weiß nicht, ob Kevin mit mir sprechen möchte. Als ich es gestern Abend versuchte, war er nicht besonders kommunikativ.« Jim folgte Bernie ins Haus und stellte fest, dass sie auch von hinten einen sehr hübschen Anblick bot. Ihm war nie zuvor aufgefallen, dass sie beim Gehen ganz leicht die Hüften schwang, dass ihr Po sich dabei reizvoll rauf und runter bewegte und dass sie unglaublich sexy war.

Aber sie will nichts von dir, was über reine Freundschaft hinausgeht. Das hat sie unmissverständlich klargemacht. Vor zwei Minuten, als du sie in deinen Armen hieltest, hätte sie länger verharren können, doch sie konnte es nicht erwarten, wieder von dir wegzukommen. Finde dich damit ab, Norton, bei Bernie kannst du nie landen, egal ob du willst oder nicht.

Und seltsamerweise wurde ihm auf einmal bewusst, dass er genau das sehr gern wollte.

Der Leichenbeschauer Morris Claunch bestätigte, was Jim und Bernie sich bereits gedacht hatten – Thomasina Hardy war vergewaltigt, gefoltert und schließlich ermordet worden. Die Vorgehensweise des Täters schien identisch mit der im Mordfall Stephanie Preston. Auch das war keine Überraschung.

Bernie hatte sechs Hilfssheriffs herbeigerufen, damit sie den Fundort sicherten und die Schaulustigen auf Abstand hielten. Die Nachricht sprach sich in Adams County schnell herum, und bis das Spurensicherungsteam des FBI eintraf, schätzte Bernie die Menge, die sich auf und neben der Brücke über dem Sunflower Creek befand, auf etwa vierzig Leute. Als sie mit Jim ankam, waren gerade mal sechs da gewesen. Von jetzt ab war es unmöglich, der Öffentlichkeit zu verheimlichen, dass ein Serienmörder sein Unwesen im Nordosten Alabamas trieb.

Charlie Patterson war gegen zwanzig vor neun da und übernahm offiziell die Ermittlungen. R.B. Granger stieß um neun zu ihnen.

»Da hast du ja einen echten Zirkus zu bändigen, Mädchen«, sagte ihr Dad. »Vielleicht brauchst du noch ein paar Hilfssheriffs mehr, um die Menge im Zaum zu halten.«

»Ich rufe noch welche, wenn ich es für nötig halte. Aber im Augenblick haben wir alles unter Kontrolle.«

»War ja nur ein Vorschlag.« R.B. wandte sich von ihr ab und schüttelte Agent Patterson die Hand. »In jüngster Zeit sehen wir dich entschieden zu oft, Charlie.«

Charlie verzog das Gesicht. »Ja, das ist 'ne üble Geschichte, R.B. Und wir können wohl nicht länger leugnen, dass wir es mit einem Psychopathen zu tun haben.«

Bernie kam sich auf einmal vollkommen unwichtig vor, als wäre sie nichts weiter als R.B.s Kind und er immer noch der

Sheriff. Dabei untergrub er nicht absichtlich ihre Autorität, aber seine pure Anwesenheit am Fundort vermittelte allen den Eindruck, dass seine Tochter mit dieser Situation überfordert war und seine Hilfe brauchte. Er glaubte ja auch, er würde ihr helfen und sie lediglich unterstützen. Sollte sie nicht dankbar sein, dass er ihr in diesem großen Fall mit seinem enormen Wissen und seiner jahrelangen Erfahrung zur Seite stand?

»Sheriff«, rief Deputy Dennison.

»Ja?«, antworteten R. B. und Bernie gleichzeitig.

»Hier drüben.« Bernie winkte dem Hilfssheriff zu, der ein wenig unsicher zwischen ihr und ihrem Dad hin und her blickte.

»Entschuldige.« R. B. lachte. »Macht der Gewohnheit. Ich vergesse manchmal, dass meine Tochter jetzt der Sheriff ist.«

Deputy Dennison lächelte und nickte R. B. zu, bevor er geradewegs auf Bernie und Jim zuging, die mit Ron Hensley zusammen die Arbeit der Spurensicherer beobachteten.

»Was gibt's?«, fragte Bernie.

»Da sind ein Reporter und ein Fotograf vom *Daily Reporter* und Crews von zwei Fernsehsendern aus Huntsville. Was soll ich denen sagen? Wir wissen nicht, wie viel wir den Medien sagen dürfen.«

»Klasse, einfach klasse«, murmelte Bernie vor sich hin. »Lasst sie nicht hinter die Absperrung, und beantwortet keine ihrer Fragen, okay?«

»Ja, Ma'am.« Deputy Dennison blieb unsicher vor ihr stehen, weil er offensichtlich nicht wusste, ob er gehen oder bleiben sollte.

»Und sag ihnen, dass wir eine Erklärung abgeben …«, sie blickte auf ihre Uhr, »um spätestens elf Uhr und falls möglich früher.«

»Ja, Ma'am.«

»Das war's dann, Deputy.«

Es fehlte nur noch, dass Dennison die Hacken zusammenschlug, bevor er sich umdrehte und zur Absperrung oberhalb des Bachs an der Straße zurückging.

Bernie stöhnte leise vor sich hin, als sie auf die Menge oben blickte.

»Sie werden noch in ganzen Busladungen herkommen, wenn wir nichts unternehmen«, sagte sie.

»Warum lassen Sie nicht im Umkreis von einer halben Meile die Straßen sperren?«, schlug Jim vor.

»Gute Idee.« Bernie wandte sich an Ron. »Geh da rauf und sag den besorgten Bürgern, dass wir die 157 gleich im Umkreis von einer Meile sperren werden. Und falls sie heute Nacht noch nach Hause kommen wollen, sollen sie lieber sofort aufbrechen.«

»Mach ich«, sagte Ron. Er wandte sich um und ging los, blieb jedoch nach wenigen Metern abrupt stehen und fluchte. Dann kam er zu Jim und Bernie zurück. »Ich sehe gerade, dass Thomasina Hardys Schwester mit ihrem Mann da oben steht.« Er biss die Zähne zusammen und atmete ein paarmal tief durch. »Ich kenne die Familie ziemlich gut, seit ich mit Thomasina zusammen war. Es sind nette Leute.«

»Hören Sie zu, vielleicht sollte ich da raufgehen und den Leuten von der Straßensperrung erzählen«, sagte Jim zu Bernie. »Und wenn Ron die Familie gut kennt, spricht er am besten mit ihrer Schwester und ihrem Schwager.«

»Mir graut davor, es ihnen zu sagen. Amanda und Thomasina standen sich sehr nah.« Ron räusperte sich. »Das hat Thomasina einfach nicht verdient. Sie war so ein netter Mensch. Viel zu gut für mich, so viel steht fest.«

Bernie klopfte Ron auf die Schulter. Als er zur Straße hinaufging, wandte sie sich wieder an Jim.

»Ich muss mir überlegen, was ich der Presse erzähle. Wie viel Information soll ich öffentlich machen? Wo ziehe ich die Grenze zwischen dem, was die Leute wissen müssen, und dem, was ich unter Verschluss halten soll?«

»Tja, das ist die Frage.« Jim sah hinüber zu R. B., der Charlie Patterson auf Schritt und Tritt folgte. Dann blickte er Bernie an. »Sie sind unsicher, weil Ihr Vater hier ist. Zweifeln Sie nicht an sich. Sie brauchen weder seine Meinung noch seine Zustimmung, um eine Entscheidung zu treffen. Vertrauen Sie Ihrem eigenen Instinkt.«

»Kann ich das – meinem Instinkt vertrauen?«

»Ich vertraue meinem Instinkt«, sagte Jim. »Ich vertraue Ihnen.«

Diese schlichte Erklärung hatte eine überwältigende Wirkung auf Bernie. Sie wusste nicht, was sie darauf sagen sollte. Krieg dich wieder ein. Er hat schließlich nicht gesagt, dass er dich liebt. Er sagte, er vertraut dir. Aber tief in ihrem Herzen wusste sie, dass Vertrauen zwischen zwei Menschen das zweitmächtigste Gefühl war. Man konnte jemanden lieben, doch wenn man ihm nicht vertraute, hatte man nichts.

Tränen drohten die falsche Gefasstheit zu gefährden, die sie heute Abend vorspielte, nicht nur Jim, sondern allen hier. »Danke.«

Jim sah sie an, als wollte er sie berühren, als wollte er sie in die Arme nehmen, sie trösten und ihr Mut zusprechen. Und merkwürdigerweise fühlte sie sich von ihm bestärkt – allein durch das, was sein Blick ihr verriet.

»Ich werde keine Details bekanntgeben«, sagte Bernie. »Ich werde sagen, dass wir eine Verbindung vermuten zwischen den Morden an Jacque Reeves in Jackson County und an Stephanie Preston und Thomasina Hardy. Und ich werde mich bemühen, den Begriff *Serienmörder* gar nicht erst aufkommen zu lassen. Da es aber inzwischen wohl kein Geheimnis mehr ist, dass alle drei junge, attraktive, brünette Frauen waren, kann ich diese Tatsache ruhig erwähnen.«

»Verweisen Sie darauf, dass das FBI für die Ermittlungen zuständig ist.«

»Ja. Und ich werde auch betonen, dass kein Grund zur Panik besteht, solange alle vorsichtig sind.«

»Sie werden fragen, ob wir schon einen Verdächtigen haben.«

»Natürlich fragen sie das.« Bernie fühlte erste Anzeichen von stressbedingten Kopfschmerzen. »Ich kann ihnen nichts weiter sagen, außer dass wir im Zusammenhang mit dem Fall Stephanie Preston mehrere Leute befragt haben, dass zurzeit noch kein konkreter Verdacht vorliegt, und wir zu dem neuen Fall noch keinen Kommentar abgeben.«

»Damit haben Sie doch schon Ihr Konzept für die Pressemitteilung.«

»O Gott«, Bernies Magen drehte sich um. Sie fühlte sich, als müsste sie sich jeden Moment übergeben.

»Was ist los? Sie sehen ganz grün aus.« Jim streckte die Hand aus, als wollte er sie festhalten.

Sie zuckte zurück. »Es geht schon. Mir ist bloß schlecht, und ich habe Kopfschmerzen. Aber ich will auf keinen Fall den Eindruck vermitteln, ich wäre zu sehr betroffen von dieser Geschichte, um meinem Job als Sheriff nachzukommen. Schließlich wurde ich gewählt, und ich möchte nicht das Ansehen sämtlicher weiblicher Bediensteter im Polizeidienst schädigen.«

»Sie sind auch nur ein Mensch«, sagte Jim. »Und Sie haben seit heute Mittag nichts mehr gegessen, hab ich recht? Wenn wir das berücksichtigen und die Tatsache, dass Sie sich eben eine hübsche junge Frau ansehen mussten, die brutal misshandelt und ermordet wurde, die zweite innerhalb eines Monats in Ihrem Bezirk, ist nur verständlich, dass es Ihnen nicht gutgeht. Da draußen läuft ein Serienmörder herum, der sich wahrscheinlich gerade bereitmacht, erneut zuzuschlagen, und wir haben keinen Schimmer, wer er ist oder wie wir ihn aufhalten. Und ich sage bewusst *wir*. Charlie Patterson und ich haben beide schon Erfahrungen mit Serientätern gemacht, aber keiner von uns kann bisher einen Verdächtigen vorweisen.«

Als sie die salzige Säure schmeckte, die ihre Speiseröhre hinaufstieg, schluckte sie energisch und hielt sich im Geiste eine Standpauke. Du wirst dich nicht übergeben. Du wirst nicht weinen. Du wirst dich weder hilflos zeigen, noch dich von deinen Gefühlen übermannen lassen. Denk dran, du bist der Sheriff. Du bist stark, hart im Nehmen und hast alles unter Kontrolle.

Zur Begleitung dröhnten Hunderte winziger Trommeln in ihrem Kopf.

»Ich bin okay«, sagte sie. »Gehen Sie da rauf und bändigen Sie die Menge. Ich kümmere mich inzwischen um die Straßensperrungen.«

Er warf ihr noch einen dieser zärtlichen, besorgten Blicke zu, mit dem er ihr das Gefühl gab, von ihm umarmt zu sein. Sie drehte sich um und rannte beinahe davon, weil sie wusste, wenn sie nicht schnellstens von Jim Norton wegkam, würde sie sich am Ende doch noch in seine großen, starken Arme werfen.

Kapitel 19

Robyn verriegelte die Hintertür ihres Fitnesscenters, steckte die Schlüssel in ihre Umhängetasche und ging über den Hinterhof zur Seitenstraße. Sie genoss es, eine Wohnung in Fußnähe zu ihrer Arbeit zu haben. Vor allem aber liebte sie die Privatsphäre, welche ihr die eigene Wohnung bot. Nicht dass sie ungern ihre Eltern um sich hatte. Ganz im Gegenteil. Ihre Eltern waren wunderbare Menschen, und sie liebte sie heiß und innig. Aber mit achtundzwanzig brauchte und wollte sie von den beiden weder beschützt noch beaufsichtigt werden.

Als Robyn am Ende der Allee angekommen war, bemerkte sie, dass sich der Verkehr auf der Hauptstraße staute. Normalerweise war an einem Montagabend nach sechs Uhr kaum noch etwas los in der Stadt. Deshalb schloss sie ihr Fitnesscenter auch schon so früh. Als sie an Adams Federal Savings and Loan vorbeikam, fiel ihr Blick auf die digitale Uhrzeit- und Temperaturanzeige am Ladenschild: sechs Uhr siebenunddreißig, vierunddreißig Grad. Verdammt, war das heiß. Aber in der ersten Augustwoche in Alabama konnte sie wohl nichts anderes erwarten als Hitze und hohe Luftfeuchtigkeit. Trotzdem sollte die Temperatur bis halb sieben abends doch wenigstens unter dreißig Grad sinken. Aber selbst wenn es zur Nacht kühler wurde, sorgte die hohe Luftfeuchtigkeit immer noch dafür, dass sich die Luft wie ein Dampfbad anfühlte.

Robyn blieb auf dem Gehweg stehen, um ein kleines Steinchen aus ihrer linken Sandale zu holen, den sie sich auf dem Kiesweg im Hinterhof eingefangen haben musste, da sah sie Scotty Joe Walters vorbeifahren. Er hob die Hand und winkte ihr zu. Sie winkte zurück. Na, wenn das kein Prachthengst *ist.* Früher oder später musste sie ihn mal probereiten, aber zurzeit jonglierte sie schon mit zwei Affären parallel – Paul und Brandon. Die Geschichte mit Brandon neigte sich allerdings dem Ende zu. Dieser Tage trafen sie sich immer seltener, was beiden ganz recht zu sein schien. Außerdem hatten sie beide nicht vor, sich auf ausschließlich eine Affäre zu beschränken. Paul hingegen klammerte für Robyns Geschmack ein wenig zu stark. Dabei gab sie der Liaison keine zwei Monate mehr. Auch wenn Paul reich und gutaussehend war – also gleich zwei der Eigenschaften aufwies, die sie an einem Mann schätzte –, im Bett gab er nicht allzu viel her. Ihm lag weit mehr daran, dass er auf seine Kosten kam, als dass sie befriedigt war. Und zu allem Überfluss wollte er dauernd von ihr hören, wie großartig er war. Was für ein anstrengender Langweiler!

Wenn sie ehrlich sein sollte, müsste sie zugeben, dass sie Ron Hensley vermisste. Er war ihr bester Liebhaber gewesen, seit sie wieder in Adams Landing lebte. Nur liebte er die Abwechslung ebenso wie sie. Es gingen Gerüchte um, dass er etwas mit einer verheirateten Frau hatte. Und gleich mehrere Namen waren gefallen, einschließlich Amber Claunch, die Frau des Leichenbeschauers, und Abby Miller, die den Schönheitssalon Kut and Kurl betrieb. Robyn kannte beide Frauen gut genug, um zu wissen, dass keine von ihnen eine treue Ehefrau war.

Als Robyn sich der Buchhandlung näherte, beschloss sie, hineinzugehen, sich einen Eiskaffee zu bestellen und im neuesten *Glamour*-Magazin zu blättern. Sobald sie durch die Tür getreten war, umfing sie angenehm kühle Luft, und sie seufzte genüsslich. Ein paar Schritte vor dem abgetrennten Café blieb sie jedoch stehen, denn sie hatte Reverend Matthew Donaldson entdeckt, der an einem der kleinen Tische am Fenster saß. Leider hatte er sie auch gesehen, bevor sie sich umdrehen und in den hinteren Ladenteil eilen konnte, und winkte ihr lächelnd zu.

»Guten Abend, Robyn«, begrüßte er sie und stand auf.

O Gott, sie wollte keine einzige Minute in der Gesellschaft dieses enervierend langweiligen Mannes verbringen! Auf der Kanzel war er wortgewandt, feurig und brillant. Und wenn man ihn ansah – lockiges, dunkles Haar, sexy blaugraue Augen und ein Körper zum Dahinschmelzen –, würde man niemals darauf kommen, wie unbeholfen und fade er privat sein konnte.

Sie lächelte und winkte ihm zaghaft zu.

»Möchten Sie sich nicht zu mir setzen?«, fragte Matthew.

Jesses, wie lehnte man in der Öffentlichkeit die Einladung eines Pfarrers ab? Auf einmal entdeckte Robyn ihre Rettung. Gott sei Dank. An einem der hinteren Tische saß ihr Retter bei einer Tasse Kaffee, vollkommen vertieft in ein Buch. Er war die Antwort auf ihre Gebete. Raymond Long.

Robyn ging ein paar Schritte auf Matthew zu. »Das ist sehr freundlich von Ihnen, Reverend Donaldson. Ich würde mich gern zu Ihnen setzen, aber leider kann ich nicht. Ich bin schon mit jemandem verabredet.«

Sie zeigte auf den Tisch im hinteren Ladenteil. Raymond schien gar nicht zu bemerken, dass sie da war, aber davon ließ sie sich nicht abhalten. Sie rauschte zielstrebig an Matthew vorbei auf Raymond zu. Als sie an seinem Tisch ankam, blieb sie stehen. Er las weiter.

»Raymond, Liebster, tut mir leid, dass ich zu spät bin.« Robyn legte ihm eine Hand auf die Schulter und drückte sie.

»Bestell mir einen Eiskaffee, ja? Mir ist heiß und ich sterbe vor Durst.« Als hätte er sie tatsächlich erwartet, klappte Raymond sein Buch zu, legte es auf den Tisch, nahm die goldgerahmte Brille ab und winkte nach dem Kellner.
Dann fasste er ihre Hand, hob sie an seinen Mund und küsste sie.
»Auf dich zu warten macht mir nie etwas aus«, sagte er.
Robyn setzte sich auf den Stuhl neben ihm, schmiegte sich an seine Schulter und flüsterte ihm ins Ohr: »Tausend Dank. Ich schulde dir was.«
Raymond zuckte mit den Schultern. »Ein bestimmtes Aroma?«
»Wie?«
»In deinem Eiskaffee.« Er nickte dem Kellner zu, der an ihrem Tisch stand.
»Weiße Schokolade bitte.«
»Sie haben die Dame gehört.« Nachdem der Kellner gegangen war, drehte Raymond sich halb zu Robyn und sah sie interessiert an. »In deinen Shorts und dem dünnen Top wird dir hier drinnen noch kalt werden.«
»Wenn ja, darfst du mir einen heißen Kaffee bestellen.«
»Planst du, lange zu bleiben?«
»Ich gehe nicht, bevor Reverend Donaldson nicht weg ist.« Sie klimperte mit ihren Wimpern, als würde sie sehr übertrieben flirten. »Es sei denn, du möchtest mich nach oben in mein Apartment begleiten.«
Raymond lachte leise. »Was würdest du tun, wenn ich dein wohl kaum ernstgemeintes Angebot annehme?«
»Wie kommst du darauf, dass ich es nicht ernst meine?«
Er betrachtete sie mit einem Ausdruck von Verwunderung. Und zu ihrem eigenen Erstaunen stellte Robyn fest, dass ihr

durchaus gefiel, was sie sah. Raymond war nicht im gängigen Sinne attraktiv, aber er hatte ein freundliches Gesicht. Große, braune Augen. Eine männliche Nase. Volle, ziemlich sinnliche Lippen und ein kantiges Kinn. Sein Haaransatz ging bereits ganz leicht zurück, so dass er mit vierzig wahrscheinlich eine Halbglatze haben würde.

»Wie alt bist du?«, fragte sie ihn.

»Wie bitte?«

»Wie alt bist du? Ich weiß, dass du etwas älter bist als Bernie, aber ich erinnere mich nicht, wie viel älter.«

»Ich bin vierunddreißig.«

»Ich bin achtundzwanzig.«

»Ich weiß.«

»Nach deiner Scheidung, warum bist du da zurück nach Adams Landing gezogen? Und warum in aller Welt wohnst du bei deiner Mutter?«

»Adams Landing ist mein Zuhause«, antwortete er. »Wie du weißt, starb mein Vater im letzten Jahr, und Mutter war überfordert damit, das Geschäft allein zu führen. Da fand ich es einfach angebracht, dass ich hierher zurückkomme und den Eisenwarenladen übernehme.« Ein halb spöttisches, halb nachdenkliches Lächeln umspielte seine Mundwinkel. »Und was das Zusammenwohnen mit Mutter betrifft – warum nicht? Sie kocht mir mein Essen, macht meine Wäsche und tut ihr Bestes, eine neue Frau für mich zu finden. Die alte Dame wünscht sich dringend Enkel.«

Robyn lachte. »Wem erzählst du das? Meine Mom treibt mich und Bernie mit ihrem dauernden Gejammer nach Enkelkindern noch in den Wahnsinn. Dir ist doch bestimmt klar, dass unsere Mütter sich vorgenommen haben, dich mit Bernie zu verkuppeln.«

»Da werden sie kein Glück haben.«
»Ja, ich weiß. Bernie sagt dasselbe. Sie mag dich und so, aber …«
»Bernie und ich sind da ganz einer Meinung.«
Der Kellner kam mit einem großen Eiskaffee, stellte ihn vor Robyn auf den Tisch und lächelte sie besonders charmant an. Sie tippte ihm auf die Brust und sagte: »Sie sollten nicht mit einer Dame flirten, die in Begleitung ihres Verehrers ist. So was nennt man schlechtes Benehmen.«
Der junge Kellner, der kaum älter sein durfte als zwanzig, wurde dunkelrot und stammelte: »Ja, Ma'am.« Dann eilte er davon.
»Bin ich dein Verehrer?«, fragte Raymond.
Robyn rührte mit dem Strohhalm in ihrem Eiskaffee und grinste. »Ja, ich glaube schon.«
»Darf ich dich dann auch nach Hause bringen?«
»Möchtest du denn?«
»Ja, das möchte ich. Sehr gern sogar.«
Raymond war zwar weder reich noch sah er besonders gut aus, aber er hatte Charme. Und da Robyn ihn kannte, seit sie Kinder waren, wusste sie, dass er ein netter Bursche war. Sie würde wetten, dass er die Einladung annahm, sollte sie ihn bitten, sie zu ihrem Apartment zu bringen. Und sie wettete ebenfalls, dass er sie nicht so abweisen würde wie Matthew Donaldson, wenn sie ihm mehr anbot.

Abby strich über die billige Perlenkette und las die Nachricht, die ihr heimlicher Verehrer ihr geschickt hatte, ein zweites Mal.
Nimm bitte dieses kleine Geschenk als Zeichen meiner Zuneigung. Perlen für eine liebreizende Dame.

Vor fünf Tagen, am letzten Mittwoch, hatte sie die erste Nachricht und eine Zeichnung bekommen. Heute erhielt sie eine Nachricht, die Perlen und eine neue Zeichnung.

Sie wusste, dass es einige Männer in Adams County gab, die sie scharf fanden. Ein paar von ihnen waren sogar dreist genug gewesen, ihr eindeutige Angebote zu machen – wie Ron. Und andere beteten sie aus der Ferne an. Ihrem Ego tat es ungemein gut zu wissen, dass sie eine erotisierende Wirkung auf Männer hatte. Aber noch nie hatte sie ein romantischer Mann auf so romantische Art umschwärmt. Sie legte die Perlenkette beiseite und nahm die Zeichnung hoch. Wer auch immer dieses Bild gezeichnet hatte, verstand es vortrefflich, ihre erotische, verführerische Seite einzufangen, die sie normalerweise nur im Schlafzimmer zeigte. Entweder war der Mann früher einmal ihr Liebhaber gewesen, oder er wusste instinktiv, wie sie unmittelbar nach dem Beischlaf aussah.

Sie hatte nur mit einem einzigen Mann geschlafen, der einen Anflug von künstlerischer Begabung besaß. Das war damals auf der Highschool gewesen – Tim Burcham, Holly Burchams Cousin. Aber Tim war danach aufs College gegangen, Architekt geworden und wohnte heute irgendwo in Virginia.

Ihr fiel beim besten Willen niemand in Adams Landing ein, der künstlerisch veranlagt war, bis auf den Kunstprofessor drüben am Gemeinde-College, Dr. Brandon Kelley. Vor ungefähr sechs Monaten begann er, alle paar Wochen in ihren Salon zu kommen, wo er sich die Haare schneiden und die Finger maniküren ließ. Sie hatten harmlos miteinander geflirtet, aber er hatte nie irgendwelche Annäherungsversuche gemacht. Könnte er ihr heimlicher Verehrer sein? Wenn ja,

würde sie für ihn vielleicht sogar Ron Hensley in die Wüste schicken.
Als sie gerade alle Sachen einsammelte, die auf ihrem Küchentisch lagen, läutete das Telefon. Hastig stopfte sie alles in die kleine Schachtel, in der die Sachen angekommen waren, stand auf und nahm den Hörer vom Wandtelefon ab.
»Hallo.«
»Abby?«
Sie erkannte die Stimme nicht und fragte sich, ob *er* es war. Vor Aufregung erschauderte sie. »Ja, hier ist Abby. Wer sind Sie?«
»Oh, tut mir leid, dass ich mich nicht gleich vorgestellt habe. Hier ist Reverend Donaldson. Ich wollte fragen, ob ich heute Abend für ein paar Minuten bei Ihnen vorbeikommen könnte.«
Reverend Donaldson? »Ich … ähm … ja, sicher. Aber warum?«
»Ihre Schwiegermutter, Glenda Miller, bat mich, mit Ihnen zu sprechen.«
Diese alte Hexe! »Worüber sollen Sie denn mit mir sprechen?«
»Das möchte ich lieber nicht am Telefon sagen.«
»Na, dann kommen Sie nur her, und erzählen Sie mir, was meine Schwiegermutter auf dem Herzen hat.«
»Danke. Ich kann in einer Viertelstunde bei Ihnen sein.«
»Passt es auch in einer halben Stunde?«
»Ja, gut. In einer halben Stunde also.«
Schäumend vor Wut, legte Abby den Hörer auf. Was war bloß in ihre Schwiegermutter gefahren? Hatte Glenda von ihrer Affäre mit Ron Wind bekommen und jagte ihr nun den neuen Pfarrer auf den Hals? Oder war es etwas anderes?

Mit ihrem Geschenkpäckchen unterm Arm eilte Abby ins Schlafzimmer, warf die Schachtel aufs Bett und wühlte ihren Kleiderschrank durch. Sie sollte das Richtige tragen, wenn der gute Reverend ihr einen Besuch abstattete.

Robyns Orgasmus kam einer Ganzkörperexplosion gleich. Sie wand sich stöhnend und griff nach Raymonds Kopf zwischen ihren Schenkeln. Ihr Herz raste, ihr Körper stand in Flammen, und ihr Verstand wurde zu Butter.

»O Gott, das war sagenhaft«, sagte sie.

Er ließ seinen Mund über ihren Venushügel, ihren Bauch und ihren Nabel zu ihren Brüsten wandern. Als er sich über sie beugte und begann, erst eine, dann die andere Brust zu liebkosen, bog Robyn sich ihm entgegen und klammerte sich an ihn.

»Ich will dich in mir spüren«, hauchte sie.

»Noch nicht.«

»Doch, bitte.«

»Ich will dich schützen«, sagte er.

»Ich nehme die Pille.«

»Trotzdem sollte ich ein Kondom benutzen, und ich habe leider keines bei mir.«

Sie blickte zu seinem unglücklichen Gesicht auf und lächelte. »Das macht nichts. Ich habe welche im Nachttisch.« Sie nickte nach rechts. »Such dir eins aus.«

Er rutschte von ihr herunter, zog die Nachttischschublade auf und betrachtete die große Auswahl. »Hast du bestimmte Vorlieben?«

»Ein schlichtes Durchschnittsgummi tut's schon.«

Er nickte, suchte in dem Vorrat und holte ein Kondom heraus. Da seine Finger so stark zitterten, dass er die Packung

nicht aufgerissen bekam, kniete Robyn sich hin, krabbelte neben ihn und nahm ihm das kleine Päckchen ab.
»Lass mich das machen.« Sie riss die glänzende Plastikfolie auf, nahm das Kondom heraus und stieg aus dem Bett. »Ich streife es dir über.«
Als sie vor ihm auf die Knie ging, holte er tief Luft und stöhnte. Sie lächelte, als sie den Ausdruck in seinem Gesicht sah – eine Mischung aus Angst, Hoffnung und Ungläubigkeit. Wie herrlich es war, mit einem Mann im Bett zu sein, der solche Ehrfurcht vor ihr hatte. Sie liebte das Gefühl von Macht, das er ihr gab.
Robyn streckte die Hand aus und umfasste seinen erigierten Penis. Während sie sie einige Male rauf- und runterrieb, seufzte sie: »Ich vermute, du weißt, dass du einen eindrucksvollen Schwanz hast.«
Ehe er etwas erwidern konnte, beugte sie sich vor und nahm die gewölbte Spitze in den Mund.
»O Gott!«, rief Raymond.
Sie presste ihre Zunge gegen ihn und saugte sanft. Er stöhnte kehlig, fasste mit beiden Händen ihre Schultern und hielt sie fest. Sie saugte eine Weile an ihm, nahm ihn ganz in den Mund und leckte ihn dann von oben bis unten. Dasselbe wiederholte sie mehrmals.
»Robyn … ich glaube, ich halte nicht mehr lange durch. Du machst mich verrückt.«
Sie hob den Kopf, nahm das Kondom, das sie noch in der Hand hielt, und streifte es ihm über den steinharten Schwanz.
»Welche Stellung? Du hast die Wahl.«
»In meinen Träumen habe ich mir ausgemalt, wie du oben bist«, gestand er und errötete.
Sie schubste ihn sanft, so dass er aufs Bett zurückfiel. »Dann

leg dich hin, mein Großer, und lass mich dir deine Träume erfüllen.«

Sie kletterte auf ihn, hockte sich rittlings über seine Erektion und sank auf ihn nieder. Er füllte sie vollständig aus. Als sie ihre Brüste über seinem Mund baumeln ließ, während sie begann, sich rhythmisch zu bewegen, verschwendete er keine Zeit, auf ihr Angebot einzugehen.

Innerhalb von wenigen Minuten konnte Robyn nicht mehr an sich halten. Es fühlte sich so phantastisch an, ihn in sich zu haben, auf ihm zu sein und sich so bewegen zu können, wie es für sie am schönsten war. Sie ritt ihn fest und schnell, und schrie verzückt auf, als sie kam. Eine Minute später kam Raymond, der sie die ganze Zeit wie verrückt küsste.

»Ich liebe dich, Robyn. Ich habe dich immer geliebt.«

Die letzten Nachbeben erschütterten ihren Körper noch, als sie allmählich in die Wirklichkeit zurückdriftete, von ihm herunterglitt und sich seitlich an ihn schmiegte. »Ach, Raymond, du bist so süß.«

Reverend Donaldsons Gesicht, als Abby ihm in einem sehr kurzen und sehr durchsichtigen Pyjama die Tür öffnete, war unbezahlbar.

»Ich … äh … ich dachte, Sie hätten mich erwartet.« Er schluckte mehrmals.

Abby packte ihn am Revers seiner Jacke und zog ihn über die Schwelle. »Und ob ich Sie erwartet habe.« Sie drehte sich herum und hob die Arme hoch. »Gefällt Ihnen, was Sie sehen?«

»Mrs. Miller, ich …«

»Bitte, nennen Sie mich Abby.« Sie legte eine Hand auf sein Herz und setzte ihr verführerischstes Lächeln auf. »Macht

es Ihnen etwas aus, wenn ich Matthew sage? Oder ist Ihnen Matt lieber?«
Sein Gesicht verfärbte sich zu einem unvorteilhaften Rot, und Schweiß brach ihm auf der Stirn und der Oberlippe aus.
»Matthew ist mir recht. Aber Mrs. …«
»Abby.«
»Ja, gut, Abby, ich bin auf Bitten Ihrer Schwiegermutter hergekommen und offensichtlich keine Sekunde zu früh. Glenda fürchtet, dass die Verlockungen des Fleisches zu groß für Sie werden könnten, während Ihr Mann fort ist, um für unser Land zu kämpfen.«
Abby strich langsam mit der Hand über seine Brust und seinen Bauch bis hinunter zu seinem Gürtel. Als er sich räusperte, lachte sie.
»Es ist so lieb von Glenda, dass sie sich Sorgen um mich macht. Und wie verständnisvoll von ihr, dass sie Sie hergeschickt hat, damit Sie sich um mich kümmern.« Abby ließ ihre Hand noch tiefer über seinen Schwanz gleiten und grinste, als sie feststellte, dass er schon halb erigiert war.
Er stöhnte laut. »Sie missverstehen mich, Mrs. Miller … Abby, bitte, um Himmels willen …«
Sie fasste seinen Penis und massierte ihn mit dem Daumen. Als sie sich auf Zehenspitzen stellte und ihre Lippen auf seine presste, dachte sie, er würde gleich ohnmächtig werden. Stattdessen aber packte er ihre Schultern, hielt sie fest und küsste sie. Mit seinen unbeholfenen, groben Bewegungen bestätigte er Abbys Verdacht: Der Reverend war offensichtlich vollkommen unerfahren, was körperliche Liebe anging. Ein bisschen tat ihr der arme Junge sogar leid, und sie bereute fast, ihm so niederträchtig mitgespielt zu haben.
Sie sollte diese Vorstellung beenden, ehe sie zu weit ging.

Aber noch bevor sie einschreiten konnte, ließ er sie abrupt los und wich panisch zurück. Er kämpfte mit den Tränen.

»Bitte, vergeben Sie mir. Ich … ich weiß nicht, was über mich gekommen ist. Ich versichere Ihnen …«

»Ist schon gut. Wirklich. Es war alles meine Schuld. Ich habe Sie absichtlich verführt. Tut mir leid.«

»Nein, nein, Abby, bitte, entschuldigen Sie sich nicht. Mir ist das schrecklich peinlich.«

»Das muss es nicht sein«, beruhigte sie ihn. »Es ist doch nichts passiert. Wir beide haben keine Schuld, sondern meine Schwiegermutter. Sie ist eine hinterhältige Ziege, die ihre Nase in Dinge steckt, die sie nichts angehen.«

»Sie ist sehr besorgt, dass Sie ihren Sohn betrügen könnten. Wenn Sie ihr nur sagen könnten, dass Sie Ihrem Ehemann treu sind …«

»Wenn ich das tue, Reverend, würde ich lügen.«

»Wollen Sie damit sagen, dass Sie …«

»Ach, wir haben doch alle unsere schmutzigen, kleinen Geheimnisse, stimmt's?« Sie zwinkerte ihm zu.

Er schluckte.

»Sie bewahren mein Geheimnis, und ich bewahre Ihres«, sagte sie.

»Und wir werden beide in der Hölle schmoren.«

»Glauben Sie, wegen eines kleinen Kusses landen Sie in der Hölle?«

Er schüttelte den Kopf. »Nein, aber in meinem Herzen hat es mich nach Ihnen gelüstet. Und es gelüstet mich immer noch nach Ihnen.«

»Ach ja?«

»Etwas zu denken ist ebenso schlimm, wie es zu tun.«

»Na, wenn das so ist, warum bleiben Sie dann nicht?«

Als sie versuchte, ihn zu berühren, hob er die Hände, um sie abzuwehren. »Nein.«
Sie griff an ihm vorbei zur Tür und öffnete sie. »Gute Nacht, Matthew, und vielen Dank, dass Sie vorbeigekommen sind. Schauen Sie ruhig mal wieder rein, wenn Sie in der Nähe sind.«
Er drehte sich um und lief buchstäblich vor ihr weg über die Veranda und den Weg hinunter. Lachend schlug Abby die Tür zu. Armer Trottel, dachte sie. Wahrscheinlich raste er nach Hause, um so schnell wie möglich zu onanieren. Ob Onanieren wohl eine Sünde ist? Vermutlich ja. Aber eine weniger schlimme Sünde als eine verheiratete Frau zu vögeln.

Im Zwielicht tanzten die Schatten über den Garten, die Bäume und Sträucher, die Blumen und das Gras. Als sie mit einem Tablett aus der Küchentür trat, auf dem drei Gläser Limonade standen, schaltete Bernie das Licht auf der hinteren Veranda ein. Kevin hatte sein Versprechen gehalten und war vor vier Tagen zu seinem Vater zurückgezogen, und soweit sie es beurteilen konnte, hatten sich die beiden wieder versöhnt. Bernie hatte sich auch an ihren Teil des Abkommens gehalten und die beiden heute Abend zum Essen zu sich eingeladen. Sie hatten schon vor fast einer Stunde gegessen, waren aber erst vor wenigen Minuten damit fertig geworden, die Küche wieder aufzuräumen und Boomer zu füttern. Anschließend hatte Kevin den Hund mit hinaus in den Garten genommen, während Jim drei Gartenstühle von der Veranda auf den Rasen trug, um dort mit Bernie zu sitzen und sich noch ein wenig zu unterhalten.
Als sie zu Jim kam, nahm er ihr das Tablett ab und stellte es auf den dritten Stuhl, der frei war, weil Kevin damit beschäf-

tigt war, Boomer quer durch den Garten zu jagen, und sich vorerst wohl kaum hinsetzen würde.

»Setzen Sie sich«, sagte Jim. »Sie müssen vollkommen erschöpft sein, wenn man bedenkt, dass Sie den ganzen Tag gearbeitet und dann abends auch noch fürstlich für uns gekocht haben.«

Sobald Bernie saß, nahm Jim eines der Gläser vom Tablett und reichte es ihr, bevor er sich selbst eines nahm und sich hinsetzte.

Bernie trank einen Schluck von der süßlich-herben Limonade und beobachtete Kevin, der ausgelassen mit Boomer spielte. »Ich glaube, Kevin braucht auch einen Hund.«

»Kevin braucht eine Menge Dinge, die er nicht hat.«

»Falls Sie sich jetzt die Schuld für alles geben wollen, was in Kevins Leben schiefgegangen ist, weigere ich mich, Ihnen zuzuhören.«

Jim lachte. »Ich kann Ihnen nicht verdenken, dass Sie es leid sind, mein Gejammer darüber zu hören, wie sehr ich meinen Sohn enttäuscht habe.«

»Hören Sie auf, sich über die Vergangenheit zu grämen, und konzentrieren Sie sich darauf, jetzt und in Zukunft ein guter Vater zu sein.«

Jim nickte und nahm einen Schluck von seiner Limonade.

Eine Weile saßen sie schweigend nebeneinander und sahen Kevin und Boomer zu. Glühwürmchen huschten über den Abendhimmel, Laubfrösche quakten und Grillen zirpten. Die Luft war erfüllt vom Duft des Jelängerjeliebers, das am Zaun wuchs.

Einen solchen Frieden hatte Bernie seit dem letzten Mittwochabend, als Thomasina Hardys Leiche am Sunflower Creek gefunden wurde, nicht mehr erlebt. Seitdem hatte sie auch keine Nacht mehr durchgeschlafen und sich jede wache Minute den Kopf darüber zerbrochen, wen sich der Mörder als nächstes Opfer suchen würde. Sie betete, dass sie ihn bald fänden und dem Morden ein Ende setzen konnten.

»Einen Penny für Ihre Gedanken«, sagte Jim.

»Ich denke über Derek Lawrences Täterprofil von unserem Mörder nach.«

»Was ist damit?«

»In einigen Punkten ist es sehr detailliert, und dennoch ist es insgesamt zu allgemein gehalten, als dass es uns weiterhilft. Von den Persönlichkeitsmerkmalen, die er aufgelistet hat, lassen sich viele bei einer ganzen Reihe von Männern nachweisen.«

»Als da wären?«

»Mr. Lawrence glaubt, dass irgendwann in der Vergangenheit des Täters eine Person, die den Opfern ähnelt, eine Rolle in einem traumatischen Erlebnis spielte. Und dieses Erlebnis war so traumatisch, dass es bei ihm den Wunsch auslöste zu töten.«

»Rache. Die ist immer ein starkes Motiv.«

»Eine hübsche, junge, beliebte Brünette hat ihm etwas Schreckliches angetan …«

»Oder jemand hat dieser jungen Frau etwas Schreckliches angetan, jemand, der unserem Täter wichtig war.«

»Sehen Sie, das meine ich ja. Lawrences Profil lässt zu viele widersprüchliche Interpretationen zu. Wie vielen Männern über fünfundzwanzig wurde schon einmal das Herz gebrochen? Sie sind nicht zu Mördern geworden. Und was für einen Menschen ein traumatisches Erlebnis ist, muss es nicht notwendig auch für einen anderen sein.«

»Oft eignen sich Täterprofile mehr dazu, bestimmte Verdächtige auszuschließen, statt einen speziellen Verdächtigen zu finden.«

»Das Problem ist nur, dass wir überhaupt keine Verdächtigen haben.«

»He, Dad, Bernie, guckt mal her«, rief Kevin. »Ich habe Boomer Apportieren beigebracht.« Kevin warf einen kleinen Stock, und Boomer rannte ihm hinterher. Dann nahm er das Stöckchen ins Maul, legte sich flach hin und zernagte es in winzige Stücke.

Jim und Bernie mussten über den Hund, vor allem aber über Kevins Gesichtsausdruck lachen.

»Ach, Boomer, jetzt hast du's vermurkst.« Kevin eilte zu Boomer, der wie von der Tarantel gestochen aufsprang und weglief, weil er glaubte, Kevin wollte mit ihm Fangen spielen. Der Junge gab es auf und kam zu Jim und Bernie zurück. Er nahm sich sein Limonadenglas, stellte das Tablett aufrecht auf den Boden und ließ sich auf seinen Stuhl fallen. »Es ist richtig schön heute Abend, nicht, Dad?«

Jim sah zu Bernie und grinste. Dann blickte er Kevin an. »Ja, das ist es wirklich.«

»Bernie kann ziemlich gut kochen«, sagte Kevin.

»Ja, das kann man wohl sagen.« Jim hob sein Glas hoch. »Und sie macht eine prima Limonade.«

»Tja, ich bin eben ein Naturtalent«, entgegnete sie im Scherz. »Ich kann Zitronen auspressen und mit Zuckerwasser verrühren wie sonst keine.«

Kevin lachte. Es tat gut, ihn lachen zu hören und vergnügt mit seinem Vater herumalbern zu sehen. Bernie wünschte, sie könnte diese Nacht aufbewahren, wie einen Film, den man auf Video aufzeichnete, um ihn sich wieder und wieder anzusehen. Wenn es etwas gab, das sie sich mehr als alles auf der Welt wünschte, dann war es, Jim und Kevin für immer in ihrem Leben zu haben. Hätte sie einen Wunsch frei, wäre es der, Jims Frau und eine Mutter für seinen Sohn zu sein.

Boomer kam auf sie zugerannt und sprang Kevin auf den Schoß, wobei er ihm beinahe das Glas aus der Hand stieß. Im selben Moment klingelte Jims Handy. Bernie zog sich der Magen zusammen. Gütiger Gott, betete sie, lass es bitte keine Nachricht von einer weiteren Entführung sein.

Jim nahm sein Handy vom Gürtel, klappte es auf und meldete sich. »Captain Norton hier.« Nachdem er kurz zugehört hatte, sah er zu Kevin. »Ja. Mhm. Wie geht es Mary Lee?«

Kevin riss die Augen weit auf und zupfte an Jims Ärmel. »Ist das Allen?«, fragte er. »Sag ihm, ich will mit Mom reden. Bitte.«

»Kevin würde gern mit seiner Mutter sprechen«, sagte Jim. Bernie konnte an Jims Gesichtsausdruck erkennen, dass ihm Allen Clarks Antwort nicht gefiel. »Ja, ich verstehe. Ich kriege das schon irgendwie hin.«

Bernie spürte, dass etwas nicht in Ordnung war. Der arme Kevin. Sogleich erwachten ihre mütterlichen Instinkte, die sie drängten, Kevin zu beschützen.

Jim hörte noch eine Weile zu und wurde zusehends ernster und angespannter.

»Ich will mit Mom reden«, wiederholte Kevin.

»Hören Sie, Allen, sagen Sie Mary Lee, dass …« Er fluchte leise vor sich hin, und Bernie wurde klar, dass Allen Clark einfach aufgelegt haben musste.

»Was ist denn?«, fragte Kevin. »Ist Mom okay?« Boomer schleckte ihm das Gesicht ab.

Nachdem Jim sein Handy zugeklappt und wieder an den Gürtel geklemmt hatte, zögerte er eine geschlagene Minute,

ehe er seinen Sohn ansah. Kevin hob den zappelnden Hund von seinem Schoß und stellte ihn ins Gras.
»Deiner Mutter geht es den Umständen entsprechend«, sagte Jim. »Leider verträgt sie die Behandlung nicht besonders gut. Ihr ist sehr oft übel, und sie möchte nicht, dass du sie so siehst.«
»Das verstehe ich nicht.« Kevin sah Jim flehend an. »Ende nächster Woche fängt die Schule an, und dann muss ich nach Hause und …«
»Wäre es denn so schlimm, wenn du noch ein bisschen länger in Adams Landing bleibst und vielleicht erst mal hier in die Schule gehst?« Jim streckte eine Hand nach Kevin aus.
Bernie stiegen Tränen des Mitgefühls für Vater und Sohn in die Augen.
»Ich kann nicht hier bei dir bleiben.« Kevin sprang auf und schüttete sich dabei Limonade über seine Shorts und die nackten Beine. »Ich muss nach Hause. Mom braucht mich. Sie will, dass ich bei ihr bin.«
Dann warf er achtlos sein Glas auf die Erde und rannte ins Haus.
»Was hat Allen Clark gesagt?«, fragte Bernie.
»Genau das, was ich Kevin gerade erzählt habe. Mary Lee geht es mit der Chemotherapie sehr schlecht, deshalb möchte sie, dass Kevin bei mir bleibt.«
»Für wie lange?«
»Das steht noch nicht fest.«
»Oh, Jim.«
»Ich kann ihm nicht sagen, dass seine Mutter ihn nicht bei sich haben will. Wie soll ich ihm erklären, dass sie sich nicht mit einem Teenager belasten will, während sie gegen den Krebs kämpft? Das könnte er nicht verstehen.«

Jim stand auf und ging weiter in den Garten.
Bernie folgte ihm, holte ihn ein und legte ihm eine Hand auf die Schulter.
Er war spürbar angespannt. »Was mache ich nur?«
»Sie müssen vor allem rücksichtsvoll ehrlich zu Kevin sein. Er ist wütend und verletzt, und vielleicht lässt er es an Ihnen aus. Aber Sie lieben ihn, deshalb werden Sie ihn unterstützen und für ihn da sein. Und ich werde alles tun, was ich kann, um Ihnen zu helfen.«
Jim wandte sich um und sah Bernie für einen Sekundenbruchteil an. Dann nahm er sie in die Arme und küsste sie. Weil es so unerwartet kam, erstarrte Bernie kurz, doch in dem Augenblick, als sie seine Zunge auf ihren Lippen fühlte, öffnete sie den Mund und erwiderte seinen Kuss mit all der Leidenschaft, die sich schon so lange in ihr aufgestaut hatte.

Kapitel 20

An diesem heißen Sommerabend kniete Matthew Donaldson vor dem Altar in seiner Kirche – allein. Nur er und sein Gott. Schuld und Reue machten ihm das Herz schwer, und er betete um Vergebung. Mehr als alles andere wünschte er sich, dem Herrn zu dienen, hier in Adams Landing. In seiner Kirche. In seiner Gemeinde.
Nachdem er in zwei anderen Gemeinden, in Georgia und in North Carolina, als Pfarrassistent gearbeitet hatte, war er ungemein stolz gewesen, als er hier seine eigene Gemeinde bekam. Er war der Pfarrer, zu dem die Menschen in der Ge-

meinde aufblickten, den sie um Rat fragten und von dem sie erwarteten, dass er ihnen mit gutem Beispiel voranging. Zum ersten Mal hatte er die Gelegenheit, sich selbst zu beweisen, seine Schwächen zu überwinden und der hingebungsvolle und einflussreiche Jünger des Herrn zu werden, der er immer hatte sein wollen.

Die Hände zum Gebet gefaltet und die Augen gen Himmel gerichtet, flehte er den himmlischen Vater an.

»Vergib mir, lieber Gott. Ich habe schwer gesündigt. Mich hat es nach einer Frau gelüstet – nach einer verheirateten Frau. Ich bin in große Versuchung geraten.«

Und dies war nicht das erste Mal, seit er nach Adams Landing kam, dass ihn der Teufel auf die Probe gestellt hatte, indem er ihn in Versuchung führte. Es hatte ihn all seine Willenskraft gekostet, Robyn Granger zu widerstehen. Sie war eine der schönsten, begehrenswertesten Frauen, die er je gesehen hatte. Und wäre sie eine andere Sorte Frau, hätte er sich womöglich auf eine keusche Beziehung mit ihr eingelassen und sie vielleicht sogar zur Ehefrau genommen. Aber Robyn eignete sich nicht zur Pfarrersfrau. Allerdings hielt ihn diese Tatsache nicht davon ab, sie trotzdem auf die sündigste Weise zu begehren.

Robyn war schuld daran, dass er heute Abend, als er Glenda Millers Schwiegertochter ins Gewissen reden wollte, beinahe ihrem Körper und ihrer Verführung erlegen wäre. Seit endlosen Tagen und Nächten quälte ihn sein Verlangen nach Robyn. Es quälte ihn so sehr, dass er fast den Verstand verlor.

»Hilf mir, gnädiger Gott. Ich bin ein Sünder. Ich habe schlechte Gedanken und furchtbare Dinge getan. Aber du und nur du allein weißt, was ich gelitten habe und welche

Qualen ich ertrug, um ein guter Mensch zu werden und der Stellung würdig zu sein, die ich innehabe.«

Tränen der Reue liefen Matthew über die Wangen. Übermannt von Schuld und Reue, sank er bäuchlings auf den Boden und betete schluchzend. Er weinte bis zur Erschöpfung, bis er außerstande war, noch ein Wort zu sprechen. Er schloss die Augen, spürte den weichen Teppich an seiner Wange und seufzte.

Bilder von Abby Miller gingen ihm durch den Kopf. Von der nackten Abby, die ihre Arme ausbreitete und ihn bat, mit ihr zu schlafen.

Er riss die Augen auf. »Verdammt seist du, Abby. Verdammt seist du, Robyn. Ihr werdet für eure Verderbtheit büßen. Wenn ihr eure Lasterhaftigkeit nicht ablegt, werdet ihr auf ewig im Höllenfeuer schmoren.«

Robyn stand in der kleinen Küche ihres Apartments und legte die Sandwiches, die sie gerade gemacht hatte, auf zwei Teller, die sie auf den Tresen stellte. Dann füllte sie zwei Gläser mit Eistee. Raymond war noch im Bad, so dass ihr ein wenig Zeit blieb, sich zu überlegen, was sie ihm sagen wollte. Er war zwar nicht der erste Mann, der ihr seine Liebe gestanden hatte, aber er könnte durchaus der erste sein, der *Ich liebe dich* sagte und es auch meinte.

Sie mochte Raymond. Sie hatte ihn stets gemocht, schon als sie noch ein Kind war. Er war ein süßer Junge gewesen und zu einem sehr netten Mann herangewachsen.

Robyn lachte. Für gewöhnlich ging sie nicht mit netten Männern aus. Sie zog die bösen Buben vor, Nichtsnutze wie Paul Landon – reich, gutaussehend und wertlos. Oder eingebildete, selbstbewusste Hengste wie Ron Hensley und

Brandon Kelley. Und dann war da noch die ganz besondere Art – Unnahbare wie Jim Norton.

Das Letzte, was sie wollte, war Raymond Long verletzen. Aber sie würde ihn nicht belügen, indem sie ihm sagte, dass sie ihn liebte. Das tat sie nicht, jedenfalls nicht so, wie er sie erklärtermaßen liebte. Aber sie mochte ihn sehr gern. Und der Mann war ein begnadeter Liebhaber, einer jener seltenen Exemplare, die nicht nur die eigene Befriedigung im Kopf hatten, wenn sie mit einer Frau ins Bett stiegen. Allein damit nahm er Robyn schon für sich ein. Nun, wahrscheinlich konnte er so bei den meisten Frauen punkten, denn welche Frau wollte nicht begehrt, angebetet und vor allem verwöhnt werden?

»Du müsstest mir nichts zu essen machen«, sagte Raymond, als er komplett angezogen und mit einem schüchternen Lächeln aus dem Bad kam. »Ich würde es verstehen, wenn du mich schnell loswerden willst.«

»Sei nicht albern.« Sie zog die Revers ihres halblangen Satinmorgenmantels weiter zu und kam um den Tresen herum, der den Küchen- vom Wohnzimmerbereich trennte. »Ich hatte noch kein Abendessen und dachte mir, du auch nicht.«

»Das ist sehr nett von dir.« Er grinste ein wenig verlegen.

Er ist hinreißend, dachte sie. Schließlich begegnete sie selten Vierunddreißigjährigen, die nach dem Liebesakt noch so süß schüchtern waren.

Robyn zog einen der Barhocker heraus, klopfte auf das Sitzpolster und sagte: »Komm, lass uns essen.« Als er näher kam, lächelte sie ihn aufmunternd an. »Und vielleicht sollten wir bei der Gelegenheit reden.«

Offensichtlich besorgt angesichts ihres Vorschlags, erstarrte Raymond und legte die Stirn in Falten. »Hör zu, ich weiß, dass ich mich lächerlich gemacht habe, als ich dir heute

Abend sagte, ich liebe dich. Es ist mir einfach so rausgerutscht. Glaub mir, ich erwarte nicht, dass du …«

Robyn eilte zu ihm, legte ihm die Arme um den Hals und küsste ihn. Als sie den Kopf wieder hob, sah sie, dass er die Augen geschlossen hatte, als würde er beten. »Mach die Augen auf und sieh mich an.«

Er tat, wie sie ihm sagte.

»Du hast tolle Augen«, sagte sie und strich dazu mit den Händen über seinen Rücken bis zu seinem Po. »Und du bist ein wunderbarer Liebhaber.« Diese Feststellung trieb ihm die Schamröte ins Gesicht, und Robyn musste unweigerlich lachen.

»Hat dir das vor mir noch keine Frau gesagt?«

Statt zu antworten, starrte er sie sprachlos an, und sie konnte an seinen Augen ablesen, was in ihm vorging.

Robyn hob die Hände wieder und verschränkte die Finger in seinem Nacken. »Ich bin nicht in dich verliebt.«

Plötzlich und unerwartet, als gäbe es eine Art sensorische Verbindung zwischen ihnen, fühlte Robyn deutlich, wie er erst enttäuscht war und sich dann dem fügte, was für ihn wie eine Abfuhr anmuten musste.

»Aber weißt du was, Raymond Long? Du bist die Art Mann, in die ich mich gern verlieben würde.«

»Und was heißt das genau?«, fragte er mit hörbarer Anspannung.

»Das heißt, dass ich möchte, dass das, was heute Abend passiert ist, kein One-Night-Stand bleibt.« Sie trat einen Schritt zurück, sah ihn sehr ernst an und erklärte inbrünstig: »Ich möchte, dass wir uns häufiger sehen.«

Er schluckte angestrengt. »Ehrlich?«

Sie lächelte und nickte mit dem Kopf. »Ja, ganz ehrlich. Wobei ich nicht meine, dass wir beide von nun an nicht mehr mit anderen ausgehen dürfen. Das sollten wir trotzdem noch, zumindest vorerst.«

»Verstehe. Was immer du willst, wie immer du willst, mir ist alles recht.«

»Du bist der liebste, süßeste Mann, der mir je begegnet ist.«

Zögernd und sehr sanft nahm er sie in die Arme.

»Ich bete den Boden unter deinen Füßen an, Robyn, solange ich denken kann. Für dich würde ich alles tun. Wenn wir zusammen wären – ich meine, richtig zusammen –, würde ich jeden Tag versuchen, dich glücklich zu machen, und das für den Rest meines Lebens.«

»Ach, Raymond.« Vor Rührung hatte sie auf einmal einen Kloß im Hals.

»Niemand kann dich je so sehr lieben, wie ich dich liebe.«

Sie räusperte sich, lächelte tapfer und nahm seine Hände.

»Lass uns etwas essen, und wenn du willst, darfst du gern über Nacht bleiben.«

»Du willst …« Wieder schluckte er. »Du willst, dass ich über Nacht hierbleibe?«

Sie drückte seine Hände. »O ja. Und ob ich das will.«

Bernie beendete den Kuss, trat einen Schritt zurück und atmete tief durch. Gütiger Himmel, was war passiert?

Jim Norton hat dich geküsst. Er hat dich genau so geküsst, wie du es dir erträumt hast. Leidenschaftlich und voller Verlangen, als würde er sich nach dir verzehren.

Und du hast seinen Kuss erwidert. Genaugenommen hast du ihn praktisch verschlungen.

»Was … was war das?«, fragte Bernie, die immer noch außer Atem war.

Jim sah verwirrt aus, als wäre er selbst überrascht von dem, was er getan hatte. »Ich weiß es nicht. Ich bin mir nicht sicher.«

»Tja, dann überlegen wir lieber mal, meinst du nicht?«

Jim nickte.

»Du warst traurig und verletzt, weil Kevin so abweisend auf die Bitte seiner Mutter reagierte, länger bei dir zu bleiben und in Adams Landing zur Schule zu gehen.« Bernie bemühte sich, logisch zu denken, was angesichts ihrer in Aufruhr versetzten Hormone alles andere als einfach war.

»Und du hast mir einen Rat gegeben, wie ich mit Kevin umgehen sollte. Dann sagtest du, du würdest alles tun, um mir zu helfen.«

»Und das war auch mein Ernst. Ich würde alles tun, um …«

Jim packte sie bei den Schultern, so dass Bernie erschrak und die Augen weit aufriss.

»Du und deine Familie, ihr alle seid so ungeheuer nett zu Kevin und mir. Ihr tut alles, um mir zu helfen, und dafür bin ich euch wirklich dankbar«, sagte Jim. »Ich mag dich, Bernie. Ich respektiere dich und … ich bewundere dich.«

Bitte, hör auf zu reden. Sag jetzt nichts mehr. Erklär mir vor allem bitte nicht, dass du mich aus Dankbarkeit geküsst hast. Wenn du das tust, werde ich auf der Stelle tot umfallen.

»Ich empfinde genauso für dich«, sagte sie. Ja, klar, fügte sie in Gedanken hinzu, nur dass ich zufällig auch noch unsterblich in dich verliebt bin.

»Ich glaube, ich habe dich geküsst, weil … nun, weil …«

Sag es nicht! Sag nicht, weil du mir so dankbar bist.

»Weil du mir das Gefühl gibst, ein anständiger Mensch zu sein«, fuhr Jim fort. »Du gibst mir das Gefühl, stark und verlässlich zu sein, eben der Mann, der ich im Grunde sein will, und der Vater, den Kevin verdient.«

Bernie holte tief Luft und tat, als wäre sie erleichtert, als hätte er ihr soeben einen Stein vom Herzen genommen.

»Wozu sind Freunde denn sonst da?« Sie hatte ihre liebe Not, halbwegs munter zu klingen.

Jim hielt sie immer noch an den Schultern fest. »Ist das alles, was wir sind? Freunde?«

Was sollte sie darauf antworten? Was wollte er von ihr hören? Das Risiko, sie könnte sich lächerlich machen, war zu groß. »Ich denke …«

Jim ließ sie abrupt los, stand allerdings nach wie vor so dicht vor ihr, dass sie seinen Atem auf ihrem Gesicht spürte, während er ihr in die Augen sah. »Ja, du hast recht. Wir wollen schließlich nichts tun, was wir später bereuen, oder? Wir beide haben unglückliche Beziehungen hinter uns und wollen fürs Erste nichts Festes, deshalb …«

»Und wozu riskieren, dass ungezügelte Leidenschaft eine Freundschaft zerstört?« Bernie drehte sich um und ging weg. Fang bloß nicht an zu heulen. Wag es nicht, loszuweinen. Lass ihn auf keinen Fall sehen, wie verletzt du bist. Er darf nicht mitbekommen, was du wirklich für ihn empfindest.

»Bernie!«, rief Jim ihr nach.

»Ich gehe hinein und sehe nach Kevin«, antwortete sie. »Lass mich kurz mit ihm allein reden, bevor du nachkommst, okay?«

»Okay.«

Bernie eilte durch den Garten, über die hintere Veranda und zur offenen Küchentür hinein ins Haus. Drinnen angekommen, blieb sie für einen Moment stehen, stieß einen leisen, wehmütigen Seufzer aus und machte sich gerade.

Lass es gut sein, versuchte sie sich zu beruhigen. Brüte nicht darüber nach, was zwischen Jim und dir ist und was nicht. Er hat nicht dieselben Gefühle für dich wie du für ihn, und er will nicht dasselbe wie du.

Im Moment geht es nicht um dich oder Jim, sondern um Kevin und darum, wie du ihm helfen kannst. Für das arme Kind bricht gerade eine Welt zusammen. Deshalb ist Kevin wütend auf Jim und gibt ihm die Schuld an allem. Und du musst etwas – irgendetwas – tun, um Vater und Sohn wieder zusammenzubringen.

Sie fand Kevin und Boomer, der ihm offensichtlich ins Haus gefolgt war, im Fernsehzimmer vor. Dort hockte der Junge auf dem Sofa, die Knie angewinkelt und den Kopf dazwischen vergraben, und ignorierte Boomers Winseln. Wie es aussah, wollte der Welpe ihn trösten.

»Kevin?«

»Ja?«, antwortete er mit erstickter Stimme.

»Kann ich reinkommen und mit dir reden?«

»Ja, meinetwegen.« Er hob den Kopf, sah Bernie allerdings nicht an. Stattdessen blickte er zu Boomer, als bemerkte er erst jetzt, dass der Hund bei ihm war.

Er hob Boomer hoch und legte ihn zwischen seine Knie und seine Brust.

»Du kommst jetzt in die siebte Klasse, stimmt's?«, fragte Bernie.

»Ja, ich habe im Dezember Geburtstag, und Mom hat mich darum erst spät eingeschult.«

»In Adams Landing gibt es eine ganz prima Mittelschule.«

»Hmm …«

Bernie wagte sich etwas weiter ins Zimmer. »Macht es dir was aus, wenn ich mich zu dir und Boomer setze?«

Kevin hielt den Welpen fest, nahm die Beine herunter und rutschte ein Stück zur Seite, um Bernie Platz zu machen. Sie setzte sich neben ihn, legte die Hände in den Schoß und sah Kevin an, der auf den Boden vor sich hin starrte und gedankenverloren den Hund kraulte.

»Der Vorschlag deines Stiefvaters, dass du bei deinem Dad bleibst und hier mit der Schule anfängst, heißt nicht, dass deine Mutter dich nicht liebt oder dich nicht will.«

»Ja, ich weiß.«

»Und das alles ist nicht die Schuld deines Dads.«

Kevin hob ruckartig den Kopf, und er sah Bernie wütend an. »Doch, er allein ist an allem schuld.«

»Wie kommst du darauf?«

»Er hat uns vor langer Zeit verlassen, als ich noch klein war. Und er hat sich von meiner Mom scheiden lassen.«

»Er hat deine Mutter verlassen«, erwiderte Bernie ruhig. »Er hat sich von ihr scheiden lassen. Du bist sein Sohn. Du bist für ihn der wichtigste Mensch auf der Welt.«

»Ach ja, dann hat er aber eine komische Art, mir das zu zeigen.«

»Was meinst du damit? Meinst du damit, es wäre eine komische Art, dass er seit der Scheidung jede Minute mit dir verbracht hat, die er durfte? Findest du es komisch, dass er für eure gemeinsamen Wochenenden gelebt hat? Oder meinst du eher, dass er nie ein schlechtes Wort über deine Mom gesagt hat, weil er weiß, wie sehr du sie liebst?«

»Sag so was nicht!«, schrie Kevin. Boomer zuckte zusammen und sprang erschrocken von seinem Schoß. »Das ist alles nicht wahr.«

Bernie sah Kevin in die Augen und sagte: »Doch, es ist wahr. Warum, glaubst du, hat dein Vater seinen Job bei der Polizei in Memphis aufgegeben und einen viel schlechter bezahlten hier in Adams County angenommen? Er hat es gemacht, weil er in deiner Nähe sein wollte.«

»Wirklich?« Kevin bekam große Augen.

»Ja, wirklich. Und er hat ein Haus mit zwei Schlafzimmern gemietet, damit du dein eigenes Zimmer hast, wenn du ihn besuchst.« Kevin nickte.

»Es tat ihm ehrlich sehr leid, als er erfuhr, dass deine Mom Brustkrebs hat«, erklärte Bernie. »Aber er freute sich darauf, dich für mehrere Wochen bei sich zu haben. Er dachte an nichts anderes als daran, wie er neben der Arbeit so viel Zeit wie möglich mit dir verbringen kann.«

»Du magst meinen Dad wohl sehr.«

»Ja, ich mag ihn sehr.«

»Und findest du, dass er ein netter Mensch ist?«

»Ja, ich finde sogar, dass er ein sehr netter Mensch ist.«

»Das findet meine Mom nicht.«

Okay, jetzt musst du vorsichtig sein. Verteidige Jim, ohne etwas gegen Mary Lee zu sagen, ermahnte sie sich, ehe sie fortfuhr.

»Manche Leute sind nach einer Scheidung wütend und verletzt, und dann sagen sie Sachen über den anderen, die sie nicht so meinen. Das ist vielleicht auch der Grund, weshalb deine Mutter nicht immer nett über deinen Vater geredet hat.«

Kevin überlegte eine Weile. »Ich glaube, sie hat ihn gehasst. Jedenfalls bis sie Allen geheiratet hat.«

»Ja, möglicherweise. Und Hass bringt uns dazu, Dinge zu sagen oder zu tun, die wir besser lassen sollten.«

»Ich dachte immer, ich kann meinen Dad gar nicht mögen – so richtig mögen, weißt du –, wenn ich meine Mom liebhabe. Aber das stimmt nicht, oder?«

Bernie rückte ein Stück näher zu Kevin und hätte ihn gern in die Arme genommen und getröstet. »Egal, wie deine Eltern zueinander stehen oder was einer von ihnen über den anderen sagt oder denkt, du darfst sie beide liebhaben. Damit hintergehst du den anderen nicht.«

Was in aller Welt hatte Mary Lee ihrem Sohn angetan, ihn derart gegen seinen Vater aufzuhetzen? Ganz gleich wie sehr Bernie sich bemühte, Mitgefühl und Sorge für die Frau zu empfinden, die gerade mit einer tödlichen Krankheit rang, sie konnte nicht umhin, sie so zu verachten, wie sie jeden verachtete, der sein Kind missbrauchte, um sich am Expartner zu rächen.

»Will mein Dad wirklich, dass ich bei ihm bleibe?«, fragte Kevin. »Freut er sich, dass ich hierbleibe und hier zur Schule gehe?«

Bernie legte Kevin einen Arm um die Schultern. Sie beließ es absichtlich bei einer lockeren Umarmung, um ihm nicht das Gefühl zu geben, er wäre ein kleines Kind, das von einem Erwachsenen erdrückt wird. »Ja. Auf beide Fragen: Ja.«

»Bernie?«

»Hmm …?«

»Wo ist Dad?«

»Draußen. Er wartet auf dich.«

»Ich möchte heute Abend nicht mehr mit ihm reden. Ich meine, ich gehe mit ihm nach Hause und so, aber ich möchte nicht über meine Mom reden und darüber, dass ich hier in Adams Landing bleibe. Ist das schlimm?«

»Nein, natürlich nicht.« Bernie nahm ihren Arm von Kevins Schultern, stand auf und ging um den Hund herum, der sich vor Kevins Füßen zusammengerollt hatte, zur Tür.

»Ich sage deinem Dad Bescheid, dass du jetzt mit ihm nach

Hause gehen willst.« Als sie durch die Küche kam, sah sie Jim, der auf der Veranda auf und ab ging. Sobald er sie bemerkte, blieb er stehen und sah sie fragend, mit einem Schimmer von Hoffnung in den Augen an.

»Will er mit mir reden?«, fragte Jim.

»Er möchte heute Abend nicht mehr über seine Mom und darüber reden, dass er länger bei dir bleibt.«

Jims hoffnungsvoller Ausdruck wich einem Ausdruck echten Erschreckens.

»Aber er ist bereit, mit dir nach Hause zu kommen«, sagte Bernie. »Und ich denke, er wird in ein oder zwei Tagen auch mit dir reden können.«

Jim stieß einen Seufzer der Erleichterung aus und fasste Bernies Schultern. »Verdammt, du kannst echt Wunder vollbringen. Was hast du zu ihm gesagt? Du hast doch nicht …«

»Nein, ich habe mich mit keinem Wort negativ über deine Exfrau geäußert. Ich habe Kevin lediglich erklärt, dass du ein guter Mensch bist und ihn mehr als alles andere auf der Welt liebst.«

Jim schluckte. »Danke, Bernie. Ich bin dir was schuldig.«

»Du bist mir überhaupt nichts schuldig. Wir sind Freunde, schon vergessen?«

Als er sie in die Arme nahm und sie fest an sich drückte, glaubte Bernie, vor Wonne zu vergehen … und vor Schmerz.

Der Traum kam wieder, wie so oft. Süß und vielversprechend anfangs, erinnerte er ihn an die größte Freude, die er je erlebt hatte. Aber schon bald schlug der Traum ins Grausame und Kalte um, zerriss ihm das Herz und ließ ihn zutiefst beschämt und mit einem sehnlichen Todeswunsch zurück. Sein Unterbewusstsein zwang ihn, diesen Traum wieder und wieder zu durchleben. Es gewährte ihm kein Vergessen, sondern nötigte ihn, jenes erniedrigende Erlebnis Mal für Mal aufs Neue zu durchleiden.

Sie war das schönste, begehrenswerteste Wesen auf der Welt, und er liebte sie wahnsinnig. Obwohl er sie schon so lange Zeit aus der Ferne anbetete, hatte er sich niemals zu erträumen gewagt, dass sie ihn eines Tages ansprechen könnte. Er hatte nicht einmal geahnt, dass sie überhaupt wusste, wer er war.

»Hallo«, sagte sie in ihrem zuckersüßen, samtig weichen Südstaatenakzent.

»Sie meint dich.« Sein Freund Marcus knuffte ihm unsanft in die Rippen.

»Was?«

Sie krümmte den Zeigefinger und winkte ihn damit zu sich heran. Er machte sich beinahe in die Hosen.

»Komm her, du kleiner Dummkopf«, sagte sie.

Ungelenk wie eine Roboter stakste er auf sie zu.

»Kannst du noch nicht mal hallo sagen?« Als sie ihn anlächelte, drehte sein Herz vollkommen durch.

»Hallo«, krächzte er atemlos.

Sie kicherte. »Wir haben beide als Nächstes Geschichte bei Mr. Higgins. Trägst du meine Bücher für mich?«

»Ich darf deine Bücher tragen?«

Sie klimperte mit ihren langen, schwarzen Wimpern. »Natürlich darfst du, sonst würde ich dich doch nicht fragen.«

Ungeschickt versuchte er, ihre Bücher auf seine eigenen zu stapeln, und ließ dabei sowohl ihre als auch seine fallen. Zitternd und mit hochrotem Kopf, ging er auf die Knie und sammelte alle Bücher wieder ein. Unterdes betete er zum

Himmel, dass sie ihn nicht auslachen möge. Doch als er wieder aufstand, hakte sie sich mit ihrem schmalen Arm bei ihm ein und schenkte ihm ein strahlendes Lächeln.
Von dem Moment an war es um ihn geschehen. Er war ihr mit Leib und Seele verfallen, bereit, fortan alles zu tun, was sie von ihm verlangte.
Er kämpfte mit seinem Unterbewusstsein und wollte den Traum aufhören lassen, bevor er die tödliche Wendung erreichte.
Wach auf! Verflucht noch mal, wach auf!
Aber der Traum wollte nicht aufhören. Einer Flutwelle gleich, überrollten ihn die Erinnerungen und ertränkten ihn in Scham und Pein.
Ihr glockenhelles Lachen schrillte in seinen Ohren, dass er aufschrie, während er sich mit aller Kraft gegen die herzzerreißende Furcht wehrte. Schweißgebadet schlug er die Augen auf. Dann lag er in der Dunkelheit und lauschte seinem galoppierenden Herzschlag.
Lass die Vergangenheit ruhen. Denk an die Zukunft. Konzentriere dich auf die Frau, die vielleicht all deine Träume wahr macht.
Morgen werde ich ihr noch ein Geschenk zukommen lassen. Rosa Lippenstift und passenden Nagellack. Und ich werde sie zeichnen, diesmal zum Teil entkleidet.
Er seufzte, während all sein Denken von einer einzigen Vorstellung eingenommen wurde – von der, mit Abby zu schlafen.

Kapitel 21

Abby breitete alle Briefe, Zeichnungen und Geschenke auf ihrem Bett aus, stellte sich davor und betrachtete die Gaben ihres geheimnisvollen Bewunderers. Anfangs hatte sie sich geschmeichelt gefühlt und war sogar ein bisschen neugierig gewesen, wer sie wohl heimlich und aus der Ferne verehrte. Die Zeichnungen jedoch, die mit dem letzten Geschenk, einem goldenen Fußkettchen, angekommen waren, wirkten, milde ausgedrückt, beängstigend auf sie. Zwar hatte sie durchaus schon das eine oder andere etwas ausgefallenere Sexspielchen mitgemacht, aber von Sadomaso hielt sie eigentlich nichts – abgesehen von gelegentlichen harmlosen Schlägen, sofern sie nicht zu hart wurden. Auf jeden Fall konnte sie dieser Darstellung von sich als gequälter Sexsklavin nicht das Geringste abgewinnen. Sie blickte auf die drei Skizzen, die heute Nachmittag gekommen waren, und erschauderte. Auf einer war sie vollkommen nackt, und riesige Dildos steckten in ihrer Vagina und ihrem Anus. Ihr Gesichtsausdruck war einer von blanker Angst und furchtbarem Schmerz.

Ihr drehte sich der Magen um. Allein der Anblick dieser Federzeichnungen rief Übelkeit in ihr hervor. Das zweite Bild war nicht minder widerwärtig. Sie lag auf einem Flammenbett, den Mund zu einem stummen Schrei aufgerissen. Am beängstigendsten allerdings war das dritte Bild. Darauf war ihre Kehle aufgeschlitzt und Blut tropfte sowohl aus dieser Halswunde als auch aus ihren Brustwarzen.

Die Übelkeit übermannte sie in dem Moment, als es an der Tür läutete. Sie rannte ins Bad und übergab sich. Wie blöd war sie gewesen zu glauben, ihr geheimnisvoller Verehrer wäre einfach zu schüchtern, um sie direkt anzusprechen, oder hätte eine ausgeprägte romantische Ader, weshalb er sie auf diese Weise für sich gewinnen wollte! Sie hätte gleich darauf kommen müssen, dass ihr irgendein Irrer nachstellte, schon als sie das erste Geschenk fand.

Sie spülte sich gerade den Mund aus, als sie Ron hörte, der ihren Namen rief.

»Abby? Abby! Wo bist du? Ist alles in Ordnung?«

Nachdem sie sich das Gesicht abgetrocknet hatte, hängte sie das Handtuch über den Halter und ging aus dem Bad. Direkt vor der Tür stieß sie mit Ron zusammen, der sich selbst ins Haus gelassen hatte. Abby hatte ihm vor einigen Wochen einen Schlüssel gegeben.

»Verdammt, warum antwortest du mir nicht?« Er sah sie verärgert an.

»Ich war mit Kotzen beschäftigt«, antwortete sie.

Er kniff die Augen zusammen und betrachtete sie misstrauisch. »Bist du schwanger?«

»Nein, verdammt!«

»Gott sei Dank.« Die Erleichterung war ihm deutlich anzusehen. »Also, was ist denn so dringend? Du hast am Telefon gesagt, ich soll so schnell kommen, wie ich kann.«

»Hast du die Sachen gesehen, die auf meinem Bett liegen?«

»Nein, ich hab bloß gesehen, dass da was liegt. Aber zuerst habe ich nach dir gesucht.« Er packte sie bei den Schultern. »Ich habe mir Sorgen um dich gemacht.«

Sie seufzte. »Ich glaube, ich bin in großer Gefahr.«

Sie nahm seine Hand und zog ihn mit sich in ihr Schlafzimmer zum Bett. »Guck dir diesen Kram hier an. Seit zwei Wochen kriege ich diese Geschenke, die Nachrichten und die Zeichnungen.«

Ron ging langsam um das Bett herum und betrachtete die Gegenstände darauf, ohne etwas zu berühren.

»Allmächtiger Vater! Ich fasse es nicht!«

»Was? Was ist?«

Er drehte sich um, streckte die Arme aus und legte die Hände auf Abbys Wangen. »Das ist übel, Baby. Richtig übel.«

»Ich habe schon Angst genug«, sagte sie. »Du musst mir nicht noch mehr Schiss machen, als ich sowieso habe.«

Er blinzelte und sah sie prüfend an. »Warum hast du mir nichts gesagt, als du zum ersten Mal eine Nachricht und ein Geschenk bekommen hast?«

Als er die Augen wieder weit öffnete, erkannte sie darin Angst – große, unverhohlene Angst. »Was … was ist denn? Erzähl mir, was das zu bedeuten hat!«

Er nahm ihre Hände und drückte sie fest. »Dieser Kerl – der, der dir all die Geschenke und Nachrichten«, er sah zum Bett, »und die Zeichnungen geschickt hat, er ist der, der Stephanie Preston und Thomasina Hardy umgebracht hat.«

»W…a…s?«, stammelte sie mit bebender Stimme. Sie hatte jedes einzelne Wort gehört, das Ron gesagt hatte, aber ihr Verstand weigerte sich, deren Bedeutung zu begreifen. »Nein, das ist nicht … nein, du irrst dich. Du musst dich irren.«

Dann warf sie sich schluchzend in Rons starke Arme. Er streichelte ihren Rücken und ließ sie einige Minuten lang weinen, bevor er wieder ihre Schultern fasste, ihr ins Gesicht sah und sagte: »Ich rufe Bernie und Jim an. Sie müssen sich die Sachen ansehen.« Er deutete mit einem Kopfnicken zum Bett. »Und wir müssen dir rund um die Uhr Personenschutz geben.«

»Du … du glaubst, dieser Mann – dieser Mörder – ist hinter mir her?«

Ron nickte. »Die letzten Geschenke, die Thomasina Hardy vor ihrer Entführung bekam, waren ein goldenes Fußkettchen und eine Zeichnung von ihr wie die dort.« Er zeigte auf das Bild von Abby mit durchschnittener Kehle und blutenden Brüsten.

»Ich glaube, mir wird wieder schlecht.« Sie riss sich von Ron los und lief ins Bad.

Während sie sich zum zweiten Mal erbrach, hörte sie Ron, der über sein Handy telefonierte. »Jim, hier ist Ron. Hören Sie, treiben Sie Bernie auf, und kommen Sie beide sofort zu Abby Millers Haus.« Er nannte seinem Chef die Adresse. »Unser Serienmörder hat sich sein nächstes Opfer ausgesucht.«

Ron hatte versprochen, vorerst jede Nacht bei Abby Miller zu schlafen, was Bernie nicht verwunderte, da sie seit Monaten den Verdacht hegte, dass die beiden eine Affäre hatten. Für die verbleibenden sechzehn Stunden am Tage waren vier Hilfssheriffs eingeteilt, die jeweils in Vier-Stunden-Schichten das nächste potenzielle Opfer des Mörders bewachten. Charlie Patterson war mit seinen Spurensicherern vom FBI gekommen, die alle Beweismittel sicherten – alles, was Abby auf ihrer Tagesdecke ausgebreitet hatte. Die Tatsache, dass Abby nicht nur Ron von den Geschenken erzählt, sondern auch noch alles aufbewahrt hatte, bescherte ihnen einen ersten Durchbruch im Fall des Serienmörders, der sich als heimlicher Bewunderer ausgab.

Bernie stocherte in dem Caesar-Salat, den Jim ihr mitgebracht hatte. Er selbst aß Hähnchen und Pommes frites zum Mittag. Seit einer Dreiviertelstunde saßen sie in Bernies Büro, und Jim hatte bereits alles aufgegessen, einschließlich seines Schokoladenkuchens. Bernie hatte währenddessen geredet, nachgedacht und kaum etwas gegessen, dafür aber ihren großen Becher Eistee ausgetrunken.

»Ich sollte vielleicht nach Greenville fliegen und mit den Leuten sprechen, die Heather und Shannon kannten, die ersten beiden Opfer.« Jim sammelte die Verpackungen von seinem Mittagessen ein und warf sie in den Papierkorb neben Bernies Schreibtisch.

»Was soll das bringen?« Bernie warf ihre Plastikgabel in die Salatschale und verschloss den Styroporbehälter mit dem durchsichtigen Deckel. »Du hast doch noch mal mit Captain Shepard geredet, und er hat erzählt, dass Heather und Shannon in der Highschool eng befreundet waren, nur wenige Straßen voneinander entfernt wohnten und beide hübsch, beliebt und brünett waren. Was hoffst du, darüber hinaus rauszufinden, wenn du nach Greenville fliegst? Und wie kommst du darauf, du könntest dort irgendetwas erfahren, was uns hilft, den Kerl zu fangen?«

Jim zuckte mit den Schultern. »Sagen wir, ich habe so ein Gefühl.«

»Hör zu, ich sage nichts gegen deinen Ermittlerinstinkt, aber im Moment wirst du hier gebraucht.«

Als Bernie ihre Schale und den Becher hochhob, beugte Jim sich vor und nahm ihr beides ab. Sie lächelten einander an, bevor er ihr Essen und den leeren Eisteebecher in den Papierkorb warf.

»Wir können nicht darauf zählen, dass die Spurensicherung irgendetwas findet, das uns nützt«, sagte Jim. »Wir haben es mit einem sehr schlauen Täter zu tun, der ganz sicher keine Fingerabdrücke auf den Sachen hinterlassen hat, die er Abby Miller schickte. Und ich wette mit dir, dass jedes Geschenk, jeder Bogen Zeichenpapier und alles andere aus dem gängigen Einzelhandel stammt und sich nicht zurückverfolgen lässt.«

»Meinst du damit, dass es uns überhaupt nicht weiterhilft, dass Abby die Sachen alle aufgehoben hat?«

»Doch, es könnte uns schon helfen, aber nicht so, wie du denkst.«

Sie sah ihn neugierig an.

»Ich glaube, es ist an der Zeit, mehr Informationen an die Presse zu geben«, sagte Jim. »Verraten wir ihnen gerade genug, um jede Frau zu warnen, damit sie zu uns kommt, sobald sie die ersten merkwürdigen Geschenke erhält.«

»Mein Gott, ist dir klar, was du gerade andeutest? Dieser Kerl nimmt zunächst nur eine Geisel und stellt der nächsten Frau erst nach, nachdem er die vorige umgebracht hat.«

»Abby wird rund um die Uhr bewacht. Ich hoffe, unser Täter begreift, dass er nicht an sie herankommt, und sucht sich jemand anders. Oder ...«

»Oder was?«

»Oder er unternimmt etwas, und wir erwischen ihn.«

»Wie wahrscheinlich ist das?«

Jim spitzte nachdenklich die Lippen. »Hmm ... unwahrscheinlich, aber man kann nie wissen. Vielleicht wird er so sauer, weil er Abby nicht kriegen kann, dass er einen Fehler macht. Dafür sollten wir beten – dass er einen Fehler begeht und sich irgendeinen Patzer leistet, der ihn verrät.«

»Du meinst, das ist unsere einzige Chance, ihn zu finden?«

»Wahrscheinlich. Früher oder später machen die meisten Mörder einen Fehler. Manchmal reicht ein winziger Schnitzer aus, um den Durchbruch in den Ermittlungen zu bringen. Und er merkt es vielleicht selbst nicht einmal, wenn ihm der entscheidende Fehler unterläuft.«

»Okay, ich verstehe. Vermutlich hast du recht. Aber bis dahin geht es mir vor allem darum, dass Abby in Sicherheit ist.« Bernie strich sich gedankenverloren über die Oberlippe. »Ich verlasse mich darauf, dass du Ron im Zaum hältst. Er steht Abby sehr nahe.« Sie sah Jim an, der nickte. »Das war dir schon klar, stimmt's?«

»Ja, das war nicht zu übersehen, als er drohte, Dr. Kelley und Reverend Donaldson in Stücke zu reißen, als Abby erwähnte, dass beide Männer in letzter Zeit Interesse an ihr gezeigt haben. Darum habe ich Ron angewiesen, sich von Brandon Kelley und dem Reverend fernzuhalten, und stattdessen John die Befragung der beiden überlassen.«

»Dr. Kelley hat Alibis für die ungefähren Zeiten, in denen Stephanie und Thomasina ermordet wurden«, sagte Bernie. »Und ich weigere mich zu glauben, dass ein so lieber und netter Mann wie Matthew ein Serienmörder ist.«

»Dr. Kelleys Alibis sind von seinen Geliebten, sprich von Frauen, die für ihn lügen könnten. Und es ist durchaus möglich, dass unser Reverend nicht so lieb und nett ist, wie er scheint.«

»Alles ist möglich«, stimmte Bernie ihm zu. »Und was Dr. Kelleys Alibis betrifft, hast du vergessen, dass eine der Frauen meine Schwester ist?«

»Willst du damit sagen, dass Robyn niemals lügen würde?«

»Nicht, um einen Mörder zu schützen. Nicht absichtlich jedenfalls.«

»Hmm ... ja, stimmt, das würde sie sicher nicht tun.«

In den letzten anderthalb Wochen – seit dem leidenschaftlichen Kuss in ihrem Garten – verhielten sich Bernie und Jim, als wäre nichts zwischen ihnen gewesen. Sie waren Freunde, gute Freunde, die zusammenarbeiteten und versuchten, ein tödliches Rätsel zu lösen und einen skrupellosen Mörder zu fangen. Sie hatten gemeinsam zu Abend gegessen – meist bei ihr zu Hause, manchmal aber auch bei ihren Eltern. Jeden Abend halfen sie Kevin bei seinen Hausaufgaben, waren zweimal zusammen im Kino gewesen und genossen die letzten Sommertage miteinander am Swimmingpool ihrer Eltern. Mit anderen Worten: Sie halfen ihm nach Kräften, sich an die neue Schule und an das neue Leben mit seinem Vater zu gewöhnen.

Während der ganzen Zeit waren zwei Themen bei ihnen absolut tabu: Der Kuss und Bernies Schwester Robyn.

»Wusstest du, dass Robyn häufiger mit Raymond ausgeht?« Bernie beobachtete Jim, weil sie sehen wollte, wie er darauf reagierte.

Zu ihrer Überraschung grinste er. »Ja, ich habe gehört, dass die beiden neuerdings ein Paar sind.«

»Sogar meine Eltern finden es seltsam, dass ausgerechnet die beiden sich gefunden haben. Das ist ein bisschen wie *Die Schöne und das Biest.*«

Jim lachte. »Ich würde Raymond nicht unbedingt ein Biest nennen.«

Sie sah ihn verblüfft an. »Dir macht es wirklich nichts aus, oder?«

»Dass deine Schwester jemanden gefunden hat, der sie mit Freuden anbetet? O nein. Ich glaube, der gute Raymond ist genau das, was Robyn braucht.«

Bernie schob ihren Stuhl zurück und verschränkte die Arme vor der Brust. »Hast du denn keine Gefühle für Robyn? Überhaupt keine?«

»Das würde ich nicht sagen. Ich mag Robyn. Ich habe grund-

sätzlich eine Menge für schöne Frauen übrig. Und sie mag ich vor allem, weil sie deine Schwester ist.«
Bernie spürte plötzlich ein Flattern im Bauch. Was für eine alberne, typisch weibliche Reaktion! »Du magst Robyn, weil sie meine Schwester ist?«
»Ja, du weißt schon, so wie ich jede Freundin von dir mögen würde … oder wie es heißt, was mein ist, ist auch dein.«
Bernie lachte. »Ich versuche gerade, es zu begreifen.«
»Du weißt doch, was ich meine. Ich mag dich.« Er sah sie an. »Sehr sogar.«
Damit machte er sie sprachlos. Sie saß da und starrte ihn an.
»Mein Gott, du bist die erste Frau – abgesehen von Verwandten natürlich –, die ich nicht vögle und an der mir trotzdem etwas liegt.«
Bernie brach in lautes Gelächter aus, woraufhin Jim sie merkwürdig ansah. Sie musste so sehr lachen, dass ihr die Rippen wehtaten und ihr Tränen in die Augen stiegen. Der Mann war wirklich erschütternd ehrlich. Ein brutal ehrlicher Macho und dazu auch noch so undiplomatisch, wie ein Kerl nur sein konnte.
»Was ist denn daran so unglaublich witzig?«
»Du bist witzig, Jim Norton. Du sagst etwas richtig Nettes, erzählst einer Frau, dass du sie magst, und dann machst du alles wieder kaputt, indem du wie der letzte Macho redest.«
»Ich hatte dich gewarnt, dass ich mich nicht auf Diplomatie verstehe.« Er beugte sich vor und griff über den Schreibtisch nach ihrer Hand. »Ich habe doch nicht deine Gefühle verletzt, oder? Das Letzte, was ich will, ist …«
»Mit mir vögeln und dadurch unsere Freundschaft zerstören.« Sie zog ihre Hand zurück.

Jim wurde rot, denn sie hatte ihn tatsächlich in Verlegenheit gebracht.
»Dir macht es wohl nichts aus, einem Mann den Boden unter den Füßen wegzuhauen, was, mein Schatz?«
»Tja, das ist eben eine Möglichkeit, dich auf Augenhöhe mit mir zu bringen.« Sie grinste und bestätigte sowohl sich selbst als auch ihm, dass er sie nicht ernstlich beleidigt hatte und sie von ihm über die Freundschaft hinaus weder etwas wollte noch erwartete.
Er blickte sie einen seltsamen Moment lang schweigend an, bevor er die Hände auf die Schenkel schlug und sagte: »Zurück an die Arbeit. Ich gehe dann mal rüber in mein Büro und frage John, wie es mit Dr. Kelley und Reverend Donaldson lief.«
»Sag mir Bescheid, falls sich irgendwas Neues ergibt.«
Jim schob seinen Stuhl zurück und stand auf. »Wollen wir heute Abend ein paar Steaks auf den Grill werfen?«
»Nein, heute veranstaltet Dads Freimaurerloge ein großes Bratfischessen. Es gibt Katzenwels, Maismehlklöße, Krautsalat und Fritten. Ich habe mehrere Tickets gekauft, weil der Erlös für einen wohltätigen Zweck verwendet wird. Wie wär's, wenn ich drei Portionen abhole und damit gegen halb sieben zu dir komme?«
Jim runzelte die Stirn.
»Stimmt was nicht?«, fragte sie.
»Na ja, ich habe keine Ahnung, ob Kevin Katzenwels mag.«
»Mag er. Ich habe ihm gestern Abend von dem Bratfischessen erzählt, und da sagte er, dass er sehr gern Katzenwels isst.«
»Was für ein Vater weiß nicht einmal so etwas über sein eigenes Kind?«
Bernie stand auf, ging um den Schreibtisch herum und legte

Jim eine Hand auf die Schulter. »Ein Vater, dem nur wenig Zeit mit seinem Sohn erlaubt war.«

»Dir fällt auch immer genau das Richtige ein, damit ich mich wieder besserfühle.« Er beugte sich vor und küsste sie auf die Wange. »Nur ein freundschaftlicher Kuss, okay?«

»Okay.«

»Wir sehen uns dann um halb sieben.«

Sie stand da und sah ihm nach, als er aus ihrem Büro ging. Hätte sie doch bloß den Mut, das zu sagen, was sie wirklich meinte. Komm zurück, Jim Norton, wollte sie sagen, und küss mich richtig. Küss mich so wie vorletzte Woche. Und was deinen Satz von vorhin betrifft, dass ich die einzige Frau bin, an der dir etwas liegt, ohne dass du sie vögelst – tja, den solltest du gleich streichen und mich endlich vögeln! Na los, verdammt, schlaf mit mir. Ich will dich so sehr, dass ich schon ins Schwitzen gerate, wenn ich mir vorstelle, wie es sein könnte.

Abby hatte also all seine kleinen Geschenke aufgehoben. Das freute ihn. Aber sie hatte die Sachen, die er so sorgfältig für sie ausgesucht hatte, der Polizei gezeigt. Alles hatte sie vor ihrem Liebhaber, Ron Hensley, vor Sheriff Granger und dem Chief Deputy Jim Norton ausgebreitet. Warum musste sie diese kostbaren Dinge, die doch nur sie beide etwas angingen, von anderen Menschen begaffen lassen?

Weil sie es nicht versteht. Noch nicht. Sie ist sich nicht sicher, wer ihr heimlicher Geliebter ist. Wenn sie es erst erkennt und begreift, dass ich der Mann bin, der sie anbetet, wird sich alles ändern. Schließlich ist sie ja schon in mich verliebt. Sie will mich ebenso sehr wie ich sie.

Wenn ich zu ihr gehe und sie mitnehme, wird sie glücklich

sein. Ich werde sie glücklich machen. Ich werde ihr erlauben, mir zu beweisen, wie sehr sie mich liebt. Und sie wird anders sein als die anderen. Sie wird mich nicht enttäuschen.
Abby wird mir geben, was ich will … was ich brauche.
Nicht wahr, mein Liebling?
Er beobachtete ihr Haus durchs Fernglas, als Deputy Mitchell wegfuhr und Deputy Hensley zur Vordertür hineinging. Sie bewachten sie rund um die Uhr, schützten sie vor ihrem Schicksal und versuchten, sie beide voneinander fernzuhalten. Aber keine Macht der Welt konnte ihn davon abhalten, sich zu nehmen, was ihm rechtmäßig gehörte. Und Abby gehörte ihm oder würde ihm bald gehören. Er musste sich nur noch ausdenken, wie er die Hilfssheriffs überlistete.
Er lachte. Diese Bauerntrampel dürften es ihm wohl nicht allzu schwermachen.
Bald, Abby. Bald, meine Liebe.

Kapitel 22

Um Punkt drei Uhr hielt Jim vor der Adams-Landing-Mittelschule, in der Kinder von der sechsten bis zur achten Klasse unterrichtet wurden. Seit dem Schulbeginn in der letzten Woche hatten R. B. und Brenda Kevin jeden Tag abgeholt, aber heute machte Jim früher Feierabend, weil er Kevin versprochen hatte, mit ihm zum Angeln rauszufahren. R. B. hatte Jim erlaubt, sein Ponton-Boot zu nehmen, das im Yachthafen von Adams Landing am Tennessee lag, auf halbem Weg zwischen Adams Landing und Pine Bluff. Jim

hatte Bernie vorgeschlagen, mit ihnen zu kommen, doch sie lehnte ab.
»Ich finde, ihr zwei solltet mal ein wenig Zeit allein verbringen, nur Vater und Sohn«, hatte sie gesagt. Und sie hatte recht gehabt. Kevin lebte jetzt schon seit Wochen bei ihm, und obwohl sie sich langsam besser kennenlernten, vor allem dank Bernie und ihrer Familie, wusste Jim immer noch nicht besonders viel über seinen Sohn. Kevin tat sich schwer damit, ihm gegenüber so offen zu sein wie gegenüber Bernie.
Das Merkwürdige daran war, dass Jim sowohl Kevin als auch Bernie beneidete. Er wünschte sich sehr, dass sein Sohn mit ihm redete, ihm alle seine Sorgen und Nöte mitteilte und mit ihm über seine Hoffnungen und Träume sprach. Und manchmal dachte Jim, dass es schön wäre, wenn Bernie ihm so viel Aufmerksamkeit schenken könnte wie sie Kevin entgegenbrachte. Was für ein blöder Gedanke. Er brauchte einfach mal wieder eine Freundin, das war alles. Was ihm fehlte, war Sex. Den brauchte er, sonst nichts, und zwar je eher, desto besser. Aber außer dem einen Essen mit Robyn und seinem Beinahe-Date mit Holly war er mit keiner Frau mehr ausgegangen, seit er in Adams Landing lebte.
Jim öffnete die Fahrertür und stieg in dem Moment aus, als die Schulglocke läutete. Offensichtlich stimmte seine Uhr nicht mit der Schuluhr überein. Entweder ging seine zwei Minuten vor oder die der Schule zwei Minuten nach. Wenige Sekunden nach dem Läuten flogen die Seiten- und die Vordertür auf, und Kinder unterschiedlicher Größe stürmten hinaus. Kevin hatte ihm erzählt, dass die Sechstklässler als Erste gehen durften und die Siebt- und Achtklässler erst fünf Minuten später entlassen wurden.
Jim stellte sich seitlich an seinen Truck und beobachtete das

wilde Gedränge und Gerenne der Mittelschüler. Er erinnerte sich noch gut an seine eigene Zeit auf der Mittelschule, vor allem an die achte Klasse. Jenes Jahr war ihm aus zwei Gründen im Gedächtnis geblieben. Gegen Ende des Schuljahres schaffte er es damals ins Team. Er war groß gewesen für sein Alter, ebenso wie Kevin, der allerdings kein Interesse an dem Sport zeigte, den Jim so sehr liebte. Und der zweite Grund war Roseanna Kimball, das hübscheste Mädchen in seiner Klasse. Sie war seine erste große Liebe gewesen, das erste Mädchen, mit dem er einen Zungenkuss austauschte, und das erste, dessen Brüste er berühren durfte. Er war dreizehn und seine Hormone in hellem Aufruhr. Deshalb bekam er jedes Mal, wenn er nur an Roseanna dachte, einen Ständer. Als sie ihm erstmals gestattete, ihren Busen anzufassen, hatte er beinahe einen Orgasmus.

»He, da ist mein Dad«, rief Kevin und winkte Jim zu.

Jim fragte sich, warum Kevin aus der Schule kam, bevor sein Jahrgang offiziell nach Hause geschickt wurde. Dann sah er, dass Kevin nicht allein war. Deputy Scotty Joe Walters war bei ihm, und beide trugen Kisten.

»Ich komme gleich«, rief Kevin Jim zu. »Ich muss nur Scotty Joe helfen, die Sachen zu seinem Truck zu bringen.«

Scotty Joe grinste, wobei seine weißen Zähne in dem tiefbraunen Gesicht leuchteten. Jim fragte sich, ob der junge Deputy seinen Teint ausgiebigen Aufenthalten im Freien schuldete oder einer Sonnenbank. Er war ein verteufelt hübscher Bursche – blaue Augen, blonde Haare, groß und muskulös.

Gerüchten zufolge waren alle jungen Mädchen der Stadt verrückt nach Scotty Joe. Und wer konnte es ihnen verdenken? Der Knabe sah aus wie ein Model aus der letzten

GQ-Ausgabe. Nein, eher wie der Kerl auf dem Titel einer Fitness-Zeitschrift.

»Kevin hat mir heute bei meiner Präsentation für die Achten geholfen«, erklärte Scotty Joe, als er auf seinen Geländewagen zuging, der gegenüber der Schule stand. Am Straßenrand auf der Schulseite reihten sich die Wagen der Eltern, die ihre Kinder abholten. »Sie haben einen tollen Sohn, Captain Norton.«

»Ja, das weiß ich.« Jim ging zu ihnen und fragte Kevin: »Brauchst du Hilfe?«

»Nein, danke, Dad.« Kevin folgte Scotty Joe, der seine Kisten auf das Wagendach hievte, bevor er die Heckklappe aufschloss und herunterklappte. Dann drehte er sich zu Kevin um. »Komm, gib mir die Kisten.«

Kevin reichte sie ihm. »Wenn Sie nächste Woche bei Ihrer Präsentation bei den Siebten Hilfe brauchen, sagen Sie mir Bescheid.«

Scotty Joe lachte und stellte die Kisten hinten in seinen Wagen. »Kluges Kind.« Er zwinkerte Jim zu. »Er plant schon im Voraus, wie er sich vor dem Unterricht drücken kann, ohne Ärger zu bekommen.«

»Nein, das stimmt nicht, und das wissen Sie auch«, sagte Kevin. »Mir hat es nur Spaß gemacht, Ihr Assistent zu sein. Und außerdem fand ich Ihren Vortrag interessant. Wissen Sie, Sie reden so … na ja, als wenn Sie uns wirklich für ernst nehmen und behandeln uns nicht so von oben herab, als wären wir bloß dämliche Kinder.«

Scotty Joe wuschelte Kevin durch das etwas zu lange Haar, und Jim stellte fest, dass er seinen Sohn dringend zu einem Friseur bringen sollte. Er war nicht gewohnt, sich um solche Dinge zu kümmern. Schließlich war ihm nie zuvor die Aufgabe zugefallen, Kevin ab und zu die Haare schneiden zu lassen oder dafür zu sorgen, dass er regelmäßig zum Zahnarzt ging. Mit diesen Routineangelegenheiten im Leben seines Sohnes hatte er jahrelang nichts zu tun gehabt.

»Ich erinnere mich noch, wie es war, als ich Kind war«, sagte Scotty Joe. »Das ist gar nicht so einfach, vor allem dann nicht, wenn alle Erwachsenen dauernd so tun, als könnte man nicht bis drei zählen.«

Kevin lachte. »Da haben Sie recht.«

»Können wir dann los, Kevin?«, fragte Jim.

»Ja, in einer Minute«, antwortete Kevin. »Ach, Scotty Joe, mein Dad und ich fahren heute Nachmittag zum Angeln raus.« Er blickte abwechselnd den jungen Deputy und seinen Vater an. »Wir leihen uns R. B.s Boot. Haben Sie vielleicht Lust mitzukommen?«

Scotty Joe hob die Kisten vom Wagendach und sah Jim an, als wollte er ihn stumm fragen, wie er reagieren, ob er ja oder nein sagen sollte.

»Ja, warum kommen Sie nicht mit uns?«, fragte Jim. »Wenn Sie eine Angel haben, können wir bei Ihnen zu Hause vorbeifahren und sie holen.«

»Falls es Ihnen wirklich recht ist, mich mitzuschleppen, nehme ich das Angebot sehr gern an.« Scotty Joe schob die übrigen Kisten in den Wagen und wandte sich zu Kevin um. »Wisst ihr was, ihr zwei fahrt schon mal vor und ich hole meine Angel auf dem Weg zum College ab, wo ich diese ganzen Sachen lagere. Wir treffen uns dann am Yachthafen. Da hat der Sheriff doch sein Boot, oder?« Scotty Joe lachte. »Entschuldigung, ich hätte wohl besser sagen sollen ›der ehemalige Sheriff‹, aber in Adams Landing heißt R. B. bis heute Sheriff Granger.«

»Ja, aber jetzt ist Bernie Sheriff Granger«, sagte Kevin.

Scotty Joe schlug seine Heckklappe zu und schloss sie ab. »Ziemlich verwirrend, was?«

»Wir besorgen noch ein paar Köder und Eis für die Kühlbox«, sagte Jim. »Und wir kaufen noch Cola. Möchten Sie eine bestimmte Sorte?«

»Nein, die Sorte ist mir gleich. Ich trinke jede Cola gern. Hauptsache alkoholfrei. Ich meide sogar Bier.« Er klopfte sich auf den Waschbrettbauch. »Alkohol ist schlecht für den Körper.«

Ja, solange man jung und kerngesund ist, dachte Jim. Wart's ab, bis du vierzig bist, deine Knie im Eimer sind und du dauernd fiese Schmerzen ertragen darfst. Dann wirst auch du einen Schluck Jack Daniel's hier und da nicht verachten.

»Wir treffen uns dann in etwa einer Stunde«, sagte Jim.

Scotty Joe nickte, stieg in seinen Geländewagen und startete den Motor. Kevin folgte Jim zu seinem alten Truck, setzte sich hinein und befestigte seinen Sicherheitsgurt.

Sobald Jim hinterm Steuer saß, sich angeschnallt und den Zündschlüssel ins Schloss gesteckt hatte, fragte Kevin: »Was glaubst du, wie alt Scotty Joe ist?«

»Ich habe keine Ahnung. Ende zwanzig, würde ich schätzen.«

»Meinst du, er ist zu jung für Bernie?«

»Was?« Jim ließ den Motor an und schaltete die Automatik auf DRIVE.

»Na ja, ich dachte, wenn du Bernie nicht als Freundin willst, dann kann ja vielleicht Scotty Joe mal mit ihr ausgehen.«

»Wie kommst du denn darauf? Scotty Joe ist zu jung für Bernie, und außerdem ist er nicht ihr Typ.«

»Und wie sieht ihr Typ aus?«

»Weiß ich nicht. Jemand älteres. Ein Mann, der nicht so ... so ...«

»So was? Ich mag Scotty Joe. Alle Jungen in meiner Schule mögen ihn.«

»Ja, ich finde ihn auch ganz okay. Er ist nur nicht der Richtige für Bernie.« Jim bog auf die Straße ein.

»Und wer ist der Richtige für Bernie?«

»Woher soll ich das wissen?«

»Aber du hast doch gesagt ...«

»Versuch lieber nicht, Bernie zu verkuppeln«, sagte Jim zu seinem Sohn. »Sie ist durchaus imstande, selbst einen Freund für sich zu finden, wenn sie einen will.«

»Da sagt Miss Brenda aber was anderes.«

Jim stöhnte.

»Ich habe gehört, wie Miss Brenda zu R.B. sagte, dass Bernie nicht weiß, wie man sich einen Mann angelt«, erklärte Kevin.

»Hast du sie etwa belauscht?«

»Nein. Ich habe sie nur zufällig gehört.«

»Vielleicht will Bernie keinen Freund. Hast du daran schon mal gedacht?«

»Ich wette, wenn du sie fragst, würde sie mit dir ausgehen.«

»Kevin, ich dachte, wir hätten das Thema bereits abgehakt. Bernie und ich sind befreundet, nur befreundet, sonst nichts.«

»Ja, ja, ich weiß.«

Jim knuffte Kevin zum Spaß in den Arm. »Na komm, lächle mal. Wir fahren zum Angeln. Und dein Kumpel Scotty Joe kommt mit uns.«

Kevin lächelte Jim verhalten an. »Ja, das wird lustig.« Dann dachte er eine Weile nach und fügte hinzu: »Aber noch lustiger wäre es, wenn Bernie auch dabei sein könnte.«

Er hatte auf den richtigen Moment gewartet. Zum ersten Mal musste er länger warten, als er geplant hatte. Aber Abby machte es ihnen auch schwerer, indem sie anderen erlaubte, sich in etwas einzumischen, das eine Privatangelegenheit zwischen ihnen beiden bleiben sollte. Obwohl er ihr den Fehler verzieh, den sie begangen hatte, weil sie nicht wusste, wer er war, musste er sie trotzdem dafür bestrafen. Sie würde beizeiten lernen, dass ihr Strafe drohte, wenn sie ihn verärgerte. Und die fiel oft hart, wenn auch immer gerecht aus. Vielleicht enttäuschte Abby ihn danach nie wieder. Möglicherweise tat sie dann alles, um ihm zu gefallen – von dem Augenblick an, in dem sie zusammen waren.

Mehr als alles andere auf der Welt wünschte er sich, dass es diesmal richtig war, dass er diesmal die richtige Frau gefunden hatte. Er wünschte sich, dass Abby mehr wie *sie* wäre. Keine Frau würde jemals genau wie *sie* sein, aber er suchte weiter. Er blieb auf der Suche nach einem Duplikat, nach einer Frau, die beinahe ebenso vollkommen war.

Denk nicht an sie. Sie ist für immer fort und ruht in Frieden. Ihre Seele ist von allen irdischen Qualen befreit. Als sie starb, dachtest du, du würdest auch Frieden finden und diesen beschämenden Tag nicht dauernd aufs Neue durchleben müssen.

Aber durch ihren Tod war er nicht frei geworden, sondern seitdem erst recht gefangen.

Ein Auto fuhr auf Abbys Einfahrt, neben den beigefarbenen Toyota Avalon. Ron Hensley stieg aus und ging zur Vordertür. Die Haustür wurde geöffnet, und Deputy Downs kam

heraus. Er unterhielt sich einige Minuten mit Ron, bevor Ron im Haus verschwand und Downs in seinen Wagen stieg.
Wachablösung.
Abby hatte an sieben Tagen in der Woche für jeweils vierundzwanzig Stunden Polizeischutz.
Er lächelte.
Abby war eben der Typ Frau, der es ihm absichtlich ein wenig schwerer machte, sie zu umwerben und für sich zu gewinnen. Sie wollte sehen, ob er nicht einfach aufgab und wegging. Ja, sie stellte ihn auf die Probe und zwang ihn, ihr zu beweisen, wie sehr er sie begehrte.
Keine Sorge, Liebling. Ich will dich. Ich begehre dich genug, um alles zu tun, was ich muss, damit du mein wirst.

Abby wachte um halb sechs auf. Sie hatte Kopfschmerzen, und ihr Herz raste. Schwer atmend setzte sie sich im Bett auf und blickte auf die Matratze neben ihrer. Sie war leer.
»Ron?«
Er steckte den Kopf zur Badezimmertür heraus. »Ich bin hier, Süße. Ich wollte nur noch mal zum Klo, ehe ich nach Hause fahre.«
Abby nickte mit dem Kopf. »Brett Dennison löst dich heute Morgen ab, oder?«
»Ja. Er muss jeden Moment hier sein.« Ron verschwand wieder im Bad, bevor er eine Minute später wieder herauskam. Er setzte sich auf die Bettkante und nahm Abby in die Arme.
»Warum schläfst du nicht weiter? Es ist Montag, und dein Salon hat heute geschlossen.«
»Wenn ich schlafe, träume ich«, sagte Abby. »Ich träume von ihm.«
Ron drückte sie und hob dann behutsam ihr Kinn mit Dau-

men und Zeigefinger. »Du bist in Sicherheit, Kleines. Wir sorgen dafür, dass er nicht in deine Nähe kommt. Vertrau mir.«

Sie versuchte zu lächeln, konnte aber lediglich ihre Mundwinkel leicht nach oben biegen. »Ich habe eine höllische Angst, Ron.«

Er streichelte ihr sanft die Wange. »Ja, ich weiß.«

»Ihr müsst diesen Kerl schnappen.« Sie schluckte gegen ihre Angst an. »Bald.«

Es läutete an der Tür, und Abby zuckte so heftig zusammen, als wäre sie angeschossen worden.

Ron fasste ihre Schultern und strich mit den Händen über ihre Arme. »Ganz ruhig. Das ist nur Brett.« Vorsichtig drückte er sie zurück, bis sie wieder lag, und küsste sie auf die Stirn. »Versuch, noch ein bisschen zu schlafen. Ich komme heute Abend wieder.«

Sie nickte.

Nachdem er aus dem Schlafzimmer gegangen war, stand sie auf, machte eilig das Bett und lief dann ins Bad, wo sie die Tür hinter sich schloss und zusätzlich verriegelte. Dann zog sie ihr Nachthemd aus, stellte die Dusche an und stieg hinein, ehe das Wasser richtig warm war. Bibbernd stand sie da und hob das Gesicht in den Strahl, damit ihr das Wasser die Tränen abspülte.

Sie wusste nicht, wie lange sie unter der Dusche gewesen war – länger als fünf Minuten jedenfalls, vielleicht zehn. Sie trocknete sich ab, kämmte ihr Haar und ging zu ihrem Kleiderschrank. Shorts und ein T-Shirt würden reichen, da sie den ganzen Tag zu Hause bleiben würde, oder zumindest den ganzen Vormittag. Ob sie Brett bitten könnte, mit ihr zum Supermarkt zu fahren? Der Montag war gewöhnlich ihr Einkaufstag, an dem sie zum Pig und zum Wal-Markt fuhr.

Abbys Magen knurrte und erinnerte sie daran, dass sie gestern nur sehr wenig zum Abendbrot gegessen hatte. Auch jetzt könnte sie wohl nichts essen. Aber eine Cola wäre gut.

Sie öffnete die Schlafzimmertür und ging den Flur hinunter.

Das Mindeste, was sie tun konnte, war Brett ein Frühstück bereiten. Sie könnte ihm einen Kaffee aufsetzen und Rühreier mit Toast machen. Vielleicht schaffte sie es ja sogar, einen Happen trockenen Toast zu essen, ohne sich gleich wieder zu übergeben.

Bevor sie im Wohnzimmer war, hörte sie den Fernseher und erkannte die Stimmen der Sprecher. Brett sah sich ein Frühprogramm aus Huntsville an.

»Guten Morgen«, rief sie, als sie ins Zimmer trat. »Möchten Sie ein paar Eier und Toast? Ich dachte …«

Sie erstarrte, als sie feststellte, dass Brett nicht im Wohnzimmer war.

Er muss in der Küche oder im Gästebad sein.

»Brett?«

Keine Antwort.

»Brett, wo sind Sie?«

Stille.

Sie klopfte an die geschlossene Tür des Gästebads. »Deputy Dennison?«

Nichts.

Sie drehte am Knauf und öffnete die Tür. Im Gästebad war niemand.

Deputy Dennison musste hier irgendwo sein. Ron würde sie nie allein im Haus lassen.

Vielleicht ist er draußen auf der Vorderveranda.

Sie lief zur Haustür, aber die war verschlossen und der Sicherheitsriegel vorgeschoben.

Ihr Herzschlag beschleunigte sich.

Keine Panik. Du bist nicht allein. Brett Dennison ist hier irgendwo. Aber wo? Und warum antwortete er nicht auf ihre Rufe?

Er könnte auf der hinteren Veranda sein, überlegte sie. Raucht Brett? Nein, ich glaube nicht. Möglicherweise hat er sich schon einen Kaffee gekocht und ist in den Garten gegangen, um … sieh einfach nach. Du musst dich vergewissern, dass alles in Ordnung ist.

Als sie an die geschlossene Küchentür kam, blieb sie stehen. Was war los mit ihr? Warum konnte sie die Tür nicht öffnen und in ihre Küche gehen?

Weil du zulässt, dass deine Phantasie verrückt spielt, und du überall Monster vermutest, wo keine sind. Hinter dieser Tür lauert niemand außer Deputy Dennison.

Aber was ist, wenn …

Abby drehte sich um und ging ins Wohnzimmer zum schnurlosen Telefon, das auf dem Couchtisch lag. Sie nahm es auf und wählte Rons Handynummer.

Er meldete sich beim dritten Klingeln.

»Ron?«

»Abby? Süße, was ist los?«

»Du hast mich doch nicht allein hiergelassen, oder?«

»Was redest du denn?«

»Ich kann Brett nicht finden. Der Fernseher ist an, aber er ist weder im Wohnzimmer noch auf der Vorderveranda.«

»Hast du in der Küche nachgesehen?«

»Nein, das … ich kann nicht. Ich habe solche Angst, die Tür aufzumachen.«

»Nun beruhige dich, Süße. Ich mache mich direkt auf den Weg zu dir. Hast du mich verstanden? Ich gehe gerade aus der Tür. Brett ist bei dir, wahrscheinlich in der Küche, und kocht sich einen Kaffee. Alles ist in Ordnung, versprochen.«

»Mmm …«

»Abby?«

»Was?«

»Ich rufe Brett auf seinem Handy an und sage ihm, er soll ins Wohnzimmer gehen und dir bestätigen, dass alles okay ist.«

»Ja, bitte, mach das. Bitte.«

»Ich bin in zehn Minuten bei dir.«

»Zehn Minuten«, wiederholte sie matt.

Mit zitternder Hand warf sie das Telefon auf die Couch, drehte sich um und sah zur Küchentür. Nachdem sie tief durchgeatmet hatte, marschierte sie geradewegs auf die Tür zu. Als sie Bretts Handy klingeln hörte, seufzte sie erleichtert. Ron hatte recht gehabt. Brett war in ihrer Küche. Alles war gut.

Sie griff nach dem Türknauf, drehte ihn und öffnete die Küchentür. Bevor sie über die Schwelle trat, blickte sie sich im Raum um. Brett schien nicht hier zu sein. Aber die Hintertür stand weit offen. Wieder seufzte sie vor Erleichterung. Er war auf der hinteren Veranda. Kein Wunder, dass er sie nicht gehört hatte.

Sie durchquerte die Küche Richtung Hintertür. Doch als sie um den Tisch gehen wollte, versperrte ihr etwas den Weg. Sie brauchte einen Moment, bis sie begriff, was es war. Ein Mann lag auf dem Boden, neben dessen Kopf sich eine kleine Blutlache gebildet hatte. Ein Mann? Brett Dennison lag mit dem Gesicht nach unten auf dem Boden, und das Blut stammte aus einer Wunde an seinem Hinterkopf.

Abby öffnete den Mund, um zu schreien, doch bevor sie einen Ton herausbrachte, erschien jemand in der offenen Hintertür und kam in die Küche.
»Ist schon gut«, sagte er. »Kein Grund zur Sorge. Jetzt bin ich ja da.«
Sie erkannte die Stimme, musste sich allerdings erst die Tränen abwischen, um den Mann ansehen zu können, der auf sie zukam. Er schritt um Brett Dennison herum.
»Ach, Gott sei Dank! Sie sind es!«, rief sie. »Brett ist etwas zugestoßen. Jemand hat ihm übel auf den Kopf geschlagen. Wir müssen einen Krankenwagen rufen.«
»Nein, wir haben keine Zeit, Brett zu helfen«, sagte er. »Wir müssen sofort gehen.«
»Wie bitte?«
»Nichts und niemand sonst zählt, meine liebe Abby, nur wir beide.«
Abby erlebte eine buchstäbliche Explosion der Angst in ihrem Innern, als ihr klar wurde, was hier vor sich ging. Heiliger Herr im Himmel, das konnte nicht wahr sein. Es durfte einfach nicht wahr sein.
»Ich bin hergekommen, um dich zu holen«, sagte er zu ihr. »Damit wir allein sein können, wir beide, und ungestört.«

Kapitel 23

Jim reichte Bernie einen Becher starken, bitteren Kaffee, den er aus dem Automaten unten in der Snackbar des Adams County General gezogen hatte, dem einzigen Krankenhaus des Bezirks. Sie waren seit dem frühen Morgen auf den Beinen und hatten eine großangelegte Suche nach Abby Miller und dem Mann koordiniert, der Deputy Dennison fast totgeschlagen hatte. Den ganzen Tag und den ganzen Abend hatten sie mit zwei Spürhundestaffeln und der Hubschraubereinheit des FBI gesucht und nichts gefunden. Und immer noch besaßen sie nicht die winzigste Spur, die sie zu Abby und dem Wahnsinnigen führen könnte, der sie verschleppt hatte.

Wer immer ihr potenzieller Mörder sein mochte, er war ein ausgekochter Teufel. Klug, vielleicht ein bisschen zu schlau und übertrieben selbstsicher. Er hatte Brett Dennison halb tot liegenlassen. Aber der junge Deputy war eben nicht tot. Sein Schädel war härter, als sein Angreifer vermutet haben dürfte. Nach einer mehrstündigen Operation, in der sein Hirndruck verringert wurde, lag er nun auf der Intensivstation. Sein Zustand war kritisch, gab allerdings Anlass zur Hoffnung.

Bernie nahm den Kaffeebecher und stellte ihn auf den Tisch am Ende des Sofas. Dann lehnte sie die Ellbogen auf ihre leicht gespreizten Schenkel und starrte auf den Fußboden. Jim machte sich Sorgen um sie. Er hatte sie nur überreden können, eine kurze Pause bei der Suche einzulegen, indem er sie davon überzeugte, dass R. B., der jetzt zum Reserveinspektor des Bezirks ernannt war, ein paar Stunden ohne sie zurechtkäme. Jim hatte sie praktisch von den Suchtrupps wegzerren müssen, obwohl sie vollkommen erledigt war. Doch anstatt ihm zu erlauben, sie nach Hause zu bringen, damit sie etwas essen und sich ein wenig hinlegen konnte, hatte sie darauf bestanden, dass sie ins Krankenhaus fahren und nach Brett sehen mussten.

»Ich sorge mich um Ron.« Bernie tippte nervös die Fingerspitzen gegeneinander. »Noch nie habe ich erlebt, dass er so die Fassung verliert wie heute Morgen. Am liebsten hätte ich ihn sofort von dem Fall abgezogen, aber dazu müsste ich ihn in eine Zelle sperren.«

»Er wird schon wieder«, sagte Jim. »Dein Vater wird darauf achten, dass er nichts Unbedachtes tut.«

Bernie rieb sich mit den Händen über die Oberschenkel. »Ich höre ihn immer sagen: *Ich habe ihr erzählt, dass sie in Sicherheit ist. Ich habe ihr gesagt, sie soll mir vertrauen*. Er gibt sich die Schuld. Und er ist felsenfest davon überzeugt, dass er die Entführung verhindert hätte, wäre er bei Abby gewesen.«

»Hätte er vielleicht auch gekonnt.« Jim nippte an dem starken Kaffee.

Bernie drehte sich um und sah Jim wütend an. »Was sagst du?«

»Nichts gegen Brett, aber unser Täter hat bewusst einen Zeitpunkt ausgewählt, an dem keiner von den erfahreneren Hilfssheriffs Abby bewachte. Weder Ron noch John noch … Brett ist ein Anfänger und hat gerade mal ein paar Monate Erfahrung in dem Job. Noch dazu kam der Täter in den frühen Morgenstunden, wenn kaum Leute unterwegs sind und er sich keine Sorgen wegen eventueller Zeugen machen muss. Andererseits ist auf den Straßen schon genug los, dass niemandem ein einzelner Wagen auffällt.«

»Dann stimmst du Charlie Patterson zu, dass Brett den Mann kannte und es sich bei unserem *Heimlichen Bewunderer* um einen Ortsansässigen handelt, den jeder kennt und dem wahrscheinlich auch jeder vertraut?«

»Wir haben in Abby Millers Haus keine Hinweise auf ein

gewaltsames Eindringen gefunden. Die Hintertür stand sperrangelweit offen, was mich zu dem Schluss bringt, dass Dennison dem Kerl die Tür geöffnet hat.«
Bernie holte tief Luft. »Nur zu, raus damit. Erzähl mir, was du denkst.«
»Hör mal, wir sollten hier verschwinden. Heute Nacht kannst du ohnehin nicht mehr mit Brett sprechen, und die Ärzte wissen noch nicht, wann er das Bewusstsein wiedererlangen wird.«
»Ich sollte noch mal mit seinen Eltern reden.«
»Nein, solltest du nicht. Reverend Donaldson ist bei ihnen. Lass ihn seinen Job machen.«
»Na gut, aber dann muss ich auch meinen machen. Fahren wir zurück zu den Suchtrupps und helfen ihnen.«
»Nicht, ehe du nicht etwas gegessen und dich mindestens zwei Stunden ausgeruht hast.«
»Wäre ich ein Mann, würdest du nicht …«
»Hör auf, allen beweisen zu wollen, dass du unbegrenzt belastbar bist«, fiel Jim ihr ins Wort. »Verdammt, Bernie, wir Menschen – Männer wie Frauen – können nicht auf unbestimmte Zeit auf Nahrung und Schlaf verzichten. Du und ich sind seit über fünfzehn Stunden im Einsatz.« Er packte Bernie bei den Schultern. »Ich bin hungrig und müde. Wir müssen etwas essen und ein paar Stunden schlafen.«
»Ron ist noch …«
»Ron wird von Schuld und Wut angetrieben. Ich gebe ihm noch bis morgen früh, dann ist er ausgebrannt, und wir werden ihn irgendwo da draußen vom Boden auflesen dürfen.«
Jim ließ Bernie los und streckte ihr die Hand hin. »Komm, lass uns gehen.«

Bernie seufzte laut. »Okay, du hast gewonnen. Wir können uns etwas im King Kone holen und …«

»Nein, deine Mutter hat mich auf dem Handy angerufen, während ich unten Kaffee holte. Sie wartet mit einem Abendessen auf uns«, sagte Jim. »Wir fahren zu deinen Eltern, essen dort und legen uns bei ihnen kurz hin. Dann kann ich gleich nach Kevin sehen.«

»Ach, verflixt. Ich hatte ganz vergessen, dass wir heute Abend zu ihnen kommen sollten. Mom hat auch Robyn und Raymond eingeladen. Gott, das wollte ich eigentlich unter keinen Umständen verpassen. Robyn und Raymond spielen die Turteltäubchen, und Mom hört schon die Hochzeitsglocken läuten.«

Jim stellte sich vor Bernie, nahm ihre Hände und zog sie hoch. Als sie vor ihm stand, lachte er leise. »Du kannst es nur nicht ertragen, Robyn und Raymond zusammen zu sehen, weil du ganz versessen darauf warst, ihn dir zu angeln, stimmt's?«

»Wäre ich nicht so verflucht müde, würde ich dich für diese Bemerkung ohrfeigen.« Bernie brachte ein müdes Grinsen zustande, während sie mit Jim zusammen aus dem Warteraum der Intensivstation ging. »Vielleicht bist du ja eher derjenige, der die beiden nicht zusammen sehen will.«

»Hör mal, ich doch nicht. Mir ist es vollkommen schnurz, mit wem Robyn ausgeht.«

Als Bernie vor sich hin kicherte, blieb Jim stehen, streckte die Hand aus und strich Bernie eine verirrte Haarsträhne aus dem Gesicht. Seine Fingerspitzen verharrten ein wenig länger als nötig auf ihrer Wange.

»Raymond wäre sowieso der Falsche für dich.«

»So?«

»Hmm ... Im Gegensatz zu Robyn brauchst du keinen Mann, der dich anbetet. Du willst keinen Fußabtreter, auf dem du herumtrampeln kannst, wie es dir gefällt.«
»Ach ja?«
»Nein, du willst einen gleichwertigen Partner. Du brauchst einen Mann, der dich bewundert und respektiert, der dir sagt, wann du dich irrst, dir aber zugleich in allem zu Seite steht, was du tust.«
»Du kennst nicht zufällig so jemanden, oder?«
»Vielleicht doch.«
»Ah ja? Und was ist, wenn ich mehr will?«, fragte Bernie, als sie in den Fahrstuhl stiegen. »Was ist, wenn ich außerdem ungezügelte Leidenschaft und wilden Sex will?«
Jim räusperte sich. »Ungezügelte Leidenschaft und wilden Sex, tatsächlich?«
»O ja.«
»Ich schau mich mal um, ob ich jemanden finde, der sämtliche Anforderungen erfüllt. Gehe ich recht in der Annahme, dass es dir nichts ausmacht, auf den richtigen Mann und den richtigen Zeitpunkt noch etwas zu warten? Ich würde nämlich sagen, dass du heute Nacht weder ungezügelter Leidenschaft noch wildem Sex gewachsen bist.«
Bernie lehnte den Kopf an die Innenwand des Fahrstuhls und schloss die Augen. »Da könntest du recht haben. Im Moment genügen mir eine Dusche und eine halbe Stunde Schlaf.«
Jim drückte den Knopf fürs Erdgeschoss, und die Aufzugtüren glitten zu.
»Tja, das kannst du beides haben«, sagte er.
»Danke.«
Die Augen geschlossen, seufzte sie tief und verschränkte die Arme vor der Brust, als wäre ihr kalt.

Ein seltsamer Wunsch überkam Jim. Er wollte Bernie in die Arme nehmen und festhalten. Mehr noch, er wünschte sich, dass sie ihren Kopf an seine Schulter lehnte und ihm erlaubte, sich um sie zu kümmern.

Doch anstatt diesem Impuls nachzugeben, was Bernie gewiss nicht begrüßt hätte, blickte er auf seine Füße, trat ein wenig unruhig von einem auf den anderen, und vergrub die Hände in den Hosentaschen.

Er konnte nicht zu ihr gehen, noch nicht. Es war zu gefährlich. Die örtlichen Sheriffs, das FBI, die Autobahnpolizei und die Polizei von Adams Landing, Pine Bluff und Verona suchten nach wie vor die ganze Gegend nach Abby Miller und dem Mann ab, der sie entführt hatte. Zudem hatten sich diverse Reservebeamte sowie freiwillige Helfer gemeldet, um sich an der Suche zu beteiligen, damit die Gesetzeshüter zwischendurch mal zum Essen und Schlafen kamen. Insofern war es für ihn vollkommen unproblematisch gewesen, sich den Suchtrupps anzuschließen, ja, man erwartete es nachgerade von ihm.

Für einen kurzen Moment war ihm ziemlich mulmig geworden, als das von R.B. geleitete Such-Team sich am späten Nachmittag aus der unmittelbaren Nähe jenes Ortes meldete, an dem Abby auf ihn wartete. Natürlich war nicht einmal der frühere Sheriff so schlau, auf das perfekte Versteck zu kommen.

Bis er es riskieren konnte, zu ihr zu gehen – voraussichtlich morgen Abend –, würde sie nicht nur sehr hungrig sein, sondern gewiss auch schmutzig. Dann müsste er die Bettwäsche wechseln und sie baden, bevor er sie das erste Mal liebte. Aber wenigstens hatte er sie heute Morgen, als er sie

in ihr kleines Liebesnest brachte, schon berührt und geküsst und … da war sie allerdings noch von dem Chloroform betäubt gewesen.
Allein der Gedanke an das Onanieren vor ihrem nackten Körper und an seinen Samen, der auf ihren Bauch spritzte, erregte ihn ungemein. Er musste sofort aufhören, an sie und all die herrlichen Dinge zu denken, die sie gemeinsam tun würden, sonst fragte ihn womöglich noch jemand, wieso er mit einem Ständer herumlief.

Bernie gönnte sich eine kurze Dusche im Bad ihrer Mom, bevor sie sich saubere Jeans und ein Top anzog, die ihre Mutter ihr bereitgelegt hatte. Brenda Granger dachte einfach an alles. Da sie sowohl zu Bernies als auch zu Jims Haus Schlüssel besaß, hatte sie Robyn und Raymond bei beiden vorbeigeschickt, damit sie frische Sachen holten. Wenn Bernies Mom eines war, dann perfekt organisiert.
Als Bernie wieder in die Küche kam, saß Jim dort schon an dem runden Tisch und tat sich an einem Teller Sommergemüse und frischem Maisbrot gütlich. Robyn und Raymond leisteten ihm Gesellschaft, tranken jedoch jeder nur ein Glas Eistee. Brenda hockte am Küchentresen und unterhielt sich mit Robyn über alles Mögliche, nur nicht über das Verschwinden von Abby Miller. Raymond indes war mucksmäuschenstill, die dunklen Augen einzig auf Robyn gerichtet.
Armer Kerl. Den hat es echt schlimm erwischt. Und er ist sogar glücklich damit, dass Robyn ihn an der Nase herumführt. Vielleicht hat Jim ja recht – Raymond könnte tatsächlich genau der richtige Mann für Robyn sein.
In dem Moment, als Brenda Bernie sah, rutschte sie von ihrem Barhocker und eilte zum Herd. »Ich habe dir dein Essen

warm gehalten. Setz dich, Kleines«, befahl sie und sah dann zu Robyn. »Bring deiner Schwester ein Glas Eistee.«

Robyn tat sofort, wie ihre Mutter ihr geheißen. Bis Bernie sich Jim gegenüber an den Tisch gesetzt hatte, war ihre Mutter bereits mit ihrem Essen zur Stelle und servierte ihr einen großen Teller mit Gemüse. Dann brachte ihr Robyn ein Glas Eistee.

Sie blieb hinter Bernie stehen und legte die Hände auf deren Schultern. »Du brauchst eine Massage«, sagte sie und begann, Bernies Nacken und Schultern zu massieren.

»Du bringst mich um, aber hör ja nicht auf«, stöhnte Bernie wohlig.

»Dad hat vor zehn Minuten angerufen«, sagte Robyn, während sie Bernie weitermassierte. »Er will bis zehn zu Hause sein. Ein paar der Suchtrupps machen die Nacht über weiter, aber die meisten haben erst mal Schluss gemacht und setzen die Suche morgen früh fort, sobald es wieder hell wird.«

Robyn beendete die Massage, indem sie Bernies Schultern kräftig drückte.

»Jim erzählte uns, dass Brett Dennison immer noch bewusstlos ist«, sagte Brenda. »Der arme Junge. Seine Eltern sind so nette Menschen. Brett ist verlobt, weißt du, mit Melissa Anderson. Sie wollten zu Weihnachten heiraten.« Tränen stiegen ihr in die Augen.

»Mom …« Robyn drehte sich um und nahm ihre Mutter in die Arme.

»Ich weiß, ich weiß.« Brenda wischte sich die Augen mit dem Zipfel ihrer Spitzenschürze. »Ich war dreißig Jahre lang die Frau des Sheriffs, und jetzt bin ich die Mutter des Sheriffs. Man sollte meinen, dass mir solche Geschichten nach all den Jahren nicht mehr so nahegehen, aber ich schwöre, wir hatten noch nie mit derart ... derart schrecklichen Verbrechen zu tun. Wenn ich mir vorstelle, was in diesem Moment mit Abby geschehen könnte ...«

»Mutter!«

»O Gott, entschuldigt, aber diese ganze *Heimlicher-Bewunderer*-Geschichte jagt mir eine furchtbare Angst ein. Jede dunkelhaarige Frau in diesem Bundesstaat leidet zurzeit unter Todesangst.«

»Wir sollten Bernie und Jim in Ruhe essen lassen, Mom.« Robyn hakte Brenda unter und führte sie aus der Küche.

Raymond stand auf. »Ich sehe mal nach, ob Robyn meine Hilfe braucht.«

Als sie allein in der Küche waren, sahen Bernie und Jim sich an, doch keiner von ihnen sagte etwas. Was konnten sie auch sagen? Schweigend saßen sie da und aßen. Obwohl Bernie gewöhnlich alles liebte, was Brenda kochte, besonders das frische Sommergemüse, das niemand so zubereiten konnte wie Brenda Granger, musste sie sich heute Abend zwingen, davon zu essen. Wie ihre Mutter, konnte auch Bernie nichts dagegen tun, dass ihre Gedanken immer wieder auf ein gefährliches Terrain abschweiften: Sie malte sich das Schlimmste aus. Wo war Abby Miller gerade? Und was geschah mit ihr?

Bernie stöhnte leise, als Bilder von Abbys nackter Leiche in ihrem Kopf erschienen. Ein Halbmond aus getrocknetem Blut verlief quer über ihren Hals, und leuchtend rotes Blut tropfte von ihren Brüsten.

»Hör auf«, sagte Jim heiser. »Hör sofort auf damit. Hast du mich verstanden?«

»Er wird sie vergewaltigen, sie foltern und sie dann umbringen«, sagte Bernie. »Und wir können nichts, rein gar nichts tun, um ihn davon abzuhalten.«

Jim schob seinen Stuhl zurück, stand auf und ging um den Tisch herum zu Bernie. Dann hockte er sich vor sie hin und zog sie in seine Arme. Sie sank bereitwillig an seine Brust und lehnte den Kopf an seine Schulter. Es kostete sie alle ihr noch verbliebene Kraft, nicht hemmungslos zu schluchzen. Mit ihr in seinen Armen stand Jim auf.

Sein Kinn ruhte an ihrer Schläfe. »Du brauchst dringend etwas Schlaf.« Ohne Vorwarnung hob er sie hoch und trug sie aus der Küche.

Nachdem sie den ersten Schrecken überwunden hatte, schlang Bernie die Arme um Jims Hals. Für einen Moment überlegte sie, ihm zu sagen, er solle sie sofort herunterlassen, er müsste sich ihrer nicht annehmen und sie wäre sehr wohl imstande, zu ihrem alten Zimmer im ersten Stock zu gehen. Aber dazu war sie viel zu müde und zu geschwächt. Außerdem fühlte es sich entschieden zu gut an, in Jims Armen zu liegen, als dass sie sich dem widersetzen wollte.

Als Jim am Wohnzimmer vorbei zur Treppe ging, richteten sich Brendas, Robyns und Raymonds Augen interessiert auf sie.

»Was ist mit Bernie?«, rief Brenda.

»Sie ist müde«, antwortete Jim. »Deshalb bringe ich sie nach oben ins Bett.«

»Aha.« Brenda lächelte.

Während Jim sie die Treppe hinauftrug, schloss Bernie die Augen und blendete alles und jeden aus. Dieser Moment musste genossen und vollständig ausgekostet werden.

»Welches Zimmer?«, fragte er.

»Das zweite rechts. Es ist inzwischen das Gästezimmer.«

Jim schob die Tür auf, trug Bernie zum Bett und legte sie behutsam auf die hintere Hälfte der großen Matratze. Dann zog er ihr die Schuhe und die Strümpfe aus und legte sie neben das Bett. Bernie hatte immer noch die Augen geschlossen und seufzte erschöpft. Wenige Minuten später fühlte sie, wie die Matratze neben ihr nachgab. Verwundert öffnete sie die Augen und sah, dass Jim neben ihr lag.

»Schlaf jetzt, Kleines«, sagte er. »Ich wecke dich in ein paar Stunden.«

»Bleibst du hier bei mir?«

»Ja, wenn es dir nichts ausmacht.«

»Es macht mir nichts aus.«

Nun fielen ihm die Augen zu. Ohne zu sprechen oder sich zu berühren und leise atmend, lagen sie beide da. Dann, nach einer kurzen Weile, drehte Jim sich auf die Seite und legte seinen Arm über Bernies Taille.

Abby hatte keine Ahnung, wo sie war, wie spät es sein mochte oder warum er sie hier in diesem dunklen, modrigen, unterirdischen Raum allein gelassen hatte.

Hier hatte er Stephanie Preston gefangen gehalten, bevor er sie umbrachte. Und Thomasina Hardy war wahrscheinlich an genau dieses Bett gefesselt gewesen.

O Gott, steh mir bei!

Hatte Stephanie Gott um Gnade angefleht? Hatte Thomasina um ihr Leben gebettelt?

Zur Hölle mit ihm! Ich werde nicht zulassen, dass er mich ermordet. Ich wehre mich. Ich kratze ihn, schlage ihn und …

Ron, wo bist du? Warum hast du mich nicht gefunden? Du hast mir versprochen, dass ich in Sicherheit bin. Du hast gesagt, ich soll dir vertrauen.

Das war nicht Rons Schuld. Er konnte ja nicht wissen, wer der Mörder war.

Niemand würde *ihn* jemals verdächtigen. Er war der letzte Mensch auf der Welt, den sie für einen sadistischen Killer halten würden. Sie hatte ihm vertraut und war sicher, dass auch Stephanie und Thomasina ihm vertraut hatten. Jeder in Adams Landing tat es.

Abby zerrte an den Fußketten, mit denen sie gefesselt war, dass das Metall in ihre Haut schnitt. Der Schmerz schoss aus ihrem Knöchel durch ihren ganzen Körper. Sie biss die Zähne zusammen und ertrug es, während sie immer hartnäckiger versuchte, sich zu befreien.

Doch irgendwann war sie erschöpft. Ihre Knöchel bluteten, und sie fand sich mit der Tatsache ab, dass sie nicht entkommen und sich nicht weiter als einen knappen Meter vom Bett wegbewegen konnte, gerade weit genug, um an das Waschbecken zu gelangen, aber nicht bis zur Toilette oder zur Dusche. Sie musste hier liegen wie ein gefangenes Tier und warten, bis ihr Entführer zurückkam. Sie war hungrig und musste dringend zur Toilette. Schon wieder. Zweimal hatte sie sich bereits eingenässt, und der durchdringende Gestank von Urin überwog den metallenen Geruch ihres Bluts.

Auch wenn du in einem entsetzlichen Zustand bist, sei dankbar. Wenn er erst wiederkommt, weißt du nicht, was er dir noch antun wird. Mach dich darauf gefasst, alles auszuhalten, was passiert, egal wie schrecklich es wird. Überleben ist alles, was zählt.

Kapitel 24

Abby Millers nackte Leiche wurde fünfzehn Tage nach ihrem Verschwinden in der Nähe eines Campingplatzes am Adams County Park von Wanderern gefunden. Wie die anderen Opfer des *Heimlichen Bewunderers*, war auch sie mehrfach vergewaltigt und gefoltert worden, bevor ihr Entführer ihr die Kehle aufschlitzte. Und er hatte wahrscheinlich dasselbe Messer benutzt wie bei den neun anderen Morden. Jim war nun überzeugter denn je, dass Abby das zehnte Opfer des Wahnsinnigen war, dessen Mordserie vor beinahe sieben Jahren mit Heather Stevens begonnen hatte.

Heute Morgen hatte Jim mit Bernie gesprochen, kurz bevor sie zu Abbys Trauerfeier gefahren war. Die ganze Stadt war in Trauer. Und der gesamte Bezirk stand unter Schock und war außer sich angesichts des dritten Mordes innerhalb kürzester Zeit, der das ruhige, friedliche und sichere Leben aller erschütterte. Jim wünschte, er könnte an zwei Orten gleichzeitig sein, damit er Bernie bei der Trauerfeier beistehen konnte. Sie brauchte jede moralische Unterstützung, die sie bekommen konnte. Sie war nicht nur durch ihr großes Verantwortungsgefühl gegenüber den Bürgern in Hochspannung, sondern ihr setzten auch noch die Gerüchte zu, in denen es hieß, dass der Mörder längst hinter Gittern säße, wäre R.B. noch der Sheriff. Aber sosehr Bernie ihn heute auch gebraucht hätte, war Jim doch sicher, dass er langfristig mehr zur Lösung des bisher unlösbaren Falles beitragen würde, indem er nicht bei ihr war.

Er parkte seinen Mietwagen am Straßenrand vor Hilary Etheridges Haus in Greenville, South Carolina, und dachte an das kurze Telefongespräch mit seiner Vorgesetzten. Vor zwei Monaten noch hatte ihm davor gegraut, Memphis zu verlassen und in Adams Landing zu leben und zu arbeiten. Jetzt aber wurde ihm klar, dass gerade dieser Wechsel womöglich das Beste war, was er in seinem Leben zustande gebracht hatte. Kevin und er bauten eine echte Vater-Sohn-Beziehung auf, und mit Bernie verband ihn eine Freundschaft, die ihm mehr bedeutete, als er sich eingestehen mochte.

»Ich habe Ron für einen Monat freigegeben«, hatte Bernie gesagt. »Er wollte eigentlich nicht, aber …«

»Nein, diese Entscheidung durftest du ihm nicht überlassen. Er ist nicht in der Verfassung, um zu arbeiten. Du hast das Richtige getan. Er braucht dringend Zeit, damit er trauern und wieder einen klaren Kopf bekommen kann.«

»Ich weiß. Ich mache mir nur Sorgen, dass ich ihn irgendwann einsperren muss, damit er sich aus dem Fall heraushält. Er hat geschworen, weiter nach Abbys Mörder zu suchen, unabhängig davon, ob er offiziell an dem Fall arbeitet oder nicht.«

»Lass R.B. mit ihm reden. Und wenn das nicht hilft, sperr ihn einfach für ein paar Tage ein.«

»Ron ist nicht unser einziges Problem.«

»Willst du damit sagen, dass alles den Bach runtergeht, seit ich weg bin? Kleines, ich bin noch keine vierundzwanzig Stunden fort.«

Sie hatte nicht reagiert, und dennoch sah er im Geiste, wie sie lächelte. »Ich habe dir ja gesagt, dass du hier gebraucht wirst.«

»Was ist denn sonst noch?«

»Brandon Kelley hat sich einen Anwalt genommen. Er meint, er wäre es endgültig leid, dass wir ihn jedes Mal belästigen, wenn wir eine Leiche finden.«

»Damit war zu rechnen«, hatte Jim ihr gesagt. »Wäre ich mit allen drei Opfern so gut bekannt gewesen wie Dr. Kelley, hätte ich mir schon längst Rechtsbeistand geholt.«

»Mmm … ja, ich weiß. Wirst du heute mit Heather Stevens' Familie sprechen?«

»Ihr Vater ist tot, und ihre Mutter weigert sich, mit mir zu reden. Aber sie hat eine jüngere Schwester. Ich habe sie gestern Abend angerufen, und sie war bereit, sich heute Morgen mit mir zu treffen.«

»Viel Glück, Jim. Ich hoffe, du findest irgendetwas heraus, das uns hilft, unseren Täter zu schnappen, bevor er sich sein nächstes Opfer aussucht.«

Jim wusste nicht, was ihm Heathers Schwester erzählen könnte, falls überhaupt etwas. Er hatte ja keine Ahnung, wonach er suchte. Aber er war sich instinktiv sicher, dass die Antwort auf all ihre Fragen zu dem *Heimlichen Bewunderer* hier in Greenville wartete. Heather Stevens, davon war er überzeugt, konnte die Lösung des Rätsels sein.

Hilary Stevens Etheridge war siebzehn, als ihre einundzwanzigjährige Schwester Heather ermordet wurde. Der leitende Ermittler in dem Fall, Hal Shepard, hatte sich gestern Abend noch spät mit Jim auf der Polizeiwache getroffen und seine Verbindungen spielen lassen, damit Jim Kopien der damaligen Akten bekam. Die halbe Nacht war Jim die alten Akten durchgegangen, hatte alles wieder und wieder gelesen und gehofft, auf irgendeinen Hinweis zu stoßen, der die Identität des Mörders lüftete. Nach beinahe sieben Jahren war der Fall immer noch ungelöst, genau wie der Mord an Heathers bester Freundin, Shannon Elmore, der ein Jahr später ebenfalls hier in Greenville begangen wurde.

Jim stieg aus seinem Mietwagen, verriegelte ihn und ging den

Weg hinauf zu dem gepflegten, zweistöckigen Backsteinhaus, das in einem teuren Neubauviertel lag. Die Stevens-Familie war betucht und gesellschaftlich hoch angesehen, ebenso wie Kyle Etheridge, der Mann, den Hilary vor zwei Jahren geheiratet hatte. Wäre die Polizei in der Lage gewesen, den Mord an Heather aufzuklären, sie hätte es längst getan. Ihre Familie machte seinerzeit ihren gesamten Einfluss geltend, um die hiesigen Ermittler unter Druck zu setzen.

Jim läutete an der Tür und wartete. Mehrere Minuten später öffnete eine attraktive junge Frau. Sie war hochschwanger.

»Mrs. Etheridge?«

»Ja.« Sie lächelte ihn unsicher an. »Und Sie sind Captain Norton?«

Er nickte.

»Kommen Sie doch herein.«

Er folgte ihr durch die Diele in ein acht mal acht Meter großes Wohnzimmer und setzte sich auf die elegante, moderne Couch, auf die sie zeigte. Sie machte es sich auf einem großen, üppig gepolsterten Sessel so bequem, wie es ihr Zustand erlaubte, und legte beide Hände unter ihren runden Babybauch.

»Ich weiß es sehr zu schätzen, dass Sie bereit sind, mit mir zu reden«, sagte Jim.

»Wenn das stimmt, was Sie sagen – dass der Mann, der Heather umgebracht hat, neun weitere Frauen ermordet hat …« An dieser Stelle versagte ihre Stimme.

»Ich habe mit dem früheren Polizeichef Hal Shepard gesprochen«, erklärte Jim. »Er ist den Fall mit mir durchgegangen, und ich habe alle Akten durchgesehen, ob ich darin irgendetwas finde, das mir weiterhilft.«

»Aber Sie haben nichts gefunden.«

»Stimmt.«

»Am Ende meinte die Polizei, Heather wäre von einem durchreisenden Irren entführt, vergewaltigt und getötet worden, der gleich nach der Tat wieder aus der Gegend verschwand.«

»Und ihre Familie, ihre Freunde oder Bekannten wussten von niemandem, der etwas gegen Heather hatte?«, fragte Jim.

»Nein. Meine Schwester war sehr beliebt in der Highschool und am College. Alle mochten sie. Sie war klug und schön und …« Hilary schluckte gegen die Tränen an, die ihr in die Augen stiegen.

»Dann hatte sie keine Feinde und niemanden, der eifersüchtig auf sie war? Gab es keinen Exfreund, der sich nicht mit dem Gedanken abfinden wollte, dass sie einen anderen hatte?«

Hilary sah Jim an. »Natürlich gab es Mädchen, die eifersüchtig auf sie waren. Alle Mädchen beneideten sie. An der Leighton-Schule gab es keine einzige Brünette, die nicht zu den Zobel-Mädchen gehören wollte. Aber meine Schwester wurde nicht von einer Frau vergewaltigt und ermordet. Und was frühere Freunde angeht …« Sie schüttelte den Kopf. »Wenn Sie die Akten gelesen haben, wissen Sie ja, dass Captain Shepard alle früheren Freunde von Heather befragt hat und keiner von ihnen verdächtig war.«

»Was ist ein *Zobel*-Mädchen?«, fragte Jim.

Hilary lächelte versonnen. »Ach, das war ein sehr exklusiver kleiner Club, den Heather gegründet hatte, nur für sie und ein paar ihrer besten Freundinnen, die ebenfalls brünett waren. Sie rief diesen Club in ihrem ersten Jahr an der Leighton ins Leben. Da war sie sechzehn.«

Jims Magen krampfte sich zusammen. »Wie viele Mitglieder hatte dieser *Zobel-Mädchen*-Club?«

»Ach Gott, das weiß ich nicht genau. Es ist Jahre her. Nicht viele auf jeden Fall, vier oder fünf vielleicht, Heather mitgezählt.« Hilary lachte. »Ich wollte damals unbedingt schnell alt genug sein, um aufgenommen zu werden.« Sie fuhr sich mit den Fingern durch das seidige, rote Haar. »Aber ich fürchte, ich hatte so oder so die falsche Haarfarbe.«

»Können Sie bitte versuchen, sich möglichst genau daran zu erinnern, wie viele Mitglieder es waren und wie sie hießen?« Da ihm klar war, dass sein Ton an Zurechtweisung grenzte, ergänzte er rasch: »Bitte?«

»Ja, natürlich, warten Sie. Da waren Heather und Shannon.«

»Shannon Elmore.«

Hilary legte die Stirn in Falten. »Sie wurde auch umgebracht, und eine Zeit lang dachten wir … Die Polizei konnte nie beweisen, dass die Morde zusammenhingen. Shannon wurde über ein Jahr später ermordet, und obwohl es gewisse Ähnlichkeiten gab …«, sie holte tief Luft. »Aber das wissen Sie ja alles bereits, nicht wahr?«

Jim nickte. »Können Sie sich an die Namen der anderen Clubmitglieder erinnern?«

»Ich versuch's, aber das ist nicht leicht. Sie müssen nämlich wissen, dass Familien aus dem ganzen Bundesstaat ihre Kinder auf die Leighton schicken. Es ist eine der angesehensten Privatschulen in den Südstaaten.«

»Wenn Ihnen ein Vorname einfällt, eine Beschreibung …irgendetwas.«

»Da war ein Mädchen aus Tennessee. Ich weiß ihren Namen nicht mehr. Sie hat auch keinen Abschluss an der Leighton gemacht. Aus irgendwelchen Gründen ging sie am Ende ihres ersten Jahres von der Schule.«

»War ihr Name Courtney Pettus?«

»Könnte sein. Ich bin ihr nur ein einziges Mal begegnet … auf Heathers Geburtstagsparty, und da waren Hunderte.«

»Sagt Ihnen der Name Sara Hayes etwas?«

»Hmm … Sara Hayes klingt, als hätte ich ihn schon mal gehört. Ich bin ziemlich sicher, dass eines der *Zobel-Mädchen* Sara hieß, aber bei dem Nachnamen weiß ich nicht genau. Sie hat mit Heather zusammen den Abschluss gemacht, aber danach gingen sie auf unterschiedliche Colleges.« Hilary blickte Jim prüfend an. »Warum fragen Sie mich über die *Zobel-Mädchen* aus?«

»Reine Neugier. Ich greife nach jedem Strohhalm.« Jim stand auf. »Ich vermute, Sie haben kein Jahrbuch von der Leighton-Schule mehr, oder? Eines aus dem ersten Jahr ihrer Schwester?«

»Nein, bedaure, habe ich nicht. Aber meine Mutter bewahrt vielleicht noch Heathers Jahrbücher auf.«

»Meinen Sie, Sie könnten mir eine Kopie machen und sie mir schicken?«

»Wozu brauchen Sie …«

»Wenn Sie glaubten, es könnte uns helfen, den Mörder Ihrer Schwester zu fangen, würden Sie mir dann eine Kopie des Jahrbuches schicken?«

»Ja, das würde ich.«

»Ich lasse Ihnen meine Adresse und Telefonnummer da.«

»Okay, ich sehe, was ich tun kann, Captain Norton.«

»Ich bin Ihnen sehr dankbar.«

Abbys Beisetzung war verschoben worden, bis ihr Ehemann aus dem Nahen Osten einfliegen konnte. Es war schwer zu sagen, wer heftiger trauerte – der Ehemann oder der Geliebte. Ricky Waynes Mutter klammerte sich an ihn, als wäre ihre

Stärke das Einzige, was ihn davon abhielt, zusammenzubrechen. Deputy John Downs und der pensionierte Sheriff R. B. Granger standen während der gesamten Trauerzeremonie rechts und links neben Ron Hensley. Fast ganz Adams Landing war da und ungefähr die Hälfte der Bevölkerung aus dem Bezirk. Als Friseuse und Kosmetikerin mit jeder Menge zufriedener Stammkunden, war Abby weithin bekannt und beliebt gewesen.

Bei der Masse der Trauergäste hätte wahrscheinlich niemand bemerkt, wenn er nicht zur Trauerfeier und hinterher noch mit zu den Millers nach Hause gekommen wäre. Er hatte sein Beileid bekundet, mit jedem gesprochen, den er kannte, und sich dann hinaus in den Vorgarten begeben, wo die Leute im Septembersonnenschein standen.

Abby war seine größte Enttäuschung gewesen. Bis zum Ende hatte sie sich gegen ihn gewehrt. Ganz gleich, wie oft er sie bestrafte, was für große Schmerzen er ihr zufügte, sie gab kein einziges Mal zu, dass sie ihn liebte. Es war ein Fehler gewesen, sie auszuwählen. Bis auf ihr schönes dunkles Haar hatte sie nichts mit Heather gemein gehabt. Abby Miller war ein billiges Flittchen gewesen, eine dickköpfige, dumme Hure.

Er hatte sich die schlimmsten Vorwürfe gemacht, weil er Abby auserwählt hatte. Sie war die Erste gewesen, die sich Tag für Tag gegen ihn auflehnte und sich keine Sekunde der Tatsache fügte, dass er ihr Herr und Meister war. Er wusste, dass er die nächste Frau mit mehr Bedacht aussuchen sollte, denn sie könnte die letzte hier im Nordosten Alabamas sein, bevor er gezwungen war, weiterzuziehen. Seine nächste Wahl würde ihm noch eine Chance eröffnen, seine vollkommene Gefährtin zu finden. Sie könnte ihm vielleicht ebenso viel bedeuten wie einst Heather.

Irgendwo da draußen gab es sie, und sie wartete nur auf ihn. Eine junge, liebreizende, brünette Schönheit. Eine Frau, die von vielen Männern begehrt wurde. Vielleicht befand sie sich sogar heute hier, unter den Trauergästen.

Von der Leighton-Schule aus fuhr Jim direkt zum Flughafen, um die Abendmaschine zu nehmen. Den größten Teil des Nachmittags hatte er damit verbracht, mit dem Schulleiter zu sprechen, einem verkniffenen kleinen Mann namens Alistair Dueitt, der sich erst bereit erklärte, Jim überhaupt zu empfangen, nachdem Hal Shepard interveniert hatte.

Nein, er würde die Namen ehemaliger Leighton-Schüler auf keinen Fall preisgeben, hatte Dr. Dueitt indigniert verkündet. Das verstieß gegen die Schulpolitik. Und nein, er würde Jim unter keinen Umständen in die Jahrbücher sehen lassen, in keines. Wenn die Stevens-Familie es vorzog, Jim nicht deren Exemplare einsehen zu lassen, dann fühle sich die Schule erst recht nicht dazu befugt.

Jim hatte so gut wie nichts erreicht. Bis auf eines. Er hatte eine interessante Information erhalten, die nicht einmal in den Polizeiakten erwähnt worden war. Heather Stevens und Shannon Elmore hatten derselben, versnobten Clique von brünetten Teenagern angehört, die sich *Zobel-Mädchen* nannten. Und Jim würde seine Pension darauf verwetten, dass Sara Hayes und Courtney Pettus ebenfalls Mitglieder in diesem exklusiven kleinen Club gewesen waren. Aber er konnte nicht von Stadt zu Stadt, von Bundesstaat zu Bundesstaat reisen, Leute befragen und Nachforschungen über die früheren Opfer anstellen. Er arbeitete außerhalb seines Zuständigkeitsbereichs und war überhaupt nicht autorisiert, in diesen Fällen zu ermitteln. Was er brauchte, war ein Pri-

vatdetektiv. Und wie es das Schicksal wollte, kannte er zufällig auch einen sehr guten.
Noch vom belebten Flughafen aus, während er auf seine Maschine wartete, rief er Griffin Powell an. Er hoffte, sein alter Freund würde sich noch einmal bereitfinden, auf Pro-Bono-Basis für ihn zu arbeiten. Denn weder Jim noch Adams County konnten sich das Honorar leisten, das die Powell Agency für ihre Dienste verlangte.
»Was gibt's, Jim?«, fragte sein früherer Teampartner und Mitbewohner von der Uni Texas.
»Ich muss dich noch einmal um einen Gefallen bitten. Um noch ein Gratisgeschenk.«
»Hat es was mit dem *Heimlichen Bewunderer* zu tun?«
»Liest du die Zeitung aus Huntsville, oder ist es schon bis Knoxville durchgedrungen, was bei uns passiert?«
»Sagen wir, ich halte mich gern auf dem Laufenden. Also, was brauchst du?«
»Ich möchte, dass du es als persönlichen Gefallen betrachtest«, sagte Jim. »Nicht das Sheriff-Büro engagiert dich, sondern ich. Und wie es um meine finanziellen Möglichkeiten bestellt ist, weißt du ja.«
Griffin lachte. »Wie du schon sagtest, es wird ein Gratisgeschenk.«
»Okay, danke. Zunächst mal brauche ich eine Liste der Schüler, die zur selben Zeit an der Leighton-Schule in Greenville, South Carolina, waren wie eine junge Frau namens Heather Stevens. Sie machte vor elf Jahren ihren Abschluss.«
»Schick mir alle Informationen, die du hast, und ich lege sofort los.«
»Ich brauche außerdem ein Jahrbuch aus der Zeit, möglichst das aus ihrem ersten und das aus ihrem zweiten Jahr.«

»Okay.«
»Ach ja, und dann wäre da noch was.«
»Du hast nur noch einen Wunsch frei.«
Jim stöhnte. »Schon gut. Ich muss wissen, warum ein Mädchen namens Courtney Pettus die Leighton am Ende ihres ersten Jahres verließ.«

Als Jim zu Hause ankam, wartete dort Bernie auf ihn. Kevin, der ebenfalls vorgehabt hatte, auf ihn zu warten, schlief auf dem Sofa, den zusammengerollten Boomer zu seinen Füßen. Bernie öffnete ihm die Tür. Sie trug ausgeblichene Jeans und ein T-Shirt, das schon bessere Tage gesehen hatte. Obwohl ihr Haar zerzaust war und sie keinerlei Make-up trug, sah sie besser aus, als es irgendeine Frau um diese nachtschlafende Zeit rechtmäßig durfte. Jims Flieger war vor einer Dreiviertelstunde gelandet, und auf der Fahrt von Huntsville hierher hatte er so ziemlich jede Geschwindigkeitsbegrenzung weit übertreten. Warum? Weil er wusste, dass Bernie auf ihn wartete.
»Du siehst erschöpft aus«, sagte sie.
Er ließ seine schwarze Reisetasche auf den Boden fallen und nahm Bernie in die Arme. Sie riss überrascht die Augen auf.
»Hast du was getrunken?«, fragte sie.
»Ich trinke nicht, wenn ich fahre«, erklärte er knapp, vergrub das Gesicht an ihrer Schulter und küsste ihren Hals.
Sie wurde unruhig. »Was ist denn mit dir?«
»Keine Panik, Sheriff.« Er hob den Kopf und ließ sie los. Warum war sie so verklemmt? Warum zuckte sie jedes Mal zusammen, wenn er sie berührte? »Ich werde dir nicht zu nahe treten.«

»Jim, du bist so seltsam.«
»Dad?« Kevin war aufgewacht, hob den Kopf von der Sofalehne und winkte seinem Vater zu. Boomer sprang schwanzwedelnd auf und starrte Jim an.
»Ja, ich bin's. Ich bin wieder zu Hause.«
»Ich habe versucht, wach zu bleiben«, sagte Kevin.
»Das musstest du nicht. Geh ruhig ins Bett. Wir sehen uns morgen früh.«
Gähnend stand Kevin auf und trottete schläfrig in sein Zimmer. Boomer tapste hinter ihm her. Sobald Kevin außer Hörweite war, fasste Bernie Jims Arm.
»Wie kommst du darauf, dass ich Angst habe, du könntest mir zu nahe treten?«
»Wie?« Er war zu müde, zu frustriert und vor allem zu scharf für irgendwelche Wortklaubereien.
»Hast du auf dem Flug eine Frau kennengelernt, die dich scharfgemacht hat?«, fragte Bernie. »Bist du deshalb …?«
Er packte sie, zog sie zu sich und sah ihr in die Augen. »Wenn ich auf dem Flug eine Frau kennengelernt hätte, die mich scharfmacht, hätte ich mir ein Hotelzimmer genommen, wäre über Nacht in Huntsville geblieben und hätte sie bis in die Morgenstunden gevögelt.«
Bernie starrte ihn entgeistert und mit offenem Mund an.
»Aber weißt du, was das Lustige ist, Sheriff Granger?«
Sie schüttelte den Kopf.
»Als ich in den Flieger nach Hause stieg, konnte ich an nichts anderes denken als an dich und Kevin und daran, wie sehr ich mich darauf freue, euch beide zu sehen und zu dir und meinem Sohn nach Hause zu kommen.«
Bernies goldbraune Augen nahmen einen verdächtigen Glanz an.

»Und wenn mein Sohn nicht da hinten in seinem Zimmer läge, würde ich jetzt direkt über dich herfallen, junge Dame, denn ich habe einen höllischen Ständer, und an dem bist du allein schuld.«

»Ich … ich …«

Jim küsste sie leidenschaftlich, wild und lange. Seine Zunge erforschte ihren Mund, und seine Hände streichelten ihren phantastischen Po. Als er den Kuss nach einer guten Minute beendete, waren sie beide außer Atem.

»Ich sollte lieber nach Hause fahren«, sagte Bernie.

»Ja, das solltest du lieber.«

Sie holte ihre Umhängetasche vom Couchtisch und ging zur Haustür. Jim folgte ihr. Nachdem er ihr die Tür geöffnet hatte, drehte sie sich noch einmal zu ihm um.

»Du kannst mir morgen früh über deine Reise nach Greenville Bericht erstatten«, sagte sie.

»Das werde ich tun.«

»Boomer bleibt heute Nacht am besten bei Kevin, dann können die beiden morgen früh zusammen zu meinen Eltern gehen.«

»Okay.«

»Gute Nacht dann.«

»Gute Nacht.« Jim ging mit ihr hinaus auf die Veranda. »Ach, übrigens wollte ich dich für morgen Abend um ein Date bitten. Bist du damit einverstanden?«

»Ja, bin ich.«

Jim küsste sie wieder – diesmal auf beide Wangen, dann auf die Lippen. Als er den Kopf wieder hob, grinste er. »Wir sehen uns morgen, Kleines.«

»Mhm.« Sie drehte sich um und schwebte die Stufen hinunter und über den Weg zu ihrem Jeep.

Kapitel 25

Jim hatte Bernie gefragt, ob es ihr recht sei, bevor er für sie einen Tisch im River's End reservierte, denn dort war er ja schließlich auch mit Robyn gewesen. Leider war es das einzige etwas feinere Restaurant im weiten Umkreis, sofern sie nicht bis Huntsville fahren wollten. Seit langer Zeit war Jim erstmals wieder in der Situation, dass er eine Frau beeindrucken wollte. Seit langer Zeit? Wem machte er hier etwas vor? Es war eine Ewigkeit her. Genaugenommen hatte er diesen Ehrgeiz zuletzt verspürt, als er jung und wahnsinnig in Mary Lee verliebt gewesen war. Nicht dass er in Bernie verliebt war. Nicht direkt jedenfalls. Er war nicht der Typ, der leichtfertig mit diesem Wort um sich warf. Eigentlich hatte er es bislang nur äußerst selten verwandt, sogar während seiner Ehe. Vielleicht war das der Grund, weshalb Mary Lee es so oft und beinahe gegenüber jedem ausgesprochen hatte. Sie sagte es, ohne es zu meinen, ohne überzeugt davon zu sein und vor allem ohne danach zu handeln.

Inzwischen dachte er kaum noch an Mary Lee, außer im Zusammenhang mit ihrem gemeinsamen Sohn. Er hasste sie nicht. Er liebte sie nicht. Sie war ihm gleichgültig. Doch um Kevins willen hoffte er, dass sie wieder gesund würde und noch lange lebte.

Nachdem er für halb acht einen Tisch im River's End reserviert hatte, dachte er daran, dass er Bernie in seinem alten Truck abholen müsste. Über kurz oder lang musste er sich einen weniger betagten Wagen zulegen, doch selbst konkrete Kaufpläne boten keine Lösung für sein heutiges Problem. Also endete es damit, dass er Bernie letztlich offen von seinen

Bedenken erzählte. Das hätte er sich bei keiner anderen Frau getraut, was ein Grund mehr dafür war, warum er Bernie so sehr mochte.

»Wir nehmen meinen Jeep«, hatte sie kurzerhand erklärt. »Kein Problem.«

Kein Problem. Keine Ansprüche. Kein Gezicke oder Gejammer, keine übertriebenen Erwartungen. Bernie war eine außergewöhnlich pflegeleichte Frau. Was könnte sich ein Mann Besseres wünschen?

Ja, was wünschte Jim sich eigentlich für heute Abend? Er lachte nervös vor sich hin, als er vor Bernies Haus anhielt und dabei genügend Abstand zu ihrer Einfahrt ließ, damit sie leichter mit dem Jeep zurücksetzen konnten. Er hoffte inständig, dass sie sich beide dasselbe von diesem Date erwarteten, denn sonst würde er sich vollkommen lächerlich machen, wenn er sie später nach Hause brachte.

Geh es langsam und gelassen an. Achte darauf, wie sie sich verhält, und richte dich nach ihr, schärfte er sich ein.

Er stieg aus seinem Truck, schlug die Tür zu und beugte sich zum staubigen Seitenspiegel, um einen letzten Blick auf sich zu werfen. Vielleicht hätte er eine Krawatte umbinden sollen, statt sein Hemd oben offen zu lassen. Aber zu einer Krawatte hätte er seinen Anzug anziehen müssen, weil nur der zu seinem einzigen Schlips passte. Ob Bernie enttäuscht war, dass er Khakihosen und ein olivgrünes Safarihemd trug? Er wollte sie nicht enttäuschen, aber gleichzeitig wollte er, dass sie ihn so nahm, wie er war. Jim Norton war kein *GQ*-Titelmodell. Er besaß null Stilgefühl. Seine Garderobe wählte er danach aus, was er bequem fand, nicht nach der Mode.

Und was, wenn sie jetzt in einem eleganten kleinen Schwarzen und mit blinkenden Ohrgehängen erschien? Nein, so würde seine Bernie sich nie anziehen. Sie war nicht der *Blinkende-Ohrgehänge*-Typ. Allerdings hatte sie beiläufig erwähnt, dass Robyn angesichts dieses Dates derart aus dem Häuschen war, dass sie ihr angeboten hatte, rüberzukommen und Bernie bei ihrer Frisur und ihrem Make-up zu helfen.

Der Weg zu Bernies Haustür kam ihm vor, als wäre er eine Meile lang. Das liegt an deiner Nervosität. Du kommst dir wie vierzehn, nicht wie vierzig vor. Mein Gott, Junge, dein Leben hängt schließlich nicht davon ab, wie dieses Date ausgeht.

Obwohl, möglicherweise doch.

Er klingelte.

»Komme gleich«, rief Bernie von drinnen.

Zwei Minuten später, als er schon ungeduldig von einem Fuß auf den anderen trat und mehrmals tief durchatmete, um seine Nerven zu beruhigen, öffnete Bernie die Tür.

»Ich bin so weit.«

Als Erstes sah er ihr strahlendes, wundervolles Lächeln. Dann betrachtete er ihr Gesicht genauer. Sie war nicht übertrieben geschminkt, hatte die Augen nicht mit dicken Kajallinien ummalt oder einen knallroten Lippenstift aufgelegt. Sie sah aus, wie Bernie immer aussah, nur dass ihre Haut sanft schimmerte. Das Make-up, ein zarter Pfirsichton, war dezent und passte hervorragend zu Bernie.

Jim trat einen Schritt zurück, damit er sie von Kopf bis Fuß ansehen konnte. »Wow!«

Sie drehte sich lachend um sich selbst, so dass er sie von allen Seiten bewundern durfte. »Robyn hat mir fünf neue Outfits zum Anprobieren mitgebracht«, gestand Bernie. »Und dieses war das Einzige, in dem ich mich halbwegs wohl fühlte. Die anderen hat sie zum Laden zurückgetragen.«

»Du siehst gut aus, mein Schatz.«

Zum Anbeißen gut, dachte er.

Das Kleid war schlicht. Jim tippte auf Seide. Hellgelbe Seide. Es hatte kurze Ärmel, einen runden Ausschnitt, der nicht zu tief war, und der Saum endete direkt über den Knien. Anstelle von blinkenden Ohrgehängen trug sie einfache Perlenohrstecker, eine goldene Armbanduhr an dem einen und ein Perlenarmband an dem anderen Handgelenk.

Jim bot ihr seinen Arm. »Eure Kutsche wartet.« Er lachte. »Und es ist *Eure* Kutsche.«

Sie drehte sich um und verschloss ihre Haustür. Dann gab sie ihm ihren Schlüsselbund. »Du fährst, okay?«

»Okay.«

Lächelnd und mit einem geheimnisvollen Funkeln in den Augen, hakte sie sich bei ihm ein. »Ich habe mich schon lange nicht mehr so auf ein Date gefreut.«

Das war noch so etwas, was er an Bernie mochte. Ihre natürliche Offenheit. Sie spielte keine Spielchen, sondern sprach ehrlich aus, was sie dachte.

»Ja, ich mich auch nicht«, sagte er und ging mit ihr zu ihrem Jeep.

Raymond hatte Robyn in ihrem Fitnesscenter abgeholt und sie nach Hause begleitet. Beinahe jeden Tag brachte er sie heim. Er war so aufmerksam und hingebungsvoll, wie ein treuer, kleiner Hund. Zumindest hatte sie ihn anfangs so gesehen, aber inzwischen war sie anderer Meinung. Als sie anfingen, miteinander auszugehen, hatte sie ihm gesagt, dass sie keine exklusive Beziehung mit ihm wollte. Doch merkwürdigerweise hatte sie seit ihrer ersten gemeinsamen Nacht mit keinem anderen Mann mehr geschlafen. Warum sollte sie auch? Raymond war ein begnadeter Liebhaber.

Sollten doch alle in der Stadt sie für ein seltsames Paar halten. Und was Robyn betraf, durfte auch ihre Mutter ruhig an ihrem Verstand zweifeln, weil sie mit Raymond ausging. Ebenso wenig scherte es sie, dass Helen Long zutiefst betrübt war, ihren Sohn mit der falschen Granger-Tochter turteln zu sehen.

»Hast du Lust, heute Abend nach Huntsville zu fahren?«, fragte Raymond, als er Robyn ihre Schlüssel abnahm und ihr die Wohnungstür aufschloss.

Sie schüttelte den Kopf. »Nein, eher nicht. Ich bin heute Abend nicht in der Stimmung, mich in die Clubszene zu stürzen. Warum bleiben wir nicht zu Hause und …« Sie schmiegte sich an seine Seite, legte einen Arm um seine Taille und knabberte zärtlich an seinem Hals.

Raymond wurde rot. Sie liebte es, dass sie ihn jederzeit zum Erröten bringen konnte. Er war so unbeschreiblich süß.

Als Robyn in ihre Wohnung ging, trat sie auf etwas und rutschte beinahe darauf aus. Sie fing sich im letzten Moment ab, indem sie sich an Raymond festhielt und zurücktrat. Dann sah sie nach unten und entdeckte einen kleinen, weißen Umschlag auf dem Fußboden. Wie merkwürdig.

»Was ist?«, fragte Raymond. »Stimmt was nicht?«

»Ich weiß nicht. Es ist wohl nichts weiter.« Sie zeigte auf den Briefumschlag. »Der ist doch nicht von dir, oder?«

»Der Brief? Nein, der ist nicht von mir.«

Robyn ließ ihn los, bückte sich und hob den Umschlag auf. »Jemand muss ihn unter der Tür durchgeschoben haben.«

»Vielleicht ist es eine Nachricht von einem deiner früheren Freunde.« In Raymonds Stimme schwang ein unverkennbarer Unterton von Eifersucht mit. »Von Dr. Kelley, Paul Landon, Ron Hensley oder …«

Sie drehte sich mit dem Umschlag in der Hand um und streckte ihm ihn hin. »Hier, mach du ihn auf.«

Einige Sekunden lang starrte er sprachlos auf ihre Hand, dann nahm er den Umschlag. »Vorn steht dein Name drauf. Sieh hier.« Er hielt ihn zwischen Daumen und Zeigefinger hoch.

»Jetzt mach schon das verdammte Ding auf!«

Raymond riss den Umschlag auf und holte einen einzelnen Briefbogen daraus hervor. Dann las er den Text. »Ich glaube nicht, dass er von einem der früheren Freunde ist.«

»Na, was steht denn drin?«

Er las laut vor: *Ich bete dich aus der Ferne an, meine wunderschöne Robyn.*

»Das ist alles?«

»Ja, das ist alles.«

Robyn wurde auf einmal sehr unbehaglich. »Das ist eine komische Nachricht, findest du nicht?«

»Eigentlich nicht, wenn man bedenkt, dass die meisten Männer in Adams County halb in dich verliebt sind.«

Er ist eifersüchtig. Dabei hat er gar keinen Grund dazu. Zwar mag es in Adams County eine Menge Männer geben, die scharf auf mich sind, aber ich interessiere mich für keinen von ihnen. Ich will keinen von denen.

Sie schlang die Arme um Raymonds Hals und sah ihm in die Augen. »Tja, ich bin in keinen anderen Mann auch nur halbwegs verliebt. Nur in dich.«

Jeder Muskel seines Körpers spannte sich fühlbar an, und Raymond wich zurück. »Tu das nicht. Spiel nicht mit meinen Gefühlen. Du solltest mir solche Sachen nicht sagen, wenn du sie nicht ernst meinst.«

»Und was ist, wenn ich es ernst meine?«

»Ist es denn wahr?«

Sie nickte. »Ja, ich glaube schon.« Sie lachte. »Wow, wie konnte das bloß passieren?«

»Robyn?«

»Hör mal, das ist alles ziemlich neu für mich. Ich hatte nicht damit gerechnet, dass ich mich in dich verliebe. Der Sex ist atemberaubend und so, aber … oh, verdammt, Raymond, du weißt, dass du eigentlich nicht mein Typ bist, deshalb kam ich überhaupt nicht auf die Idee, unsere Beziehung könnte sich zu mehr entwickeln.«

»Immer mit der Ruhe, Liebes.« Er umfasste ihre Oberarme. »Wir gehen es ganz langsam an. Ich werde versuchen, dich zu nichts zu drängen. Und im Moment bedeutet die Tatsache, dass du halbwegs in mich verliebt bist, schon mehr, als ich mir je zu erträumen wagte.«

Das Essen war köstlich gewesen, der Wein wunderbar und die Kerzenlichtatmosphäre sehr romantisch. Bisher erwies sich dieser Abend für Bernie als der schönste ihres Lebens. Auf dem Weg zum River's End hatten sie sich vorgenommen, nicht über die Arbeit zu sprechen.

»Nur persönliche Themen«, hatte Jim gesagt.

Also hatten sie während des Essens Anekdoten aus ihrer Kindheit ausgetauscht, gruselige Erinnerungen an ihre schlimmsten Verabredungen und sogar über ihre gescheiterten Ehen gesprochen, wenn auch weniger ausführlich. Dabei stellte sich heraus, dass sie beide von ihren Partnern betrogen worden waren. Jim und Bernie hatten dieselbe Einstellung, was Treue und Vertrauen in der Ehe betraf.

»Möchtest du tanzen, bevor wir das Dessert bestellen?«, fragte Jim.

»Ja, ich würde sehr gern mit dir tanzen.«

Jeder Vorwand war ihr recht, um in Jims Armen zu sein.

Er stand auf, kam um den Tisch herum und zog ihren Stuhl raus. Dann nahm er ihre Hand und führte Bernie auf die Tanzfläche. Das Restaurant hatte keine Band, sondern einen einzelnen Pianisten, dessen Repertoire allerdings so ziemlich jeden alten, romantischen Klassiker enthielt, der jemals komponiert worden war. Als Jim Bernie in seine Arme nahm, stimmte der Pianist gerade eine sentimentale Version von »Someone to Watch over Me« an.

»Weißt du was?«, sagte Bernie.

»Na?«

»Du bist ein guter Tänzer.«

Jim lachte leise.

»Ein guter Tänzer, ein guter Zuhörer, ein guter Freund, ein guter Vater …«

Jim hielt sie ein wenig fester, drückte sie an sich und flüsterte ihr ins Ohr: »Du überschwemmst mich doch bloß mit diesen ganzen Komplimenten, weil du mir später noch an die Wäsche willst.«

Bernie kicherte. »Wie's aussieht, kann ich dir nichts vormachen. Wie beschämend, dass du mich sofort durchschaust und meine egoistischen Motive erkennst.«

»Nun, ich halte dich nicht für egoistisch, sondern vor allem für eine ganz besondere Frau.«

»Ach ja?«

»Mhm. Und falls du noch irgendwelche Zweifel an meinen egoistischen Motiven hegen solltest …«

Er blieb mitten auf der Tanzfläche stehen, gerade lange genug, um sie noch näher an sich zu ziehen – so nahe, dass sie seine Erektion fühlte.

Bernie verspürte ein Kribbeln, das von oben bis unten durch

ihren Körper ging. Und sie hatte das Gefühl, als würde sie ganz fest gedrückt und gleich wieder losgelassen.

»Wie es scheint, haben wir beide dasselbe im Kopf«, sagte sie.

»Fändest du es überstürzt, wenn ich vorschlage, dass wir das Dessert ausfallen lassen und direkt zu mir fahren?«

»Ich brauche eigentlich kein Dessert mehr.«

Jim ließ sie los, nahm ihre Hand und führte sie von der Tanzfläche zu ihrem Tisch zurück. Dann winkte er den Kellner herbei, bat um die Rechnung und bezahlte ihn sofort. Nachdem er dem jungen Mann gesagt hatte, er dürfe das Wechselgeld behalten, eilten Bernie und Jim Hand in Hand aus dem Restaurant. Sobald sie im Jeep saßen, beugte Jim sich über die Mittelkonsole, legte eine Hand in Bernies Nacken und küsste sie.

Nach dem Kuss hob er den Kopf und sah Bernie an. »Ich bin nicht gut, was schöne Worte betrifft, musst du wissen. Vielleicht sage ich nicht immer das Richtige, das, was du hören möchtest. Aber … ich … ähm … für mich wird es nicht bloß Sex sein, für uns. Du bedeutest mir etwas.«

»Und du bedeutest mir etwas«, sagte sie. »Es ist vollkommen in Ordnung, dass du dich nicht auf schöne Worte verstehst. Du weißt doch, wie es heißt – Taten sagen mehr als Worte. Und ich bin eine Frau, die Action mag.«

»Die kannst du von mir haben, mein Schatz. In Hülle und Fülle.« Lieber Gott, wenn das ein Traum ist, lass mich bitte nie mehr aufwachen.

Robyn kam zum zweiten Mal. Sie schrie, erbebte und löste sich vollständig auf. Während die letzten Beben noch durch ihren Körper zuckten, sank sie auf Raymonds Brust und schmiegte den Kopf an seine Schulter. Raymond streichelte ihre Hüfte und küsste sie auf die Stirn.

»Mm … mm.« Sie liebte den Sex mit ihm. Bisher hatten sie noch kein einziges Mal miteinander geschlafen, ohne dass sie mindestens einen Orgasmus erlebte. Meist hatte sie gleich mehrere.

»Hast du Hunger?«, fragte er.

»Und wie.«

»Soll ich gehen und uns etwas holen?«

Zufrieden seufzend, rieb sie sich an ihm, bevor sie zur Seite rollte und sich wohlig streckte. »Wir können uns doch auch Sandwiches machen. Ich würde lieber hierbleiben und nach dem Essen direkt wieder ins Bett gehen.«

Er grinste. »Weib, du bringst mich noch um.«

»Meinst du?«

»O ja. Ich sehe schon die Schlagzeile vor mir: *RAYMOND LONG STARB IN EINEM MOMENT HEFTIGER LEIDENSCHAFT*.«

Kichernd rückte Robyn näher an ihn heran und küsste ihn auf die Schulter. »Weißt du was? Ich bin wirklich schon fast in dich verliebt.«

Er legte sich auf sie, neigte den Kopf und sagte: »Und ich bin total, wahnsinnig, hoffnungslos in dich verliebt.« Dann gab er ihr einen langen, leidenschaftlichen Kuss.

Das Telefon läutete.

»Wer zum Teufel?« Sie rutschte zur Seite und angelte den durchsichtigen Apparat von der Messing-Acryl-Station neben ihrem Bett. »Es ist hoffentlich wichtig, denn ich werde gerade bei etwas sehr Schönem gestört.«

»Hast du meine Nachricht bekommen?«, fragte eine Männerstimme.

Robyn setzte sich abrupt auf. »Wer ist da?«
»Ich bin dein heimlicher Bewunderer.«
»Was haben Sie gesagt?«
Raymond setzte sich ebenfalls auf und legte einen Arm um Robyn. »Wer ist da? Was ist los?«
»Ich bin dein heimlicher Bewunderer, mein Liebling«, wiederholte die gedämpfte Stimme. »Und wenn die Zeit gekommen ist, werde ich dir meine Identität enthüllen. Aber bis dahin, schlaf gut, meine wunderschöne Robyn. Und träum von deinem geheimnisvollen Verehrer, der sich danach sehnt, dich zu berühren, dir Liebessonette ins Ohr zu flüstern und alle deine Träume wahr zu machen.«
Robyn knallte das Telefon auf die Station. Blanke Panik ließ sie am ganzen Körper zittern. »Mein Gott. O mein Gott!«
Raymond zog sie an sich und hob sanft ihr Kinn, damit sie ihn ansah. »Wer war das?«
»Mein … mein heimlicher Bewunderer.«
»Dein was?«
»Er sagte, er wäre mein heimlicher Bewunderer und er hätte mir die Nachricht geschickt, die wir vorhin auf dem Boden fanden. Und er meinte, wenn die Zeit gekommen ist, wird er mir seine Identität enthüllen.«
Raymond nahm sie in die Arme. Er zitterte beinahe genauso wie sie. »Es wird alles gut, Liebes. Dir passiert nichts. Aber wir müssen sofort Bernie anrufen und ihr alles erzählen.«
Robyn schüttelte den Kopf. »Nein, das geht nicht. Nicht heute Abend. Bernie und Jim haben heute ihr erstes richtiges Date. Ich kann ihr diesen Abend nicht ruinieren, und ich werde es auch nicht.«
»Aber, Robyn, der Mann, der dich angerufen hat, ist …« Raymonds Stimme versagte. Er schluckte und räusperte sich.

»Wenn er derselbe Mann ist, der Abby, Thomasina und Stephanie tötete, dann heißt das, dass er mich als sein nächstes Opfer ausgewählt hat.«

Raymond hielt sie so fest, dass sie kaum noch Luft bekam, aber sie wollte am liebsten noch fester gehalten werden, viel fester, und niemals losgelassen.

Kapitel 26

Eine halbe Sekunde nachdem Jim seine Haustür hinter ihnen geschlossen und verriegelt hatte, nahm er Bernie in die Arme und küsste sie. Seine Hände schritten sofort zur Tat und streichelten ihre Schultern, ihre Taille und ihre Hüften, bevor sie ihren Po umfassten und sie leicht anhoben, so dass ihr Venushügel gegen seine Erektion drückte. Er war so erregt, dass es wehtat. Sollte er jemals eine Frau ähnlich schmerzlich begehrt haben wie Bernie heute, dann erinnerte er sich nicht mehr daran. Andererseits lief sein Verstand im Moment auch nur auf Sparflamme, während ein ganz anderer Teil das Kommando übernommen hatte.

Während sie seinen Kuss mit demselben unstillbaren Verlangen erwiderte, knetete er den Stoff ihres Kleides, bevor er ihn hochzog. Dann glitt er mit den Händen unter den Saum. Als er über ihren weichen Satinslip strich, wimmerte Bernie leise.

Eilig knöpfte sie sein Hemd auf. Indes drang er mit einer Hand unter ihren Slip und fürchtete schon, es wäre um ihn geschehen, als er ihre nackte Haut fühlte.

So hatte er es nicht geplant. Er hatte sich vorgenommen, dass ihr erstes Mal etwas ganz Besonderes sein sollte, an das Bernie sich gern zurückerinnerte. Verdammt, warum hatte er nicht ein paar Minuten gewartet, bevor er über sie herfiel? Er hatte vorgehabt, sie langsam und behutsam zu verführen und sie dann in sein Schlafzimmer zu locken. Mist! Sein Schlafzimmer. Dort sollten sie jetzt sein – in dem Raum, den er bereits für sie vorbereitet hatte.

Bernie zog ihm das Hemd aus der Hose und schob den Stoff über seine Schultern und seine Arme. Dann übernahm er, knöpfte die Manschetten auf, streifte das Hemd ab und schleuderte es zur Seite. Sobald seine Brust entblößt war, neigte Bernie den Kopf und umkreiste seine harten Brustwarzen mit der Zunge. Ihr mussten die Narben an seiner Seite aufgefallen sein, denn sie strich sanft mit den Fingerspitzen über die Spuren der Wunden, die er sich als Polizist in Memphis zugezogen hatte.

Ein tiefes Stöhnen entwand sich seiner Kehle, und nur widerwillig nahm er die Hände von ihrem Po, um den Reißverschluss ihres Kleids zu öffnen. Kaum dass er ihn ertastet hatte, zog er ihn eilig herunter. Dann schob er den gelben Seidenstoff über ihre Schultern, ihren Bauch und ihre Taille hinunter, bis das Kleid zu ihren Füßen landete. Nun stand sie in ihrem Satin-BH und -slip vor ihm, bebend vor Erregung.

»Verdammt, Bernie … verdammt!«

Er war schon mehr als bereit gewesen, ehe er sie in ihrer vollen Pracht gesehen hatte, aber ein Blick auf ihren fast nackten Körper genügte, um ihn von *bereit sein* zu *ich muss sie sofort haben* zu katapultieren.

Sie versuchte, seinen Gürtel zu öffnen, was ihr ob ihrer zitternden Hände nicht recht gelingen wollte. Also machte Jim es selbst und zog auch gleich den Reißverschluss seiner Hose auf. Innerhalb kürzester Zeit hatte er sich bis auf den weißen Baumwollslip vollständig entkleidet.

Bernie musterte ihn sichtlich zufrieden und benetzte sich die Lippen. Er legte eine Hand in ihren Nacken und küsste sie erneut voller Inbrunst. Dabei rieb sie seinen erigierten Penis, den nur eine dünne Stoffschicht von ihrer Hand trennte. Ihre Bewegungen waren so langsam und gleichmäßig, dass Jim drauf und dran war, auf der Stelle zu kommen. Gleich jetzt und hier.

Er stöhnte ihr ins Ohr und nahm ihre Hand von seinem Penis. »Ich halte nicht mehr lange durch, wenn du so weitermachst, Kleines.«

Nachdem er ihre Hand zu seiner Brust geführt hatte, fasste er um sie herum nach dem Verschluss ihres Büstenhalters. Währenddessen bedeckte Bernie seinen Hals und seine Schultern mit unzähligen Küssen. Er zog ihr den BH aus, warf ihn auf den Boden und umfasste ihre Brüste. Dabei lehnte er sich gerade weit genug zurück, um sie ansehen zu können.

Was für göttliche Titten! Sie waren fest, rund und viel zu groß, als dass er sie mit den Händen bedecken könnte. Er beugte sich vor und nuckelte an ihrem Busen. Bernie warf den Kopf in den Nacken und hielt sich an Jims Armen fest.

Ohne den Mund von ihren Brüsten und seine Hände von ihrem Po zu nehmen, führte er sie langsam zur Couch und legte sich mit ihr darauf. Sie berührte und küsste ihn, wobei sie leise und flehend wimmerte und sich unter ihm in dem Versuch wand, ihm noch näher zu kommen. Nur mit Mühe schaffte er es, ihre Hüften anzuheben und ihr den Slip auszuziehen. Dann, noch ehe sie begriff, was er vorhatte, spreizte er ihre Beine und kniete sich zwischen ihre Schenkel.

Sie streckte die Hände aus und vergrub sie in seinem Haar.

»Jim …?«

Statt zu antworten, tauchte er mit der Zunge zwischen ihre feuchten, geschwollenen Schamlippen und ertastete ihre Klitoris. Als er die kleine Wölbung gefunden hatte, drückte er seine Zunge auf sie. Bernie hob ihm die Hüften entgegen und vergrub ihre Finger noch tiefer in seinem Haar. Er liebte die kehligen Laute, die sie ausstieß, während er sie leckte, streichelte und an ihr sog. Als er spürte, dass sie kurz vor dem Orgasmus stand, intensivierte er seine Liebkosungen, leckte sie ein wenig schneller und fester. Gleichzeitig streckte er die Hände nach ihren Brüsten aus und drückte zärtlich die Spitzen. Im nächsten Moment kam sie bebend und stöhnend zum Orgasmus.

Als er den Kopf hob, breitete sie die Arme aus.

Ganz langsam bewegte er sich nach oben und malte dabei eine Spur von Küssen über ihren Venushügel, ihren Nabel, ihre Brüste bis hin zu ihren Lippen. Sie legte die Arme um ihn und leckte an seinem Ohr.

»Ich will dich in mir.«

»Die Kondome sind im Schlafzimmer«, sagte er.

»Dann gehen wir ins Schlafzimmer.«

Er rutschte von ihr herunter und stand auf. Als sie sich aufsetzte, glitt er mit beiden Händen unter sie und hob sie vom Sofa in seine Arme. Sie hielt sich an ihm fest, während er sie durch das Wohnzimmer und den Flur hinunter in sein Schlafzimmer trug.

Er saß an dem Schreibtisch, auf dem sich seine Zeichensachen befanden, und bewunderte die Skizze, die er gerade fertiggestellt hatte. Es war ein Porträt von Robyn Granger, einer Frau, die beinahe so wunderschön war wie Heather Stevens. Robyn hatte dasselbe seidige schwarze Haar, dieselben braunen Augen und denselben langen, wohlgeformten Körper. Sonst ähnelten sie sich natürlich nicht. Keine Frau auf der Welt sah genau wie Heather aus. Sie war auf eine Weise vollkommen gewesen, wie es keine vor oder nach ihr sein könnte. Heather war das Ideal einer Frau gewesen. Und sie war dazu bestimmt gewesen, ihm zu gehören. Aber das Schicksal hatte ihnen beiden einen bösen Streich gespielt.

Nein, nein, das stimmt nicht, sagte eine grausame innere Stimme. Nicht das Schicksal hat euch beiden einen bösen Streich gespielt, sondern Heather war diejenige, die dir übel mitgespielt hat.

Er presste die Hände auf seine Ohren. »Ich höre nicht auf dich. Nein, bestimmt nicht. Geh raus aus meinem Kopf und lass mich zufrieden. Heather liebte mich. Das hat sie mir gesagt. Sie hat mir versprochen …«

Sie hat dir ihren Körper versprochen, aber sie hatte nie vor, dieses Versprechen zu halten. Sie hat dich lächerlich gemacht, das hat sie getan.

Außer sich vor Wut, weil er die Stimme in seinem Kopf nicht kontrollieren und die schmerzlichen Erinnerungen nicht auslöschen konnte, wischte er mit der Hand alle seine Zeichensachen vom Tisch, so dass sie quer durch den Raum flogen. Heftig atmend und halb blind vor Tränen, ging er auf die Knie und suchte nach zwei Dingen – der Zeichnung von Robyn und der Perlenkette, die zusammen sein erstes Geschenk an sie sein sollten.

Dann hockte er in der Mitte seines Schlafzimmers auf dem Boden und drückte die Zeichnung und die Perlen an seine Brust. Er war es endgültig leid, wieder und wieder von Frauen enttäuscht zu werden, die schworen, dass sie ihn liebten, die ihn mit ihren aufregenden Körpern und ihren hübschen Gesichtern verführten, nur um ihn am Ende anzuflehen, er möge sie freilassen.

Sollten sie ihn ruhig verletzen, ihn enttäuschen und ihn belügen, in diesem Spiel bestimmten nicht sie die Regeln. Er machte sie. Er erteilte die Befehle. Er schnippte mit den Fingern, und sie gehorchten ihm. Er besaß die Macht, die alleinige Macht. Die Macht über Leben und Tod. Er hatte Heather gezeigt, wie stark und mächtig er war. Er hatte ihr bewiesen, dass er nicht der rückgratlose Wicht war, für den sie ihn hielt.

Er war ein Mann, der wusste, wie er seine Frau kontrollierte.

Mit eiserner Faust!

Robyn saß auf der Couch, die Beine ausgestreckt und mit dem Rücken gegen Raymond gelehnt. Seine Arme hielten sie in einer sanften, schützenden Umarmung, die Hände über ihrem Bauch gekreuzt. Nach dem Anruf des Mannes, der sich als ihr heimlicher Bewunderer ausgab, hatten sie beide nicht schlafen können. Und an Liebemachen war nicht mehr zu denken gewesen, da Robyn viel zu angespannt war. Raymond zeigte sich sehr verständnisvoll, was ein Segen war. Sie fragte sich, was sie getan hatte, um einen so wunderbaren Mann zu verdienen.

»Ich finde, wir sollten Bernie noch heute Abend anrufen«, sagte er.

Sie streichelte seine Arme, die sie so zärtlich umfingen. »Nein, ich werde meiner Schwester nicht ihre große Nacht verderben. Es reicht, wenn wir sie morgen früh anrufen.«
»Aber wenn diese Nachricht und der Anruf von dem Mann waren, der schon drei Frauen in Adams County …«
Sie drehte sich zu ihm um und küsste ihn. Es war ein kurzer *Lass-uns-nicht-streiten* Kuss. »Bleibst du heute Nacht bei mir?«
»Keine zehn Pferde bringen mich von hier weg. Du weißt doch, dass ich dich nie allein lassen würde. Nicht nachdem …«
»Ich darf gar nicht daran denken, sonst drehe ich noch durch.«
»Dann denk nicht daran«, sagte er. »Erzähl mir irgendetwas.«
»Warum erzählst du mir nicht etwas?«
»Worüber?«
»Erzähl mir, was du mit dem Rest deines Lebens anstellen willst«, sagte sie. »Willst du wieder heiraten? Wünschst du dir Kinder? Planst du, hier in Adams Landing zu bleiben?«
Er küsste sie auf die Schläfe. »Ja, ich möchte wieder heiraten, und ich wünsche mir sehr, Kinder zu haben. Und ja, ich möchte den Rest meines Lebens in Adams Landing verbringen.«
»Würdest du jemanden wie mich heiraten?«, fragte sie.
»Nein, ich würde niemanden wie dich heiraten, weil es auf der ganzen Welt keine Frau wie dich gibt, Robyn. Aber dich würde ich auf der Stelle heiraten, falls du bereit wärst, meine Frau zu werden.«
Eine süße, wohlige Freude ergriff Robyn, die alle Furcht und Sorge vor dem verdrängte, was der Morgen bringen könnte,

und vorübergehend die bedrohlichen Schatten verschwinden ließ, die irgendwo da draußen auf sie lauerten. Raymond machte sie glücklich, gab ihr ein Gefühl von Sicherheit und die Gewissheit, geliebt und verehrt zu werden.

»Was ist, wenn ich eines Tages beschließe, dass ich dich heiraten will?« Der Gedanke, Raymonds Frau zu werden, hatte neuerdings durchaus einiges für sich. »Könnten wir dann eine riesige, bombastische Hochzeit feiern? Ich habe mir immer ein Dutzend Brautjungfern gewünscht, eine weiße Limousine und einen Empfang im Country Club, außerdem Flitterwochen auf Hawaii …«

»Heirate mich, und du kannst die Hochzeit und die Flitterwochen haben, die du willst.«

»Glaubst du, dass ich dich auf den Arm nehme?« Sie wandte den Kopf um und sah ihn an. »Das tue ich nicht, Raymond, ganz ehrlich nicht.«

»Nein, ich glaube, du bist im Moment sehr verängstigt und entsprechend froh, einen großen, starken Mann bei dir zu haben, der dich festhält.«

»Das ist es nicht. Ich schwöre, das ist es nicht.«

Als sie ihm die Hände an die Wangen legte, nahm er sie herunter und hielt sie. »Ich werde dich nicht im Stich lassen, wenn du mich brauchst, mein Liebes. Ich bleibe bei dir, solange du willst, solange du mich brauchst.«

Tränen stiegen ihr in die Augen und verschleierten ihren Blick. »Ich finde, wenn wir heiraten, sollten wir eine Tochter bekommen. Ich hätte so gern eine kleine Tochter. Natürlich weiß ich, dass Männer sich Söhne wünschen, aber …«

»Ich könnte mir nichts Schöneres vorstellen, als ein Kind mit dir zu haben. Ein kleines Mädchen, das genau wie seine Mommy aussieht.«

Robyn drehte sich so, dass sie in seinen Armen lag und ihren Kopf an seine Brust lehnte. »Ich möchte, dass sie deine Augen hat. Habe ich dir eigentlich schon mal gesagt, was für wunderschöne Augen du hast?«

»Ja, vielen Dank.«

Er hielt sie zärtlich in den Armen, beschützte sie und besänftigte ihre angegriffenen Nerven. Raymond war die Barriere zwischen ihr und der unbekannten Bedrohung, die ihr nach dem Leben trachtete. Und in diesem Augenblick erkannte Robyn deutlich, ohne jeden Zweifel, dass sie Raymond Long liebte.

Jims Schlafzimmertür stand weit offen, so dass Bernie hineinsehen konnte, als sie an der Schwelle ankamen. Die einzige Beleuchtung bestand aus drei Nachtlichtern, die in drei verschiedenen Steckdosen steckten. Das Bett war frisch bezogen und die Decke zurückgeschlagen. Die Bezüge waren in einem blassen Creme-Ton. Ein kleiner Strauß bunter Sommerblumen stand auf dem Nachttisch. Bernie lächelte. Jim Norton hatte das Zimmer vorbereitet – für sie.

Er trug sie zum Bett, blieb stehen und fragte: »Ist es so okay? Ich weiß, dass Frauen es gern romantisch und so haben, aber ich bin kein großer Romantiker. Ich dachte an Kerzen, doch die konnte ich ja schlecht vorhin schon anzünden und dann hier vor sich hin brennen lassen. Deshalb habe ich mich für die Nachtlichter entschieden. Und ich habe neue Bezüge gekauft.« Bernie lächelte strahlend. Er hatte sich richtig viel Mühe gegeben und sein Bestes getan, um es ihr so hübsch wie möglich zu machen. Dafür liebte sie ihn umso mehr.

Sie hob den Kopf von seiner Schulter und küsste ihn auf die Wange. »Es ist sehr schön. Danke.«

Er beugte sich vor und legte sie aufs Bett. Plötzlich fühlte sie sich schrecklich unsicher. Sie war vollkommen nackt, und sämtliche Schwachstellen ihres Körpers waren entblößt. Als Jim sie mit seiner ausgesprochen talentierten Zunge zum Orgasmus gebracht hatte, war ihr gleich gewesen, dass sie nackt war, und ihm wahrscheinlich auch. Aber jetzt stand er vor ihr und sah sie an, als wäre sie sein Lieblingsdessert, während sie an nichts anderes denken konnte als daran, ob er sie schön und begehrenswert fand oder eher dachte, sie wäre fett und hässlich, weshalb er bereute, sich in diese Situation gebracht zu haben.

Sei nicht blöd, Bernie. Er ist ein Mann und höllisch geil. Ihn interessiert nicht, ob du einen schönen Körper hast oder nicht. Er will dich einfach nur bumsen.

»Ich möchte alles richtig machen und nichts Falsches sagen, mein Schatz, aber ich bin es nicht gewöhnt … normalerweise ist es mir nicht so wichtig, dass ich …« Jim rieb sich die Stirn und lachte nervös. »Verflucht, du musst ja glauben, dass ich noch nie Sex hatte.«

»Falls es dich beruhigt … bei mir ist es auch schon sehr lange her, und ich bin ziemlich eingerostet.« Sie atmete tief durch und zog die Decke über ihre Beine und ihre Hüften bis zu ihrer Taille. Ihre Brüste waren passabel – fest, rund und groß. An denen könnte er nichts auszusetzen haben. »Und sollte das, was du im Wohnzimmer gemacht hast, ein Maßstab für deine Qualitäten als Liebhaber sein, dann brauchst du dir überhaupt keine Sorgen zu machen.«

»Gefiel dir das Vorspiel?« Er grinste.

Bernie musterte ihn von oben bis unten.

Sie ließ den Blick über seinen ein Meter fünfundneunzig langen, phantastischen Körper und vor allem über die mehr als fünfzehn Zentimeter lange beeindruckende Erektion wandern.

»Nun, ich denke *gefallen* wäre schamlos untertrieben.« Sie klopfte neben sich aufs Laken. »Wie wäre es, wenn wir jetzt mit dem Hauptteil beginnen?«

Er grinste noch breiter und sehr selbstzufrieden. »Soll ich Musik anstellen?«

Sie schüttelte den Kopf. »Ich brauche keine.«

»Soll ich vielleicht ein paar von den Blumen auf dem Bett verstreuen?«

Wieder schüttelte sie lächelnd den Kopf. »Alles, was ich will, ist dich hier bei mir im Bett haben, Jim Norton.«

»Gib mir eine Sekunde, okay?« Er setzte sich mit dem Rücken zu ihr auf die Bettkante und zog die Nachttischschublade auf.

Bernie rutschte in die Mitte des Betts und sank mit dem Kopf auf das große, weiche Daunenkissen. Ob er auch neue Kissen gekauft hat?

Als er sich umdrehte, fiel ihr Blick als Erstes auf das Kondom.

»Falls ich zu schnell mache oder irgendetwas tue, das dir nicht gefällt …«

»Hör auf zu reden und schlaf mit mir.«

Jim lachte, griff mit einer Hand nach der Bettdecke und zog sie von Bernie weg, bevor er zu ihr ins Bett stieg und sich mit den Knien seitlich von ihren Hüften über sie hockte, die Hände neben ihren Schultern aufgestützt.

»Hat dir schon mal jemand gesagt, dass du andere Leute zu viel herumkommandierst?« Er rieb seine Nasenspitze an ihrer.

»Hast du ein Problem damit, Befehle von einer Frau anzunehmen?«, fragte sie, während sie zugleich beide Hände auf seinen Po legte und fest zupackte.

»Ich liebe es, Befehle von dir anzunehmen, mein Schatz. Sag mir einfach, was du willst, und ich werde mich nach Kräften bemühen, dich zufriedenzustellen.«

Ich will, dass du nicht bloß Liebe mit mir machst, flehte sie im Stillen, sondern mich richtig, aufrichtig liebst. Ich will, dass du so verrückt nach mir bist, dass du dir ein Leben ohne mich nicht mehr vorstellen kannst.

Sie sah ihm in die Augen und sagte: »Ich will nur dich.«

Für einen herzzerreißenden Moment lang blickte er sie nur an, bevor er sich hinunterbeugte und sie küsste, bis ihr die Luft wegblieb. Sie erwiderte seinen Kuss und legte all ihre Gefühle – alles, was sie ihm nicht zu sagen wagte – in diesen einzelnen Kuss hinein. Dabei hielt sie seinen Po so fest, dass sie wahrscheinlich Abdrücke darauf hinterließ, und bog ihm einladend die Hüften entgegen.

Jim spreizte ihre Schenkel und glitt dazwischen, dann schob er die Hände unter sie und packte ihre Hüften. Während er sie leicht anhob, küsste er Bernie wieder und wieder, als würde es ihn ungemein erregen, sie zu schmecken.

»Bernie … ich …« Er drang in sie ein, hart, schnell und bis zum Schaft. »Mein Gott«, dachte sie, »das ist ja wie im Himmel!«

Sie schlang die Beine um ihn und bewegte sich mit ihm in dem Rhythmus, den er vorgab. Ihre Körper vereinigten sich perfekt, und bald schon verlor Bernie sich ganz in dem atemberaubenden Liebesakt. Beide gaben sich ihrem ungezügelten Verlangen nacheinander hin, und wenige Minuten später kamen sie fast gleichzeitig, Bernie nur Sekunden vor ihm. Er stöhnte, erbebte und erreichte den Orgasmus, noch während sie ihren zweiten erlebte.

Atemlos, schwitzend, ihre Körper heiß und feucht, tauschten sie danach einen Kuss, der alles ausdrückte, was sie nicht sagen konnten, da ihnen die Kraft dafür fehlte. Es war gut. Verdammt gut.
Schließlich rollte er sich von ihr herunter und legte sich neben sie. Als sie sich auf die Seite drehte und an ihn kuschelte, schob er einen Arm unter sie und zog sie ganz nahe zu sich.
»Bleib heute Nacht bei mir«, sagte Jim. »Ich will nicht, dass du gehst.«
Sie streichelte seine Brust und küsste ihn auf die Schulter. »Ich gehe nirgends hin. Ich bin genau da, wo ich sein möchte.« Jetzt und für immer, fügte sie im Stillen hinzu.

Kapitel 27

Mit nassem Haar und nur einem Handtuch um die Hüften kam Jim aus der Dusche und nahm Bernie in die Arme. Ehe sie etwas sagen konnte, drückte er sie mit dem Rücken an die Wand und küsste sie.
Er hatte sie kurz nach Sonnenaufgang heute Morgen geweckt, und sie hatten sich noch einmal geliebt. Diesmal war der Sex langsam und ruhig gewesen. Keiner von ihnen hatte es eilig gehabt, und sie beide ließen sich Zeit damit, den anderen zu erforschen. Mit Jim war es noch viel besser, als sie es sich erträumt hatte. Er war leidenschaftlich und zugleich sehr rücksichtsvoll, fordernd, aber auch ausgesprochen großzügig. Wie irgendeine Frau, die halbwegs bei Sinnen war, diesen Mann jemals wegschicken konnte, war ihr ein Rätsel.

Während er duschte, war Bernie ins Wohnzimmer gegangen und hatte ihre verstreute Kleidung eingesammelt. Nachdem sie sich Jims Hemd übergezogen hatte, legte sie ihre Sachen aufs Bett und runzelte die Stirn, als sie sah, wie zerknüllt ihr Kleid war. Eigentlich war sie von Natur aus ein sehr ordentlicher Mensch.

Sie sollte nach Hause fahren, ein Bad nehmen und in die Kirche gehen. Wenn sie nicht dort hinkäme, würde ihre Mutter hinterher den Grund von ihr wissen wollen. Und sie konnte ihr wohl kaum erzählen, dass sie den ganzen Morgen in Jims Bett verbracht hatte, oder?

Warum eigentlich nicht, Bernie?, überlegte sie. Du bist eine erwachsene Frau von zweiunddreißig Jahren. Dein Liebesleben geht deine Mutter nichts an, und das kannst du ihr auch ruhig genauso sagen.

Liebesleben? Sie hatte tatsächlich ein Liebesleben!

Keiner von ihnen hatte die drei magischen Worte gesagt. Gestern Abend nicht, und heute Morgen auch nicht. Sie liebte Jim, aber sie wusste nicht, was er für sie empfand.

Als er nach dem Kuss den Kopf hob und lächelte, flatterten Schmetterlinge in ihrem Bauch. Sie war schlicht und einfach verrückt nach diesem Mann.

Lächelnd legte sie die Arme um seinen Hals. »Ich muss nach Hause, duschen und mich umziehen, also beeil dich und zieh dir was an«, sagte sie. »Wenn du mich vor acht nach Hause bringst, kann ich uns noch ein paar frische Pfannkuchen braten, bevor ich mich für die Kirche bereitmache.«

»Wann musst du in der Kirche sein?«

»Der Frühgottesdienst ist um neun, danach Sonntagsschule um zehn und noch ein Gottesdienst um elf.«

»Du könntest die Sonntagsschule ausfallen lassen und zum

späteren Gottesdienst gehen. Dann hätten wir noch Zeit für einen Quickie nach dem Frühstück.«

»Jim Norton, du bist unersättlich.« Sie schmiegte sich an ihn und ließ dabei das Hemd weit auffallen, das sie nur mit einem Knopf in der Mitte geschlossen hatte. »Das ist eines von vielen Dingen, die ich an dir l… mag.«

Er sah sie so ernst an, dass sie sich fragte, ob er darüber nachdachte, warum ihr beinahe das *L*-Wort herausgerutscht war.

»Was ist?«, fragte sie ihn.

»Es gibt eine Menge Dinge, die ich an dir *liebe*, Bernie. Ich könnte eine kilometerlange Liste aufstellen, die damit anfangen würde, wie wunderschön du morgens aussiehst, gleich nach dem Aufwachen.«

»Ach, Jim …« Sie fühlte, wie ihr Tränen in die Augen stiegen, und hasste sich dafür, dass sie wie ein alberner, rührseliger Teenager auf sein Kompliment reagierte. »Du brauchst eine Brille. Ich sehe furchtbar aus.«

Er umfasste ihre Oberarme und blickte ihr in die Augen. »Für dein Aussehen heute Morgen bin ganz allein ich verantwortlich, und ich muss sagen, dass mir gefällt, was ich angerichtet habe.« Er griff unter das Hemd und streichelte ihren nackten Po.

»Das ist unfair«, beschwerte sie sich und versuchte, sich ihm zu entwinden. »Du weißt, wie leicht du mich herumkriegst.«

Er ließ sie kurz entkommen, um sie gleich aufs Neue in die Arme zu nehmen. »Das ist noch etwas, was ich an dir liebe.«

»Du liebst es, dass ich leicht herumzukriegen bin?« Kichernd riss sie ihm das Handtuch herunter, so dass er splitternackt vor ihr stand.

»Ja, Ma'am. Ich liebe es, dass du leicht herumzukriegen bist, aber hoffentlich nur von mir.«

»Ausschließlich von dir.«

Jim löste den einen Knopf, der das Hemd zusammenhielt und öffnete es weit. Dann führte er Bernie rückwärts zum ungemachten Bett zurück. Als sie gerade gemeinsam auf die Matratze fielen, um sich ein weiteres Mal zu lieben, klingelte Jims Telefon.

»Ich könnte es einfach läuten lassen«, sagte er.

»Nein, kannst du nicht. Vielleicht ist es Kevin oder was Berufliches.« Sie schubste ihn sanft Richtung Telefon.

Mit einer schnellen, fließenden Bewegung stieg er aus dem Bett und nahm das Telefon von der Station. »Ja?«

Bernie ging auf die Knie und rutschte zu ihm, da sie vorhatte, ihn zu necken, während er telefonierte. Dann jedoch sah sie seinen Gesichtsausdruck und wusste instinktiv, dass etwas passiert sein musste.

»Okay. Ja, es war richtig, dass Sie mich angerufen haben«, sagte Jim. »Ich sage Bernie Bescheid. Wir treffen uns in einer Stunde in ihrem Büro.«

Jim legte das Telefon auf und drehte sich zu Bernie um. »Das war Raymond Long.«

»Was ist los? Ist Robyn etwas zugestoßen?«

Jim saß auf der Bettkante und zog Bernie auf seinen Schoß. »Als Robyn und Raymond gestern Abend in ihr Apartment kamen, fanden sie eine Nachricht, die unter der Tür durchgeschoben war.« Bernie wurde stocksteif, und Jim rieb ihr besänftigend den Rücken. »Einige Zeit später erhielt sie einen Anruf von einem Kerl, dessen Stimme sie nicht erkannte.«

Bernie schüttelte den Kopf. »Nein. Nein, sag das nicht.«

Jim nahm sie in die Arme. »Dieser Kerl erzählte Robyn, er wäre ihr heimlicher Bewunderer und die Nachricht, die sie fand, wäre von ihm.«

Bernie begann, heftig zu zittern, während ihr Verstand sich bemühte, die Tatsache zu erfassen, dass der Serienmörder, der sich als heimlicher Bewunderer ausgab, ihre kleine Schwester als sein nächstes Opfer auserwählt hatte.

Bernies Vater kam vor Raymond und Robyn in ihr Büro. Bevor Jim und sie vor fünfundzwanzig Minuten hergefahren waren, hatte er R. B. angerufen und ihm nur gesagt, dass Bernie seine Hilfe in dem Fall bräuchte und neue Informationen ans Licht gekommen wären. Er konnte ihm unmöglich am Telefon erzählen, dass eine seiner Töchter von einem eiskalten, berechnenden Killer ins Visier genommen wurde.

R. B. kam in Anzug und Krawatte in die Zentrale geeilt und sah Bernie an. »Okay, Mädchen, die Angelegenheit ist hoffentlich sehr dringend, denn deine Mutter ist alles andere als erfreut, dass ich den Gottesdienst und die Sonntagsschule verpasse.«

»Komm in mein Büro, Dad«, bat Bernie ihn. Er folgte den beiden. »Und schließ bitte die Tür hinter dir.«

R. B. machte die Tür zu und blickte abwechselnd Bernie und Jim an. »Was ist los? Ich sehe euch doch an, dass es etwas Schlimmes ist.«

»Dad …« Bernie schluckte und versuchte es noch einmal. »Er hat sein nächstes Opfer ausgesucht.«

»Wer? Der heimliche Bewunderer? Der Killer?«, fragte R. B.

Bernie nickte.

»Woher wisst ihr das? Hat sich jemand an euch gewandt und …«

»Ja.«

»Wann?«

»Vor ungefähr einer Stunde. Er hat gestern Abend eine Nachricht unter ihrer Tür durchgeschoben und sie später angerufen, um ihr zu sagen, dass er ihr heimlicher Bewunderer ist.«

»Dieses Schwein.« R. B. kratzte sich am Hinterkopf und verzog das Gesicht. »Das könnte der Durchbruch sein, den wir brauchen, um den Bastard zu schnappen. Er hat sich endlich eine Frau ausgesucht, die klug genug ist, um von Anfang an Angst vor dem Kerl zu haben, statt sich geschmeichelt zu fühlen.«

»Dad …«

Jim wusste, wie schwierig es für Bernie war.

»Was ist denn, Kleines?«, fragte R. B. »Du benimmst dich reichlich komisch.«

»R. B., die Frau, die die Nachricht und den Anruf erhielt, ist Robyn«, sagte Jim. »Raymond hat mich heute Morgen angerufen. Er war gestern Abend bei ihr, als sie die Nachricht fand und der Kerl anrief. Raymond bringt sie gerade her. Sie müssten gleich kommen.«

»Robyn?« R. B. fiel auf den nächsten Stuhl. »Er hat sich meine Jüngste als nächstes Opfer ausgeguckt?«

»Oh, Daddy.« Bernie lief zu ihrem Vater, kniete sich vor ihn hin und nahm seine Hand. »Wir werden sie beschützen. Wir sorgen dafür, dass er nicht in ihre Nähe kommt.«

»Da hast du verdammt recht«, knurrte R. B. zornig.

Ein leises Klopfen an der Tür verriet ihnen, dass noch jemand gekommen war. Alle drei starrten auf die Tür. Bernie stand gerade auf, als Jim schon quer durchs Büro zur Tür schritt und sie öffnete. Da stand Robyn. Raymond hatte sich schützend hinter sie gestellt und eine Hand auf ihre Schulter gelegt.

»Da sind wir«, sagte Robyn und blickte an Jim vorbei zu

ihrem Vater, der sich auf dem Stuhl umdrehte und sie ansah.
»Daddy, was machst du denn hier?« Sie warf Bernie einen verärgerten Blick zu. »Warum musstest du …?«
»Bernie hat ihn nicht herbestellt«, sagte Jim. »Das war ich.«
»Oh.«
Raymond drückte ihre Schulter und sah dann zu Jim. »Als wir vor ein paar Minuten zu Robyns Auto kamen, fanden wir eine weiße Plastiktüte, die an den Griff der Fahrertür gebunden war.« Er hielt die Tüte in die Höhe. »Da drin sind ein Brief, eine Zeichnung von Robyn und eine billige Perlenkette. Sie hat nichts angefasst, also sind die einzigen Fingerabdrücke auf der Tüte meine … und hoffentlich die des Mannes, der ihr die Sachen schickt.«
R.B. stand auf und breitete die Arme aus. Robyn flog ihm buchstäblich in seine Arme. »Es wird alles gut, meine Kleine.«
»Oh, Daddy, ich habe solche Angst.«
Raymond gab Jim die weiße Plastiktüte.
Der legte sie auf Bernies Schreibtisch. »Ich bezweifle, dass unser Täter irgendwelche Fingerabdrücke hinterlassen hat. Bisher ist ihm noch kein einziger Fehler unterlaufen. Er benutzt Materialien, die man überall kaufen kann, ruft von unterschiedlichen Telefonen an, die sich nicht zu ihm zurückverfolgen lassen, und ist uns ständig einen Schritt voraus.«
»Was können wir denn tun?«, fragte Raymond. »Ich will alles tun, um euch zu helfen, Robyn zu beschützen.«
Robyn löste sich aus der Umarmung ihres Vaters und lächelte Raymond an. »Er möchte nicht, dass mir etwas zustößt, wo wir doch gerade beschlossen haben zu heiraten.«
»Was?«, fragten R.B. und Bernie im Chor.

Robyn ging wieder zu Raymond und hakte sich bei ihm unter. »Mir wäre es entschieden lieber, ihr würdet meine Hochzeit planen und nicht mein Begräbnis.«
»Robyn!«, rief Bernie entsetzt.
»So was will ich hier nicht hören. Hast du mich verstanden, mein Mädchen?« R.B. hustete und räusperte sich laut.
»Schon gut, Daddy. Aber ich bin nicht naiv. Mir ist durchaus klar, in welcher Gefahr ich mich befinde. Dieser Wahnsinnige hat es auf mich abgesehen.«
»Ich sorge dafür, dass du rund um die Uhr von einem Deputy bewacht wirst«, sagte Bernie.
»Das hast du bei Abby auch getan«, erinnerte Robyn sie.
»Wir achten darauf, dass du ausschließlich von erfahrenen Hilfssheriffs beschützt wirst. Und wir werden ihnen allen einbleuen, dass sie *niemandem* vertrauen dürfen«, erklärte Jim. »Ich halte es übrigens für eine gute Idee, wenn du vorerst wieder bei deinen Eltern einziehst.«
»Das versteht sich ja wohl von selbst.« R.B. sah seine Jüngste streng an. »Ich mag mir gar nicht ausmalen, wie deine Mutter reagiert, wenn sie davon erfährt.«
»Gäbe es einen Weg, diese Sache von ihr fernzuhalten, würden wir es machen«, sagte Bernie. »Aber es gibt keinen.«
»Vielleicht sollten wir Robyn irgendwo anders hinbringen«, schlug Raymond vor. »Wenn sie nicht in Adams Landing ist, kann der Kerl nicht an sie ran, oder?«
»Falsch«, erwiderte R.B. »Wir wissen verdammt noch mal nicht, wer er ist oder wie er es schafft, den Ermittlern ständig voraus zu sein. Wenn du sie von hier wegbringst, wird er irgendwie herausfinden, wo Robyn ist, und …« R.B. blickte zu Jim. »Dieser *Heimliche-Bewunderer*-Killer hat früher schon gemordet, in anderen Bundesstaaten, stimmt's?«

»Ja, das stimmt. Wir sind uns ziemlich sicher, dass Abby sein zehntes Opfer war.«
Robyn stöhnte leise und begann zu schwanken. Raymond hielt sie fest, damit sie nicht umfiel.
»Verdammt. Verdammt.« R.B. schlug seine rechte Faust in die offene linke Hand und ging fluchend im Zimmer auf und ab. »Wir können nicht sicher sein, dass er Robyn nicht aufspürt, wenn wir sie außerhalb von Adams Landing verstecken. Nein, hier, wo wir sie beschützen können, ist sie besser aufgehoben. Wir werden sie Tag und Nacht keine Minute allein lassen.« Er kniff die Augen zusammen und sah seine ältere Tochter an. »Wir postieren einen Hilfssheriff im Haus, und Raymond und ich passen zusätzlich auf sie auf.« Sein Gesicht verfärbte sich zornesrot. »Bei Gott, er wird sie nicht in die Finger bekommen.«
Robyn und Bernie gingen zu ihrem Vater und legten von beiden Seiten jeweils einen Arm um ihn.
Jims Handy läutete. Mist. Er sah Bernie an. »Ich muss da rangehen.« Er signalisierte ihr, dass er das Gespräch in der Zentrale annehmen würde. Sie nickte.
Nachdem er aus Bernies Büro gegangen war und die Tür hinter sich geschlossen hatte, klappte er sein Handy auf und sagte: »Captain Norton hier.« Er setzte sich auf die Kante von Lisa Wileys Schreibtisch.
»Jim, ich habe was für dich«, sagte Griffin Powell.
»Ich hoffe, es ist etwas Gutes, denn das könnten wir im Moment wahrlich gebrauchen.«
»Ist wieder was passiert?«
»Bernies Schwester Robyn – die jüngere Schwester von Sheriff Bernie Granger, meiner Vorgesetzten – ist von unserem Killer als nächstes Opfer ausgesucht worden. Sie hat die

ersten Nachrichten, Zeichnungen und Geschenke erhalten. Und gestern Abend rief er sie an.«

»Dann wird der Fall für das Sheriff-Büro jetzt reichlich persönlich.«

»Ja, stimmt«, bestätigte Jim. »Und für mich auch.«

»Wie das? Hast du vielleicht etwas mit der Schwester des Sheriffs?«

»Nein«, antwortete Jim. »Ich habe etwas mit Sheriff Granger.«

Eine geschlagene Minute sagte Griffin überhaupt nichts, ehe er fortfuhr: »Ich konnte eine Liste aller Schüler der Leighton-Schule aus dem zweiten Jahr bekommen, in dem Heather Stevens dort war, und auch das Jahrbuch. Das Buch schicke ich dir mit dem Über-Nacht-Kurier, und die Liste hast du schon in deiner E-Mail.«

»Schick sie bitte auch noch mal an Bernies E-Mail-Adresse«, bat Jim und nannte ihm die Adresse.

»Ja, mach ich sofort.«

»Vielen Dank«, sagte Jim. »Und falls du irgendwie daran kommst, bräuchte ich auch die Schülerliste und das Jahrbuch aus Heathers erstem Jahr.«

»Da bin ich noch dran.«

»Danke. Ach ja, Griff?«

»Na, was brauchst du noch?«

»Es muss nicht heute sein, aber vielleicht müsste ich dich demnächst bitten, ein paar deiner besten Männer zu schicken, um Robyn Granger zu beschützen.«

»Das lässt sich einrichten. Gib mir einfach Bescheid.«

Die Entführung von Robyn Granger war eine Herausforderung, auf die er sich schon freute. Er hatte nicht vor, lange zu warten, nicht nachdem sie zur Polizei gegangen war und ihnen seine Nachrichten, die Perlen und die Zeichnung gezeigt hatte, die er aus dem Gedächtnis gefertigt hatte. Zwar wäre er bereit gewesen, ihr mehr Zeit zu geben und sie länger zu umwerben, aber das hatte sie sich jetzt selbst verdorben. Sheriff Granger und ihr Chief Deputy vermuteten wahrscheinlich, dass sie noch ein oder zwei Wochen hätten, bevor er Robyn in ihr geheimes Liebesnest brachte. Sie gingen sicher davon aus, dass erst einmal weitere Geschenke und Zeichnungen kämen, wie er es in der Vergangenheit gehalten hatte. Aber diesmal nicht. Er würde sie überlisten. Und er wusste auch schon genau, wie er es anstellen würde.

Zier dich ruhig, meine wunderschöne Robyn. Tu nur so, als würdest du mich nicht wollen. Du kannst dich so viel belügen, wie du magst, doch am Ende wirst du die Wahrheit gestehen. Du wirst mir sagen, wie sehr du mich liebst, wie groß dein Verlangen nach mir ist, und dass du alles tun willst, um mir zu gefallen.

Er schloss die Vordertür seines Hauses auf und trat aus der heißen Septembersonne in sein kühles, klimatisiertes Wohnzimmer. Auf dem Weg zur Küche zog er sich das Jackett aus und band die Krawatte ab, legte beides auf den Barhocker am Küchentresen und öffnete den obersten Knopf seines weißen Hemds.

Die Predigt heute war hervorragend gewesen und das Thema gut gewählt: fleischliche Begierde. Unter den Zuhörern dürfte sich jeder Mann persönlich angesprochen und zurechtgewiesen gefühlt haben.

Wir verstehen eine Menge von Lust, nicht wahr, Robyn?

Wir wissen, was es bedeutet, wenn die Versuchung zu groß wird, um sie mittels Vernunft einzudämmen.

Du willst mich genauso, wie viele Männer dich schon begehrt haben. Du liegst nachts wach, denkst an mich und träumst von den bösen Dingen, die ich mit dir machen werde, sobald wir allein sind.

Er nahm den Krug mit Eistee aus seinem Kühlschrank, schenkte sich ein Glas ein und ging damit zu seinem Schreibtisch. Nachdem er den Tee auf einem Untersetzer aus Sandstein abgestellt hatte, schlug er seinen Skizzenblock auf und stellte Feder und Tinte bereit. Er konnte sie im Geiste vor sich sehen. Nackt, erregt und keuchend.

Wie im Fieber begann er zu zeichnen und das Bild von Robyn zu Papier zu bringen, das ihm in seinem Kopf brannte. Entblößte Brüste, die Spitzen aufgerichtet, das lange schwarze Haar, das ihr über den Rücken fiel, die geschlossenen Augen und der halb offene Mund. Sie leckte sich die Oberlippe mit der Zunge.

Als er die Zeichnung fertig hatte, legte er sie beiseite, zog die unterste Schreibtischschublade auf und nahm einen rosa Lippenstift und ein Fläschchen Nagellack heraus.

»Morgen«, flüsterte er. »Morgen.«

Als erster Beschützer Robyns wurde Deputy Fuller eingeteilt. Während Bernie mit ihm, ihrem Vater, ihrer Schwester und Raymond hinaus zum Parkplatz ging, setzte sich Jim an Bernies Schreibtisch und öffnete ihre Mailbox. Er fand Griffin Powells Nachricht auf Anhieb, klickte sie an und betrachtete die Schülerliste, die dreiundfünfzig Namen in alphabetischer Reihenfolge enthielt. Eilig ging er die Liste nach bekannten Namen durch.

Shannon Elmore.

Das war nichts Neues, denn sie wussten ja bereits, dass Shan-

non mit Heather den Abschluss gemacht und zu deren Elite-Club von versnobten Brünetten gehört hatte.
Der Club der *Zobel-Mädchen*.
Jim fand noch einen Namen.
Sara Hayes.
Also war das dritte Opfer des Mörders, wie Jim bereits vermutet hatte, auch auf der Leighton-Schule gewesen, hatte mit Heather den Abschluss gemacht und wahrscheinlich auch ihrem exklusiven Club angehört. Wenn er morgen das Jahrbuch bekam, würde Jim sich Sara Hayes Bild ansehen. Er tippte, dass Sara eine hübsche, beliebte Brünette war. Und er würde seinen letzten Cent darauf verwetten, dass ihr Mörder – der Mörder, auf dessen Konto alle zehn Opfer gingen – irgendwie mit der Leighton-Schule zu tun hatte.

Kapitel 28

Du dämliche Kuh! Was fällt dir ein, mir deine Schwester und ihren Neandertaler von einem Deputy auf den Hals zu hetzen.« Brandon Kelleys Wut entlud sich laut und deutlich übers Telefon. »Mein Anwalt wird das Sheriff-Büro von Adams County wegen Belästigung anzeigen, und wir zeigen dich vielleicht auch gleich wegen falscher Beschuldigung an!«
»Brandon, ich habe Bernie nicht gesagt, dass ich dich verdächtige, der Mörder zu sein, der sich als heimlicher Bewunderer ausgibt«, sagte Robyn. »Ich schwöre, das habe ich nicht getan. Aber sie und Jim befragen alle meine früheren

festen Freunde … sicherheitshalber.«
»Ich war nie dein fester Freund, du hirnlose kleine Fotze. Wir haben hin und wieder zusammen gefickt, und das war alles.«
Robyn war entsetzt, und das nicht etwa, weil Brandon so ausfallend und herzlos war, sondern weil sein Verhalten ihr bewies, wie wenig Menschenkenntnis sie bei der Wahl ihrer früheren Liebhaber an den Tag gelegt hatte. Vor Raymond.
»Brandon, bitte, rede nicht so mit mir. Hast du denn keine Ahnung, was ich momentan durchmache? Warum machst du …«
Robyns Bewacher für heute Abend nahm ihr den Hörer aus der Hand. »Dr. Kelley, hier spricht Deputy Scotty Joe Walters. Ich weiß nicht, was Sie zu Miss Granger gesagt haben, aber ich rate Ihnen dringend, sie nicht wieder anzurufen. Genaugenommen sollten Sie überhaupt davon absehen, in irgendeiner Form Kontakt zu ihr aufzunehmen, schon gar nicht persönlich.«
Robyn wusste nicht, was Brandon darauf sagte, musste aber lächeln, als Scotty Joe antwortete: »In meiner offiziellen Funktion als Deputy kann ich Ihnen darauf nicht antworten, aber inoffiziell, als Mann, rate ich Ihnen, sich nicht mit mir anzulegen, Dr. Kelley, denn ich hätte kein Problem damit, Ihnen Ihren dreckigen Arsch zu versohlen.« Scotty Joe drückte den AUS-Knopf des Telefons und gab es Robyn zurück. »Ich glaube nicht, dass er Sie noch mal belästigen wird.«
Robyn atmete erleichtert auf. »Danke.«
»Gern geschehen.«
Scotty Joe war einer der vielen Hilfssheriffs, die sich freiwillig als Leibwächter für Robyn gemeldet hatten. Da dem Bezirk

die Mittel für zusätzliche Überstunden fehlten, leisteten sie alle den Personenschutz unentgeltlich. Als einziger Beamter, der das Gewaltpräventionsprogramm von Adams County betreute, stand Scotty Joe tagsüber nicht zur Verfügung. Deshalb hatte er sich für die Abendschicht als Leibwächter Robyns angeboten. Er war von fünf Uhr nachmittags bis neun Uhr abends bei ihr. Anschließend teilten sich zwei weitere Hilfssheriffs die Nachtschicht. Ron Hensley, der noch vom Dienst beurlaubt war, hatte darum gebeten, Robyn über Tag bewachen zu dürfen. Erst war Bernie nicht damit einverstanden gewesen, doch als Ron sie praktisch anflehte, für Robyn tun zu dürfen, was er für Abby nicht hatte tun können, hatte sie zugestimmt. Die letzten drei Nachmittage – Montag, Dienstag und heute – war Scotty Joe um Punkt fünf Uhr im Fitnesscenter erschienen, um Ron abzulösen. Da Robyn das Center mittwochs um acht Uhr schloss, waren sie gerade im Aufbruch gewesen, als ihr Handy läutete.

»Ich war blöd, mich jemals mit einem Idioten wie Brandon einzulassen«, sagte Robyn. »Die anderen Männer, mit denen ich ausging, seit ich wieder in Adams Landing wohne, waren alle so nett und verständnisvoll, als sie erfuhren, dass ich … na ja, dass ich womöglich …« Sie konnte nicht laut aussprechen, wovor sie sich am meisten fürchtete. »Paul und Ron waren richtige Schätze. Sogar Matthew Donaldson hat sich sehr mitfühlend gezeigt. Tja, das ist wohl auch sein Job, wo er doch der Pfarrer ist und so. Vor allem aber hilft mir Raymonds Liebe und Unterstützung, diese Geschichte durchzustehen. Er ist mein Fels in der Brandung, müssen Sie wissen. Ich liebe ihn wahnsinnig.«

Scotty Joe errötete. »Damit hätte ich im Leben nicht gerechnet. Ich meine, Raymond ist ein netter Kerl, keine Frage, doch Sie sind so eine besondere Frau, Miss Robyn … Na ja, ich schätze, wenn Sie Raymond so sehr mögen, muss wohl mehr an ihm dran sein, als man ihm auf den ersten Blick ansieht.« Er zwinkerte ihr zu.

»Lieb von Ihnen, das zu sagen.« Sie tätschelte Scotty Joes Arm. »Raymond bedeutet mir sehr viel. Und wissen Sie was? Ich werde ihn wahrscheinlich heiraten, wenn dieser Alptraum mit dem *Heimlichen-Bewunderer*-Killer vorbei ist.«

»Das ist die richtige Einstellung. Lassen Sie sich nicht unterkriegen, und glauben Sie fest daran, dass diese Sache bald vorüber sein wird. Dann bekommen Sie all das Glück, das Sie verdienen.«

Robyn beugte sich vor und gab Scotty Joe einen Kuss auf die Wange. »Ich kann Ihnen gar nicht sagen, wie dankbar ich Ihnen und den anderen Hilfssheriffs bin, dass Sie alle freiwillig das Kindermädchen für mich spielen. Und ich hoffe, Sie verstehen, dass Daddy und Raymond dauernd hier im Fitnesscenter auftauchen und nach mir sehen.«

»Ihr Vater liebt Sie und macht sich Sorgen. Dafür haben wir alle Verständnis. Und keiner von uns verdenkt es Raymond, dass er beinahe genauso oft nach Ihnen sieht wie Ihr Dad. Der Mann ist verrückt nach Ihnen, das erkennt ein Blinder.«

»Darf ich Sie mal etwas fragen, Scotty Joe?«

»Klar, nur zu.«

»Glauben Sie, dass Sie diesen Kerl kriegen – diesen Killer – bevor er …« Robyns Stimme versagte.

Scotty Joe legte den Arm um sie. »Alle tun ihr Bestes, um ihn zu finden. Ich habe sogar gehört, wie Agent Patterson meinte, er wolle noch mehr FBI-Leute an den Fall setzen. Und Captain Norton hat diesen bekannten Privatdetektiv,

Griffin Powell, eingeschaltet, der im Notfall noch kurzfristig weitere Bodyguards für Sie zur Verfügung stellt. Bei all den Vorkehrungen hat der *Heimliche Bewunderer* wohl kaum eine Chance, an Sie heranzukommen, oder? Ich würde sagen, wir sind ihm waffentechnisch überlegen, meinen Sie nicht?«

»Ja, das würde ich auch sagen. Danke, dass Sie mir Mut machen. Sie ahnen gar nicht, wie schrecklich es ist, mit dieser furchtbaren Angst zu leben.«

Scotty Joe klopfte ihr auf die Schulter. »Wir sollten jetzt lieber gehen und Sie nach Hause bringen. Sonst kommt Ihr Daddy noch hierher, um uns zu holen.«

»Ja, Sie haben recht. Ich mache noch schnell alles aus und schließ dann ab. Geben Sie mir zwei Minuten.«

»Ich warte hier auf Sie.«

Scotty Joe strich mit der Hand über das Pistolenhalfter an seiner Hüfte, bevor er die Hände nervös zu Fäusten ballte. Ihm und den anderen Hilfssheriffs, die Robyn bewachten, wäre wohler, wenn Brett Dennison nicht nach wie vor im Koma läge. Sie alle wussten, dass sie ihr Leben aufs Spiel setzten, indem sie Robyn beschützten.

Wenige Minuten später ging Scotty Joe durch die Hintertür hinaus, gefolgt von Robyn. Sie sah ihm seine Anspannung an, als er sich nach links und rechts umschaute. Während sie die Tür hinter ihnen abschloss, blickte er sich weiter um. Da entdeckte sie es. O Gott, nicht noch ein Geschenk!

Offensichtlich hatte sie unbewusst einen Laut ausgestoßen, denn Scotty Joe drehte sich ruckartig um und fragte: »Was ist los?«

»Sehen Sie da.« Sie zeigte auf die kleine Schachtel, die am Türknauf hing. »Das ist von ihm.«

»Ja, Ma'am, wahrscheinlich.«

Sie wollte danach greifen, riss jedoch gleich wieder die Hand zurück, als fürchtete sie sich davor, die Schachtel zu berühren.

»Schon gut«, sagte er. »Lassen Sie es einfach da. Ich rufe Captain Norton an und sage ihm, dass Geschenk Nummer drei eingetroffen ist.«

»Ja, es ist Nummer drei, oder? Noch ein weiteres und …«

Robyn brach in Tränen aus.

Scotty Joe nahm sie in die Arme. »Weinen Sie nicht. Alles wird wieder gut. Beruhigen Sie sich, und ich rufe den Captain an.«

Robyn wich zurück, nickte und wischte sich die Tränen ab. »Es geht schon wieder. Rufen Sie Jim an, und sagen Sie ihm, er soll so schnell wie möglich herkommen.«

Der laute Donner weckte ihn. Er schoss kerzengerade hoch und starrte auf den beleuchteten Digitalwecker neben seinem Bett. Zwei Uhr fünfundvierzig. Es war mitten in der Nacht, und dennoch könnte er ebenso gut aufstehen. Bei Gewitter konnte er ohnehin nicht schlafen. Also war es sinnlos, im Bett zu bleiben.

Er hörte, wie der Regen aufs Dach prasselte und gegen die Fensterscheiben trommelte. Gott, wie er dieses Geräusch hasste. Er saß in der Mitte seines Betts und hielt sich mit zitternden Händen die Ohren zu.

Ich werde mich nicht erinnern. Ich werde mich nicht erinnern.

Kämpf dagegen an. Lass die Erinnerungen nicht gewinnen. Zwing sie, dir aus dem Kopf zu gehen.

Leichter gesagt als getan.

Die Erinnerungen belagerten ihn, nahmen ihn ein und zogen ihn gegen seinen Willen in die Vergangenheit zurück.

Der Wetterbericht hatte Regen vorausgesagt, deshalb nahm er an jenem Tag einen Schirm mit in die Schule. Auf die Leighton ging er genauso ungern wie auf die staatliche Schule, die er vorher besucht hatte. Aber sein Onkel und seine Tante zahlten eine Menge Geld, damit er hierhergehen konnte. Daher tat er so, als wäre er mit ihrer Schulwahl zufrieden. Sie waren beide schon älter und hatten sich ihr Leben zu zweit längst beschaulich eingerichtet. Niemals hatten sie damit gerechnet, plötzlich ihren Großneffen, einen Teenager, im Haus zu haben, nachdem dessen Eltern bei einem Autounfall ums Leben gekommen waren.

Während der ersten Monate an der neuen Schule schien ihn niemand zu mögen. Dann lernte er die Jungen aus dem Debattierclub kennen, die, wie er, nebenher Kunstkurse belegten. Zwar konnte er sie nicht direkt seine Freunde nennen, aber zumindest fühlte er sich in ihrer Gesellschaft nicht so einsam, denn sie waren wie er. Die beliebten Schüler jedoch lehnten ihn ab. Einige der Sportskanonen nannten ihn *vieräugiger Freak* und *Eierkopf*. Und die Mädchen lachten über ihn, weil er so dünn und so toll patschig war.

Eines Tages allerdings hatte sich für ihn alles geändert, denn da hatte Heather Stevens ihn angelächelt und hallo zu ihm gesagt. Beinahe wäre er auf der Stelle tot umgefallen. Heather war das schönste Mädchen auf der ganzen weiten Welt und das beliebteste an der Leighton. Er hatte gehört, dass sie mit dem Jahrgangssprecher aus dem Jahr über ihnen, Blake Powers, Schluss gemacht hatte, und jeder Junge auf der Schule war ganz wild darauf, dessen Nachfolge anzutreten.

Heather gehörte einer Elitegruppe der jüngeren Schülerinnen an – sämtlich umwerfend hübsche Brünette –, die sich selbst die *Zobel-Mädchen* nannten. Der Club bestand nur aus vier Mädchen – Heather, Shannon Elmore, Sara Hayes und Courtney Pettus. Er hatte gehört, dass sich die Gruppe erst vor kurzem formiert hatte, und es ging das Gerücht, dass jedes der Mädchen eine Aufnahmeprüfung zu bestehen hätte, die Heather vorgab. Die *Zobel-Mädchen* wurden von allen anderen Mädchen beneidet und waren *der* feuchte Traum eines jeden Jungen. Ehe Heather anfing, mit ihm zu reden und so nett und freundlich zu sein, hatte sie sich stets zickig und versnobt ihm gegenüber verhalten. Natürlich hielt ihn das nicht davon ab, sie ebenso anzubeten wie alle anderen Jungen.

An jedem Tag der letzten Woche hatte sie ihn angelächelt und gegrüßt. Und am Montag dann war sie sogar auf dem Flur stehen geblieben und hatte ihn angesprochen.

»Na, hast du eine Freundin?«, hatte sie gefragt.

»Nein, äh … nein, hab ich nicht.«

»Gut zu wissen.«

Kichernd war sie weitergegangen, hatte sich zu ihm umgedreht und ihm einen Kuss zugeworfen. Darauf hatte er prompt einen Steifen bekommen.

Am Dienstag hatte sie ihn gefragt, ob er ihre Bücher zu einem Kurs tragen wollte, in dem sie beide waren – amerikanische Geschichte. Er war vollkommen perplex gewesen, wenn auch geistesgegenwärtig genug, ihr sofort ihre Bücher abzunehmen, die er in seiner Nervosität allerdings gleich wieder hatte fallen lassen. Sie war neben ihm her den Flur entlanggegangen und hatte dabei in einem fort anderen Schülern zugewunken oder mit ihnen geplaudert. An dem Tag hatte er sich gefühlt, als wäre er drei Meter groß.

Mittwochs hatte sie sich in der Cafeteria zu ihm gesetzt und ihn so nervös gemacht, dass er keinen Bissen herunterbe-

kam. Die meiste Zeit hatte er nur dagesessen und sie angestarrt.
Er war verliebt. Wahnsinnig, leidenschaftlich und bis über beide Ohren in Heather verliebt. Für sie würde er alles tun – sogar sterben.
Am Donnerstag passte sie ihn nach der Schule ab.
»Möchtest du mein Freund sein?«
»Machst du Witze?«
Sie hatte gekichert, war ganz nah an ihn herangetreten und hatte ihn auf den Mund geküsst. Als er die Hände nach ihr ausstreckte, war sie zurückgewichen und hatte eine Hand gehoben. »Nicht jetzt. Nicht hier.«
Er hatte sie angestarrt, während sein Herz wie verrückt pochte und sein Schwanz sich erwartungsvoll aufrichtete.
Sie hatte nach unten gegriffen und ihn gestreichelt, dann ihre Hand auf seine Brust gelegt. »Morgen, nach der Schule, wünsche ich mir, dass du mir genau zeigst, was du für mich empfindest. Wartest du unten im Keller auf mich, in dem Raum, in dem sie die alten Akten aufbewahren?«
»Natürlich warte ich auf dich.«
»Schön. Da unten sind wir völlig ungestört. Der Raum ist leicht zu finden. Nimm die Treppe im Ostflügel, dann nach rechts. Es ist die zweite Tür rechts.«
»Ich … ich kann es kaum erwarten.«
»Ach, du bist so süß.«
»Nein, du bist süß«, hatte er entgegnet.
»Warte bis morgen. Dann wirst du sehen, wie süß ich bin.«
Sie hatte sich die Lippen benetzt und ihm zugezwinkert, bevor sie wieder zu ihren kichernden Freundinnen ging.
Heute Morgen im Geschichtsunterricht hatte sie ihm eine Nachricht zugesteckt.

Wir treffen uns um halb vier. Geh in den alten Archivraum im Keller und warte auf mich. Ich bin schon ganz aufgeregt und kann an nichts anderes mehr denken. Ich denke nur noch an dich.

Dein Zobel-Mädchen, Heather

Er hatte seine Bücher in seinen Schrank geschlossen, sich Atemspray in den Mund gesprüht und zweimal überprüft, ob er das Kondom noch in der Tasche hatte, das er benutzen wollte. Schließlich würde er niemals etwas tun, was Heather gefährdete. Er wollte das Mädchen schützen, das er liebte.

Als er nach unten kam, rannte er buchstäblich in den Archivraum. Mit zitternden Händen öffnete er die Tür. Tief durchatmen und ruhig bleiben. Du willst doch nicht so erregt sein, dass du schon kommst, bevor du in ihr bist.

Durch wenige kleine Fenster ganz oben an der einen Wand fiel Tageslicht in den Raum, jedoch kaum genug, um ihn zu erhellen. Deshalb suchte er nach dem Lichtschalter, fand ihn und schaltete dic Deckenbeleuchtung ein.

Zwei Dinge fielen ihm sofort auf. Draußen hatte es angefangen zu regnen. Er hörte Donnergrollen aus der Ferne und sah Regentropfen, die gegen die geschlossenen Fenster prasselten. Als Zweites fiel ihm auf, dass eine Decke auf dem Boden ausgebreitet war, in deren Mitte eine Flasche und zwei Gläser standen. In der Flasche befand sich anscheinend Wein.

Er hatte noch nie Alkohol getrunken, aber wenn Heather wollte, dass sie zusammen ein Glas Wein tranken, würde er es tun. Überhaupt würde er alles tun, was sie von ihm verlangte. Er hatte auch noch nie Sex gehabt, es sei denn man zählte das Masturbieren unter der Dusche mit. Und er konn-

te sein Glück immer noch nicht fassen, sein erstes Mal ausgerechnet mit Heather zu erleben.
Die Zeit kroch dahin, sein Magen begann zu knurren, und in seinem Kopf hämmerte es. Gott, so nervös war er in seinem ganzen Leben noch nicht gewesen. Immer wieder sah er auf seine Uhr, jede Minute, bis er Schritte auf dem Flur hörte.
Er stand da und hielt den Atem an. Dann ging die Tür auf und Heather erschien. Sie war eine Göttin, die ihm ihre Unschuld zum Geschenk machte.
»Du bist ja noch gar nicht fertig«, sagte sie. »Ich dachte, du bist bereit, wenn ich komme.«
»Ich verstehe nicht. Was wolltest du …«
»Wir können ja wohl schlecht angezogen herummachen, Dummkopf. Ich dachte, du bist schon komplett ausgezogen, bis ich komme, damit wir keine Zeit verschwenden. Ich habe meinen Slip und meinen BH oben auf der Mädchentoilette ausgezogen.« Sie drehte sich um und lüpfte ihren Rock weit genug, dass er einen kurzen Blick auf ihren nackten Po erheischen konnte.
Er schluckte.
»Wie wär's, wenn ich dir beim Ausziehen zugucke?«, schlug sie vor. »Danach darfst du mir zusehen.«
»Okay.«
Er hatte noch niemals solche Angst – und Erregung – verspürt. Was, wenn sie ihn nackt sah und ihn zu knochig, zu hässlich fand und …
»Ist alles in Ordnung?«, fragte sie. »Brauchst du vielleicht ein bisschen Hilfe?«
»Ähm … ich … ich weiß nicht.«
Sie kam zu ihm und knöpfte ihm das Hemd auf. Es war weiß,

langärmlig und aus dichtem Baumwollgewebe, eben Teil der Schuluniform. »Zieh es aus.«

Er tat, was sie sagte.

Dann öffnete sie seinen Gürtel, knöpfte den Bund seiner blauen Hose auf und zog den Reißverschluss herunter. »Runter mit der Hose.«

Er zog sie folgsam aus.

»Und jetzt zieh deine Unterhose aus und zeig mir, was du zu bieten hast.«

O Gott, er fürchtete, dass ihm schlecht würde. Seine Hände zitterten heftig, und sein Herz raste. Du darfst jetzt keinen Herzinfarkt bekommen und sterben, beschwor er sich selbst. Nicht, bevor du nicht mit Heather geschlafen hast. Schließlich schaffte er es, sich die Unterhose auszuziehen, und stand splitterfasernackt vor ihr. Beschämt sah er auf seine Füße.

»Ach, du bist ja schüchtern. Hast du etwa noch nie vorher gefickt?«

Er schüttelte den Kopf.

Krachender Donner rüttelte an den Fensterscheiben, und Regen pladderte gegen das Glas.

»Ich habe eine Überraschung für dich«, sagte sie.

Er vermutete, dass sie jetzt ebenfalls nackt und bereit war, es mit ihm zu machen, dass *sie* seine Überraschung war. Dann hörte er, wie die Tür geöffnet wurde, und das Geräusch kichernder Mädchen signalisierte ihm, dass Heather und er nicht allein waren.

Erschrocken hob er den Kopf gerade rechtzeitig, um festzustellen, dass Heather immer noch voll bekleidet war, ehe die Tür zum Flur weit aufflog. Ihre drei Freundinnen aus dem *Zobel-Mädchen*-Club standen draußen, sahen ihn an und kicherten und kreischten vor sich hin.

»Bringt sie rein, Mädchen«, sagte Heather.
Er begriff nicht, was hier vor sich ging, was Heather vorhatte, aber plötzlich wurde ihm klar, dass sie keinen Sex haben würden. Heute nicht und niemals.
Shannon Elmore und Sara Hayes zerrten eine große, struppige Mischlingshündin in den Raum. Während er sich mit beiden Händen bedeckte, blickte er erst den Hund, dann die Mädchen und schließlich Heather an, die hämisch grinste.
»Ich habe dir doch einen Fick versprochen, stimmt's?«, sagte sie. »Tja, hier ist genau das richtige Mädchen für dich. Sie ist eine dreckige Hündin, die es mit jedem treibt, und wahrscheinlich das einzige weibliche Wesen, das dir je erlaubt, deinen Schwanz in sie reinzustecken.«
Heather lachte. Sie alle lachten. Außer Courtney, die mit hochrotem Kopf dastand und ihn anstarrte.
Von oben bis unten zitternd, blickte er Heather an und fragte: »Warum?«
»Warum? Kannst du dir das nicht denken?«
Er schüttelte den Kopf.
»Das hier ist meine Aufnahmeprüfung für die *Zobel-Mädchen*. Ich habe mir alles ganz allein ausgedacht. Ganz schön raffiniert von mir, findest du nicht?« Sie drehte sich zu ihren Freundinnen um und sagte: »Gehen wir. Die beiden wollen bestimmt allein sein.«
Er stand da und starrte die Hündin an, die kehrtmachte und auf den Flur hinaustrottete. Mit dem Gefühl, sich zum größten Idioten der Welt gemacht zu haben, sank er auf die Decke, rollte sich zusammen und weinte.
Das Lachen der *Zobel-Mädchen* hallte noch eine ganze Weile durch seinen Kopf, als sie schon lange fort waren.

Kapitel 29

Während Kevin vor dem Fernseher saß und Boomer mit Bröckchen von seinem Frühstücksteller fütterte, hatten Jim und Bernie ein paar Minuten für sich in ihrer Küche. Obwohl sie seit Sonntagmorgen jeden wachen Moment zusammen waren und ununterbrochen mit Charlie Patterson an dem Fall arbeiteten, hatten sie seitdem keine Nacht mehr gemeinsam verbracht. Bernie hatte von Sonntag auf Montag mit Robyn bei ihren Eltern übernachtet. Kevin war den ganzen Tag in der Schule und ging von dort nachmittags mit zu J.D. Simms, wo Jim ihn abends abholte. Zwischen Bernies Sorgen um ihre Schwester und Jims Pflichten als alleinerziehender Vater war keine Zeit mehr für sie beide geblieben.

Egoistisch wie er war, wollte Jim aber Zeit mit Bernie allein verbringen, und das nicht nur, um mit ihr zu schlafen. Er genoss es einfach, in ihrer Nähe zu sein, ihr zuzuhören, wenn sie sprach und wenn sie lachte, und sie anzusehen.

Gestern hatten das Sheriff-Büro und das FBI von Alabama beschlossen, dass sie nun das Bundes-FBI einschalten sollten.

Genaugenommen hatte Jim gesagt: »Es ist höchste Zeit, dass wir die Bundespolizei hinzuziehen.«

Und Charlie hatte ihm zugestimmt.

Bernie hatte Jim im Namen ihrer Familie gesagt, sie wollte einige von Griffin Powells Agenten hinzurufen, damit sie das Team der freiwilligen Hilfssheriffs verstärkten, die Robyn rund um die Uhr bewachten. Zwei Agenten sollten heute eintreffen und die örtlichen Kräfte in Zwölf-Stunden-Schichten unterstützen. Es wurde alles getan, was zum

Schutz Robyns getan werden konnte. Jim glaubte nicht, dass der Mörder an sie herankommen würde, es sei denn, er erschoss ihre Bewacher und machte damit die halbe Stadt auf sich aufmerksam.

Jim ging zu Bernie, die an der Spüle stand und die Pfannen abwusch, in denen sie ihnen Pfannkuchen und Würstchen zum Frühstück gebraten hatte. Als er die Arme um sie legte, lehnte sie sich an ihn und seufzte zufrieden.

Er küsste sie auf die Schläfe. »Ich würde gern jeden Morgen so beginnen, mit einem gemeinsamen Frühstück mit dir und Kevin. Wie eine richtige Familie.«

»Ja, das würde mir auch gefallen.« Sie hob die Hände aus dem Seifenwasser, trocknete sie in ihrer karierten Schürze ab und drehte sich zu ihm um.

»Das Einzige, was ich dieser Szenerie noch hinzufügen würde, um den Morgen perfekt zu machen, wäre, dass du in meinen Armen aufwachst, nachdem wir uns vor dem Schlafen geliebt haben.«

Sie sah ihm in die Augen. »Hast du nicht mal gesagt, du bist kein Romantiker?«

»Bin ich auch nicht.« Er streichelte ihren Po. »Aber du kitzelst verborgene Qualitäten in mir hervor. Ich habe das Gefühl, dir gegenüber vollkommen ehrlich sein zu können.«

»Ja, das kannst du.«

Er nickte. »Wenn wir dieses Schwein haben und Robyn in Sicherheit ist, sollten wir beide uns vielleicht mal über die Zukunft unterhalten.«

»*Die* Zukunft?«

»Unsere Zukunft. Unsere gemeinsame Zukunft.«

Sie grinste. »Bittest du mich etwa darum, eine feste Beziehung mit dir einzugehen?«

Jim lachte. »Ja, sieht so aus. Also, Bernie Granger, möchtest du eine feste Beziehung mit mir haben?«
Sie legte ihre Arme um seinen Nacken. Dann küsste sie ihn auf den Mund. »Ja, das möchte ich. Sehr gern sogar.«
Als Kevin sich hinter ihnen räusperte, zuckten sie beide zusammen.
»Was macht ihr zwei denn hier? Knutscht ihr?«, fragte Kevin belustigt.
Sie wandten sich zu Jims Sohn um, der in der offenen Küchentür stand, einen leeren Teller in der Hand und Boomer zu seinen Füßen.
»Dein Vater hat mich gerade gefragt, ob ich seine feste Freundin werden will.« Bernie ließ Jim los und ging zu Kevin, um ihm den Teller abzunehmen. »Was hältst du davon?«
»Ich finde, dass er dir einen Heiratsantrag machen soll.«
Jim hüstelte. »Ich … äh … glaube nicht, dass Bernie und ich schon so weit sind.«
»Und wann, glaubst du, seid ihr so weit?«, fragte Kevin. »Ihr werdet schließlich beide nicht jünger, und falls ihr Geschwister für mich plant, solltet ihr euch lieber beeilen.«
Jim sah Bernie an und verdrehte die Augen gen Zimmerdecke.
»Dein Dad und ich wollen erst mal eine Weile so zusammen sein.«
»Ja.« Jim zog Kevin zu sich, legte seine Arme um ihn und kitzelte ihn spielerisch. »Du musst Bernie und mich ja nicht gleich morgen in ein Pflegeheim stecken. Ich schätze, wir zwei haben noch ein paar gute Jahre vor uns.«
Während Vater und Sohn noch herumalberten und lachten, klingelte Jims Handy. Er ließ Kevin sofort los, der zurücktrat und auf das Telefon am Gürtel seines Dads sah. Bevor

Jim es von dem Clip löste, tauschte er einen kurzen Blick mit Bernie. Dann klappte er das Handy auf.

»Captain Norton hier.«

»Jim? Jimmy, bist du das?«

»Mary Lee?«

»Mom? Ist das Mom?«, fragte Kevin und riss die Augen weit auf.

»Du bist sicher überrascht, von mir zu hören«, sagte seine Exfrau.

»Wie geht es dir? Kevin und ich haben uns Sorgen gemacht. Und wir freuen uns, dass du fit genug bist, uns anzurufen.«

»Mir geht es sehr viel besser.« Sie lachte matt. »Mir fallen die Haare aus. Du erinnerst dich doch an mein phantastisches Haar, oder nicht, Jim?«

»Ja, natürlich erinnere ich mich.« Er erinnerte sich an eine ganze Menge von Mary Lee, doch nichts davon bedeutete ihm mehr etwas. Was sie beide einst verbunden hatte, war längst Vergangenheit, und das war auch gut so. Alles außer Kevin. Und in diesem Moment, während er dem Klang von Mary Lees Stimme lauschte, war Jim sich sicherer denn je, dass er über seine Exfrau hinweg war. Und ebenso sicher war er, dass er Bernie Granger liebte.

»Ich möchte mit Kevin sprechen«, sagte Mary Lee. »Ich muss ihm sagen, dass ich ihn liebhabe und ... na ja, Jimmy, es ist Folgendes: Ich möchte, dass Kevin vorerst bei dir bleibt, nur bis zum Ende des Jahres. Ich habe noch weitere Behandlungen vor mir und plane, mir bald die Brust wiederaufbauen zu lassen, und ...«

»Ja, ich verstehe.«

»Meinst du, Kevin wird es verstehen?«

»Das denke ich schon. Er ist ein toller Junge. Du hast ihn gut erzogen, Mary Lee.«

Sie gab einen seltsamen Laut von sich, ehe sie sagte: »Vielen Dank, Jimmy. Es tut mir leid, dass ich euch so oft voneinander getrennt habe. Wir sollten später mal über ein gemeinsames Sorgerecht sprechen.«

»Das würde mich sehr freuen.«

»Kann ich ihn jetzt mal haben?«

»Na klar.« Jim hielt Kevin sein Handy hin. »Deine Mutter möchte mir dir reden.«

Kevin griff nach dem Telefon und plapperte munter drauflos. Er überhäufte seine Mutter mit Fragen, erzählte ihr von der Schule, von seinen neuen Freunden und von Bernie und Boomer.

»Bernie und Dad sind ein klasse Team«, sagte Kevin.

Jim ging zu Bernie, legte die Arme um sie und lehnte seinen Kopf an ihren. »Da hat er recht. Wir sind ein klasse Team, im Job wie im Leben.« Dann flüsterte er ihr ins Ohr: »Und im Bett.«

Sie wähnten Robyn in Sicherheit und ausreichend beschützt. Aber da irrten sie sich. Sie hatten ja keine Ahnung, wie sehr sie sich irrten. Wenn sie glaubten, die Tatsache, dass sie ihr rund um die Uhr einen Hilfssheriff und professionelle Bodyguards zur Seite stellten, könnte ihn von ihr fernhalten, dann unterschätzten sie ihn gewaltig. Er hatte das Tempo beschleunigt, in dem er ihr seine Geschenke zukommen ließ, und schickte ihr seit Samstagabend beinahe täglich eines. Sie wartete bestimmt auf das letzte Geschenk, mit dem er ankündigte, dass er sie bald holen käme, um sie irgendwohin zu bringen, wo sie allein sein konnten. Gewiss erwartete sie diesen Moment mit derselben Ungeduld wie er. Denn auch wenn sie allen anderen vorgaukelte, dass sie Raymond Long liebte, ließ er sich nicht täuschen. Er wusste, dass sie *ihn* liebte. Nur ihn. Und sie wollte ihn, mehr noch sogar als er sie.

Genau wie Heather.

Erinnere dich nicht. Denk nicht an sie, beschwor er sich selbst. Konzentrier dich auf die Gegenwart, auf das Hier und Jetzt, auf Robyn. Du hast Pläne zu schmieden und auszuführen.

Aber die Erinnerung ließ ihn niemals in Frieden. Sie kam und verfolgte ihn, wie es ihr gefiel. Manchmal wurde sie umso lebendiger, je stärker er sich anstrengte, sie zu vertreiben. Immer wieder spielten sich die Bilder in seinem Kopf ab. Es war beinahe, als würde alles wieder und wieder geschehen.

An jenem Abend hatte er nicht geplant, Heather zu sehen. Er hatte sich weder nach ihr erkundigt noch nach ihr gesucht. Und er hatte nicht vorgehabt, sie zu bestrafen. Trotz allem, was sie ihm angetan hatte, begehrte irgendetwas in ihm sie immer noch. Und mit einundzwanzig war er nicht derselbe bemitleidenswerte Junge gewesen, den sie so herzlos vorgeführt hatte.

Sie war in ihrem letzten Jahr am College und über die Feiertage nach Hause gekommen. Er hatte einen zweiwöchigen Urlaub von der Army und war über Weihnachten zu seiner seit zwei Jahren verwitweten Tante nach Greenville gefahren. Und obschon er es nicht darauf anlegte, Heather zu begegnen, wollte es das Schicksal so, dass sie beide sich bei ihren Einkäufen in der letzten Minute im Einkaufscenter trafen. Er erkannte sie sofort. Sie war schön wie eh und je. Vielleicht sogar noch schöner.

Als sich ihre Blicke trafen, lächelte sie ihn an, und er wusste,

dass sie ihn nicht wiedererkannte. Niemand hatte das. Er war körperlich und geistig vollkommen verändert, ein Soldat geworden, ein Mann und kein Junge mehr.
Und er stellte sich ihr mit seinem neuen Namen vor. Ehe er zur Army ging, hatte er seinen Namen offiziell ändern lassen und den Familiennamen seines Onkels angenommen. Sie hatten sich unterhalten. Heather flirtete mit ihm. Dann bot er ihr an, ihre Tüten und Taschen zu ihrem Auto zu tragen. Sie war so damit beschäftigt gewesen, sich in seiner Aufmerksamkeit zu sonnen, dass sie nicht den geringsten Verdacht schöpfte.
Nachdem sie es in ihrem Wagen getrieben hatten, eröffnete er ihr, wer er war. Da war sie ausgeflippt, hatte ihn geschlagen und ihn wüst beschimpft. Und dann verlor er die Beherrschung. Er würgte sie, bis sie bewusstlos war. Anschließend fuhr er ein paar Straßen weiter und parkte in einer dunklen Seitenstraße. Als sie wieder zu sich kam, hatten sie noch einmal Sex. Sie schrie etwas von Vergewaltigung, aber er wusste es besser. Sie wollte ihn.
Doch weil sie nicht aufhörte, zu schreien und solch hässliche Dinge zu ihm zu sagen, war ihm keine andere Wahl geblieben, als sie zum Schweigen zu bringen. Er hatte sein Taschenmesser herausgeholt und ihr die Kehle aufgeschlitzt. Es war erstaunlich leicht gewesen. Hinterher fühlte er sich richtig gut. Zufrieden und stark.
Er fuhr den Wagen ein paar Meilen aus der Stadt heraus, ließ sie dort, und joggte den Weg zum Parkplatz des Einkaufszentrums zurück. Dann war er nach Hause gefahren und hatte mit seiner Tante Weihnachten gefeiert. Als er wieder den aktiven Dienst antrat, hatte er sich eingeredet, dass es jetzt endgültig vorbei war und er die Vergangenheit ruhen

lassen könnte. Für immer. Doch das war ein Irrtum gewesen. Ein schrecklicher Irrtum.

»Hör auf, dir Sorgen um mich zu machen«, sagte Robyn zu Raymond. »Mir geht es gut. Ron ist gerade gegangen, und jetzt ist Scotty Joe bei mir. Außerdem ist Mr. Delaine hier, und ich schwöre, der ist mindestens zwei Meter groß und breit und sieht richtig angsteinflößend aus. Mit seinem Blick könnte er den Teufel in die Flucht schlagen.«

Raymond hatte sie angerufen, um ihr zu sagen, dass er sie liebte. Und natürlich auch, um sich zu vergewissern, dass es ihr gutging, wie er es mehrmals täglich tat. Ebenso ging er auch jeden Tag mit ihr und ihrem bewaffneten Wächter zum Mittagessen. Und jeden Abend kam er zu einem späten Abendessen zu ihren Eltern, wohin er seine Mutter Helen mitnahm. Helen hatte eine Hundertachtzig-Grad-Wendung vollführt und behandelte Robyn neuerdings, als wäre sie bereits ihre heißgeliebte Schwiegertochter.

»Dann hast du noch kein weiteres Geschenk erhalten?«, fragte Raymond.

»Nein. Außerdem weißt du doch, dass Bernie einen Deputy an der Hintertür postiert hat – sicherheitshalber.«

»Das wäre wirklich ein Glücksfall, wenn er tatsächlich mit einem Geschenk an der Hintertür auftauchte, und der Deputy ihn auf der Stelle verhaften könnte.«

»Bernie und Jim meinen, dass er ziemlich schlau ist, also wird er wohl kaum einen solchen Fehler begehen. Aber sie sagen auch, es wäre nur eine Frage der Zeit, bis er sich einen Patzer erlaubt. Und dann werden sie ihn schnappen.«

»Ich hoffe nur, es wird sehr bald so weit sein.«

»Ja, ich auch.«

»Du machst bald zu und kommst nach Hause, ja?«
»Mhm. Mein letzter Aerobic-Kurs war vor zwanzig Minuten zu Ende. Jetzt sind alle weg, außer Scotty Joe, Mr. Delaine und mir. Ich muss noch zehn Minuten lang Papierkram erledigen, dann brechen wir auf.«
»Robyn?«
»Hmm …?«
»Ich liebe dich.«
»Ich liebe dich auch.«
Lächelnd legte sie den Hörer auf. Sie saß an ihrem Schreibtisch und wollte sich gerade wieder der Papierarbeit zuwenden, die sie heute noch fertigbekommen musste, als sie Stimmen hinter der geschlossenen Tür ihres Büros hörte. Scotty Joe und Mr. Delaine? Natürlich, wer sonst? Dann vernahm sie ein merkwürdiges Geräusch, als wäre etwas umgefallen. Sie tat es jedoch als unwichtig ab, sobald Scotty Joe von draußen an ihre Tür klopfte und nach ihr rief.
»Alles in Ordnung, Miss Robyn? Wir haben einen lauten Knall gehört.«
»Mir geht es gut. Vielleicht kam der Knall von draußen.«
»Mr. Delaine ist raus und sieht sich dort um, ich sehe hier drinnen nach. Rühren Sie sich nicht vom Fleck.«
»In Ordnung.«
Sich nicht vom Fleck rühren? Das könnte sie ohne weiteres. Sie hatte ohnehin vor, hier sitzen zu bleiben und nicht mit der Wimper zu zucken, bis Scotty Joe ihr bestätigte, dass die Luft rein war.
Was, wenn er da draußen ist, vor dem Fitnesscenter? Was, wenn er auf sie wartete? Robyn hörte vor Angst nur noch ihren hämmernden Pulsschlag. Nervös rieb sie sich die Hände.

Du bist sicher, versuchte sie sich zu beruhigen. Du hast zwei fähige Leibwächter, und beide von ihnen tragen schwere Schusswaffen bei sich.

Vielleicht war ein Ast von einem der Bäume im Hinterhof abgebrochen. Oder eine streunende Katze oder ein Hund hatten einen der Mülleimer auf dem Hof umgeworfen.

Die Minuten schleppten sich dahin, und jede kam ihr endlos lang vor. Als Scotty Joe schließlich ihre Bürotür öffnete und hereinkam, zuckte sie zusammen, als wäre auf sie geschossen worden.

»Entschuldigung, Miss Robyn, ich wollte Sie nicht erschrecken. Alles ist in Ordnung, bis auf …« Er hielt einen großen braunen Umschlag in die Höhe, den er hinter seinem Rücken versteckt gehabt hatte. »Wie es aussieht, hat unser Täter das letzte Geschenk gebracht.«

»Wo haben Sie es gefunden? Und warum hat der Deputy ihn nicht gesehen, der an der Hintertür steht?«

»Er hat es nicht an der Tür deponiert. Als ich nachsah, was für ein Geräusch das gewesen sein mochte, fand ich den Umschlag auf einem der Laufbänder im Studio. Jemand muss ihn heute Abend dort abgelegt haben.«

»O Gott!« Robyn hielt sich beide Hände vor den Mund.

Scotty Joe kam ein paar Schritte vor. »Vielleicht sollten wir ihn aufmachen, um sicherzugehen, dass es das ist, wofür wir es halten.«

Sie nickte stumm.

Er entfernte die Klammer, öffnete die Lasche und drehte den Umschlag über ihrem Schreibtisch auf den Kopf. Der Inhalt fiel auf Robyns verstreute Papiere – ein kleiner Umschlag mit ihrem Namen in großen schwarzen Buchstaben darauf, ein vergoldetes Fußkettchen und eine Federzeichnung. Sie

und Scotty Joe betrachteten die Zeichnung, dann sahen sie sich an.
»Das bin ich«, sagte sie. »Sehen Sie sich an, was er mit mir gemacht hat.«
»Sehen Sie nicht hin, Miss Robyn. Lassen Sie alles hier liegen und sich von Mr. Delaine und mir nach Hause bringen. Dann können Bernie und Captain Norton herkommen und sich um das Zeug kümmern.«
Robyn nickte stumm, und Scotty Joe kam um den Schreibtisch herum, um ihr aufzuhelfen.

Robyn hätte schon vor einer Stunde zu Hause sein müssen. Sie hatten versucht, sie im Fitnesscenter und auf ihrem Handy zu erreichen. Auch Scotty Joe hatten sie versucht anzurufen, ebenso wie Griffin Powells Agenten Ron Delaine. Niemand antwortete. Bernie bemühte sich, nicht an das Schlimmste zu denken, aber sie konnte nichts gegen die Angst tun, die sie beschlich. Der Killer hatte sie bestimmt überlistet und Robyn entführt. Sic wussten nach wie vor nicht, wer er war, also wie sollten sie Robyn jemals finden, wenn er sie verschleppt hatte?
Bernie tat alles, um R.B. und Raymond zu überreden, dass sie bei ihrer Mutter und Helen Long blieben, aber sie folgten Jim und ihr in Raymonds Wagen und kamen gleichzeitig mit ihnen beim Fitnesscenter an. Als sie gerade ausstiegen, traf John Downs ein und eilte mit ihnen zum Vordereingang.
Mit dem Ersatzschlüssel, den Robyn bei ihren Eltern aufbewahrte, schloss Bernie die Tür auf und öffnete sie. Jim ging als Erster hinein. Bernie und John Downs folgten ihm mit gezogenen Waffen in den Empfangsbereich. Das Straßenlicht warf lange Schatten auf den Holzfußboden. Mit ihrer freien

Hand tastete Bernie nach dem Lichtschalter und schaltete die Deckenlampen ein.
Vorsichtig schlichen die drei durch den Empfang und in den großen Raum mit den Trainingsgeräten. Bernie schaltete auch hier die Beleuchtung ein. Dann sahen sie Ron Delaine, der mit dem Gesicht nach unten auf dem Boden lag. Frisches Blut umgab seinen Kopf wie ein roter Heiligenschein. Bernie rang hörbar nach Luft, ging aber leise weiter. Ganz leise.
»John und ich überprüfen die anderen Räume«, flüsterte Jim ihr zu. »Sieh du nach, ob Delaine noch lebt.«
Sie nickte, kniete sich hin und griff nach dem Handgelenk des Leibwächters. »Er wurde in den Kopf getroffen.« Sie fühlte nach seinem Puls. »Er ist tot.«
Wenige Minuten später zog Jim sie wieder hoch. Sie starrte ihn an. Ihr war schwindlig und sie war viel zu aufgewühlt, um ihre Arbeit ruhig fortzusetzen.
»Keine Spur von Robyn und Scotty Joe«, sagte Jim. »Aber eine Blutspur führt zur Hintertür. Es kann nicht Delaines Blut sein, denn der starb, wo wir ihn fanden, und kann nicht noch mal aufgestanden sein. Jemand anders ist verwundet und ist entweder über den Boden gezogen worden oder selbst gekrochen.«
»Er hat Robyn. Das Schwein hat meine kleine Schwester.« Sie sah Jim durch einen Tränenschleier hindurch an. »Und wahrscheinlich hat er auch Scotty Joe erschossen. Aber was hat er dann mit seiner Leiche gemacht?«
Jim legte die Arme um sie und hielt sie fest.
»Ich ziehe mich offiziell von dem Fall ab«, sagte Bernie. »Von jetzt an übernimmst du die Alleinverantwortung. Hast du gehört?«
»Ja, Liebes. Ich verstehe das.«

Kapitel 30

Robyn öffnete die Augen und schrie. Der Klang ihrer verängstigten Schreie hallte durch die Dunkelheit. Sie konnte nichts sehen. Gütiger Gott, hatte er sie lebendig begraben? Blanke Panik übermannte sie. Dann fühlte sie etwas auf ihrem Gesicht. Sie hob die Hand, fasste nach dem dicken Stoff und riss ihn sich vom Kopf.

Es dauerte eine Weile, bis ihre Augen sich an das Halbdunkel um sie herum gewöhnt hatten, doch dann sah sie ein schwaches Licht in einer Ecke. Sie versuchte, sich aufzusetzen, doch dabei überkam sie ein starkes Schwindelgefühl. Sie fiel auf das Bett zurück.

Nachdem sie mehrmals tief durchgeatmet hatte und während sie sich mühte, nicht hoffnungslos hysterisch zu werden, blickte sie sich um.

Du bist nicht lebendig begraben. Gott sei Dank.

Sobald ihr Verstand diese Information verarbeitet hatte, entspannte sie sich ein wenig, gerade genug, um etwas klarer zu denken. Sie musste sich zunächst in Erinnerung rufen, was zuletzt geschehen war, ehe sie ihre gegenwärtige Situation einschätzen konnte.

Mein Gott, nein! Nein, nein, das war nicht möglich. *Er* hatte geschossen – *er* hatte getötet – Blut. So viel Blut. Er war voller Blut gewesen … und sie. Überall auf ihr war Blut gewesen. Sie blickte auf ihr Trikot. Aber das war weg, wie auch das Blut. Sie war nackt.

Sie hatte versucht, sich gegen ihn zu wehren, doch er überwältigte sie mit einer Leichtigkeit, als wäre sie ein hilfloses Kind. Er hatte sie einfach in seine Arme gerissen und ihr einen übel stinkenden Lappen ins Gesicht gedrückt. Danach war alles schwarz.

Was hatte er mit ihr angestellt, woran sie sich nicht erinnerte? Was war als Nächstes passiert? Hatte er sie vergewaltigt, während sie bewusstlos war?

Was er getan hat, ist unwichtig. Du lebst, und nur darauf kommt es an.

Sie erinnerte sich vage daran, wie ihr klar wurde, dass *er* der Mörder war, der sich als *heimlicher Bewunderer* ausgab, und wie sie ihn ungläubig angestarrt und gesagt hatte: »Sie? Nein, Sie doch nicht.«

Neben ihrem Vater, Raymond und Jim war er der letzte Mann auf der Welt, den sie je verdächtigt hätte. War es da ein Wunder, dass niemand in der Lage gewesen war, seine Identität zu lüften? Er war beliebt. Die Leute vertrauten ihm und bewunderten ihn sogar. Er war ein vorbildlicher Mann, ein leuchtendes Beispiel für alle.

Doch welchen Sinn machte es, darüber nachzugrübeln, wie er es geschafft hatte, so viele Menschen über so lange Zeit zu täuschen? Er hatte es fertiggebracht, sie zu entführen, trotz all des sogenannten Schutzes. Jetzt musste sie sich darauf konzentrieren, irgendwie hier herauszukommen – wo immer sich dieses verdammte »Hier« auch befand.

Als sie es erneut versuchte, gelang es ihr, sich aufzusetzen. Sie drehte sich vorsichtig um und nahm die Beine vom Bett. In diesem Augenblick bemerkte sie, dass etwas an ihrem Knöchel befestigt war, und sie hörte das Klirren von Metall, das auf dem Betonboden aufschlug. Sie blickte auf ihre Füße und erkannte einen Metallring, der um ihren einen Knöchel lag und mit einer langen Kette verbunden war, deren anderes Ende unter dem Bett verschwand.

Robyn stand mit Mühe auf und probierte, ein paar Schritte zu gehen. Ein Schritt, zwei, drei, vier, fünf, sechs … autsch! Weiter reichte die Kette nicht, die, wie sie jetzt sah, am Stahlrohr-Bettgestell befestigt war. Ohne das Bett mit sich zu ziehen, kam sie genau bis dahin, wo sie jetzt stand, gleich neben einem schmutzigen, alten WC-Becken.

Der Raum hatte weder ein Fenster noch eine Tür. Keine Fluchtmöglichkeit. Sie saß in der Falle.

Aber er hat mich nicht nur zum Sterben hier eingesperrt. Er wird wiederkommen, um mich zu vergewaltigen, zu foltern und erst dann zu töten, fiel ihr plötzlich mit unermesslichem Grauen ein.

Robyn fiel vor der Toilette auf die Knie, würgte einige Male und übergab sich schließlich, bis ihr Magen vollkommen leer war.

Als das Telefon läutete, nahm Jim das Gespräch auf Leitung eins in der Hoffnung an, es möge der Anruf sein, auf den er schon den ganzen Vormittag wartete. Auf Bernies Anweisung hin benutzte er vorübergehend ihr Büro. Bis ihre Schwester gefunden war, nahm sie unbezahlten Urlaub, um bei ihren Eltern zu sein. Jim wusste, dass es sie eine enorme Überwindung gekostet hatte, sich aus dem Fall zurückzuziehen. Aber sie war eben auch viel zu klug, als dass ihr nicht klar gewesen wäre, wie hinderlich ihre emotionelle Verstrickung bei der Ermittlungsarbeit war. Desgleichen galt für ihren Vater. Bernie hatte Jim mit der Leitung betraut, weil er jahrelange Erfahrung vorweisen konnte und sie wusste, dass er Himmel und Hölle in Bewegung setzen würde, um ihre Schwester zu retten.

Charlie Patterson war draußen und koordinierte die Suche

nach Robyn und Scotty Joe. Sie waren sicher, dass Robyn noch am Leben und irgendwo versteckt war, genau wie Abby, Thomasina und Stephanie. Bei Scotty Joe waren sie sich weniger sicher. Alle gingen davon aus, dass der junge Deputy wahrscheinlich tot war. Nur wo war dann seine Leiche?

»Captain Norton am Apparat«, meldete Jim sich.

»Captain Norton, hier ist Marilyn Ogletree, die Mutter von Courtney Pettus. Mein Mann rief mich hier bei der Arbeit an und sagte, Sie wollen mit mir über meine Tochter sprechen.«

»Ja, Ma'am, das möchte ich. Aber zunächst möchte ich Ihnen sagen, wie schrecklich leid mir das tut, was mit Courtney geschehen ist.«

»Ich danke Ihnen, Captain. Sie war meine einzige Tochter … mein einziges Kind aus meiner ersten Ehe. Ihr Vater starb, als Courtney erst fünf Jahre alt war.«

»Hat Ihr Mann Ihnen von all den anderen Frauen erzählt, von denen wir glauben, dass sie von demselben Täter umgebracht wurden wir Courtney?«

»Ja. Und ich habe ein tiefes Mitgefühl mit den Familien all dieser anderen jungen Frauen. Aber ich weiß nicht, wie ich Ihnen helfen könnte.«

»Sie helfen mir schon, wenn Sie mir ein paar Fragen beantworten. Wären Sie dazu bereit?«

»Ja, natürlich. Ich tue alles, was ich kann, um dabei zu helfen, dieses Monster zu fangen und für immer hinter Gitter zu bringen.«

»Ich danke Ihnen, Mrs. Ogletree. Ich habe mich gefragt, ob Sie davon wussten, dass Ihre Tochter einem kleinen Club angehörte, der aus vier Mädchen bestand. Sie nannten sich die *Zobel-Mädchen*. Das war in ihrem ersten Jahr auf der

Leighton-Schule in Greenville, South Carolina.«
Mrs. Ogletree stöhnte leise. »Woher wissen Sie …? Haben Sie Nachforschungen über meine Tochter angestellt?«
»Ja, Ma'am.«
»Ich habe von diesem lächerlichen Club erfahren, aber erst hinterher.«
»Courtney ging nach ihrem ersten Jahr von der Schule ab. Warum wollte sie nicht weiter dorthin gehen?«
»Ach, Gott. Es war so furchtbar, was diese Mädchen dem armen Jungen angetan hatten. Courtney hat sich schrecklich dafür geschämt. Sie rief mich damals in Tränen aufgelöst an und flehte mich an, sie nach Hause kommen zu lassen. Allerdings erklärte sie mir nicht, weshalb sie so dringend da wegwollte. Ich brachte sie dann dazu, noch das Schuljahr abzuschließen. Und als sie dann im Sommer nach Hause kam, erzählte sie mir, was passiert war.«
»Und was war es?«, fragte Jim. »Was haben die *Zobel-Mädchen* einem armen Jungen Furchtbares angetan? Es waren doch die *Zobel-Mädchen*, oder?«
»Ja, es waren die *Zobel-Mädchen*. Heather Stevens war an allem schuld. Sie war eine reiche, verzogene Göre. Und sie muss ziemlich gestört gewesen sein, sich einen so brutalen Streich auszudenken, wie sie ihn dem armen Jungen spielte.«
»Wer war er, und was haben sie mit ihm gemacht?« Ehe Mrs. Ogletree ihm Genaueres erklärte, sagte Jim sein Instinkt, dass jener Junge, wer auch immer er sein mochte, zu einem Serienmörder geworden war. Zu *ihrem* Serienmörder, der sich als *heimlicher Bewunderer* ausgab.
»Ich glaube, sein Vorname war Melvin, aber ich erinnere mich nicht an den Nachnamen. Ich weiß nicht, ob Courtney

ihn je erwähnte. Dieser Junge war ein schmächtiger Kerl und das, was die Kinder gern als Versager bezeichnen. Er trug eine Brille und war recht tollpatschig. Und wie es schien, war er in Heather verliebt. Sie fand es heraus und …« Mrs. Ogletree seufzte. »Heather beschloss, ihn für irgendeinen albernen Aufnahmeritus der *Zobel-Mädchen* zu missbrauchen. Es war ein teuflischer Plan.«

»Was für ein Plan?«

»Als Courtney mir davon erzählte, konnte ich es nicht fassen, dass jemand zu einer solchen Boshaftigkeit imstande ist. Heather hat den Jungen grausam erniedrigt.«

Mrs. Ogletree erzählte weiter und nannte Jim alle Einzelheiten dessen, was ihre Tochter ihr in jenem Sommer vor zwölf Jahren anvertraut hatte. Jim lauschte wortlos der Geschichte von Heather Stevens' hinterhältigem und widerwärtigem Streich.

»Die Hausmeister fanden den Jungen am nächsten Morgen, immer noch nackt, in eine Decke gewickelt auf dem Fußboden. Er war vollkommen von Sinnen. Seine Familie hatte die Polizei gerufen, als er nach der Schule nicht nach Hause gekommen war, aber niemand ahnte, dass er im Keller der Schule war. Courtney erfuhr einige Tage später, dass er einen Nervenzusammenbruch erlitten und seine Familie ihn in eine psychiatrische Klinik eingewiesen hatte. Meine süße Courtney fühlte sich entsetzlich schuldig, weil sie bei Heathers krankem Plan mitgespielt hatte.«

»Wissen Sie zufällig, was aus diesem Melvin geworden ist?«

»Nein, bedaure, das weiß ich nicht.«

»Mrs. Ogletree, wussten Sie, dass Heather Stevens ein Jahr vor Ihrer Tochter ermordet wurde?«

Schweigen.

»Mrs. Ogletree?«

»Nein, das wusste ich nicht … Wurde ihr Mörder jemals gefunden?«

»Nein, Ma'am.«

»Und Sie glauben, dass Melvin Heather und Courtney umgebracht hat? Wenn er sie tötete, warum hat er dann nicht auch Shannon und Sara ermordet? Sie waren auch *Zobel-Mädchen.*«

»Er *hat* sie ermordet«, sagte Jim. »Nur brachte seinerzeit niemand die Mordfälle miteinander in Verbindung. Shannon wurde in Greenville ermordet und Sara Hayes einige Monate später in einer Stadt, in die sie nach dem College gezogen war – in Asheville in North Carolina.«

»Gütiger Gott!«

»Tut mir leid.« Jim fiel nichts anderes ein, was er sagen könnte.

»Mein Mann erzählte, dass Sie sagten, er hätte noch mehr Frauen umgebracht. Wenn es Melvin ist, warum tötet er dann noch mehr Frauen? Warum hat er dann nach den *Zobel-Mädchen* nicht aufgehört?«

»Alle Frauen, die er ermordete, waren junge, hübsche Brünette.«

»Dann tötet er die *Zobel-Mädchen* wieder und wieder und wieder?«

»Ja, Ma'am, wie es scheint, ja.«

Bernie und Jim trafen sich beim Krankenhaus. Er hatte draußen auf sie gewartet. Als sie auf ihn zukam, nahm er sie in die Arme und drückte sie an sich.

»Halt mich ein bisschen fest«, bat sie ihn. »Bitte, halt mich fest.«

Er küsste sie auf die Schläfe. »Wie verkraftest du es, Liebes? Und wie geht es Brenda und R. B.?«

»Mom ist das reinste Nervenbündel. Wenigstens konnte ich sie letzte Nacht endlich überreden, eine Schlaftablette zu nehmen. Gegen vier Uhr hat sie sich hingelegt. Dad hat sich mit einer Flasche Jack Daniel's in seinem Arbeitszimmer verschanzt. Und ich ... ich stehe kurz vor dem Zusammenbruch.«

»Ich weiß nicht, ob Scotty Joe uns helfen kann«, sagte Jim. »John ist im Rettungswagen mit ihm hergefahren und wartet in der Notaufnahme auf uns. Er sagte, Scotty Joe wäre reichlich verwirrt und hätte immerzu gesagt, *Ich konnte sie nicht retten. Ich hab's versucht, aber ich konnte sie nicht retten.* Sie haben ihm ein starkes Beruhigungsmittel gegeben.«

»Erzähl mir noch einmal, wo, wann und von wem er gefunden wurde.« Bernie löste sich aus Jims Umarmung, hielt jedoch seine Hand fest.

»Er irrte auf dem Highway am Fluss herum, das ganze Hemd voller Blut von der Schusswunde in seinem Arm, und redete wirres Zeug«, antwortete Jim. »Er hat einen Mann angehalten, der auf dem Weg zur Arbeit war, und dann wurde er ohnmächtig.«

»Wie geht es ihm? Wird er wieder?«

»Ja, soweit ich weiß, schon.« Er drückte Bernies Hand. »Gehen wir rein. Vielleicht konnte John inzwischen mit dem Arzt sprechen.«

Sie nickte und ging mit ihm durch den Eingang der Notaufnahme, den langen Flur hinunter zum Warteraum. In dem Moment, als sie in den Warteraum traten, entdeckte John Downs sie, winkte und kam auf sie zu. Sie trafen sich in der Mitte des Raums, wo John sie beiseite nahm.

»Der Arzt ist gerade rausgekommen. Er sagt, die Kugel ist glatt durch Scotty Joes Arm hindurchgegangen, also muss es eine von denen gewesen sein, deren Projektil wir in der Wand vom Fitnesscenter gefunden haben. Außer der Schusswunde hat er noch eine Gehirnerschütterung. Unser Täter hat ihn wahrscheinlich bewusstlos geschlagen. Ich bin nur froh, dass er bei Scotty Joe nicht so fest zugeschlagen hat wie bei Brett Dennison.«

»Konntest du Scotty Joe schon befragen?«, erkundigte Bernie sich. »Hat er den Mann gesehen, der Robyn entführte? Kann er ihn identifizieren?«

»Wir haben auf der Fahrt im Rettungswagen geredet«, antwortete John. »Er erzählte mir, dass er und Delaine ein merkwürdiges Geräusch gehört haben. Dann ging Delaine raus, um nachzusehen, während Scotty Joe sich drinnen umsah. Als er in den großen Trainingsraum zurückkam, wo die ganzen Maschinen stehen, sah er Delaine auf dem Boden liegen, und ehe er begriff, was los war, schoss jemand auf ihn. Scotty Joe vermutet, dass der Kerl Delaine schon draußen überwältigt hatte und ihn dann zwang, ins Gebäude zurückzugehen. Wie es scheint, trug er eine Strumpfmaske, deshalb kann Scotty Joe ihn nicht identifizieren. Aber er meint, der Mann wäre um eins neunzig groß gewesen, ein Weißer mit dunklem Haar.«

»Ein eins neunzig großer Weißer mit dunklem Haar.« Bernie stöhnte. »Die Beschreibung trifft auf mindestens ein Sechstel der männlichen Bevölkerung von Adams County zu.«

»Scotty Joe sagt, er hätte versucht, den Kerl aufzuhalten, und wäre ihm noch bis zu seinem Geländewagen hinterhergerannt. Da hat er ihn gezwungen, seinen Wagen aufzuschließen. Er benutzte Robyn als Schutzschild, so dass Scotty Joe nicht schießen konnte. Und nachdem er den Wagen aufgeschlossen hatte, schlug der andere ihm auf den Kopf. Das ist alles, was er noch weiß. Wir vermuten, dass er Scotty Joe in den Wagen hievte und später unten am Fluss wieder rauswarf.«

»Was ist mit Robyn?«, fragte Bernie.

»Scotty Joe sagt, der Täter muss sie unter Drogen gesetzt haben, denn sie war bewusstlos, als er sie raustrug.«

»Mein Gott ... o mein Gott. Er kann sie schon vergewaltigt haben. Er könnte sie in diesem Moment misshandeln, ihr alle möglichen Sachen antun ...« Bernie kämpfte mit den Tränen.

»Ich bringe dich nach Hause«, sagte Jim und legte den Arm um sie. Dann sah er John an. »Sagen Sie Scotty Joe, dass wir hier waren und wiederkommen. Und wenn er wieder zu sich kommt, versuchen Sie rauszufinden, ob er sich vielleicht an noch etwas erinnert.«

John nickte und blickte mitfühlend zu Bernie. »Es tut mir leid. Ich wünschte ...«

Jim zog Bernie buchstäblich aus der Notaufnahme. Sobald sie auf dem Parkplatz waren, blieb sie stehen und weigerte sich, einen Schritt weiterzugehen. »Es geht schon wieder. Ich kann allein nach Hause fahren.«

»Bist du sicher?«

»Ja, ich bin sicher. Ich will nicht, dass du deine Zeit damit verschwendest, den Babysitter für mich zu spielen. Du brauchst alle Zeit und Kraft, um herauszubekommen, wer der Kerl ist und wo er Robyn gefangen hält.«

Kapitel 31

»Du musstest mir doch kein Abendessen bringen, Liebes«, sagte Jim, als Bernie einen großen Styroporbecher und eine Tüte vom Pig Pen vor ihm auf den Schreibtisch stellte. Sie kam um den Schreibtisch herum zu ihm und warf sich in seine Arme. Nachdem sie sich umarmt und geküsst hatten, setzten sie sich nebeneinander.

»Mom kocht nicht mehr und isst nichts, seit Robyn entführt wurde. Gott, ich kann gar nicht glauben, dass sie schon drei Tage verschwunden ist.«

»Wir werden sie finden … lebend.«

Von unerträglich düsteren Gedanken gequält, schloss Bernie die Augen. Dann schüttelte sie den Kopf, öffnete die Augen wieder und sagte: »Ich war unten in der Second Street im Pig Pen und habe Grillteller für uns alle besorgt. Mom und Dad habe ich ihre Portionen nach Hause gebracht. Dann war ich bei Jerry Dale und Amy und habe nach Kevin gesehen. Es geht ihm gut. Heute Nachmittag hat er noch mal mit seiner Mutter telefoniert.«

»Und was erzählt er?«

»Es schien ganz okay zu sein. Sie hat ihm erzählt, dass Allen losgezogen ist und ihr ein halbes Dutzend Hüte und zehn Schals gekauft hat, die sie tragen kann, solange sie eine Glatze hat.«

»Du versuchst mal wieder, dich um alle zu kümmern, stimmt's?«, stellte Jim fest. »Um deine Eltern … um mich … und sogar um Kevin.«

»Tja, so bin ich nun mal. Ich kann nicht anders.«

»Ja, ich weiß, und das liebe ich an dir.«

Sie begann zu weinen und konnte einfach nicht wieder aufhören.
»Bernie?«
Sie winkte ab und brachte mit Mühe heraus: »Ist schon okay.« Dann holte sie tief Luft und wischte sich die Tränen ab.
Das Telefon läutete. Jim sah sie an. »Bist du sicher, dass du okay bist?«
Da sie nichts sagen konnte, nickte sie nur stumm.
Jim nahm den Hörer ab. »Captain Norton hier.«
»Ich habe die Liste mit den Leighton-Schülern, die du wolltest«, sagte Griffin Powell. »Meine Herren, diese Schule gebärdet sich, als würden sie dort Staatsgeheimnisse hüten.«
»Dann hast du jetzt alle Namen der Schüler in Heathers erstem Jahr?«
»Ja, und ich habe auch noch das Jahrbuch. Es ist gerade angekommen. Ich schicke es dir mit dem Übernacht-Express.«
»Nein, schick mir die Namen per E-Mail und behalte erst mal das Jahrbuch. Ich möchte vielleicht, dass du ein paar Bilder für mich abgleichst.«
»Ich bin dir mal wieder voraus. Die E-Mail müsste schon bei dir sein.«
»Danke. Ach, und Griff?«
»Ja?«
»Das mit Ron Delaine tut mir leid. Es ist furchtbar.«
»Ja, mir auch. Delaine war erst neunundzwanzig. Er war mit einem richtig netten Mädchen aus seiner Heimatstadt verlobt und überlegte, nach Shreveport zurückzugehen und seine eigene Detektei aufzumachen.« Griffin räusperte sich. »Sieh in deine E-Mail. Und sag mir Bescheid, was mit dem Jahrbuch ist.«

Jim legte auf und sah Bernie an. »Griff hat mir die Schülerliste aus Heathers erstem Jahr auf der Leighton gemailt.«
»Suchst du nach dem Jungen, von dem Mrs. Ogletree erzählte? Nach diesem Melvin Irgendwas. Glaubst du, er ist unser Killer?«
»Ich bin mir zu neunundneunzig Prozent sicher. Und wenn sein Name in der Liste auftaucht, sollten wir beten, dass er den Fototermin nicht verpasst hat.«
Jim klickte sich direkt in sein Outlook-Express-Programm und lud die E-Mail-Datei herunter. Bernie stand auf, stellte sich hinter Jim und blickte über seine Schulter auf den Bildschirm. Griffins Liste umfasste sechsundfünfzig Namen, sämtliche Erstjahres-Schüler der Leighton-Schule von vor zwölf Jahren.
Gemeinsam überflogen sie die Namen.
»Da«, sagte Jim. »Melvin J. Smith. Das muss er sein, denn einen anderen Melvin gibt es hier nicht.«
»Meinst du, wir können ihn wiedererkennen, wenn wir ein Bild von ihm als Sechzehnjährigem sehen? Du denkst doch, dass es jemand hier aus Adams Landing ist, oder?«
»Ich hoffe. Bei Gott, das hoffe ich.« Als Jim gerade nach dem Telefon langte, um Griffin anzurufen, klingelte es. Jims Hand zuckte zurück. »Verdammt.«
Er nahm den Hörer auf und meldete sich.
»Jim, hier ist Charlie Patterson. Ich habe eine interessante Information, von der ich dachte, dass Sie sie sofort kriegen sollten.«
»Und die wäre?«
»Wer ist dran?«, fragte Bernie.
Er formte stumm *Charlie* mit seinen Lippen.
»Wir haben vier Kugeln aus den Wänden und dem Fußboden

in Robyn Grangers Fitnesscenter geholt«, sagte Charlie.
»Und?«
»Alle vier Projektile waren identisch. Und alle vier stammen aus der Waffe von Ron Delaine.«
»Das kann nicht sein. Was ist mit der Kugel, die Scotty Joe am Arm traf?«
»Wie es scheint, war an einer der Kugeln Blut.«
Jims Magen krampfte sich zusammen. »Mist! Hören Sie, wir sollten diese Information vorerst zurückhalten, okay?«
»Okay, vorerst. Gibt es sonst noch etwas, das ich wissen sollte?«, fragte Charlie.
»Vielleicht«, antwortete Jim. »Ich bin mir noch nicht sicher, aber wenn, dann erfahren Sie es als Dritter.«
»Als Dritter?«
»Ja, ich als Erster, Bernie als Zweite und Sie als Dritter.«
»Was auch immer los sein mag, unternehmen Sie nichts ohne mich«, wies Charlie ihn an.
»Schon gut. Ich habe nicht vergessen, dass das Sheriff-Büro und das FBI zusammen an dem Fall sind.« Jim sah zu Bernie, die eine Menge Fragen zu haben schien. »Hören Sie, ich muss dringend jemanden anrufen. Ich melde mich wieder bei Ihnen, sobald ich kann.«
Jim beendete das Gespräch und behielt den Hörer in der Hand. Bernie packte ihn am Arm.
»Was war?«
»Die Spurensicherer haben vier Kugeln in Robyns Studio gefunden. Alle vier stammen aus Ron Delaines Waffe.« Jim tippte Griffins Privatnummer ein. »An einer Kugel war Blut.«
Bernie starrte ihn ungläubig an. »Wenn das stimmt, dann … Nein. Nein, das ist ausgeschlossen.«

Griff meldete sich beim zweiten Klingeln.
»Schlag im Jahrbuch einen Jungen namens Melvin J. Smith nach.«
»Ja, bleib dran.«
Bernie schüttelte Jims Arm. »Du kannst doch nicht ernsthaft glauben, dass …«
»Jim?«, fragte Griffin.
»Ja?«
»Ich habe ihn gefunden. Er ist dieser Typ intellektuelles, gehänseltes Kind. Er war im Debattier- und im Van-Gogh-Club. Ich schätze, das war so eine Art Künstlerclub.«
»Schick mir das Foto, so schnell du kannst.«
»Ist so gut wie erledigt.«
Jim saß wartend vor dem Computer. Bernie stand wieder hinter ihm, beugte sich vor, legte die Arme um ihn und schmiegte ihre Wange an sein Gesicht.
Innerhalb kürzester Zeit kam die E-Mail von Griffin mit einem weiteren Anhang. Jim spürte, wie Bernie den Atem anhielt. Verdammt, er hörte sogar selbst auf zu atmen.
Er öffnete den Anhang und betrachtete das Schulfoto von Melvin J. Smith. Sorgfältig musterte er das Gesicht des Jungen, dachte sich die Brille weg und ergänzte zwölf Jahre sowie siebzig Pfund trainierte Muskeln.
»Was meinst du?«, fragte er Bernie.
»Ich weiß nicht. Ich sehe eine gewisse Ähnlichkeit, aber …«
»Ich glaube, er ist es.«
Sie nickte. »Ja, das glaube ich auch. Und was machen wir jetzt?«
»Nicht wir, Kleines. Ich. Du hast Urlaub, schon vergessen?«

Jim nahm den Hörer auf und wählte nochmals Griffins Nummer.
»Ich bin bereits dabei«, sagte Griffin. »Wir forschen gerade nach, ob Melvin J. Smith offiziell seinen Namen geändert hat.«
»Wie schnell kannst du was rausbekommen?«
»Wenn wir Glück haben, in cin paar Stunden.«
»Dann beten wir, dass wir Glück haben.«

Kapitel 32

Sobald Jim erfahren hatte, dass Melvin J. Smith eine offizielle Namensänderung vornehmen ließ, ehe er vor zehn Jahren in die Army eintrat, wusste er, dass er die Identität des Killers gelüftet hatte. Aber das bedeutete noch nicht, dass sie Robyn retten konnten. Sie könnten ihn verhaften, in eine Zelle sperren und den Schlüssel wegschmeißen, doch wenn ihr Verdächtiger ihnen nicht gestand, dass er Robyn entführt hatte, und ihnen nicht erzählte, wo er sie gefangen hielt, könnte Bernies Schwester tot sein, bevor sie sie fanden. So schwer es ihnen fiel abzuwarten, und sei es auch nur wenige Stunden, bevor ihr Verdächtiger den nächsten Schritt tat, sie wussten, dass ihnen um Robyns willen nichts anderes übrigblieb.
Wie es das Schicksal wollte, mussten sie nicht allzu lange warten, sondern nur bis zum Einbruch der Nacht am selben Tag. Dann nämlich unternahm ihr Killer einen unerwarteten Schritt und zwang sie so, schnell zu handeln. Soweit Bernie

wusste, war Jim gerade mit John Downs und einem Durchsuchungsbefehl beim Haus des Verdächtigen. Sie hatte keine Ahnung, dass John die Wohnung allein durchsuchte, während Jim und Charlie einen Plan zur Rettung Robyns umsetzten. Charlie und er hatten sich darauf geeinigt, dass es nur eine Möglichkeit gab, Robyn zu finden. Einer von ihnen musste dem Verdächtigen in sicherem Abstand folgen. Und sie hatten sich außerdem darauf verständigt, Bernie und R. B. fürs Erste nicht einzuweihen. Sie durften nicht riskieren, dass R. B. losstürmte und in seiner nur allzu verständlichen Wut alles ruinierte. Zudem wollte Jim nicht, dass Bernie sich mehr als nötig um ihn sorgte oder das Gefühl hätte, sie müsste sich an der Rettung ihrer Schwester beteiligen.

Also war Jim allein losgefahren. Das FBI hatte ihm einen Wagen gegeben, einen billigen, neueren Kleinwagen, der unauffällig und durchschnittlich genug war, um nicht bemerkt zu werden, wenn er jemandem folgte.

Während Jim langsam um die Kurve bog, heftete er seinen Blick auf die Rücklichter des Geländewagens, der etwa zehn Autolängen vor ihm fuhr. Er musste vorsichtig sein, sogar das Risiko eingehen, ihn zu verlieren, damit ihn der Kerl ja nicht entdeckte. Falls Robyns Entführer auch nur den geringsten Verdacht hegte, dass man ihn verfolgte, könnte es Robyn das Leben kosten. Seit drei Tagen war sie verschwunden, folglich seit drei Tagen ohne Essen und wahrscheinlich auch ohne Wasser irgendwo eingesperrt. Drei Tage allein und mit einer wahnsinnigen Angst.

Jim hatte in seinem Leben nicht viel gebetet, doch jetzt betete er. Er betete zu Gott, dass er auf Bernies kleine Schwester aufpassen möge.

Als der Geländewagen um die nächste Kurve bog, fluchte

Jim leise. Er wusste, wo der Kerl hinfuhr. Verdammt! Warum war er nicht früher darauf gekommen? Die ganze Zeit war das Versteck genau vor ihrer Nase gewesen.

Er rief Charlie an. »Er hat sie irgendwo im College versteckt.«

»Was? Wie kommen Sie darauf?«

»Er ist eben in die Baker Lane abgebogen.«

»Das muss nicht unbedingt heißen …«

»Doch, das heißt es. Mein Gefühl schreit mir förmlich zu, dass er sie dort hat.«

»Seien Sie vorsichtig, Jim. Wir sind ungefähr drei Meilen hinter Ihnen.«

Mit *wir* meinte er die Spezialeinheit, bestehend aus einem Sergeant und sechs Hilfssheriffs, die allesamt eine Zusatzausbildung für besondere Gefahreneinsätze absolviert hatten und Scharfschützen waren.

»Um Gottes willen, rühren Sie sich nicht, bevor ich es nicht sage«, entgegnete Jim. »Wir dürfen den Kerl nicht auf uns aufmerksam machen.«

»Dann bleiben sie in regelmäßigem Telefonkontakt mit mir. Alle fünf Minuten.«

»Alle zehn.«

»Verflucht noch mal.«

»Er fährt jetzt auf den Parkplatz vom College«, sagte Jim. »Ich stelle den Wagen hinter dem College ab und versuche, ihn zu Fuß einzuholen.«

»He, ehe Sie auflegen …«

»Ich melde mich alle zehn Minuten.« Mit diesen Worten beendete Jim das Gespräch.

Er parkte den Wagen, stieg aus und rannte um das Gebäude, wobei er die Sicherheitsbeleuchtung mied und möglichst im

Schatten blieb. Schwer atmend und mit einem deutlich erhöhten Adrenalinpegel, hockte Jim sich hinter einen großen Container an der Seite des Parkplatzes, auf dem der Geländewagen stand. Nachdem er sich umgesehen hatte, stellte Jim fest, dass niemand mehr im Wagen saß, und auch sonst gab es keine Spur vom Fahrer. Er musste es eilig gehabt haben, zu seinem jüngsten Opfer zu gelangen. Anscheinend konnte er es gar nicht erwarten, es zu missbrauchen.

Gott, tu das nicht! Lass es nicht geschehen. Ich muss Robyn finden, und ich könnte jetzt wirklich gut ein bisschen Hilfe gebrauchen, flehte er.

Da er wusste, dass der Täter irgendwo sein könnte, in jedem der Gebäude, musste er sich damit abfinden, eine kurzfristige Niederlage einzustecken. Wenn er sich jetzt auf die Suche nach ihm machte, standen seine Chancen eher schlecht. Jim eilte zu seinem Wagen zurück, stieg ein und rief Charlie Patterson an.

»Was ist?«, fragte Charlie.

»Ich habe ihn verloren«, antwortete Jim. »Er ist irgendwo hier im College, in einem der Gebäude, aber es könnte Tage dauern, alles zu durchsuchen, und ich glaube nicht, dass Robyn noch Tage bleiben. Wegen seiner Verletzung konnte er seit der Entführung nicht zu ihr. Und wir wissen nicht, was er mit ihr macht, wenn er sie in die Finger bekommt.«

»Wir müssen die Suche eingrenzen können, um herauszufinden, wo genau er sie versteckt. Im College kann es nicht allzu viele Stellen geben, an denen er über Tage oder Wochen jemanden einsperren kann, ohne dass es jemand bemerkt.«

Jim wusste, dass Charlie dabei auch an die anderen Frauen dachte, die zwischen dreizehn und sechzehn Tage festgehalten worden waren. Wo auf dem Campus konnte eine Frau gefangen gehalten werden, ohne dass irgendwer ihre Anwesenheit bemerkte?

»Wir brauchen jemanden, der jede Ecke und jeden Winkel des Colleges kennt«, sagte Jim. »Jemanden, der weiß, ob es hier Verstecke gibt.«

»R. B. könnte es wissen«, überlegte Charlie laut. »Und wenn nicht er, dann kennt er zumindest jemanden, der uns helfen kann.«

»Rufen Sie Bernie an. Sagen Sie ihr, was los ist. Sie soll ihrem Vater die Situation erklären und dann mich anrufen.«

»Ja, mach ich.«

Jim stützte die Arme aufs Lenkrad und rieb sich die Stirn. Er konnte nichts tun als dazusitzen und abzuwarten.

Und weiter zu beten.

Als sie sich der Vordertür näherten, zögerte Deputy John Downs. Bernie blieb stehen und drehte sich zu ihm um. »Was ist?«

»Nichts. Ich frage mich nur, ob es eine gute Idee ist, dass du bei der Suche mitmachst. Was ist, wenn wir finden, wonach wir suchen?«

»Das hoffe ich allerdings.«

»Wenn Jim das rauskriegt …«

»Jim wird verstehen, dass ich es tun musste. Ich kann mich nicht aus den Ermittlungen heraushalten. Ich will dabei helfen, den Kerl festzunageln, der meine Schwester gekidnappt hat.«

»Ja, ich weiß.«

Bernie gab den drei Hilfssheriffs hinter ihnen ein Zeichen, dass sie auf ihre Positionen gehen sollten. Dann schloss sie die Tür mit dem Schlüssel auf, den der Hausbesitzer ihnen gegeben hatte. Ihre gezogene Waffe war lediglich eine Vorsichtsmaßnahme, wusste sie doch, dass Jim und Charlie in diesem Moment dem Verdächtigen folgten. Leise betrat sie die Wohnung. Gott sei Dank hatte John sich entschieden, sie über den aktuellen Stand zu informieren, obwohl Jim es für das Beste gehalten hatte, sie auf Abstand zu halten, während er und Charlie die Schlinge dichter zogen.

Sie wäre gern bei Jim, wollte jeden Schritt begleiten, den er tat, und an seiner Seite sein, um ihn zu beschützen. Und vor allem wollte sie diejenige sein, die Robyn rettete und deren potenziellen Mörder fasste. Oder ihn erschoss.

Natürlich sagte ihr die Vernunft, dass sie als Schwester des Opfers in ihrem Denken und Handeln nicht objektiv sein konnte. Also tat sie, was sie konnte – und versuchte, Beweismittel zu finden, die sie brauchten, um den Verdächtigen als Täter zu überführen.

Als sie sicher waren, dass niemand in der Wohnung war, weder der Bewohner noch irgendjemand sonst, begannen sie mit der Durchsuchung. Bernie brauchte nicht lange, bis sie hinreichend Material in einem Schreibtisch im Wohnzimmer gefunden hatte, um ihn zu verurteilen. Nachdem sie ihre Waffe wieder ins Halfter gesteckt hatte, zog sie sich Handschuhe an, holte alles aus den Schubladen und breitete es auf dem Schreibtisch aus.

»Was hast du gefunden?« Als John die Sachen auf dem Schreibtisch sah, stieß er einen leisen Pfiff aus. »Grundgütiger!«

Bernie starrte auf die Sammlung von Schnappschüssen, auf denen ausschließlich junge, hübsche Brünette zu sehen waren. Jacque Reeves, Stephanie Preston, Thomasina Hardy und Abby Miller. Mit zitternder Hand hob sie ein einzelnes Foto von Robyn hoch.

John blickte ihr über die Schulter. »Das ist auf jeden Fall unser Mann. Er hat die Fotos und Zeichnungen von allen Opfern. Und …« Er zeigte erst auf eine, dann auf eine andere kleine Schachtel. »Da ist ein Karton mit rosa Nagellackflaschen und Lippenstift, und da einer mit kleinen Parfumflaschen … diese Ratte! Er kauft die Sachen gleich im Dutzend.«
»Ich möchte, dass hier nichts angefasst wird«, sagte Bernie. »Wir lassen alles so liegen für die FBI-Spurensicherer. Versiegle die Wohnung und stell eine Wache an die Tür.«
John nickte. »Ich muss Jim und Charlie anrufen, damit sie wissen, dass sie hinter dem Richtigen her sind.«
»Nein, du kümmerst dich hier um alles. Ich werde Jim und Charlie verständigen.«
»Bernie?« John runzelte die Stirn. »Bist du sicher? Jim wollte eigentlich nicht, dass du …«
»Ich kann mich nicht länger raushalten. Jetzt nicht mehr. Jim wird das verstehen.«

Jims Handy vibrierte. Er hatte den Klingelton stumm geschaltet und auf Vibrationsalarm umgestellt.
»Ja?«
»Jim, hier ist R.B. Hör zu, ich habe mit dem Collegedirektor geredet, und er gibt uns die Erlaubnis, das ganze College abzusuchen. Aber ich glaube, das müssen wir nicht. Ich habe Direktor Corbitt gesagt, dass es auf dem Campus noch ein altes Gebäude gibt, soweit ich mich erinnere, das vor Jahren gleichzeitig Hörsaal und Cafeteria war. Dieser Bau wird jetzt vom Theaterkurs und dem Chor für Aufführungen genutzt – und für Vorträge zum Gewaltpräventionsprogramm .«
»Verdammt!«

»Das Beste kommt noch. In den frühen Fünfzigern wurde ein Teil des Untergeschosses zum Bombenschutzkeller umgebaut, der aus mehreren Räumen besteht. Sie sind alle schalldicht, und einer von ihnen ist nur durch eine Art Luke zugänglich. Dieser Teil des Gebäudes wird seit zwanzig Jahren nicht mehr benutzt, nicht mal als Lagerraum.«
»Dann hat er Robyn dort versteckt.«
»Würde ich auch sagen.«
»Ich werde sie finden, R.B. Und ich kriege ihn.«
»Hör zu, Junge, du kannst dich nicht einfach irgendwie an ihn ranschleichen.«
»Ich weiß.«
»Direktor Corbitt hat mir beschrieben, wie man in den Bombenschutzkeller kommt«, sagte R.B. »Es ist ziemlich einfach, wenn man den Weg weiß.«
Jim stieg aus dem Wagen und ging auf das alte Gebäude zu. Dabei folgte er Schritt für Schritt R.B.s Wegbeschreibung.

Robyn lag auf dem Bett und starrte an die Decke, als sie glaubte, etwas zu hören. Sie tat es allerdings sogleich als Produkt ihrer Phantasie ab. Ihrer vollkommen übergeschnappten Phantasie, die von ihrer wahnsinnigen Angst angefeuert wurde.
Ich drehe durch. Ich verliere den Verstand, dachte sie.
Sie hatte keine Ahnung, wie lange sie schon in diesem einzelnen Raum mit den Betonwänden lag. Es mochten wenige Tage sein, vielleicht aber auch länger. In der ganzen Zeit hatte sie nichts gegessen. Anfangs war sie noch hungrig gewesen, doch das war jetzt vorbei. Zum Glück war sie ans Waschbecken gekommen, aus dem sie Wasser trank und an dem sie

sich notdürftig wusch. Ein Handtuch oder einen Waschlappen gab es nicht. Und die einzige Seife war außerhalb ihrer Reichweite, in der improvisierten Duschkabine auf der anderen Seite des Waschbeckens und des WC-Beckens.
Wo ist er? Warum kommt er nicht wieder?
Wieder hörte sie ein Geräusch. Es war über ihr. Langsam richtete sie den Oberkörper auf, bis sie saß. Jemand öffnete eine Tür über ihr.
Ihr Herz begann, wie verrückt zu rasen. War er zurückgekommen? Oder hatte sie vielleicht jemand anders gefunden? Sollte sie schreien oder lieber keinen Mucks von sich geben?
»Hallo?«, rief sie. »Wer ist da?«
»Ich bin es, Liebling. Hast du mich sehr vermisst?«
O Gott, nein … Nein! Lass es nicht wahr sein.

Jims Handy vibrierte, als er gerade ins Untergeschoss des alten Baus kam. Den Anweisungen R.B.s folgend, war er über die Hintertür in den Hörsaal gelangt. Und er hatte erleichtert ausgeatmet, als der Sicherheitscode, den R.B. von Direktor Corbitt hatte, auf Anhieb ein grünes Licht aufleuchten ließ.
Nun zog er sich in eine dunkle Ecke zurück und klappte sein Handy auf.
»Ja?«, flüsterte er.
»Jim.«
»Bernie?«
»Hör zu, ich mach es kurz, okay? Ich war mit John bei der Durchsuchung. Wir haben alles gefunden – Fotos von den Opfern hier, eine Schachtel mit Nagellack, eine mit Lippenstift und alle anderen Geschenke.«

»Schatz, ich muss Schluss machen. Danke, dass du mir bestätigt hast, was ich schon vermutete.«

»Warte. Was ist los?«

»Ruf R. B. an. Er erzählt dir alles.«

Jim klappte sein Handy zu, klickte es wieder an seinen Gürtel und schaltete seine Taschenlampe auf niedrigste Dimmerstufe, ehe er langsam und vorsichtig den stockfinsteren Flur hinunterging.

Schwach, müde und halb verrückt vor Angst, wehrte sich Robyn nicht gegen ihren Entführer, als der sie vom Bett losmachte und sie durch den Raum in die Dusche führte. Er hatte sich vollständig entkleidet, bevor er sie auszog, und nun standen sie zusammen unter dem kühlen Wasserstrahl, beide nackt.

Ihr fiel die hässliche, blutige Wunde an seinem Arm auf. Was war mit ihm passiert? Denk nach, Robyn, denk nach. Was war, als er Agent Delaine tötete? Der Leibwächter von Griffin Powell hatte seine Waffe benutzt. Sie erinnerte sich genau, dass sie Schüsse gehört hatte. War dieser Wahnsinnige von einer der Kugeln getroffen worden?

Er seifte sich die Hände ein. Dann begann er, sie zu waschen. Er fing an ihrem Hals an. Jeder einzelne Muskel ihres Körpers und jeder Nerv waren bis zum Zerreißen angespannt, während sie dastand und er sie an intimen Stellen berührte, ihre Brüste schrubbte und mit den Fingernägeln die Spitzen kratzte. Seine Hand fasste zwischen ihre Schenkel und … Nein, bitte nicht, flehte sie wortlos. Er drang mit zwei Fingern in sie ein. Sie war wie versteinert. Dann glitt er mit der anderen Hand über ihren Po, schob die Finger zwischen ihre Pobacken und steckte einen Finger in ihren Anus.

»Entspann dich, mein Liebling. Du weißt doch, wie sehr du es liebst, wenn ich dich berühre. Hier …« Er stieß mehrfach mit den Fingern in sie hinein.

Sie wimmerte.

»Ach, mein armer Liebling, du willst meinen Schwanz in dir fühlen, nicht wahr? Du bist es leid, dass ich mit dir spiele.«

Er unterbrach seine Stöße, beugte den Kopf vor und biss sie in den Hals. Sie erbebte vor Angst und Schmerz. »Du brauchst mich nur nett zu bitten.«

Nein. Das werde ich nicht.

»Robyn, ich sagte, du sollst mich bitten.«

Stille.

»Du böses Mädchen. Jetzt muss ich dich bestrafen. Du musst lernen, dass es Folgen hat, wenn du ungehorsam bist.«

Ehe sie begriff, wie ihr geschah, riss er sie herum, drückte sie gegen die Betonwand der Dusche und hob sie gerade weit genug hoch, um ihr seinen Penis in den After zu rammen. Sie schrie auf vor Schmerz.

Jim stand über der offenen Lukentür und war dankbar, dass der Kerl sie nicht verschlossen und damit den einzigen Zugang zu dem Raum unten versperrt hatte, als er eine Frau schreien hörte. Verflucht, er tat Robyn weh. Er misshandelte sie.

Atme tief durch. Du musst einen klaren Kopf bewahren und ruhige Nerven, wenn du da runtergehst. Robyns Leben hängt von dir ab. Solltest du diese Sache hier vermasseln, wird Bernie es dir niemals verzeihen. Und vor allem wirst du dir niemals verzeihen.

Jim schaltete seine Taschenlampe aus, zog seine Glock und ging die morsche Holztreppe hinunter. Sein einziger Schutz bestand in der kugelsicheren Weste, die er unter seinem Hemd trug.

Robyns gequälte Schreie hallten durch Jims Kopf, als er unten ankam und von der Holztreppe auf den Betonboden trat. In Windeseile blickte er sich um und erstarrte, als er den offenen Duschbereich am anderen Ende des Raums sah. Der Mann stand mit dem Rücken zu ihm und rammte seinen Schwanz wieder und wieder in die Frau hinein, die er an die Wand gepresst hatte.

Jim hob seine Pistole und zielte auf den Hinterkopf des Kerls. Doch bevor er einen Schuss abfeuern konnte, wirbelte Scotty Joe herum und hielt Robyn genau vor sich, die Hände zu beiden Seiten ihres Halses.

»Hallo, Captain Norton.«

Jim schluckte angestrengt, aber seine Hände blieben vollkommen ruhig. Er zielte weiter auf Scotty Joe. »Lass sie los.«

»Sie sind weit klüger, als ich dachte«, sagte Scotty Joe. »Wie haben Sie herausgefunden, wo ich bin?«

»Ich sagte, lass sie los.«

»Das kann ich nicht machen.«

Robyns Augen waren weit aufgerissen vor Angst.

»Es ist vorbei, Melvin«, sagte Jim. »Wir wissen alles. Alles darüber, wie die *Zobel-Mädchen* dich erniedrigten, und über deinen Nervenzusammenbruch. Wir wissen von deiner Metamorphose bei der Army, von deiner Verwandlung vom dünnen, tolpatschigen Melvin Smith in den Macho Scotty Joe Walters. Und wir wissen, dass du Heather und die anderen *Zobel-Mädchen* umgebracht hast. Und dann, als das dein Verlangen nach Rache nicht stillen konnte, fingst du an, Frauen zu töten, die ihnen ähnlich sahen.«

»Sie waren aber sehr fleißig, Captain Norton.«

»Lass Robyn los. Wenn nicht, muss ich dich erschießen.«

Scotty Joe lachte, und es klang unheimlich, wie das Lachen eines Wahnsinnigen.

»Ich könnte ihr das Genick brechen, bevor Sie mich erschießen können.«

Er legte die Hände um Robyns Hals.

»Willst du dein Leben darauf verwetten?«, fragte Jim.

»Wollen Sie Robyns Leben verwetten?«

Ohne ein weiteres Wort und ohne nachzudenken, drückte Jim den Abzug. Robyn schrie. Die Kugel traf Scotty Joe in die Stirn, genau zwischen die Augen. Als er fiel, stürzte Robyn mit ihm zu Boden.

Jim rannte zu ihr, die Waffe in der Hand. Er kniete sich hin und sah Scotty Joe prüfend an. Der Kerl war tot. Dann steckte Jim die Waffe wieder ins Halfter, bevor er sich vorbeugte und den jungen Deputy von Robyn hinunterrollte. Sie zitterte am ganzen Körper, als er sie behutsam hochhob. Mit ihr im Arm ging er zu dem Stahlrohrbett, riss das Laken herunter und wickelte es um sie.

Leise wimmernd schmiegte sie sich in seine Arme und klammerte sich an ihn. Unten an der Treppe blieb er stehen. »Ich muss dich über meine Schulter legen, bis wir aus diesem Loch heraus sind.«

Als sie aus dem Bombenkeller-Kerker kamen, blieb Jim stehen und rief Charlie Patterson an. »Ich habe sie. Wir kommen raus.«

»Was ist mit Scotty Joe?«, fragte Charlie.

»Die Ratte ist tot. Ihr findet seine Leiche unten im Bombenschutzkeller.«

In dem Moment, als Bernie Jim mit Robyn in den Armen hinauskommen sah, rannte sie auf die beiden zu. Ihr Vater

und Raymond waren nur wenige Schritte hinter ihr. Und im Hintergrund jubelten die Hilfssheriffs.
Bernie streichelte das kreidebleiche Gesicht ihrer Schwester, beugte sich über sie und küsste sie auf die Stirn. Tränen liefen ihr über die Wangen und das Kinn.
»Ich … ich lebe«, hauchte Robyn. »Ich lebe.«
»Ja, mein Mädchen, und ob du lebst.« R. B. nahm Robyns kraftlose Hand und küsste sie.
Bernie sah Jim an und sagte stumm *danke.*
Jim blickte zu Raymond, der weinend und zitternd dastand. Er gab ihm ein Zeichen, woraufhin Raymond die Arme ausbreitete und Robyn übernahm. Er drückte sein Gesicht an ihres und sagte: »Es wird alles wieder gut, mein Liebes. Der Krankenwagen wartet schon auf dich.«
»Lass mich nicht allein.« Sie klammerte sich an Raymond.
»Niemals.«
Als Raymond sich umdrehte und zum Krankenwagen ging, machte R. B. Anstalten, ihnen zu folgen. Doch Jim hielt ihn zurück. »Sie wird immer dein kleines Mädchen bleiben, aber es ist Zeit, dass du sie einem anderen Mann überlässt, dem Mann, der sie liebt und der für sie sorgen will.«
Tränen rannen R. B. über sein wettergegerbtes Gesicht, aber er nickte und blickte von Jim zu Bernie und wieder zu Jim. »Ich schätze, du willst, dass ich dieses Mädchen hier dir überlasse.«
»Verdammt richtig«, sagte Jim.
R. B. schüttelte Jim die Hand. »Ich danke dir, mein Sohn.« Er schluckte. »Ich muss Brenda anrufen und ihr sagen, dass wir uns im Krankenhaus treffen.« Dann sah er wieder Jim an und fragte: »Wie schlimm hat er sie verletzt?«
Jim zögerte. »Sie lebt. Nur darauf kommt es an.«

R. B. biss die Zähne zusammen, ging zu Charlie Patterson und ließ Jim und Bernie allein. Dann holte R. B. sein Handy hervor, tippte seine Nummer zu Hause ein und sprach mit seiner Frau.

Jim sah Bernie an und hielt ihr die Hand hin. Sie legte ihre Hand hinein, und gemeinsam gingen sie zum Parkplatz, wo ihr Jeep stand. An der Kühlerhaube blieb Bernie stehen und blickte Jim an.

»Wie kann ich dir jemals dafür danken, dass du den Fall gelöst und meine Schwester gerettet hast?«

Jim legte einen Arm um sie und drückte sie an sich. »Ich denke, wenn du die nächsten vierzig oder fünfzig Jahre mit mir verbringst, ist mir das Dank genug.«

»Die nächsten vierzig oder … Jim Norton, war das ein Antrag?«

»Ja, ich glaube das war einer.«

»Das war aber kein sehr romantischer Antrag.«

»Mein Schatz, ich habe dir doch gesagt, dass ich kein romantischer Typ bin.«

Bernie schlang die Arme um seinen Hals und küsste ihn. Und während des Kusses dankte sie Gott dafür, dass er ihre Schwester verschont hatte. Und dafür, dass er Jim und ihr eine Chance gegeben hatte, die Liebe ihres Lebens zu finden.

Epilog

Brenda und R.B. Granger feierten ihren fünfzigsten Hochzeitstag umgeben von ihren beiden Töchtern, ihren beiden Schwiegersöhnen und ihren vier Enkelkindern. Der große Empfang fand – wie sollte es anders sein – im Country Club statt. Bernie und Robyn hatten Monate mit den Vorbereitungen der großen Party verbracht und natürlich jede Einzelheit mit ihrer Mutter abgesprochen und von ihr absegnen lassen.

Nach Robyns entsetzlichem Erlebnis mit Scotty Joe Walters hatte sie Monate in einer Therapie verbracht. Dank der Liebe und Unterstützung ihrer Familie und ihres Verlobten, hatte sie sich schrittweise wieder erholt. Obwohl sie beinahe gleich nach der Entführung wieder zu arbeiten begonnen hatte, brauchte sie über ein Jahr, bis sie wieder ein Leben ohne beständige Angst führen und ihre Hochzeit planen und vorbereiten konnte. Robyn und Raymond hatten ihren großen Tag mit über dreihundert Gästen an einem warmen, sonnigen Tag im Juni gefeiert. Bernie war ihre Brautführerin gewesen, da Jim und sie bereits am Neujahrstag zuvor geheiratet hatten. Sie wählten das Datum, weil es für Neuanfang stand. Bernies und Jims Hochzeit war eher schlicht gewesen. Die Feier hatte im Hause ihrer Eltern stattgefunden, im Kreise der Familie und der engsten Freunde. So wollten sie es beide.

Brenda und R.B. waren als Großeltern ganz in ihrem Element, erst bei Kevin, dann bei den anderen dreien. Beide waren ganz aus dem Häuschen gewesen, als Robyn nur sechs Monate nach ihrer Heirat im Juni verkündete, sie wäre schwanger. Rea Long war genauso schön wie ihre Mutter und ihre Großmutter, aber Robyn gefiel vor allem, dass Rea die wunderschönen Augen ihres Vaters geerbt hatte. Gerade mal sieben Jahre alt, schaffte es die Kleine mit ihrem Charme, dass ihr sämtliche Männer in der Familie aus der kleinen Hand fraßen.

Rea kam zu ihrer Großmutter gerannt und verkündete mit lauter, aber damenhafter Stimme: »Großmutter, Bobby hat Brenda Anne angerempelt, und ihr Punsch ist auf meine neuen Wildlederschuhe geschwappt. Meine kleinen Cousins sind echte Rüpel«, schloss sie mit einem theatralischen Seufzer.

Brenda hatte ihre liebe Mühe, ernst zu bleiben. »Da du schon sieben bist und sie erst fünf sind, musst du ihnen eben mit gutem Beispiel vorangehen.«

Bernie grinste Robyn an und zuckte mit den Schultern. »Tut mir leid, Schwesterherz. Falls Reas Schuhe sich nicht mehr reinigen lassen ...«

»Keine Sorge«, erwiderte Robyn. »Ich bin sicher, dass der Punsch wieder abgeht.« Dann flüsterte sie, so dass nur Bernie sie hören konnte: »Was Reas Bemerkung angeht, dass deine Zwillinge Rüpel sind – das kommt übrigens nicht von Raymond und mir. Sie wiederholt bloß, was sie Helen hat sagen hören. Ach, diese Schwiegermutter!« Robyn verdrehte die Augen und seufzte ebenso theatralisch wie ihre Tochter nur wenige Augenblicke zuvor.

Der fünfjährige James Robert – Bobby Norton – jagte seine Zwillingsschwester Brenda Anne um den Tisch mit den Geschenken, und gerade als sich sein Fuß im langen Tischtuch verfing, kam sein großer Bruder Kevin, der bereits an der Universität von Texas studierte, und hob ihn in seine Arme. Jim

schnappte sich derweil seine Tochter von hinten und riss sie in die Höhe. Beide Zwillinge kicherten und wanden sich.
Bernie lächelte ihren Ehemann an. Sie war rundum glücklich. Ihr Leben zusammen war gewiss nicht vollkommen, aber sehr schön. Verdammt schön! Als sie schon die Hoffnung aufgegeben hatte, ein Kind mit Jim zu bekommen, fanden sie heraus, dass sie mit Zwillingen schwanger war. Nach sechs Monaten Bettruhe und jeder Menge Gebete waren ihre beiden Babys gesund zur Welt gekommen. Und seither verging kein Tag, an dem sie dem Herrn nicht für die vielen Segnungen in ihrem Leben dankte. Eine davon war Kevin. Auch wenn sie ihn nicht selbst geboren hatte, betrachtete sie ihn doch als ihren Sohn. Er war das Kind ihres Herzens, das inzwischen zu einem jungen Mann herangewachsen war, der seinem Vater sehr ähnelte.
Sechs Monate nach Mary Lees Operation hatten Jim und sie gemeinsames Sorgerecht vereinbart, damit sie beide Kevin gleich häufig sehen konnten. Und nicht einmal ein Jahr später hatte Allen Clark das Stellenangebot seines Lebens erhalten – in Singapur. Nachdem er und Mary Lee die Staaten verlassen hatten, war Kevin ganz zu Jim und Bernie gezogen, verbrachte allerdings jeden Sommer einen Monat bei seiner Mutter und seinem Stiefvater in Übersee.
Jim kam mit Brenda Anne auf der Hüfte zu Bernie. Kevin folgte ihm mit seinem kleinen Bruder Bobby im Schlepptau.
»Sheriff, ich fürchte, du musst diese beiden Tunichtgute in den Knast stecken«, sagte Kevin im Scherz.
»Was ist ein Knast?«, fragte Bobby und blickte zu seinem großen Bruder auf.
»Das ist was Schlimmes«, sagte Brenda Anne und sah Jim lächelnd an. »Oder, Daddy?«

»Keine Sorge, Zuckerschnute«, erwiderte Jim. »Niemand wird dich je an einen schlimmen Ort stecken.«

Sie schlang die kleinen Ärmchen um Jims Hals. »Weil Mommy und du auf uns aufpassen. Weil du und Mommy der Sheriff sind.«

Als alle lachten, kniff Brenda Anne die Augen zusammen und musterte ihre Familie kritisch.

»Mommy ist der Sheriff«, sagte Bobby. »Daddy ist der Chief.«

»Und wenn wir groß sind, bin ich der Sheriff und du der Chief«, folgerte Brenda Anne.

Wieder lachten alle, und Brenda Anne runzelte die Stirn.

Jim legte seinen freien Arm um Bernie. »Hört sich an, als wollten unsere Kleinen die Granger-Tradition fortsetzen.«

»Die Granger-Norton-Tradition«, korrigierte sie ihren Mann.

Jim grinste. »Ja, die Granger-Norton-Tradition.«